1

… l'œil du cyclone.

Il n'a pas le choix. C'est aujourd'hui ou jamais. Mais l'homme cagoulé n'a pas anticipé une telle violence. L'ouragan se déchaîne. Les bourrasques défoncent et emportent jusque sous le ciel noir tout ce qu'elles déchirent. Les traits de pluie, glacés et violents, fouettés par le vent, le cinglent comme autant de lanières. La pelouse est jonchée de projectiles hétéroclites qui retombent lourdement du ciel. Il pleut des barques, des barbecues, des poubelles. Des lampadaires. Des remorques. Tout ce que l'ouragan arrache sur l'autre rive du bayou Teche, il le crache sur cette pelouse. Une baignoire se fiche dans un parterre de géraniums, à deux mètres à peine de l'homme qui sursaute. Il reprend son souffle. Il peine à résister face au vent. De dos, il doit planter ses talons dans la terre détrempée pour ne pas être emporté. Il faut pourtant qu'il continue. Il a déjà détruit la vidéosurveillance. À l'intérieur de la pompeuse demeure, les hommes de main penseront que l'ouragan a arraché les fils et les caméras. Avec ce temps à ne pas mettre un éléphant dehors, peut-être qu'aucun n'osera sortir pour vérifier. Par chance, la veille au soir, avant de quitter sa maison prétentieuse de roi du crime, Sobchak a fait barricader toutes les fenêtres par des blindages anti-tempête.

Les murs sont aveugles. Personne ne peut le voir de l'intérieur. Deux bidets fracassent leur porcelaine sur le mur en face de lui. Il se protège la tête dans ses bras contre les éclats qui fusent. C'est en se retournant pour voir à quoi d'autre s'attendre qu'il aperçoit l'alligator. Un monstre de quatre bons mètres. Trois cent cinquante kilos de fausse pesanteur préhistorique. Caparaçonné d'une armure d'écailles cornées et de plaques osseuses. Le crâne incrusté de coquillages. La plus puissante mâchoire sur Terre. Quinze fois celle d'un rottweiler. D'abord saisi de peur, l'homme à la cagoule se rassure. Dans la tourmente, l'animal semble plus désorienté qu'agressif. La pluie drue crible son corps. Elle grossit sa silhouette d'un épais trait de poussière d'eau. Il a dû fuir l'inondation et remonter sur la berge pour ne pas se laisser embrocher par les arbres déchiquetés que charrie le courant vertigineux. Lui aussi encaisse, en sursautant à chaque fois, les chocs violents du vent. On devine son flanc nacré enfoncé par les coups de boutoir de la tempête. Chaque bourrasque le percute de côté pour le retourner. Par instinct, il se plaque au sol et plante ses griffes cornées dans la terre qui s'emboue et fond sous le déluge. Il cherche à comprendre d'où vient le déferlement qui se déchaîne contre lui. Plus loin derrière le rideau de pluie, l'homme à la cagoule mesure la menace. L'alligator est sûrement un danger, mais pas dans l'immédiat. Le vrai danger, c'est la tempête. Un moment, il pense que l'animal regarde quelque chose derrière lui, puis il se rassure. Qui d'autre que lui affronterait un tel ouragan ? Mais quand il se retourne pour foncer vers la maison, un homme est là, face à lui, une barre de fer à la main. Il est penché contre les rafales, dans un angle improbable, les yeux fendus contre la pluie qui le gifle, ses vêtements plaqués contre lui par la tempête qui le cingle de face. Il brandit son bras armé que le vent repousse par à-coups, puis hurle quelque chose de mauvais que le beuglement de l'ouragan emporte. Surpris, l'homme à la cagoule improvise. Il exagère une folle terreur et pointe du doigt l'alligator, à vingt mètres d'eux, pour pousser l'autre homme à la panique. Mais le monstre, son œil d'ambre alerté par leurs mouvements, se dresse sur ses courtes pattes, coudes écartés, pour mieux les voir de ses yeux myopes grand ouverts sous la pluie. Le vent en profite aussitôt. Il se glisse sous son ventre d'ivoire, l'arrache du sol, et l'emporte avec lui dans son assaut contre la maison. L'homme cagoulé n'a que le temps de se baisser. Pas l'homme armé derrière lui. Paralysé par l'horreur, il voit l'alligator valdinguer à travers les airs droit sur lui, tournoyant sur lui-même, comme une bouée de piscine sous un vent de plage. Mais ce qui le frappe en pleine poitrine, ce sont trois cent cinquante kilos d'un animal blindé projeté par des vents de cent quatre-vingts kilomètres-heure. Le choc les projette cinq mètres plus loin dans la boue épaisse qu'est devenue la pelouse. L'homme y patauge aussitôt sur le dos, terrifié, et tente de se dégager du poids de l'alligator qui l'étouffe, tombé à l'envers en travers de sa poitrine. D'abord étourdi par le vol et le choc, le reptile retrouve vite ses instincts primaires. D'un coup de reins puissant il se remet sur ses courtes pattes et se retourne face à l'homme, pétrifié par l'horreur, à quatre pattes lui aussi. Les deux restent immobiles dans la tempête, la gueule et le visage lacérés par la pluie, abasourdis par le vent. Les yeux d'ambre et fendus de noir de l'alligator, sans aucune expression, semblent absents du carnage qui s'annonce. Quand il amorce un imperceptible recul, le sicaire croit à sa chance. Une seconde. Une seule. Celle d'après, l'alligator se jette sur lui et sa gueule hérissée de crocs d'ivoire jaunis claque sur sa tête et lui déchire l'épaule et le crâne. Puis l'animal s'assure, de deux brusques hoquets de la tête, que l'homme hurlant ne lui échappera pas, et le traîne à reculons jusqu'à la berge du bayou. Pour le noyer dans son garde-manger, quelque part au fond de l'eau, profond sous les courants inondés. Il atteint la rive du bayou bombé par la crue quand le second sicaire apparaît à son tour. Un grand noir, un fusil à pompe dans une main, cramponné de l'autre à la rambarde de l'escalier. Chahuté par les bourrasques et aveuglé par la pluie, il tire une première fois en direction de la bête, et le vent, plus que le recul, manque de le désarmer. Quand il lâche la rambarde pour réarmer son fusil, une bourrasque le bouscule et le plaque avec violence dos au mur de la villa. La pression de la tempête sur sa poitrine lui coupe le souffle et le vent qui s'engouffre dans son nez l'asphyxie. Il se cramponne des deux mains à son arme pour assurer son tir et fait feu deux fois encore. Le vacarme de l'ouragan efface les détonations. Le tireur ne sait plus si c'est le vent qui fulmine sa rage, l'alligator qui vagit sa colère, ou son compagnon qui hurle sa supplique. Quand le sicaire et la bête disparaissent dans les eaux boueuses, à hauteur d'un ponton ébranlé par les remous que le courant creuse contre les pilotis, le tireur, encore sidéré par l'horreur du supplice de son compagnon, aperçoit l'homme à la cagoule. Il a rampé contre le vent, le visage fouetté par la boue, le plus loin possible de l'alligator, et s'est cramponné au tronc d'un magnolia que la tempête a décapité. Le sicaire lutte aussitôt pour relever son fusil que le vent cherche à lui arracher des mains et mettre en joue l'intrus quand l'ouragan disloque soudain le ponton qui explose. Un essaim de poteaux, de poutres et de planches jaillit dans les airs et s'envole vers la maison. Les bois se fracassent contre la façade dans le vacarme d'un trois-mâts qui se brise sur des récifs. Une partie des débris, soulevés par le vent qui bute contre la maison, virevolte par-dessus le toit. Une autre crible le mur et retombe sur l'escalier. Un pilotis, lancé comme un bélier volant, fracasse un des volets anti-tempête. L'ouragan s'engouffre aussitôt dans la brèche. Le tireur se protège la tête de son fusil et dégringole les escaliers. L'homme cagoulé en profite aussitôt. Il lâche le tronc du magnolia et laisse le vent le propulser en glissade, pieds en avant, droit sur l'homme qui n'a pas le temps de braquer son arme. Le choc est brutal et les talons de l'homme à la cagoule enfoncent la poitrine du noir. Des côtes craquent. Il s'empare aussitôt de l'arme que l'autre a lâchée et s'apprête à l'assommer quand le vent chahute le pilotis fiché dans la fenêtre et qui finit par retomber. Le tronc pivote vers le bas comme un heurtoir et écrase la tête et le thorax de l'homme noir contre la façade. L'homme à la cagoule jure, furieux contre lui et contre l'ouragan, et remonte les escaliers en rampant pour donner le moins de prise au vent. Il contourne la villa, agrippé de toutes ses forces à la rambarde de la terrasse qui vibre sous l'assaut de la tempête, jusqu'à l'issue par laquelle les deux hommes sont sortis. Il entre et l'intérieur n'est qu'une tornade de débris fracassés. La tourmente, furieuse de s'être laissée piéger dans la maison, s'y déchaîne. Vaisselle, tableaux, meubles, chaîne stéréo, télévisions, tout ce qu'elle a brisé tourbillonne en déglinguant le reste dans un infernal maelström prisonnier des quatre murs de la pièce.

L'homme cagoulé est à peine entré qu'un troisième homme se jette sur lui. Dans la lutte il perd son arme. Ils sont comme dans le tambour d'une machine à laver démentielle. Ils tombent à la renverse et culbutent parmi les débris. Le vent les relève et les jette contre les murs. Ils prennent plus de coups de ce qui tourbillonne autour d'eux que de l'autre. Bientôt ils oublient de se battre et ne cherchent plus qu'à se protéger des objets qui tournent en tornade dans la pièce. Le vent prisonnier y devient furieux. Le fusil à pompe, emporté par la tourmente, cogne de mur en mur. Les deux hommes y laissent peu à peu leurs forces. L'homme à la cagoule y perd aussi un temps précieux qui compromet son plan. Soudain, l'homme de main réussit à se plaquer dos au mur juste à côté de la fenêtre, à l'abri du plus fort du vent qui s'y engouffre en continu. Et dans un mouvement inespéré, au troisième passage du fusil, il réussit à s'en emparer. Il ne reste plus rien dans la pièce pour permettre à l'homme cagoulé de se mettre à l'abri. Tous les meubles ont été fracassés. Il ne peut même pas envisager de se jeter sur l'homme au fusil. Le vent a profité de son hésitation pour le plaquer en force contre le mur opposé. Cible parfaite. Est-il possible que tout soit foutu, alors ? Qu'une mitraille de plomb mette fin à son projet fou en lui déchiquetant la tête ou la poitrine ? Il ne peut se résoudre à regarder la mort en face. Il ne veut pas donner à l'homme au fusil le plaisir de lire la terreur dans ses yeux. Il glisse son regard de côté. Par la fenêtre, dans le quasi-crépuscule imposé par les nuages noirs, à travers des rideaux de pluie, il regarde l'ouragan se déchaîner. Sur l'autre rive, il arrache de sa cale de radoub un bateau de pêche au gros. Les câbles d'acier censés le maintenir déterrent les plots de ciment et laissent s'échapper la coque. Elle culbute poupe par-dessus tête, puis le vent la jette si fort sur le bayou qu'elle rebondit à sa surface sans avoir le temps de s'y enfoncer. En trois ricochets, le bateau traverse le bayou en vrillant des tonneaux sur lui-même, un quatrième rebond le fait buter contre la rive d'où le ponton a disparu, et un cinquième le propulse contre la maison. L'homme au fusil devine la panique dans le regard de sa cible. Il pressent un malheur et hésite une seconde à tirer. Une seconde de trop. La proue du bateau catapulté par l'ouragan se fiche dans l'ouverture de la fenêtre et perfore la façade. Le choc résonne si fort dans le mur qu'il propulse l'homme au fusil contre le mur d'en face. Il s'y assomme à quelques centimètres de l'homme à la cagoule qui ne le regarde même pas. Tétanisé. Plaqué le dos au mur. La proue du bateau fou à deux centimètres de son front. La moitié de la coque est suspendue à l'intérieur de la pièce. En forçant son passage à travers la façade, elle a obstrué l'ouverture et étranglé la tornade. Les objets et les débris retombent au sol. Un curieux silence s'installe aussitôt. L'ouragan ne souffle plus qu'à l'extérieur. Seuls sifflent à l'intérieur des filets de sirènes aigus là où le vent furieux s'infiltre dans les interstices. Presque plus rien ne bouge dans la pièce, sinon la coque, secouée par les coups de boutoir de la tempête qui veut la forcer toute entière à l'intérieur. L'homme à la cagoule, un instant sidéré par la terreur, se reprend juste à temps. Il roule de côté au moment où l'ouragan défonce la poupe du bateau qui s'enfonce encore de quelques centimètres dans la pièce et cogne sa proue sur le mur d'en face. Mais il est stable maintenant. Fiché dans la façade d'un côté, appuyé contre un mur intérieur de l'autre. Il n'est plus un danger immédiat. Alors l'homme cagoulé retrouve ses esprits et se concentre aussitôt sur ce qu'il est venu faire.

Il cherche et trouve le compteur général et le disjoncte. Puis il repère l'alimentation secondaire et la neutralise aussi. Ensuite il fait méthodiquement le tour de la maison, détruisant une à une les caméras vidéo et récupérant leurs cartes mémoire. Quand il est rassuré, il cherche le coffre, pianote la combinaison, et l'ouvre. Il met la main sur deux millions de dollars en liquide et plusieurs dossiers. Il enveloppe le tout dans un sac en plastique qu'il scelle avec du ruban adhésif pour le rendre étanche et fourre dans un sac plié qu'il sort de son petit sac à dos.

Et comme il a attentivement étudié les prévisions météorologiques du matin, il trouve un sofa dans une pièce épargnée par la tornade, et attend que passe l'œil du cyclone.

2

... le crime organisé.

- Mon ange, c'est papa. Rappelle-moi, je t'en prie.

Depuis trois jours, l'air brûle, se charge d'eau et de sel, et le bayou est une étuve. Respirer suffit à le faire transpirer, et sa chemise lui colle à la peau comme un papier crépon détrempé. Haut perchée sur ses pilotis, au-dessus de l'eau brune du bayou Teche, la terrasse ne lui apporte aucune fraîcheur. Dans la glacière, les glaçons fondent trop vite pour rafraîchir la bière. Tout autour, le vent s'est tapi dans les cannaies et les bosquets. Comme en embuscade. Pas le moindre courant d'air. Appuyé à la balustrade, le cœur épuisé de chaleur, Freeman contemple ce paysage résigné qui attend l'ouragan. Comme lui. Il a toujours redouté ces violences naturelles dont il entendait parler à la télé, quand il vivait encore à l'abri des remparts de pierre de New York. Il regardait alors l'écran avec une morbide attirance pour ces déferlements de haine naturelle. Les furieux ravages que l'ouragan déchaînait chez tous ces pauvres gens. Comme on regarde les moussons sauvages au Bangladesh ou les tsunamis d'Indonésie. Avec cette fascination pour la fatalité des autres et, dans la bouche, cette amertume de culpabilité qu'une rasade de Budweiser bien frappée suffisait à rincer.

Ces fureurs naturelles ressemblaient trop à des rages divines, et pourtant, malgré la peur viscérale qu'elles lui vrillaient dans le ventre, il en restait fasciné. Mais cette fois, c'est sur lui que l'ouragan Noé avance son œil cruel. Devoir affronter ce fracas de Dieu électrise le creux de sa nuque en sueur. Avoir l'audace de vouloir y survivre. La colère de vouloir y mourir. Partir dans une telle violence, pied de nez à celles, petites et mesquines, que les hommes lui ont longtemps infligées. Y mourir lui importe peu, mais le sort de Lou le taraude d'inquiétude.

- Allô mon ange ? Réponds, c'est papa…

Elle est en ville, à La Nouvelle-Orléans. Il sait bien que si l'ouragan va se déchaîner sur lui, à Patterson, il va atterrir trop à l'ouest pour inquiéter La Nouvelle-Orléans qui cette fois ne risque rien. Ils auront du vent et de la pluie, mais rien d'un ouragan. Ni même d'une tempête. Pour son père, par contre, il ne sait pas au juste. Il l'espère. Le vieil Omer est resté à Cocodrie, dans son autre cabane, perchée à plus de cinq mètres de haut sur ses pilotis, tout au bout de la 57. Un village entier sur échasses, pour braver la mer et le destin. Après tous ces marécages qui ensuquent la mer, et juste avant toutes ces îles en vrac que les canaux pétroliers déchiquettent dans le golfe. La mer hérissée de stations de pompage en déshérence, comme un cimetière de bateaux échoués et blessés. Le vieil homme a annoncé qu'il restera chez lui. Freeman aussi va rester chez lui, dans cette maison que son père lui a abandonnée pour qu'ils se reconstruisent, Louise et lui, après le drame de Pilgrim's Rest. Braver des vents de tempête. Défier la vague scélérate. Rugir contre l'eau du ciel et contre le ciel lui-même. Ils s'y préparent tous les deux, Freeman à Patterson et son père à Cocodrie. Pourtant rien encore ne permet d'imaginer le fracas à venir. Tout reste suspendu dans un vertige immobile. Hors du temps. Où rien ne bouge. Pas même les oiseaux. À croire que la terre s'est résignée aux assauts de la mer et des cieux. Immobiles, les roselières hérissées de cladions et de typhas. Dormants, les tapis flottants de nénuphars étalés. Sans vie, les guirlandes de mousse espagnole qui pendent des cyprès rabougris. Inertes, les longues branches tordues des chênes torturés comme des bras de suppliciés. L'air épais devient si dense que Freeman pourrait y cueillir de l'eau en passant la main à travers. S'il en avait la force. Mais si la moiteur étouffe sa poitrine essoufflée, elle ravive ses vieilles blessures aussi. Et son inquiétude pour Louise.

- Lou, mon ange, je t'en prie, réponds-moi…

La veille au soir, le ciel était déjà couleur prune et noir derrière la maison. Ce matin il n'est plus rien. Déchiré en lambeaux de brume de chaleur aigre, épaisse, lourde comme une peau de lait entre les troncs. Mais maintenant il paraît si haut, si démesuré. Il surplombe la terre. Il a pris la couleur de la mer, vert et gris, et son goût sale et salé aussi. Et son odeur de sable boueux empêtré de bois flottés. Derrière, de l'autre côté de Main Street, s'avance déjà un front de nuages noirs marbrés d'éclairs silencieux. Une armée mongole, sauvage et invincible.

Le père de Freeman a construit cette maison, comme il en a construit tant d'autres. Pour résister aux ouragans. Le toit aplati à quatre pans, d'une pente de trente degrés pour ne pas laisser de prise au vent. La tôle ondulée se chevauchant généreusement, vissée dans la charpente toutes les trois ondes au moins. Mais tous les trente centimètres sur le pourtour. Pas de gouttières. Un léger débord de trente centimètres à peine, pour éloigner le ruissellement des murs. Mais l'art de son père, c'est l'agencement des poutres de la charpente et des murs. Leur entrecroisement compliqué qui permet de déjouer les ruses du vent. Son père plaisantait souvent autour de ce qu'il appelait sa limonade. Dr Pepper, feuilles de menthe et jus de cerise. Il disait qu'il était ceinture noire de charpenterie. Se servir de la force et de la rage de l'adversaire pour mieux le mettre à terre. Ses contreventements gardent la structure d'équerre quand le vent veut la tordre et la vriller. Ils rabattent sa force vers le sol pour ancrer la maison sur ses fondations quand la tempête cherche à l'arracher. Il a posé sur chaque fenêtre aux vitres épaisses des volets anticycloniques. La véranda, face au bayou, est la part du vent. Celle qu'il lui abandonne pour le détourner de la maison. Sa charpente toute simple supporte une large tôle de la même pente que le toit, mais en retrait et ouverte au vent. Les contreventements ne s'entrecroisent que sous le plancher, pour garantir qu'elle ne se déforme pas, mais la sagesse de son père a été de la désolidariser de la maison. Que le vent ne puisse pas se servir de la véranda pour arracher le reste.

- Lou, mon ange, je m'inquiète. Rassure-moi. Dis-moi que tout va bien…

Lou s'est libérée, il y a trois ans à peine, d'une longue séquestration. Quatorze ans enterrée au sous-sol d'un bowling abandonné, à Pilgrim's Rest dans les Appalaches. Avec cinq autres pauvres filles. Harem nauséeux d'un shérif psychopathe et de son frère détraqué. Freeman avait été le seul, obsédé, têtu, à continuer à la chercher pendant ces quatorze années. C'est lui qui l'a retrouvée. À sa façon, obstiné et désespéré à la fois. C'est deux fois grâce à lui qu'elle vit aujourd'hui. Une première fois parce que d'une certaine façon, c'est grâce à lui qu'elle a été libérée. Une seconde fois parce que pendant sa libération, il s'est jeté sur elle pour prendre, à sa place, la balle destinée à la tuer. Et qui l'a presque tué, lui. Alors depuis, il est hors de question qu'il la perde à nouveau. Que quiconque s'en prenne à elle à nouveau. Pas même un ouragan.

- Lou, je t'en prie, réponds-moi chérie…

C'est d'abord une brève risée qui frémit dans les roseaux. Puis de brusques bourrasques chahutent les palmiers échevelés et ébouriffent les chênes. Les mousses espagnoles, soudain légères, se redressent en rubans vaporeux et dansent dans le vent, cambrées comme des serpents ivres. Les halliers de cannes ondulent, foule qui hésite et se dandine, d'un pied sur l'autre, bruissant d'un long murmure inquiet comme une rumeur. Puis tombent les premières gouttes. Lourdes. Éparses. Elles plombent et creusent la surface de l'eau brune du bayou dans un bruit de cailloux. Comme le remous sourd d'une brème. Ou d'un sac-à-lait venu gober à la surface une mouche qui se noyait. Les suivantes criblent soudain les feuilles de nénuphar et déchiquettent le tapis épais du cresson des jacinthes d'eau. Puis tout le ciel s'effondre en une pluie de plomb qui mitraille le toit de tôle de la terrasse. On croirait que le bayou bouillonne tant ses eaux tressautent sous l'assaut. Le déluge est si violent, la pluie si longue et si drue, qu'il pleut littéralement des hallebardes longues et tranchantes. Aussitôt des rigoles se forment et méandrent sur les pelouses qui dégorgent déjà. Elles forment des flaques hérissées du fracas des gouttes d'où s'échappent des ruisseaux qui creusent et maillent aussitôt la terre de torrents affolés qui cherchent à rejoindre le bayou. Dans Main Street, de l'autre côté de la maison, les caniveaux s'étouffent d'amas de feuilles arrachées aux arbres par milliers. Elles tourbillonnent, paniquées, dans les mares, hésitent, puis captent un courant et dévalent la rue en longues glissades qui, tout au bout, contre le moindre obstacle, s'ourlent aussitôt de remous bruns et d'écume jaune. Le vacarme est pire que le roulement d'un train de la Burlington sur le grand pont d'acier rouillé qui enjambe l'Atchafalaya du côté de Berwick Bay. Des rafales effeuillent les ramilles. Hachent menu les rameaux. Ébranlent les troncs. Les arbres gémissent et se vrillent, tordus de douleur. Le vent brise leurs branches, les déchire dans de longues blessures ligneuses, les arrache et les envoie faucher les roseaux cent mètres plus loin sur les berges du bayou. Freeman se penche à la terrasse pour regarder le ciel du sud. Il est aussitôt trempé jusqu'aux os, de l'eau plein la bouche et les yeux. L'ouragan est là maintenant. Noir. Si haut de plusieurs milliers de mètres, juste au-dessus de lui, qu'il ressemble à une citadelle médiévale et maléfique. Alors viennent les premiers vents de tempête, comme la charge effrénée d'un troupeau sauvage, obstiné et paniqué. Il peut vraiment le voir se ruer sur la ville. Physiquement. Comme une masse vivante, animée d'une cruauté animale. Une horde d'avant-garde. Furieuse et sauvage. Elle pousse devant elle une vague de boue qui charrie déjà des troncs et des pierres. Quand elle vient ébranler la ville sur ses fondations, le choc est si fort qu'il en ressent l'onde dans son corps. Maintenant des trombes fouettent la pluie de biais en travers de la véranda. L'eau lui gifle le visage et cingle sa poitrine. Sa chemise se déchire, boutons arrachés. Le vent se rue avec tant de force qu'il doit se buter contre lui dans un angle défiant la pesanteur. Que la tempête cesse soudainement et l'élan de son déséquilibre l'entraînerait jusqu'à basculer par-dessus la rambarde pour tomber dans le bayou enflé de toutes ces eaux soudaines.

Mais l'ouragan n'en est qu'à ses débuts. Le souffle redouble bientôt et plaque Freeman contre le bardage de sa maison. La froideur pénètre sa peau et engourdit ses muscles, mais il reste vigilant, dans l'attente des autres frayeurs qui le guettent. Ce ne sont que les premiers vents. Les pires restent à venir. Quand ceux tournoyant autour du mur qui souligne d'un cerne noir l'œil mauvais du cyclone s'acharneront sur la ville. Deux cents kilomètres à l'heure. Peut-être plus. Patterson ne devait pas se trouver sur leur route. L'ouragan devait s'engouffrer dans Vermilion Bay et remonter au nord balayer La Fayette. Pour quelle raison a-t-il bifurqué en se cognant au minuscule îlot de Caillou Bay ? Freeman se souvient des toupies en bois de son enfance. Celles que fabriquait pour lui son père, dans des restes de charpente, et qu'il lançait à l'aide d'un lacet, sur le parquet disjoint de leur maison. Il suffisait d'une pichenette pour les dévier quand elles touchaient la moindre chose. Et l'ouragan, pareil à une toupie, s'est détourné sur eux. Dans quelques heures, après avoir tout dévasté sur son passage, son œil englobera Wilsons Landing, Patterson, Idlewild, Bayou Vista, Berwick. Une heure plus tard, les vents furieux de l'autre côté de l'œil balayeront plus sauvagement encore, dans l'autre sens, les restes de leurs ruines démantelées.

- Lou, réponds-moi, s'il te plaît…

Ceux de Patterson s'apitoyaient sur ces pauvres gens de La Fayette qui allaient tout y laisser, quand la nouvelle est tombée que c'était désormais pour eux. Trop tard. Personne n'a vraiment eu le temps de s'y préparer. Quelques planches mal clouées devant les baies vitrées, et qui enflent et se gondolent déjà aux premiers vents qui culbutent des poubelles et glissent jusqu'au milieu de Main Street les containers de tri sélectif. Les planches de protection s'arrachent à leurs clous et volent dans la tourmente, décapitant les palmiers d'ornement quand ils se redressent entre deux bourrasques. Des panneaux *maisons à vendre* décollent des pelouses pour fracasser le bois des façades d'en face. Les rafales pèlent les glycines et les passiflores de tous leurs pétales, déracinent les lauriers-roses, ploient les palmiers jusqu'à les casser soudain et n'en laisser que des moignons idiots et rigides. Des bourrasques chahutent les voitures restées dehors et secouent le toit des maisons et des dépendances. La terrasse de Freeman fait face au bayou, dos à la rue, et il court d'un bord à l'autre pour mesurer la force de la tempête. À cinquante mètres sur la droite, la maison en parpaing de son voisin semblait solide et capable d'encaisser toutes les colères du monde. C'est la première dont le toit s'arrache comme on épluche un fruit. Le vent s'est cogné à sa façade avec une telle violence et une telle obstination qu'il a créé des centaines de petits tourbillons ascensionnels qui ont remonté le long du mur, se glissant sous la première rangée de tuiles et finissant par les déchausser. Le premier rang s'est soulevé en soubresauts pour s'arracher soudain, entraînant tout le reste de la toiture en une seconde. Les tuiles ont bondi en ruban dans le ciel pour se disperser aussitôt comme une envolée de passereaux paniqués.

- Lou, dis-moi que tu es à l'abri, mon ange. Dis-moi qu'il ne se passe rien à La Nouvelle-Orleans…

Dans la soufflerie du vent qui hurle ses sirènes, Freeman devine alors un cri. Quelqu'un l'appelle et hurle son nom. Il se précipite de l'autre côté de la terrasse et aperçoit le chef Lapointe sur la pelouse. De profil, ses bottes jaunes plantées dans la boue pour résister aux charges du vent, cinglé par la pluie, il se débat contre son imperméable transparent qui s'enfle comme une méduse hystérique puis soudain se plaque à lui comme pour le mettre sous vide. Il hurle quelque chose de la voix et du geste.

- Qu'est-ce que tu fous, Freeman ? Par tous les saints, rentre chez toi et ne fais pas le malin. Barricade-toi à l'étage, faut savoir que c'est un méchant celui-là.

Freeman va lui répondre, quand il aperçoit son lourd barbecue de fonte et de parpaing trembler, se desceller, puis se disloquer soudain et partir en vol tendu à travers les airs jusqu'au beau milieu du bayou qui l'aspire sans la moindre écume. Il va en plaisanter avec Lapointe mais il devine la terreur dans les yeux du chef. Un instant sidéré, Lapointe se jette soudain sur un des piliers de la véranda et s'y cramponne de toute la force de ses bras. Freeman se penche par-dessus la balustrade pour voir ce qui effraye tant le chef. La pluie glacée lui blesse les yeux et lui suffoque la bouche à travers ses lèvres serrées, mais il comprend. La voiture de patrouille, poussée de côté par le vent, paniquée des éclats de tous ses gyrophares, glisse en crabe de profil en travers de la chaussée détrempée. L'adjoint n'a que le temps de sauter. Il se jette comme d'un canot qui verse et se plaque dans une flaque pour ne pas se faire emporter. Quand les pneus butent de côté contre le rebord du trottoir, le vent se glisse aussitôt sous le véhicule et le retourne sur la pelouse de Freeman. À l'envers sur le toit, pneus en l'air, sur l'herbe détrempée, ce n'est plus qu'une luge que l'ouragan s'amuse à pousser de plus en plus vite jusqu'à la berge pour la balancer à la flotte. Pendant quelques secondes, elle n'est plus qu'un étrange radeau, les quatre pneus en l'air, qui file dans le courant, avant de disparaître soudain, comme happée par un alligator monstrueux.

Maintenant qu'elle s'est bien amusée, la tempête s'applique à la tâche et arrache un à un, avec obstination, les toits des maisons. Les tuiles décollent et volent en escadrilles. Puis les premières tôles cèdent à leur tour, se déchirent comme du papier tranchant et montent en spirale dans le ciel pour taillader les nuages. Et quand elles retombent en vrille, lames déchiquetées, elles scalpent les palmiers. Freeman prie pour que son toit résiste. Il l'encourage d'une païenne prière pour qu'il le protège de ce qui tombe sur le monde. Il hurle au chef qu'il va descendre lui ouvrir, mais Lapointe le lui interdit. Déjà il remonte contre le vent, têtu comme le flic qu'il est, écorchant ses ongles aux pilotis de la maison, pour rejoindre son adjoint. Puis il demande par radio qu'on vienne les chercher.

- Reste dans ta putain de baraque, Ernest !

Ce sont les derniers mots qu'entend Freeman du chef Lapointe ce jour-là. Le temps de veiller à ce que le chef et son adjoint s'en sortent, et sous sa véranda le bayou a débordé de son lit et inondé sa pelouse. Il a à peine le temps de s'en inquiéter que la maison à l'ouest de la sienne explose. Une sorte d'atelier d'accastillage et de carénage pour bateaux de loisir. Le vent s'y engouffre, dépendance après dépendance, hangar après hangar, atelier après atelier, et les pulvérise de l'intérieur. Les tôles, les stocks, les matériaux, les magasins, les outils, les cales, les leviers à poulies, les postes à souder, tout s'envole en désordre. Puis le vent s'acharne sur ce qui reste des structures et plie ou glisse les charpentes éventrées jusque dans le bayou, laissant à découvert les coques et les bateaux sur lesquels il se jette aussitôt, les propulsant de sa colère jusque sur l'autre rive. Barques à fond plat, hors-bord, Zodiac, kayaks, canoës, tous traversent le bayou dans les airs. Et c'est en les suivant des yeux que Freeman aperçoit, sur l'autre rive, l'homme qui court dans la propriété de Sobchak.

Il essuie la pluie qui brouille ses yeux pour mieux voir. Qui peut être assez fou pour s'exposer à une telle violence des éléments ? Il suit l'homme des yeux. Ce n'est pas un homme qui fuit. Ni qui cherche refuge. C'est un homme qui court vers quelque chose qu'il a décidé d'atteindre. Il n'y peut rien, c'est son indécrottable instinct de vieux flic. Même au milieu de n'importe quel cloaque nauséabond, au fond de n'importe quel égout empuanti, il sait encore sentir l'odeur des emmerdes. Cagoule sur la tête et petit sac de monte-en-l'air sur le dos, ce type n'est pas là pour tondre la pelouse. Freeman rentre chez lui prendre des jumelles. D'un seul tourbillon le vent en profite pour s'y engouffrer avant lui et saccager toute la pièce. Bon perdant, Freeman lui offre un deuxième tour en ressortant sur la terrasse, jumelles à la main. La pluie macule les objectifs, mais il fouille quand même des yeux la rive d'en face. La villa de Boris Sobchak n'est pas vraiment un parc public. C'est plutôt un no man's land à la nord-coréenne dans lequel personne de sensé n'oserait se risquer. Contrôle vidéo et *sicarios* à demeure. Le propriétaire des lieux n'est pas que dans les affaires. Il est aussi dans tous les business qui font de La Nouvelle-Orléans une des villes les moins sûres du pays. Donc une des plus dangereuses au monde. Mais tout le monde s'en accommode à Patterson. Sobchak a financé l'éclairage du stade de l'équipe de football locale et sait se montrer charitable et généreux avec tous les organismes caritatifs. Pour peu qu'ils ne militent ni contre la pègre, ni contre le crime organisé.

3

... qu'il n'a peut-être pas su.

- Qu'est-ce qu'on a ? demande Zacharie Beauregard.

Il a glissé sa Honda sur l'herbe tondue de la levée en bordure du Mississippi, à hauteur d'un bosquet de jeunes chênes frêles et de saules maigrichons. L'ouragan est passé la veille à l'ouest de La Nouvelle-Orléans. Il a laissé dans l'air humide son odeur de sel, de terre putride et de poissons morts. Zacharie regarde le fleuve jaune et puissant, boa constrictor qui tient et étouffe la ville dans ses méandres en anneaux. Ils sont sur Wilson, au terminal du ferry, face au complexe pétrochimique de Chalmette. Le long des berges, des coques échouées à moitié immergées. Des pontons flottants défaits. Quelques péniches abandonnées, à moitié immergées. Et sur les eaux chargées de limon, des convois de barges rouillées amarrées les unes aux autres, surchargées, le plat-bord au ras du fleuve, et que manœuvrent de puissants pousseurs trapus crachant leur suie noire dans l'effort. Zacharie se demande dans l'espoir de quelle fortune deux spatules roses, en équilibre sur leurs longues pattes fragiles d'échassiers, fouillent de leur bec plat la vase immonde irisée de reflets d'huile.

Douglas Howard a garé sa clinquante Mustang rouge de l'autre côté de la rue. Zacharie se décide et un homme en uniforme qui n'attendait que ça soulève pour lui le ruban de la scène de crime. Sur ses indications, Zacharie s'engage dans les taillis jusqu'à une mare cachée par les arbres au bord de laquelle est agenouillé son coéquipier.

- Alors, qu'est-ce qu'on a ?

- Moi un gamin de douze ans avec une balle dans le cul, et toi dix minutes de retard, répond Howard sans lever les yeux.

Il a baissé le short rouge du gamin et observe les brûlures autour de son anus. Zacharie reste figé par l'immobile violence de la scène. Lui, debout, médusé, sans réaction. Son partenaire à genoux, impassible, qui examine le corps avec attention. Deux flics en faction, insensibles. Et ce gamin gisant que quelqu'un a sodomisé d'une arme pour l'assassiner de l'intérieur.

- Putain, soupire Zacharie, cette ville me fout la gerbe chaque jour un peu plus. L'équipe scientifique est en route ?

- Oui, mais elle fera sans nous pour les constatations, répond Howard, briefing d'urgence de tous les inspecteurs chez Chief Martineau.

Il se relève, remet ses lunettes de soleil et passe devant Zacharie pour rejoindre sa voiture.

- Et ça t'arracherait la langue de me dire pourquoi ?

Howard s'arrête et se retourne pour lui faire face.

- Et ça t'arracherait les yeux de regarder tes messages ?

Il monte dans sa Mustang, fait demi-tour et s'arrête à hauteur de la Honda pour s'expliquer quand même.

- Un monte-en-l'air a profité de l'ouragan pour braquer la maison de Sobchak, à Patterson. Big Creep est hors de lui. Il hurle qu'il va foutre la ville à feu et à sang pour le débusquer. Ce cerveau de méduse ne comprend pas que son voleur vient de lui éviter la prison à vie.

Zacharie ne répond pas et regagne sa voiture.

- Hey Zach, si ce boulot t'emmerde, tu me le dis. Je t'aiderai à trouver quelque chose aux immatriculations.

Mais la Honda démarre, et tout ce que Doug peut faire pour expurger sa colère et sa frustration, c'est de la doubler en brûlant ses pneus sur le macadam fissuré par les pluies, le désintérêt des services d'entretien, la spéculation qui parie sur l'abandon des mauvais quartiers, et la corruption qui fait fondre les budgets de la ville. Certains jours, il ne supporte plus la désinvolture de Zach, et il devine qu'il va finir par haïr ce type.

Au poste, Chief Martineau aussi laisse brûler sa colère. Comme un chalumeau quand la flamme devient bleue. Un an de planque et d'enquête, six mois d'écoutes, des milliers de dollars pour arroser les indics et l'affaire était jouée. Sobchak allait traiter en direct avec un cartel de danseurs de *champeta* colombiens pour deux millions de blanche. Il avait récupéré la monnaie et attendait les apprentis Escobar dans sa maison de Patterson quand l'ouragan s'est invité à la fiesta. Sobchak avait bien proposé de sceller le deal à La Nouvelle-Orléans, mais les Colombiens n'ont rien voulu savoir. Ils avaient survécu aux folies meurtrières de la Medellin de la belle époque, ils n'allaient pas prendre le risque de se faire buter chez les gringos pour leurs chaussures en peau de lézard et crever parmi les négros qui boivent de la bière dans des gobelets en carton, le nez dans un caniveau de la ville la plus pourrie des États-Unis. Les écoutes ont confirmé que la rencontre était reportée au jeudi d'après l'ouragan, dans deux jours, toujours à Patterson. « *Chévere* amigo, ne lâche pas la papaye, et *rumbearemos* jeudi si Dieu le veut. » Mais Dieu en a décidé autrement. Il a dépêché un connard couillu pour piller le coffre blindé de dollars de Sobchak pendant la tempête. Sobchak avait les dollars au chaud et les escobars avaient la poudre au frais quelque part, et tout allait au mieux dans le pire des mondes. Mais pas de fraîche, pas de poudre. Même si, dans cette affaire, le NOPD, la police de La Nouvelle-Orléans, n'agissait qu'en support du FBI, cela signifie pas de flag pour Chief Martineau. Un trapu blond et costaud, les avant-bras comme des cuissots, les biceps serrés dans les manches trop étroites de sa chemisette rose. Gros bouffeur, grand buveur, et bon cogneur. Les petites frappes qui l'ont croisé quand il faisait la rue s'en souviennent encore. Et maintenant il a la rage. Le sang gonfle les veines de son cou et de son front, et la colère assombrit le vert de ses yeux, comme une eau claire sous l'ombre d'un orage.

- On arrête tout. On se planque. Pas la peine d'essayer de mettre de la boucane en sac. On garde les écoutes, on les surveille, et on attend la prochaine occase.

- Et pour le braqueur ?

- On oublie ce *bougue*. Tant que personne ne nous le demande, nous n'enquêtons pas sur lui. On ne bouge pas un orteil. Pas question de mouiller notre filet avant de le balancer sur la poiscaille.

- Quelqu'un s'est fait souffler sa chandelle ? demande Beauregard.

- Zach, qu'est-ce que tu ne comprends pas dans ce que je viens de dire ? Oublier, c'est pas compliqué à comprendre, non ? Ce truc n'a pas eu lieu, vous m'entendez, tirez la bonde de l'évier qui vous sert de crâne et siphonnez-moi cette affaire de vos têtes.

- C'était juste pour savoir, *chief*, au cas où une falourde engourdie remonterait à la surface.

- Non Howard, il n'y a pas de cadavre a priori. Juste des calebasses défoncées chez deux porte-flingues. Donc on laisse tomber et on remontera une souricière plus tard, quand le FBI le décidera. En surveillant la météo ce coup-ci, j'espère. Alors retournez à vos enquêtes et évitez de faire du train autour de ça. Mais soyez prêt à répondre au premier appel.

Les inspecteurs se séparent et regagnent leurs bureaux, sauf Howard qui prend ses clés et sort de la pièce.

- Où tu vas ? demande Beauregard.

- Je retourne voir le môme.

- Il doit être à la morgue, à cette heure.

- Alors je passe à la morgue d'abord.

- Je ne peux pas venir, je te rejoins plus tard.

- Je m'en doutais un peu.

Les autres inspecteurs le regardent sortir, puis tournent leurs regards sur Beauregard et baissent les yeux quand ils croisent le sien, incapables de comprendre le fonctionnement de ce duo improbable.

- Vous ne déjeunez jamais ensemble ? ose un jeune inspecteur.

- Il est parti chez le croque-mort, pas chercher des croque-monsieur, lâche Beauregard concentré sur l'écran de son ordinateur.

À la morgue, Howard retrouve Doc Campbell. Le corps exsangue et livide du gamin est allongé sur une table.

- Alors, Doc, c'est bien ce que je pense ?

- Malheureusement oui, soupire Campbell, je n'ai pas encore commencé l'autopsie, comme tu peux le voir, mais les constatations extérieures ne laissent aucun doute.

- Quand je pense que le premier homme sur place a parlé d'un suicide par balle à la tête.

- Ça peut se comprendre, Doug. Il y a bien un impact d'entrée sous le menton et une blessure de sortie au-dessus du crâne. Ça pouvait tromper n'importe qui. L'autre blessure n'était pas visible sous le maillot.

Howard se doute de ce que Cambell va lui expliquer et s'y résigne dans un soupir.

- Ce pauvre gosse était à quatre pattes, la tête penchée en avant, reprend Campbell. On a enfoncé l'arme dans son anus. Quand le coup est parti, la balle a traversé son tronc, est sortie à hauteur du plexus, pour rentrer à nouveau dans son corps sous la mâchoire et en sortir définitivement par le haut du crâne.

- Seigneur Dieu, pauvre gosse!

- Dans un sens, ce n'est pas plus mal, Doug. Si la balle n'était pas ressortie par le crâne pour le tuer net, ce gamin aurait terriblement souffert avant de mourir, ses entrailles déchiquetées à l'intérieur.

- Qui peut faire un truc comme ça, Doc?

- Doug, tu veux vraiment que je te raconte par le détail mon quotidien ? Chaque année, on dénombre plus de quatre cents homicides dans cette ville. Tu es flic, tu dois bien le savoir. Nous sommes un pays intrinsèquement violent. Rends-toi compte que pendant les quinze années qui ont suivi le 11 septembre, il y a eu plus de civils morts dans nos villes que de soldats américains tombés au combat pendant les campagnes d'Irak et d'Afghanistan.

- Oui, mais ça! s'indigne Howard en écartant les bras en signe d'incompréhension.

- Tu penses à Tyler, n'est-ce pas?

Howard ne répond pas, mais le doc a raison. Bien sûr qu'il pense à Tyler. Il pense toujours à Tyler. Chaque jour. Depuis un an maintenant. Depuis que son petit frère a disparu un soir d'été, pendant une canicule, sur les bords du fleuve où il aimait aller lancer des cailloux. Cette soirée lui reste comme un hameçon de gros en travers du cœur. Le soir sentait l'orage. Les feuilles sèches des palmiers raclaient les troncs dans le vent chaud. L'air lourd, moite comme une serviette trempée. La télé muette qui flashait ses pubs débiles. Toutes les fenêtres ouvertes pour ne pas suffoquer. L'odeur du coca renversé sur la blouse de leur mère endormie dans son fauteuil. Tyler qui s'ennuyait. Qui tournait en rond. Qui n'avait pas le droit de sortir avec les petits voyous du quartier. Surtout pas le soir. En partant pour prendre son service de nuit, Doug lui avait fait promettre de veiller sur leur mère. Et c'est elle qui l'appelle une heure plus tard, à moitié endormie mais déjà apeurée, pour lui demander où est Tyler. Et ce fut le début du cauchemar. Un an. Un an à penser à lui à chaque cadavre de gosse retrouvé dans les rues de cette ville en déliquescence. Et même quand il est sûr que ça ne peut pas être Tyler, il vient quand même voir le doc à la morgue. Pour vérifier. Pour chercher un possible lien. C'est lui-même qui avait appris à Tyler comment bien choisir les galets. Plats. Ronds. Comment prendre le bon angle, écarter le bras, fléchir les genoux. Faire sauter la pierre au moins six fois à la surface de l'eau. Douze fois quelquefois. En se penchant sur le côté, le bras en fouet à hauteur du coude. C'est la dernière chose qu'un témoin l'a vu faire. Des ricochets sur le Mississippi. À cent mètres de chez eux. Tyler avait l'âge de ce gamin à la morgue quand c'est arrivé. Et tout inspecteur à la criminelle qu'il est, Doug n'a jamais pu retrouver son petit frère. Et c'est encore pire de penser qu'il n'a peut-être pas su.

4

... quelqu'un pensait le contraire.

Le petit homme arrive dans l'œil de l'ouragan. Freeman l'aperçoit sur Main Street au milieu des débris. Maigrichon. Costume beige trop ample. Chemise blanche boutonnée jusqu'au cou, chaussé de souliers élégants. En cuir. Couleur sang de bœuf, si Freeman voit bien depuis sa terrasse. Il porte une lourde sacoche à la main, un parapluie glissé à plat entre les poignées. Les assurances sont bien capables d'avoir lâché leur premier fox-terrier fouiller les décombres avant même le passage du deuxième mur. Histoire d'épingler les imprudents qui mettent leur bien en danger en profitant de l'accalmie de l'œil pour réparer. Pourtant l'homme qui descend la rue dévastée et encombrée de détritus n'a rien de l'arrogance d'un arpenteur de misère. Il observe, curieux, ce que le premier chaos de l'ouragan a produit de malheurs insolites. Des vélos et des barques dans les arbres. Des poteaux électriques fichés dans des toits chauves de tuiles. Des lignées de palmiers réduits à des rangs de moignons. La rue est jonchée des plaques de bois et des tôles qui devaient protéger les habitations. Il les évite. Enjambe avec précaution les flaques, son pantalon relevé sur d'impeccables socquettes blanches. Un long mocassin brun affolé ondule soudain entre ses pieds pour fuir vers le bayou. Sans lâcher sa sacoche, le petit homme tire son parapluie et d'un geste précis balance le serpent loin au beau milieu de la pelouse inondée de Freeman qui s'en amuse. Il voit le colubridé disparaître dans l'eau, puis sa tête pointue en ressortir, se repérer, et glisser en flèche vers le bayou. L'homme a gardé son parapluie à la main et repris sa marche intéressée, comme un promeneur du dimanche traverse un quartier qu'il ne connaît pas. Il regarde chaque maison. Redresse une boîte à lettres ou un panneau *à vendre*. Qu'il tente avec maladresse de ficher en terre à nouveau. Puis il s'arrête pour tirer d'une flaque quelque chose de dégoulinant. Intrigué, Freeman se sert de ses jumelles pour voir ce que c'est. Un ours en peluche. Gorgé d'eau. L'homme le secoue plusieurs fois, comme on essore à l'ancienne la salade dans un panier, puis cherche des yeux d'où il aurait pu s'envoler. Freeman voudrait lui crier que l'ouragan peut l'avoir arraché de n'importe quelle chambre d'enfant éventrée de n'importe quel quartier de la ville, mais il se contente de le regarder choisir une maison et aller déposer la peluche sur un paillasson miraculeusement intact devant une porte enfoncée.

Quand il revient sur la rue, Freeman devine au coup d'œil qu'il jette sur sa maison que c'est chez lui qu'il vient. Il se redresse à la rambarde de sa terrasse.

- Vous êtes Freeman ? lui demande de loin le petit homme.
- Oui.
- Ernest Freeman ?
- Oui.
- Ernest Lazarus Freeman ?
- C'est bien ça.
- Est-ce que je peux m'entretenir avec vous ?
- Ça dépend de quoi.

- Je m'appelle Gaïzag Mardirossian, je viens de Cathedral City, Californie, et j'ai quelque chose pour vous, dit-il en brandissant sa sacoche.

- Vous avez drôlement choisi votre jour pour jouer au facteur, se moque Freeman.

- L'Arménien est prévoyant, sourit l'homme en levant son parapluie.

Contre un ouragan ? s'amuse Freeman en descendant lui ouvrir. Encore un de ces farfelus inconscients qui auraient bien besoin d'un peu de plomb dans les semelles les jours de grand vent.

L'eau a noyé la première des trois marches en béton du perron. L'Arménien se tient droit comme un suricat, ses chaussures à la main, ses socquettes blanches glissées dedans, et le bas de ses pantalons relevés au-dessus des chevilles. Petit, visage émacié, yeux d'ébonite, pommettes d'Asiate, cheveux de jais. Sourire sincère.

- Vous permettez ? demande-t-il.

- Je vous en prie, se surprend à dire Freeman en s'effaçant pour le laisser passer.

- C'est bien sombre chez vous, client, dit-il en inspectant la pièce des yeux.

- Je vous préviens, je n'ai besoin de rien, répond Freeman.

- Pourquoi dites-vous ça ?

- Vous venez de m'appeler client.

- Ah, ça ! Rassurez-vous, c'est juste un tic de langage, je dis *client* comme je dirais *mon ami*.

- D'un autre côté, je ne suis pas votre ami non plus, le rembarre Freeman, nous ne nous connaissons pas.

- Justement, l'Arménien gagne à être connu. Quand je vous aurai remis ce que je suis venu vous apporter, je suis sûr que nous serons devenus bons amis. De très bons amis, même.

- Nous verrons bien, dit Freeman amusé par le bonhomme.

- Oh, c'est tout vu, répond l'autre dans un rire qui caquette comme une poignée de pacanes sur un toit de tôle. Puis-je m'asseoir ?

La pièce d'en bas, c'est juste une grande cuisine avec une table et des chaises. Freeman lui fait signe de choisir celle qui lui convient. Mardirossian tire à lui celle qui fait face aux deux fenêtres condamnées qui ouvrent d'habitude sur le bayou. Freeman reste debout à ses côtés, curieux, pendant que l'Arménien pose sa sacoche sur la table.

- Donnez-moi un chiffre entre zéro et cinq ?

- Pardon ?

- Un chiffre entre zéro et cinq, client.

- Je ne sais pas, bredouille Freeman désarçonné, quatre ?

- Perdu ! C'est vous qui ouvrez la sacoche !

Le petit homme pousse la sacoche vers lui et attend, bras croisés, l'œil jubilatoire. Freeman défait les sangles de cuir et libère une tonne de billets verts qui se déversent sur la table comme le sable d'une benne.

Puis l'Arménien retourne la sacoche à deux mains et la secoue pour en faire virevolter jusqu'au dernier billet.

- Qu'est-ce que c'est que ça ? murmure Freeman, sidéré, en tombant assis sur une chaise.

- Un million sept cent quatre mille cinq cent vingt dollars dont il faudra soustraire ma commission de 10 %, soit un solde d'un million cinq cent trente-quatre mille soixante-huit dollars. L'Arménien aime à être précis. Dites un chiffre entre zéro et cinq, maintenant.

- Trois, articule machinalement Freeman sans pouvoir détacher son regard de la pile de billets.

- Bingo ! Gagné ! s'amuse l'Arménien. Ils sont à vous, vous pouvez les prendre, mais j'insiste pour que vous les recomptiez.

Freeman ne sait pas quoi dire. On ne lui a jamais vraiment fait de cadeau dans la vie. Il a même plus de malheurs au passif de sa vie que de bonheurs à son crédit. Il est en rouge à la banque des généreux depuis les vingt dernières années au moins. Et s'il est venu s'enterrer à Patterson, c'est justement pour se faire oublier de ce monde qui, chaque fois qu'il se souvient de lui, la lui joue à l'envers. Freeman a les chakras en papier tue-mouche. Les emmerdes s'y engluent. Et si les mouches finissent toujours par en mourir, ses emmerdes, elles, s'y collent à vie. Alors, un million cinq cent trente-quatre mille soixante-huit dollars sur sa table, livrés par un métèque aux pieds nus qui débarque au cœur d'un ouragan, ça pouvait donner le tournis même à un ancien flic de Brooklyn. Mais tout ce qu'il réussit à dire, hypnotisé par cet amoncellement de dollars, ce ne sont que quelques mots à peine audibles.

- Mais d'où ça sort, ça, Mardirossian ?

- Mardiros, appelez-moi Mardiros, client. Tout le monde m'appelle Mardiros.

- D'où ça sort, Mardiros ?

C'est sûr qu'à jeter une telle somme sur la table d'un quidam qui ne s'y attend pas, il y a de quoi susciter l'étonnement. Mardiros fait plusieurs grimaces de la bouche, comme s'il réajustait un dentier neuf, puis écarquille les yeux en signe d'hésitation.

- Comment vous dire, client : en fait il y a deux versions. La plus courte, c'est qu'un ami à vous a demandé à une amie à moi qu'elle me demande de vous remettre ça.

- Un ami à moi ?

- Oui, mais attendez, client, son nom vient dans la version longue. Un ex-agent du FBI qui a fait foirer l'opération de Pilgrim's Rest dans laquelle vous et votre fille avez été blessés a monté le braquage d'un parc aquatique de Palm Springs, en Californie, pour se constituer un trésor de guerre lui donnant les moyens d'aller traquer deux tueurs de votre connaissance en Alaska, dans les Brooks Mountains.

Freeman veut lui faire répéter pour être sûr d'avoir tout bien compris, mais il se contente, tout éberlué, de s'en étonner.

- Moi, je connais des tueurs en Alaska? s'exclame-t-il sans quitter les dollars des yeux.

- Ils ont fui pour se planquer au-delà de la dernière frontière, c'est vrai, mais en fait, vous les avez connus à Pilgrim's Rest.

- À Pilgrim's Rest? tressaille Freeman comme sous la décharge d'une anguille électrique. Ne me dites pas que...

- Si, il s'agit bien de Hunter et de Crow, client.

Freeman oublie aussitôt les billets au souvenir de ces deux hommes. Meurtriers ou pas, il leur doit la deuxième vie de sa fille, Lou, même si elle n'en fait rien de bon à présent. Et sa presque mort à lui, dont il se sert chaque jour pour hanter la deuxième vie de Lou. Une morbide spirale dont il ne sait toujours pas s'ils ont vraiment envie, Lou ou lui, de sortir. Alors que vient faire dans leurs destins cabossés ce petit bonhomme osseux au rire caquetant qui a connu deux fantômes de leurs vies?

- Vous avez connu Hunter et Crow? demande Freeman abasourdi.

- Je n'ai pas eu la chance de rencontrer Crow, répond Mardiros, mais j'ai bien connu Hunter. Après que Crow a été innocenté des crimes dont on l'accusait, il a touché deux millions de dollars d'indemnités compensatoires pour ses années passées en prison dans le couloir de la mort. Cet argent est ce qu'il en reste. Crow l'a laissé à Hunter, qui a décidé de vous le laisser.

- Comment ça, me le laisser?

- Il vous le laisse. Il vous le donne. Il vous l'offre. C'est cadeau, client. C'est pour vous.

Freeman reste un long moment interdit, les yeux dans ceux de Mardiros qui soutient son regard en souriant.

- Mais c'est leur argent, pourquoi me le donneraient-ils plutôt que d'en profiter ?

- Parce que Crow est mort, et que Hunter a disparu.

- Hunter ? Comment ça, disparu ?

Mardiros se débarbouille le visage d'un mouchoir imaginaire, puis il appuie les coudes sur ses genoux et se penche vers Freeman qui revoit un instant son père sur le point de lui expliquer une autre des grandes choses de la vie : qu'il faut faire attention à la morsure des bécassines de mer, ces foutus poissons aux arêtes vertes, qui se prennent trop souvent dans les mitraillettes à maquereau, et qu'il ne sert à rien de se cacher dans sa chambre la nuit sous les couvertures la lumière éteinte pour se masturber parce que notre Seigneur Dieu est omniprésent et voit tout et partout.

- Écoutez, client, je vais vous apprendre quelque chose qui vous servira en toutes circonstances pour tout le temps qu'il vous reste à vivre. C'est un proverbe arménien qui dit : *Quand on te donne, tu prends. Quand on te prend, tu cries.* Hunter vous donne cet argent, alors prenez-le, et ne vous mettez pas les tripes au court-bouillon pour démêler le pourquoi du comment.

Ce n'est pas tous les jours qu'un inconnu déballe sur votre table un million et demi de dollars offerts par un assassin en cavale. Freeman croit bien que de toute sa vie, même en fouillant ses plus profonds souvenirs de galère, personne ne lui en a jamais offert un seul. De dollar, pas de million.

- Allez, rangez ça et trouvez-leur une bonne planque, moi il faut que j'y aille avant l'orage.

Avant l'orage, mais d'où sort ce type ! C'est déjà un miracle de l'avoir vu apparaître comme ça. S'il était arrivé jusque chez

Freeman au beau milieu de l'œil de l'ouragan, c'est qu'il en avait traversé, d'une façon ou d'une autre, le premier mur. Mais a-t-il seulement conscience de la violence avec laquelle on sort de l'œil ? Quand la dépression arrive, elle enroule autour de son œil ses vents de malheur. Ça commence comme c'était survenu hier. Une risée, des bourrasques, des rafales, un grand vent, une tempête. Chaque souffle plus violent que le précédent. Une montée en puissance. Jusqu'au déchaînement infernal des éléments, quand la dépression hurle des vents mauves sous un ciel orange et sombre. Puis soudain, l'œil passe sur vous et tout s'arrête. Brutalement. Plus de tempête. Juste un vent calme. Plus un nuage. Pendant une heure ou deux. L'œil mesure en moyenne une quarantaine de kilomètres de diamètre. Le système dépressionnaire complet de l'ouragan, lui, peut étaler sa centrifugeuse infernale sur mille kilomètres. Une débroussailleuse céleste qui progresse à vingt kilomètres par heure. C'est-à-dire que l'œil n'offre son trompeur répit de vents calmes et chauds que deux heures environ. Une ruse sournoise pour embabouiner le quidam. Une entourloupe. Vous faire croire que. Vous pousser à sortir de votre abri. Parce qu'au sortir de l'œil, la violence des vents est inversée et immédiate. Dégressive. Le massacre commence aussitôt par les vents les plus violents. Ça passe du répit au pire dans la minute. Hormis les inondations, c'est le moment le plus meurtrier d'un ouragan. Les vents surpuissants fauchent dans la seconde les villes déglinguées que des imprudents commençaient déjà à réparer. Le deuxième mur ne fait aucun cadeau. C'est le plus traître et le plus violent. Qui en plus reprend à rebrousse-poil les dégâts précédents, dans ses vents infernaux qui tournent dans l'autre sens.

- Il est trop tard pour partir, Mardiros, nous allons bientôt sortir de l'œil.

- Ne vous en faites pas, client, j'ai aussi apporté le mien.

Il sort du col de sa chemise une fine chaîne en or au bout de laquelle pend un petit rond de pâte de verre en forme d'œil aplati. Blanc tout autour, avec l'iris bleu clair et la pupille bleu foncé.

- C'est un nazar, dit-il fièrement, l'œil porte-bonheur des Arméniens.

Freeman le regarde, incrédule. Ce type est fou. Fou à lier. Se balader au cœur d'un ouragan avec plus d'un million de dollars dans une sacoche en cuir et un œil porte-bonheur en pâte de verre pour toute protection !

- Et vous croyez vraiment que ça va vous protéger du déluge qui s'annonce ?

- Il l'a bien fait pour me permettre d'arriver jusqu'à vous sain et sauf ! répond-il en laissant tomber un autre rire comme un sac de noix sèches dans un escalier de marbre.

- Écoutez, propose Freeman, passons à l'étage, l'eau va monter bientôt avec le retour du vent. Cette pièce va finir inondée. Si mon toit résiste au deuxième mur, je peux vous héberger le temps que ça se calme un peu.

- D'accord, vous connaissez le proverbe maintenant, alors j'accepte, mais rangez ces dollars avant qu'Éole ne vous les vole.

- Ou que Neptune ne me pique ma thune, répond Freeman sans réfléchir, étonné lui-même de ce jeu de mots à deux dollars. Enfin, à un million cinq cent trente-quatre mille soixante-huit dollars. Il va falloir qu'il s'y habitue.

Il s'apprête à tout enfourner en urgence dans la sacoche, quand Mardiros l'arrête d'un geste de la main.

- Vous permettez, client ? dit-il en rapprochant sa chaise de la table.

Il mouille alors son pouce et son majeur de deux coups de langue et, avec l'application du responsable d'un loto de charité d'une paroisse adventiste du Middle West, compte, billet par billet, les cent soixante-dix mille cinq cent vingt dollars de sa commission. Puis il se lève, satisfait, et d'un geste généreux désigne le trésor sur la table.

- Le reste est à vous, client, je vous laisse la sacoche. Cadeau de la maison Mardirossian. L'Arménien sait se montrer généreux.

C'est dans le mouvement qu'il fait pour écarter les bras que Freeman devine l'arme sous sa veste.

- C'est quoi, ça ? s'inquiète-t-il aussitôt.

- C'est ce qui m'aide à basculer la chance de mon côté quand le porte-bonheur n'y suffit pas. On ne peut pas tout laisser dépendre du nazar.

Son rire encore. Le vacarme d'un poulailler hystérique attaqué par dix renards.

- Vous êtes quoi, en fait, transporteur de fonds, chasseur de primes ?

- Collecteur de dettes, précise Mardiros en levant l'index. Collecteur de dettes, j'insiste.

- Eh bien croyez-moi, personne n'a jamais eu une telle dette envers moi.

- Il faut croire que quelqu'un pensait le contraire.

5

Bien joué, Lou !

Howard n'a jamais pu quitter Algiers et leur bicoque en bois tout au bout de Vallette Street, face à la levée qui protège la ville des eaux fourbes du Mississippi. On peut presque croire à un taudis de l'extérieur. Une maisonnette en large bardage à clin d'un vert céladon, en haut de cinq marches en béton brut. Pour véranda, un auvent soutenu par cinq poteaux de bois tourné, les contrefiches sculptées en quart de rosaces et l'entrait comme une miniature de balustrade ajourée. Une rambarde en fer forgé pour garde-corps. Et derrière, la maison, de plain-pied, carrée de façade, deux fois plus longue derrière, ouverte sur la véranda par quatre hautes et étroites portes-fenêtres aux dormants en plein-cintre. Quand Tyler était encore à la maison, et sa mère encore vivante, toutes les fenêtres restaient ouvertes sur la rue. Aujourd'hui, Howard garde clos trois des hauts volets vert sauge à claire-voie et n'en laisse qu'une paire ouverte, sur la fenêtre qui lui sert de porte. Au-dessus, un toit en pyramide plate, isolé de shingle bitumé, et brodé tout autour d'un lambrequin ajouré.

Devant, entre la maison et un trottoir en briques de couleur en bâton rompu, à moitié déchaussées, protégés d'une maigre rambarde en fer rouillé, quelques mètres de jardin d'herbes folles plantés de trois palmiers chétifs, sous une toile molle de câbles électriques relâchés qu'un haut poteau vermoulu distribue à une dizaine de maisons alentour.

Pas vraiment la maison d'un inspecteur à la criminelle du NOPD qui roule en Mustang, mais Howard s'en moque. Pour le temps qu'il y passe. Une heure à peine, le temps d'une douche après sa journée à courir après les assassins et les voyous, avant de reprendre sa traque de nuit. Sa police à lui. Sa quête. Son obsession.

L'ouragan, qui passe sur Patterson et obscurcit le jour, agite aussi les arbres et les âmes de La Nouvelle-Orléans. Howard sait cet attrait du crépuscule pour les crapules. Il prend une douche brûlante pour qu'au sortir, la chaleur de l'air lui semble plus fraîche. Puis il s'habille en paumé de la vie, s'arme de son Colt Python personnel, glisse un petit .33 dans son étui de cheville et sort se mettre en chasse. Les nuits de traque, pour ne pas faire tache avec sa tenue, il laisse sa Mustang et saute dans une antique Camaro jaune. Un miché pris la main dans une culotte lui a refilé le tuyau d'un *juke-joint* à l'ancienne, entre Boutte et Paradis, sur le Old Spanish Trail, parallèle à la 90. Il y fera un tour à la tombée de la nuit. En attendant, il va prendre un *po boy* sandwich chez Ed's Oyster sur Bienville. La nuit d'orage électrise la ville. Les rues s'engorgent déjà de touristes en goguette et de tous ceux qui n'ont pour seul moyen de survivre que de les dépouiller. À l'astuce ou à la menace. Il se gare pas trop loin de chez Ed et trouve de la place à un des deux guéridons sur le trottoir. Il commande une Nola Pale Ale, mais ne prend pas vraiment plaisir à son sandwich aux huîtres frites, même s'il doit reconnaître que la sauce piquante, chez Ed, est excellente. Comme chaque soir de traque, il reste obsédé par la pensée de Tyler. Et les nuits où il part à la recherche de son petit frère, après avoir enquêté sur le meurtre d'une fille ou d'un voyou, d'un gamin ou d'un trans, lui donnent toujours l'envie de vomir son cœur. Il abandonne son *po boy* et retourne à sa voiture pour passer quelques coups de téléphone.

- Salut mec, t'es au courant du gamin qu'on a retrouvé près du ferry de Chalmette ? Tu sais si on a eu d'autres cas du même genre, avec un môme ou avec des adultes ? Tu peux vérifier et me rappeler ? Merci mec.

- Salut Doc, à propos du gamin d'aujourd'hui, vous avez déjà eu des cas de ce genre dans votre carrière ? Vous avez une base de données entre légistes je crois, vous pouvez vous renseigner ? En Louisiane, mais aussi dans les autres États, oui. Merci Doc.

- Zach, on peut se voir pour parler du môme de ce matin ? Oui, je sais que tu es chez toi. Oui, je sais que ta journée est terminée, mais nous sommes flics, non, bordel de merde ! Ok, d'accord, d'accord, les flics ont aussi le droit d'avoir une vie privée. Certains flics apparemment, en tout cas. Oui, c'est ça, à demain Zach. Peut-être.

Beauregard est un bon flic. Un enquêteur hors pair même. Mais humainement, Seigneur Dieu, quel con fini !

Il démarre et prend à gauche dans Baronne Street qu'il descend jusqu'à la jonction avec la 90. Puis il survole la ville depuis les rampes de l'Expressway et traverse le Mississippi sur le pont métallique du CCC, à cinquante mètres au-dessus des eaux, au moment où un navire de croisière se glisse en dessous. Même dans son chaos industriel et routier, cette ville peut être magique, quelquefois. Cinq kilomètres plus loin, il traverse déjà les marécages et leurs fouillis de ronces, de cladions aux feuilles tranchantes et de roselières, plantés de chênes maléfiques, pourris et blanchis par le sel, et de cyprès noirs aux pieds enflés. Il passe Boutte et ses jolies petites maisons empuanties par les émanations du complexe pétrochimique Monsanto, quitte la 90 pour récupérer Old Spanish Trail le long de la voie ferrée, et trouve le *juke-joint* sur la droite, entre deux anciennes gravières comblées par des eaux noires. Une construction en parpaings mauves, perpendiculaire à la route, avec un toit en tôle galvanisée nervurée rouge sombre, surmontée d'une enseigne en néon bleu. Boy's End. Tout un programme.

Il gare sa Camaro à l'abri d'un magnolia aux branches torves, hume au passage le parfum des fleurs tendres et des feuilles dures, et pousse la porte du bar.

C'est bien un *juke-joint* à l'ancienne. Grande salle barrée au fond par un bar rustique sur toute sa largeur. Longues tables en bois massif. Il est encore tôt. Les quelques groupes de clients sont dispersés entre amis, de table en table. Plus tard, il faudra jouer des coudes et des épaules pour trouver une place assise. Ça fait partie du jeu. Les coups de poing aussi, quand la bière au litre aura coulé. Pour choisir sa place ou pour choisir son titre dans le juke-box. Contrairement à ce que pensent les rares touristes égarés et la totalité des péquenauds du coin, ce n'est pas la boîte à musique qui a donné son nom au bar, mais le contraire. Grand-Père Howard lui racontait, gamin, comme ils allaient *jouker* dans des *jouke-joints,* des endroits pour danser au son de *jouke-bands*. Puis les « box » ont remplacé les « bands ». Celui du Boy's End est un AMI Multi-Horn High Fidelity qui réconcilie presque Howard avec les lieux. Deux centaines de quarante-cinq tours dans le ventre, avec le menu en accordéon au-dessus. Illuminé de toutes ses lumières de couleur, comme le vitrail païen d'une chapelle consacrée au péché. Pour l'instant, ça joue *These boots are made for walking*, de Nancy Sinatra, mais Howard repère dans la liste du Otis Redding, du Johnnie Taylor, du KC Jones. Et même *What about me,* par Ian & Sylvia. Et du zydeco, bien sûr. Howard n'est ni très contemporain, ni très jazz dans ses goûts musicaux. En fait, s'il avait pu choisir, il aurait préféré naître à Memphis, Tennessee. Ou même à Détroit. Mais pour la musique seulement. Pour tout le reste, il ne quitterait la Louisiane pour rien au monde.

Il traverse la salle jusqu'au bar où le patron, Hulk Hogan en black, lui prépare déjà son litre de bière.

- C'est comme ça ici, dit-il avant que Howard ne s'en étonne.

- Ça me va comme ça. Déjà vu ce môme-là ? demande-t-il en posant sur le bar une photo du garçon de Chalmette.

Le patron y jette un œil puis repousse la photo dans les mains de Howard.

- Les mineurs n'ont pas le droit d'entrer boire chez moi.

- Celui-là ne boit plus, il est mort.

Et profitant de la stupeur du patron, il glisse la photo de Tyler.

- Et celui-là ?

- Il est mort aussi ?

- Fais gaffe à ce que tu dis, celui-là c'est mon petit frère et je le cherche.

- Pas vu, dit-il. Va t'asseoir si tu veux avoir une place. La foule va arriver. Une des filles t'apporte une autre bière dès que je vois que tu as sifflé celle-là. Ça marche comme ça ici.

La foule n'arrive pas. Howard boit sa bière tout seul, puis repère un couple dont la femme, une belle noire, s'ennuie à mourir. Le type, lui, a un brasero sous les fesses. Un chipmunk sur une fourmilière. Il ne tient pas en place et surveille la porte.

- Ça va les amis ? dit Howard en s'asseyant à leur table.

- On n'est pas tes amis.

- Je disais juste ça pour être poli.

- Casse-toi !

Dans le juke-box: *Hit the road Jack*. Ironie.

Petite frappe, juge Howard. Trop petit calibre pour avoir un flingue. Surin peut-être. Shooté aux amphètes. Sec, nerveux, sûrement méchant avec ses poings. Sur les femmes peut-être même bien. Howard glisse la photo de Tyler sur la table.

- Je cherche ce garçon.

- Quoi, t'es pédophile en plus?

Howard lui empoigne la gorge de sa main droite, et bloque de l'autre celle de Chipmunk qui cherche son coupe-choux dans sa veste.

- Fais gaffe à ce que tu dis, c'est mon petit frère et il a disparu.

- Et alors, qu'est-ce que j'en ai à foutre, grogne Chipmunk.

Howard lui écrase le larynx dans son poing. Les jurons de l'autre s'étranglent et il glapit sa douleur.

- Il a vraiment disparu? demande la jeune femme d'une voix douce râpée par le tabac et l'alcool.

Howard lâche Chipmunk avant de répondre à la femme.

- Il y a un an, explique Howard. Il jouait sur les berges du Mississippi, un soir de l'été dernier, à cent mètres à peine de la maison. Plus personne ne l'a revu. Les flics pensent qu'il est tombé dans le fleuve, mais moi je n'y crois pas. On a retrouvé une de ses chaussures sur la berge.

- Les flics sont des salauds pourris et incompétents, murmure la femme, les yeux fixés sur la photo de Tyler.

- Pas tous.

- Si. Tous, croyez-moi! Ne croyez jamais les bobards qu'ils vous racontent pour se débarrasser des affaires auxquelles ils ne comprennent rien.

- Pourquoi dites-vous ça?

- J'ai disparu moi aussi un jour, et ils ont tous arrêté de me chercher.

- Vous avez disparu ?

- Oui, quatorze ans, et pourtant j'étais juste là, enterrée sous leurs pieds.

Des tisseuses de bobards, des tricoteuses d'embrouilles pour se payer un verre ou un mignon, Howard en a rencontré plus que son lot dans son métier de flic, mais le regard de cette black-là ne ment pas. Elle a dans les yeux comme un bayou sous l'orage. Des reflets différents sur la même eau. Rage, résignation, fatigue. Elle le regarde longtemps, comme si elle savait ce qu'il lisait dans ses yeux et qu'elle voulait qu'il le sache. Mais il détourne son regard. On ne se laisse pas pénétrer par de tels yeux verts pailletés d'ambre sans craindre y déchirer un peu de son âme. Par chance, trois hommes entrent alors dans le *juke-bar* et Chipmunk coupe court à la muette confession de la fille. Mais même quand il la prend par le bras et qu'elle se lève, elle garde ses yeux dans ceux de Howard.

- Laisse tomber, Lou, les voilà.

Contre ceux-là, Chipmunk ne va pas faire le poids, se dit Howard, même avec son coupe-choux. Des mômes grandis dans les décombres de Katrina. Voleurs à six ans, pilleurs à dix ans, violeurs à n'importe quel âge entre les deux, ils se la jouent gang latino, bien décidés à prendre à qui ils veulent tout ce dont l'ouragan assassin les a privés il y a quinze ans, et qu'ils n'avaient déjà pas à l'époque. Ils font signe à Chipmunk de les suivre dehors, et Howard remarque comment ils s'arrangent pour se placer, un devant Chipmunk, deux derrière, sans s'occuper de la fille. Quand il se lève pour les suivre, Howard croise le regard du patron, un regard qui signifie *pas de grabuge chez moi*. Sûr que ses mains, derrière le bar, sont serrées sur un fusil à pompe.

Dehors, le petit groupe s'est arrêté à côté d'une Cadillac rose. Comme les latinos de L.A., les voyous de Big Easy ont décidé de s'afficher. Quincaillerie en or, bagouses, tatouages, couleurs, bagnoles, musique. Se montrer pour faire peur. Le plus petit des trois, et sans doute le plus méchant, celui qui est sorti en premier, fait face à Chipmunk maintenant. Les deux autres comme un mur derrière pour l'empêcher de reculer. Howard ne sait pas quelle est l'embrouille, mais Chipmunk va trinquer. Il se résigne à intervenir. Pas pour Chipmunk. Pour sortir la fille du pugilat qui se prépare.

- Hey Chipmunk, comment ça se plume ?

Il se dirige droit vers le petit groupe et gratifie Chipmunk d'une grande tape dans le dos avant de passer son bras sur ses épaules pour l'entraîner en dehors du piège.

- Oh, s'énerve le petit, qu'est-ce que tu viens bouffer mon air, tu ne vois pas qu'on cause, non ?

- Pas une soirée pour causer, ça, *podna*, répond Howard tout sourire, en prenant le ciel à témoin. Plutôt une soirée à s'enfumer la boîte à rêves à la cigarette parfumée. D'ailleurs si tu en as de la bonne, je suis preneur.

Il a poussé Chipmunk vers la fille et maintenant se tient entre eux et les voyous.

- Tu veux qu'on lui explique la vie, Abel ? demande un des gros bras.

- J'en sais rien, répond le petit, ça dépend s'il veut la garder ou pas, sinon ça lui servira à rien d'apprendre. Alors mec, tu veux la garder ou pas, ta vie ?

- Bien sûr que j'y tiens à ma vie, Abel, tu permets que je t'appelle Abel ? Elle n'est pas géniale, mais elle est moins pourrie que la tienne, *podna*, non ? Elle n'est pas déjà écrite pour finir avant trente ans avec plus de plomb dans le crâne que tu n'en auras jamais eu dans la cervelle. Ou avec des palmes en béton au fond du lac Pontchartrain.

- Fais pas le mariolle, mec, t'as le bec qui part en chiottes. Tu veux vraiment prendre les paris pour savoir qui va perdre la sienne en premier ?

Howard défouraille son Colt Python sans qu'aucun n'ait le temps de bouger et colle le canon sur le front d'Abel.

- 357 contre 1 que c'est toi.

C'est une vraie connerie et il le sait. Ces types ne lui pardonneront jamais cette humiliation. Un jour ou l'autre, sa vie de flic les remettra sur son chemin et il n'aura peut-être pas le temps de dégainer aussi vite. Il préfère ne pas s'afficher comme flic du NOPD et cherche un moyen honorable pour sortir tout le monde de cette embrouille qu'il vient de faire partir en vrille.

- Qu'est-ce que tu lui voulais, à Chipmunk ?

- Hey les mecs, Alvaro s'appelle Chipmunk ! se moque Abel en prenant ses deux acolytes à témoin avant de refaire face à Howard. Il doit de l'argent à quelqu'un.

- Beaucoup ?

- Assez pour que quelqu'un donne aux *cocrodils* ce qui aurait dû faire de lui un homme.

- Chipmunk ?

Chipmunk ne suit pas vraiment, et la fille le rappelle à la réalité d'un coup de coude dans les côtes.

- Chipmunk, tu peux payer ou pas ?

- J'y suis presque, mais j'ai pas encore tout.

- Combien de temps ?

- Je devrais avoir ce qui manque dans une semaine.

Howard se tourne vers Abel.

- Alors voilà le deal, *podna*, moi je vous laisse partir sans casse, et toi tu laisses quinze jours à Chipmunk. Si tu es d'accord, dis-le bien fort à Chipmunk devant tout le monde.

Abel hésite, histoire de ne pas perdre la face trop vite, mais la pression du Magnum sur son crâne facilite sa prise de décision.

- T'as quinze jours, Chipmunk, et dix pour cent en plus pour le retard.

D'un mouvement de son arme, Howard autorise les trois petites frappes à regagner la Cadillac rutilante sous la lune et le néon bleu et rose du Boy's End. Puis, d'un geste de la main, il arrête Abel qui s'apprête à démarrer. Il se place bien en face de la voiture, et tire dans un des phares une balle dont l'impact secoue toute la Cadillac et les trois *bougues* qui sursautent.

- Ça, Abel, c'est pour les dix pour cent.

Les roues arrière de la Cadillac mitraillent de graviers la silhouette immobile des cyprès et des chênes. Quelques cailloux dégomment les fleurs d'un magnolia, réveillant leur parfum obsédant. Howard regarde les fantômes blancs de leurs pétales flotter dans l'ombre saturée d'humidité, quand le bruit d'une culasse qu'on arme claque dans son dos. Le patron du bar est là, fusil à pompe à la main.

- C'est quoi, tout ce train ?

- Ça se plume, *podna*, ça se plume, le rassure Howard en rengainant son arme. Les méchants sont partis.

- Tu connais pas ces mômes, mec. Tu les as pas fait galoper bien loin. Ils vont aller pleurer dans les gonades de leur boss et revenir armés comme des porte-avions.

Il désarme son fusil et rentre dans le bar.

- Et n'oublie pas de payer ton verre avant de partir, *podna*, je suis plus assez sûr de te revoir vivant pour te faire crédit.

Howard sourit et se tourne vers Chipmunk et la fille.

- Lou, c'est ça ?

- Quoi, tu veux que je te la prête pour te remercier, peut-être, s'énerve Chipmunk aussitôt.

Il se dandine sur la pointe des pieds, monté sur ressorts, le pouce et l'index des deux mains en revolver, paume vers le ciel.

- J'ai rien à te remercier, bite de ragondin, parce que c'est dans de la merde d'éléphant que tu viens de me mettre, mon gars. T'aurais dû demander d'abord à qui je les devais, ces *picayunes, coonass* ! Fallait les laisser me défoncer, parce qu'au moins ils m'auraient laissé vivant pour que je les rembourse. Maintenant, grâce à toi, je suis mort, mec. Mort, tu m'entends ? Alors pas question qu'en plus je te prête ma môme.

Howard ne l'écoute pas. Il regarde Lou. Son corps dessiné par la lumière des néons. Son visage creusé par l'ombre. Absente. Ailleurs malgré le coup de feu et les armes. Moulée dans une robe fuseau de soie nacrée. Fendue sur la cuisse. Dos nu. Ballerines aux pieds. Cheveux courts, coiffés rétro à la Dionne Warwick des années soixante – *Don't make me over !* –. Extérieure au monde. En attente. Présente et loin à la fois.

Elle tire un paquet de cigarettes d'un petit baise-en-ville perlé de strass, le tape sur son poignet pour en faire sortir une tige qu'elle attrape directement avec les lèvres et allume d'un Dupont en or. À lui seul, il suffirait à la faire découper au coupe-choux derrière la première palissade venue.

Quand la flamme jaillit, elle éclaire la peau veloutée de son visage d'une lumière chaude. Howard encaisse son regard braqué sur lui sans comprendre. À quoi joue cette fille qui sait ce que les trois *bougues* vont faire à Chipmunk. Qui n'a pas cligné des yeux quand il a fait feu. Qui n'a pas bougé quand le patron a armé son fusil. Le briquet ravale sa flamme et la nuit efface le visage de Lou, mais il garde l'image précise de son regard. Dur et résigné à la fois. Résolu aussi, mais à quoi ? Sans peur, mais pas par bravade. Par acceptation. Pour avoir déjà connu toutes les peurs, peut-être. Pour n'en plus redouter aucune. Le regard sans fond de quelqu'un qui prend la vie comme elle vient, mais pas par plaisir. Par application. Par vengeance.

- Cette histoire d'enlèvement ? demande Howard.

- Elle n'a pas envie d'en parler, tranche Chipmunk qui sent la situation lui échapper.

- L'affaire de Pilgrim's Rest, ça ne te dit rien ? répond Lou.

- Non…

- Eh bien cherche dans tes dossiers, *popo*.

- Hey, comment tu sais que je suis flic ?

- *Poor boy*, se moque-t-elle, il ne se rend même pas compte de la forte odeur de bacon qu'il dégage !

- Oh Seigneur Dieu ! se lamente aussitôt Chipmunk, ce mec est de la mafia bleue ! T'es un bleu mafieux, mec, c'est vrai ? Oh putain je suis encore plus mort que mort ! S'ils apprennent ça, ils vont me tuer plusieurs fois. Mais qu'est-ce que t'as fait mec, qu'est-ce que t'as fait !

Il attrape Lou par le bras et l'entraîne vers une Chevy bleue.

- Allez viens bébé, on se tire. On va se planquer dans le Dakota ou n'importe quel trou à rats du même genre. Putain on est morts, bébé !

- Et alors, lâche Lou, ça fait plus de quinze ans que je le suis, tu crois que quelqu'un pourrait me rendre encore plus morte que morte ?

- Dis pas de conneries, on dégage, implore Chipmunk dont la voix grésille de panique à présent.

- Lou, le môme sur la photo, c'est mon petit frère et…

- Elle le sait. Tu nous l'as déjà dit, aboie Chipmunk en démarrant si vite que sa Chevy tortille du cul dans les graviers.

- Comment je fais si je veux te parler ? crie Howard pour couvrir le rugissement du moteur.

- Tu nous oublies, hurle Chipmunk par la portière.

La Chevy s'arrache soudain à la poussière du parking et bondit hors d'une ornière pour sauter sur l'asphalte de la route. Howard regarde ses feux arrière dessiner des halos dans la nuit saturée, disparaître dans un faux plat creusé d'ombres, puis réapparaître et se fondre dans le maigre trafic. La poussière retombe lentement, colorée par les néons, comme une poudre de carnaval. Un éclat de boule à facettes surprend alors le regard de Howard. Dans les graviers, un petit baise-en-ville en strass.

- Bien joué, Lou !

6

… il n'a plus rien à lui envier.

- Ça va, mon cœur ?

Molly esquisse un sourire. Il a ouvert la fenêtre et fermé la moustiquaire et les persiennes. La lumière strie la pièce de rais obliques où danse une poussière d'ambre et de topaze. Il s'inquiète aussitôt, comme chaque fois, de la possible présence de microbes ou de virus dans ces myriades de particules en lente effervescence dans l'air immobile. Mais Molly trouve ça beau. Assise dans sa méridienne de velours bleu, elle y perd son regard des heures entières. Souvent il l'observe, adossé au chambranle, absente, à se demander vers quel monde si loin de tout elle glisse déjà. Et lui aussi se perd dans ce lumineux carnaval minuscule et silencieux. Dans le souvenir d'autres rais de lumière. À travers le rayon des jurisprudences de la bibliothèque de l'université de Loyola, où ils se sont embrassés pour la première fois. Ce baiser ! Le monde s'est dérobé sous ses pieds. Il a basculé en elle. Le souvenir d'un déjeuner de soleil aussi, le long du bayou Atchafalaya, sous la ramure haute et généreuse d'un grand chêne ombrageant de sa sombre fraîcheur la terrasse alanguie d'un boui-boui. L'air y était calme et serein, embaumé du parfum des mousses humides, des terres mouillées et des fleurs épanouies. L'ombre du chêne percé à la verticale des mêmes rais de miel. Et encore les pièces, vides de tout meuble, de leur premier chez eux minable de même pas mariés. Une baraque de bois jaune de guingois à laquelle s'adosse une véranda vermoulue, derrière une maigre palissade déglinguée dans Léonidas, sous un pacanier malingre dont les noix dégringolaient sur leur toit de tôle au premier vent téméraire. Le long de la voie ferrée. L'amour tous les jours, nus contre les murs nus, son corps ensué, strié des jours qui passaient, heureux, découpé par la lumière qui filtrait à travers les lattes des volets clos. Dans le roulement lascif et obsédant des longs trains de marchandises.

- Est-ce que madame Beauregard peut sortir ? demande la nurse.

- Non, elle est trop faible encore pour marcher longtemps, répond Zacharie. Demain j'achèterai un fauteuil pour que vous la promeniez au soleil. Je vais faire venir un menuisier aussi, pour qu'il fabrique une rampe et que vous puissiez descendre et remonter plus facilement.

- C'est trop… murmure Molly.

- Non, ça te fera du bien, tu verras. Une petite promenade chaque jour, après ta sieste, vers seize heures, juste après la pluie, pour profiter de sa fraîcheur.

Il se penche sur elle pour caresser sa joue et poser un baiser sur ses lèvres bleues.

- Zach, pourquoi ? Toi et moi connaissons déjà l'issue de tout ça, non ?

- Parce que je t'aime, parce que rien n'est jamais écrit, mon cœur, et parce que tu vas adorer ce fauteuil. Miss Zolande va s'occuper de toi. Je dois y aller, mais demain je ferai la première promenade avec toi.

Il l'embrasse encore avant de quitter leur maison de Saint Charles Avenue à Freret. Qu'est devenu le beau visage rieur de Molly ? La maladie le creuse. Des yeux. Des joues. Des tempes. Son doux minois coquin a fondu comme son corps. La maladie la mange de l'intérieur. Quand il la porte jusque dans leur lit, il devine les os de ses hanches contre ses bras. Mais même ainsi, décharnée, flétrie, rabougrie, condamnée par le mal, Seigneur Dieu qu'il aime Molly ! À en pleurer des nuits entières quand elle séjourne à l'hôpital, à en cogner les murs, à en vouloir au monde et à cet abruti de Dieu de cette injustice. Il ne sait pas comment lui annoncer. Quand il aura fait installer le lit médicalisé qu'il vient de commander, peut-être. Elle comprendra. Il n'y a pas d'autre issue acceptable pour elle que de mourir à la maison. Jamais il ne l'abandonnera à une mort anonyme dans aucune chambre d'aucun hôpital. Et puis d'ailleurs il ne lui dira rien. Elle n'a pas besoin de savoir. Lui est là pour ça, et il a fait ce qu'il fallait.

Sa Honda est garée à l'ombre des hauts chênes aux branches tordues. Il s'installe au volant et attend le passage de deux tramways, plus pour réfléchir à ce qu'il a fait qu'à ce qu'il a à faire. Puis il démarre pour rejoindre le poste de police. En route, il reçoit un message de Howard qui lui propose de prendre un café au lait et des beignets au Café du Monde avant d'attaquer la journée. Il répond qu'il préfère le retrouver directement au bureau, comme d'habitude. Beauregard n'aime pas la vie et les manières de Howard. Même si, désormais, il n'a plus rien à lui envier.

7

J'habite à deux pas.

Peu après l'algarade sur le parking du Boy's End, les clients commencent à affluer dans le *juke-house*. Tous déjà bien éméchés par de précédentes étapes alcoolisées. Des filles parties pour la fiesta se glissent entre les épaules des buveurs en tortillant du popotin. Quand une main se laisse aller sur leur précieux attribut, elles couinent une feinte surprise et, outragées, elles giflent l'olibrius d'une tapette offensée du bout de leurs doigts aux longs ongles manucurés de couleur. En roulant des seins sous leurs yeux.

Howard, assis au bar, refuse son troisième litre de bière.

- Celui-ci est pour moi, dit le patron.

- Alors mets-moi plutôt un Collins, s'il te plaît.

Le patron jette une poignée de glaçons dans un grand verre, rajoute une rasade de sirop de sucre, un trait de jus de citron, et reste le geste suspendu, une main au-dessus de ses bouteilles d'alcool.

- Tom, Joe, Mike, Colonel, Captain, Sandy, Jack, Pierre, Charly, Pepito, Ruben, Pedro, Edgar ?

- Va pour un Miky.

- Whiskey irlandais, confirme le patron en choisissant la bonne bouteille dont il verse une dose généreuse.

Puis il noie le tout dans de l'eau de Seltz, plante une rondelle de citron sur le rebord du verre, et pose le cocktail sur un mini napperon en papier aux couleurs de Mardi gras : le violet de la justice, le vert de la foi et l'or du pouvoir. Joli symbole de l'hypocrisie et de la corruption.

- Hum, ça donne envie, sussure une créature aux seins pigeonnés dans une robe à balcon, escaladant le tabouret d'à côté de ses mollets ronds comme de petits jambonneaux. Et je ne parle pas que du Collins !

- Je t'en offre un, mais tu vas t'asseoir ailleurs, répond Howard.

- Ça fait un peu goujat, mais je prends quand même, lâche-t-elle en se laissant glisser en bas du tabouret.

Le patron fait signe à un barman de la servir. Maintenant le juke-box hurle du zydeco à gogo. Tout y passe : Clifton Chenier, Rockin' Sidney Simien, Buckwheat, Rockin' Dopsie, Goldman Thibodeaux, Beau Jocque, Rosie Ledet. Le diable commence à prendre les danseuses au corps et la fausse nonchalance des danseurs donne une sensualité presque obscène à leur moindre mouvement.

- Tu connaissais ces types ? demande Howard au patron.

- Le petit roquet avec du sang de moufette dans les veines, c'est Alvaro, une petite frappe de Biloxi qui épluche les touristes autour des casinos. Je ne sais pas ce que fait cette fille avec un *bougue* comme ça, *brah*. Trop beau châssis pour un si petit moteur.

- Et les autres ?

- Ceux-là, c'est sûr qu'ils n'ont pas pendu la lune, mais derrière eux il y a du féroce. Ils bossent pour Big Creep, et tu ne veux pas savoir qui est ce type !

- Je sais qui est Sobchak, lâche Howard.

- Alors tu sais que tu viens de mettre tes doigts entre le mauvais arbre et la mauvaise écorce, *brah*.

- T'occupe pas de mes doigts. Et les deux mômes, jamais vus, vraiment ?

- Vraiment. C'est vrai qu'un des deux était ton petit frère ?

- C'est toujours mon petit frère. Il n'est pas mort.

- Qu'est-ce que tu en sais ?

- J'ai demandé à des gens…

- Des sorciers ? Mec, ces gens-là te racontent ce que tu veux bien entendre. Ce sont des vampires, ils te sucent l'espoir.

- Peut-être, mais j'ai besoin d'y croire. Tant que je n'ai pas le corps de Tyler sous mes yeux à la morgue, il est vivant. Tu n'entends pas des trucs derrière ton bar ?

- Si tu crois ce qui se raconte dans mon bar, *brah*, il faut réviser la liste de tes péchés capitaux. C'est plus sept qu'ils sont, mais au moins six cent soixante-six. Quand Dieu a puni cette ville en 2005, ce n'est pas Katrina qu'il nous a envoyée, c'est Lucifer en personne, et qui s'est empressé de posséder la moitié de la population.

- Jamais entendu parler de pédophiles, de prostitution d'enfants ?

- Merde, mec, tu veux vraiment aller chercher ton petit frère dans ces égouts-là ?

- J'irai partout où il le faudra.

- Écoute, ce putain d'ouragan a laissé mille cinq cents délinquants sexuels s'échapper dans la nature. En quinze ans, on n'en a pas récupéré la moitié. Au bas mot, huit cents de ces déglingués ont retrouvé un terrain de chasse en toute liberté. Je suis désolé de te dire ça, mais c'est comme ça.

Howard commande un autre Collins, un Joe cette fois, au bourbon whiskey. Maintenant ça s'embrasse à pleine bouche aux tables et ça se frotte la couenne sur la piste. Quinze ans après Katrina, les gens ont certes repris le goût à la fête, mais avec moins de joie et d'innocence. En profitant de tout plus vite, tout de suite, comme hantés par la possibilité d'un autre désastre à venir.

Après une heure et un Sandy Collins au whisky écossais, il laisse son numéro au patron et quitte le Boy's End. Il hésite à pousser jusqu'à Bâton Rouge pour retourner montrer la photo de Tyler dans quelques bars qu'il connaît, puis décide qu'il est trop tard et qu'il ira le lendemain soir. Il rentre à Big Easy, traverse la ville en longeant le Mississippi, passe devant chez lui au coin de Vallette, et pousse deux blocs plus loin jusqu'à l'Old Point Bar encore ouvert à cette heure, au coin d'Oliver. L'extérieur est tout de guingois. Le bois a dû être blanc, il y a longtemps. L'auvent tient par miracle, soutenu au coin de la rue par un improbable poteau trop fin, et suspendu tout le long de la façade par de gros câcles rouillés. Dessous, des tables et des chaises de jardin en plastique blanc piqué par le sel et l'humidité. Mais à l'intérieur, c'est Good Old New Orleans. Plafond latté de bois comme un schooner d'époque. Sol carrelé de noir et blanc comme un patio espagnol. Long bar tapissé de bouteilles et de publicités d'un autre âge. Mellow. Sturgis. Jax. Dixie. Des fanions au plafond et des plaques de tous les États au mur. Un coin fléchettes dans une alcôve. Un billard. Un juke-box, quelques distributeurs, une machine à sous, et beaucoup de photos dédicacées. Stars et célébrités venues s'encanailler.

- *Salam alaykoum*, lance Howard en entrant dans le bar.

Sur l'estrade qui sert de scène, quelques zicos remballent leurs instruments. Rockabilly à en croire les guitares et les santiags. Il se dirige vers le bar, bascule par-dessus le zinc et claque une bise à la serveuse qui lui décapsule déjà une Abita Maison Blanc.

Les touristes et les bourgeois ont depuis longtemps retraversé le fleuve. On leur recommande de ne pas s'attarder à Algiers après minuit. Il ne reste que quelques vieux du quartier, la nuque cassée en arrière pour regarder la télé trop haute au-dessus du bar. Howard prend sa bière et sort la boire sur la terrasse. Il hésite à gravir la pelouse de la levée, pour voir le fleuve, traverser le sentier du Mississippi Trail, et descendre sur la rive. Là où il a appris à Tyler à faire des ricochets. Il n'en a pas le courage. Il reste assis, à l'ombre de la lumière crue d'un projecteur. À humer le vent. L'odeur de l'herbe sur la levée. Du bois vieux et salé des murs. Du fleuve invisible. De la nuit moite. De l'asphalte tiède. De sa bière. De sa vie à Algiers, et de son calvaire de grand frère. La serveuse sort le rejoindre le temps d'une cigarette. Elle fume en tenant son coude dans son autre main, le poignet cambré, main renversée paume vers le ciel, la cigarette pincée entre le majeur et l'index. Elle rejette en l'air un long souffle bleu qui panique et s'enroule soudain dans la lumière blanche d'un des projecteurs.

- Des nouvelles de Tyler ?

- Merde, Suzane, tu demandes ça comme s'il était parti en camp d'été !

Elle tire sur sa cigarette et fait briller la braise.

- Tu es chez toi, ce soir ?

- Oui, ça sera ouvert, mais dans une heure je dors, je te préviens…

- Un autre jour alors, dit-elle en rentrant dans le bar.

Il vide sa bière et retourne à sa voiture. C'est en remarquant le baise-en-ville de Lou qu'il y pense.

Ça sonne quatre fois.

- Lou ?

- Écoute, je ne sais pas qui tu es ni d'où tu appelles, mais c'est la pleine nuit, ici, chez moi.

- J'ai retrouvé ton sac, Lou.

- Ah, c'est le Zorro des bad boys.

Elle a beaucoup plus d'intérêt dans la voix, cette fois.

- Et on peut savoir où ?

- Là où tu l'as laissé tomber pour que je le retrouve.

- Hey, tu ne serais pas flic, toi, Columbo ? se moque-t-elle.

- Mon nom, c'est Douglas.

- Plutôt sensible du patronyme pour un type qui distribue les surnoms comme des jetons de bingo.

Il imagine qu'elle s'est assise sur le bord de son lit. Le claquement du Dupont lui dit qu'elle s'allume une cigarette. Il lui laisse le temps de la longue et ronde première taffe.

- Chipmunk s'est vexé ?

- Tu ne l'aurais pas été ?

- Tu ne te souviens pas de m'avoir traité de bacon, et ton petit marquis de bleu mafieux ?

- Mon petit marquis ?

Au ton de sa voix, il devine que Chipmunk n'est pas à ses côtés. Qu'elle est seule dans sa chambre. À deux heures du matin, elle parle sans crainte de déranger quelqu'un.

- Au carnaval de Rio, les petits marquis sont des maigrichons qui tournent autour des reines du carnaval. Ils se la pètent en se croyant les maîtres du bal, mais ils ne servent que d'appui aux reines pour éviter qu'elles perdent l'équilibre.

- Et pourquoi elles tomberaient, elles dansent ivres ? s'amuse la voix de Louise.

- Parce qu'elles portent sur le dos des costumes de vingt kilos de paillettes et de strass… Et toi, Lou, qu'est-ce qui te pèse tant sur les épaules ?

Elle prend le temps de chercher une réponse. Il attend en silence. Il devine qu'elle souffle la fumée de sa cigarette.

- Je suis solide sur mes deux guiboles, Bacon, ne t'en fais pas pour moi.

- Tu parles, t'es en chute libre, Lou, et ça se voit au premier coup d'œil.

- …

- Bon, on fait comment pour ton baise-en-ville ?

- Tu me le rapportes ?

- Pas question, c'est celui qui perd qui vient. Old Point Bar, tout au bout d'Oliver, à Algiers. Si c'est fermé, je serai sur la terrasse.

- Et qu'est-ce qu'on boit si c'est fermé ?

- J'ai ce qu'il faut chez moi. J'habite à deux pas.

8

L'Arménien est rustique.

- Il fait faim, non ?

Ils sont en plein dans le mur maintenant. Le ciel s'est brusquement effondré sur la maison et déverse sur eux des trombes d'eau chahutées de bourrasques fantasques. C'est le premier véritable ouragan de Freeman. Il a quitté la Louisiane trop jeune, avec seulement quelques souvenirs de tempêtes. Des arbres qui ployaient jusqu'à balayer le toit. Vacarme effrayant. Son père qui le rassurait à chaque fois. Dieu joue du washboard, disait-il, et il mimait Washboard Chaz qui rappe le rythme de ses onglets métalliques sur une planche à laver. Quand le vent soufflait, il coulissait un trombone imaginaire à la Jim Robinson. Quand il hurlait, il égorgeait un cornet, ou une trompette de Percy Humphrey. Quand il sifflait, il tortillait dans les airs une clarinette imaginaire à la Willie Humphrey et la pointait vers les trous dans leurs murs et dans leur plafond à travers lesquels stridulait la bise comme la voix aigrelette et tendue de Sweet Emma. Son père ne jurait que par ce petit bout de bonne femme rachitique et maigrelette, sèche comme une momie, avec son éternel chapeau cloche rouge et ses bas blancs sur ses cannes maigres comme des tiges de radiateur, mais nouées sous le genou d'une jarretière à grelots assortie à son chapeau. Et qui marquait le rythme et le tempo. Ses doigts longs comme des baguettes, noirs, battaient l'ivoire nacré de ses pianos bastringues déglingués. La légende dit qu'elle avait appris à en jouer toute seule et que personne ne pouvait imiter son style frappé. L'histoire dit aussi qu'elle a couru les *gigs* dès son plus jeune âge avec Oscar "Papa" Celestin, Armand Piron, John Robichaux. Et qu'elle accompagnait Sidney Bechet quand il piochait le cachet sur les bateaux à roue du Mississippi. Pour le père de Freeman, leur musique de nègres joyeux était née grâce à des âmes ivres de vie comme celles de Sweet Emma et ses boys de Preservation Hall. Avec son petit menton en galoche, ses yeux ronds comme des billes, elle n'avait rien d'une Fée Clochette, malgré ses grelots. À sa fausse tenue sévère, et à la manière dont elle menait à la baguette de ses longs doigts sa bande de *boys*, elle ressemblait plutôt à la vieille mère maquerelle d'un lupanar du quartier français. Chaque fois que son père trouvait le temps de l'emmener à la pêche à la grenouille, quand Freeman était tout môme, dans les marécages qui bordent le bayou Shaffer de l'autre côté de Batemane Island, le vent parfumé de terres mouillées bruissant des palmes sèches contre les troncs, il disait que c'était l'éclat du soleil sur l'eau stagnante des roselières qui lui faisait briller les yeux. Mais Freeman avait deviné depuis longtemps que les pompons rouges de leurs hameçons lui rappelaient le petit chapeau-cloche de Sweet Emma. *Tishomingo Blues!* Son père était flic lui aussi, un bleu, un *hard boiled bacon*, à une époque où c'était quelque chose. La Nouvelle-Orléans se construisait dans le crime, la musique et la corruption. Il avait dû en voir et en encaisser des horreurs. En commettre même, peut-être, allez savoir. Mais *Tishomingo Blues* lui faisait toujours venir la larme à l'œil, parce que c'était pour des trucs comme ça qu'il restait à La Nouvelle-Orléans. Et là, Freeman découvre à quel point il avait raison en singeant le *brass band* de nègres qui le faisait rire à l'époque. Un ouragan, ce n'est pas un chaos. Ni même une violence désordonnée. C'est une composition structurée. Un opéra violent qui suit une logique fatale. L'acte du premier mur est une progression dramatique, celui de l'œil une rupture romantique, et le second mur explose comme une apothéose paroxystique, dans le fracas assourdissant des tambours et des cymbales, la tempête rugissante et continue des instruments à vent, et la pluie stridente des cordes déchaînées.

Maintenant les coups de boutoir du vent fouissent la terre sous les pilotis pour trousser et culbuter la maison. Les rafales chargent la véranda, prennent la maison à l'abordage. Ou portent l'assaut en se jetant sur le toit pour le défoncer d'abord, et l'arracher ensuite. À chaque ébranlement, la structure intérieure de la maison se déforme sous l'impact. Puis les contreventements encaissent les coups, grincent, répartissent les contrecoups, et dispersent l'énergie de l'attaque dans toute l'infrastructure pour la retourner vers le sol. Leur bonne vieille maison à l'ancienne se sert de la force de l'ouragan pour mieux s'ancrer dans la terre et lui résister.

- Je ne sais pas comment ils arrivent à ce genre de calcul, mais je me souviens avoir lu que l'ouragan Katrina avait libéré une énergie vingt-cinq fois supérieure à celle de la bombe d'Hiroshima, dit Freeman en surveillant les poutres qui soutiennent le plafond. Et vous, vous vous préoccupez de savoir si j'ai faim !

- Vous ne trouvez pas qu'il fait vraiment faim, client ?

Le vent hurle. On parle souvent de son rugissement comme d'un terrible bruit naturel. Mais le rugissement d'un ouragan, c'est une gueulante animale, un mugissement bestial. C'est un déchaînement de haine contre l'homme, la fulmination de la nature. C'est un cri de guerre, une clameur d'un million de sauvages lâchés en hordes irascibles.

Quelque part, l'ouragan a raison du système électrique. Mardiros allume un briquet, et Freeman lui explique où trouver des bougies.

- Oh, des gombos ! se réjouit l'Arménien en ouvrant un placard.

Il brandit le bocal d'okras comme un trophée, l'ouvre, les rince, puis cherche et trouve des tomates et des oignons en fouillant la cuisine dans la pénombre chancelante, à la lumière du briquet. Le frigo s'est éteint dans un frisson. Mardiros y trouve l'agneau que Freeman se réservait pour un colombo. L'Arménien se l'approprie sans vergogne, dégage un espace sur le plan de travail et entreprend aussitôt de découper la viande en gros cubes. Puis il trouve une poêle et fait revenir l'agneau pour le dorer dans de l'huile. Poivre, sel, condiments. Il a complètement oublié les bougies et Freeman, résigné, allume les deux lampes-tempêtes qu'il avait préparées.

- Alleluia ! chante l'Arménien.

Freeman, éberlué, n'arrive pas à croire que cet inconnu cuisine chez lui alors que des vents de rage troussent et violent la ville à l'extérieur.

Dans une autre casserole, l'Arménien jette les oignons qu'il a ciselés dans de l'huile bouillante. Il les dore pour y ajouter des tomates qu'il a émondées et coupées en huit. Puis il fait une gourmande razzia dans le placard à épices de Freeman, clamant sa joie à chaque découverte : cannelle, coriandre, thym, laurier. Six gousses d'ail en chemise écrasées sous la lame de son couteau. Alors il verse la viande revenue et bien dorée dans la casserole et y ajoute un verre d'eau et une cuillère de sucre. Dehors, on entend craquer les charpentes.

- Trois quarts d'heure et nous passons à table, le temps de faire le riz pilaf.

Et sans attendre de Freeman ni réponse, ni compliment, il trouve une autre casserole, y fait grésiller de l'huile et du beurre, jette une grosse poignée de vermicelles dont Freeman ne sait même pas ce qu'ils faisaient chez lui, et les fait roussir.

Freeman s'approche et le regarde faire. L'Arménien y prend un tel plaisir de gourmet. Quand les vermicelles sont bien roux, il jette le riz et le tourne à la cuillère jusqu'à ce qu'il devienne translucide. Puis le mouille d'un verre d'eau et d'un verre de jus pris dans la viande qui mijote à côté. Il couvre enfin la casserole d'un chiffon sur lequel il plaque un couvercle.

- Quinze minutes, puis on laisse reposer vingt minutes, et c'est prêt. En même temps que la viande.

Dehors, le vent se déchaîne, comme si leur insouciance culinaire était une insulte à sa fureur. Deux fois Freeman croit que ses coups de boutoir déplacent la maison ou l'arrachent à ses pilotis.

Le plat est délicieux. Pas assez assaisonné pour le palais de Freeman, même pour le cajun de Brooklyn qu'il est devenu, mais d'un juste équilibre de goûts et de saveurs. Et le vermicelle fait vraiment la différence dans le riz pilaf qui, grâce à l'astuce du torchon, s'égrène facilement sous la fourchette.

- Certains ajoutent quelques raisins de Corinthe, explique Mardiros faussement modeste, mais ce sont surtout les Arabes. Un peu comme dans leur semoule. Par contre, si j'avais su, j'aurais apporté du boulgour…

Après le repas, Freeman lui propose un whisky au lait que l'Arménien refuse. Il boit peu. Sinon du raki. À l'occasion. Sans eau sans glace, toujours. Ils devisent alors de choses et d'autres. De cuisine. D'alcool. De tempêtes. Puis soudain Mardiros pose la question à laquelle Freeman ne veut pas répondre.

- Qu'est-ce que vous faites à Patterson, Ernest ?

Ils sont prisonniers de l'ouragan. Freeman hésite un long moment. Répondre à cette question l'entraînerait malgré lui à ressasser de mauvais souvenirs jusqu'au bout de la nuit.

- Vous devez savoir que Lou et moi avons été blessés dans l'assaut à Pilgrim's Rest, dit-il après un long silence. Je ne voyais pas Lou se remettre de ce qu'elle a enduré dans le chaos métallique de Brooklyn où je vivais à l'époque. Mon père avait cette maison à Patterson mais voulait finir sa vie plus au sud, sur la côte, où il a une cabane de pêcheur. Il m'a cédé la maison pour le salut de Lou.

Les yeux de l'Arménien pétillent d'une malice qui ne laisse aucune chance aux mensonges de Freeman. Mais qu'il les devine suffit au vieux noir fatigué. Il n'aura pas à lui raconter ces jours fuyants, à Brooklyn, pendant lesquels Lou lui échappe. Que pouvait-il comprendre, à l'époque, de l'âme fissurée de sa petite fille à qui on avait volé quatorze ans de vie ? Comment aurait-il pu savoir son désarroi après un aussi long enfermement ? Il a cru qu'il fallait que Lou s'amuse pour oublier. Rire pour effacer toute cette horreur. Il a compris trop tard que c'était une erreur. Il ne faut rien oublier, jamais. Et ne rien effacer. Ça ne sert à rien. Ça ne fait qu'enfouir la bête, l'enterrer, et la laisser vous dévorer de l'intérieur. Ça ne crée que du vide sur lequel on ne peut rien reconstruire. Il fallait au contraire se servir de ce bloc de malheur comme d'une fondation profonde. Il n'a pas compris ça. Il a laissé Lou se divertir pour faire diversion. Il a cru quelque temps que son entrain relevait d'un joyeux appétit de vivre. Rattraper ses quatorze années perdues. Il se trompait encore. Lou ne courait après rien de particulier. Elle courait, c'est tout. Pour courir. Sans limite. Et il a compris trop tard que sa course était suicidaire.

- Vous n'avez rien vu venir, n'est-ce pas ?

- Pardon ?

- Lou, vous n'avez pas vu venir ce qu'elle devenait.

- Comment savez-vous à quoi je pense ?

- À quoi d'autre pourrait penser un père qui a vécu ce que Lou et vous avez vécu, sinon à sa fille ?

Il pense à Lou, c'est vrai. Tout le temps. L'Arménien a raison. Jusqu'à l'obsession. Dans la crainte, dans la peur, dans l'angoisse. Tourmenté à l'idée fiévreuse de la possibilité d'un autre psychopathe. Et même si le cœur de l'ouragan leur passe sur la tête, même si sa fureur va peut-être arracher son toit, il aurait préféré Lou ici à ses côtés, plutôt que de la savoir à La Nouvelle-Orléans. À l'abri là-bas, mais loin de lui.

- J'ai été plus grièvement blessé qu'elle, explique-t-il à Mardiros, la balle qui l'a touchée m'a d'abord traversé le corps. On m'a plongé deux mois dans un coma artificiel. Quand j'en ai émergé, c'était moi le convalescent. Pas elle. C'est Lou qui m'a ramené à la vie, pas le contraire. Elle s'est appliquée à me faire revenir de deux mois d'absence, alors que personne ne se préoccupait de la guérir de quatorze années de séquestration.

Ce que Freeman n'explique pas à l'Arménien ce jour-là, dans la fureur de la tourmente qui secoue son toit de rage, c'est ce qu'est devenue Lou. Louise avait trente ans, et sa Lou n'en avait que dix-sept. Il s'entêtait à vouloir lui redonner une jeunesse volée qu'elle ne pouvait pas récupérer. Trop tard. Perdue. Lou était sortie de ce drame en jeune femme meurtrie, et lui ne voulait voir d'elle que l'enfant qu'il avait perdu. Il la veille comme une adolescente mal dans sa peau à qui il pardonne tout faute de mieux. Il l'étouffe, il le sait. Et plus il le fait, plus elle va chercher loin de lui de quoi respirer par elle-même. Des sorties d'abord. Des balades. Des dîners. Des soirées. Des amis qu'il n'aime pas. En qui il n'a pas confiance.

Qu'il suspecte. Surtout les petits. Des aventures. Des nuits blanches. Des amants chez qui il craint des prédateurs. Il surveille sa petite Lou. Il la suit. Il l'espionne. Elle, elle veut être Louise et lui en veut. Quand ils s'en disputent, elle lui jette au visage des choses terribles. Que d'avoir été blessé en sauvant sa vie ne lui donne pas le droit d'en décider. Qu'elle a déjà été assez enfermée comme ça pour supporter que son propre père l'enferme à son tour dans un amour paranoïaque.

- Je suis venu ici pour éviter de la perdre, avoue-t-il à Mardiros, et c'est elle qui s'y perd. Toute seule. Mauvaises fréquentations. Je passe mon temps à l'attendre, de peur qu'elle ne me revienne plus. Je sais la probabilité d'un autre enlèvement infime, mais cela reste malgré tout mon unique obsession. Que Lou, un jour, ne revienne plus, et reste vivante, prisonnière, loin de moi encore une fois.

Freeman s'étonne d'autant de confidences à un homme qu'il connaît à peine, et décide de changer de conversation. Mais rien ne lui vient à l'esprit et ils restent longtemps silencieux, engloutis par le déluge sonore de l'ouragan. Alors Mardiros ôte sa veste, la roule en oreiller, et s'allonge sur le dos à même le plancher.

- Je crois que je vais bien dormir, dit-il.

Dormir, dans ce danger, dans ce vacarme ?

- Vous pouvez profiter de la chambre de Lou, propose Freeman.

Mais Mardiros demeure immobile comme un gisant, les bras le long du corps.

- Le plancher me va très bien. L'Arménien est rustique.

9

… lâche pas la patate. Jamais.

Howard est assis sur le rebord du lit et regarde Louise dormir. Deux petites rides au-dessus du nez. Un imperceptible froncement. Une latente inquiétude. Et il en est ému. De la petite cicatrice aussi, ronde et chiffonnée, sur sa peau havane et soyeuse. Là où la balle s'est fichée, après avoir traversé le corps de son père. Juste à l'intérieur de l'épaule, sans fracasser aucun os. Et puis de cette autre cicatrice, dans son regard d'ambre. Cette absence. Ce manque de quelque chose, d'un peu de vie. Il a compris qu'elle est venue à lui par une sorte de provocation qui ne la quitte jamais. La même bravade qui la fait vivre, de temps en temps a-t-elle avoué, avec cet imbécile de Chipmunk. Et d'autres.

Quand elle arrive, l'Old Point Bar est encore éclairé de ses gros projecteurs et de ses réclames en néons, mais il l'attend sur la terrasse, comme il l'a dit. Trois tables et des chaises de jardin en plastique blanc sur un maigre trottoir. Elle porte la même robe fourreau blanche et nacrée qu'au Boy's End. Magnifique. Deux habitués qui fument de la *muta* devant la porte la déshabillent du regard. Elle en fait un peu plus pour eux, se déhanche comme pour un défilé de mode dans la nuit chaude. Le vent nonchalant brasse mollement des senteurs alanguies de chêne, de cyprès et de palmier. De Mississippi. De fleurs de nuit et de marijuana aussi. Et de muguet pointu quand elle s'approche. Les deux *bougues* se précipitent aussitôt dans le bar, croyant qu'elle y entrerait à son tour, dans l'espoir de l'y attendre pour oser lui proposer un verre.

- C'est vraiment un bar ? se moque-t-elle en pointant du menton la façade mal foutue de l'Old Point.

- Un des meilleurs de la ville, répond Howard qui se lève pour lui préparer une chaise.

- J'en connais une dizaine à Algiers qui ont meilleure mine, et une petite centaine dans les autres *wards* qui valent mieux que ça, rien qu'à le voir.

- C'est le meilleur parce que c'est le mien, sourit Howard.

- Il t'appartient ?

-Non, c'est le contraire, c'est moi qui lui appartiens. Je suis né et j'habite encore à cinquante mètres d'ici. Mon père s'y est saoulé toute sa vie, ma sœur y a tapiné le long de son bar, et ma mère en a lavé le carrelage et les chiottes pendant des décennies.

- Et toi ? demande-t-elle en inspectant d'un revers de la main la propreté de la chaise avant de s'asseoir.

- Moi j'y ai fait mes devoirs, j'y ai peloté des filles improbables venues s'y échouer depuis d'autres districts, j'y ai appris la musique avec des zicos de toutes les couleurs, et j'y ai eu envie de devenir flic à force de fusillades.

- Tu jouais de quoi ?

- Beaucoup des poings, commence-t-il par plaisanter. Des dollars aussi, à la bourre ou au poker, mais surtout de la trompette. J'y ai écouté Jack Willis, Teddy Riley, Milton Batiste, Wendell Brunious. J'y joue encore avec Kermit Ruffins quelquefois.

- Je n'aime pas le jazz, dit-elle, c'est trop joyeux pour moi. Je n'aime que le blues qui me fout un cafard noir.

- Je croyais que tu aimais faire la fête ?

- Je te parle de la musique que j'écoute, pas de celle sur laquelle je danse. Sinon, on boit dans ton bar ?

- Julep ?

- Julep, ça le fera, dit-elle en croisant les jambes.

Puis elle se déchausse du bout des chaussures pour rester nu-pieds.

- Tu as une douche chez toi, j'espère, dit-elle tout haut à Howard qui s'est levé pour aller commander les cocktails, que je ne salisse pas tes draps. Tu en as au moins ?

- Quoi ?

- Des draps...

- Par cette chaleur-là ? se moque Howard à son tour.

Elle allume une cigarette avec son Dupont en or et dès qu'il entre dans le bar, son regard se perd dans la même absence que celle qu'il constatera chez lui, dans la nuit, quand elle s'abandonnera entre ses bras à toutes ses peurs et toutes ses vengeances.

Quand il revient, les deux timbales givrées à l'extérieur et débordantes de glace pilée à la main, il reçoit comme un choc la vision de cette femme désirable et immobile, mystérieuse, dans la lumière crue d'un projecteur qui l'isole de la nuit tout autour. Un tableau nostalgique et figé de Hopper. Déprimant aussi, mais qui donne cette irrépressible envie de se glisser dans la vie du personnage. Cette même absence immobile. Ce même instant suspendu hors de toute vie. Seules les volutes de fumée bleue de sa cigarette rassurent Howard et donnent vie à ce tableau de solitude. Le vent lui-même s'est abstrait de la nuit pour ne laisser qu'elle. Louise.

Ils sirotent en silence le curieux mélange glacé de bourbon, de sucre, d'eau et de menthe, avec une pointe de quelque chose d'autre.

- Citron ? demande-t-elle en plissant les yeux.

C'est à ce moment-là qu'il remarque pour la première fois les deux petites rides verticales au-dessus du nez, quand elle fronce les sourcils.

- Avec une pointe de muscade.

- Dans un mint julep ?

- Ça, c'est un Jules julep. Jules pour Jules Verne. C'est la recette qu'il décrit dans un célèbre roman français. Sauf qu'il se servait de cognac au lieu de bourbon et qu'il le décorait aussi avec de l'ananas.

Il savoure le plaisir inattendu de boire un julep en compagnie d'une aussi jolie femme, à la terrasse de guingois de l'Old Point, sur les rives du Mississippi cachées par la levée, dans l'odeur sucrée d'un arroseur automatique qui se déclenche, quelque part, pour rafraîchir une pelouse rase et assoiffée. Il peut presque entendre la terre sucer l'eau tant attendue.

Puis elle se lève, ramasse ses escarpins à hauts talons d'une seule main, pieds nus sur le trottoir.

- On y va ?

- On y va, répond-il en souriant d'autant de franchise.

- Tu as mon sac.

- Il est dans ma voiture.

- Gère ton bilan carbone, *podna*, si c'est juste à côté comme tu dis, j'y vais à pied.

- À deux blocs, la petite maison verte. Je prends ton baise-en-ville et je te rejoins.

Il ne peut s'empêcher de la regarder s'éloigner, l'éclairage de chaque lampe, de chaque ampoule, sculptant son corps au passage. Avant qu'un trou d'ombre ne le fasse disparaître, ne laissant suspendu dans la nuit que le suaire sensuel et déhanché de sa robe nacrée.

Il accélère son pas pour la rattraper. Elle se saisit de son sac pailleté sans dire merci, mais lui laisse prendre son bras.

- J'adore marcher pieds nus dans la nuit sale au bras d'un inconnu, dit-elle en levant les yeux au ciel.

Elle s'étonne en silence que la maison soit la plus petite et la plus pauvre de la rue. Et encore plus que ne soit pas verrouillée la porte qui donne directement sur un minuscule salon meublé d'un seul sofa et d'une table basse, attenant à une cuisine encore plus petite. Réchaud relié à une bonbonne de gaz, réfrigérateur d'un autre âge, four à micro-ondes sur une étagère. Au fond, trois portes. Celle ouverte de la chambre en désordre de Howard à gauche, et la même, fermée, à droite. Entre les deux, celle plus étroite de la salle de bains et des toilettes.

- C'était la chambre des garçons. Je la partageais avec mon petit frère, explique Howard, et celle de droite, c'était celle de mes parents. Enfin, de ma mère.

- Elle vous a élevés seule ?

- Que veux-tu, en cas de coup dur, par chez nous, ce sont toujours les mères qui encaissent. Les paternels disparaissent, paniqués par la vie de famille, ou par la vie tout court. Ils vont se brûler la bite à la chaude-pisse dans les bordels des mauvais quartiers, éparpiller d'autres enfants chez d'autres pauvres femmes seules qui croient un moment que l'amour leur revient. La même vieille et éternelle rengaine, quoi…

- Moi c'est mon père qui m'a élevée. Et qui prétend encore le faire. À mon âge, tu te rends compte ?

- Si tu veux prendre une douche, c'est là, dit-il en montrant la porte de la salle de bains d'un geste de la main. Je mets un peu d'ordre dans ma chambre.

Il essaye de ranger son foutoir pendant qu'il l'entend se doucher. Balancer tout ce qui traîne au sol sous le lit. Fourrer le reste dans une armoire. Ranger des bouquins sur une étagère. Empiler sa collection de vinyles sur la chaise. Il va pulvériser un parfum d'ambiance mais s'en retient, fouille dans le tiroir de la table de nuit et y récupère un reste de bâton d'encens qu'il allume. Comme de toute évidence elle va sortir nue de la salle de bains, il décide de se déshabiller lui aussi. C'est un truc qu'il fait souvent, et qui déclenche chez les filles un désir avide. Nu dans sa chambre, il jette un bandana bleu sur la lampe de chevet pour tamiser la lumière. L'inconvénient d'être nu, c'est aussi d'être ridicule à attendre debout devant le lit, ou assis face à la porte, le sexe bandé. Il a affiné sa scénographie en s'asseyant de l'autre côté du lit, face au mur, dos à la porte. Quand il entend la fille entrer dans la chambre, il attend un peu, sans bouger. Les plus audacieuses grimpent aussitôt à quatre pattes sur le lit pour écraser leurs seins contre son dos. Puis elles glissent leurs mains sous ses bras pour empoigner ses pectoraux, avant de les glisser en pointe vers son ventre et regarder par-dessus son épaule le sang battre dans son sexe. Quand, après quelques secondes, il ne sent pas la fille monter sur le lit, et qu'il l'imagine debout dans l'encadrure de la porte, nue, surprise, alors il se lève lentement avant de se retourner vers elle, le sexe dressé comme une hampe, une main tendue pour l'inviter à le rejoindre. En montant sur le lit. Toujours. On a les mises en scène qu'on peut pour faire oublier cette baraque qui flanche dans ce quartier qui pourrit.

Il a entendu ruisseler l'eau de la douche, puis le silence pendant qu'il imagine la serviette courir sur le corps nu de Louise. Avec ces gestes intimes, prosaïques, presque obscènes quand elle éponge ses parties les plus intimes. Il a entendu la porte de la salle de bains s'ouvrir et se refermer. Puis plus rien. Il l'imagine nue et surprise, silencieuse, à le regarder lui, nu et assis, de dos, de l'autre côté du lit, et comme elle ne fait pas tanguer le matelas à ressorts sous ses genoux, il se lève et se retourne pour lui tendre la main.

- Louise ?

Peut-être a-t-elle eu envie de boire un verre d'eau. Peut-être cherche-t-elle dans la cuisine une bouteille de gin ou de bourbon pour enivrer leur nuit. Peut-être fume-t-elle un joint de *muta* adossée à la porte-fenêtre pour s'envoyer toute seule en l'air au cas où il n'assurerait pas.

Il attend quelques secondes, attentif au moindre bruit, et comme la maison ne lui renvoie qu'un seul et même silence, il comprend.

Louise, curieuse, a poussé la porte de la chambre des parents. Elle est là, nue, immobile, sidérée par ce qu'elle y découvre. Un mur entier de photos. Une vingtaine de visages de gamins. La plupart souriant à l'objectif sur des portraits agrandis, entourés de deux ou trois autres photos en pied. À jouer au softball, à faire le pitre, à une partie de pêche, sur des rollers, des vélos tout-terrain, à des fêtes foraines, à des anniversaires, barbouillés de ketchup dans un Wendy's. Et reliés à chaque portrait par un fil de laine rouge, des coupures de presse, des rapports de police, des notes manuscrites.

- Seigneur Dieu, murmure-t-elle en devinant sa présence, ton petit frère ?

Il s'approche et se colle à son dos, le menton sur son épaule, l'enlaçant de ses bras par-dessus ses bras à elle, croisés sur sa poitrine. Gêné, dans ces circonstances, de son sexe bandé contre ses fesses.

- Lui et les autres, répond-il désolé pour elle.

- Mon père a déjà vu quelque chose comme ça. C'était à Pilgrim's Rest. Chez une femme. Denise. La grande sœur de

Sue. Sue et moi avons vécu des années ensemble, séquestrées par ce fumier de chef avec les autres filles. Sue est morte sous mes yeux, juste avant qu'il ne m'abatte à mon tour. Mon père m'a raconté que Denise avait un bureau avec les quatre murs tapissés de photos, d'articles et de documents sur chacune des filles disparues. Elle s'y enfermait des jours entiers, à chercher la faille. L'improbable indice. Et tu sais quoi ? Sue, moi et toutes les autres étions séquestrées dans un vieux bowling abandonné à cent mètres de chez elle, qui le voyait par sa fenêtre tous les jours que ce salopard de Dieu faisait.

- Je t'en prie, ne dis pas ça, murmure Howard.

- Quoi, que Dieu est un salopard ? Crois-moi, j'ai payé assez cher pour avoir le droit de le dire.

- Non, pas ça, ça tu peux le dire et je le pense aussi. Mais ne dis pas que tout ce qu'avait fait Denise, comme moi, ne lui a servi à rien.

- En fait, c'est à mon père que ça a servi. C'est grâce à ces murs de témoignages qu'il en a déduit que le seul lien, c'était le shérif Hackman. Ce que Denise n'a pas vu, le regard de flic de mon père l'a deviné. Et toi tu es flic, n'est-ce pas ? Alors tu trouveras aussi. J'en suis sûre.

Un frisson court sur la peau de Louise et il serre ses bras plus fort autour d'elle. Fraîcheur de la nuit ou peur de ses souvenirs. Avant qu'il ne se décide, elle glisse une main entre eux et caresse son sexe.

- Désolée, je t'ai fait débander avec mes histoires, hein ?

- Ce n'est pas grave, répond-il en déposant un baiser dans ses cheveux. Allons dormir.

Il la prend par la main et la guide jusqu'à son lit. Ils se glissent sous le drap quand une brise soudain fraîche annonce une pluie inattendue. Les premières gouttes résonnent sur la tôle, puis le ciel déroule sa longue averse sur le toit. Par la fenêtre ouverte, serrés l'un contre l'autre, ils entendent les palmiers froufrouter dans le vent. Puis, l'ondée passée, ils écoutent en silence ruisseler l'eau dans les rigoles. Les arbres perlent sur la terre mouillée. L'avant-toit goutte dans une flaque. Dans le parfum réveillé d'un jasmin et d'un bugle pourpre. Alors ils se parlent en se caressant tendrement. Elle de la Lou qu'elle était et de la Louise qu'elle était devenue, dure avec elle-même autant qu'avec son père, et lui de Tyler, son petit frère. De ce qu'il était, à qui il pense à chaque instant de sa vie sans lui, et à chaque instant de son métier dont il redoute qu'il fasse vraiment partie un jour. Son petit corps décomposé allongé sur une table d'autopsie. Ils parlent une grande partie de ce qui reste de la nuit, puis ils s'endorment, paisibles, dans les bras l'un de l'autre. Au petit matin, elle se glisse sur lui avec douceur et ils font l'amour encore presque endormis. Dans une tendresse qui l'éblouit, avant qu'elle ne s'endorme à nouveau à ses côtés, dans un sourire. Mais gardant au front ces deux petites rides dont il ne saurait dire si elles sont de peur ou de bonheur.

- Tu files à la française ?

Il pensait n'avoir fait aucun bruit. Son départ n'est ni une fuite ni un abandon. Il laisse Louise dans sa maison. Il se retourne et elle est là, étendue sur le dos, les bras en croix, crucifiée de sommeil sur le matelas. Seule une torsade de drap blanc barre son corps à hauteur des hanches et masque son sexe. Au-dessus, la peau satinée de ses seins galbés luit d'une fine sueur. Au-dessous, ses longues jambes à peine écartées sont un appel à glisser la tête sous le drap.

- Désolé, dit-il, Big Chief Martineau vient de battre le rappel. Je dois y aller. Claque juste la porte quand tu pars. Ou bien reste ici, et attends ce soir que je rentre. Ou reviens dans la nuit. Fais comme tu veux, en fait.

Il se penche pour l'embrasser. Elle glisse sa main entre ses jambes pour le retenir et il s'en dégage doucement en l'asphyxiant de baisers. Comme il passe la porte, elle l'appelle.

- Hey, Bacon !
- Quoi ?
- Pour ton petit frère, lâche pas la patate. Jamais.

10

… qui lui étreint le cœur.

Chief Martineau est dans un grand jour. Il fulmine comme un taureau et aboie comme un doberman. Sa rogne contre les trois types du FBI n'est pas feinte, même si Howard et Beauregard reconnaissent aussitôt quelques vieilles ficelles de son répertoire. La fenêtre grande ouverte sur la chaleur de la ville, par exemple. L'air conditionné coupé. Des odeurs d'asphalte, de gomme de pneumatique et de fruits trop mûrs. D'huile à beignets. D'eau croupie. De marée basse. Les trois types poissent déjà la sueur sous leur costume. Au prétexte de leur montrer un dossier tout à fait inutile, Chief Martineau a fait venir ses deux détectives du côté ombragé de son bureau. Howard et Beauregard ont vite compris et, par un subtil jeu de pousse-pousse, ont rabattu les *Men in Black* vers la partie inondée de soleil de la pièce.

- Ces messieurs de Simon Boulevard ont fait venir ce monsieur de Pennsylvania Avenue pour vous faire savoir que vous n'êtes que des bouseux de *boogalee*, et que le job beaucoup crasseux que vous avez fait dans le dossier Geai Moqueur est seul responsable de leur retentissant fiasco.

- John Miller, se présente le plus grand des trois hommes qui s'épongent la nuque et le front de leurs mouchoirs blancs.

Le chef Martineau a tout à fait raison. Le FBI pense qu'il aurait fallu anticiper l'ouragan pour intervenir, et que le casse n'a pu se faire que s'il y a eu fuite. Il fallait que le voleur sache qu'il y aurait autant d'argent, ce jour-là, chez Sobchak.

- Décidément, le jour où on lapidera les cons, c'est pas le FBI qui lancera les pierres! intervient Beauregard. Primo, un ouragan, ça ne s'anticipe pas. C'est lui qui décide et change son chemin d'heure en heure. Celui-ci n'était pas supposé passer sur Patterson. Secondo, ceux à savoir qu'il y aurait tant de fric dans le coffre étaient nombreux. Une bonne partie des hommes de notre cible déjà, puis toute la bande des Colombiens ensuite, nous, bien sûr, et tout le personnel de votre antenne de Simon Boulevard ici, plus je ne sais combien de personnes à Washington.

- Arrêtez vos divagations de péquenauds à deux balles, pourquoi voulez-vous que les Colombiens aillent braquer leur acheteur?

- Quoi, vous n'avez jamais vu ça, au FBI, un vendeur qui double son acheteur? Il faut sortir le soir dans les mauvais quartiers, les gars, c'est tous les jours ici, à La Nouvelle-Orléans. Les Colombiens ont très bien pu faire main basse sur les dollars et garder la poudre pour la revendre ailleurs.

- Quoi qu'il en soit, je réponds de Joe Garbish et Mike Lacosta et du personnel de l'antenne de La Nouvelle-Orléans, autant que de tout le personnel de Pennsylvania Avenue et du FBI en général, s'offusque Miller.

- C'est ça, se moque Howard, vous vous portez garant des trente-cinq mille agents du FBI, et le seul abruti ici qui vient de mentionner la cible par son vrai nom, c'est vous!

Miller blêmit sous l'insulte et cherche une réplique, mais la chaleur est telle qu'elle lui met des abeilles dans la tête. Quand il trouve enfin quoi dire, Chief Martineau frappe les deux enclumes de ses mains si fort sur la table que Beauregard rattrape de justesse le téléphone qui bondit jusqu'à sa hauteur.

- De toute façon, cette affaire ne nous concerne plus. Nous devions vous assister sur ce coup-là, il n'a pas eu lieu, et c'est tant mieux. La prochaine fois, ça sera sans nous. Faites venir qui vous voulez, d'où vous voudrez, mais mes hommes ont mieux à faire que de tenir la queue à des mecs qui ne savent même pas pisser tout seuls.

- Tant mieux, siffle Miller, le visage cramoisi de colère et de chaleur, parce que c'est exactement l'ordre que j'étais venu vous donner. Restez loin de cette enquête. Vous avez le cerveau braisé à la sauce piquante et un QI d'écrevisse. Je ne veux plus voir un seul de vos culs-terreux de cow-boys à la con dans nos pattes sinon...

C'est le moment qu'attendent toujours avec délectation Beauregard et Howard. Celui du mot de trop. De l'invective imprudente. De l'arrogance suicidaire. Chief Martineau lance ses bras blonds et noueux de muscles par-dessus son bureau et saisit Miller par le revers de son costume. Puis il le hisse hors sol avec la force d'un vérin d'engin de terrassement, le repousse jusqu'à la fenêtre et le casse en deux sur le rebord, la tête et les bras dans le vide, retenu à la ceinture par une poigne de fer qui le secoue comme un sac à poussière. La veste de Miller se retourne sur sa tête et se vide du contenu de ses poches. Portefeuille, badge, argent, stylo, chewing-gum, téléphone. Chief Martineau le relève alors d'un brusque mouvement et l'envoie dinguer comme un pantin dans les bras des deux autres agents du FBI. Puis il relève par sa cravate l'homme qui s'est avachi, à moitié tombé, et pose son front de blond contre le sien en sueur.

- Plus jamais tu ne viens nous menacer, moi et mes hommes, dans mon bureau, tu m'entends John Smith ? murmure-t-il à travers ses dents serrées. Plus jamais. Sinon la prochaine fois, je lâche ta ceinture et je t'évite l'ascenseur.

Il s'essuie le front d'une main, bouscule Miller hors de son bureau de l'autre, sous le regard amusé des autres détectives, et Joe Garbish fait signe à Lacosta de s'occuper de Miller.

- Aide-le à récupérer ses affaires en bas, Mickey.

Puis il se tourne vers Chief Martineau et lui serre la main.

- Je vois que ton numéro est toujours aussi bien rodé, Baptiste.

- Quand j'ai un bon public comme toi, je m'applique toujours, répond le chef.

- Je vais faire semblant de ne rien avoir vu, concède Garbish, mais il va falloir qu'on parle de tout ça. Il faut remettre la main sur ces deux millions de dollars et comprendre pourquoi quelqu'un a pu le faire avant nous.

- D'accord, reconnaît le chef, au Commander's, côté jardin, demain à 13 heures.

- Au Commander's ? C'est toi qui invites, alors ! Tu sais que ça pourrait laisser croire que c'est toi qui les a embourbés, ces deux millions, une addition comme ça. Salut les gars, dit-il à Howard et Beauregard en sortant, soyez gentils avec votre chef, il va finir par se péter l'aorte.

Chief Martineau le salue, referme la porte et contemple le désordre dans son bureau.

- On peut peut-être remettre la clim, maintenant, non ? propose Howard.

D'un geste, Chief Martineau lui fait signe de fermer la fenêtre. Howard s'exécute et rebranche le climatiseur.

- Il n'empêche que cette tête d'écrevisse de Miller a raison. La cambriole du coffre-fort de Sobchak, ça ne peut pas être un hasard. Ça vient forcément de quelqu'un qui tourne autour de l'affaire. Il faut enquêter discrètement là-dessus. Ton hypothèse des Colombiens peut tenir la route, Zach, fouille un peu dans cette direction, mais en toute discrétion. Ils doivent être sous surveillance du FBI. Ne te montre pas trop. Fais travailler tes indics. Doug, vois de ton côté si quelqu'un de l'équipe de Sobchak est impliqué. Sobchak doit être surveillé, mais pas trop son équipe. Note si quelqu'un manque à l'appel, ou est brusquement tombé malade, ou est subitement parti en voyage. Il faut mettre la main sur ce mec.

- Et vous, vous allez faire quoi, Chief Martineau, enquêter sur nous ? demande Beauregard.

- Pourquoi, Zach, il y aurait des raisons ?

- Non, mais vu que Miller soupçonne tout le monde…

- Laisse tomber Tête d'écrevisse. Celui-là porte vraiment bien son surnom. Un de ces jours, je vais lui pincer la queue et lui sucer la tête.

Howard et Beauregard sortent du bureau du chef Martineau en souriant.

- Je suppose que je ne te propose pas de partager un gumbo chez Liuzza's, sur North Lopez ? demande Howard.

- Je sais où se trouve Liuzza's, je suis né ici aussi, je te rappelle. Non, merci, j'ai un truc à faire chez moi.

- Ouais, ça m'aurait étonné aussi. On se rejoint plus tard alors, là où on a trouvé le gosse. Essaye de vérifier les disparitions. Ce môme avait des vêtements plutôt propres et une peau bien entretenue. Pas trop d'égratignures, ni de croûtes, ni de cicatrices. Pas vraiment un gamin de la rue. Il va bien finir par manquer à quelqu'un.

- Je m'en occupe, répond Beauregard. Je verrai aussi si les archives ont trouvé des cas similaires. Et toi, qu'est-ce que tu vas faire ?

- Qu'est-ce que tu crois, moi aussi j'ai des « trucs » à faire.

Beauregard monte dans sa voiture sans sourire et traverse la ville vers le nord jusqu'à Freret. Quand il débouche sur Saint Charles Avenue, sous le tunnel moucheté d'ombres et de lumières des chênes, il ne sait pas s'il doit être heureux ou pas de vivre dans cette ville à la beauté vénéneuse. Là où se meurt Molly. Mais peut-être qu'elle n'y mourra plus, justement. Peut-être qu'il a fait ce qu'il fallait et qu'elle va guérir maintenant. Gagner contre cette ville qui l'a empoisonnée. Ce ne serait que justice. Ce qu'il a fait n'était que justice. Pour Molly. Il n'y a rien à regretter.

Il aperçoit la camionnette des livreurs devant chez lui et déboîte pour se garer devant. Il est rassuré. Si personne ne leur a ouvert, c'est que Miss Zolande a bien accompagné Molly à l'hôpital pour ses soins.

Ils ont déjà chargé le coffre sur un diable. Deux costauds. Le premier tout en muscles comme un boxeur, les épaules deux fois plus larges que les hanches, un cou de taureau enfoncé dans son torse. L'autre un ours tout en masses qui débordent de sa salopette. Leurs reins sont sanglés dans des ceintures de force en cuir noir. Décharger le coffre a dû leur gonfler le cœur. Ils puent la sueur qui auréole leurs maillots. L'odeur vinaigrée de leur peau acidule le parfum poudreux des jasmins. Il les précède jusqu'au perron et s'excuse des quelques marches.

L'ours est le plus fort. Il sangle les roues du diable, passe la lanière derrière sa nuque raide et solide comme une bouche à incendie, fléchit ses genoux et se redresse. Le cou tubulé de veines, il soulève le diable et son coffre, marche par marche, pendant que l'homme-taureau tire sur les poignées pour l'aider. Zach les guide jusqu'à la petite buanderie qu'il a vidée la veille et leur demande de poser le coffre au milieu.

- Z'êtes sûr ? Parce qu'après, pourrez plus compter sur nous pour revenir le déplacer plus tard.

- Ça ira, collez-le juste là-bas, bien dans le coin.

- Savez comment faire pour entrer l'code ? dit l'homme-taureau.

- Je sais.

- Alors z'avez plus qu'à le remplir de biffetons, *brah*, rigole l'ours.

- Je suis flic, réplique Zach sans rire, c'est pour mes armes, pas pour du pognon.

Il les paye, ajoute un généreux pourboire, et les regarde regagner leur camionnette sous les grands chênes tortueux, roulant du cul et des épaules comme l'image de fin d'un dessin animé de Disney.

- Un flic à Saint Charles, il est commissaire général ou quoi, ce *bougue* ?

- Pas pour son pognon, mon cul ouais, avec la casbah qu'il a !

Beauregard attend que leur Chevrolet Cargo s'arrache en crissant des pneus, dans un nuage de soufre et de suie, puis regarde passer un tramway. Il n'aime pas ces tristes rames des beaux quartiers, couleur kaki, aux huisseries d'un brun éteint. Il leur a toujours préféré les rouge et jaune pimpantes du centre-ville. Il se demande pourquoi il pense à ça, se secoue, et rentre dans la maison en passant par le garage. Il prend la brassée de planches qu'il a commandées aux bonnes mesures, un sachet de vis et de charnières, et sa perceuse. Une heure plus tard, il a construit au fond de la buanderie un banc-coffre sur toute la largeur. Le meuble s'ouvre sur le dessus, sauf la partie isolée où est enfermé le coffre. Cette partie-là s'ouvre sur le devant. Il a fait préparer un panneau en lambris, de sorte que la charnière de la porte se confonde avec un raccord entre deux lattes. Tout autour du coffre, il a fait courir un large tasseau comme pour mieux supporter le couvercle. Il sert en fait à dissimuler le mécanisme d'ouverture de la porte qui cache le coffre. Il a tout si bien calculé et préparé qu'il lui reste un bon quart d'heure. Il retourne alors au garage ranger ses outils, passe une salopette jetable, et rapporte de quoi peindre le coffre de la même couleur que les murs de la buanderie. Dulux bois d'intérieur. Sans odeur.

Quand il a terminé, il rentre tout ce qu'il avait sorti de la buanderie, range la peinture, met les pinceaux à tremper, enlève sa salopette et sort par le garage pour regagner sa voiture. Une demi-heure plus tard, il est au poste de police et vérifie ce que Howard lui a demandé. Aucun crime similaire à celui du gosse. Aucun gosse lui ressemblant signalé manquant.

- Pour la disparition, c'est encore un peu tôt, juge Chief Martineau. Pour l'instant, c'est juste un môme qui a découché.

- Un môme de douze ans, chef.

- Zach, depuis le début de l'année, neuf gamins entre dix et quinze ans ont été impliqués dans douze affaires de viols, dont huit en réunion.

- Oui, mais celui-ci est mort.

- C'est vrai, mais avec un canon de flingue dans le trou du cul, soupire Chief Martineau en se laissant tomber dans son fauteuil dont le cuir crisse.

- Ça veut dire quoi, ça, chef?

- Je n'en sais rien, Zach. Cette ville me déglingue la tête et je n'ai plus aucune certitude. Si ce gamin appartenait à un gang de rue, personne ne s'inquiétera auprès de nous de sa disparition. Si c'était une petite racaille, sa famille se pointera dans quelques jours avec un comité de quartier en nous soupçonnant de l'avoir tabassé à mort pendant une arrestation. Ça pourrait être n'importe quoi: un crime crapuleux, un crime d'opportunité, un règlement de compte entre bandes, une punition entre membres d'un même gang. Voire une épreuve d'initiation. Ou tout simplement un crime sexuel.

- Seigneur Dieu ! soupire Beauregard. Je vais étendre les recherches de cas similaires aux États limitrophes.

- Si tu veux, mais discrètement. Vu mes relations avec les fédéraux, je ne voudrais pas qu'ils mettent le grappin sur cette affaire.

- À propos de fédéraux, on lâche vraiment l'affaire Sobchak ?

- Oui, répond Chief Martineau en se barbouillant tout le visage de ses deux mains grandes ouvertes. Nous étions juste en appoint logistique du FBI et du chef de Patterson sur ce coup-là. Pourquoi ?

- C'est une belle affaire, Chief. Sobchak est un sacré poisson-lune, et les Colombiens un joli banc de piranhas. J'aurais bien aimé en être, de cette partie de pêche.

- Eh bien remballe tes gaules et ta blanchaille, mon garçon, et écarte-toi de la rive si tu ne veux pas te prendre un hameçon dans l'œil. Quand le FBI s'en va taquiner la poiscaille au lancer, mieux vaut ne pas rester derrière.

- Dommage, regrette encore Beauregard, ça avait vraiment l'air d'une belle affaire.

- Qui sait, répond Chief Martineau en posant ses avant-bras bien à plat sur son bureau, si ça commence à se cartonner entre Sobchak et les Colombiens, peut-être que nous pourrons hériter d'un macchabée dans notre juridiction. En attendant, trouve-moi le dégénéré qui a flingué ce môme.

- Bien, soupire Beauregard qui s'apprête à sortir du bureau.

- À propos, Zach, comment va Molly ?

- Pourquoi vous demandez ça, Chief?

- Quoi, tu veux apprendre à siffler au vieux merle ? Son père et moi étions du même krewe des Zulus et nous avons balancé à nous deux plus de noix de coco pendant le carnaval qu'un flic de rue ne mettra jamais de contredanses dans toute sa carrière. Et après avoir fait partie tous les deux de la garde d'honneur des Soulful, nous sommes entrés ensemble dans la police. J'ai pratiquement vu naître Molly, mon garçon, alors je garde toujours un œil sur elle et je sais qu'elle est malade.

- Je croyais que c'était vous qui aviez arrêté son père ?

- Oui, mon garçon, ça aussi, c'est vrai. Mais si tu es un bon flic à La Nouvelle-Orléans, tu finis toujours par arrêter un autre flic. C'est la vie d'ici qui veut ça. Les tentations sont trop fortes.

- Et vous, Chief, jamais tenté ?

- C'est une question qui n'a pas de sens, Zach. C'est le premier qui coffre l'autre qui gagne, tout simplement.

- Plutôt cynique comme raisonnement, non ?

- Encore une fois, la vie est comme ça, Zach. Regarde-toi. Pur et intègre, et tu vis pourtant dans la maison de Molly. Celle que son père a achetée à son nom. Avec les pots-de-vin qui l'ont conduit en prison.

- Je ne vois pas le rapport, se vexe Beauregard.

- Il n'y en a pas, concède Chief Martineau en soupirant. Il n'y en a pas. Continue à bien prendre soin de Molly et fais-moi signe si tu as besoin de quoi que ce soit. Et essaye de boucler l'affaire du môme avec Howard. Comment ça se passe avec Doug ?

- Ça se passe, élude Beauregard.

Chief Martineau décroche son téléphone et attend ostensiblement que Beauregard soit sorti pour composer le numéro.

Beauregard aussi compose un numéro en quittant le poste de police.

- Howard, tu es déjà là-bas ?

- Je suis en route.

- Je te rejoins, j'ai un truc à faire en ville.

- Hey, tu es quoi, toi, en fait, flic ou truquiste ? Il va falloir que tu te décides un jour, Zach. Nous sommes partenaires, oui ou non ?

Beauregard ne répond pas. Il raccroche et file jusqu'au quartier français. Il maraude un peu avant de les apercevoir en face de l'American Sports Saloon, au coin de Decatur et de Nicholls. Le soleil mature déjà cette odeur si particulière à la ville. Asphalte chaud et agrumes, vapeurs d'essence et bougainvilliers. Eaux de pluies tombées ou à venir. Beignets et gumbos. Arrière-cours et ruelles arrosées. Fleurs suspendues aux balcons en galeries. Odeur de terreau mouillé sur le trottoir chaud. Il se gare et ils le repèrent aussitôt. Deux gosses aux aguets qui suspendent leur geste de lanceurs d'osselets. Leurs regards se croisent. Les deux gamins de Crab devinent qu'il n'est pas là pour eux et reprennent leur partie d'osselets, à croupetons à même le trottoir. Jamais à genoux, ni en tailleur, pour pouvoir déguerpir plus vite au cas où. Les osselets sont de véritables astragales de jeunes moutons, et la dextérité des gamins laisse les touristes esbaudis et émus. Ils s'appliquent plus à cadrer leurs gestes vifs dans leur téléphone qu'à surveiller ceux de Crab qui les délestera bientôt de leur argent, devises et dollars confondus. Beauregard cherche Chintamanee des yeux. Elle aura bientôt l'âge de gagner autrement sa vie dans la rue et Beauregard ne donne pas cher de son avenir. C'est une gamine pas très jolie, mais avec déjà une belle paire de seins en capital pour son âge. Beauregard ne l'aperçoit pas et descend de sa voiture pour entrer dans le saloon. Bar à l'américaine pour plaire aux touristes. Des écrans en hauteur partout pour diffuser les retransmissions sportives des chaînes NFL, NBA, NHL, MLB, NCAA, Premier League, UEFA ou Nascar. Du bois sombre pour faire tropical. Plafonds en caissons à moulures pour faire colonial. Long bar sur la gauche avec douze pompes à bière pour faire local. Drapeau arc-en-ciel pour faire *gay friendly*. Un autre avec un os et un basset pour faire *dog friendly* aussi. Mais surtout un long et large balcon-terrasse en coin pour profiter de la chaleur de la nuit et de l'ivresse de la rue au-dessus de la foule.

Il repère aussitôt la grande carcasse de Crab. Il joue au galant créole, attablé devant deux Anglaises rousses aux épaules pelées de soleil. Beauregard ne cherche pas à savoir s'il est là pour le sexe ou pour l'argent, et s'il les a déjà délestées ou pas. Il l'attrape par le coude au passage, le lève de table et le pousse vers les escaliers en s'excusant d'un sourire auprès des filles. Elles ont les seins laiteux sous leur cou cramoisi de coups de soleil. Beauregard guide Crab jusqu'à la galerie créole en fer forgé qui court tout autour du bâtiment, et le pousse dans un des fauteuils de salon de jardin qui meublent la terrasse.

- Hey *brah*, s'indigne Crab, j'allais conclure !

- Devises ou dollars ? se moque Beauregard.

- Elles avaient tout, *podna*, la panoplie complète, American Express, Visa, MasterCard, sterling, dollars, tout ! J'ai investi une heure de mon temps, *brah*. Je les ai appâtées à la galanterie et au sourire dents blanches à la créole pour les ramener jusque-là au moulinet, mec. Tu aurais pu me laisser…

- Pas le temps, Crab, mon partenaire m'attend à Algiers et je suis déjà en retard. J'ai vu ta petite famille de nettoyeurs de fouilles dans la rue, mais je n'ai pas vu Chintamanee et je me suis inquiété. Tu ne l'as pas placée dans une boîte à michés, j'espère ?

Un ciel d'orage plombe le regard vert de Crab.

- Jamais je ne prostituerai Chinta !

Crab a commis la même erreur que Christophe Colomb quand il a baptisé sa fille Chintamanee. Il a cherché un prénom indien et trouvé que celui-ci sonnait plutôt cherokee, la grande nation native du Sud. Quand on lui a fait remarquer que Chintamanee dérivait en fait du sanscrit et que le prénom était originaire de l'Inde des vrais Indiens, il l'a gardé quand même. À cause de sa signification : celle qui vit dans deux éléments. Il y a trouvé du sens. La Louisiane, c'était bien la terre et l'eau, non ? Et sa mère irlandaise de passage et lui, son père créole, c'étaient bien deux éléments différents aussi, non ?

Crab n'est ni le plus fiable, ni le plus discret des indics, mais avec ses trois mômes dans la rue, il a autant d'oreilles qu'une araignée a d'yeux. Honoré Lafrance doit son surnom au plus gros des arthropodes, le *coconut crab*. Surtout pour la force de sa poigne, pareille à celle des pinces de ce crabe géant, capable d'ouvrir en deux une noix de coco. Tendre la main à Crab, c'est la glisser dans une presse à relier.

- Crab, tu es au courant de ce qui est arrivé à Sobchak ?

La seule évocation du vrai nom de Big Creep suffit à faire rouler d'effroi le blanc des yeux de Crab.

- Non, et je ne tiens pas à le savoir.

- Quelqu'un a profité du passage de l'ouragan sur son châtillon baroque de Patterson pour faire main basse sur deux millions de dollars, tu te rends compte ? De l'argent de poche pour lui, je suis d'accord avec toi, mais il est très colère quand même.

- Pourquoi tu me dis ça ? s'inquiète Crab soudain fébrile.

- Pour que tu le saches, Crab. Comme on dit chez nous, prendre garde vaut mieux que demander pardon, non ?

- Mais pourquoi je devrais prendre garde ?

- Parce que tu le sais, maintenant.

- Seigneur Dieu, gémit Crab, mais j'ai pas demandé à savoir, moi ! Pourquoi tu me l'as dit ?

- Je te l'ai dit, Crab, pour que tu le saches. Je crois que Sobchak saura se montrer très généreux envers celui qui le branchera sur son voleur.

- Je ne veux rien avoir à faire avec Sobchak, *podna*, c'est comme si je n'avais rien entendu !

- Comme tu veux, Crab, c'était juste pour te donner une longueur d'avance sur les autres. Bon, d'accord, oublie ça. Par contre on cherche un Colombien ou quelqu'un qui travaillerait pour des Colombiens, ça te dit quelque chose ?

- Pourquoi, ça devrait ?

- Bien sûr, si tu es toujours le bon indic que je n'ai pas envie de coffrer pour ses petites arnaques touristiques. Un étranger qui se balade en ville avec deux millions, ça devrait se remarquer, non ?

- Attends, ne me dis pas que…

- Si, Crab, si !

Beauregard le laisse abasourdi dans son fauteuil et redescend de la terrasse. Il n'est pas mécontent de la graine insidieuse qu'il a plantée dans le terreau mou du cerveau de Crab. Il traverse la longue pièce du bar et ses écrans qui hurlent de victoire ou de dépit, sourit aux Anglaises qui ne savent pas quoi faire, et regagne sa voiture.

À vol d'oiseau, Algiers n'est qu'à six cents mètres à l'est en traversant le Mississippi, mais il lui faut d'abord partir à l'ouest récupérer une bretelle d'accès à la Pontchartrain Expressway, revenir vers l'est traverser le fleuve, puis descendre au sud sur l'autre rive jusqu'à l'échangeur de la 90 avec General De Gaulle Drive avant de pouvoir sortir de l'autoroute à Fischer pour remonter plein nord vers Algiers. La logique de cette ville lui échappe souvent. Neuf cents kilomètres carrés, dont la moitié de flotte, quatre cent mille habitants, un million deux cent mille avec ceux des banlieues, et un seul pont. Même double, c'était peu.

- Alors ? demande Beauregard.

Howard se retourne.

- Ah, monsieur des beaux quartiers daigne enfin se pointer !

- Qu'est-ce que tu fais ?

- Notre métier, Zach, notre métier. Tu te souviens ? Flic, les scènes de crime, les enquêtes, le terrain, tout ça ?

- Pas de crime similaire dans les archives, pas de signalement de disparition correspondant, répond Beauregard sans relever l'ironie amère de Howard. Tu cherches la balle ?

- Elle a brisé le sternum, la mâchoire et le crâne. Elle a dû être freinée et déséquilibrée. Et si le gosse était à quatre pattes, comme le suppose le doc, on peut penser que le tir a été plutôt en oblique vers le bas. Alors je cherche.

Beauregard le rejoint.

- Si la balle a traversé le crâne, on peut admettre qu'il est mort sur place, murmure-t-il comme s'il se parlait à lui-même. Tu as les photos de la scène de crime avec le corps ?

Sans le regarder, Howard lui tend quatre photos que Beauregard examine, relevant plusieurs fois la tête pour se repérer. Le gamin est couché sur le côté, jambes repliées, mains près de la tête, presque en position fœtale.

- Il n'était pas à quatre pattes, dit Beauregard.

- Si tu le dis, Einstein, admet Howard, habitué aux déductions express de son partenaire. Mais tu m'expliques quand même ?

- Regarde la photo. Ce gosse est tué sur le coup. Son corps s'affaisse sur le côté, pratiquement dans la position où il était. Tu vois ses mains ? S'il avait été à quatre pattes et qu'il était tombé de côté, elles seraient plus loin de sa tête. Les bras plus tendus. Plus ou moins perpendiculaires au corps.

- Et alors? s'impatiente Howard.

Beauregard ne répond pas et compose un numéro sur son téléphone. Howard comprend qu'il appelle le légiste. Ils parlent d'absence de blessures défensives, de traces de contraintes aux chevilles et sur la nuque. Des mains du gamin souillées des deux côtés, et ses avant-bras aussi, sur le dessus. Et des traces de terre sur le front.

- On peut comprendre ? s'énerve Howard.

- Voilà : ce môme était mort de trouille. Sous la menace probablement, et sous la contrainte, ça c'est sûr. Ce n'est pas un jeu sexuel qui a mal tourné. La trajectoire de la balle n'aurait pas pu le traverser comme elle l'a fait s'il avait été vraiment à quatre pattes, le dos rond ou au contraire les reins cambrés. On a forcé ce môme à se mettre à quatre pattes, c'est sûr, mais je pense qu'il s'est affaissé, la tête enfouie dans ses mains, en attendant son supplice. Le dessus de ses avant-bras et le dos de ses mains étaient souillés de terre. Et le haut de son front aussi.

Howard lève les yeux au ciel pommelé et gorgé de pluies à venir. L'odeur des lieux lui monte soudain au nez. Vase en putréfaction et boue séchée. Jeunes chênes et vieilles mousses. Eaux froides et limoneuses du fleuve et celle, tiède et noire, de la mare. Avec ce quelque chose de plumes d'oiseau mort et de poisson séché si commun des bords de rivière. Il reste longtemps à contempler le ciel, incrédule, secouant la tête pour se forcer à croire qu'aucun Dieu n'a pu laisser faire ça.

Puis il regarde Zach.

- Donc, si je te suis, le corps de ce môme a pratiquement pivoté sur le côté autour de sa tête posée au sol dans ses mains.

- Oui, et la balle qui est ressortie par le sommet de son crâne doit s'être fichée dans le sol à quelques centimètres de là où il était front contre terre.

Il leur faut moins de cinq minutes pour repérer le trou dans la terre et en extraire la balle en creusant autour avec un bout de bois. Calibre .22, apparemment. Revolver, sans doute.

- Pourquoi revolver ? s'étonne Howard.

- Le doc dit que l'arme a été introduite profondément à l'intérieur du gamin. Impossible avec un pistolet. Canon trop court et trop épais.

- Pas sûr. Possible aussi avec un Luger par exemple.

- Oui, c'est vrai, tu as raison. Je pensais plutôt à un revolver, un Smith & Wesson, du genre 17-K22, mais un Luger aurait pu le faire, c'est vrai.

Howard soupire à nouveau, les mains sur les hanches, comme un sportif qui récupère son souffle.

- Je n'arrive pas à croire que nous ayons cette discussion-là !

- C'est pourtant ce qui nous fera mettre la main sur les salauds qui ont fait ça.

- Parce que ça t'avance à quelque chose, ça ?

- Oui.

- Et on peut savoir à quoi ?

- Le Luger ou le 17-K22 ne sont plus des armes de voyous de nos jours. Ce sont des armes de nostalgiques. Ça pourra nous aider quand nous aurons des suspects. À propos, fais-moi penser à demander au doc si, à partir des déchirures internes, il peut déterminer quel genre de guidon au bout du canon a été introduit de force.

Howard le regarde à nouveau.

- Merde Zach, c'est de l'antigel qui coule dans tes veines ou quoi ? Comment peux-tu parler de ça comme d'une simple liste de courses à vérifier ? Tu me fous la trouille des fois, tu sais, j'en arrive à ne même plus savoir qui tu es !

- Je suis un flic, Howard, rien qu'un flic, comme toi, à qui cette ville en perdition demande de gérer ses rebuts. Et c'est ce que je fais. Je gère. Des rebuts.

Howard soupire, puis bat des bras pour signifier autant son incompréhension que sa résignation. Il fait demi-tour et retourne vers sa voiture.

- Merde, mec, franchement, mais qu'est-ce que je fous avec toi !

Beauregard attend qu'il ait traversé les taillis pour répondre à voix basse.

- Du bon boulot, et c'est tout ce qu'on nous demande !

C'est en s'apprêtant à rejoindre Howard qu'il en a l'intuition. Une future victime. Plus un agresseur pour lui plaquer la tête dans la terre d'un pied sur la nuque. Plus au moins un autre et peut-être même deux pour lui maintenir les chevilles. Plus le tireur. Ça fait quatre à cinq personnes à traverser les taillis pour rejoindre la mare. Un paniqué qui doit sûrement chercher à s'échapper, les autres, excités ou inquiets, qui le poussent et le bousculent. Ce groupe-là ne s'est pas engagé à travers les branches basses et les buissons comme l'aurait fait une file furtive d'indiens chactas. À l'époque où il restait encore quelques survivants de cette grande tribu, bien entendu, avant que les Français ne les spolient de leur terre. De toute façon, malgré tout leur folklore de carnaval, il ne reste plus d'indiens en Louisiane. 0,67 % de la population, a-t-il lu quelque part. Et encore ! Cherchent à s'affirmer dans cette honteuse statistique ceux qui, comme lui, conservent un peu de sang natif dans leurs veines de colonisateurs. Même leur mémoire d'indiens de l'époque leur a été volée. Aujourd'hui, pendant le carnaval, les chefs et leurs guerriers indiens sont tous des noirs. Et leurs exubérants costumes de perles et de plumes de music-hall ne s'inspirent que d'imaginaires grandes tribus d'Amérique centrale. Ni des Chactas, ni des Natchez, ni des Atakapas, ni des Chitimachas, ni des Coushattas, ni des…

- Alors qu'est-ce que tu fous, tu viens ? s'impatiente la voix de Howard de l'autre côté des jeunes chênes.

- Vas-y sans moi, crie Beauregard, je reste encore un peu.

- Tu as trouvé quelque chose ?

- Non, je cherche. Je m'imprègne de la scène de crime.

Howard lève les yeux au ciel. *Je m'imprègne de la scène de crime!* En dix ans de crim, il n'a jamais connu un partenaire comme Beauregard. Trois ans déjà à côtoyer ensemble, chaque jour, la pire des engeances, des crimes à vomir ou des criminels à vous glacer le sang, et pas une seule fois, pour décompresser, ils n'ont partagé un repas. Tout juste un *po boy*, debout, à la sauvette, de temps en temps, au-dessus d'un cadavre encore chaud. Ou déjà momifié. Ensemble sur des scènes de crime, ou dans une voiture, silencieux, pendant d'interminables planques mornes et lugubres. Jamais de bière le soir, dans le *gumno ya ya* d'un bar bondé et mal famé, pour se laver la tête de la noirceur de leur journée. Pas le moindre barbecue arrosé entre flics, sur un coin de pelouse à l'abri d'un pacanier, à casser du sucre en riant sur le système et la hiérarchie, pendant que les femmes, de leur côté, parlent d'eux à voix basse. Aucune partie de pêche au *red fish* dans les eaux grises du golfe, grillés de soleil et assoiffés de Nola Pale Ale ou de Canebrake. Pas de chasse à l'armadillo ou à la tortue dans les bayous noirs en taquinant du revolver les mocassins pointus ou les alligators cuirassés. Partenaires depuis plus de trois ans, et aucun des deux ne connaît la famille de l'autre. À peine savent-ils dans quel quartier ils habitent, mais sans jamais avoir été invités l'un chez l'autre.

Howard va retraverser à contrecœur les taillis pour rejoindre Beauregard quand la voix de celui-ci l'en empêche.

- Attends, Doug, tu as interrogé le flic qui a trouvé le corps, n'est-ce pas ? demande-t-il depuis l'autre côté des arbres.

- Tu veux dire pendant que tu étais en retard ? Oui, bien sûr que je l'ai fait.

- Comment a-t-il su ?

- C'est un *ghetto bird* qui l'a aperçu en survolant le quartier.

- Un hélico ? Alors ça veut dire que le chemin que nous avons emprunté était celui des premiers uniformes sur place, mais pas forcément celui du môme et de ses agresseurs.

- Ça se peut. Tu veux dire que tu cherches des traces d'un autre passage ?

- Oui. Tout ce petit monde n'a pas pu traverser ces taillis sans y laisser de traces. Cherchons d'abord par où ils sont vraiment passés, puis des fibres. C'est impossible qu'ils n'en aient pas laissé en traversant les branchages. Cherche de ton côté, je cherche du mien.

- Bon sang, Zach, les gars de la scientifique sont déjà passés !

Ils se parlent sans se voir, par-dessous les arbres, à voix haute.

- La police scientifique de La Nouvelle-Orléans ? se moque Beauregard. Pour le meurtre d'un gamin noir ? Tu crois vraiment qu'ils ont sorti le grand jeu, Doug ? Ils n'ont même pas été foutus de trouver la balle fichée dans la terre à vingt centimètres de la tête explosée du môme.

Howard se résigne à admettre que Beauregard a encore une fois raison.

Ils cherchent quelques instants en silence, chacun appliqué à repérer des traces de passage dans la végétation.

- Qu'est-ce qu'un hélico de la police faisait là ?

- Surveillance de plusieurs rassemblements de protestation des mal-logés du neuvième district.

- Quoi, quinze ans après Katrina ?

- Qu'est-ce que tu veux, le quartier n'a pas été reconstruit pour ceux qui en ont été chassés. Ce foutu ouragan aura été le prétexte à la plus grande spoliation immobilière depuis celle des indiens par les colons français et…

- J'ai quelque chose, l'interrompt Beauregard. Une fibre. Deux même. J'ai trouvé par où ils sont passés. Tu peux te repérer à ma voix et trouver par où ils sont entrés ?

Howard remarque vite des herbes foulées et des brindilles piétinées, à quelques mètres du passage par lequel le premier flic, tous les secours, la scientifique et eux-mêmes s'étaient engouffrés. Quelqu'un s'est frayé un passage dans les taillis.

- Je l'ai, dit-il soudain concentré, je viens à ta rencontre. Pense à faire des photos avec ton téléphone.

Quand ils se retrouvent, Beauregard a récupéré trois fibres de tissu et Howard deux autres. Ils les glissent dans des sachets de papier cristal dont Beauregard ne se départit jamais.

- Il faudra penser à interroger les gars de l'hélico, dit Beauregard.

- Pourquoi ? Ils ont juste prévenu le central qui a envoyé un uniforme, que veux-tu qu'ils nous apprennent d'autre ?

- Je n'en sais rien. Peut-être qu'ils ont vu quelque chose. Une voiture, une embarcation qui traverse le fleuve, des gens sur la levée. Il faudra les interroger. Peut-être même qu'ils ont filmé la scène.

- Tu t'en occupes ?

- Oui. Plus tard. En attendant, tu peux déposer les fibres au labo ? demande Beauregard.

- Mais bien sûr, Monseigneur. Je suppose que Sa Sainteté a de meilleurs « trucs » à faire ?

- Il faut que j'y aille, dit Beauregard pour toute réponse en regagnant sa voiture, mais prends quelques photos du chemin qu'on a trouvé. Et engueule la scientifique pour qu'elle rapplique faire son job. On cherche d'autres fibres et des traces de pas.

Mais Howard ne lui répond pas. Il saute dans sa Mustang et démarre.

- Démerde-toi !

Quand Beauregard débouche des taillis à son tour, en jurant après avoir fait les photos, il voit disparaître la voiture de

Howard et remarque une Corvette jaune canari garée sur le trottoir opposé, à hauteur de sa Honda. Trois gamines blondes à la libido aussi arrogante que juvénile le regardent s'approcher. Des pimbêches. Des filles à papa. Nourries au porno 2.0 sur leurs iPhone dernière génération. Il ne reste plus qu'un bouton au corsage blanc de la conductrice pour retenir ses seins opulents et les empêcher de bondir au soleil. D'un geste qui n'échappe pas à Beauregard, la passagère sur le siège à côté relève sa jupette jusqu'à laisser entrevoir sa culotte en dentelle.

- On peut vous déposer quelque part, beau gosse ? provoque la conductrice.

Beauregard sourit, sort son insigne et le leur glisse sous le nez.

- Je peux vous déposer au poste pour racolage, jeunes filles ? propose-t-il en retour.

- Un flic ? s'émoustille la passagère. Vous êtes allé pisser votre bière derrière les arbres, ou il se passe quelque chose là-bas ?

- Rien qui vous intéresse, jeune fille, répond Beauregard en souriant.

La conductrice ouvre la portière dans un mouvement qui manque d'exploser le dernier bouton de son corsage.

- Venez les filles, on va voir.

Beauregard lui claque presque la portière sur la cheville.

- Hors de question, mademoiselle. C'est une scène de crime. Vous mettez un pied là-bas, je vous embarque.

- Oh oui, embarquez-moi, monsieur l'officier, supplie la fille en offrant ses poignets à Howard.

La tenaille de ses deux bras tendus fait pigeonner ses seins dans son décolleté. Beauregard n'en revient pas. Ces gamines ont tout juste seize ans. À peine le droit de conduire. Elles pourraient tomber sur n'importe qui. Un détraqué, un délinquant, un maquereau. N'importe quel malade de n'importe quelle maladie vénérienne. Bien sûr, c'est la ville où le Blue Book, véritable annuaire des prostituées, des lupanars et autres hôtels de passe, était vendu au premier voyageur venu au coin des rues, chez les barbiers et dans les gares. Surnom, adresse et race des filles. Blanche, noire, quarteronne, octavonne. Adresse des lupanars et présentation de la mère maquerelle et des spécialités de sa maison. Le tout entrecoupé de placards publicitaires vantant les plaisirs annexes des grandes marques de bière ou d'alcool nationales, ou des restaurants à gogos locaux. Bien sûr le sexe, libre ou tarifé, est l'ADN de cette putain de ville, mais ces gamines, quand même!

- D'accord les filles, alors maintenant vous dégagez et vous rentrez chez vous. Je vous revois dans le coin, je vous embarque au poste.

- Pour quel motif?

- Je vous l'ai déjà dit, racolage. Ça ne sera pas très flatteur pour votre réputation.

- Connard! lâche la passagère. On va voir à quoi ressemblera la tienne, de réputation, quand on racontera partout qu'un flic du NOPD nous a harcelées sexuellement.

Sur la banquette arrière, la troisième, qui n'avait encore rien dit, sort son téléphone et prend Beauregard en photo avant qu'il ne puisse réagir.

- C'est comme si t'étais déjà célèbre sur les réseaux, p'tite bite.

Puis elle se retourne à quatre pattes sur la banquette, relève sa jupe, baisse sa culotte et lui montre son cul au moment où la voiture s'arrache et laisse sur la chaussée des traces de gomme et dans l'air déjà brûlant un nuage de fumée de caoutchouc bleue et âcre. Des deux sièges avant, les gamines pointent dans le ciel un doigt d'honneur. Beauregard les regarde disparaître et monte dans sa Honda. Il reste un instant avant de démarrer.

Il pense à ces filles. À leur arrogance de riches. À la vulgarité de leur libido. Comment ces gamines qui montrent leur cul et pointent leur doigt peuvent-elles faire l'amour ? En dehors du sexe, veut-il dire. Sont-elles seulement capables de tendresse, ou toute leur vie ne sera-t-elle que cette apparence de liberté ? Cette absence de sentiment. Ce défaut d'humanité. Et sans aucune logique, sinon par un effet contraire, il pense à Molly et à l'irrépressible envie de l'aimer encore et toujours qui lui étreint le cœur.

11

... de vous jeter aux alligators.

- Vous pensez à elle, n'est-ce pas ? s'amuse l'Arménien.

Bien sûr que Freeman pense à Lou. Chaque maison renversée, chaque arbre arraché, chaque voiture retournée lui fait penser à elle. Chaque accident. Chaque malheur. Chaque tragédie qui frappe les autres lui fait toujours penser à sa pauvre petite Lou. Parce que tout peut lui arriver, tout le temps, dans ce monde où la violence des hommes n'a d'égale que celle de la nature.

- Je l'ai appelée ce matin. Je suis rassuré.

- Vous l'avez appelée toute la nuit, Ernest, n'importe qui aurait fini par craquer et vous répondre, s'amuse l'Arménien.

- Je vous ai entendu aussi. Ne me dites pas que vous êtes sorti la nuit par cette tempête.

- Je pisse souvent, à mon âge, et j'aime le faire au grand air.

- Alors vous avez dû être servi, question grand air.

- Donc Lou va bien ?

- Si l'état des routes le permet, reprend Freeman, elle dit qu'elle viendra dans l'après-midi.

- Ah, vous voyez bien, dit Mardiros.

- Je vois quoi ?

- Qu'elle vous aime. Qu'elle va venir vous voir...

Mais Freeman sait bien que Lou ne vient pas pour lui. Il lui a parlé de cet homme étrange qui a connu Hunter et qui vient de sa part. C'est l'Arménien qu'elle vient voir. Pas lui. Mais il n'en dit rien, pour que Mardiros ne s'apitoie pas sur son sort. Ce type semble avoir une telle propension à lire dans son âme que cela met Freeman mal à l'aise. Ce don d'être là aussi, comme s'il l'avait toujours été. Ce matin, l'odeur des œufs miroir, du bacon grillé et des crêpes a réveillé Freeman. Il s'est haussé sur un coude, l'humeur chiffonnée, le visage et les idées froissés d'un mauvais sommeil sur le tard, et Mardiros est là, aux fourneaux.

En se frottant à la terre, privé des eaux chaudes du golfe, l'ouragan a perdu de sa superbe dans la nuit. Il n'en reste plus que quelques bourrasques échevelées, francs-tireurs d'une arrière-garde en débandade, distancée par une armée en fuite. Après le petit-déjeuner, Mardiros aide Freeman à dévisser les protections qui barricadaient les fenêtres et ils restent un long moment à contempler le champ de bataille. Tout autour, les maisons ont beaucoup souffert, mais celle de Freeman a tenu bon. Tout est encore là. Le toit, la terrasse, même l'auvent. La pelouse dégorge déjà ses eaux jaunes pour les rendre au bayou. Un peu partout, des animaux reprennent leurs marques. Les mocassins, la tête brune et inquiète, cambrée au-dessus de l'eau, ondulent pour rejoindre le bayou. Les ragondins regagnent les rives pour inspecter les dégâts dans leurs galeries de sapeurs, fendant le courant d'un long sillon en V. Dans le jardin d'une maison décapitée de son toit, un alligator, perdu et peureux, hésite, immobile, tête en l'air, narines dilatées, à trouver le chemin du bayou. Puis il se décide et crapahute en tortillant de sa queue d'écailles, dressé sur ses pattes en équerres, jusqu'aux eaux lourdes arrondies de remous qui charrient des arbres entiers et des îlots de terre arrachés aux rives boueuses. Il ne manque que les oiseaux, premiers à partir en abandonnant le monde dans un mauvais silence qui présageait du pire, et derniers à revenir. Mais le ciel déjà bleu à travers les derniers nuages ne tardera pas à les convaincre. C'est du côté de la rue que les dégâts sont les plus spectaculaires. Deux maisons sont intactes, mais retournées sur un versant de leur toit, comme des jouets de poupées abandonnés. Une autre, toujours debout, a glissé sur plusieurs mètres pour éperonner en coin celle des voisins. Deux voitures ont été culbutées sur le toit. Une autre, couchée sur le flanc, a glissé sur plusieurs dizaines de mètres. Une seule est sagement garée le long du trottoir. Une Pacer Wagon que Freeman n'a jamais vue dans le quartier et dont il se demande par quel caprice l'ouragan l'a déposée, intacte, devant chez lui.

- Je suis allé la récupérer ce matin, dit Mardiros d'un air fier.

- C'est la vôtre ? s'étonne Freeman.

- Oui. Modèle 1980, Limited Edition. V8. Une goulue, une siroteuse de pétrole, mais la nostalgie n'a pas de prix, n'est-ce pas ?

- Vous l'aviez laissée là ? Je crois me souvenir de vous avoir vu arriver à pied, pourtant.

- J'ai soudoyé le responsable d'un entrepôt de l'autre côté de la 90. Structure en béton à l'abri du vent, quai de chargement surélevé avec rampe d'accès à l'abri de l'eau. Le type en a un peu profité et ça m'a coûté cinq cents dollars. Mais c'était pour ma Pacer.

- Et si vous n'aviez pas trouvé ?

- L'ouragan était une possibilité. J'ai repéré cet entrepôt sur Google Earth avant de partir. J'ai appelé le patron depuis La Fayette quand j'ai su que la tempête se dirigeait vers Patterson.

- Vous aviez négocié l'entrepôt avant de venir ?

- L'Arménien est prévoyant, lâche Mardiros en haussant les sourcils.

Il répond tout en contemplant la maison de Sobchak, sur l'autre rive du bayou.

- Je n'aurais jamais pensé qu'il avait un tel mauvais goût de parvenu, dit-il soudain.

- De qui parlez-vous ?

- De Sobchak. C'est bien sa maison, n'est-ce pas ?

- Vous connaissez Sobchak ?

- Oui. Il m'est arrivé de collecter quelques dettes pour lui. Deux fois, je crois.

- Vous avez vraiment travaillé pour cette ordure ?

- Oui, sourit l'Arménien en le regardant droit dans les yeux. Cent mille dollars que lui devait un publicitaire de Pittsburgh après une nuit de poker à Fresno, et quatre-vingt mille dollars que restait à lui devoir un dentiste de Bâton Rouge sur une transaction immobilière.

- Je ne comprends pas. Sobchak est un caïd de la pègre locale, acoquiné avec toutes les mafias du pays. Il a tous les sbires et les hommes de main nécessaires pour aller récupérer son argent. Pourquoi faire appel à un collecteur de dettes comme vous ?

- Parce qu'en bon mafieux prudent, Sobchak ne mélange pas son business avec ses affaires privées. Qu'un dealer, une mère maquerelle, un contrebandier ou un escroc en col blanc lui doive de l'argent, alors Sobchak envoie ses hommes collecter les sommes, dans le cadre et avec les techniques et les moyens du business. Parce que c'est un cadre reconnu et accepté par la police locale. Des affaires entre voyous qui font les affaires des statisticiens du service de communication de la police. Mais dans le cadre d'affaires personnelles, comme une dette de jeu ou un désaccord immobilier, les hommes de Sobchak manquent un peu d'entregent, si vous voyez ce que je veux dire. Pas la peine de mettre en danger le business en allant s'en prendre à des civils. Alors on fait appel à moi.

De ses années de flic à Brooklyn, Freeman ne garde aucun souvenir de ça. À l'époque, ça distribuait plutôt du plomb en chemise pour une simple aile de bagnole enfoncée ou un pauvre vinyle de Sinatra rayé. Mais il doit reconnaître que le raisonnement de Sobchak se tient, même s'il implique un statu quo plutôt immoral avec la police. Ce qui n'excuse en rien le métier de Mardiros.

- Comme j'aime à le préciser, je rapporte à mes mandataires l'argent qui leur est dû. L'immoralité de la chose commence avec ceux qui le leur doivent et ne les payent pas, pas avec moi. Et la moralité du créancier n'a pas à entrer en ligne de compte, comme en justice.

Freeman va émettre une réserve sur l'immoralité possible de l'origine de certaines dettes, quand soudain un nouveau soleil déchire les nuages et inonde d'un miel tiède et lumineux le paysage dévasté. Le fleuve chargé de limon prend une couleur épaisse et chaleureuse de pain d'épices, les arbres redéploient leurs lourds ramages, sombres d'ombres entre leurs troncs, sous leurs cimes verdoyantes. Deux spatules nonchalantes dérivent leurs virgules roses en vol plané dans le ciel d'azur. Sans les objets hétéroclites fichés dans la pelouse du petit château prétentieux de Sobchak, sur l'autre rive du bayou, ce côté-là du monde aurait pu sembler préservé de la colère des vents. C'est sa force au monde, justement, de pouvoir recommencer à vivre aussitôt passé les grands malheurs. Pas comme les hommes, qui ont inventé l'idée de destin pour se convaincre et se meurtrir à l'avance des autres malheurs à venir.

Mardiros tire Freeman de sa rêverie nostalgique.

- Ernest, je crois que quelqu'un vous demande.

Au pied de la terrasse, le chef lui fait signe et Freeman l'invite à les rejoindre.

- Bonjour, Chef. Rude nuit, n'est-ce pas ?

Le chef Lapointe ne répond pas et fixe Mardiros d'un regard inamical.

- Un problème, Chef ? demande l'Arménien tout sourire.

- On ne se connaît pas, n'est-ce pas ? Vous n'êtes pas d'ici.

- Non, répond Mardiros sans aller plus loin.

- Qui est-ce ? insiste le chef en se tournant vers Freeman.

- Un ami, dit-il en entrant par réflexe dans le jeu de l'Arménien.

Même si le chef lui donne du Ernest, Freeman ne ressent aucune proximité avec ce péquenaud en uniforme. Ni avec le flic, ni avec l'homme.

Lapointe fixe encore Mardiros un long moment, puis se tourne vers le bayou, contemplant à son tour le paysage, les mains sur les hanches.

- Belle vue, approuve-t-il d'un hochement de tête. Tu sais à qui appartient la maison d'en face, je suppose ?

- À un gros voyou dans tous les sens du terme, si j'en crois la rumeur, répond Freeman en souriant.

- Surveille ton langage, Ernest. Il faut savoir que monsieur Sobchak est un homme puissant ici. Jamais condamné, si j'ai bonne mémoire, et tu devrais t'en souvenir. Et c'est un contributeur généreux aux différents budgets de notre communauté.

- Il peut l'être, intervient Mardiros, on estime le chiffre d'affaires de ses activités illégales à deux cents millions par an. Inaccessibles au moindre impôt, évidemment. Quant à ses condamnations, vous en trouvez trace dans le Michigan, l'Ohio, les deux Caroline, le…

- Je n'ai pas retenu votre nom, l'interrompt Lapointe.

- Probablement parce que je ne vous l'ai pas donné, réplique l'Arménien.

- Alors je vous le demande, insiste le chef.

- Moi je me demande ce qui devrait envoyer de tels hommes en prison : leurs activités mafieuses, ou le mauvais goût qu'ils mettent dans tout ce qu'ils construisent ? Honnêtement ? dit l'Arménien en montrant d'un geste la maison de l'autre côté du bayou.

- Je vous ai demandé votre nom, répète sèchement le chef en posant la main sur la crosse de son arme.

- Et moi je me demande de quelle somme cet homme vous soudoie pour que vous vous fassiez ainsi son factotum.

Le chef plante son regard furieux dans celui de Mardiros et dégaine son talkie. « Léonard, c'est Lapointe, réponds – Léonard, j'écoute Chef – Léonard, un Pacer Wagon, Limited Edition, modèle 80, sur Main Street, tu envoies une grue et tu l'embarques – Chef, la grue est déjà occupée à dégager la route pour les secours… – Léonard, je me fous des secours. Qu'elle vienne embarquer cette putain de Pacer, compris ? – Compris Chef, je l'envoie tout de suite. »

Lapointe se retourne vers Mardiros, l'air satisfait.

- Il faut savoir que vous serez bien obligé de me le donner, votre nom, si vous voulez la récupérer un jour.

- Alors prenez-en soin, répond l'Arménien, serein, en lui tendant les clés. Elle est pratiquement collector, maintenant.

- Je croyais que vous vouliez repartir aujourd'hui, s'étonne Freeman. Lapointe est capable de vous la garder toute une semaine, vous savez, ou même de la passer à la casse en prétextant que c'était une épave abandonnée.

- Écoutez Freeman, conseille le chef, il faut savoir qu'il me connaît plutôt bien.

- Ce n'est pas un problème, répond Mardiros tout sourire, je demanderai à Creepy de me prêter une de ses limousines.

- Creepy ? s'inquiète aussitôt le chef.

- Oui, Creepy, Big Creep, quoi, Boris "Big Creep" Sobchak. D'ailleurs il a bien meilleur goût pour ses voitures que pour ses maisons, vous ne trouvez pas ? C'est curieux, ce goût des malfrats pour les belles caisses. Ça doit sûrement être révélateur de quelque chose de son caractère, il faudra que je m'y intéresse…

- Vous connaissez Sobchak ?

- Assez pour lui demander de me prêter une voiture.

- Mon ami travaille pour lui, précise Freeman qui apprécie l'embarras soudain du chef.

- Vous travaillez pour Sobchak ?

- Ça m'arrive.

- Qu'est-ce que vous faites chez Freeman, dans ce cas ?

- L'ouragan m'a surpris. Ernest m'a adopté comme réfugié climatique, plaisante Mardiros.

Le chef Lapointe le regarde, cherchant à trier le vrai du faux, puis, par prudence, dégaine à nouveau son talkie. « Léonard, tu m'entends ? – Cinq sur cinq Chef, la grue est en route – Rappelle-la, Léonard, tu laisses tomber pour la Pacer, je m'en occupe tout seul. Terminé. »

Un nuage attardé, largué par l'ouragan, glisse, translucide, entre le ciel et le monde. Son ombre feutre les couleurs de toutes choses pour mieux les laisser se redéployer dès qu'il est passé. Des oiseaux par dizaines reviennent en pagailles criardes et réinvestissent les feuillages. Parulines orangées, cardinaux rouges, pirangas écarlates, passerins indigo. Dans les ramures, sous les houppiers. D'un long vol plané, un héron cendré descend de la lumière jusqu'aux typhas et aux roselières d'où semblent l'observer les grenouilles. Mais il tient un mocassin pincé à la pointe de son long bec. Rien à craindre. C'est un matin du monde, heureux d'avoir survécu à la fureur d'un démon.

- Que s'est-il passé chez Sobchak ? demande Freeman.

- Pourquoi, s'intéresse aussitôt le chef, tu as vu quelque chose ?

- Non. J'aurais dû ?

- Pourquoi tu demandes alors ?

- Parce que sa propriété a subi l'ouragan comme nous tous, c'est tout, ment Freeman en haussant les épaules, tu as vu l'état de son jardin ?

Le chef hésite, puis décide de lancer un leurre.

- Il faut savoir qu'un de ses hommes est presque mort. Le ponton s'est disloqué et il a été écrasé par un des pilotis.

- Paix à son âme, murmure Freeman.

- Que dalle, oui ! siffle Mardiros.

- Pardon ?

- Les âmes damnées n'ont droit à aucun repos, pas même dans l'au-delà. Croyez-moi, j'en sais quelque chose. Cet homme-là devait être un porte-flingue, et son âme damnée n'aura droit à aucun pardon ni à aucune indulgence.

- Je pense que vous êtes bien arrogant pour juger de l'âme des hommes à la place de Dieu, réplique le chef.

- Et moi je pense que si je trouve la moindre éraflure sur ma Pacer, je demande à Creepy, votre petit Dieu mafieux sur terre, de vous jeter aux alligators.

12

… de Chipmunk soudain pétrifié.

- Zach, tu es où, là ?
- Chez moi.
- …
- Tu voulais ?
- Putain Zach, tu crois vraiment pouvoir faire ton boulot de détective par télé-travail ?
- C'est exactement ce que je suis en train de faire.
- Comment ça ?
- J'ai trouvé un cas intéressant pour notre affaire en fouillant les archives du *Times-Picayune.*
- Même mode opératoire ?
- Presque. Une fille violée avec une arme l'an dernier.
- Morte elle aussi ?
- Oui.
- Tuée à l'intérieur pareil ?
- Oui. Enfin, presque…
- Comment ça, presque ?
- Un tir dans le vagin, pas dans l'anus.
- Seigneur Dieu ! Putain de monde ! Ici à La Nouvelle-Orléans ?

- Non, à Tampa en Floride, pendant le *spring break*, mais la fille était de chez nous. Anita Meyer. D'Alexandria, en fac à La Nouvelle-Orléans.

- Je ne me souviens pas de cette affaire.

- Tout s'est réglé en Floride et le procès a été très discret. Ça s'est soldé par un plaider coupable et un arrangement confidentiel.

- Résultat?

- Quatre relaxes et une condamnation à quatre ans pour homicide involontaire.

- Putain de justice de merde! rage Howard.

- Je suis d'accord, confirme Beauregard, le consentement ne devrait jamais être admis quand les conditions d'un consentement libre et éclairé ne sont pas réunies. Ivre comme elle était, le consentement par défaut de la victime ne vaut rien.

- Et si j'étais juge, continue Howard, je ferais de tous ceux qui ont contribué à l'ivresse de cette fille des complices pour manipulation de ses capacités de consentement.

- Oui, je te suis là-dessus aussi, mais nous sommes flics, pas juges. En tout cas, même si ce n'est pas exactement le même mode opératoire, on a dans les deux cas une agression collective, un viol avec arme, et les deux victimes sont de Louisiane. Ça mérite de creuser un peu, non?

- Je suis d'accord. Je suppose que tu vas faire ça depuis chez toi?

- Tu supposes bien. Et les résultats d'analyse de la scientifique?

- Je les attends. J'ai renvoyé les gars du labo là-bas. Il semble qu'ils aient fait quelques moulages d'empreintes et trouvé d'autres fibres.

- Tu les as engueulés d'avoir manqué tout ça la première fois, j'espère.

- À quoi ça servirait, sinon à nous les mettre à dos. Ils sont nuls, c'est tout. Tu coupes les oreilles à un mulet, ça n'en fait pas un cheval !

- D'accord. Je passerai en fin d'après-midi me montrer au poste, tu y seras ?

- Pas sûr, j'ai peut-être un plan.

- Alors à demain matin.

- On prend un café ensemble ? propose Howard.

Beauregard ne répond même pas et raccroche.

Howard soupire et compose le numéro de Louise qui ne décroche pas. Mais elle le rappelle deux secondes plus tard.

- Tu filtres tes appels ?

- Non, répond Louise, pourquoi ?

- Tu ne décroches pas, et ton téléphone a vibré toute la soirée d'hier sans que tu répondes.

- C'était mon père. Il est toujours inquiet pour moi. Il n'a pas compris que je suis une femme, maintenant.

- Moi je l'ai compris, glisse Howard d'un ton plein de sous-entendus.

- Facile, s'amuse Louise, mais flatteur aussi. Merci.

- Si je fais un peu de ménage chez moi, que je repeins la façade, répare les volets, que je plante des géraniums, des azalées, des myrtes, des hibiscus, du mimosa, du bugle et des glycines dans le jardin, que j'appelle les services techniques de la ville pour remettre le trottoir d'aplomb, est-ce que j'ai une chance de te revoir ce soir ?

- Non, répond Louise.

- Non ?

- Non, j'ai promis d'aller voir mon père pour le rassurer.

- Alors laisse-moi t'accompagner, je le rassurerai, moi, je lui expliquerai quelle femme magnifique tu es devenue, je le convaincrai que je peux te protéger autant que lui, que je suis flic…

- Lui aussi.

- Lui aussi quoi ?

- Lui aussi est flic. Enfin, il l'était, même si je crois qu'on le reste toujours, non ?

- Oui. Non. Enfin je n'en sais rien pour le toujours. Je suis encore un peu jeune, j'espère que tu l'as remarqué. Mais si c'est un collègue, alors emmène-moi et je lui demande ta main.

- Ma main est à moi. Ce n'est pas à lui de décider de ça.

- C'est la coutume, non ?

- C'est une coutume d'un autre âge. Celle qui permet tous les abus et les mariages forcés.

- Oups, désolé, c'était juste histoire de parler…

- Alors parle mieux si tu veux m'accompagner à Patterson.

- Patterson ? Ton père habite à Patterson ?

- Oui, pourquoi, c'est si surprenant que ça ?

Howard ne veut rien dire à Lou de l'affaire du braquage chez Sobchak. Mais la chance est trop inespérée d'avoir un motif légitime d'aller jeter un coup d'œil là-bas.

- Patterson, Louise, Patterson ! Un bled créé par des Hollandais ! Des Hollandais ! Ces gens-là mangent du vermicelle au chocolat sur du pain. Des graines d'anis avec du sucre. Ils mettent de la compote de pomme sur les légumes. Et ils affichent le calendrier dans leurs toilettes !

Louise rit avant de répondre.

- Doug, l'homme qui s'y est installé en premier s'appelait Knight et il n'avait rien d'un Hollandais. Comme tous les Pennsylvania Dutchmen, il était d'origine allemande. Et de toute façon, celui qui a donné son nom à la ville venait de l'Indiana.

- De l'Indiana, Louise, de l'Indiana, mais c'est pire encore ! Ils mangent du beurre de pomme sur des biscuits frits là-haut, et ils font des concours de tracteurs !

- Rien de tout ça à Patterson, Doug, je te promets. Juste un petit musée à la gloire de deux héros de l'aviation.

- Louise, un bled où deux types qui créent une des premières compagnies aériennes du pays se crashent dans leur propre avion, je ne peux pas te laisser aller là-bas toute seule. Je t'accompagne. Je conduis si tu veux. Je chante même.

Hey sista Lollie Lou,
Where are you going to?
Hey sista Lollie Lou, Lollie Lou, Lollie Lou
Your givin me the air,
You know it isn't fair.

- Whaou ! Un bacon blanc qui connaît T-Bone Walker, ça vaut peut-être le voyage.

- Aaron Thibeaux Walker, l'inventeur du blues électrique, celui qui a inspiré son *duck walk* à Chuck Berry, le guitariste fou qui jouait dans son dos ou avec ses dents vingt ans avant Hendrix ? Un peu que je le connais, et bien sûr que je vaux le voyage.

Louise éclate de rire et finit par céder.

- D'accord. Avec ta voiture, mais c'est moi qui conduis.

- Pourquoi ma voiture ?

- Pour ne pas être obligée de rester là-bas si mon père insiste.

- Personne pour te ramener de Patterson ?

- Avec l'ouragan, la moitié des voitures doit être dans le bayou et l'autre sur les toits. Dans une heure devant Desautel's sur Dauphine.

Elle raccroche et il se demande s'il n'existerait pas, finalement, quelque part, d'une certaine façon, une sorte de Dieu pour arranger le destin. Puis il pense à Tyler, au môme près de la mare, au martyre de Louise pendant quatorze ans, et oublie l'idée d'un Dieu de merde qui laisserait faire tout ça.

- Zach, c'est Doug. Je vais peut-être avoir besoin que tu me couvres auprès de Chief Martineau demain matin. J'ai l'opportunité d'accompagner une connaissance à Patterson ce soir, et je vais profiter de l'occasion pour voir si je ne peux pas glaner quelques infos. Je sais que tu es chez toi et que tu filtres tes messages, mais rappelle-moi quand tu auras écouté celui-là.

Il raccroche et décide de se rapprocher du Desautel's en allant prendre une bière au Déjà Vu, au coin de Dauphine et de Conti. Il se laisse tenter par une Abita Amber et appelle le labo pour noter dans un carnet les résultats des analyses. Puis il raccroche et relit ses notes. Les fibres d'abord. Des fibres de beau coton. Trois jaune d'or, quatre bleu roi, deux blanches. Teinture de qualité supérieure. Cinq autres fibres, synthétiques celles-là. Trois noires, les deux autres rouges. Howard se souvient du gamin près de la mare. Short rouge, maillot noir et or de Cam Jordan, le numéro 94 des Saints de New Orleans. Il commande une autre Abita et réfléchit à la scène de crime. Une victime en rouge et noir, plusieurs agresseurs en jaune, bleu et blanc, mais dans quelle combinaison ? Au plafond, quatre ventilateurs brassent mollement l'air épais à l'odeur de suc qui vient de la rue. Sur chaque face d'un pilier carré en bois, des écrans diffusent en continu des images de sport. Ce sont les images de cheerleaders déchaînées qui le font réagir. Il rappelle le labo.

- Vous avez les photos prises lors du prélèvement des fibres ? Si, le détective Beauregard et moi-même avons transmis les nôtres, et nous avons demandé à votre équipe d'en faire sur place. Eh bien vous remettez la main dessus et vous cherchez des recoupements. Oui, des recoupements, des déductions, des concordances. De quel genre ? Bon écoutez, on va faire court alors : je veux savoir à quelle hauteur par rapport au sol chaque fibre a été prélevée. Vous faites ça et vous me rappelez.

Il raccroche en pestant contre ces techniciens de la police scientifique qui sont de plus en plus scientifiques et de moins en moins policiers. Puis il se concentre à nouveau sur ses notes. Les empreintes. Des moulages ont été faits dans le passage découvert par Beauregard et qui, grâce à lui, n'a pas été piétiné par tout le monde. Douze, correspondant en fait à cinq semelles différentes. Toutes de chaussures de sport apparemment. Un 39, deux 38 et deux 37. Howard surveille l'heure pour ne surtout pas manquer Louise et rappelle le labo.

- Je veux savoir laquelle des cinq empreintes de semelles correspond à celles de la victime. Vous avez identifié la marque des chaussures ? Demain seulement ? Vous voulez dire que nous sommes capables de lancer en quelques secondes une reconnaissance faciale parmi plusieurs millions d'individus à travers une dizaine de fichiers nationaux, et que vous, il vous faut vingt-quatre heures pour identifier une chaussure parmi quelques centaines de modèles fabriqués par quelques dizaines de marques ? Hey, sortez de vos éprouvettes les mecs, on parle de l'assassinat d'un gamin, là, vous pigez ? Je veux ces résultats dans la journée.

Il se retient de fracasser son smartphone de rage quand celui-ci vibre dans son poing.

- Howard, qu'est-ce que tu vas foutre à Patterson ! hurle Beauregard.

- Hey, cool mec, je te l'ai dit dans mon message. J'ai l'occasion d'accompagner une amie, alors j'en profite.

- Merde Howard, Chief Martineau a été clair, non ? On se la joue léger avec l'affaire Sobchak, de loin, à la discrète. Entre les hommes de Sobchak, le chef local, les Colombiens, le FBI et peut-être même bien la DEA, tu vas te faire repérer illico et déclencher un pataquès qui va encore nous retomber dessus. Laisse tomber cette fille, Doug.

- Zach, il ne t'aura pas échappé qu'ils se sont pris un ouragan là-bas, et un méchant. Mon amie s'inquiète pour son père et je l'accompagne. Point barre.

- Alors reste loin de chez Sobchak, et ne va pas poser des questions partout. L'affaire a déjà foiré une première fois à cause de l'ouragan, ne va pas la faire foirer une deuxième fois à cause de toi. Ne déconne pas, Howard.

Beauregard raccroche, furieux de toute évidence, et Howard reste le téléphone à la main, sidéré par la colère de son partenaire. C'est vrai qu'il est réglo, toujours dans les clous et que, contrairement à lui, Beauregard n'a jamais perdu un seul dossier pour cause de vice de procédure, mais merde, le métier de flic, c'est aussi de l'intuition et de la castagne, des coups de pied dans les fourmilières et des coups bas contre les crapules.

Son téléphone sonne et il croit que Beauregard s'est calmé, mais c'est le nom de Louise qui s'affiche.

- Je t'attends !

Il regarde sa montre, fait signe à la serveuse qu'il laisse ce qu'il faut sur la table, et court à sa voiture. Une minute plus tard, il est devant le Desautel's, juste à temps pour apercevoir Chipmunk en grande discussion avec Louise sur le trottoir. Il klaxonne pour les prévenir qu'il est là, jette sa voiture sur la première zone interdite libre, et bondit hors de la Mustang.

- Qu'est-ce que tu fais là, Chipmunk ?

Le type a des fourmis dans le pantalon et des araignées dans la chemise, il danse sur ses pieds et tortille des épaules.

Howard comprend qu'il est shooté à mort et paniqué à la fois.

- Ils sont après moi, mec, ils sont après moi à cause de toi, et en plus tu me piques Lou et elle, elle me jette de chez elle. J'ai plus nulle part où me planquer, mec. Ils vont me faire la peau, je te jure!

- Hey, je m'occuperai de toi, je te le promets, mais là, je n'ai pas le temps. Vole une caisse, ne prends pas la tienne, et va te mettre au vert dans le nord de l'État. Jusqu'à Kenwood s'il le faut, ils n'iront pas te chercher là-bas. Une vieille caisse sans mouchard d'assureur dans le GPS. Mais surtout, tu ne mêles pas Louise à ça, compris? Tu l'oublies, Louise. Elle me donnera ton numéro et je t'appelle à mon retour en ville pour t'arranger le coup. Allez, dégage.

- Et si je me fais piquer en volant la caisse, mec, tu as pensé à ça?

Ses tics sont de plus en plus violents et ses yeux dilatés par la drogue et la peur scannent la rue en mode panique.

- Si tu te fais prendre, tu seras à l'abri chez les flics, bien tranquille en taule.

- Non mais tu déconnes, Sobchak arrose la moitié des flics et tous les gradés de cette ville. Le coupe-gorge le plus dangereux pour moi, ici, c'est chez la police.

- Alors ne te fais pas prendre, roule peinard et appelle-moi s'ils te serrent, conclue Howard d'un haussement fataliste des épaules.

Puis il ouvre la portière à Louise, la laisse monter au volant et prend place côté passager. La voiture s'arrache avant même qu'il referme la portière, sous les yeux de Chipmunk soudain pétrifié.

13

C'est une Sobchak...

Personne ne peut manquer la grande maison créole turquoise et blanc au coin de Washington et de Coliseum. Plus grande et moins aérienne que les maisons du Vieux Carré. Sans terrasse en galerie au-dessus de son auvent sur la rue, mais avec des balcons de bois blanc suspendus aux murs en larges clins. Barreaux tournés à l'ancienne. Pigeonnier en coin, elle jaillit de la verdure des grands chênes, sereine comme un bateau à roue sur une eau tranquille.

- La salle est un peu prétentieuse et rococo, mais la vue, à mi-hauteur des grands chênes, est magnifique, dit Chief Martineau.

Ils admirent les branches maîtresses et tortueuses des arbres centenaires. Elles surplombent le jardin à la fraîche, presque à l'horizontale, sur toute la longueur de la baie vitrée.

- Et le menu largement au-dessus de ce qu'autorisent nos notes de frais, remarque Garbish en parcourant la carte. Je n'y étais jamais venu. Maintenant, je sais pourquoi.

- Ella Brenan était une amie d'enfance et j'avais un deal avec elle. Un repas par mois, en souvenir de jours anciens. Pour l'instant, ses héritiers ne me présentent toujours pas la note. Il m'est même arrivé qu'elle m'invite à des dîners très privés dans leur cellier, au milieu de milliers de grands crus. Tu devrais voir ça.

- Tu la connaissais vraiment ? On dit qu'elle a révolutionné la cuisine louisianaise.

- Elle a fait de nos spécialités populaires de la grande gastronomie. Certains y ont vu une trahison, mais attends d'y goûter. Pour moi, ce sera *Commander's turtle soup* en entrée, *Chili-lime gulf fish* ensuite, et *Creole bread pudding* soufflé en dessert. Et je te conseille vivement de commander la même chose.

- Va pour la même chose alors, dit Garbish en refermant le menu.

Le sommelier apporte une bouteille qu'ils n'ont pas demandée.

- Votre vin, monsieur Martineau. Zuccolo, pinot grigio, Friuli Grave, DOC, Italie.

- Martineau, je ne veux même pas imaginer ce qu'ils te doivent pour que tu mérites tout ça.

- Ne cherche pas à savoir, Joe, et dis-moi plutôt pourquoi il était si urgent que je te rince au grand cru.

Garbish balaye la salle d'un long regard panoramique. Les tables, agréablement espacées, garantissent une certaine confidentialité. Et les tarifs interdisent la fréquentation des flics, limiers, mouchards et autres affaires internes.

- Écoute, Baptiste, nous avons un problème dans l'affaire qui nous préoccupe. Le coffre n'a pas été fracturé. Il a été ouvert. Avec le code.

- Et en quoi c'est un problème ?

- Réfléchis avant de boire, Baptiste. Primo, Sobchak n'aurait confié ce code à personne au monde. Surtout pas à ses sbires. On peut donc écarter l'hypothèse selon laquelle le voleur aurait fait parler l'un d'eux.

- Ça se tient, admet Chief Martineau en humant le parfum du pinot grigio.

- Secundo, je ne vois ni comment, ni pourquoi les Colombiens auraient pu avoir connaissance de ce code. Donc exit les escobars.

- Ils peuvent l'avoir eu comme vous, grâce à une taupe.

- La seule et unique taupe qui avait connaissance de ce code, à part lui, tu sais aussi bien que moi que c'est sa fille. Et vu qu'elle travaille avec nous, je ne vois pas pourquoi elle nous doublerait avec des Colombiens.

- Comment vous la tenez ?

- Ça n'entre pas en ligne de compte. Le problème par contre, c'est qu'en cas de descente, comme c'était prévu, on pouvait dire que nous avions forcé le coffre. À la limite, on le faisait embarquer et notre source était couverte. Avec ce braquage, nous devons faire face à deux problèmes.

Garbish se tait pendant que deux serveurs servent la soupe. Fond de veau relevé, émincé de tortue serpentine, épices, herbes, œuf mollet, accompagné d'un sherry hors d'âge. Le fumet est un instant de grâce suspendu qui les garde dans un silence contemplatif.

- Le premier problème, reprend Chief Martineau à la place de Garbish, c'est que la fifille à son papa a du mouron à se faire, c'est bien ça ?

- Oui. Nous lui avions conseillé de prendre le large sous n'importe quel prétexte au moment de l'opération, mais il ne faut pas que Sobchak remette la main sur elle avant que nous ayons réglé cette histoire.

- Et le second problème ?

Garbish prend le temps de savourer une cuillérée de soupe avant de répondre.

- C'est qu'à part Sobchak et sa fille, les seuls à connaître la combinaison, c'est vous et nous.

- Tu veux dire le NOPD et le FBI ?

- Oui. Et ne me dis pas que Sobchak ou sa fille auraient pu faire le coup. Nous avons tout retourné, et ça ne tient pas debout.

- Elle a pu en parler à un petit ami. Je suppose que c'est une fille à papa du genre jet-set, coke et fréquentations mafieuses, non ?

- Non. Trente ans, PhD de physique quantique, spécialiste des nanotechnologies. Sa boîte est cotée en bourse depuis deux ans et sa capitalisation boursière avoisine les 12 milliards.

- Blanchiment d'argent sale pour son père ?

- Même pas. Elle a remboursé à son père le double du montant estimé de ses études et sa société interdit par statut les investissements familiaux.

- Pourquoi a-t-elle marché avec vous, alors ?

Garbish termine sa soupe. S'essuie les lèvres dans sa serviette en tissu. Prend son verre de vin. Le hume. Le lève à hauteur des yeux. En admire la robe. L'incline. En admire le corps. Le déguste…

- Joe, je t'en prie.

- …

- Tu sais bien que je le saurai d'une manière ou d'une autre.

- D'accord. Nous lui avons fait croire que son père a fait tuer sa mère.

- Vous avez quoi ?

- On soupçonne fortement Sobchak, sans jamais avoir pu le prouver, d'avoir balancé l'amant de sa femme dans un vivier à homards…

- Seigneur Dieu ! Vivant ?

- Évidemment. Pieds et poings liés. Du Sobchak, quoi !

- Et pour sa femme ?

- Un authentique accident, deux jours plus tard. On suppose qu'elle pleurait au volant en fuyant La Nouvelle-Orléans. Elle n'a pas vu le feu passer au rouge. Un camion l'a percutée de plein fouet. Morte sur le coup.

- Elle n'avait pas sa fille avec elle ?

- Elle allait la récupérer dans un camp de vacances.

Deux serveurs débarrassent, et deux autres apportent le poisson. Mais les deux hommes ont soudain moins d'appétit.

- Comment avez-vous fait ? demande Martineau en redoutant déjà la réponse.

- L'idée est venue quand nous avons appris que la police locale avait mis à jour, pendant l'enquête, que le chauffeur du camion n'était pas blanc-blanc. Un peu de trafic, un peu de contrebande, un peu de contrefaçon. Le FBI s'est saisi de ce prétexte pour reprendre l'affaire et a patiemment monté un dossier.

- Un faux dossier, tu veux dire.

- Un faux dossier. Faux lien du chauffeur avec la pègre. Faux lien avec des lieutenants de Sobchak. Montages photos. Fausses transcriptions de témoignages…

- Et comment une fille si intelligente a pu gober ça ?

- Parce que nous n'avons rien cherché à lui faire gober. Quand tout a été prêt, quand le moment est venu, un de nos agents a pris rendez-vous avec elle pour identifier un homme qui serrait la main de son père sur un photomontage.

- Le chauffeur du camion.

- C'est ça. La fille a dit qu'elle ne voulait rien avoir à faire avec son père, que de toute façon elle ne connaissait pas cet homme, et notre agent s'est excusé piteusement sans insister. Dès qu'il est sorti, elle a appelé son avocat.

- Une ligne que vous aviez mise sur écoute, je suppose.

- Bien sûr. Elle a confié avoir reconnu le chauffard qui avait tué sa mère à son avocat qui l'a adressé à un privé.

- Sur qui vous avez fait pression.

- Bah, tu sais, un privé, ça traîne toujours quelques gamelles derrière lui.

- Alors vous avez laissé filtrer votre faux dossier, petit à petit, par l'intermédiaire du privé, jusqu'à ce qu'elle se convainque elle-même de la culpabilité de Sobchak. C'est bien ça ?

- Exactement. Quand nous avons décidé d'agir, en apprenant le deal à venir avec les Colombiens, nous avons approché la fille et elle était mûre pour coopérer.

- Sous quelles conditions ?

- La peine d'emprisonnement maximum pour son père, et la ruine de ses affaires.

- Ce qui nous ramène à la vraie raison de ce déjeuner.

- Oui, et ce n'est pas simple à dire. La taupe est chez vous ou chez nous, nulle part ailleurs, Baptiste, et il va falloir faire le ménage.

Martineau encaisse le coup, même s'il s'attendait à quelque chose de ce genre.

- Comment allez-vous vous y prendre au Bureau ?

- Nous cherchons d'abord à lister discrètement tout agent ou personnel administratif qui aurait pu avoir accès à cette information. Ensuite, nous enquêterons sur chacun. Mais notre priorité, c'est de retrouver le cambrioleur. C'est par lui que nous pourrons remonter le plus facilement jusqu'à son informateur.

- Parce que vous êtes déjà sûrs que l'informateur et le monte-en-l'air ne sont pas le même homme ?

- Non, mais ça ne change rien. Si c'est le cas, nous ferons d'une pierre deux coups en mettant la main sur le cambrioleur.

- D'accord, Joe, nous allons faire de même au NOPD, tu peux compter sur moi. Mais si la taupe est quelqu'un de la police ou du FBI, il connaît nos méthodes et comment les contourner.

- Peut-être, mais s'il a embarqué un truand dans cette affaire, c'est ce truand qui sera le maillon faible. Je ne connais pas beaucoup de voyous capables de résister à deux millions de dollars sans faire le mariolle un jour ou l'autre. Et même si lui et la taupe se partagent le magot, une petite frappe avec un million de dollars, ça se remarque. Tu sais ce qu'on dit : c'est la poule qui a pondu qui chante la première.

- Je comprends. Nous allons battre le rappel de nos indics. Voir qui, dans le milieu, dépense plus que d'habitude ou a pris des vacances. Mais si tu crois m'avoir coupé l'appétit avec ces nouvelles pour échapper au dessert, tu te trompes, Joe.

Mais Garbish ne sourit pas. Son regard inquiet se perd par-delà l'épaule de Martineau.

- Moi non, murmure-t-il sans détourner ses yeux de ce qui le trouble, mais lui te le coupera sûrement.

Chief Martineau se retourne sur sa chaise au moment où Sobchak les aperçoit et dirige vers eux les cent quatre-vingts kilos de son imposante stature, entraînant avec lui une jeune femme élégante dans des vêtements à plusieurs milliers de dollars.

- La fille qui l'accompagne ? demande Martineau à voix basse.

- La sienne, malheureusement, murmure Garbish, celle dont nous parlions il y a une minute à peine…

Sobchak affiche la bonne gueule et la belle humeur d'un Hemingway dans les Keys ou à Cuba. Pieds nus dans des mocassins de marque à pompons, chemise hawaïenne sur mesure dans un discret camaïeu de bleus, pantalon de coton beige. Son ventre le précède d'un bon demi-mètre et la cambrure obligée de ses reins le fait regarder tout le monde de haut.

- Chief Martineau, quelle surprise de vous rencontrer ici. Vous fêtez une promotion ? Votre retraite, peut-être ?

- Juste un repas entre amis, bougonne Martineau.

- Avec Joe Garbish, le chef de l'antenne du FBI à La Nouvelle-Orléans ? Vous avez de bien mauvaises fréquentations, Chief Martineau.

Et il explose d'un rire de géant vert qui fait se retourner par réflexe toutes les tablées qui, jusqu'ici, avaient bien pris garde de ne pas lever les yeux sur lui.

- Chérie, je te présente les preux chevaliers qui tentent vaillamment de bouter le crime hors de cette ville. Messieurs, voici Janette, ma fille aînée bien-aimée.Tu connais monsieur Garbish, Janette ?

La jeune femme maîtrise parfaitement sa surprise, mais Martineau devine qu'un voile d'inquiétude ternit son joli regard malgré l'effort souriant qu'elle fait pour n'en rien laisser paraître.

- Je ne crois pas que nous ayons eu l'honneur d'être présentés, répond Garbish en se levant pour saluer la jeune femme.

Martineau fait de même, sous le regard de nouveau amusé de Sobchak.

- Messieurs, je vous prie de nous excuser, Janette et moi, mais nous sommes attendus à la table du cellier. Votre vin est pour moi, si vous le permettez.

- Il nous a déjà été offert, coupe sèchement Chief Martineau.

- Zuccolo, pinot grigio, Friuli Grave, DOC, Italie, vous auriez pu obtenir beaucoup mieux. Vous devriez prendre exemple sur ma fille. Il paraît que c'est une négociatrice redoutable dans son domaine.

Puis il tourne les talons, plaque une main large comme un soufflet de forge dans le dos de sa fille, et l'invite à le précéder vers l'escalier qui mène au cellier.

Garbish et Martineau restent debout, leur serviette à la main, à les regarder disparaître, sous les regards en coin des autres clients qui ont tout entendu.

- C'était quoi, ça ? s'inquiète Chief Martineau.

- Je n'en sais rien. Elle était supposée rester le plus loin possible de lui.

- Vous êtes sûrs d'elle, au moins ?

- Je n'en sais rien. C'est une Sobchak…

14

Garbish et moi.

La moyenne, à La Nouvelle-Orléans, est de un à deux crimes violents par jour pour cinq viols déclarés. Ce jour-là, avant même la pluie d'après midi, deux femmes et trois gamines ont été sauvagement abusées dans des circonstances à faire perdre tout espoir en l'espèce humaine. La police s'en est quand même occupé comme elle le pouvait, sachant très bien que derrière ces cinq victimes pantelantes, le visage et le sexe déchirés par la violence de leurs agresseurs, une dizaine d'autres au moins se terraient quelque part pour ne pas supporter la honte d'avoir à raconter dix fois leur malheur. Devant des hommes incrédules et circonspects. Ou indifférents. Voire moqueurs. Si ce n'est carrément grivois. En uniforme. En tenue de ville. En blouse. C'est que ces histoires de femmes mettent mal à l'aise les flics qui leur préfèrent les bons vieux homicides. La classique violence animale des hommes. Les meurtres. Les assassinats. Les vrais crimes, en quelque sorte. De ceux dont on peut disserter en engloutissant bière sur bière, le soir après le service, dans les bars à flics. Et ce jour-là est un bon jour. Une fusillade au nord de Treme. Trois gamins en fuite, deux morts innocents dans la foule. Un dealer poignardé pour trois sachets de poudre dans le neuvième district. Un concurrent jaloux. Un client fauché haut perché par son précédent shoot. Un détraqué psychopathe. Ou juste un voisin vengeur, excédé par l'absence ou la complicité des flics. Une petite frappe criblée de balles dans une voiture volée, sur l'échangeur de la Pontchartrain Expressway qui récupère la 10 vers l'ouest pour aller chercher la 55 qui monte plein nord jusqu'à Jackson. Des papiers au nom d'Alvaro Martinez, et une boîte d'allumettes au nom du Boy's End, un *juke-joint* sur Old Spanish Trail. Règlement de comptes entre gangs sûrement, qui décharge la police d'avoir à faire le sale boulot d'éliminer la vermine. Restera à expliquer ce que faisait la victime la tête sur le volant et le cul sur le siège du passager. Mais surtout, à l'autre bout de la ville, du lourd. Du bon vieux crime. Un carnage qui sent bon la vengeance et la pègre. Deux types à moitié fracassés, ligotés nus sur des chaises au beau milieu d'un hangar, au nord du grand déversoir supposé sauver la ville des inondations, là où des voies ferrées d'un autre âge descendent, à travers des terrains vagues jonchés des détritus portés par le vent du golfe, jusque dans le canal pour pousser des wagons rouillés sur des barges immenses qui s'enfoncent sous leur poids dans les eaux du Mississippi. Travaillés au coupe-choux, les deux types. Des yeux jusqu'aux ongles. Les oreilles, le nez, le menton, les doigts, tout ce qui dépasse a été tranché. Sauf les lèvres, pour qu'ils puissent avouer. Le sexe a dû l'être en dernier, comme ultime punition. Les deux corps sont restés abandonnés là, au milieu de leur sang. Pour l'exemple sans doute. Ça, c'était pas du crime de gonzesse au moins, racontera plus tard l'uniforme qui les a découverts.

- Pourquoi Howard n'est pas là ? grogne Chief Martineau.

- Il travaille avec la scientifique sur l'affaire du gamin. Il est sur un genre de piste.

- Un genre de piste ?

- Oui, c'est comme ça qu'il a dit, ment Beauregard. Et on sait qui c'est ? demande-t-il en désignant les deux morts ensanglantés sur leur chaise pour changer de conversation.

- Il semblerait qu'un des deux ait été identifié grâce à son tatouage. Ça serait un des hommes de Sobchak, donc on suppose que l'autre aussi.

- Un rapport avec le braquage ? s'intéresse aussitôt Beauregard.

- Pas impossible. Ce serait notre chance de récupérer un droit de regard sur cette affaire. Un homicide en lien avec le cambriolage.

- Quel lien ?

- Peut-être que ces hommes savaient quelque chose et que Sobchak les a fait parler ?

- Comment sauraient-il quelque chose sur un braquage qui a eu lieu à Patterson ?

- D'après le doc, ces hommes ont été fracassés avant d'être découpés au rasoir. Des blessures qui datent d'au moins vingt-quatre heures. La scientifique a récupéré leurs vêtements dans un container à détritus à l'entrée de la zone industrielle. Maculés de boue, d'herbes, de feuilles et de toutes sortes de saloperies pour l'un des deux. Le genre de saloperies qu'on se prend quand on sort se balader pendant un ouragan.

- Vous pensez vraiment…

- Pourquoi pas ? Les deux hommes sont de garde dans la maison à Patterson, ils ne réussissent pas à empêcher le cambriolage. Sobchak est furieux. Il les ramène en ville pour les faire parler et les punir en même temps.

- Dans ce cas, allons chercher Sobchak et coffrons-le.

- Impossible.

- Pourquoi, ne me dites pas que le FBI s'y oppose pour ne pas bousiller leur souricière à escobars ?

- Le FBI n'y est pour rien. C'est juste qu'à l'heure estimée du découpage, Sobchak déjeunait au Commander's.

- Sûrement un alibi bidouillé. Des témoins fiables ?

- Oui. Garbish et moi.

15

… juste pour chercher Tyler.

- C'est dans ce bar que j'ai rencontré la plus belle négresse de ma vie, dit Howard tout sourire quand ils passent à hauteur du Boy's End, le long d'Old Spanish Trail.

- J'ai des amis qui t'émwinceraient les roubignolles au coupe-choux pour un mot comme ça, réplique Louise sans quitter des yeux la route. Tu devrais surveiller ton langage.

- Comment veux-tu que je t'appelle, une jolie femme de couleur ? De quelle couleur es-tu, Louise ?

- Et toi, de quelle couleur es-tu ?

- Blanc. Blanc sale. Ou rose cochon peut-être ? Ou sans couleur. Oui, c'est ça, tu es une femme de couleur, et moi je suis un homme sans couleur.

- Ce n'est pas un sujet de plaisanterie, Doug. Parles-en à mon père, et tu verras.

- Hors de question. Je ne vais pas brûler mes chances auprès de beau-papa en lui parlant de *nègre* ou de *marron*.

- Je te préviens : pour *nègre* il te refuse ma main. Pour *marron* il tranche la tienne.

Ils passent Paradis, puis Des Allemands. Longent Dufresnes Ponds et ses mobil-homes sur parpaings alignés le long de la rive. Dès que le ciel est gris, la Lousiane s'éteint. Elle devient lugubre. Hérissée, au-delà des cyprès sombres, des tubulures d'aciers de raffineries aux fumées lourdes. Pétrole ou sucre, dans la même puanteur dispersée par le vent. Et la nature, caméléon suicidaire, de singer aussitôt l'horreur humaine et mortifère. Les marécages comme des cloaques noirs et empoisonnés. Les lagunes boueuses et putrides. Les troncs ébranchés et blanchis par le sel et les acides, plantés comme les croix profanées de cimetières inondés. À l'approche de chaque village, la route est bordée de câbles suspendus et de raccords échevelés qui pendent mollement entre les poteaux. Ils s'affaissent et bondissent au rythme de la voiture et soudain s'éparpillent en toile d'araignée dans laquelle se prennent toutes sortes de maisons de guingois, de baraques et de remises. Des trucks par dizaines autour d'un *diner*, comme un troupeau épuisé autour d'un point d'eau. Et partout des maisons n'importe où, n'importe comment, aux cours sans barrière encombrées de tout et de rien. De vieilles bagnoles. De vieilles baignoires. De vieux pneus. De vieilles en maillots de basket la clope au bec. Ou de vieux petits noirs, secs, tordus et légers comme des bois flottés, en chemise rose ou jaune à manches longues et pantalons larges à bretelles. Un chapeau sur la tête.

Les premiers effets de l'ouragan se font sentir un peu avant Raceland. C'est le même désordre autour des baraques, sauf que les baraques sont fracassées au milieu. Avec la même vieille, clope au bec, assise sur des vieux pneus ou sur le rebord d'une vieille baignoire, et qui regarde des hommes qui regardent les dégâts sans rien faire. Que peuvent attendre ces âmes immobiles, sinon d'autres malheurs. D'autres tempêtes. D'autres crises rampantes. D'autres misères. Sûrement pas d'autres vies, et c'est ce qui les désespère et les résigne. Dans ce pays où le temps s'écaille.

Ils roulent en silence, incapables de résister à la triste résignation qui vient souiller leur âme, quand vibre le portable de Howard. Il jette un coup d'œil sur le nom qui s'affiche. Labo. Il fait signe à Louise de jeter la Mustang entre deux camions garés sur le terrain vague détrempé qui sert de parking à un fast-food pour camionneurs. À part l'enseigne qui pendouille le long de son mât tordu par le vent, le bâtiment en parpaings a plutôt bien résisté. De la cabine d'un des camions descend une gamine trop maquillée. Elle rajuste le boléro qui peine à contenir sa lourde poitrine. Son short la moule si fort que son sexe semble parler à travers le tissu. Elle saute de la dernière marche du camion, une petite bouteille d'eau à la main. Elle s'en rince la bouche, recrache plusieurs fois, jette un coup d'œil aguicheur à Howard, et retourne vers le restaurant en roulant du cul comme une panthère. Le camionneur, un type bedonnant en maillot de corps, descend à son tour de la cabine en se renfouraillant.

- C'est Howard. Vous avez enfin des résultats ?

Il écoute. De l'autre côté du pare-brise, le camionneur rattrape la gamine, lui met la main aux fesses, et se prend une gifle. Il la bouscule. Elle le gifle à nouveau. Ils s'expliquent. Il finit par sortir quelques billets et ils partent ensemble vers le restaurant. Il a sa main sur son cul. Il a payé pour et tient à le faire savoir. Howard jette un coup d'œil sur le visage de Louise qui ne quitte pas des yeux la gamine. Si son regard pouvait trancher, elle aurait depuis longtemps émasculé ce vieux porc de camionneur. Louise surprend son regard.

- Quoi ?

- Des nouvelles du labo…

- Et alors ?

- D'après les indices, il est possible que le gamin ait été tué par une bande de gosses d'une même école.

- Comment pouvez-vous déduire ça ? s'étonne-t-elle.

- L'âge approximatif, d'après la pointure des empreintes de semelles relevées sur la scène de crime. L'école, d'après la position des fibres prélevées. Chaque couleur à peu près à la même hauteur. Jaune en haut, blanc en bas, et bleu entre les deux. Ça fait penser à un uniforme. Ça va être facile d'identifier l'école maintenant. Mais des gosses, Louise. Des gosses. Ce sont des gosses qui ont fait ça ! Mais qu'est-ce que devient ce monde.

Howard appelle Beauregard qui ne répond pas. Il lui laisse un message furieux suivi des explications du labo. Puis il fait signe à Louise de redémarrer et ils roulent en silence. Mais à mesure qu'ils s'éloignent vers l'ouest sur la 90, le paysage autour d'eux se déglingue. Par endroits la route est encore inondée. Les rares véhicules qui traversent l'eau dressent autour d'eux des murs d'éclaboussures tièdes et sales. L'air est encore chaud et pesant. Des arbres déchirés en deux jonchent les bas-côtés. De temps en temps, des patrouilleurs balisent la route de feux de Bengale pour alterner le trafic. Dans les agglomérations, c'est chaque fois un peu plus la désolation. Poteaux brisés, fils électriques au sol. Vérandas arrachées. Toitures déchirées. Petit à petit, ils prennent conscience de la violence de l'ouragan et Louise pense à son père. Il est sain et sauf, puisqu'il l'appelle jour et nuit, mais dans quel état ? Elle regrette de ne pas avoir répondu plus vite pour prendre de ses nouvelles.

Quelques kilomètres plus loin, ils passent une maison dont le vent a poussé les murs de travers au moment où un gosse d'une dizaine d'années en jaillit en courant. Un adulte sort à sa poursuite, le rattrape, et du bout du pied lui botte le cul si fort que le gamin continue encore dix bons mètres en déséquilibre. Il mouline des bras, le cou tordu de trouille, à surveiller par-dessus son épaule celui qui le rattrape, la tête beaucoup trop loin de ses pieds, et finit par s'étaler de tout son long sur les cailloux. L'homme, furieux, est déjà sur lui. Il redresse le môme par les cheveux et lève le poing quand la Mustang bondit hors de la route et dérape jusqu'à sa hauteur dans un nuage de poussière. Le temps qu'il comprenne, le poing de Howard le cueille à la mâchoire et l'envoie à terre.

- Va voir la dame ! ordonne Howard au gamin en montrant du doigt Louise qui est sortie de la voiture elle aussi.

L'homme au sol cherche à s'éloigner en rampant à reculons sur le dos, s'écorchant les mains et les coudes sur les pierres. Plus de fureur dans son regard. Que de la panique. Howard marche jusqu'à lui et lui balance un coup de pied tombé sur la mâchoire. Deux hommes jaillissent à leur tour de la maison, prêts à en découdre. Le premier est armé d'un tube de plomb, l'autre d'un fusil. Howard garde son pied sur la tête de celui qui est à terre et dégaine dans un même mouvement son badge et son arme qu'il braque sur les deux autres.

- Police, le premier qui bouge, je le descends.

Les hommes se figent, hésitent, se regardent, puis jettent leurs armes. Howard leur ordonne de reculer, abandonne l'homme à terre et va récupérer le fusil qu'il balance à l'intérieur de la carcasse sans roues d'un vieux pick-up qui doit vieillir là depuis des siècles. Puis il range son arme dans son étui de ceinture et revient vers l'homme à terre pour le relever.

- Bats-toi, dit-il.

L'homme se redresse sans comprendre. Il a une bonne tête de plus que Howard et doit bien lui rendre vingt kilos. De muscles. Quand il comprend ce que cherche Howard, son regard s'en étonne d'abord, s'y résout, puis s'en amuse. Son visage marqué par la semelle de Howard et les cailloux se fend d'un sourire imbécile, babines retroussées, qu'il veut confiant et cruel. Les deux premiers directs lui éclatent la pommette et l'arcade sourcilière. Il titube de surprise et de douleur quand un crochet du gauche l'atteint au foie. Il y a d'abord le choc, soutenable, puis deux secondes après la terrible onde de douleur qui irradie tout son corps et lui coupe le souffle. Il perd l'équilibre et se retrouve adossé au fer rouillé et brûlant de l'épave du pick-up. Howard allonge alors ses coups et ballotte la tête de l'homme entre ses poings. Il lui fend les lèvres, casse des dents, fracture le nez, et il faut que Louise l'arrête en appuyant sur le klaxon de la Mustang pour que Howard émerge de sa folie meurtrière.

- Tu veux vraiment le tuer ?

Howard regarde le visage ensanglanté de l'homme, puis ses poings écorchés, et revient à lui comme on émerge d'un cauchemar.

L'homme a glissé de dos contre le vieux pick-up, assis dans la poussière, jambes écartées. Quand Howard se penche vers lui, il se protège aussitôt la tête entre ses coudes.

- Tu touches encore un seul cheveu de ce gosse, ou de n'importe quel autre gosse, et je reviens terminer ta correction. Et cette fois, tu peux me croire, il n'y aura personne pour sonner la fin du combat, tu m'as bien compris ?

L'homme fait signe en clignant des yeux et Howard rejoint Louise et le gosse près de la Mustang.

- Pourquoi il en avait après toi ?

- Je voulais voir la fin de mon dessin animé avant d'aller chercher leurs bières.

- Ça arrive souvent qu'il te batte ?

- Chaque fois qu'il veut des bières et qu'il y a un dessin animé.

- C'est chez toi ici ? C'est ton père ?

- C'était chez moi avant, quand mes parents étaient encore vivants. Maintenant c'est chez lui. C'est mon grand frère.

- Les autres aussi ?

- Non. Eux, c'est des amis à lui.

Howard secoue la tête et serre ses poings. Louise pose la main sur son bras pour le retenir. Alors il sort une de ses cartes et un billet de cinq dollars.

- Sur cette carte, il y a mon numéro. Si ça recommence, tu te sauves, tu te caches et tu vas quelque part d'où tu peux m'appeler. Le billet, c'est pour toi. Planque-le bien. Pas sur toi. Une cachette dehors. Quand tu vas chercher les bières, offre-toi quelque chose en même temps. D'accord ?

- D'accord, dit le gamin.

- Ne rentre pas tout de suite. Laisse les choses se calmer un peu. Et sois prudent.

Les deux autres aident l'homme au bord du K.O. à se redresser et le ramènent en titubant vers la maison. Louise a posé un baiser dans les cheveux du gamin et est déjà remontée dans la voiture. Howard monte à son tour. Ils démarrent, et Howard fait signe à Louise d'arrêter la Mustang entre les trois hommes et leur baraque.

- Ma promesse est valable pour tout le monde. Ce môme se plaint, et je vous dézingue tous un par un.

Puis ils redémarrent et la Mustang rebondit dans les nids-de-poule et les flaques pour rejoindre la route.

- C'était quoi, ça ? demande Louise, de la voix résignée de celle qui connaît déjà la réponse.

- Une violence policière, un abus de pouvoir, un dérapage, une bavure, appelle ça comme tu veux, répond Howard en regardant le capot de la Mustang avaler les pointillés blancs de la route.

- Tu allais tuer ce type, n'est-ce pas ?

- Il était solide, mais si tu n'avais pas klaxonné, c'est vrai que j'aurais pu le tuer.

- Pour un coup de pied au cul à un gamin ?

- Bien sûr, Louise, hurle soudain Howard, bien sûr, bordel de merde, regarde autour de toi : Tyler, le môme de la mare, ses assassins probablement, ce gamin maintenant, regarde ce que nous avons fait de ce monde. Après ce qui t'est arrivé, je pensais que tu comprendrais un peu mieux que ça, Louise.

- Hey, ne me parle jamais de ce qui m'est arrivé, d'accord ? Et qu'est-ce que tu penses pouvoir faire ? Rosser tous les types responsables de violences de cet État ? De ce pays ?

- C'est une guerre, Louise, c'est une guerre maintenant, contre ces gens qui ne comprennent que la violence. Pour ce qui me concerne, c'est œil pour œil maintenant.

- Tu te rends compte que c'est le contraire même de l'idée de police ?

Il ne répond pas tout de suite. Il ne voit même plus les arbres fauchés, les panneaux pliés, les voitures dans le fossé et les maisons décapitées. Ils restent un long moment en silence, les yeux fixés sur le ruban d'asphalte qui glisse sous le capot.

- Il n'y a plus de police, Louise. La police a depuis longtemps glissé dans le monde des voyous. Ça marche par arrangements, par corruptions, par rapports de force. Entre les voyous et nous, ce n'est pas l'ordre et la justice contre le crime et l'illégalité, ce sont juste deux équipes sauvagement adverses qui pratiquent le même sport. Nous jouons dans le même championnat morbide et cynique qu'eux. Nous ne cherchons plus à les éradiquer. Juste à compter les points.

- Curieux jugement pour un flic !

- Louise, à l'origine la police était là pour protéger les habitants de la Cité. Aujourd'hui, elle est là pour protéger la Cité contre ses habitants. Elle n'est plus au service des gens, c'est fini, elle est au service du système. La seule mission de la police, c'est de maintenir le système. Par la force et la répression. La police est devenue le bras armé du système pour en assurer la survie. Et tout ne va faire qu'empirer…

- Qu'est-ce que tu fais encore dans cette police-là, alors ?

- Je cherche Tyler, Louise. Je m'en sers juste pour chercher Tyler.

16

… et le ranger à l'intérieur…

- Qu'est-ce que tu n'as pas dit au chef, Ernest ?

Freeman, plus étonné par la franchise de Mardiros que par sa question, hésite à répondre, gêné par la présence de Louise et de son ami.

Ils sont sur la terrasse, face au bayou Teche qui a déjà évacué une grande partie de la crue. Il ne reste, çà et là, dispersées le long des berges et des pelouses, que de grandes mares brunes prisonnières que le soleil aspire déjà. Des poissons piégés y suffoquent et s'y cabrent à la surface, la gueule ouverte, pour le plus grand bonheur des enfants qui ont déjà oublié l'ouragan. Ils courent pieds nus dans l'eau tiédasse et se jettent sur les poissons d'argent qui leur glissent des mains et les éclaboussent. Longtemps après le babil joyeux des oiseaux est revenu le vacarme mécanique des hommes. Des tronçonneuses débitent les arbres déchirés, des marteaux cloutent des renforts de fortune, des générateurs ronflent leurs énergies de secours. Partout, ça s'affaire dans le silence des hommes et le boucan des mécaniques.

Heureux que sa maison ait aussi bien résisté, Freeman a ressorti des chaises en fer forgé et une balancelle sur la terrasse, avec plus de coussins que nécessaire pour tout le monde. Et une bouteille d'alcool d'abricot.

- Rien n'aurait pu me faire plus plaisir, sourit Mardiros en prenant la bouteille à bout de bras pour l'admirer dans le soleil.

- Ah oui ? s'étonne Freeman.

- L'abricot est originaire d'Arménie, tu ne le savais pas ?

- J'avais des amis arméniens à Brooklyn. J'ai quelquefois l'impression qu'avec eux, tout est originaire d'Arménie.

- C'est vrai que nous avons tendance à nous vanter d'avoir inventé beaucoup de choses, mais pour l'abricot, c'est la vérité. Son nom latin, c'est *prunus armeniaca*, prune d'Arménie. Alors ?

- Alors quoi ?

- Alors, pour le chef, j'ai bien vu que tu lui cachais quelque chose ce matin.

- Que s'est-il passé, papa ? s'inquiète Louise.

- Écoute, explique Freeman en répondant à Mardiros, en face c'est chez Sobchak, comme tu le sais, et Lapointe est à sa solde, au vrai sens du terme, alors je ne voulais pas d'ennuis, mais j'ai bien vu quelque chose, c'est vrai. Un homme qui s'introduisait dans la propriété en profitant de l'ouragan. Cagoulé. Plutôt athlétique. Très décidé parce que le vent cognait vraiment dur. Je ne voyais pas très bien d'ici. La pluie tombait en rideaux. Mais je l'ai vu se battre avec au moins un autre homme. Enfin, je suppose qu'ils se battaient, c'était un tel chaos. J'ai même cru voir voler un alligator, c'est pour dire ! Toujours est-il qu'il est finalement entré dans la maison, et que je ne l'ai pas vu ressortir par la suite. Il faut dire qu'un bateau est venu s'encastrer dans la façade et que ça a dû provoquer un sacré foutoir là-dedans. Voilà.

- Ça a été si violent que ça ? demande Louise.

- Prends les jumelles, sur le meuble, à l'intérieur, et regarde ce que le vent a balancé depuis ce côté du bayou jusque sur la pelouse de Sobchak.

Louise va chercher les jumelles.

- C'est pas vrai ! murmure-t-elle, on dirait une décharge sauvage. Il y a de tout. Des baignoires, des barques, des barbecues. Tu as raison, il y a bien un bateau fiché dans la façade.

- Laisse-moi voir, demande Howard en lui prenant les jumelles.

C'est encore pire que ce qu'il imaginait. Un ponton a été arraché. Un bateau de pêche au gros est encastré à moitié dans une fenêtre. Howard inspecte toute la maison. Elle a plutôt bien résisté. Puis le terrain. Arbre par arbre. Bosquet par bosquet. Jusqu'au bord de la rivière où il aperçoit l'alligator. Son ventre nacré d'écailles, gonflé, enflé, distendu, prêt à rompre. Il fait le point sur la tête de la bête. Ses crocs jaunes enchevêtrés saillent en désordre de sa gueule fermée. Il fixe son œil froid de topaze au moment même où celui-ci explose d'un sang noir. La bête sursaute et sa gueule sauvage se désarticule pour hurler sa rage. Sa queue cuirassée laboure la terre de colère, puis il tressaute plusieurs fois et s'affaisse sur place. Howard balaye le terrain pour voir d'où sont partis les coups de feu. Il accroche trois silhouettes sur l'escalier qui descend vers la pelouse. Un homme en uniforme d'abord, le fusil à la main, toujours pointé sur l'animal. Un autre devant lui, qui descend prudemment, l'arme au poing. Et un peu plus haut sur les marches, le chef, les jumelles aux yeux, qui ne s'occupe ni des autres, ni de l'alligator. Mais qui le regarde. Lui.

Howard baisse les jumelles et se retourne vers Freeman.

- J'ai peur que votre chef se doute aussi que vous lui cachez quelque chose. Il nous observe avec ses jumelles depuis l'autre rive.

- Comment se fait-il que vous ne vous soyez pas inquiété de savoir qui habite en face ? demande Mardiros en resservant une tournée d'alcool d'abricot.

- Parce que Freeman vient de dire que c'est la maison de Sobchak et que tout le monde ici sait qui c'est, se dérobe Howard.

- Mais vous n'êtes pas d'ici, insiste Mardiros. Vous n'êtes pas de Patterson, n'est-ce pas ?

- Non, c'est vrai, mais même à La Nouvelle-Orléans, tout le monde connaît Sobchak. Et dans toute la Louisiane et les États voisins aussi.

- Et votre arme, sous votre veste, c'est le Glock 22-12 de la dotation officielle du NOPD ?

Howard reste surpris quelques secondes par la franchise de la question et l'assurance qu'affiche le regard d'ébonite du vieil Arménien.

- Non, dit-il en écartant le pan de sa veste pour montrer son holster, c'est un Glock, mais modèle 27. Les officiers en civil y ont droit par dérogation à la dotation de base.

- Vous êtes flic ? s'étonne Freeman.

- Ça vous dérange ? réplique Howard d'un ton plus sec qu'il n'aurait voulu.

- Non, je préfère savoir Lou avec un flic plutôt qu'avec les petits voyous qu'elle ramenait dernièrement. Ça me rassurerait même que vous restiez ensemble.

- Ça dépend plus d'elle que de moi, répond Howard en souriant à Louise que ça n'amuse pas.

- C'est bien ce qui m'inquiète, constate Freeman en regardant Lou sans sourire.

- Et vous, contre-attaque Howard, l'air de rien, c'est un Colt Detective Special que vous portez à la cheville.

Mardiros relève son pantalon pour découvrir l'arme.

- Utile, et plus discret que ça d'habitude, en effet.

- Et en complément de quoi ?

- Comme vous. Un Glock 27. Plutôt efficace par les temps qui courent.

- Et vous avez les permis qui vont avec, je suppose ?

- Et vous êtes vraiment sûr d'être dans votre juridiction ? répond Mardiros en le regardant droit dans les yeux, sourire affable aux lèvres. Parce que sinon, nous pouvons demander au shérif du coin de s'en inquiéter.

Howard ne parvient pas à se faire une idée de qui est vraiment cet homme. Son aplomb et son intuition le déconcertent. Il a déjà compris que lui, Howard, veut éviter toute confrontation avec la police du coin et s'amuse à le lui faire savoir. Un long moment de silence disperse les regards. Louise regarde deux geais bleus moqueurs à la queue zébrée de noir se chamailler dans les pompons d'or d'un mimosa, et se demande comment diable les oiseaux et l'arbuste ont survécu au déferlement du vent. Freeman regarde Lou, sa Lou, content qu'elle soit venue. Mardiros regarde la berge. Des ragondins et des canards s'y affairent à reprendre possession des lieux, dans l'herbe ou les roselières, indifférents à un mocassin paniqué sur lequel fond soudain l'ombre d'un héron. Howard regarde Mardiros en essayant de comprendre qui il est.

- Et votre métier ? demande-t-il en concentrant à nouveau tous les regards sur l'Arménien.

- Collecteur de dettes, dit Mardiros qui se lève et se cambre, les mains dans les reins, pour s'étirer.

- Tu as des dettes ? s'inquiète aussitôt Louise en se tournant vers Freeman.

- Non, non, la rassure Mardiros, votre père ne doit rien à personne. Que je sache en tout cas. En fait, je suis venu lui apporter de l'argent, pas lui en réclamer.

- Quelqu'un te devait de l'argent ? Tu as engagé un chasseur de primes ?

- Collecteur de dettes, précise Mardiros en levant le doigt. Collecteur de dettes, pas chasseur de primes, j'y tiens !

- Non, répond Freeman à Lou, personne ne me doit rien. Expliquez-lui, Mardiros, moi je ne saurais même pas par où commencer.

Louise interroge du regard Mardiros qui s'assoit à nouveau et prend une longue inspiration.

- Disons que je suis venu apporter à votre père le résultat d'une sorte d'héritage. Une donation, en fait.

- Une donation ? Tu as reçu une donation ? Qu'est-ce que ça veut dire ?

- Ça veut dire un million cinq cent trente-quatre mille et soixante-huit dollars, lâche Mardiros.

Freeman baisse les yeux, gêné. Ceux de Louise et de Howard s'écarquillent de surprise.

- Un million et demi de dollars ! Quelqu'un t'a fait cadeau d'un million et demi de dollars ? Mais qui a pu faire un truc pareil, papa ?

Freeman se penche vers Lou et lui prend la main, comme on fait pour annoncer une grande nouvelle à une personne fragile.

- C'est Hunter, chérie. C'est Hunter qui nous envoie ça. Et ne me demande pas pourquoi ni comment, je n'en ai aucune idée.

- Je n'arrive pas à y croire. Un million et demi de dollars, mais c'est impossible.

Freeman se lève, entre dans la maison et en ressort avec la sacoche aux soufflets distendus que lui a remise l'Arménien. Quand il l'ouvre, un ou deux billets s'envolent, que Mardiros attrape habilement au passage. Lou et Howard se figent, incrédules, hypnotisés par l'amas de billets fourrés en vrac dans le cuir.

- Alors c'est vrai… murmure Louise ébahie.

- Qui peut faire un tel geste ? s'étonne Howard.

Freeman et Mardiros se regardent pour savoir qui va répondre à cette question, mais c'est Louise qui répond d'une voix douce.

- Hunter. Un homme accusé à tort et condamné à mort pour l'assassinat de cinq hommes et la disparition de cinq femmes à Pilgrim's Rest, dans les Appalaches. Il s'est évadé avec la complicité de Crow, un véritable tueur en série, et est revenu à Pilgrim's Rest régler ses comptes…

- Et tu étais une de ces femmes disparues, devine Howard.

- Oui, répond Louise dans un murmure qui s'étrangle.

- Je traquais Hunter depuis son évasion, continue Freeman, et je l'ai suivi jusqu'à Pilgrim's Rest. J'ai compris petit à petit qu'il était innocent et que le coupable de tout ça était le shérif du coin et son frère détraqué. C'est grâce à Hunter que les filles ont été libérées après plus de dix ans de séquestration, même si seule Lou a survécu. Quoi qu'il ait fait et quoi qu'il fasse, je serai éternellement reconnaissant à cet homme.

- Il ne fera malheureusement plus grand-chose, intervient Mardiros. Hunter a disparu en Alaska. Il s'est jeté dans les rapides des Roaring Brides avec Crow. On a retrouvé le corps de Crow, mais pas celui de Hunter. Mais jamais personne n'a survécu aux Roaring Brides. Il faut bien admettre qu'il est mort.

- Seigneur Dieu, bredouille Louise les larmes aux yeux.

- Mais l'argent? demande Howard.

- C'est trop compliqué à expliquer, reprend Mardiros. Disons qu'en prenant sur lui le crime pour lequel Crow avait été condamné, Hunter a permis à ce dernier d'être libéré et de recevoir deux millions d'indemnités compensatoires pour ses dix ans passés dans le couloir de la mort. C'est ce qui reste de cet argent qui vous revient aujourd'hui.

- Mais qui nous l'envoie, si Hunter et Crow sont morts?

- Une chic fille, une ranger, qui les a accompagnés jusqu'au bout. Quand elle s'est réveillée ce matin-là, sur une plateforme rocheuse qui surplombe les Roaring Brides, Hunter et Crow n'étaient plus là. Il ne restait que leurs vêtements, quelques plumes et quelques branches d'un rituel indien, le sac rempli de billets, avec un mot lui expliquant quoi en faire.

Le soleil est lourd maintenant. L'air suinte d'humidité. Les oiseaux étourdis de chaleur suffoquent dans l'ombre des ramures. Des serpents lovés dans l'herbe ou les feuillages bas de la rive y réchauffent leur sang froid. Immobiles. Howard se demande ce qu'est devenu l'alligator abattu sur la pelouse de Sobchak. Quand il fouille l'autre rive de ses jumelles, il tombe à nouveau sur le chef. Qui les observe derrière les siennes. Tout en haut de l'escalier, monté sur la rambarde pour mieux les voir. Sans baisser ses jumelles, Howard prévient les autres.

- Freeman, vous devriez refermer ce sac et le ranger à l'intérieur…

17

… comme le goitre d'un pélican.

Dans la chaleur de la nuit, le quartier français est abandonné aux touristes noctambules qui y déambulent et braillent en bandes, trop heureux de s'y encanailler. La ville et la pègre leur offrent l'ivresse des cuivres du jazz de Bourbon Street, du fumet des crabes bleus bouillis et des huîtres Rockefeller cuites au gros sel avec des épinards. Le *po boy*, le *gumbo*, le roux, la praline, le *jambalaya*. Rhum et scotch, Hurricane ou Collins. Dans les bars bondés, étourdis de musique jazz et de *brass bands*, des filles joyeuses et déboutonnées les charment à vingt dollars le verre ou la fellation. Dans l'éclat doré d'une trompette, le souffle long d'un trombone, la chamade d'une contrebasse, elles leur laissent entrevoir le galbe d'un sein qui les affole. Ou le haut d'une cuisse. Le bourrelet d'un sexe moulé dans le satin vert et luisant d'un short.

Mais dans l'étouffoir du jour, le quartier revient à ses âmes damnées dans les relents de la nuit. Les recoins puent l'urine et les vomissures, que des noirs ou des dos mouillés rincent avec nonchalance d'une eau bleue et savonneuse. Des chats borgnes, maigres et pelés, jaillissent de trous d'ombres noires et volent au passage les restes de salami d'un *muffuletta* piétiné que des chiens faméliques leur disputent aussitôt. Des livreurs en uniforme déchargent et roulent dans un bruit de train les fûts de bière de la nuit à venir, et chargent bruyamment ceux vidés la nuit précédente. Les touristes, assommés par l'ivresse de la nuit et la chaleur du matin, dorment encore. Les plus courageux, silencieux, partagent un beignet rêveur et un café au lait à la chicorée au Café du Monde, comme le leur recommande Trip Advisor. Au hasard des rues, par les portes ouvertes des bars fermés, on aperçoit les filles fatiguées, nues sous leurs peignoirs de soie. C'est l'heure tranquille des premiers verres et des cigarettes. Des gigolos qui passent profiter d'un baiser ou d'une rapide caresse. Des souteneurs à bagouses qui réclament leur dû sous le regard résigné et amoureux des barmans épris. Des noctambules éconduits qui viennent retenter leur chance au grand jour et se font rembarrer. L'heure des terrasses entrevues derrière les grilles de fer forgé. De l'odeur des flaques sur le pavé des courettes carrelées. Des voleurs à la tire qui font le bilan de la nuit. Des petites frappes qui se remettent d'une mauvaise bagarre. Des patrons de restaurants qui réinstallent leur terrasse en attendant de payer leur dîme. À la pègre pour éviter les désordres provoqués. Aux voisins pour éviter la fermeture pour tapage. Aux flics pour éviter les ennuis en cas de désordre et de tapage.

La nuit a été moyenne pour Coconut Crab et sa petite famille. Deux cents euros, cent dollars, cent autres en *travellers checks* et quelques devises. Quatre cent cinquante dollars dont il en planque aussitôt cinquante sous la semelle intérieure de ses chaussures. Des quatre cents qui restent, il en donne cinquante à la première patrouille pour les flics du huitième district, et cent au caïd de la rue parce que c'est un homme de main de Big Creep. Hypothétique assurance contre un coup de surin si vite arrivé. Le reste, il le partage avec celle qu'il appelle sa « colocataire », Wanda, une petite pute noire à l'irrésistible cambrure et à la bouche si gourmande que, trois ans après leur emménagement dans leur maison en bois de Treme, il en bande encore rien qu'à la regarder parler. Ou rire à gorge déployée. Ou manger avec les mains. Ou boire une Nola au goulot. Entre eux, l'homme aux mains en battoirs et la petite femme aux lèvres en suçons, tout n'est que sexe et pognon. Évidemment qu'il lui cache les cinquante dollars dans sa chaussure. Et les cinquante autres aussi qu'il dépose quotidiennement sur un compte à la Liberty Bank de Canal Street, une des dernières *black owned bank* des USA, membre de la National Bank Association, qu'il s'entête à appeler de son premier nom de Negro Bank Association. Ça lui plaît une négro banque, et les mille et quelques dollars par mois, c'est pour les futures études des enfants. Surtout des garçons, vu que Chintamanee a décidé d'apprendre la vie dans la rue. Rien à faire. Sale caractère. Indépendante et têtue. Wanda pourrait être sa mère, c'est dire ! Rien que d'y penser, les lèvres de Crab se dessèchent et il a envie de quelques bières. Mais il n'y a pas de quoi abreuver même un mauvais chrétien au sortir de la Liberty Bank. Ce bout de Canal est bien loin de la fête du Vieux Carré. Des parkings et des herbes rases, plantés de bâtisses dispersées. Eat-Well Food Mart et Family Dollar, d'un côté, Blood Center Headquarters et Taxman Financial Services de l'autre. Pas la joie. L'air devient poudreux à force d'être brûlant. Canal Street est trop large pour que les grands chênes distordus filtrent le soleil blanc. Il essayerait bien le Zulu Social Aid & Pleasure Club. Il doit encore en être membre et ils ont un bar. Mais c'est à dix blocs sans ombre, de l'autre côté de la coulée verte entre Saint Louis et Lafitte, qui n'est qu'un long terrain vague d'herbe rase et de broussailles. Crab se résout à redescendre en *streetcar* vers le Vieux Carré pour partager des bières dans quelques bars de Bourbon Street avec des barmans de sa connaissance. Ou des « amis » de rencontre déjà prêts à se faire délester de bon matin. Il va traverser la rue jusqu'au terre-plein central où courent les rails du tramway quand une lourde limousine aux vitres fumées manque de le renverser et pile devant lui.

- Connard, vocifère Crab.

De rage, il balance un coup de pied dans le pneu de la voiture, et s'apprête à enfoncer le capot de son poing lourd comme un marteau-pilon quand le chauffeur sort calmement de la voiture. Un mauvais blanc au crâne rasé.

- Tu devrais pas, Crab, monsieur Sobchak tient beaucoup à cette limousine.

Le nom pétrifie Crab. Il reste terrifié, le poing suspendu, les yeux écarquillés par la peur autant que par la surprise. Quand la porte arrière s'ouvre, côté rue, et que la masse imposante de Sobchak apparaît derrière la voiture, dans son costume de lin blanc, le sang de Crab s'assèche en une poudre de fer qui lui lime le cœur de l'intérieur.

- Montez, Crab, dit Sobchak.

Crab ne bouge pas. Incapable du moindre geste. Un essaim d'abeilles cherche en panique une sortie dans sa tête. Il essaye de se souvenir de ce qu'il aurait pu faire qui aurait pu offenser Sobchak. Et en même temps d'imaginer ce qui pourrait le sauver de ce qui l'attend.

- Je vous en prie, Crab, ne me faites pas perdre mon temps, ça finirait par me désobliger. Je vous invite juste à une petite balade en famille.

À ces mots, la vitre avant côté trottoir descend lentement et cette fois c'est le cœur tout entier de Crab qui se détricote dans sa poitrine. Chintamanee est assise à la place du passager.

- Salut p'pa, t'as vu la caisse ?

- Chinta, qu'est-ce que tu fais…

Mais la vitre se relève et ne lui renvoie plus que son reflet sidéré. Sobchak remonte alors dans la voiture et la porte arrière s'ouvre du côté de Crab. Il glisse sa lourde carcasse sur la banquette et se retrouve tout petit à côté des cent quatre-vingts kilos de Sobchak, dont les doigts ornés de lourdes bagues pianotent sur le pommeau en argent d'une canne en bois précieux.

- Qu'est-ce que tu foutais, p'pa, ça fait un paquet de temps qu'on te cherche, putain !

Chinta a ses pieds nus sur le tableau de bord et souffle dans un chewing-gum fluo. La bulle éclate et lui colle aux lèvres.

- Enlève tes pieds de là et ne parle pas comme ça, murmure Crab.

- Ton père a raison, dit Sobchak, ne parle pas comme lui, Chinta.

- Qu'est-ce que ça veut dire ? s'inquiète aussitôt Crab.

- Ça veut dire que tu parles beaucoup, Crab, et que ça me chagrine.

Le géant créole fouille sa mémoire. Qu'a-t-il pu dire qui ait pu offenser Sobchak ? Il cherche et soudain se souvient : les confidences de Beauregard à l'American Sports Saloon. Le déplombage de la propriété de Sobchak. Les deux millions qui ont pris le vent pendant l'ouragan. Et l'escobar qui se baladerait avec dans Big Easy. C'est vrai qu'il en a parlé. Par-ci, par-là. De bière en bière. De bar en bar. La peur lui chauffe le front de l'intérieur et il sue aussitôt à grosses gouttes.

- Allons discuter de tout ça autour d'un cocktail au White Flamingo, propose Sobchak qui fait signe au chauffeur de démarrer.

- Génial, siffle Chinta. Je pourrai avoir un French 75 moi aussi ?

- Ferme-la, Chinta, murmure Crab.

- Si tu veux, répond Sobchak en souriant, mais sans cognac et sans champagne.

- Tu déconnes, ça ne laisse que du sucre et du jus de citron sans ça !

- Ferme-la, Chinta, ferme-la, je t'en prie.

- Avec un peu d'eau gazeuse, ça finira par te faire une bonne limonade. C'est ce que boivent les petites filles de ton âge, non ?

- Hey, tu sais où tu peux te la fourrer ta limonade, le gros ?

La main bagouzée de Sobchak fauche l'intérieur de la limousine et gifle la nuque de Chinta. Elle bondit aussitôt sur son siège et se retourne pour lui arracher les yeux. Mais Crab la devance et se jette sur Sobchak. Personne ne frappe ses enfants. Le chauffeur se retourne pour voir ce qui se passe. La voiture part en embardée et déséquilibre tout le monde. Puis le chauffeur saute sur les freins et sort son arme qu'il braque sur la tête de Chinta. Dehors, le trafic paniqué se disperse en hurlant autour de la limousine arrêtée en travers de Canal Street.

- T'as encore une fille pendant deux secondes, mec, après, ça dépend de toi.

Crab se jette aussitôt à l'autre bout de la banquette, le plus loin possible de Sobchak, et Chinta reprend sa place en boudant.

- Ne touchez plus jamais à ma fille, grogne-t-il menaçant.

- Au contraire, Crab, au contraire, explique Sobchak, il faut toujours s'en prendre aux plus faibles à qui tiennent ceux qui se croient forts. C'est le b.a.ba du métier. Tu me dis ce que je veux savoir, et ta fille peut courir les rues de Big Easy autant qu'elle veut. Tu me caches quelque chose, et elle boite pour le reste de sa vie. Quel avenir pour une demi-négresse boiteuse à La Nouvelle-Orléans, d'après toi, Crab ?

Le chauffeur range son arme et redémarre. Une autre panique éparpille autour d'eux des voitures au klaxon bloqué de rage et de frayeur. Ils roulent quelques instants en silence. Sobchak a remis de l'ordre dans sa tenue.

- J'y crois pas, tu te rends compte que ce con m'a braquée avec un SIG Sauer SP 2022 ! siffle la fille.

- Ferme-la, Chinta.

- Joli caractère, reconnaît Sobchak d'un ton redevenu bonhomme. Qu'elle vienne me voir, si un jour elle cherche à travailler.

- Compte là-dessus, réplique Chinta, quitte à faire la rue, autant la faire pour moi-même.

- Ah, j'adore ! s'exclame Sobchak en éclatant d'un rire de gorge qui fait trembler son double menton comme le goitre d'un pélican.

18

... et termine son Ramos.

- Bon Dieu de merde ! souffle Chef Lapointe en passant une tête derrière Sobchak pour découvrir les dégâts.

Aussitôt après le coup de téléphone de Lapointe, Sobchak est descendu à Patterson avec quelques hommes. Lapointe les attendait à la porte d'Alligator Grove. Quand ils entrent dans le premier salon, le spectacle est irréel. La moitié du bateau est suspendue dans la pièce, jaillissant de la fenêtre défoncée pour fendre de son étrave le mur d'en face. Il ne reste plus rien d'autre d'entier dans la pièce. Tout est fracassé au sol, brisé menu par le vent en furie. Le bureau attenant, dont la porte capitonnée a été soufflée, est dans le même état. Au mur, que le coffre, la porte blindée grande ouverte. Mais pas par le vent, elle.

Sobchak fait signe à ses hommes d'attendre dehors et inspecte les vingt pièces de sa demeure. Une par une. Suivi par Chef Lapointe, trop heureux de découvrir le luxe intérieur d'Alligator Grove, lui qui n'a eu droit qu'à quelques convocations rapides entre deux portes. À l'autre bout de la demeure, Sobchak le guide jusqu'à un autre salon, ouvert sur une piscine intérieure. À côté d'un piano droit, un vieux bar décore un des murs, le tapissant de verres et de bouteilles.

Le fameux bar dont parle la légende. Sobchak aurait fait venir des artisans français pour le construire à l'identique de celui du Verre à Pied, un bistro de la rue Mouffetard à Paris, qu'il avait fréquenté lors d'un récent voyage. Le patron lui a fait rencontrer Jennifer, la championne du monde de cocktail, qui l'avait invité à passer de l'autre côté du bar, au Mino, dans le quartier de Ménilmontant.

Pour Lapointe, déçu, c'est juste un vieux bar derrière lequel Sobchak se glisse pour préparer un shaker et un verre à long drink. Puis il sort d'une glacière à l'ancienne un œuf et une bouteille de lait. Du citron et du citron vert. Du sirop de sucre de canne. De la fleur d'oranger et du soda.

- Alors, redites-moi ce que vous m'avez dit au téléphone, Lapointe, dit Sobchak qui casse l'œuf d'une main pour en laisser gluer le blanc dans le shaker.

- De l'autre côté du bayou, il faut savoir qu'il y a ce Freeman, qui est à Patterson depuis deux ans seulement. Même s'il y est né il y a longtemps et que son père y a toujours vécu. Ce Freeman, il a été flic à New York dans sa vie, monsieur Sobchak, il faut le savoir.

Chef Lapointe regarde Sobchak presser un citron jaune et un demi-citron vert dans le shaker.

- Depuis sa maison, ce Freeman, en fait, il faut savoir qu'il a une excellente vue sur Alligator Grove et peut voir tout ce qui se passe chez vous.

Sobchak mesure quinze millilitres de sirop de sucre de canne et les ajoute au contenu du shaker, avec un trait d'eau de fleur d'oranger.

- Et voilà que depuis quelques jours, ce Freeman, il héberge un type. Un certain Mardirossian, de Cathedral City, Californie. Et ce qu'il faut savoir, c'est que ce Mardirossian est une sorte de privé. Un chasseur de primes. Je suis remonté à lui par son immatriculation. Faut savoir que ce type roule en Pacer Station Wagon, monsieur Sobchak, vous vous rendez compte ?

Sobchak ne répond pas. Il mesure cinquante millilitres de gin et trente millilitres de crème *half & half* qu'il verse aussi dans le shaker.

- Et puis voilà qu'arrive la fille de ce Freeman dans une Mustang immatriculée au nom d'un flic du NOPD. Douglas Howard, j'ai vérifié…

Sobchak referme son shaker et le secoue avec vigueur. Dans un geste élégant qui fait pourtant trembler tout son corps, de sa panse distendue à son double menton. Seuls ses yeux noirs restent fixes. Plantés dans ceux du chef.

- Vous faites de l'exercice dans la police, Chef Lapointe ? s'intéresse-t-il en lui tendant le shaker.

- Comment ça ? s'étonne le policier en prenant l'objet par réflexe.

- Un peu de muscu, remuer de la fonte, des trucs comme ça ?

- Oui, un peu bien sûr, ment Chef Lapointe en rentrant le ventre. Pour rester en forme, bien sûr.

- Et vous savez shaker un Ramos Gin Fizz ?

- Ben oui, hésite Chef Lapointe, je suppose que c'est pas sorcier. Suffit de shaker, quoi.

- Exact, approuve Sobchak, suffit de shaker, mais pendant douze minutes. Alors allez-y, *dry shake first* ! Shaker sans glace donne une meilleure émulsion et une mousse plus épaisse. Mais continuez, chef, je vous écoute.

Chef Lapointe commence à secouer le shaker et Sobchak surveille sa montre.

- Et puis en fin de matinée, il faut savoir que j'étais chez vous quand je les ai aperçus tous les quatre sur leur terrasse. Autour d'une sacoche de cuir dans laquelle je dois dire, monsieur

Sobchak, que j'ai bien cru apercevoir des billets. Un sacré beau gros paquet de billets même. Et il faut savoir qu'ils ont vite tout rangé quand le flic du NOPD m'a repéré avec ses jumelles.

- Qu'est-ce que vous foutiez chez moi, Lapointe ? Je vous avais pourtant dit de ne pas vous mêler de ça. Pas d'enquête officielle sur ce cambriolage, c'était bien clair, non ? s'énerve Sobchak.

- Mais j'étais pas là pour l'enquête, se défend aussitôt Lapointe. J'étais là pour l'alligator. Faut savoir qu'on l'a repéré sur votre berge, monsieur Sobchak, et le ventre sacrément gonflé en plus. C'était très bizarre, ça, on peut le dire. Un vieux chasseur de gator du coin m'avait déjà expliqué que ça arrivait parfois, quand une de ces bestioles bouffait trop vite de la chair humaine. Alors on est venu tuer la bête. C'est pour ça que j'étais chez vous, monsieur Sobchak, pas pour l'enquête.

- Une minute, énonce Sobchak sans quitter sa montre des yeux. Pourtant, en ville, la rumeur court qu'Alligator Grove a été cambriolée, vous pouvez m'expliquer comment la chose a pu s'ébruiter ?

- J'en sais rien, monsieur Sobchak, mais faut savoir que ça ne vient ni de moi, ni de mon bureau. Vous savez que je peux garder un secret, n'est-ce pas ?

- Gardez surtout le rythme, Chef Lapointe, il faut que le blanc d'œuf et la crème émulsionnent. C'est ça le secret. Par contre, le problème c'est que non seulement la rumeur dit que j'ai été cambriolé, mais elle sait aussi ce qu'on m'a volé et combien.

- Je ne sais pas quoi dire, vraiment, monsieur Sobchak, il faut savoir que moi-même je n'en sais rien, de ce qu'on vous a pris.

- On m'a pris deux millions de dollars et des papiers importants, Lapointe, et si j'apprends que vous le répétez, je vous ferai comprendre pourquoi cette propriété s'appelle Alligator Grove.

- Je ne veux rien savoir et vous savez bien que je ne dirai rien, gémit Chef Lapointe qui sue soudain de peur et d'effort.

- Deux minutes, égrène Sobchak avant de continuer. Le plus étonnant voyez-vous, Chef Lapointe, c'est que c'est un flic de la Crim, à La Nouvelle-Orléans, qui bave un peu partout.

- Oui, mais faut bien savoir que je ne suis que le chef de la police de Patterson, monsieur Sobchak, même pas le shérif du comté. Je n'ai rien à voir avec le NOPD. Vous savez bien que ce qui se passe là-bas est hors de ma juridiction.

- Ne me prenez pas pour un imbécile, Lapointe, un coup de téléphone, ça se fiche des juridictions. Ça passe d'une paroisse à l'autre sans laisser de trace.

- Mais même si quelqu'un a parlé de vos affaires à quelqu'un de La Nouvelle-Orléans, à quoi cela servirait ? Faut bien savoir que Patterson n'est pas plus leur juridiction que Big Easy est la mienne !

Chef Lapointe profite de l'argument qu'il juge pertinent pour suspendre son geste et arrêter de shaker. Sobchak sort un Walter P22 canon court de derrière le bar et le pointe sur lui.

- Qu'est-ce que... ?

- Shakez, Chef Lapointe, shakez. La recette d'un bon Ramos Gin Fizz, c'est dix minutes de *dry shake* et deux minutes supplémentaires avec de la glace. Alors *shake, baby shake,* le menace Sobchak de son arme en entonnant le refrain de Champion Jack Dupree. *Shake, baby shake* !

Chef Lapointe se remet à secouer avec vigueur le shaker, même si son épaule s'ankylose et que son arthrose du coude se réveille. La folie légendaire de Sobchak transparaît déjà dans son regard pointu et anime sa main qui bat le rythme du rock and roll.

- Je vais vous expliquer à quoi cela servirait, Chef Lapointe. À faire de ce cambriolage un crime d'État, ou même un crime fédéral, pour donner l'occasion à la police d'État ou au FBI de venir fourrer leur nez dans mes affaires. Mes affaires, vous comprenez, Chef Lapointe, mes affaires, celles qui me poussent à corrompre des gens comme vous et à en garder la trace dans des petits carnets proprement tenus et rangés dans le coffre que l'enfant de salaud qui m'a cambriolé a vidé.

Cette fois, Chef Lapointe panique vraiment. Son épaule se vrille d'une douleur aiguë et son coude le brûle.

- Je peux changer de main, monsieur Sobchak ? supplie-t-il.

- Tant que vous ne changez pas de rythme, Chef Lapointe. Quatre minutes. *Shake, baby shake* !

Chef Lapointe change de main. Même les muscles de son cou se nouent et se crispent maintenant.

- Parce que dites-moi, Chef Lapointe, pourquoi ce flic de La Nouvelle-Orléans, un certain Beauregard si j'en crois mon informateur, fait en plus courir le bruit que c'est un dos mouillé qui aurait fait le coup ?

- Un *wetback* ? Mais comment voulez-vous que je le sache, monsieur Sobchak ? Pourquoi un *wetback* s'en prendrait à vous ? En plus faut bien savoir qu'il y a bien moins de latinos chez nous que de Viets, et qu'en général ils ne se la ramènent pas.

- Cinq minutes, Lapointe, alors *shake, baby shake*. Parce que j'avais rendez-vous à Patterson avec quelques amis latinos justement, et que cette rumeur ressemble de plus en plus à une opération d'intox pour me fâcher avec eux.

- Quoi, vous croyez que cette opération est un coup monté de la police ? s'étrangle Chef Lapointe, le visage congestionné par l'effort et la douleur.

- Je n'en sais encore rien, mais un ex-flic, un chasseur de primes et un flic de la Crim du NOPD trinquent sur la rive d'en face en louchant sur ma maison, et un autre flic du NOPD fait courir des rumeurs sur moi dans tout Big Easy. Alors comme d'une certaine façon vous êtes encore un peu flic vous aussi, Chef Lapointe, grassement corrompu, mais toujours encore un peu flic quand même, je ne peux pas m'empêcher de penser que vous avez peut-être rebasculé de l'autre côté du mal.

- De l'autre côté du mal ?

- L'autre côté du mal, Chef Lapointe. La police. Ceux qui jouent la même partie que nous, aussi sale, mais avec la loi comme joker.

- Je vous jure que je n'y suis pour rien, monsieur Sobchak. Faut savoir que je n'ai rien dit à personne. Pas même à ma femme. Rien. Rien du tout et… et je dois aussi vous dire que je ne vais pas pouvoir tenir, monsieur Sobchak. Je ne vais pas pouvoir…

- Vous avez envie de pisser, Chef? Vous pouvez y aller si vous voulez, tant que vous n'arrêtez pas de shaker.

- Non, pleurniche Chef Lapointe, c'est le shaker. J'en peux plus. J'ai les articulations comme des engrenages ensablés et les muscles du dos comme des nœuds de marine.

- Sept minutes, Chef Lapointe, vous avez déjà fait le plus gros. J'ai des barmaids au White Flamingo qui en font des dizaines dans la soirée. Sans même bouger leurs lolos !

- Je n'en peux plus, souffle Chef Lapointe, j'arrête…

La détonation fait vibrer l'air de la pièce. La balle pulvérise la baie vitrée qui les sépare de la piscine intérieure. Elle s'effondre comme un rideau de diamants. Chef Lapointe sursaute de terreur et brandit à bout de bras le shaker pour bien montrer qu'il a repris. Une escouade d'hommes de main déboule dans la pièce, l'arme au poing.

- Rangez vos distributeurs, les gars, c'était juste un petit encouragement pour notre chef préféré.

- Il a voulu lâcher avant les douze minutes ? s'amuse un des hommes.

- Il a voulu, confirme Sobchak.

- Le con ! ricanent les autres en renfouraillant leur artillerie. Désolé pour l'irruption, Patron.

- Racoon, tu t'occupes de la véranda. Tu dis à l'assureur de faire passer ça sur les dégâts de l'ouragan.

Ils disparaissent et Sobchak regarde sa montre.

- Huit minutes, vous voyez que vous pouvez y arriver, Chef. Vous méritez même un petit coup de main.

- Oh non, je vous en prie, je shake, monsieur Sobchak, regardez, je shake ! gémit Chef Lapointe.

Mais contre toute attente, Sobchak va s'asseoir au piano. Il pose son Walter dessus et attaque le succès de Dupree. D'une vraie voix de blues. Ses doigts boudinés, d'une incroyable agilité, courent sur les touches noires et blanches.

well grandpa in the kitchen, was drinkin gin
pullin the whiskers on his chin
he heard about the shakin, said it aint no sin
he grabbed grandma, said lets try it again

- Neuf minutes, Chef, si vous tenez jusqu'à dix, je prends les deux dernières.

C'est un vrai piano d'avant le plastique. Avec les touches blanches en ivoire et les noires en ébène.

It's happening again, shake baby shake
... Shake baby shake
It's happening again, shake baby shake
Shake baby shake
Shake baby shake

Chef Lapointe ne sent plus son bras. Son dos n'est qu'une crampe. Son cou un bloc de pierre. Il crispe ses yeux et puise dans les larmes qui s'en échappent quand même l'énergie du désespoir que tous ses muscles lui refusent. Au piano, Sobchak part dans un délire à la Jerry Lee Lewis. Il décompte la dernière minute dans un interminable refrain.

Shake baby shake, cinquante secondes…
Shake baby shake, quarante secondes…

Le corps de Chef Lapointe se déhanche, marathonien exténué dans son dernier sprint aux gestes mécaniques et déboîtés.

Shake, baby shake, dix!
Shake, baby shake, neuf!
Shake, baby shake, huit!

Sobchak se déchaîne sur le clavier, ses yeux rieurs sur Chef Lapointe qui se désarticule, les muscles en sacs de nœuds, plus sur un rythme de gigue que de bon vieux rock and roll.

Shake baby shake,
I'm gonna buy you a diamond ring
Yeah, yeah, yeeeaaaahhhh!

- Chef Lapointe, vous n'êtes pas le meilleur shaker de Gin Fizz de La Nouvelle-Orléans, mais je vous engage quand vous voulez pour mettre le feu au *dance floor* du White Flamingo.

Chef Lapointe se retient de sa main libre au dossier d'un fauteuil. Sans oser s'y laisser tomber. Sobchak se lève et vient récupérer le shaker qu'il rapporte jusqu'au bar. Il ajoute une poignée de glaçons, le referme et l'enroule d'un torchon pour que l'extérieur de la timbale ne lui brûle pas les mains en givrant. Puis il le secoue d'un geste rapide et énergique, d'une main, au-dessus de son épaule.

- Deux minutes pour bien le frapper. Vous voulez chanter pour moi, Chef Lapointe ?

Lapointe est au bord de l'évanouissement. Son visage congestionné se vide soudain de tout son sang. Livide. Pantelant. Hagard. Il ne regarde pas Sobchak qui se la joue barista cubain bambocheur du temps de Batista. Le policier desserre son col de chemise. La boucle de son ceinturon aussi. Il cherche son souffle. Mais maintenant que son Ramos est prêt, Sobchak ne lui porte plus aucune attention.

- La recette, c'est d'avoir un shaker bien hermétique et de shaker jusqu'à ce qu'il ne reste plus la moindre petite bulle. Rien sinon qu'une mousse onctueuse, quasi neigeuse, comme du bon lait riche.

Chef Lapointe, dont les poumons rauques sifflent pitié, regarde Sobchak qui transvase le contenu du shaker dans le verre à long drink, retenant les glaçons. Puis il verse dans la timbale une dose d'eau pétillante, pour récupérer ce qui reste de mélange, et l'ajoute au cocktail en fouettant doucement avec une longue cuillère pour monter une mousse plus épaisse sur le dessus du verre.

- Ramos Gin Fizz ! dit-il en brandissant le verre comme un trophée.

Il le déguste sans en proposer au chef Lapointe, mais l'invite d'un geste théâtral à s'asseoir enfin.

- Je m'occupe de la police d'État et du NOPD. Vous vous occupez de ceux de la maison d'en face. Je veux tout savoir sur eux et surtout que rien ne sorte de chez eux ou de Patterson sans que je le sache. Débrouillez-vous comme vous voulez, mais je veux savoir si ce sont eux qui m'ont volé. C'est bon maintenant, vous pouvez y aller. Je ne vous raccompagne pas, vous retrouverez le chemin tout seul.

Chef Lapointe se lève à contrecœur du fauteuil de cuir blanc. Il avait laissé son corps meurtri s'y enfoncer avec délice. Il atteint la porte quand Sobchak le rappelle.

- Lapointe, renseignez-vous sur tous ceux qui étaient de passage ou de séjour à Patterson depuis la semaine qui a précédé l'ouragan jusqu'à aujourd'hui. Les hôtels, les chambres d'hôtes, les locations. Tout.

Quand Chef Lapointe est parti, Sobchak prend son téléphone et appelle.

- Oui ?

- C'est moi. Ne dis rien et écoute, j'ai peu de temps. Tout le monde se retrouve au Bon Temps Roulé, au coin de Magazine et Bordeaux. Dis aux autres d'apporter ce qu'il faut. J'aurai de quoi répondre. Demain après la pluie. Dix-sept heures.

Puis il raccroche et termine son Ramos.

19

… en grinçant des roues.

Ils ont tout fouillé. Tout jeté à terre. Puis ils ont démonté ce qu'ils pouvaient. Howard s'en doutait. La voiture de patrouille était garée sur Main Street depuis tôt le matin et Chef Lapointe, un bras à la portière, ne s'en cachait pas. Quand Louise et Howard sont montés dans la Mustang pour rentrer à La Nouvelle-Orléans, Lapointe les a aussitôt suivis sur deux cents mètres avant d'activer sa sirène et ses gyrophares.

- Ne dis pas un mot, a conseillé Howard à Louise. Quoi qu'ils fassent, ne dis rien. Ça leur ferait trop plaisir de nous embarquer.

Par mégaphone, Chef Lapointe leur a ordonné de se garer sur la gauche, sous les arbres, sur le parking du Captain Caviar Swamp Tour. Dix mètres à peine avant de sortir de la ville. À la limite de sa juridiction.

Maintenant ils sont là, un peu à l'écart de la voiture, sous la menace d'un adjoint qui garde sa main sur la crosse de son arme. Lapointe fait tout ce qu'il peut pour provoquer la colère de Howard. Ou de Louise. Et il s'énerve de ce qu'ils ne réagissent pas. Il va jusqu'à dégrafer les garnitures en cuir des portières de la Mustang et les jeter sur la pelouse. Puis soudain, sans rien dire, il fait signe à son adjoint que c'est fini et ils retournent vers la voiture de patrouille. Howard sort alors son téléphone et compose un numéro.

- Howard de la Crim, je voudrais parler à Bill Murray, de la financière…

Il parle fort et Lapointe s'arrête et se retourne pour écouter.

- Salut Bill. Tout ce que tu peux sur un Joseph Lapointe, de Patterson. Dossier fiscal, assurances, train de vie. Pour suspicion de corruption…

Le visage de Lapointe s'engorge aussitôt d'un sang purpurin et il revient vers Howard d'un pas rageur, poings serrés, prêt à le démolir. Mais Howard est plus rapide. Il dégaine et bloque Lapointe du canon de son Glock contre son front.

- Toi l'adjoint, tu jettes ton arme sans faire d'histoire.

L'autre s'exécute dans l'instant en suant de peur, et Howard désarme le chef à son tour.

- Écoute-moi bien, Chef Lapointe : toi, ton pote, c'est Sobchak. Moi, les miens, c'est le NOPD, le FBI, la DEA et une dizaine d'autres acronymes que tu ne veux même pas connaître. Alors tu veux vraiment jouer à la guerre avec moi ? Si Sobchak veut savoir s'il y a quelque chose à lui dans ma voiture, qu'il vienne me le demander lui-même.

Chef Lapointe ne comprend pas vraiment ce qu'acronyme signifie, mais il n'en est pas plus impressionné que ça.

- T'es flic, pauvre con, alors faut savoir que tu ne tireras jamais sur un uniforme. Rends-moi mon arme, remonte dans ta caisse de flambeur, et dégage de ma ville avec ta négresse.

Le genou de Howard se plante entre les jambes de Chef Lapointe qui se vrille de douleur et tombe à terre les genoux en « X ».

- Ça, c'est parce que tu es un sale con de raciste, murmure Howard à son oreille en se penchant pour ramasser l'arme du chef et celle de son adjoint.

Puis il prend deux pas d'élan et balance les pistolets de l'autre côté du petit parking. De toutes ses forces. Jusque dans les eaux jaunes du bayou Teche.

- Et ça, c'est parce que vous êtes deux sales cons tout court, qui vont devoir expliquer à leur hiérarchie comment ils ont perdu leur arme. Tu vas voir, elle adore ça, la hiérarchie, les cons de flics qui perdent leur arme.

Howard récupère tout ce que Lapointe a jeté par terre et le remet dans le coffre. L'adjoint regarde toujours les eaux du bayou, de l'autre côté du parking, comme s'il ne voulait pas perdre des yeux l'endroit où sont tombées les armes. Howard lui recommande de plutôt relever son chef et de le faire marcher longtemps pour lui aérer les choses. Puis il fait signe à Louise de monter dans la voiture et démarre pour rejoindre au plus vite la 90. Ils roulent un long moment sans rien dire, les yeux rivés sur le rétroviseur, et Louise s'en inquiète.

- Ces bouseux de flics se baladent sûrement avec tout un arsenal dans leur coffre, et ce Lapointe serait bien capable de nous rattraper pour faire un carton.

Aucune voiture de patrouille ne les suit, mais Howard ne se calme pas pour autant. Il frappe plusieurs fois sur le volant en se maudissant à voix haute.

- Il y a autre chose que je devrais savoir ? demande Louise, suspicieuse.

- Je n'étais pas supposé venir à Patterson, confesse Howard. Il y a une opération du FBI en cours. Le NOPD est tenu à l'écart avec ordre de ne pas interférer. Et voilà que je braque et corrige le chef de la police du coin, qui travaille directement pour l'homme que les fédéraux surveillent. Quel con je suis !

- Si tu n'avais pas le droit de te montrer à Patterson, pourquoi m'as-tu accompagnée ?

C'est plus un soupçon qu'une interrogation. Howard laisse échapper un long soupir avant de répondre. De chaque côté du capot rouge de la Mustang, les mauvais taillis de maigres forêts blanchies par le sel défilent à contresens.

- Parce que ça me donnait une bonne raison d'y aller, avoue-t-il.

Il sait qu'il vient de prononcer des mots définitifs qu'il n'aurait pas dû. Il sait aussi comment Louise va les interpréter. Et il s'en veut, parce qu'elle aura raison.

Elle le regarde. Il fixe la route, mâchoires crispées contre ce qui va venir. Sans les garnitures aux portières, l'intérieur de la Mustang est bruyant.

- Tu as profité de moi pour venir enquêter en douce à Patterson, c'est ça ?

- J'ai profité de l'occasion, Louise, pas de toi, juste de l'occasion.

Il la regarde, et maintenant c'est elle qui fixe la route et ne dit plus rien. Jusqu'aux faubourgs de la ville, où elle commande à Howard de la laisser au premier arrêt de *streetcar*.

- Écoute, Louise, je suis désolé. Je suis addict à mon boulot, je le sais, et je n'y peux rien. Mais ne m'en veux pas s'il te plaît. Toi et moi…

Elle a la franchise de le regarder droit dans les yeux.

- Toi et moi, c'est fini. Je ne t'en veux pas d'être flic. Mon père l'était et, quelque part, il l'est encore dans sa tête. Je peux comprendre ça. Mais nous ne sommes sortis ensemble que deux fois, et les deux fois tu as braqué ton arme sur des gens. Ça fait beaucoup. Et ce que ça dit de toi ne me plaît pas, Howard. Dommage.

- Mais ça ne dit rien de moi, plaide Howard, désolé et furieux à la fois.

Elle ne répond pas. Ils ont déjà quitté la Pontchartrain Expressway, de l'autre côté des ponts, et se sont engagés dans la ville. Elle lui fait signe de s'arrêter et descend de la Mustang. Dehors, elle court au-devant d'un *streetcar* qui arrive en grinçant des roues.

20

Haine et colère.

Chief Martineau fulmine une colère des grands jours. Il aboie après Howard dès qu'il l'aperçoit entrer dans le service. Son apostrophe fuse au-dessus des têtes comme un boulet de feu. La moitié des inspecteurs se plongent dans d'insondables dossiers. L'autre moitié cherchent de toute urgence n'importe quoi dans le plus bas tiroir des bureaux. Ou dans la poubelle. Ou dans leurs chaussures. Dès que la porte du bureau de Chief Martineau se referme sur Howard, le feu roulant de la colère tonne comme un orage sous les tropiques. Les vitres du bureau en tremblent. Il est question d'imbécile, d'abruti. D'ordres clairs. De FBI furieux. Les inspecteurs comprennent peu à peu ce qui justifie l'ire de Chief Martineau. Howard est allé là où il avait interdiction d'aller. Il a compromis une opération du FBI. Et il a boxé un flic du coin. Balancé son arme à la flotte. Martineau le sait parce qu'un drone du FBI a filmé la scène. Il hurle, il tempête. Il frappe de ses deux mains sur le bureau. Balance des coups de pied dans la chaise. Dans la poubelle. Envoie valser en l'air les dossiers de son bureau d'un bras rageur. Howard ne bronche pas. On ne résiste pas à un ouragan. On donne le moins de prise à la colère du vent. Et on attend. Puis Chief

Martineau se plante face à lui, dos à la baie vitrée qui donne sur le service.

- Ça va là? J'en ai assez fait? demande-t-il à voix basse.

- Honnêtement, répond Howard, ça me semble très correct comme fureur.

- Bon, alors tirons le rideau et assieds-toi.

Il redresse la chaise pour Howard, baisse le store, et se laisse tomber dans son fauteuil en se servant un gobelet géant de Dr Pepper.

- Alors raconte-moi, dit-il calmement, que tes conneries servent au moins à quelque chose.

Howard raconte surtout ce que Freeman a vu: un homme seul, cagoulé, bien entraîné, au pire de l'ouragan. Pas de complices. Il est arrivé par le jardin entre le bayou et la maison. Freeman n'a pas l'impression qu'il soit ressorti.

- Peut-être que l'homme s'est terré chez Sobchak en attendant l'arrivée de l'œil de l'ouragan et qu'il a profité de l'accalmie pour s'enfuir.

- D'autres témoins?

- Non. Plus tard, pendant le passage de l'œil, Freeman a hébergé un type de Californie.

- Quel genre de Californien se balade en Louisiane dans l'œil d'un ouragan?

- Vous n'allez pas me croire, Chief Martineau. Un type venu apporter à Freeman un million et demi en liquide de la part d'un « généreux donateur ».

- Seigneur Dieu, ne me dis pas que...

- Non Chief, apparemment rien à voir avec le fric-frac chez Sobchak. Mauvaise coïncidence, c'est tout.

- Pourquoi mauvaise?

- Parce que le chef de la police locale l'a vu et qu'il est à la solde de Sobchak.

- Tu penses que Sobchak va s'en prendre à ce Freeman ?

- Si le chef Lapointe a désossé ma Mustang, c'est sûrement pas pour me confisquer les garnitures des portières. Il cherchait quelque chose de précis.

- Un million et demi de dollars.

- Le chef Lapointe a vu que je l'avais repéré. Il a pensé que j'allais aider Freeman à déménager le magot loin de Patterson.

- Et c'est le cas ?

- Non. Je n'ai aucune idée de ce que Freeman a fait de cet argent. Peut-être que l'Arménien, le chasseur de primes, l'a aidé, mais pas moi.

- Bien, Howard. Garbish est d'accord pour ne pas faire remonter ton incartade jusqu'aux Affaires internes. Tu ne t'en tires pas mal sur ce coup-là.

- Désolé, Chief. Je suppose qu'il nous demande quelque chose en échange.

- Oui. À toi, pas à moi. Il veut que tu continues à voir la fille de Freeman pour en tirer ce que tu peux et garder un œil sur lui.

- Mais Freeman n'a rien à voir avec…

- Garbish se dit que Sobchak vient de perdre deux millions de dollars alors qu'un de ses plus proches voisins vient d'en recevoir presque autant. Big Creep ne va pas rester sans rien faire.

- Garbish pense que Sobchak va s'en prendre à Freeman ?

- S'il veut remonter et conclure au plus vite le deal avec les escobars, sans pour autant les alerter de son infortune, il a un besoin immédiat de cash. Le FBI est persuadé qu'il va taxer Freeman, alors tu te rabiboches avec sa fille et tu évites de te faire larguer à nouveau.

- Mais comment le FBI sait…

- Howard, le FBI c'est le FBI. Il sait ce que tu fais sous ta douche le matin, et il sait ce que tu lis dans tes chiottes le soir.

Soudain Chief Martineau est fatigué par tout ça. Il s'effondre contre le dossier de son fauteuil, se penche de côté pour ouvrir la porte de son frigo, et se ressert un gobelet géant de Dr Pepper. Puis il fait signe à Howard de le laisser avant de se reprendre à contrecœur.

- Howard, essaye de mettre la main sur ton partenaire, aussi. Personne n'a vu Beauregard depuis hier midi. Je veux que tu le motives un peu et que vous avanciez sur le meurtre du gamin.

Howard promet d'un geste de la tête et se dit que cette journée a trop mal commencé pour ne pas en réécrire le début à sa façon. Avec trois beignets et un gobelet de café-chicorée au lait par exemple. Au Café du Monde de Riverwalk par exemple, à l'étage, sur la galerie, sous les fougères géantes suspendues aux balustrades tarabiscotées en fer forgé blanc. À se mettre du sucre glace partout. À mordre dans la mie filante et briochée. Un de ces moments magiques, à rester authentique au milieu des artifices touristiques, à la fois fidèle à son monde et étranger au leur. Le bonheur profond d'un aborigène. D'un aborigène amoureux et largué. Il déchire un beignet du bout des dents, et tout le malheur du monde lui retombe dessus. Sa mère n'avait pas de quoi trouver du lait ribot tiré d'une baratte. Elle fabriquait le sien en caillant du lait frais avec quelques gouttes de vinaigre. Une pâte bien levée, découpée en carrés qu'elle plongeait délicatement dans une bassine à friture. Du gras de bœuf qui écœure ceux qui ne savent pas que cette friture-là n'ajoute aucun goût aux beignets qui flottent. Ils gonflent, grésillent, et se dorent aussitôt. Quelques dizaines de secondes à peine, retournés gentiment à l'écumoire deux ou trois fois. Et puis hop ! Égouttés au-dessus de la friteuse et déposés sur un tapis de papier-linge. Il adorait ça. Ils adoraient ça. Surtout Tyler qui s'en léchait les doigts et saupoudrait ses T-shirts de sucre glace. Quelquefois, au moment où Tyler allait enfourner un beignet dans sa bouche grande ouverte, Howard soufflait sur le sucre qui se collait à la gorge de son petit frère et l'étouffait. Mais il avait toujours pensé que Tyler gardait la bouche grande ouverte assez longtemps pour qu'il le fasse. Et justifier la bagarre en rigolade que ça déclenchait entre eux.

Avant de partir, Howard noie d'une longue rasade de café-chicorée les sentiments qui lui remontent à la gorge. Haine et colère.

21

... un cobra cambré qui se dresse.

- Où est votre arme ? demande l'Arménien.

La vieille Impala bleue de Freeman est garée sur le bas-côté, trois mètres devant la voiture de patrouille. Lapointe ne répond pas et Mardiros remarque qu'il boite. Et pas des genoux.

- Vous vous êtes fait testiculer, Chef?

Le regard du chef Lapointe devient noir de haine. Freeman préfère désamorcer ce qu'il devine comme une embrouille à venir.

- Que se passe-t-il, Chef, c'est quoi ce contrôle ?

- Contrôle de routine, Freeman. Obéis et ça ne prendra pas trop de temps.

Freeman ne bouge pas. Il regarde passer des véhicules sur la route. Dans les deux sens. Les conducteurs ralentissent et les passagers les observent comme des suspects.

- Un contrôle de routine juste pour nous, Chef?

- Il faut savoir que c'est moi qui décide de la routine. Vous allez où ?

- Rendre visite à mon père à Cocodrie. L'ouragan les a un peu secoués là-bas, je vais voir ce que je peux faire pour l'aider à réparer.

- Ouvre le coffre et éloignez-vous de la voiture.

- Sinon quoi ? demande Mardiros.

- Sinon je…

Il porte la main à son étui vide et hurle après son adjoint de récupérer un fusil à pompe dans la voiture de patrouille pour tenir Freeman et Mardiros en respect. Puis il sort tout ce qu'il trouve dans le coffre et le jette sur le bas-côté. Il cherche partout. Quelque chose de précis. Il dégrafe les garnitures des portières, décolle les tapis de sol, sort la roue de secours. Il est si occupé à fouiller avec rage qu'il n'entend pas le téléphone de Freeman sonner.

- Lou ? Ça va bien mon ange ?… Ah oui, vous aussi ?… Parce qu'il est en train de désosser la nôtre maintenant… Ah, d'accord, c'est pour ça qu'il boite alors… Bon, je te laisse parce qu'il a presque fini de ne rien trouver. Je t'embrasse, à plus, sois prudente. Prends soin de toi.

- Tu restes là et tu surveilles Freeman, ordonne Lapointe à son adjoint. Toi, le macaque, tu montes à l'arrière. On va aller fouiller ta poubelle.

Mardiros fait signe à Freeman de ne pas s'en faire, et Freeman lui répond d'un haussement d'épaules qu'il ne voit pas pourquoi il s'en ferait.

La Pacer est à une centaine de mètres de là. Quand Lapointe a vidé tout son contenu sur le bas-côté, il laisse l'Arménien sur place et retourne récupérer son adjoint avec la voiture de patrouille.

- C'est bon, on y va.

L'autre baisse alors son fusil, prend la pose d'un quarterback de collège et balance les clés de l'Impala de toutes ses forces vers le bayou. Mais elles sont trop légères pour finir dans l'eau et retombent sur le parking du Captain Caviar Swamp Tours.

- Mais qu'est-ce que tu fous, abruti, hurle Lapointe. Va me rechercher ces clés. Tout de suite !

L'autre s'exécute sans comprendre. Il met cinq bonnes minutes à rapporter les clés qu'il tend à Freeman. Puis les deux flics remontent dans la voiture de patrouille. Lapointe démarre dans un demi-tour rageur qui creuse un sillon dans l'herbe du bas-côté, au moment où Mardiros rejoint Freeman avec sa Pacer.

- C'était quoi, ça ? demande Freeman.

- Un flic ripou et son imbécile d'adjoint qui cherchent un million et demi de dollars.

- Vraiment ?

- Vraiment !

Freeman éclate d'un rire de chien joyeux, et Mardiros caquette son rire en sac de noix. Puis ils remballent tout en vrac dans le coffre de l'Impala, abandonnent la Pacer sur le bas-côté et prennent la route du sud. Très vite les paysages se distendent. Les maisons sont posées loin de la route, au bout de pelouses longues comme des prés fauchés. Les bois ne sont que de maigres taillis d'où émergent les troncs noirs de cyprès phagocytés de mousses espagnoles grises en lambeaux. Les bas-côtés imbibés d'eau que la terre dégorge même les jours sans pluie. Ce pays n'est plus une terre. C'est de la terre posée sur de l'eau. De temps en temps, une petite église proprette et immaculée dans un enclos de barrières blanches. Comme s'il restait encore en Louisiane des âmes propres. Sinon, des mobil-homes sur des parpaings empilés, des maisons en clins écaillés sur pilotis, les rez-de-chaussée en capharnaüm abandonnés aux crues à venir. Des trailers. Et des poteaux en bois qui font rebondir au-dessus de l'asphalte, tous les vingt mètres, un enchevêtrement de fils électriques qui survolent la file espacée des boîtes aux lettres, quémandeurs immobiles sur le bord de la route. Sous des cieux désarticulés, déchirés de lumineux nuages menaçants.

- Ils ont fait la même chose à Lou et son copain, dit soudain Freeman.

- Ils ont vu cet argent. Je suppose qu'ils le veulent, maintenant.

- Comme ça ? Ils le veulent, donc ils envoient le chef Lapointe le chercher ?

- Je suppose que ça se passe comme ça à Bayouland, répond Mardiros fataliste.

- Le petit copain de Lou ne s'est pas laissé faire. Il a brisé les pacanes de Lapointe et balancé leurs armes dans le bayou.

- Ah oui ? s'étonne l'Arménien. Peut-être bien que ta fille tient le bon garçon, cette fois, alors.

Quand ils passent Dulac, sur la 57, à l'ouest de Poudreaux Canal Bridge, tout s'émiette soudain. L'eau est partout. En flaques, en mares, en étangs. Des lacs s'enlisent en marécages. La route n'est qu'un fil tendu sur l'eau. Des centaines de canaux découpent la terre et l'éparpillent en îlots dispersés entre les marais et les bayous. Ils voient désormais plus de bateaux et d'ateliers navals que de maisons au bout des pelouses moins bien entretenues. Plus au nord, les cours d'eau traversaient les terres. Maintenant, la terre n'est plus que ce qui reste entre les eaux. Un ciel d'aquarelle se dilue au-dessus de cette Louisiane qui se délite et ajoute à la misère du paysage. Plus ils descendent vers le sud, moindre est la différence de niveau entre la terre et l'eau. La terre n'est plus qu'un affleurement et les maisons, prudentes, se perchent plus haut encore sur leurs pilotis. Dans ces terres imbibées, ils s'étonnent de trouver encore des raffineries rouillées au-dessus desquelles brûlent quand même des torchères aux fumées grasses. Des aires de stockage de pétrole aussi, avec des réservoirs à pression peints en blanc. Et des manufactures abandonnées dont quelqu'un, quelque part, récupère les briques. Puis la route suit un long bayou jusqu'au golfe et ce n'est, sur dix kilomètres, qu'une succession de maisons sur pilotis et d'embarcations perpendiculaires à la berge. Jusqu'au petit port de Cocodrie, perdu tout au bout du monde, entre le ciel, la terre et l'eau, et sa curieuse marina. Plus de baraques et de cabanes sur les appontements que de bateaux à quai. Des digues et des hangars. Des chantiers. Des rues au hasard, sans trottoir. Des bassins, des pontons. Une pêcherie. Le contraire d'une ville qui se construit. Une ville qui se résigne à disparaître. Les dégâts de l'ouragan et les débris qui encombrent encore les rues font moins penser à une ville détruite qu'à une ville qu'on démonte. Freeman connaît le chemin. Au coin de Little Caillou Road et de Crab Street, huit pilotis de cinq mètres avec rien au-dessus. La maison d'Omer a disparu.

- Seigneur Dieu ! jure Freeman.

- J'ai senti que le vent allait l'arracher, raconte Omer, le vieux père de Freeman. Ça s'entend, tu sais. Le vent prévient toujours. Je suis sorti me cramponner à l'escalier quand la maison a culbuté d'un bloc dans la mer. Parce que c'était la mer, ici. Plus de trois mètres d'eau là-dessous. La maison a basculé à l'eau tout entière à l'envers, comme un bateau, le toit en guise de coque, et le vent l'a poussée sur les vagues jusqu'à l'intérieur des terres. Il paraît qu'elle est échouée contre une pompe à pétrole, dans un marécage, à deux kilomètres au nord.

- Je croyais que tu savais construire des maisons qui résistent aux ouragans ? Celle de Patterson n'a pas bougé d'un pouce.

- Oui, je savais, mais pas à ces ouragans-là. Jamais je n'étais passé dans l'œil de la tempête. Les vents te descellent tout d'un côté, puis quand arrive l'autre mur ils te descellent tout ce qui reste de l'autre, comme tu fais pour arracher un clou mal planté.

Le Coco Marina a perdu le toit de chaume de son auvent sur le bassin du pier 56, mais le patron a trouvé le moyen d'ouvrir son restaurant quand même. Les premiers bateaux sont revenus avec la marée et la pêche a été bonne. Pas forcément la cuisine. Des filets de *redfish* noyés sous une épaisse sauce au vin et au fromage. Au comptoir, des filles désœuvrées prennent tout leur temps pour servir les clients. Deux se battent en cuisine. Le patron les jette dehors. Quand il aperçoit le charpentier, le père de Freeman lui fait signe de les rejoindre. Un grand blond, les cheveux délavés par le soleil et la peau tannée comme un cuir. Il pourrait clouer une poutre rien qu'avec ses poings. Il glisse sa grande carcasse à leur table, mais il a déjà déjeuné et ne boit que du soda. Freeman va droit au but.

- Mon père a confiance en vous, alors je vais vous faire confiance aussi. Je veux qu'il ait une nouvelle maison dans un mois. Identique à celle qu'il avait, mais plus solide. Il est trop âgé pour la construire lui-même maintenant, mais il sait le faire et il vous donnera ses ordres.

- Je connais bien Omer, m'sieur, et je sais ce qu'il sait faire, pour sûr. Le problème c'est que j'en ai quelques-unes, des maisons à reconstruire. Et un mois, c'est trop court avec tous les problèmes d'assurance.

- On oublie les assurances. On commence tout de suite, et votre prix sera le mien. En cash si vous préférez.

L'homme passe la main dans sa barbe de quelques jours. Ses yeux sont gris bleu comme la mer mais ses ongles sont sales.

- C'est que ça va chercher dans les cinquante mille, une affaire comme ça.

- D'accord pour soixante mille alors, conclut Freeman en tendant sa main à l'homme qui s'étonne, puis la tape.

- Vous avez une pièce libre chez vous, ou un coin pour mettre un lit ?

- Pour quoi faire ?

- Je vous donne mille dollars de plus pour héberger mon père. Comme ça, il sera vingt-quatre heures sur vingt-quatre avec vous pour faire avancer les travaux.

- Ça marche, dit l'homme, à condition qu'il n'apporte pas son banjo.

- Tu joues du banjo ? s'étonne Freeman en se tournant vers son père.

- Putain, oui qu'il en joue, répond l'entrepreneur, tous les jours, et toujours le même air. Le solo de Billy Redden dans *Délivrance*, vous savez, le film où Ned Beatty se fait mettre...

- Oui, ça va, je connais le film et même le livre, s'énerve Freeman qui se tourne à nouveau vers son père. Depuis quand tu joues du banjo ?

- Ça fait dix ans maintenant. Ça plaît aux touristes, tu sais.

- Quoi ! s'étrangle Freeman. Tu fais la manche ?

- Je m'exprime en public, rectifie le vieil homme.

- Vous connaissez le duduk ? demande l'Arménien, qui s'était fait oublier depuis un moment, occupé à observer une table, de l'autre côté de la salle.

- Mardiros, je vous en prie, ne compliquez pas les choses, supplie Freeman.

- De toute façon, mon banjo est parti à l'eau avec tout le reste.

- Alors j'accepte de l'héberger, dit l'entrepreneur en tendant la main.

Freeman regarde la main tendue quelques instants avant de comprendre. Il sort une enveloppe de sa chemise et en tire trente et un mille dollars.

- Mille pour l'hébergement, et trente mille pour le matériel. Le reste dans quatre semaines si ça les mérite. Et aucun autre chantier pendant que vous travaillez pour mon père. Nous sommes d'accord ?

- D'accord, dit l'autre en recomptant les billets avant de les empocher. Vous payez aussi mon soda ?

Freeman lui fait signe qu'ils ont ternimé et le charpentier se lève. Avant de quitter le Coco Marina, il exécute quelques pas de danse en fredonnant le thème de *Delivrance*, puis disparaît.

- *Mi casa es tu casa*, lance-t-il au père de Freeman, je t'attends quand tu veux, Omer.

Le charpentier habite sur Pier one, de l'autre côté du bassin. Mardiros le regarde rentrer tout content vers son atelier encombré de poutres et de madriers. Quand il se retourne, la table qu'il surveillait est vide, les assiettes encore pleines, quelques billets glissés sous une bouteille à peine entamée. Mardiros cherche les deux hommes des yeux. Il laisse Freeman bavarder avec son père et se lève pour inspecter les environs du Coco Marina depuis la terrasse. Il repère les deux hommes quand ils coupent en biais à travers le Pier one vers l'atelier du charpentier.

- Je vous abandonne deux secondes, dit-il à Freeman, je reviens.

Il quitte le restaurant et Freeman, curieux, va jusqu'à la balustrade et se penche pour le suivre des yeux. Quand il comprend qu'il se dirige vers le Pier one, il va de l'autre côté de la terrasse et l'observe de loin. Le petit homme marche d'un pas décidé, flottant dans son costume beige. Au passage, il s'empare d'une pelle plantée dans un tas de sel, et va se poster à droite de la porte de l'atelier du charpentier. Le père de Freeman, intrigué par son silence, le rejoint pour voir ce qu'il manigance ainsi. Maintenant l'Arménien est comme une sentinelle au repos devant sa guérite, ses mains sur la poignée de la pelle devant lui.

- Qu'est-ce qu'il fabrique ? s'étonne Omer.

Freeman ne répond pas parce qu'il ne comprend pas ce que fait ce petit homme au milieu du désordre de ce quai encombré de pneus, de tas de sel et de sable, de filets à repriser et de casiers de pêche. L'Arménien reste immobile cinq bonnes minutes avant de soudain porter la pelle à son épaule comme un soldat au garde-à-vous qui présente les armes.

Quand l'homme sort de l'ombre de l'atelier, il prend le plat de la pelle en plein visage et bascule en arrière. Mardiros fait un deuxième tour sur lui-même et le deuxième homme tombe à son tour. Freeman et son père bondissent dans les escaliers pour rejoindre Mardiros.

- Merde, il suffisait de demander ! jure un des hommes en épongeant dans un mouchoir les flots de sang qui coulent de son nez.

Mardiros les a laissés se relever et s'asseoir sur une pile de poutres, sous la menace de son arme.

- Vous n'êtes pas le genre d'hommes à répondre poliment aux braves gens, explique Mardiros avec calme, surtout armés comme vous l'étiez.

Il tend deux pistolets à Freeman qui les empoche.

- Ce con m'a cassé le nez, grogne l'autre homme dont la pommette aussi est éclatée.

- En dépit du secret des affaires, ces messieurs demandaient avec insistance à ton prestataire le montant de son devis, explique Mardiros.

Freeman se tourne vers les deux hommes.

- En quoi cela vous intéresse-t-il ?

- Excuse-moi, partenaire, coupe Mardiros, mais la vraie question c'est : qui cela intéresse-t-il, et nous connaissons déjà la réponse, n'est-ce pas ?

Freeman hausse les sourcils et les épaules pour faire savoir qu'il ne comprend pas. Mardiros se tourne vers l'homme au nez qui saigne.

- Vous travaillez bien pour Sobchak, non ?

- Ça ne vous regarde pas, grogne l'homme.

Un claquement sec le fait sursauter et un clou de dix centimètres s'enfonce jusqu'à la tête dans la poutre, entre les genoux de l'homme qui pâlit.

- Réponds au monsieur, insiste le charpentier, une cloueuse pneumatique à la main, ou je te crucifie sur ma porte façon Christ sur une swastika.

Mais l'homme au nez en sang se lève et fait signe à son acolyte de le suivre.

- Allez vous faire voir avec vos airs de cowboys. Si vous êtes assez suicidaires pour vous en prendre à des hommes de monsieur Sobchak, allez-y, ne vous privez pas, descendez-nous, au flingue ou à la cloueuse. Sinon, *ciao*.

Et ils s'en vont sans presser le pas, histoire de bien marquer que, malgré la trouille qui leur amidonne la nuque, ils n'ont pas peur.

- Ils voulaient juste savoir combien vous m'aviez donné et si vous en aviez plus sur vous, dit le charpentier.

Freeman se tourne vers Mardiros.

- Comment as-tu deviné ?

- L'Arménien est observateur, répond Mardiros tout en fausse modestie. Sur le chemin, ces types se sont arrêtés à la même station-service que nous sans prendre d'essence. Ils ne pouvaient pas se retrouver dans ce restaurant par hasard.

- Bien vu, reconnaît Freeman.

- Malheureusement l'Arménien est aussi perspicace…

- Pourquoi malheureusement ?

- Parce que quelque chose me turlupinait depuis notre départ, que je viens seulement de comprendre : pourquoi le chef Lapointe a forcé son adjoint à récupérer les clés de l'Impala quand il nous a contrôlés ?

- … ?

- Parce qu'il voulait que nous dégagions, Ernest, il voulait nous voir partir pour aller loin, très loin, jusqu'à Cocodrie.

- Je ne comprends toujours pas.

- Il cherche un million et demi de dollars, Ernest.

- Un million et demi de dollars ! s'écrie le père de Freeman. Mais…

- Laisse tomber, papa, je t'expliquerai plus tard.

- Il a fait fouiller la voiture du copain de Lou et n'a rien trouvé, reprend Mardiros. Il a fait fouiller notre voiture et n'a rien trouvé non plus. D'après toi, où peut-il bien chercher encore ?

- Seigneur Dieu ! jure Freeman qui comprend à son tour.

Sur la route du retour, contre l'horizon bosselé de nuages gris-bleu, une trombe d'eau se lève sur les berges du golfe. Elle les accompagne sur plusieurs kilomètres de son déhanchement d'almée lascive et provocante à la fois. Elle ondule à la verticale sa spirale vénéneuse, et soudain n'est plus qu'un cobra cambré qui se dresse.

22

Lapointe, je m'en occupe.

La maison n'a pas été fouillée. Elle a été fracassée. Pièce par pièce, meuble par meuble, bibelot par bibelot. Les lits éventrés et les parois défoncées, Freeman peut comprendre. Ils cherchaient un million et demi de dollars dans un gros sac. Ils ont délatté le parquet, et c'est normal. Mais la vaisselle, les photos, les vieux vinyles, ce n'était vraiment pas la peine.

- Ils l'ont trouvé, constate Mardiros, et ensuite ils se sont fait plaisir.

Freeman, décomposé, regarde les solives sous les lames déclouées. La cache était classique. Elle remontait au temps de la contrebande.

- Mon père arrivait à planquer là-dedans jusqu'à six galons de Moonshine, dit Omer, nostalgique.

Intrigué par ce million et demi de dollars, il avait tenu à les accompagner jusqu'à Patterson. Et après la visite des hommes de Sobchak à Cocodrie, Freeman avait jugé plus prudent de le laisser venir avec eux.

Freeman sort son téléphone et compose le numéro de Lou.

- Lou, c'est moi. Nous avons été cambriolés ici, et on nous a volé ce que tu sais. Sois prudente mon ange, et appelle-moi pour me rassurer.

- Au moins, ils ont refermé le frigo. Qui veut une bière?

Freeman et son père se regardent, étonnés.

- De toute façon, c'est fait, vous n'avez plus cet argent, alors pourquoi ne pas prendre une bonne bière sur la véranda comme de pauvres nègres que vous êtes redevenus?

Il décapsule trois bières entre ses doigts et sort sur la terrasse. Freeman et son père le suivent. Le vieil Omer se pose dans la balancelle, Freeman dans un antique fauteuil en osier, et l'Arménien enfourche une chaise, les bras sur le dossier. Ils trinquent de loin.

- Tu as raison, l'Arménien, nous ne sommes que des nègres, c'est vrai, mais nous étions les seuls nègres joyeux de ce foutu pays. Ni des nègres soumis, ni des nègres en colère, ni des nègres prétentieux à singer les blancs, juste des nègres joyeux. Avec des musiques, des croyances, des langues, des fêtes à nous. Des trésors qu'ils ne pouvaient pas nous voler. Et c'est ça qu'ils nous font payer depuis Katrina. Ils disent qu'ils reconstruisent Big Easy, mais ils n'en font qu'un Disneyworld. Tout le folklore, sans l'esprit nègre. Ce qui donnait de l'âme au quartier français, ce n'était pas les musiciens sur place. C'était d'où ils venaient. La musique, ils la jouaient sur Bourbon Street, mais ils l'apprenaient, ils la vivaient, ils se battaient avec dans Treme ou dans le neuvième district. En nous dépossédant de nos quartiers après Katrina, ils ont bien pris soin de nous couper de nos racines.

- Pourquoi dis-tu ça, papa? s'étonne Freeman.

- Parce que je suis là, sur la véranda de notre maison de pauvres nègres, face aux eaux jaunes du bayou Teche, en contemplant sur l'autre rive les chênes, les cyprès et les saules, dans l'odeur salée des roselières et des halliers et le parfum cramoisi des belles-de-nuit, sous les feuilles d'un pacanier, sous le héron nonchalant qui plane, et que j'ai envie de dire ça pour ne plus penser à tout ce que nous aurions pu faire avec ce putain de million et demi de dollars qu'un putain d'enfoiré de *bougue* nous a chouravé sous le nez. Merde, un million et demi de dollars, fiston, avec tout ce *buckaroos*, on aurait presque pu devenir blancs !

- Ne parle pas de malheur, rigole Freeman, black nous sommes, et black nous restons. Nous aurons au moins été millionnaires pendant deux jours !

- Je bois à ça jusqu'à plus soif ! approuve Mardiros.

- Alors je retourne chercher d'autres bières pour que nous nous saoulions comme il se doit.

Mais quand Freeman se lève et entre dans la maison, il tombe nez à nez avec Sobchak accompagné de ses deux hommes de main. Ceux à qui Mardiros a bleui le portrait à coups de pelle. De toute évidence, ils ont récupéré des armes qu'ils pointent sur Freeman avec une jouissance et une impatience manifestes.

- J'ai vraiment frappé, à la porte je veux dire, mais personne n'a répondu, s'excuse Sobchak, alors je me suis permis d'entrer. Je pense que nous devrions avoir une petite discussion, Ernest.

- Seuls mes amis m'appellent Ernest, réplique Freeman, continuez comme ça et je vous donne du Big Creep, du Dirty Polak ou du Shitty Fat, comme on vous surnomme en ville.

- Big Creep me va très bien, reconnaît Sobchak bonhomme.

- Ou Suce Bite alors, Goitre Profond, Elephant Dung, comme on dit aussi ?

Dans la seconde, la masse gélatineuse de Sobchak devient un bloc de granit, et la flamme dans ses yeux celle de deux chalumeaux soufflés au bleu pour la torture.

- Ne poussez pas votre chance trop loin, Freeman, vous n'êtes pas vraiment en position. Mes hommes auraient quelques bonnes raisons de s'en prendre à vous et à vos amis. Allons plutôt rejoindre votre vieux papa sur la véranda.

Ses hommes de main les précèdent pour tenir tout le monde en respect, puis Sobchak pousse Freeman devant lui. Personne ne fait de place à Sobchak pour s'asseoir, alors il reste debout.

- Vous avez une curieuse conception de l'ordre et du rangement, dit Sobchak en désignant de la tête le chaos à l'intérieur de la maison.

- Vous avez une curieuse conception de l'hospitalité et de la politesse, rétorque Freeman.

- Vous avez raison, répond Sobchak, faisons foin des mondanités. Je veux deux choses, Freeman : d'abord savoir si les dollars qu'on vous a vu planquer dans un grand sac de voyage sont les deux millions qu'on m'a volés, et ensuite les récupérer.

- Excusez-moi, monsieur Big Creep, intervient Mardiros avec détachement, mais il manque une articulation à la logique de votre discours. Si ces dollars ne sont pas vos deux millions, alors il n'y a aucune raison que vous les récupériez.

- Vous êtes monsieur… ?

- Mardirossian.

- Ah oui, le chasseur de primes.

- Collecteur de dettes, je tiens à la nuance. Collecteur de dettes.

- Et que venez-vous faire dans cette affaire, monsieur le chasseur de primes ?

- Collecteur de dettes, monsieur Shitty Fat, collecteur de dettes. C'est moi qui ai livré l'argent qui revenait à Ernest, en direct depuis l'Alaska d'où quelqu'un les lui a légués. Un million cinq cent trente-quatre mille soixante-huit dollars, l'Arménien aime à être précis. Loin de vos deux millions.

- Parfait, monsieur le chasseur de primes, alors je reformule mon exigence. Ces dollars ne sont pas les miens, mais je les récupère quand même. J'ai quelques nécessités de trésorerie qui m'imposent cette réquisition.

- Collecteur de dettes, j'y tiens vraiment, monsieur Elephant Dung.

Sur un imperceptible plissement des yeux, Sobchak donne l'ordre à l'homme de main derrière Mardiros de le punir de son insolence. Mais l'Arménien a lu la menace sur le visage de Sobchak. Quand la brute, trop impatiente de saisir sa revanche, le frappe de la crosse de son arme, l'Arménien esquive, le fait basculer devant lui, bloque son bras et arrache son arme. Il est debout maintenant, la brute furieuse et vexée en bouclier, et l'arme pointée sur Sobchak qui ne panique pas. L'autre homme de main ne sait plus qui tenir en respect, et Sobchak, après avoir analysé la situation, lui fait signe de baisser son arme.

- Nous nous connaissons, n'est-ce pas ? finit-il par dire en plissant les yeux pour mieux observer Mardiros.

- Cent mille dollars que vous devait un publicitaire de Pittsburgh après une nuit de poker à Fresno, et quatre-vingt mille dollars que restait à vous devoir un dentiste de Bâton Rouge sur une transaction immobilière. C'est moi qui les ai récupérés pour vous.

- Oui, je vous remets maintenant. Vous êtes bien collecteur de dettes, en effet.

- Et donc vous êtes bien monsieur Sobchak.

- Oui, c'est bien ça, mais le problème, c'est de savoir ce qui amène un collecteur de dettes de ma connaissance dans la maison d'un ancien flic juste quand je soupçonne les flics de m'avoir volé deux millions de dollars.

- La grande incertitude du destin, l'ironie du sort, l'insondable volonté du Créateur, allez savoir, monsieur Sobchak. Ou tout simplement le hasard, en l'occurrence.

- Quand on exerce un métier comme le mien, monsieur le collecteur de dettes, ou comme le vôtre, on en est vite réduit à très moyennement croire au hasard. Vous savez ce qu'a dit Nietzsche, n'est-ce pas ? « Nul vainqueur ne croit au hasard. »

- Les arabes disent aussi que le hasard est l'ombre de Dieu. Il y a peut-être un sens à la perte de vos deux millions. Quelque chose comme le prix d'une rédemption, par exemple.

- Ah ! se moque Sobchak. Ne me dites pas qu'un collecteur de dettes croit en ce genre de sornettes : Dieu, le pardon, la rédemption, la contrition...

- J'y crois, monsieur Sobchak, d'autant plus que c'est moi pour l'instant le bras armé de Dieu qui vous tient dans sa ligne de mire.

- Est-ce que cette pantalonnade va durer encore longtemps ? se fâche soudain le vieil Omer Freeman. Est-ce que quelqu'un va finir par dire à ce kébab sur pattes que nous n'avons plus le moindre *Benjamin* ici ? Il faut peut-être qu'on lui dise en Soprano pour qu'il comprenne : monsieur big shitty dirty goitre d'éléphant bouseux, nous n'avons plus un seul *block* à la maison pour la bonne raison qu'on nous les a volés, carottés, étouffés, estampés, cravatés pendant que nous étions à Cocodrie. Ça vous va comme ça, double quintal ? Vous imprimez ? Il reste encore des neurones capables de se connecter dans votre cerveau libidineux pour comprendre ça ?

Tout le monde reste interdit par la tirade du vieil Omer bouillonnant de colère dans sa salopette, sauf Mardiros qui en sourit d'aise.

- Ça, c'est bien envoyé, Omer, sourit l'Arménien en regardant Sobchak sidéré par ce que vient d'avouer le vieux noir.

- On vous a volé vos millions ?

- Et le sac qui allait avec, précise Mardiros.

- Mais cet argent que vous avez apporté à Cocodrie, alors ?

- À peine quelques dizaines de milliers de dollars pour réparer la maison de mon père. Le reste était planqué ici et n'y est plus. Vous croyez peut-être que j'ai laissé ma maison dans l'état où l'a mis le passage de l'ouragan ? Ce sont vos hommes qui ont tout fracassé comme ça, Sobchak, et ils ont mis la main sur mon pactole. Alors je trouve pathétique votre numéro de James Gandolfini qui vient nous réclamer ce qu'il nous a déjà volé.

Sobchak fait signe à son homme de main de ranger son arme et de dégager. Mardiros libère l'autre sans lui rendre son automatique et les deux hommes redescendent pour sortir de la maison.

- Est-ce qu'il y a quelque chose à boire dans cette bicoque ? demande Sobchak.

- Il y avait un bar. Allez voir ce qu'il en reste, dit Freeman résigné.

Sobchak disparaît, puis revient sur la véranda avec une bouteille à la main, un pack de jus de fruit et quelques citrons verts. Il a glissé un grand verre dans sa poche.

- Ce n'est ni le bon rhum ni le bon jus de fruit, mais ça fera l'affaire quand même.

Il sort le verre et le remplit à moitié de rhum, y presse deux citrons verts, y verse le reste de jus d'ananas qu'il a trouvé dans la glacière. Omer s'est levé pour aller dans la cuisine, et en rapporte une bouteille de sirop d'orgeat et des glaçons dans un bol.

- Si tu crois faire un Hurricane avec de l'ananas, mon garçon, tu te trompes. Un cocktail, c'est un cocktail. Tu changes un ingrédient et ce n'est plus le même cocktail. Alors quitte à faire autre chose, rajoute donc une bonne dose de sirop d'orgeat. Il y en a toujours chez les Freeman.

Sobchak s'exécute, remplit le verre de glaçons, et goûte le cocktail.

- Original. Ananas-orgeat, subtil même. Il y manque un petit quelque chose, mais je trouverai. Je crois qu'on peut appeler ça un Freeman, alors, non ? Sûr que je le mets à la carte du White Flamingo.

- Il ne faudrait quand même pas vous foutre de nous trop longtemps, rappelle Freeman. Vous venez de faire fracasser ma maison par vos hommes et de me voler un million et demi de dollars. Nous sommes loin d'être des camarades de beuverie.

Sobchak approuve de la tête et passe le verre à Omer qui le réclame d'une main tendue.

- Vous avez raison. Les deux millions qu'on m'a volés me manquent pour une transaction que je dois conclure au plus vite avec des gens très nerveux. Quand j'ai appris pour votre pactole, je me suis dit que c'était le moyen de régler le problème. C'est vrai que j'ai fait fouiller votre maison…

- Désosser, vous voulez dire.

- Ils y sont allés un peu fort, je le reconnais, admet Sobchak en regardant tout autour de lui. Je vous enverrai un entrepreneur de ma connaissance remettre tout en état à mes frais. Mais si je suis venu en personne, c'est justement parce que les hommes qui ont fouillé n'ont rien trouvé.

- Vous avez confiance en eux ? demande Mardiros en attendant le cocktail que déguste Omer.

- Que voulez-vous dire ?

- Eh bien, que des gens un peu primaires, bas de plafond, pourraient être tentés par un million et demi de dollars. Tout a été retourné de fond en comble et la cache a bien été mise à jour. Aujourd'hui elle est vide, et pourtant on ne vous a rien rapporté. Vous connaissez les trois grandes forces qui gouvernent le monde selon Einstein : la stupidité, la peur et la cupidité. Peut-être que vos démolisseurs ont eu la stupidité de ne pas avoir peur de leur cupidité. Un million et demi de dollars, ça se tente, non ? D'où ma question, client : avez-vous confiance en eux ?

Cette fois, Sobchak va dans la maison ramasser une chaise encore intacte et revient s'asseoir sur la terrasse. Il reste un moment silencieux, le front plissé par la réflexion. Mardiros en profite pour enfoncer le clou.

- Pourtant vous devriez, la loi inspire toujours confiance, non ?

- Pourquoi dites-vous ça ?

- Je vous en prie, client, ne nous prenez pas pour les idiots du village. L'homme qui a tout fracassé ici, c'est le chef Lapointe, n'est-ce pas ? Lui à qui vous avez demandé de fouiller nos véhicules pour vous assurer que nous ne déménagions pas le magot. Lui qui a vu l'argent dans le sac avec ses jumelles, depuis chez vous. Lui qui a dû vous en parler. C'est bien lui, n'est-ce pas, client ?

Sobchak ne répond pas. Il reprend le cocktail des mains d'Omer qui s'en offusque des yeux, et le siffle d'un trait.

- Écoutez, Mardirossian, puisque vous êtes là, je vous engage pour retrouver mes deux millions.

- Vous vous souvenez de mes tarifs, j'espère ?

- 3 % ? tente Sobchak.

- Vous m'avez fait la même mesquine plaisanterie il y a dix ans, client, et ça perd de son sel. C'est 10 %.

- D'accord, va pour 10 %. Et commencez par chercher du côté de la police.

- Du côté de Lapointe, vous êtes sûr ?

- Non, de la vraie police. NOPD ou FBI. Lapointe, je m'en occupe.

23

… de sa légendaire cruauté.

Le chef Lapointe laisse derrière lui une femme maigre et acariâtre qui lui en aura voulu toute sa vie de ne pas avoir réussi à être shérif, même si elle avait toujours su qu'il était trop spongieux du bulbe pour le devenir. De n'avoir qu'une petite maison prétentieuse sur le bayou, qu'un petit hors-bord de série, qu'un SUV japonais ordinaire. Quand elle apprend sa mort, la colère assèche ses yeux. Lapointe a encore trouvé le moyen de se défiler. Elle ne pleure que bien plus tard. De rage, quand elle fait le bilan de ce qui lui reste à vivre sans revenus. Par la faute de ce salaud, elle va devoir se remettre à travailler. Sous les moqueries et les misères de tous ceux qu'il aura humiliés de son pouvoir sadique de petit chef pendant des années. Les tabassages, les amendes arbitraires, les harcèlements, les abus de pouvoir, elle allait devoir payer pour tout ça, maintenant. Elle allait devoir quitter la ville. Peut-être même l'État.

Lapointe laisse aussi deux ados qui avaient honte de lui. Livia, apprentie coiffeuse et gothique, parce qu'il exerçait un métier de facho, et Dylan, complotiste permanent et survivaliste occasionnel, parce qu'il n'abusait pas assez de ses pouvoirs et de ses armes. Aucun des deux ne le pleure non plus. Aucune émotion. Sauf peut-être ce vertige incertain de ne plus savoir de quoi demain sera mal fait sans ce con qui était le seul à rapporter de quoi faire tourner leurs vies de fainéants révoltés.

Aussitôt la nouvelle officielle, Sobchak est allé rendre visite à la veuve. Contre mille dollars en cash, il a obtenu qu'elle autorise ses hommes à fouiller la maison et tout le reste, sans même qu'elle cherche à savoir pourquoi. Sobchak s'est bien gardé de lui parler de la liasse de dollars trouvée par l'adjoint de Lapointe dans la voiture de patrouille.

- Qu'est-ce que tu veux ? avait aboyé Sobchak.

- Vous m'avez dit de vous dire, à propos du chef Lapointe, s'il se passait quelque chose, monsieur Sobchak.

- Et alors ?

- Et alors, j'ai trouvé ça dans la voiture de patrouille, à l'arrière, sous le siège.

Il tend une liasse de dollars à Sobchak qui l'évalue aussitôt à dix mille dollars environ et se redresse dans son fauteuil.

- Quand ?

- Ce matin. Lapointe me fait astiquer sa voiture de patrouille une fois par semaine, le vendredi, monsieur. Ce n'était pas là la semaine dernière, et ce matin, c'était là.

- Tu étais avec lui quand il est allé chez Freeman, mercredi ?

- Non, monsieur. Il m'a dit de me poster sur la 182 et de le prévenir par radio si je voyais l'Impala bleue de Freeman revenir en ville.

- Tu ne l'as pas vu ressortir de chez Freeman, alors ?

- Non. Il m'a dit par radio qu'il avait fait ce qu'il avait à faire et que je pouvais retourner au poste pour l'attendre.

- Et quand il est arrivé au poste, tu n'as pas vu un sac, sur sa banquette arrière, d'où aurait pu tomber cette liasse ?

- Non monsieur, mais le mercredi, Chef Lapointe arrive toujours plus tard dans l'après-midi. Il a… enfin, il va… il a quelqu'un, si vous voyez ce que je veux dire.

Une pauvre femme noire sans âge et sans forme, mère de six gosses, que Lapointe tient parce qu'il a chopé l'aîné à fumer de l'herbe et à boire de l'alcool avec une petite bande dans les bois qui bordent Kemper Williams Park. Qu'est-ce que ces pauvres mômes pouvaient faire d'autre, dans un tel bled ? Il a fait croire à la mère qu'il ne dépendait que d'elle que son fils finisse sa vie au pénitencier d'Ebola où il servirait de pute de service à des suprémacistes d'un gang d'aryens. Depuis, il la prend sauvagement chaque mercredi, sans égard, par derrière, contre l'évier de la cuisine, de toute sa haine des noirs, des femmes, et de tout ce bordel de monde qui a fait de lui le putain de minable de petit blanc de chef qu'il est.

Sobchak convoque alors Lapointe à Alligator Grove et le fait rosser par ses hommes dès son arrivée. Un tabassage en règle, pour faire mal sans rien casser, pour le foudroyer de stupeur, pour que la peur l'électrise et que sa volonté disjoncte. Puis il suspend la violence méthodique et silencieuse de ses hommes de main au moment où l'un d'eux va assommer Lapointe d'un coup de pied tombé sur le crâne.

En toute franchise, Sobchak pensait Lapointe plus faible que ça. Le chef nie et ne comprend pas. Cette liasse n'est pas à lui, il ne sait pas ce qu'elle faisait sous le siège de sa voiture, et la cache chez Freeman était vide, putain, c'est juré, sur la vie de sa femme ! Peut-être bien que Lapointe aimait vraiment madame Lapointe pour la donner en gage, mais tous ses amants savaient bien qu'elle le prenait pour une andouille et qu'il devait bien s'en douter. Alors Freeman fait signe à ses sbires de reprendre leur massacre puis, comme Lapointe se roule en boule, tête dans les bras, en le suppliant, il les arrête d'un autre geste et aide Lapointe à se relever.

- Je vais essayer de te croire, Lapointe, mais il va falloir que tu me racontes tout. Alors nous allons faire un tour, juste toi et moi, et tu vas essayer de me convaincre.

Lapointe ne peut rien faire d'autre que d'accepter d'un hochement de tête. Sobchak fait signe à deux de ses hommes d'aider le chef à sortir et de l'installer dans un kart électrique dont Sobchak prend le volant. Ils démarrent aussitôt vers le parc, à l'arrière de la maison, et plus personne ne reverra jamais Chef Lapointe. On ne retrouvera de lui que des fragments désossés par la mâchoire brutale d'un alligator. Un terrible accident, dira la presse le lendemain, alors que le chef Lapointe explorait la propriété d'Alligator Grove à la recherche d'indices dans le cadre d'une enquête sur une tentative de pillage après le grand malheur de l'ouragan.

Mais la mort de Lapointe est loin d'arranger les affaires de Sobchak. Il ne savait pas le chef si fragile du cœur. Sobchak voulait juste le terrifier, et l'autre tombe mort de frayeur. Vraiment mort. Il ne restait plus à Sobchak qu'à donner son corps en pâture à Tyson, son vieux mâle préféré des monstres d'Alligator Grove. Ne serait-ce que pour contribuer au mythe de sa légendaire cruauté.

24

… les gens meurent quand même.

- Oui ?

Beauregard a vu le nom de Howard s'afficher sur son téléphone.

- Tu rentres quand de vacances ?

Beauregard ne répond pas. Il surveille l'installation du lit médicalisé dans la chambre de Molly.

- Je suis occupé, là.

- Oui, je m'en doute. Un « truc » à faire, je suppose.

- C'est ça. Tu veux quoi ?

- Rien de particulier. Savoir si mon partenaire va passer un jour. Ou même si j'ai toujours un partenaire, par exemple.

- J'ai avancé sur le dossier du gamin pendant que tu allais roucouler à la campagne, si c'est ce que tu veux savoir.

- Ne pousse pas le bouchon trop loin, Zach, tu es aussi présent en ce moment qu'un sénateur en campagne à Washington. Je ne vais pas pouvoir protéger tes fesses longtemps comme ça.

- Laisse-moi m'occuper de mes fesses, Doug. Je ne demande à personne de le faire à ma place. J'ai quelques trucs persos à régler et ça va me prendre au moins quelques semaines encore. Si ça te défrise, demande à changer de partenaire.

- Oui, c'est quelque chose que j'envisage. En attendant, il faut faire le point sur l'affaire du gosse. Quatorze heures au service.

- Quinze heures, pas avant.

- Quatorze heures ou Chief Martineau te choisira un autre partenaire.

Zach raccroche sans répondre et sourit à Molly. Comment fait cette femme adorée pour rester jolie même dans la mort qui la guette. Son visage et ses yeux se sont creusés, mais sa peau lisse et diaphane luit toujours d'un éclat feutré. À cette seconde précise, il sait qu'il l'aimera encore quand elle sera morte. Pas son souvenir. Elle. Son corps. Son cadavre. Quand ce pire arrivera, elle sera belle pour toujours.

- Alors ça veut dire que nous ne dormirons plus ensemble, murmure Molly en frisant ses yeux d'un regard coquin.

- Bien sûr que si, mon cœur. Ce lit, c'est juste au cas où. Pour la journée si tu as besoin de soins ou de transfusion. Pour tes siestes. Et puis c'est pour aider Miss Zolande à s'occuper de toi.

Elle s'est assise contre la tête de lit, les genoux contre ses épaules. Elle ne porte qu'un de ses pulls trop grands qu'elle chipe dans sa garde-robe. Avant, elle pouvait passer des jours entiers comme ça. Nue sous un grand pull. Avec la laine un peu rêche qui titillait ses tétons et les gardait bandés.

- Je t'ai commandé des livres en français, dit-il en s'asseyant sur le bord du lit.

- Lesquels ? s'enthousiasme-t-elle aussitôt au souvenir de ses heures de littérature à l'université et de son amour de la traduction.

Zach fouille ses poches et sort une liste qu'il tend à Molly. Le bonheur qui illumine le visage de sa femme est déjà une récompense. Des larmes de surprise pétillent dans ses yeux. Son sourire redessine le plaisir de vivre sur son visage.

Le temps d'une seconde, elle est hors de la maladie. Quelque chose de fort la rattache soudain à ce qu'elle a été. Une belle et jeune femme éprise de littérature française et qui s'amuse de tomber raide dingue amoureuse d'un flic des rues. Elle ne peut s'empêcher de murmurer les noms sur la liste.

Paul Morand : *Tendres stocks*, *Ouvert la nuit*, *Fermé la nuit*, *L'Europe galante*. Valéry Larbaud : *Fermina Márquez*, *Amants, heureux amants*, *Enfantines*. Frédéric Berthet : *Journal de Trêve*. Jacques Chardonne : *Claire*, *Eva*, *Vivre à Madère*. Pierre Drieu la Rochelle : *Le feu follet*, *L'homme couvert de femmes*, *Gilles*, *Rêveuse bourgeoisie*...

Elle ponctue sa lecture de murmures de joie et de soupirs de plaisir. Celui-là, je l'adore ! Oh oui ! Mon Dieu, je l'ai tant aimé !

Louis Aragon : *Aurélien*, *Les voyageurs de l'impériale*, *Les beaux quartiers*. Jacques Perret : *Bande à part*. Ernest Hemingway : *Au-delà du fleuve et sous les arbres*. Roger Vailland : *La fête*. André Hardellet : *Lourdes, lentes*, *Le seuil du jardin*. Colette : *Claudine à l'école*. Roger Nimier : *Les enfants tristes*...

Quelquefois son œil s'arrondit d'une envie gourmande quand elle avoue ne pas connaître.

Maurice Pons : *Mademoiselle B*, *Rosa*, *Les saisons*, *Le passager de la nuit*, *Douce-amère*, *Virginales*. Michel Déon : *Le jeune homme vert*, *Les vingt ans du jeune homme vert*. Antoine Blondin : *L'humeur vagabonde*, *Monsieur Jadis*. Jean-Claude Pirotte : *Un été dans la combe*, *La pluie à Rethel*. Jean-Patrick Manchette : *La position du tireur couché*...

Zacharie pose sur Molly un regard d'amour, son cœur emporté par ce qu'elle est. Une femme belle et qui plutôt que de mourir, s'enivre de lire la vie des autres. C'est ce que la mort va emporter d'elle. Ce dont elle va priver le monde.

Cette âme lumineuse dans ce corps aimant et qui, toujours, a lu pour vivre. Et qui aujourd'hui le fait, souriante et comblée, pour survivre.

A.D.G. : *J'ai déjà donné*. Marcel Aymé : *La Vouivre*, *Le chemin des écoliers*. Jean Giono : *Le chant du monde*. Louis-Ferdinand Céline : *Voyage au bout de la nuit*, *Mort à crédit*, *Rigodon*. Vladimir Nabokov : *Lolita*, *Ada*. Kléber Haedens : *L'été finit sous les tilleuls*. Paul Léautaud : *Le petit ami*...

- Mais comment as-tu fait ? s'étonne-t-elle, la gorge serrée de sanglots heureux.

- C'est arrivé sur mon mur Facebook. Ne me demande pas comment. C'est d'un auteur français. Jérôme Leroy, je crois. Professeur et poète, si j'ai bien lu. Je ne me souviens plus à quelle jeune fille il donnait ces conseils de lecture. J'ai trouvé qu'il y avait quelque chose d'aimant et d'éclairé dans cette liste. Je l'ai recopiée et j'ai commandé tous les livres. Y compris ceux que des amis de Leroy ont ajoutés dans leurs commentaires.

- Seigneur Dieu, Zach, mais combien en as-tu commandé ?

- Cinquante je crois...

Elle hurle de joie comme une enfant à Noël.

- Tu es fou. Tu sais bien que je n'aurai jamais le temps de tous les lire, Zach.

- Alors ça te donnera le plaisir d'avoir à choisir.

Depuis longtemps, ils parlent de sa mort en toute franchise. Molly l'a exigé. Pour l'apprivoiser, a-t-elle dit.

- Ou alors Madame la Faucheuse attendra que tu les aies tous lus. Et s'il le faut, j'en rachèterai d'autres. J'écrirai à ce Français pour qu'il m'en conseille encore de nouveaux si besoin.

Molly tend les bras pour qu'il pose sa tête contre son épaule.

- J'ai souvent eu peur que ma mort ne change les choses entre nous. Que notre amour d'antan s'y érode. Ou au contraire qu'un nouvel amour, tragique et condamné à la fois, ne fasse pâlir celui que nous pensions si puissant. Aujourd'hui je comprends que nous nous serons aimés jusqu'au bout dans une même et éternelle complicité. Cette liste, Zach, que tu m'offres dans ce lit dont nous savons tous les deux qu'il sera celui de ma mort, c'est le plus beau des serments d'amour que je pouvais espérer recevoir. Ces mots seront mes souvenirs, Zach, et jamais je n'aurais imaginé pouvoir t'en laisser d'aussi beaux. Après moi, tu les liras à ton tour et je serai dedans.

Il embrasse son front, ses joues, ses lèvres, et Miss Zolande le pousse soudain à partir.

- Vous n'avez pas tout un monde à sauver, là dehors ? Allez ouste, Miss Molly a des soins à recevoir avant de se reposer et de se préparer pour la promenade d'après la pluie.

Beauregard caresse les cheveux de Molly qui lui souffle un baiser du bout des doigts.

- Et arrêtez d'acheter des trucs et des bazars, fait semblant de s'énerver Miss Zolande, ça devient le Tulane Medical Center ici ! J'ai l'impression d'être Meredith Grey.

- Meredith ? s'étonne Beauregard en riant.

- Le personnage que joue Ellen Pompeo dans *Grey's Anatomy*.

- Connais pas ! lâche-t-il en passant la porte.

- Une série où les docteurs s'aiment pendant que les gens meurent quand même.

25

Si tu en ressors, bien entendu.

Il sort sous les longues branches noueuses et tordues des chênes qui ombragent Saint Charles Avenue. Sa voiture est mouchetée du soleil vibrionnant que filtrent les branchages. Il fait le tour pour ouvrir la portière, mais se ravise au dernier moment et déclenche l'alarme depuis son porte-clés. Toutes les portières se verrouillent dans un claquement, toutes les lumières clignotent en panique, et une sirène bégaye sa plainte stridente. Chinta jaillit sur le siège arrière et martèle la vitre à coups de poing. Beauregard devine qu'elle hurle à son intention des menaces et des horreurs. Il lui fait signe de se calmer. Quand elle obéit, il arrête l'alarme et déverrouille les portières.

- Comment es-tu entrée dans ma voiture ?

- C'est Crab qui m'a appris.

- Belle famille !

- Ma famille elle t'emmerde, à cause de toi j'ai failli ne plus en avoir.

- Comment ça ? s'inquiète Beauregard.

- Cet éléphant de mer de Sobchak nous a embarqués dans sa limousine et j'ai bien cru qu'on allait finir dans le Pontchartrain avec des bouées en béton.

- Monte devant et boucle ta ceinture. Tu vas me raconter.

Chinta enjambe le dossier du siège passager et s'installe à l'avant. Ils ont à peine démarré qu'elle fait valdinguer ses sandales roses et pose ses pieds nus sur le tableau de bord.

- Tu te fais pas chier comme flic, quand même. Une casbah sur Saint Charles, mazette ! T'es ripou ou tu baises une héritière ?

Beauregard écrase les freins. Chinta, qui n'a pas encore bouclé sa ceinture, glisse en bas de son siège. Beauregard l'attrape par les cheveux pour la redresser et elle hurle des chapelets d'obscénités.

- Tu manques encore une seule fois de respect à ma femme, et je te fracasse les dents contre la boîte à gants. Maintenant tu t'assieds correctement, tu boucles ta ceinture, et tu me racontes ce qui s'est passé. Et sans vulgarité.

Chinta boude et maugrée, puis raconte comment Sobchak les a embarqués jusqu'au White Flamingo, elle et Crab.

- Lui a eu droit à un Hurricane du chef, et moi à une limonade, tu te rends compte ?

- Que voulait Sobchak ? s'impatiente Beauregard.

- Savoir qui faisait courir la rumeur qu'il avait été cambriolé et qu'un dos mouillé devait se balader avec deux millions de dollars dans Big Easy.

- Et qu'a répondu Crab ?

- Que c'était toi.

- Et pourquoi tu viens me raconter tout ça ?

- Parce que Crab ne veut plus te voir, pardi ! Mon père est bon pour le bingo des dessoudés maintenant. Encore un numéro et c'est carton plein. Déjà qu'il a jamais eu de quoi se payer des dents en or, c'est pas pour finir avec des poumons en plomb. Alors il m'a envoyé pour te dire que c'était fini. Le morse lui a proposé sa protection, mon pote. Et ses défenses, c'est autre chose que tes canines de beau gosse. Alors mon père n'a plus besoin de faire le baveux pour toi.

Beauregard écrase les freins à nouveau, puis se penche devant Chinta pour ouvrir sa portière. Au passage, son oreille frôle les seins de Chinta.

- Descends !

- Merde, je suis déçue, là, je croyais que t'en voulais à mes tétons, dit-elle en relevant ses seins de ses deux mains dans un geste vulgaire.

- Descends !

- On est où, là ?

- Là où tu descends.

- Putain mec, file-moi au moins un peu de thune pour le *streetcar*.

- Depuis quand tu payes le *streetcar*, toi ? Tu descends, tu trouves Crab, et tu lui dis que je veux le voir dans une heure à l'American Sports. Et qu'il a intérêt à y être.

Chinta le gratifie d'un vigoureux doigt d'honneur de son petit majeur de fillette prépubère, et il redémarre en direction du centre-ville. Il passe Napoleon Avenue quand son téléphone sonne. Il attendait encore quelques analyses de la Scientific Criminal Investigations Division, mais il reconnaît le nom d'un inspecteur de la Crim et décroche en mains libres.

- Beauregard, s'annonce-t-il.

- Qui veux-tu que ce soit d'autre, Beauregard, puisque je t'appelle sur ton portable.

- Fais-la courte, s'il te plaît, je ne suis pas d'humeur.

- Je savais pas que les animaux à sang froid avaient des humeurs.

- ...

- Bon, d'accord. Le gamin dont vous vous occupez, Howard et toi, enfin dont vous êtes supposés vous occuper, on lui a peut-être trouvé un nom. Quelqu'un vient de signaler la disparition d'un môme qui pourrait lui correspondre. L'adresse, c'est Morgen Free School, dans le neuvième district sur Saint Claude, entre Flood et Andry. Le nom, c'est Kate Morgen.

- Merci, mais ma victime est de sexe mâle.

- C'est pour ça que Kate, c'est le nom de la femme qui a signalé sa disparition, pas celui du gamin.

- Elle l'a donné, son nom ?

- Hey, déjà que je t'appelle probablement au bord de la piscine de ton country club, tu ne voudrais pas en plus que je remplisse ta paperasse. Démerde-toi avec ça.

Beauregard va raccrocher quand l'inspecteur retient encore son attention.

- Hey, Beauregard, j'ai aussi prévenu Howard, tu sais, celui qui te sert d'équipier. On a pensé ici que ça vous donnerait peut-être l'occasion de vous rencontrer. Pour une fois.

Cette fois, Beauregard raccroche. Il devait rencontrer Howard dans un peu plus d'une heure au poste. Il n'ira pas. Il ira directement à la Free School. Ça lui laisse le temps de remettre les pendules à l'heure avec Crab. Il remonte tout Saint Charles jusqu'au musée de la Guerre, puis descend Camp Street jusqu'à Governor Nicholls. Après Canal Street, ce ne sont plus que des cafés, des bars et des boîtes à jazz. Le terrain de chasse de la Coconut Crab Family. Il repère les deux gamins, accroupis au pied d'un réverbère à jouer aux osselets en faisant le guet devant le Big Mouth Burgers, de l'autre côté du carrefour. Chinta est adossée au chambranle de ce qui ressemble plus à une brocante qu'à un *dive bar*, comme le revendique un tableau à la craie sur le trottoir. Ce truc à touriste n'est plus depuis longtemps ni le bar clandestin qu'il prétend, ni le bar de quartier qu'il a dû être. Chinta le regarde se garer quand Crab apparaît à la porte de l'American Sports

Saloon. Un de ses mômes a dû siffler entre ses dents pour le prévenir. Ou alors il le guettait, à l'abri des reflets de la vitrine. Quand Beauregard descend de sa voiture, Crab entre à nouveau dans le bar. Quand il y entre à son tour, le géant créole disparaît dans l'escalier qui mène à l'étage. Dès qu'il arrive en haut des marches, Beauregard voit Crab au garde-à-vous sur la terrasse, le visage défait par la peur. Zacharie pose la main sur son arme, mais le canon d'un SIG Sauer se pose sur sa nuque et une main se glisse sous sa veste pour le désarmer.

- Je te le rends quand tu pars, murmure une voix satisfaite de sa surprise. Si tu repars, bien entendu…

Beauregard prend sur lui pour rester calme et sort sur la terrasse. Son cœur manque un battement quand il découvre Sobchak, assis au bord d'un sofa de jardin, les jambes largement écartées, la panse impressionnante. Avec la minutie d'un maître pâtissier, il verse une crème épaisse sur le dos d'une cuillère. White Russian, se dit Beauregard. À côté de Sobchak, il reconnaît un des barmans du Saloon, le visage blanc, perlé de sueur. Et pas uniquement par la chaleur qui, déjà, fait onduler l'air au-dessus des balustrades en fer. L'homme immobile porte un plateau. Vodka, Kalhua, crème et glaçons.

- Jamais de blender, mon garçon. Jamais. Le White Russian, c'est juste une dose de vodka, un peu moins d'une dose de liqueur de café, et une demi-dose de crème liquide dans un verre plein de glaçons cassés à la main. Direct. Tu nappes le dessus avec la crème, entière bien entendu, pas de *half & half* et encore moins de légère, et tu le sers comme ça, avec une cuillère à cocktail à côté. C'est le client qui mélange doucement la crème, jamais toi. Compris ?

- Oui, monsieur, bredouille le barman.

- N'oublie jamais ça, si tu veux garder ton job de barman dans cette ville, mon garçon.

- Je m'en souviendrai, monsieur.

- Alors prouve-le. Redescends tout ça et prépare deux vrais White Russian pour monsieur Beauregard et moi.

- Pas pour moi, merci ! coupe Beauregard en appuyant ses mots d'un geste de la main.

- Refuser un verre est une façon très impolie de commencer une conversation avec moi, Beauregard.

- Je n'ai aucune intention d'avoir une conversation avec vous, monsieur Sobchak, et c'est *détective* Beauregard.

- Je vous trouve bien inamical, *détective* Beauregard, et surtout très insolent pour quelqu'un qui n'a plus son arme.

- Quoi, vous oseriez descendre un détective du NOPD en plein jour à la terrasse d'un bar du Vieux Carré ?

- Non, mais je pourrais vous compliquer la vie comme un flic de chez vous l'a fait pour ce pauvre Chef Lapointe. En vous empêchant de récupérer votre arme de service. Une de mes connaissances aux Affaires internes affirme qu'ils sont très tatillons là-dessus.

- Faites donc ça, monsieur Sobchak, et j'ai des connaissances aux Stups, aux douanes, à la Crim et à la financière qui seraient trop heureuses de cette occasion pour obtenir un mandat et aller la chercher chez vous et dans chacune de vos affaires. Et si je peux me permettre, le vrai White Russian, c'est dose égale de vodka et de liqueur de café, et trois cinquièmes de dose de crème *half & half*. Surtout pas entière. Le vôtre, c'est du White de Monsieur Plus et on voit où ça mène, question formes.

- Joli passing shot le long de ma ligne, reconnaît Sobchak qui se jette en arrière dans les coussins du sofa, tout son corps tremblant sauf sa main qui tient ferme son verre. Mais asseyez-vous donc, détective Beauregard. Je pense que même une simple conversation impromptue avec un type comme moi devrait intéresser n'importe quel flic de cette ville, non ?

- Ceux que vous payez ou les autres ?

La réponse fuse, affûtée et tendue comme un trait d'arbalète.

- Ne devenez pas insultant, jeune homme. Je ne parle jamais à ceux que je paye. Je leur donne mes ordres. Je m'intéresse par contre beaucoup à ceux qui parlent de moi.

- Quand on est le chef de la pègre de Big Easy, et un des associés mafieux qui comptent dans ce pays, il ne faut pas s'étonner que les flics parlent de vous.

Sobchak sirote son cocktail, l'air pensif, comme s'il cherchait une réponse qui lui convienne vraiment, puis il s'adresse à Crab.

- Descends et dit au barman de me préparer deux White Russian. Le premier comme je lui ai demandé, et le second comme vient de l'expliquer le détective Beauregard.

Crab est trop content de quitter la galerie et son mouvement fait remarquer à Beauregard qu'elle est vide de toute âme à part eux. À supposer bien sûr que les flics et les voyous aient une âme. Il se demande comment Sobchak a fait. Est-ce que son homme de main est monté virer tout le monde, ou a-t-il attendu que sa mine patibulaire et la crosse apparente de son arme les fassent fuir ?

- J'ai payé leurs consommations avec en plus open bar au White Flamingo cette nuit pour qu'ils m'abandonnent la terrasse, dit Sobchak qui devine sa question.

Beauregard se dit qu'il va devoir se montrer très vigilant dans les réponses qu'il va donner aux questions de cet homme.

- Donc, détective Beauregard, vous parlez de moi en ville.

- Comme je vous l'ai dit, vous devez vous douter que nous parlons beaucoup de vous, dans la police, monsieur.

- Oui, mais là, ce n'est pas entre policiers. Vous parlez de moi avec des gens de la rue.

- Si vous faites allusion à Crab, j'ai voulu lui rendre service. J'étais sûr que vous seriez reconnaissant envers quiconque vous aiderait à mettre la main sur le monte-en-l'air qui vous a soulagé de vos économies de bon père de famille.

- Et qui vous a dit qu'on m'avait cambriolé ?

- Nous l'avons su, c'est tout.

- Par qui ?

- Là, monsieur Sobchak, il faudrait arroser beaucoup plus haut au-dessus de ma tête. Je ne suis que détective. L'information m'est tombée dessus au brief du matin, avec d'ailleurs l'ordre de ne rien faire avant que vous ne déposiez plainte. Ce que vous n'allez jamais faire, bien entendu, et qui vous garantira la complicité de ma hiérarchie corrompue.

- Mais vous répandez quand même la rumeur qu'on m'a volé.

- Ne me prenez pas pour un idiot, monsieur Sobchak. Officiellement la police de cette ville ne sait rien, donc ne fait rien. Mais officieusement, vous savez bien que tous vos amis haut gradés s'activent pour vous aider. C'est ce qu'on m'a demandé : activer mes contacts dans la rue pour recueillir des informations.

- Et Crab est un de vos informateurs, n'est-ce pas ? Est-ce qu'il émarge comme indic ?

- Crab n'est pas un indic. C'est un ami d'enfance, du temps où nous fréquentions la même école du neuvième district. Nous avons fait quelques conneries ensemble avant que nos chemins ne nous mènent chacun d'un côté de la rue.

- C'est vrai. Vous dans une maison patricienne sur Saint Charles, et lui et sa famille dans un cloaque quelque part dans le nord de la ville.

- Chacun sa mère, comme disent les Français, c'est lui qui a choisi.

- Les Français ne disent-ils pas plutôt : chacun sa merde ? De toute façon, Crab est tiré d'affaire, lui et sa famille travaillent pour moi désormais. Oubliez-les.

Le calme et l'aplomb du silence qui suit convainquent Sobchak de la détermination de Beauregard.

- Vous faites ce que vous voulez de Crab, Sobchak, il est assez grand, mais vous ne touchez pas à ses mômes. Si j'apprends que vous mettez Chinta sur le trottoir, je vous abandonne dans un bayou avec une balle dans chaque genou, et le cadavre de votre garde du corps à côté comme appât pour les alligators.

- Mon pauvre Beauregard, soupire Sobchak en ramenant son énorme carcasse sur le devant du sofa, le plus difficile avec cette gamine, ça serait plutôt de l'empêcher d'y aller toute seule, sur le trottoir. Cette gamine est un bonbon pour le Diable.

Beauregard préfère ne rien répondre. Il faut maintenant qu'il se dégage de ce piège avant que Sobchak ne pose la vraie question qui fâche.

- Bon, je crois que le message est passé pour Crab et sa famille, monsieur Sobchak, alors je vais retourner dans la rue faire la guerre aux crapules qui travaillent pour vous.

D'un imperceptible geste de la tête, Sobchak ordonne à son homme de main de se mettre en travers de l'accès à l'escalier.

- Encore une question, Beauregard.

La voix s'est durcie et il a abandonné le *détective*. Beauregard répond en laissant tomber le *monsieur*.

- C'est flatteur de penser que je représente une telle menace pour vos malfrats qu'il faut que vous me reteniez encore, Sobchak, mais le devoir m'appelle vraiment.

- Pourquoi un latino, Beauregard ? Et pourquoi deux millions ? Pourquoi avez-vous eu besoin de balancer de telles informations à un type que vous savez bavard comme une radio communautaire dès la première bière ?

- Parce que c'est ce qu'on nous a demandé de jeter à la mer comme blanchaille, Sobchak. Ne m'en demandez pas plus. Moi je ne suis que celui qui allèche l'hameçon que vous mordrez un jour ou l'autre. Je ne connais même pas ceux qui tiennent le moulinet et le carrelet. Mais je suppose que vous, vous les connaissez mieux que moi, n'est-ce pas ?

Sobchak le fixe et Beauregard soutient son regard. Longtemps. Puis le garde du corps reçoit l'ordre muet de lui rendre son arme et de le laisser partir. Au moment même où Crab remonte avec les deux White Russian. Beauregard remet son arme dans son étui, s'empare des deux cocktails, et les tend aussitôt à l'homme de main qui les prend par réflexe. Un dans chaque main. L'homme et Crab le regardent, étonnés, puis se regardent, avant de comprendre. Trop tard. Le poing de Beauregard cueille le garde du corps à la pointe du menton et l'envoie rouler dans l'escalier. En bas des marches, Beauregard enjambe le corps du sbire qui grogne sa douleur et sa colère et le dépouille de son SIG Sauer.

- Tu viens le chercher à la Crim et je te le rends quand tu en ressors. Si tu en ressors, bien entendu.

26

… oublie Molly !

- Alors Nestor est bien mort, murmure-t-elle comme une évidence en voyant le portrait du gamin.

Les yeux bleus de Kate Morgen s'embuent de larmes résignées.

- Pourquoi dites-vous ça ?

- Parce que les flics ne viennent jusqu'ici que pour tabasser les gamins qu'ils embarquent ou bâcler au plus vite des enquêtes sans conviction sur leur mort.

- C'est vraiment l'image que vous vous faites de nous ? s'offusque Howard.

Beauregard l'a rejoint dans le *Lower Ninth Ward,* devant la Morgen Free School. De toute évidence, la jeune femme qui les accueille n'aime pas la police.

- Non, répond la jeune femme, c'est l'image que j'ai. Celle que vous donnez de vous, chaque jour que ce foutu Bon Dieu fait.

- Chaque jour que ce foutu Bon Dieu fait, mademoiselle, nous nous coltinons tout ce que cette ville engendre de violence. Nous avons fait face l'an dernier à 22 000 crimes ou vols avec agression. C'est cette ville qui est violente, mademoiselle, pas nous.

- Vous, pas violents ? 1980, après la mort d'un officier blanc, cette foule haineuse de flics armés qui débarque ici même, dans ce district noir, pour tout saccager par vengeance. Quatre morts, cinquante blessés. Certains torturés et abandonnés dans les marécages voisins.

- C'était en 1980, mademoiselle. Nous n'étions même pas nés.

- Et alors ? Mars 1990, le tabassage à mort d'Adolph Archie dans la voiture de police qui l'emmenait à l'hôpital. Et la fusillade du Danziger Bridge contre des rescapés de l'ouragan Katrina en 2005 ?

- Mademoiselle, tous ces cas ont donné lieu à des sanctions.

- Vous plaisantez ? Si la presse et les communautés ne s'étaient pas battues bec et ongles pour faire sortir ces affaires à la lumière, personne n'aurait été condamné. Sur les deux cent cinquante officiers du NOPD virés de la police pour des affaires de sexe, de drogue ou de violences, cinquante-huit ont été réengagés dans d'autres forces de police. Et ils continuent aujourd'hui à se pavaner dans les rues avec armes et badge !

- Honnêtement, mademoiselle, permettez-moi d'en douter…

- Eh bien faites donc votre métier et enquêtez sur un certain Hykes, par exemple. Suspendu trois fois en dix ans pour violences, et finalement viré du NOPD pour avoir violé dix-sept règles déontologiques. Moins d'un an plus tard, il est accepté pour un poste de policier dans un collège à La Nouvelle-Orléans même. Un an plus tard, il prend un deuxième job de *deputy sheriff* dans le comté d'Orléans. Commencez par lui, c'est dans vos archives. Et les cinquante-sept autres dossiers aussi. Normalement.

- Excusez-nous, mademoiselle, mais nous préférons commencer par lui, par Nestor. Que pouvez-vous nous dire de lui ?

Kate Morgen perd aussitôt toute colère au souvenir du gamin. Ils sont dans un jardin en friche, entouré d'un muret surmonté d'un grillage en fer. Dans le fond, le bâtiment doit être un ancien entrepôt. Ou un garage. Un atelier de mécanique, peut-être. Par la porte à glissière ouverte, trois femmes noires les observent de loin.

- Le principe de la Free School, c'est que les enfants y viennent d'eux-mêmes. Librement. Ce n'est pas une vraie école, même si nous dispensons les enseignements de base. Il n'y a pas d'inscription. La plupart du temps, nous ne connaissons les parents que par ce que les gosses nous en disent. Je ne connais pas ceux de Nestor. Il n'en a jamais parlé. Je ne lui connais qu'un grand frère. Il a essayé de nous racketter une fois. Il menaçait de battre à mort Nestor si nous ne payions pas.

- Et vous avez payé ?

- Non.

- Il a tabassé Nestor ?

- Il a toujours tabassé Nestor. Mais il a disparu dans les jours qui ont suivi. D'après Nestor, il s'était engagé dans un gang. Les G-Strip ou les 3-N-G, je crois.

- Les G-Strip de Gallier Street ont créé une sorte de milice commune avec les 3-N-G de la 3e et de Gallier, explique Beauregard. Leur milice commune s'appelle les 39e, et ne me demandez pas pourquoi. Vers l'an 2000, ils sont entrés en guerre contre un gang du centre, les Calliope Boyz. En 2003, il ne restait plus un seul Boyz vivant et les 39e ont régné sur la ville en profitant de la situation post-Katrina. Mais ils sont devenus trop ambitieux et trop violents. En 2009, ils sont à l'origine de la fusillade en pleine foule pendant le carnaval. Le FBI les a fait tomber en 2017 pour quatorze meurtres caractérisés.

Howard s'étonne de la connaissance de Beauregard sur les gangs, puis se tourne vers la jeune femme.

- Vous pensez que Nestor a pu être la victime collatérale d'une guerre des gangs ?

- Je n'en sais rien. Nestor était un garçon adorable. À des années-lumière de toute cette violence. On aurait même pu le croire un peu simplet, tellement il était naïf. Il n'a pas pu se faire embarquer dans une bande pour de la violence. Ce qu'il cherchait, lui, Nestor, c'était la beauté. La nature, la musique. Il commençait à jouer du blues à la guitare. Il dessinait très bien aussi.

- Excusez-moi de vous demander ça, mais… côté sexe ? Je veux dire niveau libido, quoi. Éveil à la sexualité, puberté, tout ça…

Un triste sourire illumine le visage de la jeune femme. Un souvenir particulier. Une confession intime.

- Il n'a jamais rien dit, mais je pense qu'il était amoureux. Il en avait fait une chanson : *Vetty Girl*.

- *Vetty Girl* ? s'étonne Howard. Quel sens ça peut avoir pour vous ?

- Je n'en sais rien. Il ne me l'a chantée qu'une fois, les joues en feu, rouges comme des plumes de cardinal. Je ne m'en souviens pas très bien. Le refrain donnait quelque chose comme :

Vetty girl don't make me blue
Take me to the golden road with you
Drive me away from the bayou
Let's go ride Park Avenue

- Ça ne vous évoque rien de particulier qui pourrait nous mettre sur une piste ?

Kate laisse échapper un petit rire qui les surprend.

- Que Nestor était un môme de douze ans amoureux d'une inconnue.

- Vous avez des filles parmi vos élèves, je vois.

- Oui, mais ici les rapports sont francs. Si Nestor avait été amoureux d'une des élèves, je l'aurais su aussitôt.

C'est à nouveau Howard qui pose une question embarrassante. Plus pour lui que pour la jeune femme.

- Excusez-moi de revenir sur le sexe, enfin, je veux dire sur le sujet du sexe. Est-ce que Nestor était encore… vous comprenez…

- Puceau ? Oui, je pense. Ce sont des choses que nous devinons vite au contact des enfants. En fait je suis persuadée que Nestor l'était encore, mais que ça le travaillait beaucoup. Pourquoi me posez-vous cette question ?

Howard s'en veut aussitôt d'avoir été maladroit au point d'amener le sujet dans la conversation.

- Est-ce que Nestor a été victime d'un crime sexuel ? Je vous en prie, s'inquiète-t-elle aussitôt, un nuage d'angoisse dans ses yeux bleus. Dites-moi, comment est-il mort ?

Beauregard s'interpose et prend Kate par le bras.

- Kate, vous ne voulez pas qu'on vous le dise. Ça ne vous apportera rien de le savoir.

- Oh non, Seigneur Dieu, sanglote-t-elle aussitôt, c'est donc si horrible que ça ?

Aucun des deux n'ose lui répondre, et son chagrin s'alourdit de lourds sanglots.

- Je veux savoir, murmure-t-elle, s'il vous plaît, ne me laissez pas imaginer le pire.

Beauregard la prend par les épaules, bras tendus, et lui explique d'une voix de compassion où et comment est mort Nestor. Au récit du martyre du garçon, Kate défaille et Beauregard la retient puis la prend dans ses bras. Au loin, les trois femmes noires devinent le drame et accourent. Beauregard porte Kate Morgen vers elles. La jeune femme s'accroche à lui, enfant effarée par son terrifiant cauchemar. Le policier se sent comme son seul secours. L'unique rempart contre l'horreur de ce monde. À la fois un refuge contre sa peur et un recours contre son désespoir. Il la porte jusqu'à l'intérieur de l'école. Un simple hangar, le sol peint de jeux aux couleurs vives pour les enfants. Les murs bariolés de fresques naïves. Un coin est aménagé en cuisine ouverte avec deux grandes tables de réfectoire. Une vingtaine d'enfants, tous noirs, garçons et filles, pétrissent une pâte à beignets. Ça sent le béton et la fleur d'oranger. L'entrepôt est un refuge qui redonne un peu de vigueur à la jeune femme. Elle se dégage des bras de Beauregard, repose pied à terre, et arrange une des mèches blondes que ses larmes ont collées à sa joue.

- Des ennuis de voisinage, mademoiselle Morgen ? intervient Howard.

- Vous voulez dire avec des voisins qui pensent que l'école est un ramassis de voyous plus voyous que leurs propres enfants ? Ou avec des promoteurs qui lorgnent sur mon lopin de terre ? Avec les services sociaux qui pensent que je leur fais de la concurrence, ou les services d'hygiène qui m'interdisent de servir des repas chauds ? Avec les gangs qui considèrent que je détourne de futurs soldats du mauvais chemin ? Bien sûr que j'ai des ennuis. Croyez-moi, j'ai mon dû de courriers anonymes, de plaintes, de menaces de mort et de descentes de police. Mais d'ici à faire ce qu'ils ont fait à Nestor !

- Comment ça se passe pour vos élèves avec les autres gosses du quartier ?

- Ils sont moqués, un peu chahutés quelquefois, mais c'est tout. Pourquoi posez-vous cette question ? Nestor aurait été agressé par des enfants ?

- Nous n'en savons encore rien, mais les empreintes retrouvées autour du corps sont de petites tailles. Entre 37 et 39.

- Franchement, je ne vois aucun gosse du quartier capable de faire ce qu'on a fait à Nestor. Ce sont de pauvres mômes livrés à eux-mêmes. Ils sont dans la provoc et la rébellion, mais le soir, ils rentrent à la maison dans la crainte de leur mère. Pour faire ce qu'on a fait à Nestor, il ne suffit pas d'être un mauvais garçon. Il faut être un tordu et un pervers, un jouisseur sadique.

- Mademoiselle Morgen, coupe Beauregard, je suppose que vos élèves ne portent pas d'uniforme ?

- Est-ce que quelque chose vous échappe dans le nom « Free School », inspecteur ?

- Combien d'écoles, disons « officielles », publiques ou privées, autour de vous ?

- Christ School, Saint David, Luther King…

- Une école dont l'uniforme serait jaune, bleu et blanc, dans n'importe quelle combinaison ?

- Non, je n'en connais pas.

- Eh bien merci, mademoiselle Morgen, et toutes nos condoléances pour Nestor. Nous allons faire le maximum.

- Je vais essayer de vous croire, répond la jeune femme d'un ton désabusé.

Elle ne les raccompagne pas et ils vont sortir de l'entrepôt, dans le contre-jour de la grande porte ouverte, quand Howard se ravise. Il revient vers elle, tire de sa poche la photo de Tyler et la lui montre.

- Vous avez déjà vu ce gamin ?

- Seigneur Dieu, ne me dites pas que vous suspectez ce gosse d'avoir martyrisé Nestor. On lui donnerait le Bon Dieu sans confession !

- Non, mademoiselle, c'est mon petit frère. Il a disparu il y a un an.

Kate Morgen soupire. Tout ce monde sera-t-il donc toujours aussi crasse, tout le temps. De drames en désespoirs. Voici ce détective, de toute évidence un brave type, qui prétend courir après l'assassin de Nestor alors qu'en un an il n'a même pas retrouvé son petit frère. Devrait-elle en rire de dépit, ou en pleurer de découragement ?

- Attendez-moi, dit-elle.

D'un geste, elle l'empêche de la suivre et rejoint les tables où les gosses découpent leur pâte à l'emporte-pièce en les surveillant d'un œil inquiet. Elle montre la photo et tous se regroupent pour la regarder. Quand elle revient, les enfants restent en grande discussion sans reprendre tout de suite leur cuisine.

- Désolée, dit-elle, sincèrement. Vraiment.

- Hey Motul, il a fait quoi, ce frangin ?

- Il n'a rien fait, Ben, il a juste disparu et on le cherche.

- Motul ? s'étonne Howard.

- Cet entrepôt est un ancien atelier de mécanique qui appartenait à mon père. Un garage. Il en reste encore une grande publicité pour une huile moteur, peinte sur le mur, à l'arrière. Motul. Les premiers gosses m'ont donné ce surnom. Je l'ai gardé.

Howard regarde cette fille dans son entrepôt. Ces femmes dévouées autour d'elle. Ces gosses, là par eux-mêmes. Parcelle de partage et de confiance. Épave d'une sorte d'amour dans un océan d'indifférence. Au milieu de ce quartier si pauvre qu'il essaye d'en survivre. En périphérie de cette ville égoïste et violente qui voudrait l'oublier. Dans cet État où les noirs sont encore des nègres méprisés par des blancs ne croyant qu'en eux-mêmes. Dans ce pays arrogant et belliqueux envers tous ceux qui ne lui ressemblent pas. Il se souvient avoir lu quelque part que depuis sa création, en 1776, ce pays a été en guerre

222 ans sur 239. Sans compter la guerre sociale intérieure qui dure depuis toujours. Howard est bien placé pour le savoir. Plus de 10 000 morts par arme à feu chaque année. Presque 14 000 en 2015 s'il se souvient bien. Plus 25 000 suicides. Comment ne pas désespérer de ce putain de pays ! 4 500 Américains morts en Irak en quinze ans de guerre, et plus du double abattus chaque année sur le territoire américain. Et au milieu de toute cette merde, cette fille qui apprend aux gamins à faire des beignets pour qu'ils ne pensent pas à s'amuser avec des armes de mort. Putain, quelles chances ont-ils de survivre à ce monde, elle et ses gosses ? Et Tyler, son frangin, son petit frère, le garçon qui riait à ses ricochets sur les bords du fleuve, de quel côté avait-il basculé ? Côté gang de petits cons assassins sans foi ni loi, ou côté victime abandonnée dans la boue, comme ce pauvre Nestor ?

Dans le silence qui l'immobilise, il devine dans les yeux de Kate Morgen qu'elle comprend ce qui lui déchire l'âme. Elle s'approche, pose un baiser sur sa joue, puis l'étreint dans ses bras. Fort. Longtemps. Et tout flic qu'il est, il sent exploser en lui une sorte de colère résignée. Parce qu'il sait que le jour où il retrouvera Tyler, il ne pourra résister à l'envie de se venger. À l'américaine. Une arme à la main.

- Trouvez-le, murmure la jeune femme qui devine à quoi il pense. Trouvez votre petit frère, mais ne faites pas ça. Ne devenez pas comme eux.

- C'est trop tard, murmure Howard en la serrant plus fort contre elle. C'est comme une peste. Une contagion. Je porte déjà ça en moi.

Elle se dégage doucement de lui et fait semblant de ne pas remarquer ses yeux mouillés de larmes.

- Alors passez de temps en temps pour pétrir de la pâte avec nous. La pâtisserie, c'est bon pour la tête aussi.

Il la remercie et rejoint Beauregard qui l'attend sans bouger dans le contre-jour de la porte. Ils ne se disent rien et rejoignent leur voiture.

- Pourquoi tu ne me demandes jamais rien à propos de Tyler ?

Ce n'est pas une question, c'est un appel à l'amitié. Une demande. Une timide confidence. Beauregard attend avant de répondre. Il démarre et descend Saint Claude Avenue vers le pont sur l'écluse qui les ramène en ville.

- Parce que tu ne veux pas entendre ce que j'en pense. Tu cherches un petit frère alors que tu devrais chercher un cadavre.

- Putain, comment peux-tu dire des choses aussi brutales que ça ?

- Doug, nous ne sommes confrontés jour et nuit qu'à la bestialité humaine. Dans tous nos dossiers. Toutes nos affaires. Et toi tu cherches Tyler comme s'il avait juste fugué. Depuis un an ! À qui donnerais-tu ce faux espoir si Tyler n'était pas ton frère ? Moi je pense que Tyler est mort, et toi tu ne veux pas l'entendre. Voilà pourquoi je ne t'en parle pas.

- Tu es vraiment un salaud fini…

- Je suis flic, Doug, je ne me berce pas d'illusion sur la nature humaine. Un gamin bien dans sa famille qui ne donne pas de nouvelle depuis un an, ce n'est pas un fugueur. C'est une victime.

- Je te remercie de ta compassion, partenaire, mais si tu veux bien, je vais me passer de ta miséricorde pour le reste de la journée. Arrête-moi là.

Beauregard se range sur le côté sans protester, juste après Mazan Street. Howard descend de la voiture, puis se penche à la portière.

- Tu es marié, il paraît, alors j'espère que tu mets un peu plus d'entrain et d'émotion à baiser ta femme qu'à soutenir tes coéquipiers. Sinon je la plains.

Beauregard coupe le contact, descend de la voiture, la contourne calmement, et marche droit sur Howard qui se redresse. Il sent la menace mais devine trop tard la fureur dans le regard de son partenaire. Il reçoit le poing de Beauregard en plein visage et c'est le geste en trop qui déchaîne sa rancœur. Il trébuche en arrière sans tomber, récupère son équilibre, et se jette sur Beauregard. C'est un quartier que la misère délite. Les longues maisons délabrées alignent leurs façades étroites sur un trottoir défait par les mauvaises herbes. Ils s'y battent comme des chiffonniers. Aucun des deux ne se défend. Tous les deux frappent pour faire mal. Ils se balancent contre les arbres, se cognent contre des murs en bois qui craquent, trébuchent dans les poubelles qu'ils renversent. Les automobilistes passent et ralentissent. Les plus jeunes se marrent et les encouragent. Les plus vieux secouent la tête, remontent leur vitre et accélèrent. Un homme apparaît à la galerie en béton de la maison qui fait le coin. On entend le claquement du fusil à pompe qu'il arme. Howard s'immobilise et Beauregard en profite pour l'allonger d'un dernier coup.

- Hey, les pochetrons, allez vous déglinguer la gueule ailleurs, sinon j'appelle la police.

Howard se relève, essuie le sang qui coule de son nez et de sa bouche, et brandit son insigne.

- La police c'est nous, monsieur, rentrez chez vous.

L'homme hésite, baisse son arme, et rentre en maugréant quelque chose sur ces enculés de flics qui feraient mieux d'alpaguer les voyous plutôt que de se baratter entre eux.

Beauregard retourne vers la voiture et apostrophe Howard par-dessus le capot.

- Ne t'avise plus jamais de reparler de Molly. Ne prononce plus jamais son nom devant moi.

Howard essuie le sang de sa bouche d'un revers de la main.

- Pauvre con, c'est la première fois en trois ans que toi, tu le prononces devant moi !

Beauregard ne répond pas. Il marque un temps, remonte dans la voiture, et démarre pour disparaître dans Saint Claude. L'homme au fusil se pointe sur le pas de sa porte.

- Ça se plume, mon gars ?

Howard fait signe que oui.

-Venez vous démaquiller, dit-il, vous ressemblez à un vampire qui a vomi.

Howard le suit à l'intérieur de ce qui est en fait une sorte de petit musée. La Good Children Gallery. Un lieu associatif autogéré. Les œuvres exposées ne sont pas vraiment joyeuses, mais c'est quand même de l'art, se dit Howard. De l'art, dans ce quartier où le moindre commerce est barricadé, les fenêtres protégées par des barreaux grillagés. Un type armé d'un fusil à pompe défend un lieu dédié à l'art. Pendant qu'il passe son visage à l'eau au-dessus du lavabo des toilettes, Howard se demande si cette Good Children Gallery de l'homme au fusil, comme la Free School de Motul, peuvent représenter un espoir crédible pour cette ville en décomposition. Ou ne sont-ils que les chimères d'idéalistes rêveurs qui finiront déçus, ruinés et aigris, ou massacrés par le système administratif et fiscal de la bien-pensance ultralibérale blanche ?

Il remercie l'homme, le complimente pour sa galerie, et attend que passe un taxi pour rentrer au service. Il demande au chauffeur de passer par Bywater et de remonter par Royal Street. Un soleil moite perce les nuages. Il en profite pour admirer les maisons en bois de toutes les couleurs. Quand il arrive dans le service, Beauregard est déjà là.

- Il faut reconnaître que tu as une bonne droite, dit-il d'emblée.

- La tienne n'est pas mal non plus, répond Beauregard sans lever la tête de ses dossiers. Il y a trois écoles dont l'uniforme est bleu et jaune. Deux privées, une dans Garden District et une autre à Metairie, et une publique dans le Septième. Je prends Garden et Metairie, tu t'occupes du Septième.

- Tu as décidé ça sur des critères socio-économiques : les écoles de rupins pour le détective blindé des beaux quartiers, et l'école publique pour le flic minable d'Algiers ?

- J'ai décidé ça parce que Garden et Metairie sont plus près de chez moi, et que de toute façon, tout est loin de chez toi.

- Si tu le dis. Et qu'est-ce qu'on cherche ?

- D'après toi ? Des fibres d'uniformes, bien sûr, pour un comparatif.

- Zach, la moitié des parents d'élèves de ces écoles privées sont avocats, et l'autre moitié sont des élus corrompus ou des millionnaires corrupteurs. Annonce que tu viens pour un prélèvement dans le cadre d'une enquête criminelle et tu as sur ton dos Chief Martineau, toute notre hiérarchie jusqu'au maire, le conseil de l'école, son cabinet d'avocats, et l'amicale des généreux donateurs. Le tout pour pourrir ta carrière pour les vingt ans à venir.

- C'est aussi pour ça que je t'ai laissé l'école publique. Plus de pauvres donc moins de risques pour ta carrière.

- Pourquoi j'ai encore l'irrépressible envie de te casser la gueule à nouveau ?

- Par vengeance sans doute, répond Beauregard en replongeant le nez dans ses dossiers, parce que c'est moi qui t'ai corrigé tout à l'heure.

Chief Martineau passe sa tête par la porte de son bureau, un double gobelet de Dr Pepper à la main, et prive Howard d'une réponse cinglante qu'il était sur le point de trouver.

- Tous les deux, dans mon bureau.

Ils le rejoignent de mauvaise grâce et attendent l'orage qui ne vient pas.

- Que vous est-il arrivé ?

- Nous sommes tombés, répondent-ils d'une même voix.

- Les deux ensemble ? fait semblant de s'étonner Chief Martineau.

- L'un contre l'autre, explique Howard.

- Un motif particulier ?

- Dissension conceptuelle sur la perception des principes d'amour et d'amitié, explique Beauregard.

- Ah ! Rien de grave alors, ça me rassure.

- Et sinon, qu'est-ce qui vous préoccupe, Chief Martineau ? ose Howard.

- Asseyez-vous, dit-il aux deux détectives qui restent debout, pour bien marquer qu'ils n'ont pas envie de perdre une heure de leur temps. Quelqu'un en veut ? demande-t-il sans illusion en soulevant son gobelet.

Les deux refusent d'un mouvement de tête. Chief Martineau se pince alors plusieurs fois le nez entre son pouce et son index repliés. Puis il tire sur le lobe de son oreille droite. Et se frotte la joue dans sa paume. Autant de signes d'une profonde préoccupation qui exclut toute colère, mais peut dériver vers une longue réflexion.

- Putain, est-ce que vous pouvez juste une fois, une seule fois, obéir sans vous la ramener ? Faites pas chier et asseyez-vous sans histoire, il faut qu'on parle.

Cette fois, ils se résignent à subir les réflexions à voix haute de Chief Martineau. Ils tirent à eux les chaises en les traînant comme des cancres déjà épuisés par un début d'année qui s'annonce longue et ennuyeuse.

- Est-ce que ce monde est sérieux, les gars ? Est-ce que ce monde est vraiment sérieux ?

Howard et Beauregard préfèrent ne pas répondre. Mieux vaut laisser Chief Martineau se vider de son amertume au plus vite, d'un seul flot.

- Nous allons avoir les Affaires internes sur le dos. Garbish a essayé de faire barrage, mais le FBI pense que la fuite qui a permis le casse chez Sobchak ne peut venir que de chez nous. Et vu la prise que cette affaire leur a fait perdre, ils ne vont pas nous lâcher. La façon dont j'ai secoué leur Miller par la fenêtre non plus, d'ailleurs. Alors, étant donné vos méthodes de travail à tous les deux, je voulais vous prévenir. On a peut-être déjà commencé à vous filer le train. Ces renégats des Affaires internes sont capables de se planquer dans leur ombre. Lâchez tout ce qui concerne Sobchak. Tout, vous comprenez ? Pas d'hameçon chez les indics, Beauregard, et pas de virée à Patterson, Howard, le jeu n'en vaut plus la chandelle. Et j'espère que vous avez le cul propre dans cette affaire, parce que sinon vous allez vous le faire récurer à la brosse à barbecue. C'est fini, rompez, et concentrez-vous sur l'affaire du gosse. Ça avance ?

- Oui, répond Beauregard, nous avons…

- C'est bon, Zach, je ne veux pas savoir. Pas maintenant. Je demandais juste comme ça. Dégagez.

Ils sortent tous les deux et les inspecteurs de tout le service surveillent par en dessous leurs visages tuméfiés.

- Tu n'as pas fait de connerie, sur ce coup-là ? demande Howard.

- Pourquoi veux-tu que j'aie fait une connerie ?

- Je n'en sais rien. Un mot de trop dans un cocktail mondain, une confidence au huitième trou d'un green, une indiscrétion dans une garden-party…

- Et tu crois que les monte-en-l'air fréquentent ce genre d'endroit ?

- Ah, tu vois comme monte-en-l'air ça fait tout de suite gentleman cambrioleur ! se moque Howard.

- De toute façon, je ne fréquente pas ce genre d'endroit. Je passe mes soirées chez moi, avec ma femme.

- Whaou ! Deux mentions de ta femme dans la même journée, attention, *podna*, tu vas finir par faire de moi ton confesseur.

Beauregard le fixe et le temps d'une seconde, Howard se prépare à une autre bagarre. Puis la colère passe dans les yeux de Zach.

- Tu n'auras jamais assez de compassion pour encaisser ce que je pourrais avoir à confesser, Doug, alors laisse tomber. Et je te l'ai dit, oublie Molly !

27

… Adios Motherfucker.

Sobchak débarque au Bon Temps Roulé à 15 heures, bien avant l'heure du rendez-vous. Le temps de voir les hommes du FBI paniquer en découvrant l'ambiance du carrefour. Plutôt baba cool. Limite neo-beatnick. Genre Beat Generation. Un couple s'installe au Tal's Hummus, à l'angle de Magazine et de Bordeaux. Aussi discrets avec leur costard que deux cerises noires à la surface d'un Gin Fizz. Rien n'indique que le restaurant est kasher, mais le menu affirme sans complexe que la nourriture est israélienne : hummus, falafels, kebabs. Ce sont les Libanais qui vont être contents. Deux autres costumes-cravates prennent place à une petite table près de la fenêtre à l'intérieur du Shahrazad Café. Cuisine de Jérusalem aussi. Le dernier angle du carrefour, en diagonale du Bon Temps Roulé, est occupé par une jolie maison coloniale en restructuration. Les bourgeois-bohèmes investissent le quartier. Surveiller l'intérieur du Bon Temps Roulé est un peu plus compliqué pour le FBI. L'agent Miller a voulu prendre les choses en main et garder Garbish, responsable du bureau de La Nouvelle-Orléans, en réserve de l'opération, et maintenant il s'en mord les doigts. L'endroit est une taverne. Un bar en bois en désordre, surchargé de bouteilles étagées n'importe comment. Fanions et drapeaux de l'équipe des Saints. Deux tables de billard au feutre rouge. Trois machines à sous. Réclames au néon sur tous les murs. Ventilateur au plafond d'où pendent des lampes basses pour les billards. Télés à chaque coin allumées en permanence. Avec en prime un alligator qui patauge au-dessus de tout ça, comme si le plafond était la surface d'un bassin, ne laissant voir de la bête que ce qu'un plongeur verrait d'elle depuis le fond de l'eau. Même en jeans et T-shirt, le premier agent du FBI dénote tellement qu'il ressort aussitôt après avoir demandé sa route, jouant au touriste égaré. Tout ce qu'il peut confirmer, c'est que Sobchak est déjà à l'intérieur. Derrière le bar. À préparer un cocktail. C'est lui-même qui lui a indiqué le chemin. Miller n'aime pas ça et fait rappliquer deux agents en chemise hawaïenne et bermudas pour jouer les touristes en goguette. Avec pour mission de s'accouder au bar et de ne plus en bouger, le temps que deux autres agents trouvent de quoi s'habiller pour venir occuper un des billards sans se faire repérer.

Dès que les deux agents s'approchent du bar, Sobchak les accueille de toute sa masse. Il lève les bras au ciel et tout en lui tremble comme une gelée anglaise.

- Mais que vois-je ? Deux spécimens d'anglo-saxons mâles protestants blancs en goguette. Dans la ville de tous les péchés ! Venez à moi, âmes perdues dans le labyrinthe de l'abstinence et de la fornication contrainte. Laissez le Bon Temps Roulé vous ouvrir les portes de la débauche et du péché.

- Deux bières, demande le plus jeune des agents qui la joue cool. Locales si vous avez.

- Mais il n'en est pas question. D'où venez-vous, tristes témoins d'un Jéhovah ténébreux, pour croire que le diable, en terre *voodoo*, se contenterait d'une petite bière locale ? Laissez-moi vous offrir le premier verre. De la Louisiane.

- Un truc local ? fait mine de s'intéresser l'autre agent.
- De la Louisiane, c'est le nom du cocktail, mon gars.
- Non, merci, pas de cocktail, il est encore un peu tôt…
- Mon garçon, dans Big Easy en général et dans ce bar en particulier, tu acceptes les cocktails qu'on t'offre ou tu dégages.
- Bon d'accord, mais léger alors, s'il vous plaît, concèdent les deux agents piégés.
- Dans cette ville, mon gars, un cocktail léger, ça n'existe pas plus qu'un banquier compatissant ou un flic honnête, plaisante Sobchak.

Il a déjà aligné les bouteilles sur le bar. Dans le gobelet d'un shaker, il mélange deux shots de Straight Rye Whisky, un shot de Bénédictine, deux shots de Martini Rosso, un demi-shot d'absinthe La Fée Parisienne, et quatre traits de Peychaud's Aromatic Bitter. Il mélange le tout à la cuillère à cocktail, avec une délicatesse appliquée, puis sort deux coupes givrées d'un réfrigérateur et filtre le cocktail dans les coupes. Sobchak pose deux napperons en papier devant les deux agents et pousse les De la Louisiane devant eux. À la dernière seconde, il sort de nulle part deux belles Maraschino Cherries et en laisse couler une dans chaque verre.

Puis il sort de derrière le bar une coupe déjà pleine, la lève à hauteur des yeux des deux hommes, et trinque avec eux.

- *Cheers* ! Que l'esprit malin de Big Easy coule en vous !
- Vous ne buvez pas la même chose que nous ? s'inquiète le jeune agent.
- Non, moi, c'est un Fogerty : Straight Rye Whisky, Campari, crème de cassis et Angostura Orange Bitter. À savourer avec du bon vieux rock and roll.

Il se saisit d'une manette et commande à distance une chanson des Creedance Clearwater Revival. La voix de Fogerty emplit tout l'espace du Bon Temps Roulé.

I hear hurricanes a-blowing
I know the end is coming soon
I fear rivers overflowing
I hear the voice of rage and ruin
Don't go 'round tonight
It's bound to take your life
There's a bad moon on the rise

Fogerty hurle dans son oreillette et Miller crispe ses yeux. Il suit ce qui se passe à l'intérieur grâce au micro des agents. Sans vraiment comprendre où veut en venir Sobchak. Est-ce qu'il a repéré ses hommes et s'en amuse ?

- Maintenant, explique Sobchak en sortant d'autres bouteilles, il existe quatre versions du De la Louisiane. Question de dosage pour les versions 2 et 3, mais pour la version 4, c'est autre chose.

Il commence les mélanges, directement dans deux verres cette fois, les yeux au ras du bar pour bien mesurer les doses.

- Bourbon à la place du Rye Whisky, Dubonnet Red à la place du Martini Rosso, triple sec à la place de la Bénédictine, et pas d'absinthe.

Il admire la robe du contenu des verres avec satisfaction.

- Et bien sûr, toujours le Peychaud's, évidemment.

Il remue le mélange à la cuillère.

- C'est quoi, exactement, le Peychaud's ? s'intéresse un des agents qui redoute d'avoir à boire ce deuxième cocktail.

- Gentiane, anis et menthe forte. La recette d'un apothicaire créole natif d'Haïti. Un des meilleurs exhausteurs d'arôme en cocktailologie. C'est cadeau. Dites-moi, messieurs !

Les deux hésitent, se consultent du regard, et tentent de refuser poliment.

- Merci beaucoup, mais c'est déjà trop fort pour nous. Avec cette chaleur, ça va nous casser. Merci encore une fois, mais non...

Sobchak se redresse, bras tendus plantés dans le comptoir, la tête dans les épaules, les mains cramponnées au rebord du bar.

- Vous savez, les garçons, peu de monde à La Nouvelle-Orléans oserait refuser un De la Lousiane. Je ne vois guère que des abstèmes ou des alcooliques repentis, mais ceux-là ne fréquentent pas les bars. Ou alors des *blue-bacons*. Et encore, les uniformes, vous savez, se gênent de moins en moins, par chez nous. Alors il ne reste plus que la flicaille en passe-muraille. Vous ne seriez pas des flics en civil, vous et vos deux copains qui jouent au billard comme s'il leur manquait six doigts à chaque main ?

Un des deux flics a le réflexe de se retourner vers le billard.

- Ces deux baltringues, là ? Non, connais pas. Nous on a débarqué en ville ce matin même. Pas vraiment eu le temps de faire des connaissances, lâche d'un ton à la décontraction appliquée le plus jeune des agents, qui se sent soudain ridicule dans son bermuda rose et sa chemise hawaïenne.

- À la bonne heure ! rugit Sobchak en claquant des deux mains sur le bar, parce que ces deux-là, ils sentent vraiment le bacon. Cheers, alors, à la Louisiane.

- À la Louisiane ! se forcent les deux agents en surjouant leur joie.

Miller hésite à maintenir son dispositif de surveillance. D'un autre côté, il a quatre hommes dedans, quatre hommes dehors, et encore autant en réserve dans des voitures à un bloc de là. Même si Sobchak s'est rendu compte de quelque chose, ça vaut toujours le coup de voir qui va se pointer à ce rendez-vous.

- Monsieur, quelqu'un approche.

- Vous l'avez identifié ?

- Oui monsieur.

- …

- …

- Eh bien dites-le, gueule de mérou !

- C'est Chief Martineau, monsieur.

- Quoi ? Martineau ? Où est-il ?

- Il s'est garé dans Bordeaux, monsieur. Il descend la rue à pied en direction du Bon Temps Roulé.

Miller prend ses jumelles et regarde Martineau s'approcher. Quand il le voit entrer dans le bar, il peste de ne pouvoir y être et espère que ses agents seront à la hauteur. Il aimerait bien avoir l'occasion, à son tour, de secouer Martineau par une fenêtre du sixième étage.

Martineau entre et repère tout de suite Sobchak au bar qui discute et boit avec deux hommes qu'il prend d'abord pour des touristes. Il comprend vite que ce sont des flics en civil. Il parcourt la salle du regard et remarque aussi les deux joueurs de billard. Ils ne jouent que dans un seul sens pour pouvoir surveiller le bar et l'entrée.

- Chief Martineau, se réjouit Sobchak de loin, merci d'être venu.

Avec tous ces flics dans la salle, Chief Martineau se demande dans quel piège il est tombé. Il pense d'abord aux Affaires internes, mais si les deux types en costume qui l'ont dévisagé derrière la vitre du petit kébab au coin de la rue sont des flics eux aussi, ça fait beaucoup de personnel pour les flics de flics. Pas le budget. Alors il pense au FBI. Miller qui se venge, peut-être.

- Approchez, Martineau, je vous ai préparé un petit quelque chose.

Chief Martineau rejoint le bar et salue d'un hochement de tête les deux flics tétanisés par la tournure que prennent les événements.

- Qu'est-ce que c'est ? demande Chief Martineau en découvrant le cocktail que Sobchak glisse devant lui sur le bar.

- Tequila, rhum cubain, vodka, jus de citron, curaçao bleu, gin et limonade. Avec une cuillère à café de sucre.

- Un truc à tuer un flic irlandais, constate Chief Martineau.

- Exact, exulte Sobchak, c'est exactement ça. D'ailleurs ça s'appelle un Adios Motherfucker, c'est pour dire !

- Dans ce cas, c'est vous qui devriez le boire, Sobchak. Vous savez bien que c'est ce que toute la ville souhaite vous dire.

- Pas toute la ville, Chief Martineau, pas toute la ville. Pas les milliers de gens que je fais travailler.

- Si vous le voulez bien, Sobchak, nous parlerons de l'impact économique et social de vos turpitudes à une autre occasion. Quand vous aurez le courage de vous présenter aux municipales par exemple, plutôt que de financer la campagne des autres.

- Ne me tentez pas, Chief Martineau, ne me tentez pas ! plaisante Sobchak dans un rire de gorge qui roule dans tout le bar.

- Aucun risque, Sobchak, vous serez en taule à Angola bien avant les prochaines élections. Mais dites-moi plutôt pourquoi vous m'avez entraîné dans ce traquenard, répond Chief Martineau en désignant les deux flics au bar d'un mouvement de la tête.

- Pour que vous en soyez témoin, Chief Martineau, réplique Sobchak comme on conclut une démonstration.

- Témoin de quoi ? Que ces deux messieurs sont des flics ? Et pareil pour les joueurs de billard et les deux gars attablés au Shahrazad malgré l'heure incongrue ?

- Sans oublier le gentil couple derrière la vitre du Tal's Hummus, complète Sobchak, ceux qui consultent la carte depuis plus d'une heure. Ni les deux limousines aux vitres fumées un peu plus haut, une sur Bordeaux, l'autre sur Magazine.

- Très bien, Sobchak, vous avez mis à jour un dispositif de surveillance, et alors ? Vous m'avez proposé ce rendez-vous il y a moins d'une heure, vous voyez bien que je n'ai pas pu monter tout ça. Qu'est-ce que j'ai à voir là-dedans ?

- Je vous le répète, reprend Sobchak dont le regard se noircit d'une soudaine menace, je voulais que vous soyez témoin de la surveillance dont je suis victime et qui ne peut avoir été déclenchée que par l'interception d'une de mes conversations téléphoniques.

- La belle affaire, s'exclame Chief Martineau, vous êtes le patron de la pègre locale et un chef mafieux notoire, Sobchak, et vous vous étonnez d'être sur écoute ?

- Ce que je veux dire, à vous et à tous ces guignols de flics, FBI ou pas, qui nous écoutent grâce aux micros que portent ces messieurs sous leurs chemisettes à flamants roses, c'est que dans l'affaire qui nous préoccupe, la police et moi, c'est de votre côté qu'il faut chercher la fuite. Et je dirais même du côté des écoutes. En ce qui me concerne, j'ai fait le nécessaire pour m'assurer que ça ne venait pas de chez moi.

La voix de Sobchak s'est faite plus dure encore que la cruauté de son regard. Chief Martineau lui répond les yeux dans les yeux, sur un ton de défi.

- Puisque nous sommes sur enregistreurs, Sobchak, et pour la juste information de ceux qui nous écoutent, vous parlez bien des deux millions de dollars en liquide qu'un audacieux vous a barbotés dans votre coffre pendant l'ouragan, n'est-ce pas ? Vous savez que pour déclencher une enquête officielle de la police, il vous faut d'abord porter plainte. Et pour le « nécessaire », comme vous dites, s'agit-il des deux hommes tailladés au rasoir sabre dans un entrepôt du côté de la voie de chargement des barges ? Si ces hommes vous ont avoué des informations qui pourraient être utiles à une éventuelle enquête, surtout n'hésitez pas à nous le dire, Sobchak, que nous puissions vous aider.

- Rafraîchissez-moi la mémoire, Chief Martineau, votre légiste n'a-t-il pas conclu que ces deux hommes étaient morts pendant que nous déjeunions au Commander's ?

- Votre mémoire est défaillante, Sobchak, nous ne déjeunions pas ensemble au Commander's. Je déjeunais avec le représentant local du FBI, et vous, vous vous êtes arrangé pour venir faire votre show à notre table avant d'aller déjeuner dans le salon privé de la cave à vin. Où personne ne peut dire combien de temps vous êtes resté.

- Vous avez interrogé les serveurs, je suppose.

- Ceux à qui vous avez laissé cent dollars de pourboire chacun ?

- Puisque nous parlons dollars, Chief Martineau, pourquoi ceux qui nous écoutent connaissaient-ils le montant exact de ce que mon coffre contenait en liquide ? Ou pour être plus précis, Chief Martineau, « combien » le savaient ?

- Que sous-entendez-vous, Sobchak ?

- Qu'en dehors de moi, seuls des membres de la police savaient où et quand il y aurait cet argent dans mon coffre.

- Ce qui veut dire ?

- Tout simplement ce que vous avez déjà compris, Chief Martineau. Ce cambriolage a été monté et exécuté par quelqu'un de vos services.

Et sans attendre de réponse, Sobchak les plante là et sort du bar. D'un geste de la tête, il rameute ses sbires, et les quatre flics en civil constatent avec effarement que tous les autres clients du Bon Temps Roulé étaient des hommes et des femmes à lui. Même le couple qui se bécotait dans un coin.

Chief Martineau se tourne vers un des deux flics au bar et déchire sa chemise hawaïenne pour faire apparaître le micro vers lequel il se penche.

- Ceci un message pour ce sale petit con prétentieux et incompétent de Miller qui a voulu se la jouer perso sans demander leur avis aux agents locaux. Sobchak a laissé quelque chose pour vous sur le bar.

Cinq minutes plus tard, Miller déboule en courant dans la salle du Bon Temps Roulé et se précipite vers le bar. Chief Martineau lui désigne le verre auquel il n'a pas touché.

- C'est pour vous, dit Chief Martineau en quittant le bar, ça s'appelle un Adios Motherfucker.

28

Carpe diem, mon cœur, carpe diem.

Beauregard est rentré tôt chez lui, mais pas assez pour accompagner Molly dans sa promenade. Elle l'attend dans le salon, dans son fauteuil roulant électrique qu'elle manœuvre en souriant dans une valse légère. Miss Zolande se tient debout dans le fond de la pièce, l'air sévère. Puis Molly précipite le fauteuil sur Zach et l'arrête tout contre lui. Il se penche et pose un baiser sur ses lèvres bleues.

- C'est quoi, ça, Zacharie ? Des hommes sont venus en début d'après-midi l'échanger contre mon vieux fauteuil.

- J'ai profité d'une occasion. Un modèle d'exposition avec une grosse remise. Et encore moins cher avec la reprise de ton vieux fauteuil.

- Zach, il est génial, ce fauteuil. J'ai fait ma promenade avec, comme une grande, sans besoin de personne. Je me suis même amusée à semer Miss Zolande dernière moi.

- Comme une sale gosse sur un tricycle, grogne Miss Zolande qui ne peut retenir un sourire complice.

- Est-ce qu'il passe partout dans la maison ? s'inquiète Beauregard. Il est un peu plus large que l'ancien, si certaines portes sont trop étroites, nous les ferons agrandir. Et je me suis renseigné pour l'étage. Il existe des systèmes adaptés pour que tu puisses monter avec.

Molly prend ses mains dans les siennes, comme elle a toujours fait dans les moments importants. Pour lui demander de sortir avec lui. Pour lui demander qu'ils fassent l'amour, la toute première fois. Pour le demander en mariage. Pour lui annoncer sa maladie. Pour lui dire qu'elle en mourrait.

- Zach, nous savons toi et moi ce qu'il en est. C'est une question de mois, maintenant. Peut-être même moins. J'apprécie tout ce que tu fais pour me rendre la vie, ou même la mort, plus facile, mais ce n'est pas la peine de dépenser tout cet argent. Garde-le pour plus tard. Pour après moi.

Il s'agenouille près du fauteuil, ses mains toujours dans les siennes.

- Il n'y aura pas d'après toi, Molly. Tu resteras toujours mon seul et unique amour. Tu seras toujours présente pour moi. Et puis nous avons de l'argent. Souviens-toi, ces économies pour acheter quelque chose dans le Nord. Un État bien froid avec de la neige partout, et des ours et des loups, tu te souviens ? Et des grands *mooses* idiots qui viendraient nous regarder nus dans notre grand lit à travers la baie vitrée sur la forêt.

- J'aurais tant aimé, soupire Molly, mais nous savons bien maintenant que nous n'irons pas, n'est-ce pas ?

- Oui, et moi je n'irai pas sans toi, alors je puise dans la cagnotte. Nous avons toujours parlé franc entre nous, Molly. Je veux que tu aies la fin de vie la plus confortable et la plus heureuse possible. Ce qui m'adviendra plus tard ne m'intéresse même pas et ne devrait pas t'inquiéter.

- Tu ne vas pas faire de sport, ce soir ?

- Si, mon cœur. J'y vais. Une petite heure et je reviens ? Et ne t'inquiète de rien. *Carpe diem*, mon cœur, *carpe diem*.

29

Le cœur en rage.

Tard ce soir-là, Howard rentre à Algiers et gare sa Mustang devant chez lui. L'air a le goût de l'asphalte, du pétrole et du sel des journées chaudes et immobiles. Le fleuve garde la fraîcheur de ses eaux passagères entre ses battures. Howard hésite à escalader la levée pour en profiter, mais préfère rentrer chez lui où Louise l'attend peut-être. Qui sait ? Assise au bord du vieux fauteuil dans son minuscule salon, à fumer. Ou nue sous sa douche à caresser son corps chaud de savon frais. Peut-être n'apercevra-t-il que ses vêtements dispersés au hasard. Ou comme un jeu de piste.

Mais Louise n'est pas là et il ressort pour aller jusqu'à l'Old Point. Il a besoin de cette bière. De cette atmosphère de fin de quartier. De ces souvenirs chargés d'enfance quand il emmenait Tyler écouter des *gigs*. Les salles bruyantes. Enfumées. Les ragtimes au vieux piano droit. La note continue et bondissante, aigre et douce, du violon cajun. Le rythme métallique et canaille des *washboards*. Et surtout les cuivres du jazz. Il avait essayé de tout apprendre de la musique à Tyler. D'autres conneries aussi. Reconnaître les filles qui ne portaient pas de soutien-gorge. Elle en a pas celle-là ! Toutes les amies de Howard connaissaient leur petit jeu et serraient très fort la tête du gamin contre leur poitrine en récompense. Son petit nez rigolard dans les seins houleux de leurs corsages.

La salle est presque déserte. Deux vieux noirs jouent aux dominos. Howard se dit qu'avec leurs longs doigts élégants et fins, ils devraient jouer du piano plutôt que du domino. Suzane est seule au bar et le regarde venir à elle avec sa tête des jours tristes qui la fait chavirer encore plus. Elle est dingue de ce type, qui n'est pas vraiment dingue d'elle. Il aime son corps, c'est sûr. Il le lui a souvent prouvé, mais seulement quand elle le lui demande.

- Tu vas y retourner ? interroge-t-elle en empilant des gobelets de carton.

- Oui. J'ai la tête à ça, ce soir.

Elle aime quand il dit ça, parce qu'il le dit souvent, après l'amour. Depuis sa chambre de garçon, elle voit les maigres palmiers par la porte-fenêtre ouverte. Et la batture de l'autre côté de la rue. Elle aime quand c'est après la pluie. Ou quand le vent secoue l'ombre et les lumières sur l'herbe mouillée de la levée. Ils sont en nage. Il se redresse contre le mur et allume une cigarette qu'ils partagent en silence. Elle pose sa joue contre sa poitrine en sueur. Elle entend son cœur. Il lui parle de Tyler. Jusqu'où il est allé le chercher. Jusqu'où il ira. Et elle est d'accord avec lui, parce que ça le ramène toujours à elle. Seul et détruit. Et qu'elle est là pour l'aider à se reconstruire. Un peu. À sa manière. Quand il en a envie.

- Tu veux que je prenne une pause ?

- Je ne serais pas de très bonne compagnie, Suzane, s'excuse Howard dans un triste sourire.

- Tu n'auras qu'à rien dire, répond-elle en défaisant déjà son tablier.

Ils vont chez lui et font l'amour dans une douceur inattendue. Une brise légère joue dans les rideaux longs.

Une persienne grince de temps en temps. Suzane en sourit. Puis elle pose un baiser sur sa poitrine et se lève, nue, mouillée de lui, belle, et il regrette aussitôt. Il la sait amoureuse et lui ne l'est pas. Il lui fait l'amour comme à une amie qui en a envie. Lui se laisse faire pour des parenthèses douces et heureuses dans sa vie de violences. Quelquefois il s'imagine vieux dans ce quartier où il est né, avec Suzane comme voisine qui vient frapper à sa porte la nuit. Ou au beau milieu de l'après-midi. Mais même si elle sait et accepte tout ça, quand elle disparaît dans la transparence d'une robe légère par la porte-fenêtre, il lui reste au bord du cœur ce sentiment d'être quand même un peu salaud de ne pas avoir le courage de ne pas en profiter.

Une heure après, il n'est plus flic. Il n'est plus qu'un grand frère désespéré qui part à la chasse à l'homme à bord de sa Camaro jaune. Le cœur en rage.

30

… vous cherchez toujours votre petit frère ?

Il roule deux heures jusqu'à cette Louisiane toute spongieuse de marais et de marécages. Plate. Liquide partout sous les herbes épaisses et les roseaux. Désolée. Comme abandonnée. Derrière de maigres bois imbibés, des raffineries sans vie tissent dans le ciel bas des Meccano métalliques. De pauvres maisons dispersées n'importe comment sur des parcelles d'herbe rase. Des enclos sans animaux. Des casses d'épaves rouillées comme des carcasses éparpillées. Des gens tordus et silencieux qui le regardent passer. Il roule vers l'ouest jusqu'à Lydia où il fait le plein dans une station Chevron ouverte à tous les vents chauds du soir, et où vrombissent de lourds insectes et de légers éphémères dans la lumière crue des lampes nues. Puis il pousse jusqu'au Lydia Daïquiri Snowball Café sur les recommandations du pompiste. Il y mange un *nacho chili and cheese* et des frites de patates douces avec un Crown Royal Daïquiri. Personne ne reconnaît Tyler sur la photo. Alors il pousse jusqu'au Wheel Inn Lounge, un hangar à cowboys en tôle, de travers sur un parking en boue, sur la gauche de Weeks Island Road. *Live music*, bières, billards, guirlandes de Noël toute l'année et projos de couleur. Sur la photo, Tyler est mauve, orange, bleu, vert, mais personne ne l'a vu, en couleur ou pas. Comme il sort, une serveuse le rattrape. Elle est désirable comme Suzane. Toutes les serveuses sont désirables, pense Howard. La fille lui glisse une adresse dans la main et un regret dans le regard. Dix kilomètres au sud, du côté de Weeks Island. Dans les bois. Des tordus. Des dégénérés. Du genre à enlever des gosses. Pour en faire Dieu sait quoi. Ou pire. Même Dieu ne voudrait pas savoir. Il s'arrête quand même au Peg's Club à la sortie de Lydia. Un boui-boui à l'extrémité d'une longe en clin rouge. Réclame Coca-Cola et drapeau américain. Dans ce trou sans lumière, personne n'a vu Tyler sans même regarder la photo. Quand il ressort, il fait aussi sombre dehors. Le couchant s'empourpre un instant, bourrelé d'ombres orangées, puis couleur prune. Quand il s'éteint, il ne reste plus qu'une nuit maigre traversée d'oiseaux silencieux qui s'enfuient. Il reprend sa route à travers de macabres paysages. Les rares maisons plates à peine éclairées sont des épaves naufragées dans un obscur océan. Quelques torchères, au loin, font penser à des enfers dispersés par le diable. Les cyprès, habillés de leurs lambeaux espagnols, sont des armées défaites. Spectres debout et fantômes immobiles. Maintenant les phares de la Camaro percent la nuit et fouillent la route qui longe des marécages et passe des bayous sur des ponts de fer qui tressaillent. Weeks Island est une île touffue de forêts épaisses, envasée dans une fausse mer de bas-fonds, de gâtines et de bourbiers. Au milieu des arbres sombres, des transformateurs encagés, vestiges de l'extraction minière du sel. Des routes barrées ne mènent plus à aucune usine. Planète abandonnée. Après Plantation Lake, mare noire et lustrée par une lune blafarde, ciel de nuit déchiqueté tout autour par les pointes édentées des cyprès, il s'engage à droite sur Morton Road. De temps en temps, dans son rétroviseur, des phares apparaissent et disparaissent au loin. Une voiture. Deux peut-être. Il repère le chemin de graviers blancs au dernier moment et s'y engage en dérapant. Rien n'indique l'existence du Bayou Galoon. La forêt referme son ombre sur le chemin. La feuillée l'ensevelit. Les phares fauchent les taillis. Ils débusquent un *racoon* masqué qui court s'enfouir dans les herbes hautes, voleur surpris dans sa maraude. Et soudain, après un dernier détour, le chemin débouche sur une vaste clairière de terre avec, de l'autre côté, à l'orée du bois sombre, le long bâtiment de parpaings jaunes du Bayou Galoon. Une ancienne fabrique, surmontée d'une haute cheminée en briques qui perce la forêt jusqu'au ciel soudain étoilé. Peinte aux couleurs de l'arc-en-ciel. Une dizaine de *sedans* et de pick-up sont alignés, museau vers le saloon, comme des chevaux qui attendent, devant le bâtiment éclairé depuis le sol. Howard gare sa Camaro en bout de ligne et descend. L'air spongieux a d'abord l'odeur de l'eau proche et des feuillages verts dans la nuit. Puis vient l'odeur capiteuse et miellée des fleurs de tabac. Mais Howard ne s'y trompe pas. En bordure de clairière, il reconnaît la légère fluorescence des belles-de-nuit, qui troublent et attirent les insectes nocturnes pour qu'ils les fécondent. Au-dessus d'elles, des lucioles virevoltent en vrilles silencieuses. Faux décors idylliques pour le début d'un film gore, se dit Howard. Il profite quelques minutes de cette nuit sombre et odorante de Louisiane, puis se dirige vers la lourde porte de bois clouté, sous le néon bleu et rose qui dessine le nom du Bayou Galoon dans la nuit. Depuis l'intérieur pulse le tempo d'un *good old rock'n'roll*. Il sourit à une caméra. Une gâche électrique déverrouille la porte. Au-dessus, la nuit moite alourdit le tissu d'une bannière étoilée, entre un drapeau arc-en-ciel et un autre rayé bleu, rose et blanc.

- Bienvenue à bord, beau gosse, lui lance une vieille noire à la laideur hypnotique, perchée sur un haut tabouret derrière le bar.

Les yeux fous exorbités et les babines lippues et humides d'un carlin. Il ne peut rien imaginer d'autre. Deux têtes de moins que lui. Râblée. Grosse. Courte sur pattes. Malgré sa tenue pailletée de danseuse de Charleston, il comprend soudain que c'est un homme.

- Big Emma, dit-elle. Comme Sweet Emma, mais en plus gros.

Il n'ose même pas réagir à la blague et regarde autour de lui. Sur la droite, le bar court sur toute la largeur du bâtiment, adossé à un mur de bouteilles. Sur la gauche, la salle est longue, noire de mur et de plafond, dans un arrangement calculé de meubles de récupération. Vieux sofas affaissés, fauteuils profonds et patinés, bric-à-brac de tables et de chaises dépareillées. Des lampes partout, voilées, filtrées, indirectes. De toutes sortes et de toutes couleurs. Un faux désordre pour créer des coins d'ombre où Howard devine des hommes qui s'embrassent, et d'autres plus exposés où d'autres hommes boivent, parlent, et s'embrassent aussi. Loin dans le fond, contre l'autre mur, face à une piste en bois, une scène hérissée de spots et de projecteurs. Un groupe de métal s'applique à reproduire les standards du genre.

Il revient à Emma, de l'autre côté du bar, sur son tabouret, devant une énorme et baroque caisse enregistreuse à l'ancienne, et un impressionnant tableau technique équipé d'écrans qui voient tout. Y compris dehors, devant, derrière et tout autour du Bayou Galoon.

- Tu es sûr de vouloir passer la nuit ici, beau gosse ?

- Je cherche quelqu'un, répond Howard en souriant pour s'excuser.

- Si c'est pour le fun, tu trouveras. Si c'est pour la vie, c'est aussi compliqué chez nous que chez vous.

- Chez nous ?

- Chez vous, les mâles hétéros anglo-saxons blancs cathos.

- Je veux bien te croire. J'ai déjà souvent payé pour, fais-moi confiance, mais là, je cherche juste un jeune garçon.

Howard sort la photo de Tyler et la pose sur le comptoir devant Emma qui ne la regarde pas. Elle fixe Howard d'un air qu'il connaît trop bien. Celui de ceux qui cherchent toujours à défendre leurs idées et brandissent leur cause comme une arme de défense.

- Pourquoi chez nous ?

- Je cherche partout, explique Howard.

- Oui, mais pourquoi chez nous ?

- Parce que partout, ça veut dire partout, insiste Howard qui sait où elle veut en venir.

- Parce que nous sommes gays, c'est ça ? Nous sommes gays donc nous sommes pédérastes, donc pédophiles, c'est pour ça que tu viens me montrer la photo de ce gosse ?

- Je me moque de qui est quoi. Je cherche juste ce gamin.

- Mais tu viens le chercher chez nous.

- Oui, chez vous aussi, parce que je le cherche partout depuis plus d'un an, explique Howard fatigué d'avoir à toujours s'expliquer. Dans tous les bars de n'importe quel genre, les fast-foods, les bordels, les boîtes, les ports, les zones industrielles. En venant ici, j'ai montré cette photo au Lydia Daïquiri Snowball Café, au Wheel Inn Lounge et au Peg's Club, et maintenant je suis là. Et si tu n'as pas vu ce gosse, je te demanderai le nom de tous les bars, les lounges, les saloons et les bordels que tu connais depuis Alice B. jusqu'à Jeannette et j'irai leur montrer la même photo.

- Et si tu ne le trouves pas ?

- Alors je rentrerai à Big Easy dans la nuit pour reprendre mon boulot demain matin. Et demain soir je reprendrai une autre route pour montrer la même photo et poser la même question dans d'autres bars, gays, pédérastes et pédophiles. Ou pas.

Big Emma le dévisage longtemps. Howard soutient son regard hyper mega thyroïdien.

- Tu es flic, n'est-ce pas?

- Oui, mais pas en service.

- Et c'est qui, ce gosse?

- C'est mon petit frère.

Emma encaisse l'information et marque un temps.

- Et il a vraiment disparu?

- Oui, un soir, à deux pas de chez nous, à Algiers, près du fleuve. Je lui avais appris à faire des ricochets. Il s'entraînait. Il faisait nuit déjà. Ma mère dormait et moi j'étais au boulot. On ne l'a plus jamais revu.

Emma le regarde à nouveau. Ses yeux sont si globuleux qu'ils ne peuvent exprimer aucun sentiment. Mais Howard comprend qu'elle le croit. Sans le quitter des yeux, elle décroche le combiné blanc d'un téléphone mural sur le tableau de commande. Sa voix résonne aussitôt dans toute la salle.

- Écoutez, bande d'homosexuels dégénérés, lie de la société, erreurs de la nature, fils de pute de Satan, notre invité du soir a perdu son petit frère. Il va passer parmi vous pour montrer sa photo. Ceci n'est pas une animation, vous entendez? Ceci n'est pas une animation. Alors pas de mains aux fesses, pas de touche-pipi et pas de langue baladeuse derrière les oreilles.

Puis elle se tourne vers Howard et lui fait signe qu'il peut y aller.

- Merci, dit-il.

- Et ne me demande surtout pas comment tu pourrais me remercier, beau gosse. Je ne suis pas certaine que tu apprécierais ce que ma réponse pourrait impliquer de changement existentiel dans ta vie de blanc hétéro bien-pensant. Alors vas-y, je m'occupe de tes amis.

- Quels amis ? s'étonne Howard.

Emma désigne du menton un écran. Le parking. Un pick-up aux vitres fumées garé un peu à l'écart, en seconde ligne par rapport aux autres voitures.

- Ils sont arrivés juste derrière toi. Phares éteints. Ils te suivaient. Probablement pas des gens d'ici, sinon ils sauraient à quoi s'attendre. Occupe-toi de ton petit frère, je m'occupe d'eux.

Howard surveille encore un peu l'écran, pour voir qui descend du pick-up. Pas de mouvement. Il traverse alors la salle, sa photo à la main, pendant que le groupe attaque *Astronomy* de Blue Öyster Cult. L'intro donne à sa démarche la solennité d'une quête pour une cause perdue.

Now the sands become a crust
And most of you have gone away

Et plus il avance parmi ceux de cette cour des miracles qui s'apitoient et le convoitent en silence, plus les paroles le clouent sur place quand ils reprennent le refrain.

Two doors locked and windows barred
One door let to take you in
The other one just mirrors it
Hey, hey, yeah ! hey, hey

Et si son espoir n'était que cette autre porte, simple miroir, reflet de la porte qui l'enferme dans une vaine espérance ? Comme dans un mauvais film, tous secouent la tête. Aucun n'a vu Tyler. Soudain la voix d'Emma s'impose par-dessus les derniers accords.

- Billy, Sugar, Kansas, on a de la visite.

De loin, Howard interroge Emma du regard au moment où elle déclenche la gâche électrique. La porte s'ouvre sur deux brutes. *Red neck* jusque derrière les oreilles bien dégagées par une coupe militaire pour le géant blond, nostalgique de la coupe Rod Stewart des années quatre-vingt-dix pour le petit teigneux. Le regard qu'ils s'échangent, en découvrant l'intérieur du Bayou Galoon, en dit long sur cette décadence qui leur passe le cœur à l'eau sale. Ils s'adossent au bar, méprisant la salle d'un long regard circulaire, puis se retournent et s'y accoudent pour reporter leur dégoût sur Emma.

- C'est quoi, ce bordel ? demande Géant blond en secouant la tête.

- Un bordel justement, répond calmement Emma.

Géant blond ressemble à une de ces brutes tout en muscles des films de série B. Emma voit très bien le genre. Celui qui s'en prend toujours plein la gueule à un moment ou à un autre.

- Et ça veut dire quoi, Bayou Galoon ? fait mine de s'intéresser Rod Stewart comme s'il n'attendait qu'une mauvaise réponse pour déclencher la bagarre.

Sur ses phalanges sont tatoués les mots L.I.F.E d'un côté, et D.A.T.H de l'autre. Tatoueur dislexique, suppose Emma.

- Eh bien Bayou, c'est un bayou, comme un bayou, tu vois ? Et Galoon, c'est un vocable urbain pour désigner un gros homosexuel en surpoids. Comme moi, tu vois ?

- Un quoi ? s'énerve Rod qui suspecte une sorte d'insulte dans ce mot qu'il ne comprend pas.

- Un vocable. Un mot, un terme, une parole quoi. Et accessoirement, *galoon*, c'est aussi l'anagramme de *lagoon*, tu vois ? dit-elle sur le ton de l'évidence.

- Le quoi ?

Géant blond calme Rod Stewart d'une main comme une enclume sur son épaule. Il le rassure du regard. Le temps de la baston n'est pas encore venu. Mais il viendra.

- Deux Moonshine, ma poule, et pas des doses de pédé, s'il te plaît.

Rod Stewart se marre.

- Désolé messieurs, mais si vous voulez vous soulager la libido chez moi, il faut d'abord vous soulager de votre artillerie. Galoon est interdit aux hommes armés.

- Et qu'est-ce qui te dit que nous sommes enfouraillés, pétasse ?

- Le portique que vous avez franchi en entrant, répond Emma.

Ils tournent tous les deux un regard incrédule vers le portique, comme si l'appareil pouvait leur confirmer les propos de la bigloucheuse.

- Le problème, drag-queen de mes deux, c'est que j'ai glissé mon arme entre mes machins et que je t'imagine mal venir la chercher à cet endroit !

- Tu as vu où tu es, cervelle de mélasse ? N'importe qui dans cette salle se porterait volontaire pour aller chercher ton gros canon là où tu dis l'avoir caché. Acte manqué, même, peut-être.

- Qu'est-ce que tu dis ? menace Géant blond. Acte quoi ?

- Acte manqué, répète Big Emma en roulant une langue obscène sur ses lèvres charnues. Un truc qu'on fait sans y penser mais qui révèle ce que l'on désire vraiment. Tu ne serais pas un peu pédé, toi aussi, sans le savoir ?

Géant blond, la fureur dans les yeux, se grandit en s'appuyant bras tendus sur le bar. Mais Emma ne s'en impressionne pas le moins du monde. Elle reste assise, boudinée dans sa jupe fourreau haut relevée sur ses cuissots noirs. Rod Stewart aperçoit la jarretière et donne un coup de coude dans les côtes de Géant blond pour rigoler.

- Essaye d'y venir pour voir, grogne Géant blond.

- Moi non, t'es pas assez marron pour être mon genre, blondasse, répond Emma, mais eux, je suis sûr qu'ils y prendraient un réel plaisir...

Dans le dos des deux hommes claque l'armement de trois fusils à pompe, qui les pousse à lever les mains par réflexe.

- Hey, doucement tout le monde, on se calme. Vous n'avez pas l'air d'avoir vraiment compris qui nous sommes.

- Deux sales connards d'homophobes blancs républicains racistes venus casser du pédé. Je me trompe ?

Les deux se retournent pour évaluer les risques et leur nuque se raidit de peur. Toute la salle est tournée vers eux et les regarde. Et trois balèzes en cuir clouté les braquent d'un fusil à pompe chacun. Winchester 1300 canon court. Tous les trois. Le groupe a suspendu l'attaque de *Painkiller* de Judas Priest et le silence donne soudain tout son sens aux dernières paroles :

Faster than a bullet
Terrifying scream
Enraged and full of anger

Rod Stewart et Géant blond fulminent intérieurement, mais finissent par déposer leurs armes sur le bar. Un des hommes se précipite aussitôt pour les palper par derrière. Géant blond amorce une réaction mais un coup de crosse lui défonce l'épaule. L'homme qui les fouille sort leur portefeuille de leur poche revolver.

- Je garde les armes et les papiers. J'ai des amis dans la mafia bleue. Ils disent que les armes sont souvent très bavardes, surtout quand elles leur sont fournies avec le nom du propriétaire. Si vous avez des choses à vous reprocher, c'est le moment de disparaître, les gars. Alors foutez le camp maintenant.

Les hommes armés les poussent dehors. Géant blond et Rod Stewart se retrouvent sur le parking, dans la lumière rose et bleue du néon, sous la nuit étoilée qui résonne du coassement des crapauds buffles et du crissement des cigales grises. Ils restent un long moment immobiles, à laisser en eux la honte devenir de la colère, puis de la rage, mais un coup de fusil au ciel claque derrière eux et ils courent comme des lapins en fuite, vers leur pick-up.

À l'intérieur, Howard a rejoint Emma qui surveille le parking sur un écran de contrôle.

- Ce n'est pas très malin. Ces types sont du genre bas du front et leur pick-up doit être équipé comme une armurerie de la Garde nationale. Ils sont capables de revenir avec un lance-flammes.

- Je sais, dit calmement Emma sans quitter l'écran des yeux.

Les deux hommes ne montent pas dans leur voiture. Ils fouillent à l'arrière et en sortent deux fusils automatiques. Ils les arment avec rage et reviennent vers le Bayou Galoon d'un pas décidé. Ils n'ont pas fait cinq mètres que des projecteurs s'allument de toute part et les aveuglent. Le parking s'illumine comme un stade de finale. Lumière blanche, violente, crue. Surpris, les deux hommes s'immobilisent et se protègent les yeux d'un revers de main. La première rafale les jette à terre. Derrière eux, les suivantes explosent les vitres du pick-up, déchirent les pneus, et déchiquettent la carrosserie qui tressaute sous les impacts. Les dernières arrachent une des portes restées ouvertes et le pick-up s'affaisse comme un pachyderme blessé. Géant blond et Rod Stewart, sidérés par la violence de la mitraille, restent au sol, les mains sur la tête. Quand la voix de Big Emma retentit dans la nuit, ils se cambrent et redressent la tête pour l'écouter.

- Vous venez de profiter des joies du deuxième amendement. Vous pouvez maintenant abandonner vos armes et rentrer chez vous. Le premier téléphone est à Alice, à trois kilomètres au sud sur la 83. Prenez garde aux alligators dans les bas-côtés le long des bayous. Et aussi aux ours en traversant la forêt. Bonne route messieurs.

Les projecteurs s'éteignent. La nuit flotte un instant dans un silence immobile et surpris, le temps que le ciel retrouve sa profondeur étoilée et que le vacarme des crapauds et des cigales reprenne. Géant blond et Rod Stewart se relèvent, hébétés, retournent vers leur pick-up criblé de balles et se concertent en silence.

- Je ne crois pas ce que je viens de voir, murmure Howard. Déjà, trouver un lieu comme ça au cœur des marécages, ça m'hallucine, mais toutes ces provocations, cette scène de guerre, ces armes… Même en opération, je n'ai jamais vu une telle fusillade. Mais vous vivez dans quel monde ?

- Il faut sortir de Big Easy, beau gosse, même si Babylone, ça semble être pas mal non plus. Mais là, c'est bienvenue à Bayouland. Dans un rayon de cinquante kilomètres autour de nous, je connais des endroits comme le Bayou Galoon, mais dédiés au satanisme, au Ku Kux Klan, au survivalisme, aux extraterrestres. À dix kilomètres d'ici, il y a des Osho dont le mantra est « Aime Dieu et fais ce que tu veux », et je te garantis qu'ils le font. Il y a la Church of Euthanasia aussi. Le territoire des bayous est truffé d'anciennes fabriques, de plantations abandonnées, de raffineries délaissées, de vieilles distilleries clandestines. Autant de refuges pour toutes les sectes et tous les déglingués du bulbe et de la bite, protégés des curieux par les bayous, les marécages, les forêts inondées, les salines et tous les alligators et les mocassins qui vont avec. Et protégés du reste par des flics, des juges, des procureurs, des sénateurs, des gouverneurs et des évêques corrompus qui viennent y assouvir leurs vices les plus vils. À chaque perversion sa secte, à chaque secte son protecteur.

Howard n'ose rien dire, mais il pense à Tyler. Emma s'en aperçoit et regrette aussitôt ce qu'elle vient de dire. Elle veut trouver d'autres mots, plus justes, pour lui redonner courage, quand un mouvement attire leur attention sur l'écran.

- Qu'est-ce qu'ils font ? cherche à deviner Howard en scrutant l'écran.

- Celui qui ressemble à Rod Stewart téléphonait. Il vient de raccrocher.

- Et maintenant ?

- Maintenant, il regarde droit dans la caméra et il montre son téléphone.

Mama, just killed a man
Put a gun against his head
Pulled my trigger, now he's dead.
Mama…

La voix de Freddie Mercury retentit derrière Big Emma qui roule les billes d'ivoire de ses yeux vers un téléphone mural. Elle décroche, écoute avec attention, puis tend le combiné à Howard.

- Pour toi beau gosse, du beau monde…

Howard porte l'écouteur à son oreille.

- Oui ?

- Bonsoir, détective Howard, je suis Boris Sobchak. Je pense que vos amis ont réagi un peu trop vite avant d'écouter ce que mes hommes avaient à vous dire. Méfiez-vous des homosexuels du Bayou Galoon. Leur sexualité contrariée les rend souvent sur-réactifs. Mes hommes n'étaient là-bas que pour vous inviter à me rencontrer.

- Méfiez-vous de vos cerbères racistes et homophobes, monsieur Sobchak, leur libido d'hétéros pornographes les rend sur-impulsifs. Et je ne vois pas pourquoi nous devrions nous rencontrer, monsieur Sobchak.

- Détective Howard, vous cherchez toujours votre petit frère ?

31

Au stiletto.

La gamine marche sans peur de l'orage sous le ciel de nuit. Seule. Le vent chahute sa petite robe jaune et les bourrasques la poussent dans le dos. L'averse cingle son parapluie qu'elle tient de la main droite. De l'autre, elle porte une boîte de sel à l'envers dont le contenu se déverse derrière elle.

When it rains, it pours!

La gamine de Morton Salt balade son slogan dans toutes les cuisines des États-Unis depuis plus d'un siècle. Tout ça parce qu'un chimiste a eu l'idée de mélanger du carbonate de magnésium au sel pour qu'il n'agglomère pas par temps humide. Sa petite robe jaune sur l'affiche est la seule tache de couleur dans le décor blafard et sinistre de la saline. Même la lune s'est blanchie au-dessus d'eux, moirant les ruines et les hangars de reflets blêmes. Howard n'arrive pas à comprendre si le site est encore en activité ou pas. La route n'est plus goudronnée. La Camaro se cogne dans des ornières boueuses qui éclaboussent une eau saumâtre. Rien ne semble avoir été conçu avec logique. Ni le tracé de la route, ni la disposition des lieux. De petits bâtiments trapus dispersés n'importe où.

Des fondations à nu de constructions depuis longtemps disparues. De hauts hangars de tôle aux portes béantes sur des intérieurs noirs. Vides. Et puis soudain de lourdes conduites en acier, comme des oléoducs abandonnés, qui mènent jusqu'à une énorme construction de poutrelles et de tubulures d'acier rouillé. Une machine brutale et menaçante dans la clarté froide de la lune. Quelque chose qui sert à broyer. À écraser.

Ils passent un bâtiment blanc, un peu plus neuf que les autres. Le seul dont quelques fenêtres sont éclairées. Quatre voitures groupées près de la porte, sur un parking qui pourrait en accueillir une centaine. Un homme est là, une cigarette aux lèvres, qui les regarde passer avant de baisser les yeux sur ses chaussures. S'ils lui font un mauvais sort, les hommes de Sobchak iront-ils jusqu'à supprimer aussi ce témoin, se demande Howard ?

Sobchak lui a donné rendez-vous dans la saline. Dans deux heures. Comme ses deux sbires n'avaient plus de pick-up, Howard a dû les accepter dans sa voiture pour qu'ils le guident. Que Sobchak ait exigé qu'ils récupèrent leurs armes n'est pas pour rassurer Howard. Mais que le gros mafieux ait mentionné Tyler le pousse à prendre tous les risques.

Ils passent enfin ce qui donne une logique à tout ce chaos. D'immenses entrepôts abritant les puits d'extraction du sel gemme. Géant blond, assis à l'arrière, surprend le regard étonné de Howard.

- Il y a trois cents millions d'années, les territoires du Texas, de la Louisiane et du Mississippi étaient sous un petit océan qui s'est évaporé depuis, dit-il de la voix grave et détachée d'un tueur à gage qui s'apprête à exécuter proprement sa cible sans état d'âme. Il a laissé une putain de croûte de sel à mille cinq cents mètres là-dessous.

Howard le regarde dans le rétroviseur, sidéré.

- Quoi, j'ai pas le droit de m'intéresser à la géologie ? aboie l'homme de main.

- Géologie mon cul, ouais, crache Rod Stewart qui n'a toujours pas digéré l'humiliation du Bayou Galoon. Prends à droite et continue jusqu'au point de chargement des barges.

Le chemin est défoncé d'ornières creusées par les pneus et les chenilles d'engins invisibles. De chaque côté de la piste, ce ne sont que des terrains vagues ravagés par les machines, jonchés de pneus empilés, de parpaings entassés et de tubes de forage abandonnés. Loin du capitalisme triomphant d'une Amérique altière. Après quelques minutes d'un parcours cahoteux qui les brinquebale sur leur siège, ils arrivent sur les bords d'un bassin aux eaux sombres où dorment deux lourdes barges chargées de sel. Tout autour, ce n'est qu'une vaste friche qui mord dans les bois alentour. Le bassin prend ses eaux dans un long canal qui longe la côte, quelques kilomètres à l'intérieur des terres. Tout le sud de la Louisiane est lacéré de ces tranchées rectilignes, où glissent au ras des terres, entre les cannes et les laîches, des barges lentes et obèses sous la force têtue de pousseurs trapus.

Maintenant ils sont descendus et attendent sur un ponton. La Camaro est garée sous un poteau raccordé à d'innombrables fils. Une lampe, immobile et nue, éclaire le sinistre décor d'une lumière crue. Un pélican fatigué et insomniaque cherche à s'endormir malgré tout, sur un pieu gris planté dans l'eau laquée par les reflets de lune. Pas un bourdonnement d'insecte. Pas un clapot. Les deux tueurs fument. Géant blond la cigarette enfoncée entre l'index et le majeur, la main couvrant sa bouche, le regard perdu au-delà de la lagune, pensif et sombre, comme un héros de série B. Rod Stewart, toujours en colère, le mégot méchamment pincé entre le pouce et l'index, le retournant vers lui après chaque bouffée pour regarder crépiter la braise. Howard, prudent, reste en retrait au prétexte d'observer le pélican qui le surveille de son œil rond et cerné. Il veut rester les mains libres et bien placé s'il fallait soudain défourailler son arme.

- Le voilà, lâche Géant blond.

Il balance sa cigarette d'une pichenette dans l'eau. Rod Stewart tire trois longues taffes sur la sienne pour l'épuiser avant de l'écraser sous son pied sur le ponton. Les deux se redressent et rectifient leur tenue.

Du gouffre de la nuit vrombit alors le moteur haut perché d'un hors-bord rapide. D'abord les lumières, rouge, blanche et verte dans une longue courbe pour prendre le canal en enfilade. Une écume fluorescente fouette son étrave encore invisible sous la lune blanche. Et enfin le bateau de pêche au gros, proue dressée par la vitesse vers le ciel ourlé de quelques nuages immobiles. Quand le pilote coupe les moteurs, le bateau s'affaisse mollement dans l'eau qui s'auréole, et il glisse jusqu'au ponton. Le moteur toussote et crachote de petits pets de fumée bleue à l'odeur de fioul au ras de l'eau. Deux hommes, un pied sur le plat-bord, sautent sur le bois mat du débarcadère pour nouer les amarres et aider Sobchak à débarquer. Mais leur boss les envoie paître d'un geste impatient et fait signe à Howard de monter à bord. Puis il demande qu'on dénoue les amarres, se met à la manœuvre et s'éloigne du ponton, laissant ses hommes de main sombres et silencieux dans la lumière crue de la lampe nue. Sous l'œil morne et bourrelé de corne du pélican insomniaque.

Le hors-bord longe au ralenti les murailles d'acier des barges rouillées pour sortir du bassin. Il remonte le canal sur quelques centaines de mètres vers le nord en poussant son moteur. Sobchak navigue debout à la barre, dans un costume blanc qui fait de lui un fantôme brossé par le vent. Le temps d'atteindre l'ouverture sur le large, ils longent les berges sombres, hantées par les cyprès désarticulés, lugubres guetteurs, spectres en lambeaux, les pieds gonflés dans l'eau, envasés dans les lichens. Puis Sobchak vire à bâbord. Le hors-bord se dresse aussitôt sur sa poupe en hurlant et bondit dans les eaux du golfe, là où elles se mêlent à celles du canal. Et c'est aussitôt devant eux le vide mouvant de la mer dans la nuit. Howard se demande jusqu'à quel point Sobchak s'est renseigné sur lui. L'eau n'est pas son élément. La mer encore moins. Sobchak le sait-il et joue-t-il de ses peurs ?

- Vous n'avez pas peur de la mer, j'espère ?

- Quitte à choisir, ce n'est pas la mort que je me souhaite, répond Howard sur ses gardes.

- Allons donc, qui parle de mourir ? Vous croyez encore à ces légendes urbaines des parrains qui balancent dans le golfe des traîtres aux pieds lestés de cuissardes en béton ?

- C'est qu'il m'a déjà été donné, dans ma courte carrière, de récupérer au moins deux plongeurs de ce genre du côté de Lake Borgne.

Sobchak ne répond pas. Il les enfonce dans la nuit, vers l'horizon invisible, à la perpendiculaire du rivage. Le bateau prend de face les vagues qui rident la surface et leur explosent au visage en bouquets d'écume tiède.

- Quelques mafieux de l'ancienne école, je suppose, lâche finalement Sobchak qui ralentit puis s'arrête.

Howard le regarde jeter l'ancre à la mer. La chaîne à maillons racle en courant dans l'écubier. Quand le bateau a tourné sa proue face au courant, il enclenche la marche arrière pour bien planter le grappin. Sobchak coupe le moteur et tout, soudain, se tait. Ne reste que le silence sans fond de la mer sous eux et du ciel au-dessus.

Le bateau épouse l'ondulation de la faible houle, et Sobchak quitte la barre. Il invite Howard à s'asseoir sur un banc à l'arrière et ouvre une glacière.

- Pêcheur d'Islande : whisky tourbé, du Laphroaig Lore, jus de citron, limonade à la rose. La limonade, je la fais moi-même : eau gazeuse, citron jaune, eau de rose, sirop d'agave et feuilles de menthe. Sinon, il y a de la bière.

- Bière, dit Howard. Et si nous pouvions abréger ces mondanités incongrues, je dois encore rentrer sur La Nouvelle-Orléans.

- Vous ne devriez pas confondre hospitalité et mondanités, je pourrais prendre ça comme un affront et m'en vexer. Mais vous avez raison, détective Howard, allons droit au but. Vous cherchez votre petit frère, et moi je cherche un sac de deux millions de dollars.

- Que savez-vous de la disparition de Tyler ?

- Rien pour l'instant, mais j'ai appris que vous le cherchez depuis un an.

- Et en quoi pouvez-vous m'aider, dans ce cas-là ?

- Je peux mettre tous mes contacts sur cette recherche. Tous mes réseaux. Politiques, officiels, clandestins, tous. Je peux faire savoir que Boris Sobchak veut retrouver Tyler Howard, et ça devrait faire remonter plus d'informations qu'un an d'enquête par des flics qui se moquent du destin de votre petit frère comme de leur premier pot-de-vin. Je peux aussi offrir une récompense pour toute information et promettre la pire des souffrances à qui aurait fait du mal à Tyler.

En d'autres circonstances, entendre le nom de Tyler dans la bouche de Sobchak aurait suffi à déclencher la colère de Howard. Mais pas cette fois.

- En échange de quoi ?

- En échange du nom du flic ou du service de police qui a monté le cambriolage de ma maison de Patterson.

- Vous pensez vraiment que la police a organisé ce coup-là ?

- J'en suis persuadé, répond Sobchak en tirant de la glacière une Nola glacée qu'il tend à Howard. Et puisque nous sommes au beau milieu de n'importe où et que personne ne peut nous entendre, je vais vous dire pourquoi…

Il prend cependant le temps de sortir trois bouteilles et un tumbler qu'il remplit de glaçons. Il verse d'abord une dose de Laphroaig Lore, puis une demi-dose de jus de citron frais, et remplit le verre de limonade à la rose. Il tire une cuillère à cocktail en argent de la poche intérieure de sa veste et mélange le cocktail avec précaution, avant de savourer la première gorgée de son Pêcheur d'Islande.

- Je n'ai jamais compris ce nom de Pêcheur d'Islande. Whisky, citron et rose, rien à voir avec le pays du requin faisandé. Par contre, c'est de loin la meilleure boisson pour accompagner les grosses huîtres de chez nous.

- Sobchak, je me fous de l'Islande, de vos cocktails et des huîtres de chez nous. Dites-moi ce que vous avez à me dire sur Tyler et ramenez-moi à ma voiture.

Sobchak le regarde en secouant la tête, comme pour se convaincre d'un mauvais choix.

- Finalement, je devrais peut-être vous offrir des palmes en plomb à vous aussi. Après tout, ce serait tout aussi efficace pour faire passer le message au NOPD.

- Vos hommes ne m'ont pas désarmé.

- Je sais, je ne leur en ai pas donné l'ordre.

L'air fraîchit à la surface sombre de l'eau. La mer roule des épaules sous la coque. Le clapot fractionne le reflet des feux de tribord. Le vide invisible roule et tangue mollement autour d'eux, jusqu'au ciel qui s'est éteint, étouffé par trop de nuages.

- Je sais que je suis sur écoute, reprend Sobchak, et la façon dont le FBI s'est précipité au Bon Temps Roulé me l'a confirmé. Les fédéraux étaient au courant de mon deal avec les Colombiens. Pas la police locale. Je la paye assez cher pour le savoir. Par contre, je suppose que le NOPD devait agir en support logistique. Je ne sais pas comment vos supérieurs ont réglé les problèmes de compétence, mais je suis certain que vous en étiez. Vous saviez donc que j'allais négocier pour deux millions de marchandise dans ma villa de Patterson. Et quand l'ouragan change de route pour passer sur Patterson, vous savez que j'abandonne Alligator Grove avec les deux millions de dollars dans un coffre et trois hommes pour veiller dessus.

- J'ai cru comprendre que vous aviez interrogé vos hommes à ce sujet, lâche Howard d'un ton détaché marqué d'une pointe de mépris.

- Deux d'entre eux. On a retrouvé quelques restes du troisième dans l'estomac d'un alligator. Les caméras vidéo ont disjoncté, il est sorti pour voir et n'est jamais revenu. Le deuxième est sorti à son tour et selon son récit est tombé sur un homme seul et masqué. Grand, plutôt athlétique, vous ne voyez pas qui ça peut être ?

Howard ne répond pas. Il écoute Sobchak d'une oreille distraite, réfléchissant aux différentes conclusions possibles de cette discussion.

- Puis l'inconnu est entré dans ma maison et a neutralisé le troisième homme avant d'ouvrir le coffre.

- Il faut déposer plainte et leur demander de témoigner, se moque Howard.

- Vous savez très bien qu'ils ne sont plus en état de le faire, réplique Sobchak.

- Et pourquoi ce monte-en-l'air masqué serait un flic et pas un de vos hommes ?

- Parce qu'il a ouvert le coffre, détective Howard. Il ne l'a pas fracturé. Il l'a ouvert. Il avait la combinaison.

- Et ça vous suffit pour faire de lui un flic ?

- Ça me suffit pour écarter toutes les autres hypothèses. Je n'ai jamais ouvert ce coffre en présence d'un tiers. Jamais. Et j'ai toujours entré la combinaison de sorte que même une éventuelle caméra ne puisse la filmer.

- Ça n'explique toujours pas le flic.

- Je ne sais pas comment ils s'y sont pris, mais seul le FBI a les moyens de casser un code. À partir d'informations, bien sûr, ce qui m'amène à une autre question : qui est la taupe que vous avez infiltrée dans mon entourage ?

- Je croyais que vous ne vouliez que l'identité du voleur.

- Je veux aussi celle de celui qui a permis le vol.

- Vous êtes trop gourmand, Sobchak, et ça explique probablement votre gabarit. Si un flic ripou vous a volé deux millions de dollars en faisant foirer l'opération qui devait vous envoyer à Angola, je veux bien vous le balancer en échange d'informations sur Tyler. Et ça fera aussitôt de moi un vrai salaud. Mais si un flic a suffisamment bien fait son métier pour infiltrer votre organisation, je préférerais lui donner une médaille que de vous le livrer.

Sobchak réfléchit quelques secondes puis prend sa décision.

- Très bien, faisons comme ça.

- Comme ça comment ?

- Vous me donnez seulement mon voleur, je m'arrangerai moi-même de la taupe. En échange, je vous donne toutes les informations que je peux récupérer sur votre petit frère.

- Ce n'est pas comme ça que ça fonctionne, Sobchak. Vous me donnez des informations vérifiables sur Tyler, et une fois ces informations vérifiées, je vous tiens au courant de l'évolution de l'enquête interne sur le fiasco d'Alligator Grove.

- Ça me va, accepte Sobchak, trinquons à ça.

- Je ne trinque pas avec les voyous, réplique Howard.

- Vous venez bien de signer un pacte avec le diable ! se moque Sobchak dont le rire fait tressauter la poitrine et le goitre.

- Ne vous prenez pas pour le diable, Sobchak. Un jour je vous le présenterai en personne et vous comprendrez que vous ne faites pas le poids.

- Vous devenez mystique, Howard, c'est très mauvais pour les affaires.

- Je ne fais pas d'affaires.

- Nous venons d'en conclure une.

- Vous savez très bien que ce n'est pas une affaire, Sobchak, c'est juste un jeu d'attrape-nigaud dont chacun va essayer de se tirer sans avoir à respecter sa parole. Les premiers indices exploitables fournis à l'autre par chacun de nous deux nous ramèneront à nos rôles. Vous de voyou mafieux et sans parole, et moi de flic psychorigide respectueux de l'ordre.

- Brrrr ! murmure Sobchak qui redémarre le moteur en mimant un frisson. Quelle triste vision des relations humaines. Il faut savoir être téméraire dans la vie, monsieur Howard.

- Les exploits du téméraire sont plutôt le résultat de sa bonne fortune que de son courage, cite Howard.

Sobchak, debout à la barre, se retourne et le regarde par-dessus son épaule.

- Vous avez lu *Don Quichotte* ? s'étonne-t-il, admiratif, avant de reprendre un ton plus moqueur. Ça explique probablement votre vocation de flic psychorigide, comme vous dites. Cet aveuglement à vous battre contre des chimères et des moulins à vent…

Sobchak manœuvre le bateau. La lune tente une percée puis un effondrement de nuages l'ensevelit à nouveau. Tout devient noir et mat. Quand la proue se dresse dans le vide sous l'effet de la vitesse, le bateau pourrait bondir d'une vague à l'autre se ficher dans la boue de la côte invisible, comme foncer se perdre au fin fond de la mer infinie. Howard est sur ses gardes, mais Sobchak semble avoir oublié jusqu'à sa présence. Il a glissé son tumbler de Pêcheur d'Islande dans un trou à la bonne taille percé dans une tablette d'acajou près de la barre, et en boit une gorgée de temps en temps. Howard se dit qu'il devrait tuer cet homme qui ruine des braves gens, vit des revenus du stupre et de la fornication, avilit les pauvres en les poussant au vice et au jeu, et fait disparaître ceux qui s'opposent à lui.

- Je pense la même chose, mais ce serait une erreur, dit Sobchak en forçant la voix contre le vent.

- Qu'est-ce qui serait une erreur ?

- Nous entre-tuer cette nuit, répond Sobchak. Laisser notre jugement s'altérer par l'aversion que nous avons l'un pour l'autre. Oubliez les priorités morales que nous impose la bien-pensance, et défendez les vôtres. Entre vous et moi, ça ne doit pas être aujourd'hui l'ordre contre le crime, la justice contre la fraude, la décence contre le vice. Entre vous et moi, Howard, c'est pour l'instant deux millions de dollars contre Tyler.

Howard ne répond pas et s'enferme dans un mauvais silence, furieux de devoir admettre que Sobchak a raison. Puis quelques lumières dansent au loin dans la nuit, fragiles lucioles, quand se dessine la ligne plus sombre de la côte.

- Ah, à propos, votre partenaire est un certain Beauregard, n'est-ce pas ?

- Oui, pourquoi ?

- Commencez donc par lui.

- Vous soupçonnez Beauregard ?

- Il fait courir le bruit que ce sont les Colombiens qui ont fait le coup. Il est le seul à le dire, et cette hypothèse n'est pas logique, lâche Sobchak sans se retourner.

Howard se demande en silence ce que Beauregard vient faire dans cette histoire. Un quart d'heure plus tard, ils abordent au ponton, entre les barges rouillées. Sobchak reste à la barre et Howard saute sur le deck de bois gris. Les quatre hommes de main sont là, immobiles. Ils n'ont pas bougé. Têtes de brutes au regard absent. Le pélican est mort. Une balle dans l'œil. Il gît sur le bois du ponton, son plumage de vieux coureur des mers englué de son sang. Des insectes bourdonnent autour. Howard suppose qu'un des sbires de Sobchak a succombé au complexe de Caïn, culpabilisé par l'œil du pélican. Le temps qu'il se pose la question, Sobchak a fait signe à ses hommes de monter à bord et ils quittent le bassin pour reprendre le canal, vers les terres cette fois. Juste avant de monter, le dernier homme tend un téléphone à Howard.

- Un seul numéro dedans. Tu appelles quand tu as besoin. Sinon tu as intérêt à décrocher quand ça sonne.

Howard prend l'appareil et les regarde disparaître dans la nuit moite qui les éponge. Puis il regagne sa Camaro. À plat. Les quatre pneus percés. Au stiletto.

32

... nous faire notre cinéma.

Ils sont garés au coin de Douglas et Egania, dans Holy Cross, et Molly admire la maison. Vert de jade et blanche. Courue tout autour d'une large galerie, à la façon d'un pont supérieur, haut perchée sur des colonnes métalliques. Les garde-corps ressemblent à des bastingages, les vitraux ovales à des hublots. Deux hautes cheminées, chapeautées en couronne dentelée, encadrent un dernier étage étroit et vitré, posé sur le toit, comme un poste de pilotage. Tout autour de la galerie du premier étage, suspendus au-dessus des balustrades, courent des chapelets de boules blanches rappelant les guirlandes lumineuses qui décoraient les bateaux à vapeur d'antan. Un steamboat sur une pelouse.

- J'adore cette maison, sourit Molly, les larmes aux yeux. Pour moi, c'est le vrai symbole de La Nouvelle-Orléans. Festive, délurée et intelligente.

- Intelligente ? sourit Zacharie.

- Parfaitement. Ceux qui l'ont construite ont passé leur vie à naviguer sur le Mississippi. Ils en connaissaient les berges par cœur. Ils ont choisi le lopin de terre le plus élevé du quartier et la maison n'a jamais été inondée. Pas même par Katrina.

- Et est-ce que madame Je-sais-tout sait que, quand bien même cette maison aurait été inondée, elle n'aurait pas souffert ? Tout le rez-de-chaussée est carrelé, y compris les colonnes, pour ne pas donner prise à l'eau et permettre un nettoyage rapide en cas d'inondation.

- Intelligente, je l'ai dit en premier ! sourit Molly.

La journée est magnifique. Zacharie lui a fait la surprise du SUV Chevrolet blanc au toit ouvrant panoramique. Il a rabattu les sièges arrière pour faire tenir le fauteuil électrique dans le coffre et a embarqué Molly pour une balade à travers cette ville qu'ils auront tant aimée ensemble. La maison bateau des Doullut, et celle qu'ils ont fait construire pour leur fils, de l'autre côté du carrefour. Bien sûr, Molly a voulu revoir les cinq hommes-lapins du City Watch. Depuis le toit du 1228 Oretha Castle Haley Boulevard, derrière les parapets bleu et ocre, ils observent, stoïques et mystérieux, le trafic en dessous d'eux. Molly a battu des mains de joie quand elle les a aperçus par le toit ouvert du SUV. Puis ils sont descendus plus au sud, jusqu'au carrefour de Jackson et Chippewa, pour apercevoir le petit monstre au sourire diabolique, gargouille échappée de sa corniche, Spiderman du mal, accroché d'une main griffue au mur de briques rouges, tout en haut de l'ancienne synagogue, et brandissant de l'autre la tête tranchée d'une méduse au-dessus de la rue, comme pour narguer les passants.

Et encore, en pleine ville, la ligne de chemin de fer abandonnée où rouillent, sur des rails oxydés, des wagons d'un autre temps. Curieux sillon à l'abandon qui traverse même le complexe d'un hôpital avec, cachée quelque part, une mythique Mikado 2-8-2 restaurée de la Southern Pacific Company. Combien de fêtes ont-ils improvisées, entre amis jeunes et fous, dans ces wagons abandonnés. Combien de fois s'y sont-ils embrassés, plaquant leurs corps en chaleur à la rouille encore tiède du jour. Combien de fois se sont-ils baisés avec joie et enthousiasme, avec ardeur, avec passion, avec surprise, avec invention dans les compartiments poussiéreux et déglingués. Et combien de voyages se sont-ils inventés à bord de la fringante locomotive, dans le tourbillon imaginaire des escarbilles et le hurlement du sifflet de l'engin.

- Je suis désolé, s'excuse Zacharie en devinant une larme dans les yeux de Molly.

- Mais non, plaisante-t-elle, c'est juste une escarbille.

Et si elle en rit, le malheur de la perdre bientôt empoigne le cœur de Zacharie. Et c'est parce qu'elle le devine qu'elle lui demande d'aller voir les maisons de la batture. Une dizaine de maisons qui survivent à l'urbanisation, de l'autre côté de Mississippi River Trail, à hauteur de Dakin et Monticello. Ils ont toujours rêvé d'habiter là. Ce no man's land de rives boueuses abandonnées aux caprices du fleuve et de sa crue annuelle. De longues passerelles en fragile équilibre jusqu'à des maisons de guingois, haut perchées sur des pilotis. Ils ont abandonné le projet d'y vivre parce qu'ils voulaient des enfants et que ce petit bout de quartier ne bénéficie d'aucun service municipal. Pas de collecte des ordures, pas de bouche à incendie, pas d'adresse postale. Les pilotis sont plantés si loin de la rive que les maisons de la batture sont en fait au-delà du territoire de la ville. Elles sont du domaine du fleuve. Officiellement, leurs habitants sont considérés par la municipalité comme des squatteurs de maisons n'appartenant à personne. Dans leur jeunesse, Molly et Zach se sont enivrés de ce petit côté hors-la-loi. Surtout quand une des maisons est devenue un cercle de jeu et un lupanar hors de toute compétence juridique.

C'est quand ils arrivent sur Stadium Drive, où Molly veut revoir les petites sculptures dorées qui ornent les grilles du stade, que la voiture qui les double déclenche ses gyrophares et sa sirène pour les forcer à s'arrêter. Zacharie reconnaît aussitôt celui qui en descend.

- Chief Martineau.

- Salut Zach. Salut Molly.

- Bonjour Chef.

- Molly, je peux t'emprunter Zacharie un instant?

- Je vous en prie, Chef, j'ai bien conscience que je l'accapare un peu trop en ce moment.

Mais Zacharie insiste d'abord pour descendre le fauteuil électrique de Molly et la laisser aller admirer les sculptures qu'elle aime tant. Quand elle s'est éloignée, la tête couverte d'un large chapeau léger en mousseline pour protéger sa peau trop blanche, Chief Martineau s'étonne:

- Qu'y a-t-il à voir sur ces grilles?

- Une douzaine de petites sculptures de sportifs et de sportives, traitées de façon très art déco par Enrique Alférez. Ce sont les seules sculptures de cet artiste qu'aime Molly. Et je reconnais volontiers que la joueuse de tennis est d'une parfaite élégance. Mais je suppose que vous ne me cherchez pas pour parler art déco, Chief Martineau.

- Non, Zach, dit Chief Martineau en cherchant ses mots. Tu sais à quel point j'aime Molly, et je comprends qu'il est important que vous passiez du temps ensemble, mais j'ai de plus en plus de mal à couvrir tes absences. À cause de l'affaire de Patterson, le FBI nous surveille et nous avons les Affaires internes sur le dos.

- Chief Martineau, Molly va mourir. Bientôt. Dans quelques mois selon ses médecins. Peut-être moins. Elle et moi le savons, et j'essaye de lui procurer autant de bonheur que possible avant qu'elle ne puisse plus en profiter. Expliquez-leur.

- Zach, ce sont le FBI et les Affaires internes. Ces types enverraient leur propre mère grabataire en cellule d'isolement.

- Dans ce cas, je vais démissionner, Chief Martineau.

- Quoi ? s'étrangle Chief Martineau. Démissionner ? Mais tu n'y penses pas j'espère, avec tous les soins et les traitements de Molly et aussi…

- Et aussi les frais d'obsèques, oui, vous pouvez le dire, Chief Martineau.

- Tu me comprends, Zach, ce serait suicidaire de démissionner maintenant. Je n'ose même pas imaginer à quel point ça doit être difficile pour toi, émotionnellement, alors si en plus tu ne peux plus faire face financièrement…

- Ce n'est pas un problème, Chief Martineau, je vous l'ai déjà dit, Molly et moi savons qu'il ne lui reste plus que quelques mois. J'ai commencé à tout hypothéquer et je vendrai tout s'il le faut pour lui assurer la meilleure fin de vie possible.

- Ne fais pas cette connerie, mon garçon, parce qu'il te faudra continuer à vivre après, et il n'y aura rien de tel qu'un bon job pour t'aider à tenir le coup.

- Chief Martineau, je me fous complètement de comment je vivrai après Molly, vous pouvez comprendre ça ? Je m'en contrefous. Ma vie n'aura plus aucune importance. Je continuerai à vivre parce que Molly me l'a fait promettre, mais je me moque de savoir comment. La seule chose dont je suis sûr, par contre, c'est que je ne pourrai continuer à vivre que si j'ai la certitude d'avoir épargné à Molly toute tristesse et toute souffrance jusqu'à sa mort.

- Je t'en prie, mon garçon, ne te détruis pas et ne te méprends pas non plus. Tu sais que j'aime Molly comme ma fille. Moi aussi j'ai fait la promesse à son père de veiller sur elle.

- Alors laissez-moi continuer à m'occuper d'elle, Chief Martineau. Molly est épuisée. Au bout du rouleau. Elle doit se reposer plus de huit heures par jour maintenant, et j'ai engagé quelqu'un pour l'aider. Mais je veux être près d'elle dès qu'elle est éveillée. Je fais mes heures, vous le savez bien, de façon décalée peut-être, mais je fais mes heures.

- Le problème, Zach, c'est qu'il n'y a pas vraiment d'heures dans notre métier. Il n'y a que des enquêtes et des imprévus. Déjà que Howard est ingérable…

- Ne dites pas ça, Chief Martineau. Howard et moi faisons du bon boulot et vous le savez. À notre façon, c'est vrai, pas vraiment en duo, c'est vrai aussi, mais dans combien d'enquêtes avons-nous échoué ?

Chief Martineau se masse lourdement la nuque de sa poigne blonde de chaudronnier avant de répondre.

- D'accord, Zach. D'accord. Continuons comme ça, alors. Mais je t'en prie, pense aussi à toi, quand tu auras besoin de survivre à ce malheur. Ne dilapide pas tout comme ça, dit-il en désignant de la main le fauteuil électrique de Molly, au loin, et le SUV décapotable. Je sais que tout ça doit coûter une blinde.

- Excusez-moi, Chief Martineau, j'ai peut-être un peu dramatisé les choses. Tout ça, ce n'est en fait que de la location ou de l'occasion, rassurez-vous.

Chief Martineau regagne sa voiture sans être vraiment rassuré. Puis il baisse sa vitre.

- Zach, tu devrais mettre Howard au courant. Il pourrait te couvrir et te faciliter les choses.

- Il n'en est pas question, Chief Martineau, je tiens à ce que personne d'autre ne le sache. Molly et moi avons choisi de gérer ça en toute franchise et sans pathos. Nous n'avons pas besoin de la pitié de Howard. Et encore moins de ses larmes d'alligator. Vous êtes mieux placé que quiconque pour savoir que notre duo n'existe qu'au boulot. Nous ne partageons rien de nos vies privées. Howard ne connaît même pas Molly. Je crois que j'ai prononcé son nom par erreur devant lui pour la première fois hier ou avant-hier seulement. Et c'est très bien comme ça.

Chief Martineau lui adresse un signe d'impuissance et d'incompréhension à la fois, puis fait démarrer en souplesse sa voiture banalisée dont les pneus chuintent sur l'asphalte chaud. Zacharie regarde la voiture s'éloigner, circonspect. Étrange visite du Chief Martineau. Curieuse démarche de sa part. Discrète et personnelle. Loin des yeux des autres flics et du FBI. Puis il rejoint Molly qui contemple toujours la petite statue de la joueuse de tennis. Molly a eu cette idée saugrenue de ne plus fêter ses anniversaires, mais plutôt ceux de sa maladie.

31 octobre 2005, deux mois après l'ouragan Katrina. Personne n'ose fêter Halloween et Molly, avec d'autres bénévoles, préfère organiser un repas aux couleurs de la ville pour les sans-abri. Un *jambalaya* de circonstance, car les magasins sont encore vides ou détruits et il manque des ingrédients. Elle jongle avec des marmites sur tous les feux de leur cuisine quand elle aperçoit le courrier du jour. Une pile d'enveloppes. La première distribution depuis l'ouragan. Les mains grasses de cuisiner, elle trie les missives du coude et du petit doigt. Publicités et réclames directement à la poubelle, factures d'un côté, courrier de l'autre, jusqu'à l'enveloppe à l'en-tête de l'hôpital. Cette fois, elle s'essuie les mains pour l'ouvrir, et reçoit les quelques mots comme une boule de démolition en pleine poitrine. Hépatite C. Elle avait oublié l'incident. La fureur de l'ouragan. Les secours aux quartiers pauvres. Le *Lower Ninth Ward* sous trois mètres d'eau. Ses maisons disloquées qui partent à vau-l'eau. Les enfants qui hurlent sur des radeaux de fortune, giflés par le vent et la pluie. Les vieux qui supplient. Et ce corps qui flotte, qu'elle prend sous les bras, qu'elle hisse dans la barque et qui soudain se réveille d'un bond, terrifié et

furieux, et l'érafle de la pointe d'une seringue qu'il sort de sa poche comme un poignard, avant de retomber inconscient. Sur le moment, dans l'urgence des sauvetages, elle se dit que la seringue a séjourné des heures dans l'eau glacée. Que la pluie a lavé des heures durant l'estafilade sur son épaule. Qu'il n'y a pas eu assez de sang, assez longtemps, pour être contaminée par ce type dont on ne sait même pas s'il est atteint de quoi que ce soit. Mais le résultat des tests que Zacharie l'a forcée à faire est sans appel. Hépatite C. À l'époque, une autre volontaire note l'identité des réfugiés récupérés, morts ou vifs. Quand il apprend l'incident, dès le lendemain, Zacharie ne fait plus que traquer l'homme partout où sont parqués les réfugiés. Stades, gymnases, écoles, églises. Jusque dans le chaos des morgues et la cohue des chapelles ardentes où s'entassent près de deux mille morts. Et il le retrouve. Mort. Il se sert alors de son badge du NOPD pour obtenir un prélèvement en vue d'analyse. Quelques jours plus tard, la tempête passée et la ville, ravagée, hébétée, encore sidérée, il profite à nouveau de son badge pour obtenir une analyse prioritaire. L'homme souffrait d'hépatite C. Il rejoint aussitôt Molly pour la prévenir et la pousser à faire le test.

31 octobre 2010, pour le cinquième anniversaire de sa maladie, Zach a offert à Molly un bas-relief de la joueuse de tennis d'Enrique Alférez, moulé d'après l'original.

- J'aurais aimé jouer au tennis. J'aurais essayé d'être aussi élégante sur les courts, dit Molly, le visage heureux à l'évocation d'une telle image.

- J'aurais aimé être Louis Armstrong. J'aurais essayé d'être aussi noir que lui sur scène, plaisante Zacharie.

Puis Molly pivote son fauteuil pour lui faire face.

- Pourquoi Chief Martineau est venu jusqu'ici pour te parler, Zach ?

- Il est venu me prévenir que mes trop nombreuses absences ne passent pas inaperçues.

- Il a raison. Miss Zolande peut très bien s'occuper de moi.

- Hors de question. Je veux profiter de chaque instant qui nous reste.

- Et quoi d'autre ?

- Comment ça, quoi d'autre ?

- Je l'ai vu qui montrait de la main mon fauteuil et le van.

- Ah, ça ? Il trouve que je te gâte trop. Que je dépense trop.

- Je le pense aussi, le sermonne Molly. Le lit médicalisé, le fauteuil, Miss Yolande, le van...

- J'avais des économies, Molly, et j'ai emprunté un peu. Et j'emprunterai encore s'il le faut.

Elle ne dit rien et retourne jusqu'au van. Il l'aide à s'asseoir à l'avant, et range le fauteuil à l'arrière. Puis il démarre et coupe à travers City Park jusqu'à longer le bayou Saint-Jean qu'il remonte vers le lac Pontchartrain, au nord. Il sait que Molly adore cette balade. Il va traverser sur Harrison pour passer sur la rive droite et rejoindre Demourelles Island. Le petit paradis secret de Molly. Une trentaine de belles demeures discrètes à l'ombre des chênes centenaires. Presqu'une île privée, cossue, mouchetée de soleil à travers les frondaisons. À chaque visite, Molly et Zach se taquinent à propos de Ashtray House et de sa frise faite de mille deux cents cendriers carrés en ambre qui court tout autour de la structure noire et moderne. Art ou pas art ? Mais ce jour-là, Molly ne s'en amuse pas.

- Qu'y a-t-il mon cœur, tu ne te sens pas bien ? s'inquiète Zach.

Elle tourne vers lui son visage soudain triste. Ses yeux de jade ne sont plus que deux petites mares ternes et creuses. Il s'en alarme aussitôt.

- Tu es fatiguée, tu veux que nous rentrions ?

Elle le regarde encore, comme pour lui donner une dernière chance, et il le devine.

- Quoi ?

- Nous ne nous sommes jamais menti, Zach, même au sujet de ma maladie et de ma mort prochaine.

Elle ne dit rien d'autre, mais il comprend et s'excuse aussitôt.

- Désolé, Molly, tu as raison, je te cache quelque chose et je ne devrais pas.

- Alors dis-le vite, que nous puissions à nouveau nous disputer sur le caractère artistique ou pas de Ashtray House.

Il n'hésite pas. Il avoue tout de suite.

- Écoute Molly, je n'ai rien emprunté auprès de la banque pour acheter tout ce que je t'ai offert dernièrement. J'ai volé deux millions de dollars.

- Tu as quoi ?

Molly s'étrangle de rire de façon si inattendue que Zach sourit à son tour.

- J'ai cambriolé la maison d'un mafieux pendant l'ouragan.

- Tu plaisantes ! s'esclaffe Molly.

Zach plonge son regard dans ses petits yeux arrondis de surprise et y découvre toute l'admiration pour lui qui soudain y pétille. Et ça le fait rire autant qu'elle.

- Je te jure. J'ai cambriolé Sobchak, mon cœur, finit-il par avouer.

- Sobchak ! Tu as braqué Big Creep pour moi ?

Elle jette ses bras maigres autour de son cou et enfouit sa tête dans le creux de son épaule en éclatant de rire. Un rire de cristal. Comme avant. Comme il ne l'a pas entendu depuis longtemps.

- Deux millions de dollars ! Tu as soulagé Big Creep de deux millions de dollars ! Mais qu'est-ce que tu vas faire de tout ce fric ?

- Tout ce que tu veux, mon cœur, mais à condition de rester discrets. Tout le monde court après le voleur : le NOPD, le FBI, Sobchak, la DEA, les Colombiens aussi, je suppose.

- Tu les as tous doublés ? s'extasie Molly.

Elle semble si fière de lui qu'un immense bonheur l'envahit. Maintenant ce vol n'est plus un poids. Ils l'assument à deux. Mais Molly prend soudain une voix de petite fille prise en faute.

- Zach, je dois t'avouer quelque chose à mon tour. Je t'ai menti.

- Tu m'as caché quelque chose ?

- Oui, à propos de la statue d'Enrique Alférez.

- Quoi ? s'inquiète-t-il.

- Je n'ai jamais voulu être joueuse de tennis.

- Tu voulais être quoi, alors ? s'étonne-t-il.

- La Bonnie Parker d'un Clyde Barrow ! s'écrie-t-elle en se jetant de nouveau à son cou.

Il la serre très fort contre lui et ils explosent de rire.

- Tu veux connaître la vraie raison pour laquelle j'aime les statues d'Alférez ? C'est parce qu'avant de devenir sculpteur, ce type a combattu au Mexique aux côtés des révolutionnaires de Pancho Villa et d'Emiliano Zapata. Tu vois, j'avais déjà ce goût pour les pistoleros, explique-t-elle en brandissant ses doigts comme des revolvers.

- À propos, tu savais que la voiture criblée de cent trente impacts de Bonnie and Clyde a été rachetée par Pablo Escobar ?

- Légende urbaine, mon petit Clyde, c'est ce qu'a prétendu Andrea Di Stefano pour promouvoir son film *Paradise Lost*, susurre Molly en posant de petits baisers pointus au coin des lèvres de Zach. Par contre, je me souviens très bien d'une belle et torride scène d'amour entre Warren Beatty et Faye Dunaway dans le film d'Arthur Penn, pas toi ?

- Ah oui, oui, maintenant que tu le dis. Alors rentrons vite à la maison nous faire notre cinéma.

33

... si fort qu'il en déglingue le store.

- Howard !

Il n'a vraiment pas besoin de ça. Pas d'une engueulade de Chief Martineau avec en plus le Garbish du FBI dans son bureau. La nuit a été courte. Revenir à pied jusqu'au Bayou Galoon en surveillant les alligators tapis dans les bas-côtés. Marchander trois bombes anticrevaison à des couples défoncés. Convaincre un biker moqueur de le ramener jusqu'à sa Camaro. Contre cent dollars. Changer une des roues pour la roue de secours. Bourrer les autres de mousse expansive. Le tout avec Big Emma sur le dos, qui roule derrière lui ses yeux exorbités vers le ciel en invoquant la protection de toutes les divinités sauvages du *voodoo.* Puis quatre heures de route sous un ciel sans lune, à essuyer les appels de phares, les klaxons et les doigts d'honneur de tous les abrutis qui ne le trouvaient pas assez rapide malgré ses feux de détresse.

- HOWARD !

Il va les défoncer, Chief Martineau ou pas, FBI ou pas. Il va les défoncer. Il n'a eu que le temps de prendre une douche et de sauter dans sa Mustang pour être à l'heure au poste. Presqu'à l'heure. Une heure de retard à peine. Autant dire que le premier qui le cherche le trouvera. Tous les autres inspecteurs du service s'y attendent et le regardent, par en dessous, ne pas répondre à Chief Martineau. Alors il soupire, prend sur lui, et se dirige vers le bureau.

- Tu m'expliques ? lâche Chief Martineau en jetant trois photos sur son bureau.

C'est lui avec Sobchak, sur le ponton de Weeks Island. Sur la première, on voit Sobchak l'inviter à bord. Sur la deuxième, il met le pied sur le plat-bord. Sur la troisième, le bateau s'éloigne avec Sobchak aux commandes et lui comme seul passager.

- D'où viennent ces photos ?

- C'est nous qui posons les questions, dit Garbish.

- Je veux savoir d'où ça vient.

- Ne fais pas le mariolle, intervient Chief Martineau, tu sais très bien que ça vient du FBI. On t'avait bien dit et répété que Sobchak était sous surveillance permanente, non ?

- La preuve que je n'ai rien à cacher. Je veux savoir d'où viennent ces photos.

- Et quelle différence ça ferait, d'où elles viennent ?

- Si elles proviennent d'un agent infiltré, il pourra vous confirmer ce que je vais vous dire. Si c'est d'un indic, ça sera sa parole contre la mienne. Voilà la différence.

Chief Martineau et Garbish se consultent du regard.

- Équipe de surveillance, finit par admettre Garbish.

- Allez vous faire foutre, grogne Howard en se dirigeant vers la porte. Sobchak m'a appelé à minuit passé pour me donner rendez-vous deux heures plus tard à Weeks Island dans le trou du cul de la nuit, vous n'aviez aucun moyen de monter une surveillance sur place en si peu de temps. Et ne me dites pas que vous avez suivi sa voiture sans vous faire repérer.

- Et pourquoi pas ? provoque Garbish.

- Parce qu'il est venu en bateau par le bayou Teche et les canaux, bande de nazes !

- Hey, tu surveilles ton langage et tu le prends de moins haut, compris. Pour l'instant, le naze, c'est celui qui se fait photographier pendant un rendez-vous secret de nuit avec Big Creep, d'accord.

Mais Howard n'en démord pas. Il veut savoir d'où viennent les photos. Indic ou agent infiltré.

- Indic, finit par admettre Garbish.

- Très bien. Alors voilà : j'étais dans une boîte, le Bayou Galoon, près de Plantation Lake sur Morton Road. Il y a eu un peu de grabuge avec deux types qui avaient l'air d'être venus casser de l'homo. Des hommes de Sobchak, en fait. Qui me suivaient.

- Comment tu l'as su ? demande Chief Martineau.

- Après la bousculade, ils ont passé un coup de fil et cinq minutes après Sobchak m'appelait sur mon téléphone pour me donner rendez-vous à la saline de Morton Salt.

- Qu'est-ce que tu faisais dans une boîte d'homos ?

- Ça ne vous regarde pas, Garbish.

- Tout ce qui concerne un flic du NOPD qui flirte avec Sobchak me concerne. Qu'est-ce que tu faisais au Bayou Galoon ?

- Je cherchais quelqu'un.

- Pour une nuit ou pour la vie ?

Malgré sa rage, et à cause de la fatigue, Howard ne donne pas la force et la vitesse nécessaires à son swing pour les surprendre. Chief Martineau bloque son poing dans sa poigne de bronze avant qu'il ne cueille Garbish au menton. C'est lui aussi qui répond à la place de Howard.

- Il cherche son petit frère.

- L'affaire Tyler Howard, vous vous souvenez, Garbish ? crache Howard avec rage. Un gamin qui disparaît et puis rien. Pas d'enquête, pas de piste, pas de résultat, ça vous dit quelque chose ? Les enlèvements, c'est pourtant de la compétence du FBI, non ?

- Oui, je me souviens de cette affaire, répond Garbish, et non, ce n'était pas de notre compétence. Si mes souvenirs sont justes, il s'agissait d'une disparition et pas d'un enlèvement.

- Eh bien vous auriez dû venir expliquer ça à ma mère avant qu'elle meure de chagrin, siffle Howard.

- Donc vous cherchez votre petit frère dans un bar gay et Sobchak vous contacte, reprend Garbish sur le ton de l'interrogatoire de routine.

- Oui. Ses deux sbires me conduisent jusqu'à Molton Salt et me disent d'attendre.

- Vous mentez, dit avec calme l'homme du FBI.

- Pardon ?

- Vous mentez. C'est vous qui conduisiez.

Il fait glisser sur le bureau de Chief Martineau une autre photo. Celle de la Camaro jaune de Howard dans la saline.

- Exact, confirme ce dernier, pendant le grabuge que j'ai déjà mentionné, la voiture des deux hommes de main de Sobchak a été joyeusement confettisée à coups de fusil à pompe. C'est donc moi qui ai conduit jusqu'à Molton Salt, en effet, sur les indications d'un des deux hommes.

- Et vous partez en mer seul avec Sobchak pendant plus d'une heure.

- Ça m'a semblé bien plus long, à vrai dire, mais si votre indic a chronométré...

- Et donc ?

- Donc quoi ?

- Et donc que vous voulait Sobchak ?

- M'aider à retrouver la trace de mon petit frère. Il m'a promis de réussir là où le FBI et le NOPD ont lamentablement échoué.

- Très généreux de sa part, s'amuse Garbish. Vous connaissez donc la question suivante.

- Je suppose que c'est : en échange de quoi ? Et donc vous connaissez aussi la réponse à cette question, non ? En échange du flic qui lui a volé deux millions de dollars.

- Il est vraiment persuadé que c'est un flic ? s'étonne Chief Martineau.

- Pour les mêmes raisons que vous, je suppose : aucun de ses hommes ne savait que les dollars resteraient à Alligator Grove, le coffre n'a pas été fracturé, et il était sur écoute. D'après Sobchak, nous seuls étions au courant.

- Et pourquoi pas les Colombiens ?

- Les Colombiens n'ont rien à gagner dans une arnaque comme ça. Vous pouvez retourner ça dans tous les sens, Sobchak est persuadé que la fuite vient de chez nous et je le suis là-dessus.

Chief Martineau et Garbish se consultent du regard.

- Et qu'est-ce que tu comptes faire ? demande Chief Martineau.

- Que voulez-vous que je fasse ? Je n'ai aucun accès à l'enquête qui nous a été retirée. Je vais essayer de manipuler Sobchak pour lui soutirer quelques informations sur Tyler et c'est tout.

- Vous n'allez rien faire du tout, coupe Garbish. Le moindre contact avec Sobchak et vous finissez gardien de nuit dans une station-service, c'est bien compris ?

- Allez vous faire mettre, Garbish. Si Sobchak découvre le moindre indice sur le sort de Tyler alors que tous vos costards-cravates du FBI et tous vos fouille-merde d'informaticiens n'ont rien trouvé, vous pouvez compter sur moi pour lui renvoyer l'ascenseur.

- Putain Howard, s'énerve Chief Martineau, Garbish et moi allons faire comme si nous n'avions rien entendu, d'accord, mais ne dis plus jamais ce genre de connerie.

- Chief, si dans nos rangs un salaud a fait foirer une opération contre des narcos et qu'en plus il s'est enfouillé deux millions de dollars, que croyez-vous qu'il mérite ?

- Ce n'est pas à vous d'en décider, Howard, hurle Garbish hors de lui. Encore une fois, bougez un poil et vous êtes mort !

- C'est ça, braille Howard en retour, pas bouger. Surtout pas bouger ! Pas bouger pour Tyler, pas bouger pour Sobchak, pas bouger pour les escobars, pas bouger pour la taupe…

Howard sort et claque la porte malgré Chief Martineau qui lui hurle de revenir. Quand il le voit quitter le service, Martineau baisse les stores et invite Garbish à s'asseoir. Il tire d'un réfrigérateur une bouteille de Dr Pepper et s'en sert un gobelet géant qu'il engloutit en trois gorgées. Garbish refuse avant qu'il ne lui en propose.

- Tu crois qu'il va marcher ? demande avec calme Garbish.

- Tu parles, tu l'as remonté comme un coucou suisse. Parti comme il est, il va traquer cette taupe jour et nuit et faire tout le boulot pour nous.

- Garde quand même un œil sur lui. Contrôle ses accès au dossier. Il faut laisser fuiter les informations une par une et observer ce qu'il en fait avant d'en lâcher une autre.

- Qui est au courant chez toi ?

- Personne. Que moi. Et j'espère qu'il en est de même chez toi.

- Pareil, répond Chief Martineau en se servant un autre gobelet de Dr Pepper. Si jamais ça foire, c'est que la taupe est l'un de nous deux.

Garbish se lève et prend congé de Martineau.

- J'ai toujours rêvé de te foutre en taule, plaisante-t-il.

- Je t'aurai descendu avant, rigole Martineau. En attendant, n'oublie pas d'être très colère en quittant mon bureau.

Ils se serrent la main et Garbish sort en se faisant une tête de furieux, le cou dans les épaules. Il claque la porte si fort qu'il en déglingue le store.

34

... son cadeau inattendu.

Quand ils arrivent à leur maison de Saint Charles, Molly s'est endormie. Zach la prend dans ses bras et appelle Miss Zolande pour qu'elle ouvre le lit. Molly n'a même plus la force de se tenir à son cou. Il la dépose et Miss Zolande la déchausse aussitôt.

- Je la déshabillerai plus tard, dit-elle, laissons-la dormir.

Mais comme il va s'éloigner, la main sans force de Molly essaye de retenir la sienne. Elle entrouvre ses yeux cernés de brun et il se penche pour écouter ce qu'elle cherche à lui dire.

- Désolé, Mister Barrow, ta petite Clyde est trop épuisée pour...

Elle s'endort sans terminer sa phrase et Zacharie, les mâchoires serrées, espère que le jour venu, elle partira comme ça, en s'endormant au milieu d'un fugace et dernier instant de complicité.

Une heure plus tard, il est au poste et travaille sur le dossier du gamin. Il relit tout une dernière fois, sans comprendre pourquoi rien ne percute. Il est sûr pourtant que dans tous ces rapports se cache un indice qu'il a lu, sans en comprendre l'importance à l'époque. Il cherche encore pendant une heure et se persuade que ce n'est pas dans le dossier. C'est quelque chose qui a été dit ou écrit autour du dossier, et ça le rassure. Il va pouvoir reconstituer toute la chronologie de l'enquête dans sa tête, lister toutes les personnes rencontrées, se souvenir de tout ce qui a été dit, et il va trouver cet indice qui le nargue comme une blague sur le bout de la langue. Alors il referme le dossier et va traîner du côté des deux écoles privées des beaux quartiers. La première est un grand campus au-delà de la 10, plus une zone industrielle qu'un lieu de culture. Des bâtiments plats reliés par des passages couverts. The Christian Free Academy High School. Une ribambelle de *school bus* en attente sur un immense parking. Et des pylônes électriques qui canevassent le ciel par-dessus les terrains de sport, comme le filet anti-hélico d'une prison d'État. À en croire la façade du bâtiment principal, les couleurs officielles sont bien le bleu et le jaune. Mais un bleu beaucoup trop céleste pour correspondre aux fibres prélevées sur la scène de crime. Il se gare sur le parking et attend une sortie de cours. À peine un gamin sur dix porte quelque chose de vaguement en rapport avec les couleurs de l'école. Il hésite à aller poser des questions à l'administration. Il préfère suivre des yeux un petit groupe qui traverse le parking jusqu'à un bouquet d'arbres derrière un gymnase. Un des gamins porte un polo aux couleurs de l'école. Quand ils disparaissent, il descend de sa voiture et les rejoint au moment où ils allument un joint.

- Ça se plume, les *bougues*, on laisse les bons temps rouler ?

Ils s'éparpillent aussitôt comme une poignée de blattes, et Zacharie ne cherche à rattraper que celui qui porte le bon polo.

- Alors, on s'enfume la calebasse à la *muta*, gamin ?

Il l'empoigne par le col de son polo et le secoue comme un pacanier. La première pierre rebondit contre le mur du gymnase. La deuxième le cogne à l'épaule. Les autres merdeux sont revenus à la charge pour le caillasser. Il sort son badge et hurle qu'il est de la police. Cette fois ils déguerpissent comme des blattes et celui qu'il retenait par le col en profite pour lui échapper. Mais Beauregard ne le poursuit pas. Il a ce qu'il voulait entre ses doigts. Des fibres du polo pour comparer la couleur. Il regagne sa voiture et conduit tout au nord, jusqu'à la Saint Augustin Catholic High School, sur Joe Yenni Boulevard, à cent mètres des rives huppées du lac Pontchartrain. Un collège comme un village fermé, sur un étage tout de briques sombres, un peu austère, sauf l'entrée en temple grec, prétentieuse. Deux rangs de fûts de colonnes blancs posés sur des dés à corniche, et un large fronton, blanc lui aussi, au tympan frappé d'un blason or et azur. Et gravée dans le marbre, à la romaine cette fois, l'étrange maxime du collège :

Le bonheur, c'est de continuer à désirer ce qu'on possède.

Beauregard n'en revient pas de l'arrogance de cette citation de saint Augustin qu'il suppose isolée de son contexte. De ses études, il a gardé le souvenir d'autres pensées : *Aime et fais ce que tu veux. Crois pour comprendre. Nécessité ne connaît pas de loi. L'enfer est fait pour les curieux.* Mais cette façon d'associer le bonheur à la possession le sidère. Quel genre d'adultes crée un tel établissement pour pousser les élèves à endosser chaque jour une affirmation aussi provocante de suffisance ? La réponse lui saute aux yeux quand il parcourt le parking du regard. Coupés étrangers, cabriolets, voitures de sport, tout-terrains chromés, Beauregard n'ose même pas imaginer le coût de la scolarité à Saint Augustin. À part les tubulures impressionnantes des antiques pompes chargées de rejeter l'eau des inondations dans le lac Pontchartrain en cas de crue du Mississippi ou d'ouragan, rien de bien utile dans l'entourage de l'école. Deux casinos, un fitness club de luxe, et le Coconut Beach Volleyball Complex. Et de l'autre côté du canal, Gabriel, un des plus luxueux quartiers privés de la ville, joliment bunkerisé par des grilles et des caméras derrière un mur camouflé par une rangée de palmiers et de pins.

Beauregard range sa Honda entre une BMW M8 cabriolet grenat et un coupé Mercedes blanc décapotable classe C. Le haut de gamme à cent mille dollars. Il attend en admirant la ligne des carrosseries, le cuir blanc des sièges de la BMW, et celui rouge vif de la Mercedes. Puis des élèves sortent sous le vaste porche et son intérêt se recentre sur leur tenue. Haut azur et jupe jaune pour les filles, costume azur pour les garçons, pantalon ou bermuda, écusson doré sur le blazer. Chaussettes blanches pour tout le monde. Tous portent les couleurs comme un uniforme. Avec la fierté et l'arrogance qu'il leur permet d'afficher. Ils sont des Saint Augustin, aucune honte à l'exhiber, bien au contraire. C'est, comme le laisse supposer la citation au fronton de leur temple, le bonheur de toujours désirer ce qu'ils possèdent déjà. La richesse. Donc le pouvoir. Ces quelques centaines de gosses de riches représentent la centaine de familles qui tient la ville. Par la politique, par la finance, et probablement par le crime aussi. C'est-à-dire par la cupidité. La jouissance d'être riche au-delà de toute mesure raisonnable. La foi précède, l'intelligence suit, a dit saint Augustin. Ces mômes, déjà, ont foi en l'argent et il semble qu'aucune intelligence ne raisonne le bonheur qu'ils en tirent. Pauvre saint Augustin. La gamine qui se glisse au volant de la BMW n'a pas dix-sept ans et remonte sa courte jupe sur ses cuisses, certaine que Beauregard les convoite toutes les deux, elle et sa voiture. Elle démarre en trombe et récupère deux autres filles qui lui adressent de loin, dans sa pauvre Honda, des baisers pulpeux qu'elles veulent obscènes. Deux garçons s'installent dans la Mercedes en sautant par-dessus la portière. Deux filles en font autant pour s'asseoir derrière et prennent bien garde de leur retomber dessus. Le garçon au volant sort des joints et les distribue. Quand il remarque Beauregard, il n'a aucune gêne.

- Hey, pisse-la-joie, t'arrêtes de regarder nos meufs ! Si tu veux te rincer l'œil, c'est un *tenner* pour les nibards ou un *frog* pour la tirelire.

Beauregard sort son badge et leur montre par la vitre.

- Et c'est dix ans à Angola pour proxénétisme si ta copine a moins de dix-sept ans.

Dans le même geste, les quatre gamins balancent leurs joints par-dessus les portières et le garçon démarre en panique. Emporté par la puissance de l'engin, il écorche au passage plusieurs autres voitures, mais disparaît sans s'arrêter.

Beauregard descend de sa voiture et récupère les joints. Le garçon s'est même délesté d'une trousse pleine de *muta*. Beauregard empoche le tout. Sur le parking, les crissements de pneus et le froissement des tôles ont attiré l'attention de tout le monde. Un cerbère marche vers Beauregard, qui reconnaît aussitôt la démarche et l'arrogance du flic de base qui fait des ménages. Ou d'un viré de la police qu'une hiérarchie complaisante a recasé dans la police privée du collège.

- Qu'est-ce que vous foutez ici ? C'est un parking privé. Ça vous amuse de paniquer des gosses ? Quel genre de détraqué sexuel vous êtes, à faire la sortie des collèges ?

- Quelle unité ? demande Beauregard qui s'intéresse plus aux gamines qui pleurent sur leurs belles caisses rayées, dans le dos du cerbère.

- Qu'est-ce que ça veut dire ?

- Quelle unité, quel commissariat. Vous êtes bien flic, non ?

- Je ne vois pas en quoi ça vous regarde.

- C'est sûr que vous ne voyez pas grand-chose. En cinq minutes, j'ai vu quatre élèves fumer des joints, un garçon essayer de me refiler sa copine contre de l'argent, et trois filles très probablement mineures me racoler. Combien ces mômes vous payent-ils pour ne rien voir ?

- Espèce de sale petit fouille-merde de journaleux, grogne l'homme en cherchant à sortir son arme.

Beauregard est plus rapide. Il dégaine en même temps son arme et son badge.

- Ah, là, ça va être un peu plus difficile que de tabasser un journaliste. Alors tu ranges ton arme, et je veux ton nom, ton grade et ton commissariat de rattachement.

Le type s'exécute, plus furieux que penaud, et Beauregard lui dit de dégager hors de sa vue avant de le rappeler.

- Tu te débrouilles, mais je veux récupérer des fibres jaunes et bleues d'un de ces uniformes. Je t'attends ici. Un quart d'heure, pas plus. Après, je te balance aux Affaires internes.

- Parce que tu crois que les mecs des Affaires internes ne font pas de ménage comme nous ?

- Pas ceux que je connais.

L'homme lui jette un regard noir et retourne vers l'entrée de Saint Augustin. Beauregard le voit héler un gamin, le plus petit de tous ceux qu'il croise, et le forcer à le suivre à l'intérieur.

Trop concentrés sur le triste sort des belles mécaniques, les autres élèves ne semblent pas avoir été témoins de l'algarade entre les deux hommes. Pourtant Beauregard se sent observé. Il se retourne plusieurs fois par surprise mais ne voit personne.

- Putain, il a niqué ma Vetty, bordel de merde, mon père va me défoncer ma race. Enculé de Ronald !

La gamine est bien trop jolie pour être aussi vulgaire, et sa Corvette noire intérieur rouge est à peine rayée. L'aile avant gauche. La portière aussi peut-être un peu. Et une partie de la calandre. C'est sûr que sur une voiture à cent mille dollars minimum, les réparations vont dépasser son argent de poche du mois. Beauregard s'en amuse, toujours dérangé par cette impression d'être épié. Puis il aperçoit le vigile qui ressort du collège, en poussant devant lui le gosse qui pleure et se sauve dans la direction opposée. Le vigile rejoint Beauregard et lui remet discrètement une enveloppe.

- Et tu me fous la paix, maintenant.

- Ça ne va pas être possible. Je vais faire descendre les stups. Préviens les mômes de faire abstinence et de se délester de ce qui pourrait alourdir leur peine.

Il monte dans sa voiture et démarre prudemment pour ne pas bousculer la petite foule des témoins qui ne bouge pas d'un centimètre. Par réflexe, il fait le tour du collège et repasse par surprise sur le parking. Il a l'impression que trois filles lui tournent le dos. Les seules à ne pas s'intéresser aux malheurs pleurnichés des victimes de l'accrochage. Puis il se rend compte que d'autres groupes aussi s'en désintéressent. Alors il prend la route pour rentrer chez lui. Peut-être que Molly va mieux et qu'elle aimera son cadeau inattendu.

35

Molly first.

- Où tu es, bordel ?

- À Fontainebleau Beach, de l'autre côté du lac Pontchartrain.

- Je sais où est Fontainebleau Beach, Beauregard ! Qu'est-ce que tu fous là-bas ?

- Je fume un joint.

- … ?

- Un joint, un pétard, un bédo. J'ai mis la main sur de la bonne, Howard. Si tu veux, je t'en garde un peu…

- Mais quel genre de flic tu es, Seigneur Dieu, tu te souviens que nous sommes censés enquêter sur l'assassinat d'un môme ?

- Je n'oublie pas, Howard, je n'oublie pas, et c'est bien pour ça que je me prends une petite récompense. Parce que ce matin j'ai tellement bien bossé que je sais d'où viennent les fibres.

- Tu es sûr ?

- J'attends la confirmation du labo. Je les ai déposées avant de rentrer chez moi. Je suis sûr qu'elles proviennent des uniformes de la Saint Augustin Catholic High School à Metairie. Notre petite bande de tueurs sadiques, c'est là-bas qu'il va falloir aller la chercher, Howard.

- Un collège de rupins à Metairie, je ne suis pas sûr que la cigarette à rigoler soit le meilleur moyen de t'y préparer.

- Justement, Howard, je m'active les synapses au chichon. Je me suis embrumé la comprenette à la rêveuse et j'attends que saint Augustin m'inspire. Nul n'est sage à moins d'être heureux, qu'il a dit, alors je m'enfume un peu de bonheur en attendant la sagesse. Tu devrais en faire autant.

- J'y crois pas, tu t'es tapissé l'intérieur du crâne au velours ? Redescends vite fait sur la pelouse, Zach, parce que je ne suis pas sûr que saint Augustin connaisse grand-chose aux Affaires internes, mais nous, nous allons devoir faire avec. Rapplique ici. Les choses se compliquent pour nous.

- *Aime et fais ce que tu veux*, a dit Augustin le grand, alors je t'aime bien, Howard, mais je vais faire ce que je veux, c'est-à-dire fumer des pétards ici jusqu'au soir.

Quand Beauregard raccroche, Howard regarde son téléphone sans comprendre. Beauregard shooté au chichon !

- Qu'est-ce qu'il a dit ? demande Molly en réclamant le joint du bout des doigts.

Elle est allongée dans la chaise longue électrique que lui a offerte Zach pour l'occasion. Un petit coin de sable beige sous les cyprès barbus. Entre des roselières et des bois flottés remontés du sud par la dernière tempête. Autour d'elle, des buissons touffus d'indigotiers au feuillage ciselé comme de la dentelle, leurs grappes de pétales mauves dressées vers le ciel. Un héron bleu, planant sur un vent chaud, regagne le refuge de Saint Tammany, plus au sud. Des aigrettes marchent dans les vaguelettes. Elles lèvent haut les genoux, un peu snobs, comme si elles répugnaient à se mouiller la pointe des pattes. Deux geais bleus bavards cajactent et frigulotent dans les mousses espagnoles que dore un soleil tardif. Un cardinal écarlate, perché, solitaire, en haut d'un saule gris, siffle une femelle invisible qui lui répond de loin. Molly est heureuse. Les yeux fermés, elle s'enivre de ces chants pleins de vie et abandonne son corps amaigri par la maladie au miel chaud du soleil.

- Qu'est-ce qu'a dit votre acolyte, Mister Barrow ? répète-t-elle.

- Qu'il veut me voir toutes affaires cessantes sur un dossier d'homicide, et que nous avons les méchantes Affaires internes aux fesses.

Il passe le joint à Molly et la regarde tirer dessus. Il aime son joli minois quand elle fronce les sourcils. Il devine le bien-être qui l'envahit et roule en elle en âcres volutes. Au loin, dans les reflets métalliques du lac, le pont de trente-huit kilomètres posé au ras de l'eau sur ses neuf mille piles dessine un horizon en pointillé. Au-dessus d'eux, un quiscale adulte, mâle, noir lustré de reflets violets sur le dessus de la tête et le dessous du ventre, le bec gris fort et pointu, agrippé à une branche de ses doigts longs et forts, les surveille de son œil jaune et curieux.

- Est-ce qu'il faut s'en faire, Mister Barrow ?

- Non, Miss Clyde. Tout gazouille. Ils ne m'auront jamais.

- Ils vous ont pourtant bien eu, déjà, à Black Lake dans la paroisse de Bienville. Cent trente impacts dans votre jolie Ford V8, si je me souviens bien.

Sa main alanguie bascule lentement vers lui, le joint au bout des doigts. Zach le prend avec lenteur lui aussi, ses gestes décalés par ce que voudrait commander sa volonté, et fait rouler la fumée dans sa tête.

- Oui, mais ce 23 mai 1934, Miss Clyde, j'avais toute la police après moi, alors qu'aujourd'hui, c'est moi la police.

- Alors tant mieux, Mister Barrow. Est-ce que nous pouvons rester jusqu'au coucher du soleil, s'il vous plaît ?

- Jusqu'au clair de lune, si tu n'as pas trop froid.

Quand elle ouvre les yeux pour lui dire qu'elle l'aime, elle aperçoit un pélican solitaire, engoncé dans son goitre. Il rase les eaux du lac plissées par le soleil déjà bas qui va s'échouer.

- Je sais, dit-il soudain.
- Tu sais quoi ?
- Que tu m'aimes.

C'est un instant de bonheur pour lequel il ne regrette rien de ce qu'il a fait. Tout ce qu'il désire, c'est tenir jusqu'à ce que Molly s'endorme. Sa vie après lui importe peu, même s'il a quelques chances de s'en sortir. Sobchak ne portera jamais plainte pour le vol de cet argent sale. Il n'y aura donc pas d'enquête officielle. Il ne craint pas la justice.

Au loin, son regard se perd dans la floraison flamboyante des plantes crevettes pointant vers le ciel leurs centaines de petits pénis orangés et prétentieux, qui bientôt se faneront comme des piments fripés. Pourquoi diable appelle-t-on aussi cette plante du ronflant nom de Justicia ?

Et si les Affaires internes parviennent à le coincer, tout ce qu'il risque, c'est son renvoi de la police. Personne, pas même l'État, ne pourra réclamer cet argent qui officiellement n'existe pas. Mais si n'importe qui, flic ou truand, se met en travers de son chemin avant que Molly ne soit partie, alors il n'hésitera pas à hypothéquer le reste de sa vie. Sans pitié et sans état d'âme. *Molly first.*

36

… en vitesse hyper spatio-temporelle.

- Sobchak ? C'est Howard. Il faut qu'on se voie.
- Il est huit heures du matin, Howard, je n'ai même pas encore attaqué mon premier cocktail.
- J'ai quelque chose pour vous, histoire de vous montrer que je joue le jeu.
- D'accord. Chez Bukowski alors.
- Bukowski ?
- Royal Street et Kerlerec, à 17 heures. Là, je suis encore à Alligator Grove. Le temps de régler deux ou trois choses et de rentrer sur Big Easy.
- Qu'est-ce que vous faites à Patterson ?
- Hey, le flic reprend le dessus sur le partenaire, on dirait.
- Je ne suis pas votre partenaire, Sobchak.
- Vous êtes quoi alors ?
- Une balance, un pourri, un indic, tout ce que vous voulez, mais pas un partenaire. Et toujours un flic. Qu'est-ce que vous faites à Patterson alors ?
- Le chef Lapointe a eu un ennui.
- Grave ?
- Un conflit d'intérêts avec un alligator. Je suppose qu'il voulait faire du zèle en enquêtant sur le cambriolage.

Il est allé chercher des indices sur le terrain et il n'a pas vu Tyson.

- Tyson ?

- Le doyen de mes alligators mâles. On pense qu'il lui a marché dessus pendant sa sieste dans les herbes hautes. Tyson est très tâtillon sur la sieste.

- Il est gravement blessé ?

- Tyson, non. Lapointe, lui, a été plus digéré que blessé, si vous voyez ce que je veux dire. Donc Royal Street et Kerlerec, à 17 heures.

- J'y serai.

Howard raccroche et son téléphone sonne aussitôt.

- Tu te souviens de la chanson du gosse ?

- Beauregard, je suppose que tu veux dire « Bonjour Howard, comment vas-tu ce matin, excuse-moi pour hier », ou quelque chose du genre, non ?

- Tu te souviens de cette chanson ?

- *Where did the money go* de Hoyt Axton ? *Stone Cold Sober* par Del Amitri ? *Cadillac Ranch* de Springsteen ?

- Fais pas le con, Howard, la chanson que le gosse avait écrite. Kate Morgen, la fille de la Free School, nous en a parlé. Tu t'en souviens ? Tu peux l'appeler pour avoir les paroles exactes ?

- Tu te fous de moi, j'espère ? Hier tu t'alambiques la calebasse au chichon en m'envoyant balader, et ce matin tu m'appelles au secours. Pourquoi tu ne le fais pas toi-même ?

- Je suis au Ochsner, aux urgences.

- *Very bad trip* ? se moque Howard.

- Pour ma femme, oui, on dirait…

- Putain, Zach, tu m'en allonges un quand je prononce son nom, et maintenant j'ai le droit de t'en entendre parler parce que tu veux te défausser sur moi ? Va te faire foutre, Zach.

Beauregard raccroche sans rien dire, et Howard est furieux de ce qu'il vient de le forcer à faire. Peut-être bien que sa femme est à l'hosto, mais lui, son petit frère a disparu, alors un point partout et fais pas chier ! Et puis on peut téléphoner d'un hôpital, non ? On peut toujours trouver deux secondes pour passer un coup de fil. À moins que Beauregard n'ait pas la tête à ça. Peut-être que l'urgence est grave. Et merde !

Il rappelle Beauregard, mais ça sonne occupé. Voilà. La preuve qu'il peut téléphoner. Il l'a au bout du fil, sa bonne sœur de la Free School. Il l'aura sa chanson. Pas difficile à retenir pourtant :

Vetty girl don't make me blue,
Take me to the golden road with you
Drive me away from the bayou
Let's go ride Park Avenue

Des paroles à deux balles comme le *Jambalaya* des Carpenters mais qui restent dans l'oreille. Il laisse tomber et sort de chez lui. Le temps est triste. Le ciel, une éponge imbibée d'eau grise. Même s'il ne voit pas de l'autre côté de la levée, il devine que le Mississippi roule ses eaux rondes et terreuses. Un vent d'orage agite les maigres palmiers devant chez lui et chahute les fils électriques entre les poteaux de travers.

Quand il enjambe la porte-fenêtre pour sortir, Suzane le rejoint, son joli corps nu dans les draps qu'elle traîne.

- Tu ne veux pas qu'on s'en fume une petite avant que tu partes, histoire de faire semblant qu'on est un petit peu ensemble ?

- On est ensemble, Sue, on est ensemble. De temps en temps. Tu vas voir qu'on va rester toute notre vie comme ça, à nous aimer pour boucher les trous…

Suzane allume une Camel, aspire et garde longtemps la fumée en elle, avant de la relâcher dans un long soupir.

- On ne peut pas dire que tu es un poète, mais au moins tu ne triches pas. Je te préviens : si je ne trouve pas mieux, je m'accroche à toi.

Il sourit, tire une bouffée de sa cigarette, lui rend, et pose un baiser sur son nez. Elle laisse tomber le drap pour chercher ses lèvres de sa bouche. Il rit et recule.

- Ça ne sera pas difficile de trouver mieux que moi, Sue, je suis un sale con de flic macho et égocentrique.

- Tout ce que j'aime, se moque-t-elle.

Il l'embrasse à nouveau et traverse le minuscule jardin pour rejoindre sa voiture.

- Je commence plus tard à l'Old Point Bar. Je peux attendre chez toi ?

- Comme tu veux, mais pas de michetons dans mon lit.

- Espèce de salaud, jure-t-elle en riant.

- Je te l'ai dit, un sale con de flic macho !

Il s'arrête en ville prendre des beignets et un gobelet de café-chicorée, puis rejoint son bureau. Il y trouve un dossier bien en évidence. Il l'ouvre et parcourt le rapport complet concernant les fibres. Aucun doute, elles sont comparables à celles récupérées à Saint Augustin. Pas forcément les mêmes tissus, mais les mêmes bains de teinture.

- Ça nous met dans de beaux draps, n'est-ce pas ?

Howard se retourne et Chief Martineau est là, qui le regarde depuis son bureau, adossé au chambranle, un double gobelet de Dr Pepper à la main.

- Qui a déposé ça ?

- Beauregard, tôt ce matin. Il a dû s'absenter, mais il va repasser. Un vrai bâton merdeux, ça, pas vrai ?

- Je ne vois pas pourquoi.

- Saint Augustin, c'est l'école la plus fermée et la plus huppée de la ville, Howard. Même si tu allonges mille *blue cheese* chaque année pour la scolarité de ton gosse, il faut que tu en rallonges mille autres en participation annuelle à la vie « culturelle » du bahut. Et encore, tu n'es pas sûr d'être coopté par la commission d'admission. Les mômes, là-bas, ce sont des CREAM : *« Cash Rules Everything Around Me »*. Alors imagine un peu leurs parents !

- Et alors, s'il y a crime, il y a crime, CREAM ou pas !

- Howard, dit Chief Martineau en prenant son fameux ton paternaliste qui signifie « Écoute-moi avant de faire des conneries, gamin », avant que Beauregard et toi ne mettiez un seul pied dans cette pouponnière à milliardaires, je veux un dossier en kevlar, tu m'entends, en kevlar. Je pense que tous les juges à qui nous allons devoir demander des mandats sont passés par Saint Augustin, et qu'ils y ont encore des enfants, des petits-enfants ou des neveux. Les parents de ces mômes doivent entretenir plus d'avocats qu'il n'y avait de putains dans les lupanars de Storyville à l'époque.

- Nous ferons notre job, comme d'habitude, Chief Martineau. Si des gamins de Saint Augustin ont tué ce môme, ils iront en taule, un point c'est tout.

- Non, Howard, ils n'iront jamais en taule malheureusement, ça je peux te le promettre.

- Alors si on est sûrs de leur impunité, à quoi bon leur courir après ?

- Ça sert à deux choses. Premièrement, à faire notre boulot de flics. Et deuxièmement, à le faire bien, pour que ces enfoirés de juges et d'avocats ne relâchent pas ces assassins, si assassins il y a, à cause de nous. Je veux un dossier au cordeau. Même pas un trombone de travers. Pas une rature. Même pas une coquille. Si ce dossier tombe à l'eau, ça ne sera pas par une faute de procédure qui nous serait imputable. Bien compris ?

- C'est quand même dur à encaisser : exiger de nous le meilleur dossier possible en étant déjà certain qu'il ne servira à rien. Putain de système judiciaire !

- Ce n'est pas le système qui est pourri, Howard, ce sont les hommes qui le font fonctionner.

- Arrêtez votre philosophie à deux *cents*, Chief, ça revient au même. Si les hommes sont corrompus, c'est que le système le permet.

- Quoi qu'il en soit, conclut Martineau en retournant dans son bureau se servir un autre double gobelet de Dr Pepper, c'est comme ça que nous ferons. Préviens bien Beauregard que rien ne se fait sans m'en informer d'abord et sans mon feu vert. C'est bien compris ?

Howard grogne un accord à contrecœur, et Chief Martineau décroche son téléphone.

- Alors elle vient, cette liste ?... Quoi, quelle liste, la liste de tous ceux qui étaient au courant des écoutes dans l'affaire de Patterson. J'ai demandé une autre liste moi ? Non, alors où est-elle ?... Comment ça, sur mon bureau ? Je n'ai rien sur mon bureau, moi... Non, la chemise jaune sur mon bureau est vide. Putain, c'est pas possible un tel bordel dans le service. Bougez pas, je monte !

Chief Martineau sort de son bureau, le visage rouge de colère et les poings serrés.

- Putain, ils vont m'entendre ! fulmine-t-il en passant devant Howard.

Il est encore tôt. La plupart des autres inspecteurs en sont toujours au café quelque part. Howard se dit qu'il serait bien resté une heure de plus avec Suzane. Puis il pense à Beauregard et se demande ce dont sa femme souffre pour être aux urgences. Mais il chasse cette pensée pour ne pas se sentir plus coupable qu'il ne devrait et examine la demi-douzaine de feuillets du dossier, s'étonnant de ce que Beauregard ait eu le temps d'en faire un résumé en première page. C'est en feuilletant les comptes rendus techniques qu'il tombe sur une liste. D'abord douze noms du FBI, puis huit noms du NOPD. La liste que réclamait Chief Martineau. L'aubaine lui semble incroyable, puis il cherche à comprendre. Chief Martineau ne peut pas avoir consulté les deux dossiers plus tôt le matin et avoir remis par erreur tous les documents dans la même chemise rose. Sinon il ne hurlerait pas que la chemise jaune est vide et qu'il attend toujours cette liste. C'est celle ou celui qui a manipulé les deux dossiers pour les remettre à Chief Martineau qui a pu commettre l'erreur. Or le dossier rose a été constitué par Beauregard lui-même puisqu'il a pris le temps de taper un compte rendu. Et dans ce cas, pourquoi aurait-il consulté et manipulé le dossier destiné à Chief Martineau ? Est-ce que Beauregard aurait reçu la mission d'enquêter discrètement de son côté sur la taupe et l'origine des fuites ? À bien y réfléchir, ça expliquerait toutes ses absences injustifiées et son comportement des derniers jours encore plus distant que d'habitude. Howard sort son téléphone et photographie la liste, puis hésite à la remettre sur le bureau de Chief Martineau, cachée sous d'autres documents. Ou à la détruire. Il décide de la laisser dans le dossier de Beauregard. Grâce au compte rendu, il pourra toujours prétexter qu'il n'a lu que la première page. Il s'apprête à sortir pour étudier discrètement la liste sur laquelle il a reconnu son nom et ceux de Beauregard et de Chief Martineau, quand ce dernier réapparaît dans le bureau en agitant une feuille de papier au-dessus de sa tête.

- Je ne sais pas ce que le gars des pièces à conviction fait à cette fille, mais depuis qu'ils sont ensemble, il lui faut au moins deux bonnes heures de plus le matin pour se remettre la tête à l'endroit !

- Dites-leur de le faire à l'envers la prochaine fois, peut-être que ça lui fera gagner du temps le matin, plaisante Howard. Moi aussi je vais me remettre à l'endroit avec un bon café. Je vous en rapporte un ?

- Non merci, j'ai ce qu'il faut.

Quand il sort de la pièce, Howard entend chuinter une bouteille de Dr Pepper qu'on débouche.

Il ne va pas à la cafétéria. Il regagne sa voiture et consulte la liste sur son téléphone. Il ne connaît pas tous les noms du FBI. Il y a Garbish et Mike Lacosta, et bien sûr le fameux John Miller que Chief Martineau a failli balancer par la fenêtre. Il suppose que les neuf autres noms sont ceux du personnel technique d'écoute et d'un ou deux administratifs. Il faudra qu'il trouve le moyen d'enquêter sur eux. Sur la liste du NOPD, à part le sien et ceux de Beauregard et de Chief Martineau, n'apparaissent que cinq autres noms, dont Tommy Seleck, agent technique de liaison auprès du service d'écoutes du FBI, et Angela Davis, la secrétaire de Chief Martineau chargée de toutes les retranscriptions. Les autres noms lui évoquent vaguement un autre préposé aux écoutes et deux administratifs. À vérifier, mais pas vraiment le profil à monter un casse en plein ouragan. Il décide que la première chose à faire sera de vérifier l'alibi de tout le monde le jour du fric-frac. Bien sûr, la taupe a pu déléguer le casse à une équipe de terrain, mais l'instinct de Howard le pousse à préférer l'hypothèse d'un loup solitaire. Ne serait-ce que parce que l'idée du cambriolage n'a pu germer qu'avec l'annonce de l'ouragan, sinon il aurait fallu prendre d'assaut la propriété contre une dizaine d'hommes de main de Sobchak et autant de *sicarios* colombiens. En fait, le voleur a eu moins de dix heures pour organiser et réaliser le cambriolage. Très exactement à partir du moment où la météo a établi que la route de l'ouragan passerait par Patterson. Ce n'est qu'alors que la taupe, en fonction des informations dont elle disposait, a pu organiser le casse. Pas vraiment le temps de monter une équipe. Et puis le risque aurait été énorme d'avoir un complice bavard dans une ville quadrillée par une centaine d'indics de Sobchak. Et c'est un acte opportuniste. Un pari joué sur un coup de tête par quelqu'un qui savait où serait l'argent, que le deal était repoussé et que Sobchak s'était replié en ville. Un joli coup téméraire qui nécessitait une autre info capitale: le code du coffre. Un loup solitaire qui profite du chaos de l'ouragan. Howard ne peut cacher son admiration pour une telle audace. L'esprit de décision, le courage physique, la force mentale. Tout ça pour voler un mafieux qui officiellement ne peut pas porter plainte. Beau boulot. Mais Howard va démonter pièce par pièce, sans état d'âme, cette belle mécanique pour en dénoncer sans pitié l'auteur à Sobchak. Au nom de Tyler.

Le problème, c'est que si ce n'est pas quelqu'un du FBI mais bien un de ceux du NOPD, ça ne laisse pas beaucoup d'options. Ce n'est pas lui. Il voit difficilement Angela Davis jouer les Navy Seals en plein ouragan. Restent Chief Martineau, Tommy Seleck et Beauregard…

Il fait trop chaud dans la voiture. Dehors l'air moite, sous un ciel détrempé, étouffe la ville d'une atmosphère halitueuse. L'humidité imprègne et aigrit les odeurs. Elle pourrit les parfums fleuris de relents nauséeux. Howard descend de sa Mustang quand son téléphone sonne.

- J'ai appelé Kate Morgen, la fille de la Free School. Merci pour le coup de main. J'ai récupéré les paroles de la chanson et il faut absolument qu'on se voie.

- Pas de problème, Beauregard, moi je suis au bureau depuis ce matin.

- Moi j'y suis passé cette nuit pour te laisser le rapport sur les fibres. J'espère que tu l'as lu. Au fait, la fille veut te parler à propos de Tyler.

- Quoi ? Elle a des informations ? Elle t'a dit quelque chose ?

- Je n'ai rien demandé. Je lui ai dit de voir avec toi. Que moi je n'ai pas de dossier Tyler.

- T'es vraiment qu'une ordure, Beauregard.

- Sûrement, oui. Ah, à propos, pour ma femme aux urgences, ce n'est pas trop grave.

Beauregard raccroche et Howard a envie de fracasser son téléphone contre le pare-brise de sa Mustang. Il crispe tout son corps, des poings jusqu'aux paupières, pour hurler sa rage intérieure, puis se reprend et appelle Kate Morgen.

- Il y avait une curieuse ambiance ici après votre passage. Des conciliabules, des disputes. Une bagarre même. J'ai fini par comprendre qu'un des gamins avait raconté quelque chose aux autres qui ne voulaient pas le rapporter…

- Putain Kate, accouchez bordel, qu'est-ce que vous avez appris ?

- Un des gosses a reconnu Tyler sur la photo. Il l'a vu il y a un peu plus d'un an. Ils seraient devenus copains pendant quelques semaines avant sa disparition.

- Seigneur Dieu, ce petit con m'a fait perdre quarante-huit heures, enrage Howard. C'est le premier témoignage direct depuis un an, et ce petit con… gardez-le moi au frais, j'arrive le plus vite possible.

- Hey, si vous venez dans cet état d'esprit, ce n'est pas la peine. Ce petit con, comme vous dites, est un gamin de la rue qui a toutes les raisons de ne pas avoir une très bonne image de la police, alors je vous conseille d'adopter une autre attitude.

- Faites pas chier, Morgen, je vous garantis que ce petit con va me dire tout ce qu'il sait sur Tyler et…

- Alors ce n'est pas la peine de venir. Je ne vous dirai pas qui c'est. Je ne vous laisserai pas traumatiser ce gamin.

- Pas de problème, je vous jure que je saurai traumatiser tous les autres pour qu'ils le dénoncent et ensuite je l'embarque au poste pour l'interroger. Je vous rappelle qu'il y a une procédure en cours et qu'il est témoin dans une affaire de disparition. Et peut-être même coupable, allez savoir.

- Vous n'êtes décidément qu'un sale connard de flic, Howard. Quand je pense que j'ai eu pitié de vous avec votre histoire de petit frère. Vous pouvez venir avec la cavalerie si ça vous chante, le gosse ne sera plus là puisque c'est comme ça.

- Écoutez-moi bien, Morgen, si vous m'empêchez d'interroger ce gosse aujourd'hui, je vous promets que je lance les gangs sur votre putain d'école, que je fais pression sur chacun de vos voisins pour déposer chaque jour une plainte contre vous, que je déclenche une descente conjointe de tous les services de la ville : hygiène, salubrité, enfance, urbanisme…

- Sombre abruti, toutes ces emmerdes, c'est déjà mon quotidien depuis des années, vous croyez vraiment que ça me fait peur ? Vous croyez vraiment me pourrir la vie ? Je me bats contre ça jour après jour pour sauver mes gosses. Occupez-vous plutôt de retrouver l'assassin de Nestor !

Kate Morgen lui raccroche au nez et cette fois il fracasse son téléphone contre sa voiture. La batterie se déboîte et glisse de l'autre côté du parking jusqu'aux pieds d'une femme noire à la chevelure afro d'un autre âge qui le regarde en souriant. Il reconnaît Angela Davis, la secrétaire de Chief Martineau. Elle ramasse la batterie et la lui rapporte, une cigarette dans l'autre main.

- Fin d'une nuit tordue, ou début d'une journée de merde ? s'amuse-t-elle. Ou les deux peut-être ?

Il prend la batterie qu'elle lui tend et l'emboîte à nouveau dans son téléphone.

- Merci, Angela.

Le parfum âcre de sa cigarette ne cache pas ce qu'elle fume. Sans doute la raison pour laquelle elle s'est isolée dans le parking.

- J'ai cru comprendre que ça a été agité pour vous aussi, ce matin. Vous lui aviez vraiment remis cette liste ?

- Une heure plus tôt, et en mains propres encore, même pas déposée sur son bureau. Il faut qu'il arrête le Dr Pepper. Il est à peine neuf heures, et je suis déjà obligée de m'enfumer les abeilles pour garder la ruche au calme.

Angela Davis est une belle femme, charnue et athlétique à la fois, dans la quarantaine. Sûre d'elle et de sa beauté. Le regard franc. Il cherche le mot pour l'imaginer nue. Il pense à sculpturale. C'est comme ça qu'ils disent dans les romans. Une beauté sculpturale. Mais ce n'est pas à la ferme froideur d'un marbre noir à laquelle il pense en imaginant le corps de la secrétaire de Chief Martineau. Puis il surprend son regard et se sent aussitôt nu comme un marbre blanc de Carrare.

Elle aspire goulûment la dernière bouffée de son joint, la laisse rouler dans sa poitrine qui se gonfle, puis souffle ce qu'il reste de fumée au ciel. En suivant des yeux le panache qui jaunit dans le soleil, Howard aperçoit Chief Martineau qui les observe, à l'étage, derrière les reflets d'une baie vitrée. Il regarde Angela rentrer dans le bâtiment, s'inquiète de savoir si elle chaloupe son corps pour lui ou pour Chief Martineau, et monte dans sa voiture en se demandant si elle a été sa maîtresse. À Chief Martineau. Si ça se trouve, ils seront l'alibi l'un de l'autre !

Puis il récupère Rampart Street, la descend jusqu'à ce qu'elle devienne Saint Claude, et tout le long du trajet s'excuse au téléphone sur le répondeur de Kate Morgen pour le con qu'il a été. Quand il arrive devant la Free School, Kate Morgen l'attend devant la grille. D'un geste protecteur autour des épaules, elle tient contre elle un garçon au regard fuyant. Tout au fond, par la grande porte ouverte de l'entrepôt, les autres enfants regardent de loin.

- Django, je te présente le détective Howard.

- Bonjour Django, rassure-toi, je ne suis pas ici comme policier. Je suis juste le grand frère de Tyler qui a disparu et je cherche à savoir où il peut être. Miss Kate m'a dit que tu as connu Tyler ?

C'est un gamin un peu maigre qui flotte dans une tenue de basket des Pelicans. Il regarde d'abord Kate Morgen, puis hoche la tête pour répondre. Howard remarque qu'il observe la Mustang.

- Tu aimes cette voiture ?

- C'est pas une GT500, constate le gamin.

- Non, c'est une Shelby GT350 Cobra de 2017. Tu t'y connais en voitures ?

- Ils ont sorti une Bullitt couleur vert Highland et ils vont sortir la Shelby GT500.

- Et tu sais pourquoi la Bullitt est vert sombre ?

- Pour ressembler à la couleur de la Mustang de Steve McQueen dans le film.

- Dis donc tu en connais des choses, gamin.

- Je suis pas un gamin.

- C'est vrai, excuse-moi. Tu es déjà monté dans une Shelby Cobra ?

- Non, jamais. Je suis seulement monté une fois dans une Corvette. Un C7 Stingray Roadster jaune.

- Tu es monté dans une Corvette, Django ? Quand ça ? s'alarme Kate Morgen.

Mais Howard la coupe et d'un regard lui demande de le laisser faire.

- Tu vas voir que la Shelby Cobra, c'est autre chose qu'une Corvette. Tu veux faire un tour ?

Django regarde Kate Morgen à qui Howard fait signe d'accepter.

- D'accord, mais tu montes à l'arrière et je vous accompagne, dit-elle.

Le visage de Django s'illumine. Il fait le tour de la voiture en caressant la carrosserie du bout des doigts, puis soudain saute par-dessus la portière directement sur la banquette arrière.

- Django ! s'offusque Kate Morgen.

- Laissez-le faire, c'est comme ça qu'on doit monter dans une Mustang, s'amuse Howard.

Il saute à son tour dans la voiture, puis se penche sur le siège passager pour ouvrir la portière à Kate.

- Je vous préviens, j'ai peur en voiture. Si vous roulez comme un fou, je descends !

- À 290 kilomètres-heure, ça m'étonnerait, rigole Django tout excité.

- 290, c'est la vitesse maximum au compteur, Django, explique Howard. Et puis je suis flic, souviens-toi, je ne peux pas me prendre un ticket pour excès de vitesse.

- De toute façon, vous les payez même pas !

- Django !

Quand Howard met le contact, le ronflement lourd du moteur fait tressaillir le corps de Kate Morgen. Puis elle devine les vibrations à travers le cuir profond du siège et quelque chose se trouble en elle dont Howard s'amuse.

- Tu as déjà traversé le lac Pontchartrain, Django ?

- Non, jamais. J'ai jamais bougé de mon quartier, à part pour aller du côté de chez Tyler.

- Alors c'est parti. Trente-huit kilomètres en ligne droite au ras de l'eau dans une Shelby Cobra, je suis sûr que vous allez aimer ça, Miss Kate et toi.

Ils remontent Franklin Avenue au nord, Django comme un nabab sur le siège arrière, fier comme un sénateur réélu, puis Howard récupère la 10 vers l'ouest et se permet quelques pointes de vitesse en profitant de l'autoroute. Ils la quittent à hauteur du Sheraton Metairie pour prendre la Causeway qui monte plein nord jusqu'au double pont. Quand la Mustang se lance sur le pont de droite, à vingt-cinq mètres de l'autre chaussée descendant vers le sud, à cinq mètres à peine au-dessus de l'eau et avec l'horizon pour seule destination, Django glisse une tête ébahie entre les deux sièges avant et retient son souffle. La Mustang file. Bientôt, il n'y a plus qu'un horizon circulaire tout autour d'eux. Comme en pleine mer. Howard décide de le laisser profiter du paysage et de la vitesse sans lui poser de questions avant Mandeville, de l'autre côté. Quand ils atteignent l'autre rive, Django a le cou tordu à l'envers pour regarder le pont derrière lui. Howard les emmène directement sur Galvez Street au Rob's Rockin' Dogs. Le meilleur restaurant de hot-dogs gourmets de Mandeville, promet la réclame. Les murs sont tapissés de photos de *good old rockers* que Django ne connaît même pas, et sur chaque pilier est suspendue une vraie guitare électrique. Django est aux anges, et Kate Morgen aussi semble apprécier l'escapade. Comme elle hésite, Howard prend un *Country & Western*. Du pur bœuf black angus enrobé de bacon avec du chili maison, du coleslaw et de la sauce barbecue. Django demande aussitôt la permission de prendre un *Born on the Bayou*: saucisse d'alligator avec du riz sale, sauce cajun aigre-douce, oignons frits et piments *jalapeños*. Ils se moquent de Kate qui ne veut qu'une *Cajun Caesar* et qui hérite d'un saladier de verdure mélangé à des émincés de bœuf, de poulet et d'alligator sous une sauce au bleu avec des croûtons.

- Alors Django, raconte-moi pour Tyler.

- C'était avant que je rencontre Miss Kate et la Free School. J'ai plus de parents. Mon frère est à Angola. Pour encore au moins quinze ans. Comme j'avais personne pour me surveiller, j'allais plus à l'école. J'habitais Whitney, sur De Armas, chez ma grand-mère. Souvent je remontais vers le fleuve pour regarder passer les barges, ou essayer de pêcher un poisson ou de choper un oiseau. Ma grand-mère m'a appris à cuisiner toute sorte de choses. J'ai rencontré Tyler un jour. Il faisait des super ricochets sur le fleuve. Il m'a appris. De temps en temps il n'allait pas à l'école non plus. Il m'a dit de ne pas le répéter parce que son frère était flic et qu'il le tabasserait s'il l'apprenait.

- Je te jure que je n'ai jamais frappé Tyler, Django.

- Ouais, je sais. Tyler avait plutôt tendance à s'inventer des trucs pour se la jouer dur. De toute façon, dans la rue, t'as intérêt à jouer les durs. Au moins, si tu en prends plein la gueule, c'est de la baston, pas du tabassage.

- Django, surveille ton langage, veux-tu ! se fâche Kate.

- Tyler s'est fait bastonner ?

- J'en sais rien. Il ne m'a jamais rien dit. Lui, il voulait partir. Voyager. Se glisser dans une barge et remonter le fleuve. Jusqu'à Memphis, qu'il disait. Jusqu'à Saint-Louis. Jusqu'à Minneapolis, même.

- Django, le Mississippi ne va pas jusqu'au Minnesota.

- Bien sûr que si, on a tout regardé sur une carte, il prend sa source juste à côté de la réserve indienne des White Earth.

Kate confirme d'un sourire amusé, mais Howard ne se déconcentre pas.

- Et tu crois qu'il aurait pu partir là-bas?

- Bien sûr que non, c'est moi qui ai la carte. Il aurait jamais pu partir sans la carte.

Il sort de sa poche un fin papier qu'il déplie. La photocopie d'une carte des États-Unis avec le cours du Mississippi surligné en jaune.

- Quand t'a-t-il donné cette carte?

- Le jour où il l'a faite. Il ne voulait pas que sa mère la trouve dans ses affaires, ça lui aurait fait trop de peine, qu'il disait.

- Tu penses qu'il est parti? redemande Howard.

- Non. Pas sans la carte.

- Alors que crois-tu qu'il lui soit arrivé?

- J'en sais rien. Je l'ai cherché moi aussi. C'est même comme ça que je suis tombé sur la Free School.

- Tu sais s'il avait d'autres amis?

- Non. Il aimait bien être tout seul. Même quand on faisait des ricochets, il pouvait rester des heures sans rien dire.

- Si tu te souviens de quelque chose, tu veux bien le dire à Miss Kate pour qu'elle m'appelle?

- Bien sûr.

- Et la carte, je peux la garder?

- Ben, c'est-à-dire que c'est mon seul souvenir de Tyler…

- D'accord, alors laisse-moi la photographier avec mon téléphone et je te la rends.

Kate Morgen voit bien que l'émotion va submerger Howard, alors elle prend le relais.

- Et dis-moi, Django, c'est quoi cette histoire de Corvette?

- Ah ça! Un soir que je me baladais dans Algiers à chercher après Tyler, il y a trois filles dans une Corvette qui m'ont demandé le chemin. Elles voulaient aller boire et écouter de la musique à l'Old Point Bar, je crois. Elles étaient plutôt sympa. Drôlement bien fichues avec de gros…

- Django !
- Mais c'est vrai, Motul, elles avaient vraiment de gros…
- Django !
- Elles m'ont dit que j'avais sûrement jamais vu une vraie Corvette, et que je pouvais monter pour voir. On a fait le tour de quelques blocs à toute berzingue. Et puis après deux ou trois tours, elles se sont regardées entre elles et y'en a une qui m'a dit que j'avais sûrement jamais vu de vrais nichons de blanche. Alors elle remonte son chandail et elle me dit que je peux toucher pour voir.
- Django… !
- Ben si, Miss Kate, c'était la première fois. Même des noirs, j'en avais jamais touché, alors… Mais après, une autre a dit que j'avais sûrement jamais vu une chatte de blanche non plus…
- Django, ça suffit !
- De toute façon, là j'ai eu peur et j'ai demandé à descendre et elles se sont moqué de moi. Pendant que l'une conduisait, les deux autres voulaient me déshabiller. Elles ont dit qu'elles voulaient voir si j'avais déjà une grosse bite de noir…
- Ohhh ! Django, enfin !
- … puis, à un moment, une voiture a déboîté d'un stationnement et elles ont été obligées de piler. Alors j'ai sauté de la Corvette et je me suis planqué jusqu'à ce qu'elles disparaissent.
- Tu n'as pas retenu le numéro d'immatriculation ?
- J'avais trop honte, et en plus j'étais sans chemise et la bite à l'air…
- DJANGO !
- Je veux dire que j'étais presque tout nu, quoi !
- Un détail sur la voiture. Tu aimes bien les voitures, n'est-ce pas ? Tu n'as pas remarqué quelque chose ?
- Ben non. Faut dire que sur le coup, j'étais un peu sonné, mais après j'ai repensé à ce qu'elles m'avaient montré…

- Django, je t'en prie !

- Tu crois que Tyler aurait pu tomber sur ces filles ?

- Je crois pas, non, je crois que ces filles-là, elles voulaient juste humilier un petit black. Elles auraient jamais fait ça à Tyler.

- Et si elles avaient appris que Tyler et toi vous étiez…

- Hey, Tyler et moi on était juste copains, d'accord ? Rien de plus.

- Ce n'est pas ce que j'ai voulu dire, Django, excuse-moi. Bon, il va falloir rentrer, j'ai rendez-vous en ville à 14 heures. Django, si tu es d'accord, j'aimerais que nous reparlions de Tyler encore une fois, un autre jour, quand ça te va. Et entre-temps, promets-moi de faire un effort pour te souvenir de tout. Tu sais, dans une enquête, c'est souvent un tout petit détail qui déclenche tout. Miss Kate a mon numéro. Tu peux lui demander de m'appeler à n'importe quelle heure, d'accord ?

Il tend son poing et le cogne à celui de Django. Au moment de remonter dans la voiture, il ouvre la portière côté passager et rabat le dossier du siège.

- Miss Kate a eu bien trop peur à l'aller, elle préfère voyager à l'arrière cette fois.

- Avec moi ?

- Non, toi tu voyages à l'avant.

D'un regard implorant la clémence, il interdit à Miss Kate de protester, et aide Django à boucler sa ceinture. Une fois passé le péage, quand les deux chaussées du pont fuient en ligne droite devant eux jusqu'à l'horizon, les yeux de Django s'écarquillent de bonheur. Alors Howard sort le gyrophare bleu de la boîte à gants, branche la sirène, et c'est comme s'ils traversaient la mer et le ciel en vitesse hyper spatio-temporelle.

37

… violents et vicieux.

- Tu es en retard, lâche Beauregard.

Mais Howard, trop heureux d'avoir eu des informations sur Tyler, n'est pas d'humeur à s'énerver.

- Alors, cette chanson ?

Beauregard lui glisse le texte imprimé sous les yeux :

Vetty girl don't make me blue
Take me to the golden road with you
Drive me away from the bayou
Let's go ride Park Avenue

- Tu remarques les couleurs ?
- Je devrais ?
- Bleu et or, ça ne te rappelle rien ?
- Si, les fibres, répond Howard soudain concentré.
- Et les références au bayou et à Park Avenue ?
- Un pauvre cul-terreux de gamin qui rêve de richesse et de luxe ?
- Oui. Ou plutôt à qui on fait miroiter richesse et luxe.
- D'accord, mais qui lui fait miroiter ça ?
- *Vetty girl.*

- Et c'est qui, *Vetty girl*?
- *Vetty girl*, c'est une fille qui roule en Corvette.
- Comment tu sais ça?

Beauregard lui raconte l'accrochage sur le parking de Saint Augustin et la fille qui jurait comme un pêcheur ivre à voir l'état de sa « Vetty ».

- Seigneur Dieu! siffle Howard. Je viens de passer deux heures avec un gamin de la Free School et ce qu'il m'a raconté va te hérisser les poils. Et pas de bonheur.

Howard rapporte à Beauregard la mauvaise expérience de Django avec les trois filles dans la Corvette jaune.

- Elles allaient violer ce gamin, Zach, en insistant beaucoup sur le fait qu'elles soient blanches et lui noir.
- Tu crois vraiment que nos assassins pourraient être des filles?
- Pourquoi pas? Nous avons pensé à des gamins du même âge à cause de la taille des empreintes, mais elles pourraient correspondre à des pieds de filles plus âgées.

Beauregard reste pensif un instant.

- À quoi tu penses? s'inquiète Howard.
- Quand je suis allé à Saint Augustin, j'ai vu les étudiants sortir. L'uniforme des garçons est pratiquement bleu. Pantalon ou bermuda en bas, blazer, polo ou chandail en haut. La seule touche jaune, c'est l'écusson sur la poitrine. Par contre, pour les filles, c'est jupette bleue en bas et gilet jaune sur chemisier blanc en haut. Ce sont des filles de Saint Augustin qui ont laissé ces fibres sur la scène de crime, il n'y a plus de doute.

Puis Beauregard se tait encore et Howard s'alarme à nouveau.

- Quoi?
- Tu te souviens, le premier jour de l'enquête, quand nous sommes retournés sur la scène de crime et que tu m'as largué? Après ton départ, je suis tombé sur trois gamines qui m'ont fait

du rentre-dedans comme tu ne peux pas imaginer. Arrogantes, vulgaires, sans aucune honte.

- Et alors ?

- Alors elles étaient dans une Corvette jaune.

- Seigneur Dieu ! lâche Howard, tu ne pouvais pas le dire plus tôt !

- Doug, on vient juste de mettre à jour cette histoire de *Vetty girl*, comment aurais-je pu savoir ?

- Que s'est-il passé ?

- Elles m'ont racolé comme des filles de trottoir, et quand j'ai sorti mon badge, ça ne les a pas impressionnées plus que ça. Je leur ai dit de dégager, sinon je les embarquais pour racolage, alors celle qui était sur la banquette arrière m'a pris en photo en me menaçant de me dénoncer sur les réseaux sociaux pour harcèlement sexuel. Puis elle m'a montré son cul et elles ont dégagé. Des gamines, Doug !

- Et à part le cul de la dernière, tu te souviens peut-être de leur visage ? grogne Howard en colère.

- Possible, oui, je suppose.

- Je demanderai au gamin que j'ai vu aujourd'hui, pour recouper ton tapissage.

- À partir de quel fichier ?

- L'album de fin d'année de l'école. On doit pouvoir récupérer en ligne celui de l'an dernier. Si ces gamines conduisent, elles ont au moins seize ans. Elles doivent être à Saint Augustin depuis trois ou quatre ans déjà.

- On a aussi la voiture. Même si tous ces élèves sont friqués, ils ne doivent pas être des centaines à rouler en Corvette. Il faut qu'on planque sur le parking de Saint Augustin.

- D'accord, on va faire comme ça. Je récupère l'album, et toi tu t'occupes de la voiture. À propos, qu'est-ce qu'elles faisaient dans le coin, ces filles à papa ? Le ferry entre Chalmette et

Lower Algiers, c'est un peu loin du standing de leur country club, non ?

- Je n'en sais rien. Tu crois qu'elles zonaient pour trouver une autre victime pour leur jeu sexuel, comme avec ton Django ?

- Nestor était déjà mort. Mais peut-être qu'elles regardent trop les séries policières où on leur rabâche que l'assassin revient toujours sur les lieux de son crime.

- Merde Doug, un crime sexuel entre mineurs avec des meurtrières blanches de la haute et un pauvre gamin noir comme victime, c'est de la nitro, cette affaire.

- Tu l'as dit, reconnaît Howard. Écoute, je ne peux pas rester plus longtemps, j'ai un rencard à 17 heures…

- Une autre affaire ?

- Depuis quand tu t'intéresses à mon emploi du temps ? On fait le point demain matin et on met Chief Martineau au parfum. Garde-toi un peu de temps libre pour planquer sur le parking et tapisser l'album.

Howard disparaît et Beauregard reste seul. Il ne doit récupérer Molly à l'hôpital qu'à 19 heures. Il a le temps d'aller faire un tour à Saint Augustin pour vérifier les Corvette.

Il remonte le parking et repère deux Corvette dont il note l'immatriculation, puis il va se garer de façon à voir arriver toute nouvelle voiture. Cinq minutes plus tard, c'est une voiture de patrouille qui remonte le parking au ralenti et s'arrête dans l'allée à cinq mètres sur sa droite, sans que personne n'en descende. Quand il voit la seconde patrouille arriver et se garer cinq mètres sur sa gauche, il comprend et sort de sa voiture les mains en l'air.

- Je suis de la maison, détective Beauregard, de la criminelle.

Mais les quatre uniformes jaillissent en hurlant, arme à la main, genoux fléchis, en position de tir.

- Je suis de la maison, détective Beauregard, de la criminelle !

- Ta gueule, ferme-la, à plat ventre face contre terre, les mains derrière la nuque.

- Je suis de la maison, merde, détective Beauregard, de la criminelle, c'est pas sorcier à vérifier, non ? J'ai mon badge dans ma poche. Et je suis armé aussi. Je suis flic, putain !

- Ferme ta gueule, face contre terre, les mains derrière la nuque, dernière sommation.

- Je suis…

Le taser le foudroie sur place et les uniformes se jettent sur lui, genoux sur le visage et dans les reins pour lui tordre le bras dans le dos et le menotter. Avec quelques coups de pied et de poing violents et vicieux.

38

... et tabassé Beauregard !

- Vous marchez dessus !

C'est un petit quartier tranquille en bordure du Faubourg Marigny, à trois blocs du fleuve. La rue est bien défoncée comme il se doit, les trottoirs ombragés au hasard des quelques arbres. Un coin de ville dont le cachet est justement de ne pas en avoir, loin des décors surfaits des quartiers à touristes. Mais au croisement de Royal et de Kerlerec, pas la moindre référence à Bukowski.

- Vous marchez dessus !

Howard reconnaît la voix de Sobchak qui vient du ciel et le cherche des yeux. Debout au balcon d'une belle demeure à l'ancienne, sobre et élégante, un cocktail à la main et l'autre prenant appui sur sa canne à pommeau, il le regarde de toute son imposante pesanteur. Il est habillé du même blanc qui souligne les bords et les arêtes de la maison de clins crème.

Royal Street Inn and R Bar. La façade en retrait, ombragée par un large balcon galerie soutenu par de fins piliers métalliques. Un premier étage aux hautes portes-fenêtres bordées de persiennes à l'ancienne, sous une corniche ornée de lambrequins. Quelques plantes tombantes et des fougères débordent de la rambarde en fer droit, sans fioriture, qui court tout le long de la galerie. Le second étage, plus petit, ressemble à une maison engoncée dans la toiture.

- Et alors, Bukowski ? demande Howard la tête renversée en arrière.

- Sous vos pieds, je vous l'ai dit, le graffiti dans le ciment, près de la bouche à incendie, c'est lui qui l'a écrit.

Howard regarde à ses pieds. Une seule dalle du trottoir n'a pas été rénovée. Elle est marquée de dates et de noms avec, au milieu, un méchant cœur en forme de patate entourant l'inscription *Hank was here, 1955*.

- Un soir de beuverie, comme il se doit. Le trottoir venait d'être refait, le ciment encore frais, il n'a pas pu résister. L'établissement s'appelait le Griffin's à l'époque. Mon père y était barman. Mais montez, que je vous explique.

Howard entre dans le bar. Noir et rouge à l'intérieur. Plafond sombre et tentures. Mur de bouteilles et lustres rococo. Billard sous une lumière de couveuse. Beaucoup plus Bukowski dedans que dehors. Sans qu'il le demande, une serveuse maigre et blanche, seins libres sous un débardeur et petit borsalino sur la tête, lui indique comment rejoindre le balcon.

Sobchak s'est assis sur une simple chaise en fer forgé dont tout son corps déborde. Sur une table basse devant lui, un plateau de bouteilles et d'accessoires.

- Je vous ai préparé un petit quelque chose qui va vous surprendre.

- Je ne bois pas. Je suis en service.

- Non, vous n'êtes pas en service en ce moment. En ce moment précis, vous travaillez pour moi et quand on travaille avec moi, on boit.

- Je ne travaille pas pour vous, Sobchak. Nous avons juste fait un deal, c'est tout.

- Ah oui, un deal. Un *win-win game* comme on dit de nos jours. Vous savez quel *win-win game* avait signé Bukowski avec ses premiers éditeurs ? Ces derniers finançaient tous ses paris dans les courses de chevaux en échange d'un recueil de ses poèmes. Et comme au bout d'un an il continuait à jouer sans rien leur proposer, ils ont menacé de ne plus payer pour les chevaux. Deux jours plus tard, ils avaient entre les mains le manuscrit de *It Catches my Heart in Its Hands*. Allez, goûtez ça, je l'ai appris de votre ami Freeman. Ou de son père Omer, plus exactement.

Howard ne peut cacher sa surprise, et Sobchak le remarque aussitôt.

- Enfin, est-on jamais vraiment l'ami de l'homme dont on baise la fille ? Vaste question, n'est-ce pas ?

- Sobchak, avec vos costumes blancs et votre canne à pommeau, vous êtes déjà physiquement vulgaire. Pas la peine d'en rajouter dans vos propos. Et je n'ai pas envie de boire avec vous.

- Dommage. Rhum, citron vert, goyave et café frappé. J'ai juste rajouté un nappage de crème *half & half*. J'appelle ça un Freeman, bien entendu ! Alors, qu'avez-vous à me dire, monsieur mon dealer ?

- Le FBI a une taupe chez vous, Sobchak.

Sobchak garde son sourire d'anaconda bedonnant, mais son regard se voile soudain d'un reflet de marbre noir.

- La taupe qui a balancé le numéro de mon coffre ?

- Non. Une autre. Une petite main. Une du genre qui renseigne sur votre quotidien.

- Je vous écoute…

- L'inspection des services m'a mis sous le nez des photos de notre petit rendez-vous nautique à Molton Salt.

- On vous aura suivi. Procédure de surveillance.

- Matériellement impossible. Ils n'auraient pas eu le temps de monter une opération comme ça. Et puis les photos parlent d'elles-mêmes. Ce n'est pas du téléobjectif shooté depuis une planque.

- Je peux les voir ?

- Il y a des limites à respecter, Sobchak.

- Pourquoi je vous croirais ?

- *Win-win game.*

- Et qui est la taupe ?

- D'abord, je veux votre parole qu'elle ne servira pas de petit déjeuner à Tyson et sa famille.

- Tiens donc, vous croyez à ma parole, maintenant !

- Non, je crois au deal. S'il arrive le moindre mal à ce type, vous pouvez m'oublier. Larguez-le, avouez-lui que vous savez, menacez-le, foutez-lui la trouille de sa vie, pourrissez-lui sa réputation dans tous les États-Unis si ça vous chante, mais ne le butez pas, sinon j'arrête tout.

- D'accord. Je me ferai violence. Alors, qui est-ce ?

- Un des quatre gros bras qui étaient présents ce soir-là.

- Un des quatre, c'est un peu vague.

- Alors disons que c'est un des deux qui sont arrivés en bateau avec vous.

- Comment pouvez-vous en être sûr ?

- Si on part du principe qu'il était équipé d'un mini-appareil camouflé sur lui, dans un bouton par exemple, ou plutôt une boucle de ceinture à en croire les cadrages, c'est obligatoirement quelqu'un qui n'apparaît sur aucune photo. Or les deux qui m'ont cueilli au Bayou Galoon sont sur les photos. Tout comme vous et moi d'ailleurs. Donc l'appareil était sur l'un des deux autres hommes.

- Et qu'est-ce que cela a à voir avec mes deux millions ?

- Rien. C'est un gage de bonne foi. Je vous balance une taupe du FBI, Sobchak, ce n'est pas rien. Je risque gros pour ça. Maintenant, la prochaine fois, c'est vous qui m'appelez pour me donner des infos sur Tyler. Et faites vite, parce que de mon côté, l'enquête vient de prendre un sérieux coup de fouet et je n'aurai peut-être plus besoin de vous dans pas longtemps.

Sobchak ne montre rien, mais il est déstabilisé. Il n'a encore rien demandé à personne en ce qui concerne le frère de Howard, et voilà que ce flic le prend de vitesse et le force à bouger. Il n'aime pas perdre la main.

- Et pour votre partenaire ?

- Quoi, mon partenaire ?

- Je vous ai demandé de vous renseigner sur la raison pour laquelle il a fait courir le bruit que c'étaient peut-être mes clients qui avaient fait le coup.

- Je ne lui ai encore rien demandé.

- Pourquoi, vous le couvrez ?

- Parce que c'est un bon flic, que c'est une hypothèse plausible, que c'est un coup de pied dans la fourmilière, que ça fait bouger les lignes, et parce que tout ce qui vous affaiblit nous permettra de vous coffrer un jour.

- Mais vous ne lui avez pas demandé.

- Non, reconnaît Howard.

- Alors demandez-le lui, j'y tiens, et revenez avec une explication qui tienne la route.

- Vous ne m'avez pas bien compris, Sobchak, je ne reviendrai pas. La prochaine fois que nous nous verrons, c'est parce que vous, vous m'aurez contacté avec des informations précises et vérifiables sur Tyler.

Sobchak se lève alors avec une facilité qui surprend Howard. Il a cette réflexion incongrue qu'il doit se muscler les cuisses et le dos pour soutenir en permanence ses cent quatre-vingts kilos.

- C'est de bonne guerre, reconnaît Sobchak. Merci pour cette info, détective Howard.

- Ne vous méprenez pas, Sobchak, si ce n'était vous, je me sifflerais bien deux ou trois de ces cocktails, parce que je me sens vraiment comme un pourri de vendu.

Sobchak inspire tout l'air chaud de la ville en écartant les bras pour bien signifier l'évidence de ce qu'il va dire.

- Vous savez ce qu'a dit Bukowski à propos de cette ville ? Qu'en arrivant à La Nouvelle-Orléans, il a bien pris garde de ne pas s'installer dans un bordel pour ne pas perdre son âme, avant de comprendre que toute cette foutue ville n'était qu'un seul et grand lupanar. Tout le monde se vend un jour ou l'autre dans cette ville, Howard.

Il fait signe qu'il va rester encore un peu profiter de la terrasse et Howard remarque alors qu'elle n'est pas ouverte aux clients du bar et ne dessert que les chambres. Sobchak devine sa surprise et en sourit.

- Ce sont des chambres pour des siestes crapuleuses dans la moiteur de l'après-midi. Le soir, c'est bien trop animé et bruyant. Je vous recommande la petite suite sous les toits. Une garçonnière rouge comme une bonbonnière. Vous devriez y inviter la fille de Freeman. Ça la changerait de tous ses rendez-vous d'un soir avec des petites crapules dans des hôtels à touristes du centre.

Howard se retient de revenir le sécher d'un swing assassin et de basculer son corps par-dessus la rambarde. Mais son portable sonne.

- Howard, où que vous soyez, je veux vous voir dans un quart d'heure chez le shérif de Jefferson Parish, à Metairie.

- Un problème, Chief Martineau ?

- Ils ont arrêté et tabassé Beauregard !

39

Quelle fusillade ?

Les colères de Chief Martineau sont légendaires, jusqu'au bureau du shérif Donahue, de la paroisse de Jefferson dont dépend Metairie. Mais ce qui préoccupe Donahue, c'est que Martineau n'a pas encore explosé, justement. Qu'il se contient. Même si on voit, à sa mâchoire qui se crispe et au sang qui gorge son cou de bison blond, que la pression monte en lui. Ses veines se nouent en bretzel sous la peau de ses tempes.

- Tu ne peux pas le voir, répète Donahue qui dresse ses deux mètres derrière son large bureau de shérif. C'est la procédure et tu le sais bien.

- Je me fous de ta procédure. On ne tabasse pas un officier de la criminelle. Et encore moins sur de simples présomptions. Je veux le voir et repartir avec lui.

- C'est impossible, je ne vais pas déjuger mes hommes sous prétexte que c'est un flic du NOPD.

- Donahue, ou tu déjuges, ou je te fracasse la gueule avec ton grand bureau prétentieux de shérif à la mords-moi-le-nœud des beaux quartiers. Tu le sais ça ? Tu m'as déjà vu faire, non ?

- Merde, Martineau, il y a un signalement contre lui. On a trouvé des photos sur les réseaux. Il y a des témoignages de plusieurs filles, et il était sur le parking de l'école à les mater.

C'est la deuxième fois en deux jours qu'il s'est fait repérer par la police de l'école.

- Pauvre enfoiré, grogne Howard dont la colère blanche est aussi menaçante que celle qui bouillonne dans les poings de Martineau, Beauregard était en planque dans le cadre d'une affaire criminelle que tu viens de faire foirer !

- Quoi ! Une affaire criminelle, sur mon territoire, dans mon dos, sans que je sois prévenu, et vous avez le culot de vous la ramener et de faire du raffut !

Howard s'approche dangereusement du bureau de Donahue.

- Écoute-moi bien, on parle d'une affaire de viol et d'assassinat de mineur dont la victime est noire et les assassins probablement blancs. Tu veux vraiment jouer ta réélection de shérif des country clubs en flinguant cette enquête ?

La fermeté de Donahue se fissure et Chief Martineau enfonce aussitôt le coin.

- Pense à ce que tu as à perdre, Donahue, tes enveloppes confortables, ton petit matelas de dollars, tes ronds de serviette dans les grands restaurants, les ristournes sur tes limousines et ton 4x4…

- Je ne te permets pas…

- Ta gueule. J'exige de voir Beauregard maintenant et d'entendre sa version des faits. Et je veux le dossier sur lequel vous vous êtes basés pour lui tomber dessus à quatre et le tabasser.

Donahue hésite. Chief Martineau sait qu'il a gagné, mais insiste quand même.

- Donahue, c'est maintenant ou jamais, tu comprends. Après c'est la guerre. Tu veux vraiment faire la guerre à la criminelle ?

Le shérif cède et décroche son téléphone pour donner quelques ordres.

- Et après, je veux voir les cowboys qui ont participé au rodéo.

Donahue se laisse tomber dans son fauteuil en soupirant.

Quelques minutes plus tard, deux uniformes introduisent Beauregard dans le bureau, le visage défoncé et les poignets menottés. La paume de Chief Martineau s'abat si fort sur le bureau que tous les dossiers bondissent avant de s'éparpiller dans la pièce.

- Putain, enlevez-lui les pinces ou je casse tout.

Les deux uniformes sursautent si fort qu'un des deux trébuche en arrière. L'autre défait aussitôt les menottes sans attendre l'ordre du shérif. Chief Martineau examine le visage de Beauregard et enrage.

- Qui lui a fait ça ?

- Il a résisté à l'arrestation…

- Inconscient et le cerveau disjoncté par les cinquante mille volts du taser ?

- Il a résisté après, dans la voiture…

- Je veux voir les vidéos de son arrivée chez vous. Je veux voir dans quel état il était !

- Ils m'ont tabassé une fois arrivé ici, Chief Martineau. Et le shérif en était. Je n'ai même pas pu me défendre. J'avais encore les cinquante mille volts qui me couraient dans les os.

- Ton détective est un prédateur sexuel, Martineau, un putain de harceleur qui chasse des gamines jusque sur le parking des écoles ! vocifère Donahue qui préfère prendre les devants.

- Montre-moi le dossier ! hurle Chief Martineau. Je veux voir ce putain de dossier. Tout de suite !

Donahue ramasse un des dossiers tombés par terre et le jette sur la table. Chief Martineau le feuillette rapidement et fulmine.

- Une seule photo ? Une seule ?

Il prend la photo et contourne le bureau pour la coller sous le nez de Donahue.

- Et qu'est-ce que tu vois, là, shérif de mes deux ? Qu'est-ce que tu vois ? Moi je vois un flic habillé, hein, pas à poil, pas même débraguetté, qui montre son badge. Son badge, Donahue, pas sa bite, son badge. C'est une offense sexuelle, maintenant, de montrer un badge de flic ? C'est censé faire de chaque flic qui le montre un délinquant sexuel, ça ? Réponds-moi, Donahue !

- La photo peut-être pas, mais les dénonciations sur les réseaux sociaux, sûrement. Deux cents posts. Tous dans le même sens. Tous plus accablants les uns que les autres. Tu veux que je te les lise à voix haute ?

- Non, shérif Donahue, je veux que tu me lises à voix haute les dépôts de plainte de toutes les victimes. Je veux que tu me lises à voix haute tous les procès-verbaux de leurs dépositions. Je veux que tu me lises à voix haute tous les résultats de vos contre-enquêtes pour vérification. Ça, je veux bien l'entendre.

Encore une fois, Donahue cède et avoue.

- On a été appelé en urgence par la police de l'école. Le type a dit que ça faisait deux jours de suite que ton gars tapissait dans le parking. La veille déjà il avait fait des histoires et le type de l'école l'a reconnu. Pour son boulot, il suit les réseaux sociaux…

- Chief Martineau, coupe Beauregard. Le type en question, c'est un flic d'ici qui fait des ménages pendant ses heures de service.

Chief Martineau secoue la tête comme un justicier qui va être obligé d'en coller une malgré lui.

- C'est quoi ton job ici, Donahue ? Parce que ce n'est sûrement pas enquêteur. Moi je ne connais pas ce dossier, tu vois, mais déjà je remarque que la photo date de quatre jours, et combien tu annonces de témoignages sur les réseaux ? Deux cents, c'est ça ? Donc on te dit qu'un type est responsable de cinquante harcèlements par jour, quatre jours de suite, sur des filles de la même école et toi tu le crois ?

Donahue ne répond pas.

- Cette photo, cowboy en toc, elle a été prise quand Beauregard a recadré trois filles à papa dans leur Corvette qui voulaient aller s'amuser sur une scène de crime à Algiers, enchaîne Howard. Tu t'arrangeais pour croiser Beauregard et le lui demander, et tu avais ta réponse, au lieu de lui arranger le visage. Appelle les quatre courageux qui l'ont cabossé, maintenant.

- Pour quoi faire ? s'alarme Donahue.

- Appelle-les ! hurle Chief Martineau en balayant du bras tous les dossiers que Donahue avait ramassés un à un pour masquer son embarras.

Les quatre uniformes arrivent et paniquent en voyant l'état du bureau.

- Laissez vos armes et tout ce qui pourrait vous blesser ici, annonce Beauregard, et trouvez-nous une pièce où nous pouvons nous expliquer.

Aucun des flics ne bouge. Du regard, ils interrogent désespérément Donahue qui préfère perdre le sien le plus loin possible de l'autre côté de la fenêtre.

- Pas de problème, on peut faire ça ici si vous préférez, dit Beauregard en enlevant sa veste, de toute façon, vu l'état où c'est déjà…

Mais Donahue lève enfin sa grande carcasse et rend les armes.

- C'est bon, Martineau, on a compris. On a fait une boulette et on s'en excuse. Mais il est hors de question que je vous laisse boxer mes hommes.

- Mais il n'a jamais été question que Chief Martineau et le détective Howard me donnent un coup de main, précise Beauregard.

- J'ai dit qu'on a compris, Beauregard, d'accord? Alors remballez vos affaires et retournez à la Crim. Je m'occuperai du flic de l'école et des gamines. Vous êtes venus faire le concours de ceux qui ont la plus grosse, eh bien c'est vous. Bravo. Vous avez gagné. Tant mieux. Maintenant la récréation est terminée.

- D'accord, Donahue, mais écoute-moi bien: je ne fais rien remonter aux Affaires internes à deux conditions. Je veux la liste de tous les élèves inscrits à Saint Augustin cette année, et je veux que ton flic à mi-temps me donne l'immatriculation de toutes les Corvette du campus.

- Les Corvette, je peux. Pas la liste des élèves.

- Si, tu peux. T'as pas le choix.

Sur un signe de Chief Martineau, Beauregard prend sa veste sur son bras et ils sortent. Puis Chief Martineau revient sur ses pas et les quatre flics en uniforme se raidissent comme des condamnés devant leur peloton d'exécution.

- Et vous quatre, je ne veux plus jamais vous voir dans Big Easy, compris? Chaque patrouille, de nuit comme de jour, saura comment vous avez maquillé Beauregard en rouge et bleu. Restez les bons petits flics des country clubs que vous êtes. Ne foutez pas un seul pied chez nous. Même pas pour aller à l'hosto. Même pas pour le carnaval!

Ils sortent dans un silence de comité central que seuls troublent les sonneries de téléphones auxquelles personne n'ose répondre.

Dès qu'ils sont sur le parking, Chief Martineau s'énerve à nouveau.

- Mais qu'est-ce que c'est ce bordel, Beauregard?

- On vous préparait un rapport en kevlar comme vous avez exigé, Chief Martineau, répond Howard en voyant Beauregard vérifier l'articulation de sa mâchoire. C'est juste qu'ils ne nous en ont pas laissé le temps. On a bien avancé sur le meurtre du gamin. On tient un fil solide qui nous conduit droit à des élèves de Saint Augustin. On avait prévu de vous le remettre demain matin.

- Ouais, j'ai entendu ça : une affaire de viol et d'assassinat de mineur dont la victime est noire et les assassins probablement blancs.

- Blanches, Chief Martineau, corrige Beauregard.

- Comment ça, blanches ? Vous voulez dire que ce sont des filles qui ont violé et tué ce gamin ?

- Très probablement, Chief Martineau.

- Et vous avez mis un nom sur ces salopes ?

- Pas encore, regrette Howard.

- Peut-être bientôt, dit Beauregard en souriant douloureusement. Mon épisode de délinquant sexuel va sans doute nous y aider.

- Tu nous expliques comment ?

- Ma photo, sur les réseaux sociaux, elle n'a pu y être mise que par une des trois filles dans la Corvette. En remontant jusqu'au portable ou à l'ordinateur, nous aurons une adresse.

- Bien vu, admet Chief Martineau.

- Et cadeau pour vous, Chief, j'ai déjà noté l'immatriculation de trois Corvette jaunes sur le campus.

- Beauregard, tu devrais te faire défoncer plus souvent, se moque Howard, ça te rend beaucoup plus performant.

Ils montent chacun dans leur voiture, puis Chief Martineau les rappelle.

- À propos, vous en êtes où avec la fusillade sur l'échangeur de la Pontchartrain Expressway ?

- Quelle fusillade ?

40

… qui correspond au numéro de Louise.

- Trois balles, dit le doc. Deux non létales tirées à distance, la troisième mortelle à bout touchant, façon coup de grâce. Ça fait trois jours déjà. J'ai eu peur que vous ne veniez jamais.

Il tire le casier de la morgue, découvre le visage du corps cireux et froid, et Beauregard détourne le regard. Depuis qu'il sait pour Molly, il ne veut plus rien voir de ce qui l'attend. Les morts ont été, au moins une fois dans leur vie, des êtres aimés.

Pris par l'affaire du gamin et celle de Patterson, ils ont complètement oublié ce dossier qu'ils n'ont même pas ouvert. Beauregard l'a récupéré au poste et Howard l'a rejoint directement à la morgue. C'est pour cette raison qu'il sursaute à la vue du cadavre.

- Mais je connais ce type !

- Tu connais Alvaro Martinez, de Biloxi ?

- Alvaro Martinez ?

- D'après les papiers trouvés sur lui, oui, répond le doc.

- Jamais de la vie. Ce type cherchait bien des noises au vrai Alvaro Martinez justement, dans une *juke-house* sur Old Spanish Trail, mais son prénom, c'est Abel. Je ne connais pas son nom de famille. Alvaro était tranquille avec une fille quand ce type et sa bande ont débarqué pour le bastonner.

Une histoire de dette, si je me souviens bien. Je suis intervenu, d'abord pour tenir la fille à l'écart, et ensuite pour sauver Chipmunk d'une bonne baston.

- Chipmunk?

- C'est le surnom que j'ai donné à Alvarez pour distraire son trio de correctionneurs.

- Martinez ou Chipmunk, je ne sais pas et je ne veux pas savoir, ça c'est votre problème et tant mieux. C'est plus facile d'autopsier le corps d'un mort que sa vie. Mais pour la *juke-house*, tu as raison, dit le doc en ouvrant une enveloppe de papier kraft de laquelle il fait glisser sur le ventre du mort un portefeuille et une boîte d'allumettes. Le Boy's End. Bonne bière, grandes tables et grandes gueules. Pratiquement pas une soirée sans baston. Mais le zarico est bon, les *po boys* généreux, et les bières sans fin.

- Le zarico?

- C'est l'ancien nom de la musique zydeco, et ne me demande pas pourquoi ça a changé.

- Vous fréquentez les *juke-houses*, vous? s'étonne Beauregard.

- *Juke-joint*, *juke-bar*, *juke-house*, donne-lui le nom que tu veux et tu m'y trouveras au moins une nuit sur deux. Et toi aussi, avec la tête de steak que tu affiches aujourd'hui, tu pourrais presque avoir l'air d'un habitué.

- Bon, votre vision des choses sur la vie et la mort de ce pauvre type, Doc? coupe Howard.

- Je te l'ai dit, Doug: fusillade et coup de grâce. Mais il avait sur ses vêtements le sang de quelqu'un d'autre mêlé au sien. Des abrasures sur la gorge jusque sous le menton. Je dirais qu'on l'a tiré par le col en arrière quand il était sur le dos. Déduction corroborée par l'absence de chaussures aux pieds et les écorchures aux talons. On a retrouvé ses Nike sur la chaussée. Que dit votre dossier?

Howard ouvre le dossier sur une table d'autopsie vide.

- Ne fais jamais ça, Doug, tu pourrais polluer mon prochain cadavre !

- Trop tard, dit Howard en étalant les photos de la scène de crime qu'il découvre pour la première fois.

On y voit une Buick LeSabre blanche d'un autre âge criblée de balles et le faux Alvaro couché la tête contre le volant.

- Mais les pieds côté passager, remarque le doc.

- J'ai noté aussi. On l'a tiré pour essayer de le mettre à la place du chauffeur.

- Pas assez de sang sur la banquette non plus.

Beauregard tire à eux une autre photo, cadrée plus large.

- Bien vu, Doc. Regardez cette flaque à trois mètres de la voiture. C'est là que ce type a été touché d'abord.

Tous les trois observent les autres photos.

- Et ces traces devant la Buick, quelqu'un a brûlé de la gomme !

- D'accord, alors voilà comment on pourrait voir les choses. Alvaro arrive avec sa Buick et tombe dans une embuscade. Il riposte aux tirs et blesse ce type. Il pile, revient en arrière en brûlant de la gomme, et tire le type mourant par le col à bord de sa caisse. Il le met plus ou moins à sa place, l'exécute d'une balle dans la tête, met quelques-uns de ses papiers et la boîte d'allumettes dans sa poche et…

- Et quoi ?

- Et se tire pour se faire oublier.

- Regarde les douilles. Il y a bien celles tirées par notre macchabée, à côté de son sang, mais il y en a trois fois plus de l'autre côté de la route. Comment Alvaro aurait pu arranger cette mise en scène sous la mitraille des autres ?

- Parce que ce type était le chef de cette bande de petites frappes. Ils ont dû déguerpir dès qu'ils l'ont cru mort.

- Ça se tient, reconnaît le doc. Vous vous êtes mis sur ce dossier un peu tard, mais vous avancez vite. Je revois mon dossier en fonction de ce nouvel angle. Vous l'aurez demain matin.

Ils prennent congé du doc et sortent sur le parking.

- Qu'est-ce que tu fous à passer tes nuits dans des *juke-houses* ? demande Beauregard.

- Et toi, pourquoi tu t'amuses à faire courir le bruit que ce sont les escobars qui ont ponctionné Sobchak ?

Beauregard s'arrête et fixe Howard.

- En quoi ça t'intéresse ?

- En ce que nous sommes partenaires, peut-être, non, tu ne crois pas ? Et que les rumeurs que tu lances sans fondement peuvent me retomber dessus aussi.

- Si j'ai bon souvenir, c'est une hypothèse que nous avons envisagée avec Chief Martineau.

- Si j'ai bonne mémoire, l'hypothèse principale, c'est que la fuite vient de chez nous.

- Qu'est-ce que tu sous-entends ?

Beauregard s'est raidi et Howard le perçoit aussitôt.

- Rien, je me demande juste pourquoi tu choisis de faire courir le bruit de l'hypothèse la moins probable.

- Parce que dans un début d'enquête, toutes les hypothèses se valent, et qu'il faut les explorer une à une pour pouvoir faire le tri et éliminer les fausses pistes. C'est ce que je fais. C'est comme ça qu'on fait son métier de flic. Si tu ne veux envisager que l'hypothèse de la taupe au NOPD, alors demande une affectation aux Affaires internes.

Beauregard rejoint sa voiture et manœuvre sans regarder Howard. Quand il repasse devant lui, il baisse la vitre.

- Tu devrais plutôt t'occuper de la fille. Elle a un jules en cavale maintenant, et avec des mitrailleurs aux trousses, il va bien falloir qu'il se planque quelque part, non ?

- De quelle fille parles-tu ?

- La fille de la *juke-house*, celle qui accompagnait Alvaro. Si ces *bougues* la connaissent, soit ils vont le chercher chez elle, soit ils vont s'en prendre à elle pour le faire sortir de son trou. Ou la découper au cutter juste pour se venger.

Puis il démarre et s'en va. Howard sort aussitôt son téléphone et appelle Louise. Répondeur automatique. Il hésite, puis laisse un court message pour qu'elle le rappelle. Il attend quelques minutes qu'elle le fasse, puis compose un autre numéro. Il s'identifie comme détective du NOPD et demande l'adresse qui correspond au numéro de Louise.

41

Et Howard était bien là pour lui ce soir.

La pénombre des arbres ajoute à l'ombre de la nuit. Un souffle badaud maraude entre les feuillages. Ils bruissent dans le silence étouffé de l'avenue. Leurs mouvements tapissent le sol sombre de touches de lune phosphorescentes. Seuls des cônes de lumière orangée trouent l'obscurité, de loin en loin, au pied des lampadaires espacés. Un dernier *streetcar* passe, à peine éclairé.

Howard a tapi sa voiture dans l'ombre la plus profonde. Une Chevrolet de service noire. La maison qu'il surveille dort sous les ramages d'un pacanier indolent, au milieu d'un jardin sauvage, de l'autre côté de la rue. Malgré la chaleur épaisse, il a coupé le moteur pour éteindre la climatisation. Sa cible est rompue à ce genre de surveillance et le repérerait aussitôt. Il ne veut pas baisser la vitre de ce côté-là non plus. Il sait que les reflets le protègent. Alors il baisse celle qui donne sur le trottoir et laisse s'engouffrer à l'intérieur les senteurs de la nuit. Il a plu. L'odeur lourde de la terre et des herbes moussues. Des écorces rêches des chênes et des cyprès. Le parfum de menthe et de poivre des feuilles cassantes des géraniums. L'arôme sucré des belles-de-nuit, leurs jupes légères ouvertes en corolle aux sphynx nocturnes qui les batifolent d'un silence feutré. Celui oppressant et poudré des bosquets de jasmin. Et l'air tiède au goût de glaise et d'eau saumâtre avec, aiguisé par les sautes de brises légères, la fraîcheur salée de la mer au loin.

Parmi les rares voitures qui remontent Saint Charles, de l'autre côté du terre-plein central où courent les rails des *streetcars*, il devine à l'instinct celle qui l'intéresse. Il remonte la vitre côté passager et regarde la voiture venir vers lui, de l'autre côté des rails, ralentir, mettre son clignotant, et s'engager en souplesse dans l'allée qui mène au garage. Il note aussitôt que la porte à bascule ne s'ouvre pas et que la voiture reste dans l'allée. Soit le garage est occupé par un autre véhicule, soit le chauffeur compte repartir plus tard. Il préférerait de loin la seconde hypothèse. Passer la nuit en planque juste pour confirmer que la cible n'a pas bougé ne le tente pas trop. Autant courir les bayous mal famés à la recherche de Tyler.

Quand il voit Beauregard descendre de la Honda, il prend l'appareil photo et tire une rafale de clichés. Beauregard referme la porte, regarde autour de lui, actionne le verrouillage à distance, regarde encore, se dirige vers la porte d'entrée, regarde une dernière fois, ouvre avec une clé et entre dans sa maison.

Howard n'aime pas ce qu'il fait. Espionner Beauregard. Surtout pour le compte de Sobchak. Mais sa quête de vérité sur le sort de Tyler est à ce prix. Il note l'heure dans un calepin. À son arrivée sur les lieux, une heure plus tôt, il a noté la lumière diffuse derrière deux fenêtres du rez-de-chaussée. Une pièce éclairée plus à l'intérieur, probablement. Puis il a noté aussi l'heure d'arrivée d'une femme noire d'un certain âge qui disposait des clés. Et voilà que cette femme sort de la maison maintenant que Beauregard est entré. Elle traverse jusqu'au terre-plein central et longe les rails jusqu'à l'arrêt du *streetcar*. Howard liste tous ces détails dans son carnet. Au loin déjà arrive le tramway. Son gros phare rond de cyclope creuse un tunnel mouvant sous les arbres biscornus qui cherchent à le retenir. La lumière jaune se referme aussitôt et noircit la nuit derrière lui. Quand il passe à sa hauteur, le tramway reprend sa couleur tilleul aux huisseries rouge anglais. Un monument. Une institution. La plus ancienne ligne de tramway du monde en activité continue depuis 1835. Sept jours sur sept. De jour comme de nuit. À trimballer des vies silencieuses à travers la ville. À chaque fenêtre, des passagers hébétés de fatigue ou déjà endormis. Immobiles. Tête pendante sur la poitrine, ou tempe appuyée contre la fenêtre, nuque cassée en arrière sur le dossier en bois verni. Tranches de vies suspendues dans la nuit. Des tableaux d'Edward Hopper qui défilent. Même le traminot, habillé d'un gilet jaune, semble peint dans l'encadrement de sa cabine. La pensée de Howard s'égare, comme si le tram l'emmenait divaguer avec lui. Est-ce que Beauregard a quelque chose à voir avec ce général raciste confédéré qui avait annoncé que, grâce à Dieu, tout le peuple noir de race inférieure aurait disparu avant 1920, comme les indiens et les bisons ? Avant de faire volte-face pour devenir un ardent défenseur du droit des « *negroes* » à revendiquer la propriété et le vote. Pourquoi, en voyant passer le tram, pense-t-il à ce général à qui le Brésil, l'Égypte et la Roumanie voulaient confier leur armée ? Parce que ce général, ingénieur dans le civil, avait déposé le brevet d'un système de mâchoire mécanique qui s'agrippait à un câble pour tirer les *streetcars*. Cette mâchoire même qui, aujourd'hui encore, accroche les *cable cars* de San Francisco aux câbles souterrains qui leur font gravir les collines. Mais il reste une raison plus obscure à ces digressions. Il le sent. La cherche. Et la trouve. Il le sait. Il l'a lu quelque part : le général Pierre Gustave Toutant de Beauregard est né à Chalmette. En face de Lower Algiers, où on a trouvé le corps du gosse noir violé et mutilé, derrière le débarcadère du ferry qui relie ces deux quartiers. De mémoire, il a même une double rue à son nom...

Le soubresaut du tramway sur un rail dilaté ramène les voyageurs à la vie et Howard à la réalité. Le *streetcar* est passé dans le roulis métallique de ses bogies sur les rails. Il a perdu la maison de vue quelques secondes, mais la Honda n'a pas bougé. Une lumière est allumée derrière une autre fenêtre. Il va prendre ses jumelles pour observer la pièce quand la vitre côté passager explose. Il n'a pas le temps de sortir son arme. Le canon d'un automatique se pose contre sa tempe, la portière s'ouvre et Beauregard entre dans la voiture.

- À quoi tu joues, Doug ? Tu planques devant chez moi, maintenant ? Tu m'espionnes ? Tu enquêtes sur moi ? Qu'est-ce que tu cherches ?

- Hey, d'abord tu ranges ce flingue, d'accord ? Est-ce que tu te rends compte que tu braques un officier de police ? Et ton coéquipier en plus...

- Je braque un rôdeur que plusieurs de mes voisins ont signalé en planque devant ma maison. Et si je tire, on trouvera ton arme sur son cadavre. Légitime défense.

- Si tu tires ! Non mais tu t'entends, Zach ? Tu me tirerais vraiment dessus ?

- Je n'hésiterai pas une seule seconde si tu ne me donnes pas une bonne explication à ta présence ici. Et je vais t'aider à ne pas me mentir pour ne pas m'obliger à tirer. Tu n'es pas en mission officielle. Si la maison voulait enquêter sur moi, elle enverrait n'importe qui sauf toi qui es mon coéquipier. Sans parler du FBI ou des Affaires internes qui enverraient leurs propres équipes. Et en plus tu es seul. Donc je répète ma question : à quoi tu joues, Doug ?

Howard sait que Beauregard a raison et qu'il peut difficilement lui mentir. Mais il ne peut pas non plus lui avouer la vérité.

- À ma connaissance, aucun service ne te cherche des poux, Zach. C'est juste moi qui en ai marre de faire équipe avec Peter Brady. Merde Zach, tu es l'homme invisible, l'équipier fantôme. Tu n'es jamais là, tu as toujours un « truc » à faire, on ne peut jamais compter sur toi.

- Je suis toujours là quand il le faut, Doug, et tu regardes trop la télé. Les gentils équipiers qui gambadent partout deux par deux jour et nuit la main dans la main, c'est de la fiction pour mélodrame bas de gamme.

- En attendant, ton flingue sur ma tête, ce n'est pas de la fiction. Baisse ton arme, tu veux, ça va finir par me rendre nerveux.

Beauregard garde son arme braquée sur Howard.

- Notre équipe a le meilleur taux d'élucidation de la criminelle, Doug, ça prouve que ça marche comme ça.

- Notre équipe ? Mais quelle équipe, Zach ? On bosse ensemble depuis trois ans et il a fallu que j'attende la semaine dernière pour entendre le prénom de ta femme pour la première fois !

La pression du canon se fait plus forte sur la tempe de Howard.

- Je t'ai déjà dit de ne plus mentionner ni ma femme ni son prénom, Doug. Laisse-la en dehors de notre monde, elle n'y appartient pas. Ni elle, ni cette maison que tu surveilles, ni rien de ce que je fais en dehors du service.

- Putain Zach, s'énerve Howard, ta femme fait partie de notre monde par le simple fait d'être ta femme. Elle est femme de flic. À n'importe quel moment, moi, ton partenaire, je peux être obligé de venir lui annoncer le pire.

- Personne n'aura jamais à lui annoncer le pire, Doug. Même pas toi. Alors laisse ma vie privée en dehors de nous et réponds vraiment à ma question. Pourquoi tu planques devant chez moi ?

Howard hésite un moment avant de répondre. Il tourne la tête vers Beauregard et se retrouve avec le canon de l'arme contre son front. Il est persuadé que Zach ne tirera jamais sur lui. Ça ferait de lui un flic tueur de flic et ça l'éloignerait à vie de ce secret qu'il cherche à préserver avec tant d'acharnement. Howard se dit qu'il pourrait tenter de le désarmer, mais garder Beauregard dans cette posture embarrassante lui semble un meilleur moyen de reprendre la main.

- Je n'en sais rien, Zach, je n'en sais vraiment rien. Je voulais juste savoir pour quelle raison étrange tu t'éclipses à n'importe quel moment. Et je vais te dire une bonne chose. Le simple fait d'avoir le canon de ton arme sur mon front me prouve que j'ai raison. Il y a quelque chose dans ta vie privée qui prime sur ton métier de flic et le pourrit, et moi je n'ai pas envie d'en faire les frais et de me faire flinguer parce que mon partenaire a la tête ailleurs. Je vais demander à Chief Martineau de changer d'équipier.

- Moi, jusqu'à ce soir, notre partenariat m'allait très bien. Mais c'est vrai que planquer devant chez moi pour enquêter sur ma vie privée est un sacré coup de canif dans le contrat de confiance. Si Chief Martineau me demande mon avis, je lui expliquerai le pourquoi du comment et j'appuierai ta demande.

- Eh bien nous sommes d'accord, alors, grogne Howard furieux d'avoir poussé les choses aussi loin. Tu peux arrêter ton cirque et ranger ton arme maintenant.

Beauregard reste un long moment immobile, puis se redresse, glisse son automatique dans sa ceinture, descend de la voiture et tape deux fois sur le toit.

- Salut partenaire. Rentre bien et sois prudent.

- Connard! lâche Howard en mettant le contact.

- Et pour ta vitre, ne t'en fais pas, Freret est avec Touro et le Vieux Carré un des quartiers favoris des voleurs à la roulotte, comme disent les Français. Tu n'as qu'à dire que tu as retrouvé ta roulotte fric-fraquée en sortant d'un dîner amical chez ton coéquipier.

Howard démarre et la voiture bondit sur l'asphalte en crissant des pneus. Il frôle sans le vouloir Beauregard qui traverse pour rentrer chez lui. Il l'évite de justesse et, le temps d'une seconde, aperçoit une ombre qui les observe à la fenêtre depuis la maison sous les pacaniers. Mais il ne voit pas celle qui l'observe aussi depuis la vieille Pacer qu'il ne reconnaît pas, un peu plus loin dans le trou d'ombre que dessinent les feuillages qu'un chêne tordu a glissés sous un lampadaire.

- Qui était-ce ? demande Molly quand Beauregard la rejoint dans la cuisine.

Elle flotte dans un pyjama bleu clair à lui. Le même depuis si longtemps. Elle dit qu'elle adore ça. Avant la maladie, elle ne portait que le haut, à peine boutonné sur ses jolis seins fiers et pointus. Ses longues jambes et ses fesses, son sexe blond, nus dessous. Aujourd'hui, elle enfile aussi le pantalon pour masquer sa maigreur et ses genoux noueux. Mais elle reste sa Molly désirable dans son pyjama céleste.

- Howard. Un truc à me dire à propos d'une affaire.

- Je me trompe ou il a failli t'écraser ? dit-elle en sortant d'une petite cave à vin encastrée une bouteille de blanc.

Domaine La Solitude, depuis quelque temps son vin préféré en dehors des repas et des heures convenables. Avec le Chasse-Spleen en vin rouge à table. Elle sort deux verres élégants au calice bombé.

- Tu es sûre que c'est raisonnable avec tes médicaments ?

- Pourquoi veux-tu que nous soyons raisonnables, sourit Molly, tu sais bien ce que j'en pense.

- Tu as raison, s'excuse Zacharie, qui la laisse servir le vin. Mais ce sont des verres à vin rouge.

- Et alors, soyons fous ! plaisante-t-elle.

Ils se sourient et trinquent, heureux malgré leur certitude. C'est un vin de mer, a-t-elle l'habitude de dire. Un nez de coquille d'huître et d'embruns, puis de senteurs de pamplemousse et de citron qui s'ouvrent sur une pointe de fleurs blanches.

- Tu crois qu'il se doute de quelque chose ?

- Doug est un bon flic. Il finira par comprendre.

- Mais... ?

- Mais il m'a menti et ça ne lui ressemble pas. Ça fait trois ans qu'il s'accommode de la façon dont notre tandem fonctionne. Pourquoi s'en inquièterait-il subitement aujourd'hui ?

- Tu penses que quelqu'un d'autre le pousserait à te soupçonner ?

Il aime qu'elle parle sans inquiétude. Qu'elle se soit mise de son côté à l'instant même où il lui a avoué ce qu'il a fait. Qu'elle ait accepté que cela fasse partie de leur choix. Même si l'agenda de cette période heureuse et osée, c'est celui de sa mort annoncée. Il aime qu'elle soit en paix avec cette idée. Aucune crainte dans le ton de sa question. Aucune inquiétude. Aucune peur.

- Si la police avait des doutes, j'aurais le FBI ou les Affaires internes sur le dos. Je crois que Doug agit à titre personnel, ou pour quelqu'un d'extérieur à la police.

Molly s'est assise sur la table de la cuisine et balance ses pieds nus en dégustant sa Solitude.

- Je ne vois personne d'autre qui pourrait courir après toi, sinon celui à qui tu as volé cet argent.

- Je pense la même chose, mais peu m'importe le commanditaire. Ce qui m'interroge, c'est pourquoi Doug travaillerait pour lui. Je connais Doug, c'est un sale con de cowboy obstiné, mais c'est tout sauf un corrompu. C'est un flic intègre. Alors s'il travaille vraiment en sous-marin pour Sobchak, par quelle monnaie d'échange Big Creep a-t-il réussi à le faire basculer du mauvais côté ?

- Ce n'est pas la question la plus urgente, Mister Barrow, intervient Molly. La première question est : pourquoi Big Creep te soupçonnerait-il ?

Beauregard remplit les verres à nouveau et réfléchit en se laissant hypnotiser par les reflets du vin.

- Paille avec des reflets d'or… dit-il pensif.

- Mimosa avec des reflets d'ambre claire, corrige-t-elle.

La bouche est d'abord tonique, puis gagne en amplitude jusqu'à devenir charnue et fruitée avec, en finale, une agréable persistance fraîche et aromatique.

- Je crois que personne ne me soupçonne encore. Je pense qu'ils ont compris que le coup ne pouvait venir que du côté des flics. Ils ont déjà établi une liste et le FBI comme les Affaires internes ne vont pas tarder à vouloir m'entendre. Comme tous les autres. C'est logique et je l'ai prévu. Mais je ne vois pas ce qui aurait pu mettre la puce à l'oreille de Doug.

- Encore une fois, tu te trompes peut-être d'oreille, insinue Molly.

- Comment ça ?

- Peut-être que Doug n'a pas choisi de s'intéresser à toi. Peut-être que c'est une demande de son commanditaire.

- Mais pourquoi Sobchak aurait des soupçons sur moi ?

- Je suis trop pompette pour répondre à cette question policière, dit soudain Molly en sautant de la table. Cette Solitude me flageole les gambettes. J'ai besoin que des bras puissants me portent jusqu'à mon lit et me gardent enlacée pour me faire oublier toutes ces vilaines histoires de gendarmes et de voleurs.

- Je peux faire ça, dit Zacharie qui s'amuse de voir Molly emporter avec elle son verre et la bouteille.

Plus tard dans la nuit, il quitte le lit en silence. Le pyjama bleu est froissé par terre. Veste et pantalon. Zach remonte le drap sur le corps nu et maigre de Molly, heureux de ce qu'ils prennent encore un peu de plaisir ensemble. C'est en la regardant dormir en paix avec ce qu'elle l'a convaincu d'accepter qu'il comprend. Sur la table de nuit, au fond du verre vide, il devine le *Jefferson Airplane*. L'allumette à la tête brûlée, pliée en « V », dans laquelle Molly aime à pincer ses mégots de joints pour les fumer jusqu'au bout du bout. L'herbe. La dope. La marijuana. La colombienne… Voilà son erreur. Avoir fait courir trop vite le bruit que les Colombiens pouvaient être les voleurs d'Alligator Grove. Il se souvient de sa conversation avec Big Creep, au balcon de l'American Sports. Ainsi Sobchak n'a pas gobé l'histoire selon laquelle il aurait répandu la rumeur sur ordre de sa hiérarchie. Peut-être même qu'il se l'est fait confirmer par ceux qui, dans cette hiérarchie, émargent chez lui. Donc Sobchak sait qu'il a menti, qu'il a agi de son propre chef, et que par conséquent il doit avoir une bonne raison de le faire. Sobchak en a peut-être déduit qu'il cherchait ainsi à détourner son attention, par exemple. Et celle de la police par la même occasion. Et pourquoi, sinon pour cacher quelque chose qu'il veut que personne ne sache. Donc Sobchak le soupçonne bien. Et Howard était bien là pour lui ce soir.

42

… ne divorcez pas avant.

- Beauregard ! hurle Chief Martineau, un deux litres de Dr Pepper dans une main et un gobelet géant en carton dans l'autre.

Beauregard vient à peine d'arriver, mais Howard est déjà dans le bureau de Chief Martineau.

- Bon, c'est quoi ces états d'âme ? demande-t-il en se laissant choir dans son fauteuil dont le cuir crisse puis soupire. Vous ne voulez plus faire équipe ensemble, c'est ça ?

- Je n'en sais rien, répond Beauregard qui fait l'étonné, Howard vous a dit ça ?

- Ne joue pas à ça, Zach, tout le monde sait que ce n'est pas vraiment l'amour entre vous.

- C'est vrai, admet Beauregard en s'amusant de la situation, mais d'un autre côté ce n'est pas ce qu'on nous demande non plus, n'est-ce pas Chief ?

- Non, mais vous pourriez au moins vous entendre.

- On s'entend dans le boulot. Nous avons les meilleures stats de tout le service. Nous n'avons pas besoin d'être les parrains de nos enfants pour être de bons flics.

- Je n'ai pas d'enfant, maugrée Howard.

- Ça tombe bien, moi non plus !

- Bon, écoutez, arrêtez vos conneries, d'accord ? Vous ne voulez plus faire équipe, c'est votre problème. J'avoue que moi-même j'aurais jeté l'éponge avec chacun d'entre vous depuis belle lurette. Quand on ne peut pas téter sa mère, on tète sa grand-mère, alors je vais faire avec. Mais vous allez rester mariés jusqu'à la fin des deux enquêtes en cours. Le gosse du ferry Algiers-Chalmette, et la fusillade de la Pontchartrain Expressway. Après, vous faites ce que vous voulez, mais vous ne divorcez pas avant.

43

… dépouillées du contenu de leurs sacs.

Crab est en goguette sur Bourbon Street. La nuit est chaude et les touristes nombreux. Les guirlandes illuminent les galeries et les balcons des maisons coloniales, l'air s'alourdit du parfum des *po boys*, dans l'aigreur des senteurs de bière et de rhum. C'est l'heure où les touristes parlent fort, s'interpellent d'un trottoir à l'autre, trébuchent et se bousculent en éclatant de rire. Crab a fait ami ami avec un couple d'homos hollandais et les trimballe d'un bar gay à l'autre. Cafe Lafitte in Exile, Phoenix Bar, Golden Lantern, Corner Pocket, en leur promettant d'aller s'éclater en boîte au Bourbon Pub Parade. Même s'il les aura délestés et largués bien avant. Ils marchent sur le trottoir bondé de touristes déjà éméchés, lui au milieu, les tenant par la taille. Ses deux gamins suivent collés-serrés derrière et masquent de leur tête ses grosses mains agiles qui soulagent les Bataves de leur argent et de leurs passeports. Ils ne voient pas Chipmunk fondre sur eux à travers la foule.

- Crab, faut que je te parle.

- Merde, Alvaro, tu ne vois pas que je suis en main, là !

Le flingue jaillit dans la main de Chipmunk, mais Crab n'en a pas peur. Ce qui l'inquiète, ce sont les éclairs de panique dans les yeux d'Alvaro. Sûr qu'il est déchiré. Il vaut mieux la jouer pédale douce.

- *Sorry boys*, s'excuse Crab en claquant le dos des deux Hollandais, le Bourbon Pub Parade est juste devant vous à un bloc d'ici, sur l'autre trottoir. Moi, il faut que je suive mon copain.

Pour toute excuse, Crab montre le revolver dans la main d'Alvaro d'un geste amusé, et les deux Bataves regardent l'arme, sidérés, hésitant entre en rire comme Crab ou en paniquer comme Alvaro. Le temps qu'ils réagissent, Alvaro a tiré Crab à l'écart dans Orleans Street. Mais quand Crab aperçoit l'ombre projetée du Christ rédempteur sur la façade de la cathédrale Saint Louis, il refuse d'aller plus loin.

- Fais pas chier avec tes superstitions, Crab, j'ai besoin de toi. Faut que tu m'aides, sinon je flingue tes gosses, hurle Alvaro en pointant son arme sur les jumeaux qui les suivent de quelques mètres.

Il y a beaucoup moins de monde dans cette portion d'Orleans Street. Les touristes sont dans l'autre rue parallèle, Saint Peter, à écouter du vieux *chime blues*, du jazz et du *brass band* devant Preservation Hall.

- Okay, okay, oublie le flingue, s'excuse Alvaro en glissant l'arme dans sa poche, mais il faut que tu m'aides quand même, Crab, il faut vraiment que tu m'aides, mec, ils m'ont mitraillé sur l'échangeur de la Pontchartrain, mec, comme je te le dis, tu n'en as pas entendu parler ? Et j'ai été obligé d'en buter un, mec, bam ! Je l'ai buté, je te jure, c'était lui ou moi. Maintenant il me faut une planque, Crab. Il me faut une planque.

Ils se sont engagés dans Pere Antoine Alley, qui longe un jardin désert à cette heure. L'endroit est assez sombre pour décourager les touristes qui le prennent pour un coupe-gorge. Ils ne sont que quatre dans le passage, Chipmunk, Crab et ses deux gamins, quand arrive la Cadillac rose qui reste à l'entrée de l'allée, les phares allumés.

- Oh putain, ils sont déjà là, pleurniche Chipmunk, ils sont déjà là Crab, ils vont me descendre !

Il sort son revolver et se glisse derrière Crab.

- Bougez pas ou je le flingue ! hurle-t-il.

- Ouais, c'est sûr qu'on va pleurer sur Crab, se moque une voix derrière les phares qui les aveuglent.

- Les jumeaux, dans le parc ! ordonne Crab.

Les deux gamins bondissent par-dessus la barrière comme des impalas à la vue d'un guépard. Ils disparaissent dans l'ombre du jardin et leur saut détourne l'attention de Chipmunk. Crab en profite pour lui arracher l'arme et inverser les rôles. Il le tient devant lui et se plaque dos au mur. Comme il s'y attendait, deux types bloquent aussi l'autre issue de l'allée.

- Déconne pas Crab, monsieur Sobchak veut juste lui parler. C'est pas l'envie qui nous manque d'en faire du *coleslaw* après ce qu'il a fait à Abel, mais Big Creep le veut entier pour ce soir.

- J'ai rien à voir avec tout ça, moi. Je veux juste m'assurer de m'en sortir sans plomb.

- Assure-toi plutôt qu'elle, elle s'en sorte sans plomb, répond la voix toujours anonyme derrière les phares.

- Qu'est-ce que ça veut dire ? s'inquiète aussitôt Crab qui connaît déjà la réponse.

Deux silhouettes se dessinent devant les phares de la Cadillac. Celle de Chinta, qu'étrangle le bras d'un malfrat qui la menace d'une arme de l'autre main.

- Je me suis fait avoir, p'pa. Je vous suivais et je n'ai pas vu que ces p'tites bites me suivaient aussi.

- Surveille ton langage, Chinta. Et qu'est-ce que je t'ai appris, Chinta, les yeux, c'est derrière qu'il faut les avoir.

- Si tu veux, je peux les lui arracher pour les remettre à la bonne place, s'amuse la voix du type armé.

Crab observe une dernière fois les deux extrémités de l'allée et se résigne.

- Désolé, Alvaro, murmure-t-il.

- Putain, non, ne fais pas ça, Crab ! supplie Chipmunk.

- Ils disent que Sobchak veut juste te parler, et ils tiennent Chinta, mec, je peux rien faire d'autre.

Puis il s'adresse à la silhouette en contre-jour dans les phares.

- D'accord mec, alors voilà comment ça va se jouer. Les deux gus au fond de l'allée vous rejoignent. Je veux tous vous voir devant moi du même côté. Ensuite, vous tournez la bagnole et vous reculez jusqu'à moi, coffre ouvert. Un mec au volant seulement et Chinta côté passager. Quand elle descend, je mets Alvaro dans le coffre et vous disparaissez.

L'autre type ne répond pas, mais il siffle pour faire venir à lui ses deux comparses qui bloquaient l'autre issue. Maintenant Crab a un repli possible. Quand les deux types arrivent à leur hauteur, le premier passe l'ongle de son pouce sur sa gorge en fixant Alvaro du regard.

- J'ai dit que personne ne faisait le mariolle, grogne Crab. Posez vos armes par terre.

- Qu'est-ce qu'il se passe ? demande la voix.

- Tes copains jouent les durs. Je veux qu'ils posent leurs armes à terre avant de te rejoindre.

- T'aurais pas oublié que j'ai une arme sur la tête de ta fille, par hasard ?

Le premier phare de la Cadillac explose. Puis le second. Sans aucun coup de feu. Crab tient en respect les deux malfrats et surveille l'autre bout du passage. Ça s'agite. Un cri. De douleur. Un juron. *Petite salope !* Une courte cavalcade, et la silhouette de Chinta qui bondit par-dessus la barrière du jardin à son tour.

- Ça va les gamins ? crie Crab vers l'ombre des arbres, de l'autre côté de la grille.

- Ça gazouille, p'pa !

Alors Crab récupère les armes des deux types et leur commande d'un geste de rejoindre les autres près de la Cadillac.

- Putain, merci Crab, merci à toi et à tes gosses. Vous êtes vraiment super comme famille. Tes gosses sont géniaux, Crab ! Tu peux me lâcher, maintenant qu'ils n'ont plus ta fille. Laisse-moi filer par l'autre côté de l'allée.

- Tu n'as rien compris, Alvaro, ça ne change rien pour toi. Si je ne te donne pas, ils seront après moi et les mômes comme ils sont après toi aujourd'hui.

Puis il se tourne vers la Cadillac aveugle.

- Bon, ça vient cette caisse avec le coffre ouvert ?

De nouveau, ça s'agite du côté de la voiture. Il devine qu'un type se met au volant pour manœuvrer pendant que les trois autres s'écartent. Quand la Cadillac s'engage à reculons dans l'allée, le chauffeur déclenche l'ouverture du coffre.

- Putain fais pas ça, Crab, fais pas ça, Sobchak va me jeter aux gators ou me découper au cutter, tu le sais Crab. Si tu fais ça, c'est comme si tu me tuais toi-même, mec. Ça fait combien de temps qu'on se connaît, mec, hein ? Combien de temps ?

Mais Crab ne répond pas. Quand la Cadillac arrive à sa hauteur, il ordonne au chauffeur de ne pas descendre et pousse Alvaro dans le coffre.

- Je te laisse le flingue, murmure-t-il à Alvaro. Planque-le sur toi, ils te croient désarmé. Et ne te loupe pas. Tu n'auras pas trente-six occasions de l'utiliser. Bonne chance, mec.

Il referme le coffre et tape deux fois sur l'aile de la Cadillac pour signifier au chauffeur qu'il peut y aller.

- Hey, j'ai gardé son flingue. Le premier qui fait le mariolle, je vide le chargeur sur le coffre et vous vous expliquerez avec Big Creep.

Dès qu'elle atteint le bout de l'allée, les trois comparses sautent à bord de la Cadillac qui disparaît dans Royal Street en affolant les touristes qui insultent le chauffard et balancent sur la caisse leurs gobelets de bière.

Quelques minutes plus tard, Chinta et les jumeaux apparaissent au bout de l'allée et Crab les rejoint. Il faut cinq minutes à la petite famille pour retrouver les osselets qui ont servi de projectiles aux lance-pierres des jumeaux pour briser les phares de la Cadillac.

- Beignets pour tout le monde ! annonce Crab.

- Je pourrais pas avoir un French 75 ou un Hurricane ? supplie Chinta. J'ai eu vachement peur, moi !

- Non, répond Crab.

- Une bière alors ?

- Non.

- Un Julep ?

Crab ne répond pas. Un peu plus bas sur Royal, trois touristes blondes s'extasient devant une échoppe qui propose des masques de carnaval « faits à la main ». Elles portent leur sac à main en bandoulière. Ça tombe bien, quand il le veut, s'il le faut, Crab est le roi du carnaval.

- Si vous vous intéressez au carnaval, mesdames, c'est au Backstreet Cultural Museum qu'il faut aller, pas chez ces marchands du Temple. C'est sur Henriette Delille Street. Si vous voulez, je vous y emmène demain. Là, vous apprendrez tout sur les *Social Aid and Pleasure Clubs*, sur les *second lines,* sur les indiens du Mardi gras, les Mandingo Warriors, le Spirit of Fi Yi Yi, les Zulus et leurs célèbres *coconuts*…

Le temps qu'elles déclinent poliment l'invitation, Crab, tout sourire, les a dépouillées du contenu de leurs sacs.

44

… comme la consécration d'un baptême.

Depuis longtemps elle n'a plus de larmes, mais Louise pleure quand même. Une longue tristesse. À l'intérieur. Comme une fenêtre en elle et une bruine constante derrière des rideaux gris. Tous les jours. Cette incapacité à être heureuse. Invalide du bonheur. Éclopée des sentiments. Elle sait qu'elle veut aimer Howard, et en même temps se persuade que c'est peine perdue. À cause d'elle et de ses peurs. De la vie. Des hommes. De l'amour. Et de tout ce à quoi elle refuse de s'abandonner. Ne plus perdre le contrôle. Alors elle aime de petites amours sans envergure, comme Alvaro en ce moment. Des aventures qui n'en sont pas. Pré-écrites. Sans surprise. Auxquelles elle met fin sans émotion, sinon cette tristesse, à chaque fois, de ne plus savoir aimer. Pour faire semblant. Sans jamais pleurer, ni devant les hommes, ni devant Dieu, ni même devant Notre-Dame de Gualalupe. Tout juste parvient-elle à se vider de son chagrin dans cette plus vieille chapelle de La Nouvelle-Orléans, devant le pauvre saint Jude, caché dans sa petite alcôve voûtée illuminée de bougies multicolores. Saint patron des causes perdues. Désespérées. On le dirait fait pour elle, ce saint en plâtre dans sa toge vert et or, la flamme du Saint-Esprit brûlant sur la tête. Perdue et désespérée.

- Dis-moi, ma belle, qu'est-ce qui peut bien pousser une jolie fille comme toi dans les bras en plâtre d'un saint Jude ?

Louise, surprise, se retourne vers l'homme qui lui parle. C'est une vieille femme toute mal foutue qui la regarde. Petite, rondouillarde, les yeux ronds presque hors de la tête et de grosses lèvres lippues mauves et luisantes. Mais son horrible sourire fou illuminé d'une immense bonté.

- Un urgent besoin d'être heureuse, répond Louise en s'étonnant de cette confession spontanée.

- Alors si c'est urgent, tu te trompes de stuc, ma belle, dit l'homme-femme en la prenant par le bras. Je m'appelle Emma, comme Sweet Emma, mais en plus grosse et avec un truc entre les jambes qui ne me convient pas. Et toi ?

- Ce que j'ai me convient, si…

- Je parle de ton nom, pas de ton sexe.

- Ah ! Je m'appelle Louise.

- Alors Louise, ma belle, pour les urgences, c'est par ici.

Elles quittent l'alcôve de saint Jude, à gauche de l'autel devant lequel elles se signent par réflexe, et Emma entraîne Louise vers la sortie en remontant la chapelle sur la gauche.

- Voilà, si tu es pressée, c'est lui, saint Expédit, qu'il faut harceler.

Au mur, la statue d'un centurion romain, sans casque ni glaive. De sa main gauche, il plaque une palme sur son cœur. De la droite, il brandit au ciel une croix gravée du mot « *Hodie* ».

– Ça veut dire aujourd'hui en latin, ma belle. Et sous son pied, le corbeau qu'il écrase crie « *Cras* », c'est-à-dire demain en latin aussi. Ce saint-là ne remet jamais à demain ce qu'il peut faire pour toi le jour même.

Louise, étonnée, se retourne vers Emma qui lui désigne deux vieux noirs affairés à prier à côté d'elles. Elle se demande ce qu'ils peuvent avoir de si urgent à réclamer. Quelque chose avant de mourir, sûrement. Ils marmonnent une incompréhensible prière à toute vitesse, comme un groove de rap, claquant des doigts et tapant du pied pour garder le rythme.

- Une neuvaine de neuf jours en neuf minutes, se moque Emma, ce n'est sûrement pas avec ce charabia qu'ils vont amadouer saint Expédit.

- Parce que vous savez l'amadouer, vous ? se moque gentiment Louise.

- Et comment ! Regarde à ses pieds, tous ces morceaux de cake. C'est ce que madame Laveau, la grande prêtresse qui dort dans le fumier fertile du cimetière Saint Louis n°1, juste en face, a recommandé d'offrir à saint Expédit. Parce que dans le rite *voodoo*, Expédit est un messager, au même titre qu'Elegua, Papa Legba, Bonsu ou Baron Samedi. Et son gâteau préféré, c'est le *all butter pound cake* de la marque Sara Lee, dit Emma en sortant de son sac un cake industriel dans une barquette en aluminium.

- Vous croyez vraiment à ces choses-là ? s'étonne Louise.

- Tu crois vraiment en un Dieu dont le fils qui marche sur l'eau a été enfanté par une vierge ?

- Oui, mais là, des zombies qui mangent du cake !

- Ma belle, crois-tu que nous soyons là par hasard ? Si nous nous sommes croisées dans cette église, c'est que madame Laveau l'a voulu. Elle n'a pas eu besoin de me dire que tu as été fracassée par un grand et long malheur, parce que depuis longtemps elle m'a donné le pouvoir de voir dans le cœur des gens.

- Si vraiment vous voyez dans mon cœur, murmure Louise dont le sourire s'éteint en même temps que l'ombre d'un nuage ternit les reflets d'un vitrail, vous devez comprendre alors à quel point ma cause est désespérée.

- Crois-tu que la mienne ne l'est pas ? Petit, gros, nègre, hyperthyroïdien, homo et travesti ? Une fois par mois, je monte de mon bayou, depuis des années, et crois-tu que Jude ou Expédit ont fait quelque chose pour moi ? Crois-tu que mes balloches sont tombées toutes seules avec le reste pour enfin faire de moi la femme que j'ai toujours voulu être ?

- Pourquoi continuer à venir, alors ?

- Parce que madame Laveau m'a appris autre chose : même les monstres ont droit au bonheur. Il suffit qu'ils ne se considèrent plus comme des monstres. Toi aussi, tu crois être un monstre à l'intérieur, mais tu as tort. Tu es juste une femme qui a connu un grand malheur. Oublie le monstre, ne pense qu'à la femme. Je vois beaucoup d'âmes aimantes autour de toi, laisse-les t'aimer. Comme des pères, comme des grand-pères, comme des amis, et même comme des amants. Ils sont tous là, autour de toi, et n'attendent que toi…

Puis Emma se tait et s'occupe à nettoyer les pieds de saint Expédit des restes qui les souillent, et place son *all butter pound cake* Sara Lee bien en évidence.

- J'ai tellement peur d'être abusée encore une fois… murmure Louise.

- Ceux qui t'ont abusée n'avaient pas ta confiance. Accorde-la aux âmes qui t'entourent et elles ne te décevront pas.

- Emma, je voudrais tellement y croire, soupire Louise.

- Alors cesse de jouer la dure. Cesse de faire semblant. Cesse de faire comme si. Laisse-toi aller et pleure sur l'épaule de quelqu'un. Vide-toi de ton malheur. Dessèche-le. Réduis-le en poudre. Ne t'écœure pas de la haine de quelques-uns, nourris-toi de l'amour des autres, Louise, ils n'attendent que ça pour t'en rassasier.

- Vous croyez vraiment ?

- Tu sais la différence entre notre rite et une religion ? La religion te demande de croire en quelqu'un. Notre rite te demande de croire en toi. Crois en toi, le reste viendra tout seul, et cesse de vivre de la rente de ton malheur.

- Que voulez-vous dire ?

- Tu ne travailles pas, n'est-ce pas ?

Louise s'étonne, puis explique à Emma l'assaut tragique dans lequel elle a été blessée à Pilgrim's Rest.

- L'État fédéral a été condamné à me payer des dommages et intérêts. Je les ai placés et je me verse l'équivalent d'un petit salaire chaque mois.

- Oublie ça, dit Emma, ça, c'est le salaire de la peur. Trouve-toi un job et gagne ta vie par toi-même, autrement que par une rente sur ton malheur. Et attrape l'amour qui passe. Tiens…

Emma enlève de son poignet dodu un bracelet de graines avec trois breloques. Une médaille en bois, maladroitement gravée d'un cœur quadrillé de dix-huit cases marquées d'un point, au-dessus d'une ligne de trois « X ». Une croix de saint Expédit, et une petite amulette en forme de massue qui rappelle comment saint Jude a été martyrisé.

- Au milieu, c'est le cœur de madame Laveau qui bat en chacun de nous. Il se rappellera à toi quand il le faudra.

Big Emma passe le bracelet au poignet gauche de Louise, qui dans un premier temps sourit, puis éclate en sanglots et pleure longtemps sur l'épaule de Big Emma, sans honte, sans retenue, touchée par le regard heureux de ceux qui voient dans ses larmes comme la consécration d'un baptême.

45

Au revoir, monsieur Sobchak...

- Combien tu me dois, Alvaro ?

- Huit cents dollars, monsieur Sobchak. Je les ai presque. J'avais demandé à Abel une semaine de plus pour tout avoir, je vous jure.

- Je sais.

- J'allais vous payer, monsieur Sobchak, je vous jure, mais Abel et sa bande m'ont mitraillé sur l'échangeur de la Pontchartrain.

- Je sais.

- C'est pas de ma faute si Abel est mort, monsieur Sobchak, ça s'est fait comme ça, dans la fusillade, je vous jure.

- Je sais. Tu peux me dire ce que tu faisais sur la Pontchartrain dans une caisse volée, Alvaro ? Tu ne te faisais pas la belle avec mon argent, j'espère ?

- Bien sûr que non, monsieur Sobchak. J'allais juste me mettre au vert pour échapper à Abel, je vous jure. J'aurais trouvé le moyen de vous payer, c'est juré.

- Eh bien c'est ton jour de chance, Alvaro, parce que tu viens de le trouver, le moyen de me payer. Et sans gaspiller un seul dollar en plus. Viens par ici.

Quand Sobchak le prend par les épaules pour l'entraîner vers son bureau, derrière le bar du White Flamingo, c'est un anaconda qui se love autour de son cou.

- Je vais nous préparer un *yulep*. Un *Jules Yulep*, version Jules Verne. Tu connais Jules Verne ? Non ? C'est pas grave.

La pièce est une bonbonnière tapissée de velours rouge. Jusqu'au plafond. Sans fenêtre. Sinon un large miroir sans tain qui correspond à celui du bar. Un bureau en verre. Vide. Des écrans de contrôle sur un mur. Huit. Sur le mur d'en face, des armes. Huit aussi. Toutes les mêmes. Alvaro n'ose rien dire pendant que Sobchak prépare les cocktails derrière le petit bar qui occupe le dernier mur.

- Ce sont des Luger Parabellum, dit Sobchak en apportant les cocktails, mon arme préférée. Je les collectionne. *Si vis pacem, para bellum*. Si tu veux la paix, prépare la guerre. Belle devise, non ?

- Moi je veux pas la guerre, monsieur Sobchak, je vous jure.

- Je sais. Toi tu ne fais pas la guerre, n'est-ce pas, tu fais l'amour. Ton côté latino, je suppose.

Alvaro ne sait pas quoi comprendre, et encore moins quoi répondre.

- Alvaro, il paraît que tu culbutes la fille d'un de mes voisins à Patterson.

- Monsieur Sobchak, je ne savais pas que c'était la fille d'un de vos amis, je vous jure. Je ne l'aurais jamais fait si j'avais su. C'est comme si c'était fini, monsieur Sobchak, je vous jure que c'est comme si c'était fini. Je vais l'appeler devant vous et…

- J'ai dit un voisin, Alvaro, pas un ami, et je ne veux pas que tu rompes avec sa fille. Bien au contraire.

- Vous voulez que…

- Que tu la sautes autant que tu peux, Alvaro, que tu squattes son lit, que tu ne la quittes pas des mains.

- Mais pourquoi, monsieur Sobchak ?

- Parce que Freeman, son père, a touché un paquet d'argent sur lequel je veux mettre la main, Alvaro. J'en ai besoin pour compenser ce qu'un salopard m'a volé pendant l'ouragan. Sauf que Freeman prétend qu'on lui a volé le sien aussi. Et moi je pense que c'est une arnaque et qu'il l'a planqué quelque part. Alors je veux que tu arraches à sa fille des confidences sur l'oreiller.

- Un paquet de pognon ?

- Oui, Alvaro. Un gros paquet de pognon. Alors voilà le deal : dès maintenant, là, tout de suite, j'efface ta dette. Tu ne me dois plus rien. Et si tu me permets de mettre la main sur les dollars de Freeman, tu as mille dollars en plus.

Un trait d'adrénaline électrise la nuque d'Alvaro. Il devine l'opportunité. Le trou. La faille par où se glisser. Se faufiler. Sa chance, quoi ! Et même s'il en meurt de trouille, il est tout excité de surenchérir.

- Deux mille, monsieur Sobchak.

- D'accord Alvaro, deux mille. Mais pour ce prix-là, active-toi le manche et fais-la grimper aux rideaux, parce que je veux qu'elle se confie à toi et vite fait, compris ?

- Compris, monsieur Sobchak. Et pour la bande à Abel ?

- Ils te foutront la paix pendant une semaine. Après, ça dépendra de ce que tu auras fait dire à la fille.

- D'accord, monsieur Sobchak. Merci, monsieur Sobchak. Au revoir, monsieur Sobchak…

46

… a perdu sa couleur bleue.

- Tu m'as appelée ?

Ce n'est pas tant qu'il est bon amant. Une fois n'est pas suffisant pour en juger. C'est plus pour l'âme déchirée qu'il est. Flic jusque dans ses obsessions, incapable de démarquer sa vie de son métier, à utiliser ceux qui, comme elle, s'abandonnent à lui. Et qui tourne voyou-garou le soir, à fouiller les poubelles et les égouts de cette ville dont les fondements s'enlisent dans les marécages fangeux du vice, prêt à tout pour un petit frère depuis trop longtemps disparu. Bien sûr que c'est ce qu'elle aime en lui, malgré tout. Ou à cause de tout. Tout ce que cela suppose chez lui d'obstination. De colère. De hargne. De rage. Tout ce qui a manqué aux autres quand elle en avait tant besoin. À part Freeman, bien entendu. Lui n'avait jamais abandonné l'idée de la retrouver. Pendant quatorze ans. Jusqu'à son évasion et sa libération. Voilà ce qu'elle aime en Howard. Il est comme Freeman. Comme son père. Un homme qu'elle ne sait pas bien aimer non plus. Comment aime-t-on quelqu'un qui est à la fois son père et son sauveur ? Un être dont on dit qu'il faut tuer le symbole pour vivre enfin, et à qui pourtant on doit une éternelle dévotion pour avoir sacrifié quatorze ans de sa vie à déterrer la vôtre.

- Oui. Il faut que nous parlions.

- Ce n'est pas le moment.

- Louise, on a retrouvé le corps du type du Boy's End dans la voiture de Chipmunk.

- …

- C'était une mise en scène. Je ne crois pas qu'Alvaro soit mort. Pas encore. Il a juste essayé de le faire croire pour se faire oublier.

- À l'époque des bases de données et de l'ADN, ce n'est pas très malin de sa part.

- Ça signifie surtout qu'il est aux abois. Il est en cavale avec bientôt des hommes de Sobchak aux trousses.

- Écoute papa, pour être sincère, je me fous de qui tu trousses !

- Quoi !?

- Et je t'en supplie, arrête de m'appeler vingt fois par jour pour savoir comment je vais.

- Tu n'es pas seule, c'est ça ?

- Bien évidemment, tu peux comprendre ça, non ?

- Et tu vas bien ?

- Oui, je vais bien, combien de fois par jour faut-il que je te le dise ?

- C'est Alvaro ?

- Mais qui veux-tu que ça soit d'autre, papa !

- Il est armé ? Tu es en danger ? Il te menace ?

- Non, non et non, papa !

- C'est bien, continue comme ça, engueule-moi pour lui donner le change.

- Mais je ne fais pas semblant, papa, je suis vraiment furieuse après toi !

- Écoute, nous n'allons rien entreprendre qui pourrait te mettre en danger. Nous allons juste le prendre en filature et lui mettre la main dessus loin de chez toi. Tu peux le retenir le temps d'organiser la surveillance ?

- Et grave-toi bien ça dans la tête, papa, je mets qui je veux dans mon lit et je le garde aussi longtemps que je veux.

- …

- Tu m'as bien comprise, papa ?

- Oui, je crois que le message est clair, admet Howard, mais restons concentrés sur Alvaro, si tu veux bien. Il est dans ton lit, c'est ça ?

- Ah, eh bien voilà, nous y sommes, tu comprends enfin papa.

- … Il est nu ?

- Papa, c'est très souvent le cas quand on fait ce à quoi tu penses, tu ne te souviens pas ?

- Si, murmure Howard, je me souviens. Je me souviens très bien… Écoute, Louise, il a exécuté l'autre type à bout portant. Il doit encore être armé. Ce que je veux savoir, c'est s'il a son arme à portée de main.

- Mais qu'est-ce qu'il te prend papa, tu as bu ? Tu as sniffé de la coke ? Tu es complètement défoncé, ma parole ! Ne pense même pas mettre les pieds ici, tu m'entends ?

- D'accord, d'accord, j'ai compris, Lou, il est défoncé. Alors écoute, je suis seul pour l'instant. Je suis en bas de chez toi, mais je ne veux pas créer de grabuge. Arrange-toi pour le faire partir au plus vite et je le prends en filature le temps que les renforts arrivent.

- Ah oui ? Et comment veux-tu que je fasse ça, papa, hein ? Tu m'expliques ?

- Lou, dis-lui que ton ex-flic de père est en route pour débarquer chez toi, shooté à mort et armé. Qu'il faut qu'il dégage au plus vite, sinon ça va tourner au drame.

Lou ne répond même pas et raccroche. Elle habite un beau deux-pièces, au-dessus du Desautel's, dans un immeuble à l'ancienne au coin de Saint Louis et de Dauphine, au cœur du Vieux Carré. Howard surveille l'appartement depuis le Crossing, un bar gay de l'autre côté du carrefour. Il s'adosse au chambranle et rappelle Lou.

- Quoi encore, papa ?

- Louise, oublie ce que je t'ai dit. Interdis-moi de venir. Pique une colère. Dis que c'est toi qui viens t'expliquer une bonne fois pour toutes. Laisse Chipmunk dans ton appartement et rejoins-moi. Je suis au Crossing, juste en face, mais je vais t'attendre sur Burgundy, de l'autre côté du bloc. Il ne pourra pas nous voir s'il te surveille par la fenêtre.

- Et qu'est-ce que je fais après ça, papa, hein ? Qu'est-ce que je fais ?

- Tu viens te planquer chez moi quelques jours, Louise, voilà ce que tu vas faire.

- Pour rien au monde, papa, pour rien au monde. Je te connais trop. J'en ai eu ma dose de toute cette violence. Je te l'ai dit, j'en ai soupé de ça. Je n'en veux plus. Plus jamais, papa !

- Bordel de merde, Louise, explose Howard, tu vas la fermer et m'écouter maintenant. Chipmunk a blessé ce type puis il l'a tiré jusque dans sa voiture pour l'achever d'un coup de grâce à bout touchant. Voilà où il en est, ton Chipmunk, Louise, voilà où il en est ! Avec une bande de mitrailleurs aux trousses qui cherchent à se venger sur lui ou sur n'importe qui proche de lui, tu peux comprendre ça, non ?

- …

- Louise, on est dans le dur, là, c'est du sérieux. Je t'en prie, envoie-moi balader avec violence et dis que tu viens régler tes comptes avec moi. Laisse-lui l'appart. Laisse-lui ta voiture aussi. Dis que ton père est en ville quelque part dans le quartier français et que tu le rejoins.

- Tu me paieras ça, papa, je te jure que tu vas me payer ça!

Et de nouveau elle raccroche. Howard quitte le Crossing, convoité du regard par un client au bar, regagne sa voiture et remonte Saint Louis pour tourner à droite dans Burgundy et l'attendre. Quelques minutes plus tard, il regarde Louise venir à lui dans le rétroviseur côté trottoir. À son pas, il devine qu'elle est furieuse. Elle ouvre la portière et s'installe sans rien dire. Il démarre et les sens uniques lui imposent un long détour pour retourner vers le pont de Crescent City Connection. Perturbé par la colère mutique de Louise, il manque Dauphine et doit continuer jusqu'à Royal pour redescendre vers le sud. Au carrefour avec Orleans, sur la gauche, l'ombre géante du Christ s'affiche en douze mètres de haut sur un mur blanc de la cathédrale Saint Louis. Projection de l'unique et modeste statue du Saint Anthony's Garden par un puissant spot. Ni Howard, ni Louise ne sauraient dire si, ce soir-là, les bras tendus du Sacré Cœur de Jésus sont un signe de protection ou de menace. On dit d'ailleurs que le fantôme du père Antoine, autre légende de La Nouvelle-Orléans, hante la ruelle sombre qui porte son nom et jouxte la cathédrale. Et à un bloc aux alentours se trouvent la Boutique du Vampyre, le Voodoo Blues, le Bar des Saints et des Pécheurs, et le Reverend Zombie's House of Voodoo. Tout New Orleans!

- Depuis que je suis môme, ce Christ rédempteur me fiche la trouille, confie Howard pour dire quelque chose.

Louise ne répond pas. Elle n'a pas peur. Elle est furieuse. Elle s'était jurée de ne jamais se retrouver dans cette situation de devoir dépendre de la folie de quelqu'un d'autre. Et voilà que Chipmunk menace sa vie et sa liberté. Elle ne pense même plus à lui comme Alvaro. Dans sa tête, il est devenu un ennemi.

- Ne t'inquiète pas, nous allons le garder sous contrôle, tu n'as rien à craindre de lui.

- Je le sais, c'est de toi que je crains le pire. Je te croise dix minutes dans un *junk-bar*, et ma vie redevient un cauchemar !

- Écoute, tu vas rester chez moi quelques jours, tu n'as rien à craindre. Dès que je t'ai mise à l'abri, j'appelle la Crim et on s'occupe de lui. Chipmunk est recherché pour meurtre et nous savons où le loger. Demain matin il est sous les verrous.

- Je pouvais passer la nuit à l'hôtel.

- Pas question. Ceux qui ont essayé de descendre Chipmunk sont encore dans la nature. Pour eux aussi, ça va aller vite. Avec l'identité d'Abel, d'ici un jour ou deux nous allons remonter à sa petite bande. Mais en attendant, dans cette ville d'indics et de junkies, ils pourraient te retrouver dans n'importe quel hôtel.

- Alors je vais aller passer quelques jours chez mon père à Patterson.

- Pas question. C'est à Sobchak que Chipmunk devait de l'argent, et la maison de Sobchak à Patterson a été cambriolée. C'est trop risqué de te retrouver en lien avec tout ça.

- Parce que toi tu n'es pas le lien qui noue tout ce bordel, peut-être ? Qui, d'après toi, relie Chipmunk, Abel et ses mitrailleurs, Sobchak, Patterson, mon père et moi ? Qui a provoqué la colère d'Abel et de ses sbires en les humiliant sur le parking du Boy's End ? Dis-moi, qui, sinon toi ?

- Cette nuit-là, j'ai peut-être aussi un petit peu sauvé la vie de Chipmunk, non ? s'emporte Howard.

- Ce jour-là, tu l'as condamné à mort.

- Et toi, je t'ai probablement sauvée d'un viol, partis comme ils étaient !

- Je n'ai pas peur d'eux. J'ai été violée pendant quatorze ans de captivité, Howard, et je me suis jurée que plus un seul homme ne poserait sa main sur moi sans que je l'y autorise. Et je me suis donné les moyens de ne plus jamais revivre ça.

- Qu'est-ce que ça veut dire ? s'alarme aussitôt Howard.

Mais Louise ne répond pas. Elle ne parle plus. Ils traversent le Mississippi en silence et le fleuve devient une menace, un anaconda monstrueux qui glisse sous eux en silence ses remous comme des écailles froides. De l'autre côté, tout devient soudain sinistre dans la nuit. Ils longent le cimetière de Holy Name of Mary. Les tombes sont parquées derrière un simple grillage, avec toute la ferraille du grand pont en arrière-plan. Rien d'un cimetière paisible pour le recueillement des âmes. Un camp de regroupement des morts. Une aire de transit lugubre et blafarde, sous de faibles et rares éclairages. Un Guantanamo des trépassés. À quoi bon éclairer un cimetière la nuit, s'interroge Howard en silence. À empêcher les âmes de trouver le repos ?

Ils remontent l'asphalte défoncé de Vallette en cognant les amortisseurs dans les nids-de-poule si profonds qu'on pourrait y enterrer des basses-cours tout entières. La rue n'est au début qu'un alignement de bicoques maquillées pour essayer de rester présentables. Pas vraiment un quartier. Des vies disparates, juxtaposées, comme le cimetière. Aucune harmonie dans la vie, aucune harmonie dans la mort. Une école aussi, grillagée comme le cimetière. Les maisons ne reprennent un peu prestance que dans les derniers blocs avant la levée qui contient le fleuve. Quelques belles demeures décrépites, de vieilles coquettes hors d'âge, mais encore fières de leurs balcons en galerie et de leurs fers forgés. Au coin des rues où elles ont pignon seulement. Le quartier est mal éclairé. Lampadaires trop espacés, leur lumière masquée par les arbres mal taillés. Ampoules cassées par des tireurs de 22 long rifle qui s'ennuient. Ou qui veulent dormir sans tirer les rideaux. Dans le noir, la Chevy qui les suit depuis le Vieux Carré a perdu sa couleur bleue.

47

… l'effet de surprise.

- Vous ne préférez pas qu'on en parle au bar ?

- Je préfère me tenir loin des bars dans la journée, cher monsieur.

- À ce point-là ?

- J'y sombre trop souvent pour me laver l'intérieur de toutes les couleuvres et autres serpents à sornettes que mon métier me force à avaler.

Derrière la baie vitrée, un Airbus aux couleurs d'Air France se cabre lourdement dans le ciel. L'homme a une bonne tête d'avocat. De ceux que les vices et les crimes de ses clients accablent. Il le porte sur son visage, le front plissé d'une éternelle inquiétude, le regard gris à l'affût de la moindre incohérence. Il n'a accepté de parler à Beauregard, dans un salon de l'aéroport de Miami, que sous un grand nombre de conditions pour protéger ses clients. Mais Beauregard devine en lui l'homme prêt à craquer et à tout envoyer balader. L'avocat le pressent. Il prend une large inspiration, puis souffle comme pour expulser la tentation qui le retient encore. La seconde qui suit, c'est un homme à l'intelligence affûtée qui a décidé de lui répondre.

- Première version : c'est une partouze pendant une beuverie, dans une chambre au septième étage d'un hôtel entièrement réservé par des étudiants en foire sauvage pour le *spring break*. La fille est de Louisiane, les cinq garçons de Minneapolis et de Boston. Tous shootés, tous ivres. La fille a baisé, avec autant de consentement que possible étant donné son état, avec tous ceux de la bande qui étaient en état de le faire...

Derrière la baie vitrée, un A380 soulève ses cinq cents tonnes et ses six cents passagers dans un lent et lourd envol assourdi. Ils le regardent décoller, puis l'avocat continue.

- Ensuite, pour se moquer de leur pitoyable performance, la victime se masturbe par jeu devant eux. D'abord avec un *sex toy* qui lui appartient, puis avec tous les objets que les garçons trouvent et lui tendent en hurlant de rire. Jusqu'au moment où la fille se retrouve avec, dans la main, une arme dont elle s'enfonce le canon dans le sexe. Et le coup part, la déchiquetant de l'intérieur. Les garçons paniquent, la croient morte, constatent qu'il n'y a pas de plaie extérieure, et décident de la balancer par-dessus le balcon pour faire croire à un accident.

- Mais comment un pays comme le nôtre peut-il institutionnaliser et commercialiser ces *spring breaks* qui ne sont que dépravations sexuelles et beuveries ! enrage Beauregard.

- Je pourrais faire un cours sur la notion d'initiation et de passage qui est le fondement de toute culture, cher monsieur. Je vous dirai simplement que nous sommes le genre de pays qui a institutionnalisé la liberté de port d'arme, ainsi que la liberté de parole quelles que soient l'absurdité et la dangerosité du propos. Pour faire plus simple, nous sommes le genre de pays qui autorise un néonazi armé jusqu'aux dents à s'exprimer avec la même liberté qu'un pasteur évangélique. Et accessoirement, nous avons abandonné notre système de ségrégation raciale il y a à peine plus de cinquante ans. Voilà le pays que nous sommes.

Beauregard ne sait pas quoi répondre. Il reste un instant silencieux, soutenant le regard aiguisé de l'avocat qui connaît déjà les questions à venir.

- Et la deuxième version ?

- C'est la vraie. Même début que pour la première, jusqu'aux moqueries de la fille. À ce moment-là, les événements prennent un autre sens. Vexés dans leur virilité, les garçons profitent de l'état de la fille pour la violer avec tous les objets qu'ils trouvent. Jusqu'à ce que l'un d'eux tombe sur l'arme que la fille garde dans le tiroir de sa table de nuit, sur la bible de Gédéon. Ce qui n'a jamais pu être établi, c'est le caractère volontaire ou non du tir.

- Des aveux ?

- Les cinq garçons ont été interrogés pendant la nuit mais ont invoqué leur droit de ne rien dire.

- Ces décérébrés sous alcool et drogue étaient vraiment en état d'opter pour une aussi raisonnable réaction ?

- Je suppose que le choc et l'adrénaline les avaient ramenés sur terre. Mais en fait, c'est moi qui le leur ai ordonné. De toute évidence, ils avaient eu le temps de prévenir leurs parents de « l'accident » et d'en parler avec eux et leurs avocats. J'ai été contacté et mandaté dans la nuit par un confrère de Minneapolis et je leur ai immédiatement interdit de dire quoi que ce soit avant de me parler.

- Je comprends que vous paraissiez accablé par la vie. Défendre l'indéfendable !

- Tout est défendable, cher monsieur, sinon tout ne serait qu'arbitraire. J'ai bien échafaudé la première version qui permettait de disculper les cinq garçons de l'accusation de crime. Mais rassurez-vous, l'affaire m'a vite échappé.

- Quelque chose à dire sur l'enquête ?

- Tout le monde semble avoir fait son job. Le légiste a démonté la thèse de l'accident. La victime est tombée sur le dos, le corps parallèle au bâtiment. Pas la position de quelqu'un qui se jette dans le vide. Plutôt celle de quelqu'un qu'on porte dans ses bras et qu'on laisse tomber. Par ailleurs, la victime étant gauchère, le légiste a aussi émis des réserves sur la possibilité qu'elle avait d'être à l'origine du tir, étant donné la trajectoire de la balle. Des réserves, mais rien d'affirmatif. Tout comme pour la cause de la mort. Hémorragie interne massive, sans qu'il puisse affirmer qu'elle avait été provoquée par la balle plus que par la chute.

- Une balle tirée à travers le corps par le vagin, quel doute pouvait-il y avoir ?

- Le doute légal, cher monsieur, le doute légal. Si la victime est morte de l'hémorragie consécutive au tir, le meurtrier « légal » était celui ou celle qui a tiré. Si la victime n'est pas morte du tir, le meurtrier devient celui qui a jeté le corps depuis le balcon.

- Quelle importance ? L'hémorragie provoquée par le tir allait de toute façon vider cette pauvre fille de son sang et lui coûter la vie. À quelques minutes près, celui qui a disposé du corps ne jetait par le balcon qu'un cadavre.

- L'importance, encore une fois, est légale. Et capitale. Les familles ont suivi mes conseils pour se rassembler autour de la première version. C'est la fille ivre qui se tire dedans en se masturbant avec son arme, innocentant tous les garçons de l'accusation de meurtre. Et on ne parle plus de viol non plus.

- Et pour le balcon ?

- Là, nous en arrivons, cher monsieur, au plus glauque de l'affaire. Cinq garçons, quatre blancs et un noir. Les blancs sont des fils de riches, le noir est boursier, admis à l'université pour ses qualités sportives. Il est quarterback de l'équipe de foot.

- Ne me dites pas que…

- Si. Les quatre autres l'ont dénoncé comme étant celui qui a balancé le corps du septième étage.

- Et c'était lui ?

- Non, et j'en suis sûr. J'ai entendu leurs confessions avant même leur premier interrogatoire. Mais sa force physique et sa corpulence ont joué contre le quarterback. Et c'était parole contre parole. Quatre contre un.

- Blancs contre noir, vous voulez dire !

- Tout à fait. C'est à ce moment-là que j'ai proposé et organisé le deal.

- Quel deal ? s'inquiète aussitôt Beauregard.

- Le quarterback plaide coupable, négocie avec le procureur, et obtient une recommandation de clémence pour le juge.

- Coupable, alors que vous êtes certain qu'il ne l'était pas ? Et en échange de quoi ?

- Une condamnation avec sursis pour dissimulation de preuve et homicide involontaire.

- Comment ça, involontaire ? s'insurge Beauregard.

- Soit la victime était déjà morte et il n'était plus question d'homicide, mais le procureur n'était pas dupe et ne voulait pas qu'une telle affaire se termine sans condamnation suffisante.

- Suffisante ! siffle Beauregard dont la colère monte.

Dans le ciel bleu, un avion aux couleurs du Brésil emporte des passagers rieurs vers une destination ensoleillée.

- Soit la victime était inconsciente mais vivante, mais dans ce cas le garçon la croyait déjà morte et n'avait pas le discernement nécessaire pour s'assurer du contraire. Il a bien volontairement jeté le corps du septième étage, mais sans intention de donner la mort, puisqu'il la croyait déjà morte.

- C'est écœurant !

- C'est légal.

- À combien a-t-il été condamné ?

- Le deal était de deux ans, libérable au bout d'un an. Malheureusement, le juge n'a pas suivi la recommandation de clémence. Quatre ans fermes.

- Mais pourquoi a-t-il accepté un aussi mauvais deal?

- Deux ans, c'était un bon deal. De plus, c'était ce qu'on appelle un *iceberg deal* dont la partie immergée lui garantissait cent mille dollars en cash sur un compte discret, mille dollars par mois d'incarcération, et les frais de scolarité dans l'université de son choix à sa sortie de prison.

- Et vous avez osé marchander ça?

- Bien sûr, et tout le monde a accepté. Les cinq garçons et leurs parents.

- Même les parents du quarterback?

- Cher monsieur, sans cet arrangement, leur fils prenait directement le chemin du couloir de la mort.

- Et quand est-il prévu qu'il sorte?

- Il ne sortira pas.

- Comment ça?

- Peu après son incarcération, quelqu'un a fait courir dans la presse locale la deuxième version. Celle du viol. Celle du noir qui tue une blanche en lui tirant une balle dans le vagin. Deux gangs de prisonniers suprémacistes blancs se sont alliés contre ce pauvre garçon. Ils ont retourné une chaise sur une autre, et l'ont empalé sur un des pieds de la chaise à l'envers. Il s'est vidé de son sang au milieu de nazis qui l'ont regardé mourir en riant de sa douleur et en l'insultant.

- Les gardiens ne sont pas intervenus? Il n'a pas été transféré à l'hôpital?

- Il semblerait que les gardiens n'ont rien voulu entendre des cris et des hurlements de ce pauvre garçon.

- Seigneur Dieu, quelle horreur! Vous avez bien conscience que tout ça est de votre faute, n'est-ce pas? Que ce pauvre garçon est mort de vos petits arrangements avec la loi et la vérité ?

- Je vis avec ça et bien d'autres infamies chaque foutu jour que fait notre créateur sanguinaire, cher monsieur, admet l'avocat.

- Et vous n'avez jamais envisagé le suicide, histoire de débarrasser l'humanité d'une engeance de votre espèce ? s'emporte Beauregard qui le regrette aussitôt, mais le pense vraiment sur le coup.

- Cher monsieur, ce que je pense faire de ma vie quand le jour viendra ne concerne que moi. Mais vous devenez trop discourtois pour que j'accepte de prolonger plus avant cet entretien. Je vous laisse le dossier. Je vous ai fait une copie complète de toutes les pièces de l'enquête et du jugement.

L'avocat se lève et salue Beauregard de la tête. Il paraît soudain épuisé et s'éloigne avec vingt ans de plus sur son âme et ses épaules. Derrière la vitre, les moteurs furieux d'un Boeing arrachent l'avion en silence. Beauregard suit des yeux l'homme qui se perd dans la foule des passagers. Puis il se lève et trouve un bar. Il commande un Mint Julep. La serveuse ne sait pas ce que c'est et revient lui dire que le barman non plus. Il se rabat sur un bourbon. Eagle Rare dix ans d'âge sans eau sans glace. Et, sans attendre, il ouvre le dossier pour l'étudier. Dix minutes plus tard, il appelle Howard.

- Tu es où, bordel, personne ne t'a vu de la journée ! attaque Howard en colère.

- Je suis à Miami.

- Miami ? hurle Howard. Miami ! Hey les mecs, quelqu'un veut une carte postale de Miami ? Beauregard est là-bas, profitez-en !

Chief Martineau entend le charivari, pose son gobelet de Dr Pepper et sort de son bureau. Il arrache le téléphone des mains de Howard et cherche à rester calme.

- Zach, je n'ai pas souvenir de t'avoir envoyé à Miami. Si tu prends la Crim pour une agence de voyages, tu peux t'asseoir sur tes notes de frais. Qu'est-ce que tu fiches là-bas ?

- Rassurez-vous, Chief Martineau, je paye tout ça de ma poche. Repassez-moi Howard, s'il vous plaît.

- Je t'ai posé une question, Zach.

- C'est pour le dossier du gamin. Un cas presque similaire à Tampa. Je suis venu à Miami discuter avec un avocat impliqué dans l'affaire.

- Et ?

- Et si vous me laissiez parler avec Howard, peut-être que vous pourriez avoir un dossier solide sur votre bureau demain matin, Chief Martineau.

- Zach, il a intérêt à être en kevlar, ce dossier, sinon j'accepte la requête de Howard dès demain.

- Comme vous voulez, Chief Martineau. Mais passez-moi Howard.

Chief Martineau souffle du nez un long soupir résigné et redonne le téléphone à Howard.

- Quoi ? aboie le détective.

- Dans le dossier de Tampa, deux choses intéressantes. La victime n'était pas la seule fille originaire de Louisiane. Une amie l'accompagnait. Elle n'était pas dans la chambre le jour du drame mais à la beuverie en bas, autour de la piscine. Deux amies d'enfance. Elles étaient allées à Tampa ensemble.

- Et alors ?

- Son nom apparaît dans la liste des témoins.

- Accouche, Beauregard, je n'ai pas que ça à faire !

- Deborah Goldberg.

- Et ?

- Décidément, j'ai beau être à sept cents miles de La Nouvelle-Orléans, c'est bien toi le plus éloigné de l'affaire. Il y a une

Deborah Goldberg dans l'annuaire de Saint Augustin, et aussi une autre Goldberg dont j'ai oublié le prénom.

- Seigneur Dieu ! jure Howard qui abandonne toute colère pour se concentrer. Tu penses à quelque chose comme une vengeance ? Mais pourquoi ce gosse ?

Beauregard lui raconte l'histoire du drame de Tampa dans la seconde version de l'avocat, celle qui a poussé les suprémacistes à assassiner le gamin condamné.

- Donc nous avons là-bas une victime blanche originaire de Louisiane assassinée par un jeune noir d'un coup de pistolet dans le vagin, et nous avons ici un jeune noir torturé d'un coup de revolver dans l'anus par des filles de Saint Augustin.

- Avec comme lien entre les deux affaires une Goldberg amie de la première victime et qui fréquente ou fréquentait Saint Augustin, complète Beauregard.

- Génial, s'enthousiasme Howard. Si en plus une des Golberg pouvait rouler en Corvette jaune !

- Je sais que tu es pressé de clore cette affaire pour pouvoir divorcer de moi, Howard, mais ne t'emballe pas. Il se pourrait bien qu'un autre détail nous complique la vie.

- C'était trop beau. Dis toujours...

- L'avocat que j'ai rencontré, celui qui a monté le deal, était celui des cinq garçons. Ce qui m'a étonné, c'est l'absence de combativité de l'avocat de la victime par rapport à ce deal. J'ai cru d'abord qu'il n'était pas à la hauteur, mais j'ai fouillé un peu sa biographie et son palmarès. D'une part, c'est un ténor du barreau en Floride, et d'autre part, c'est l'avocat qui défend notre ami Sobchak dans tous ses déboires dans cet État. Six procès. Tous gagnés.

- Qu'est-ce que tu sous-entends ? Il aurait fait exprès de la jouer à l'eau tiède ? Mais dans quel but ?

- Ça vaut ce que ça vaut, mais je pense qu'il se satisfaisait de n'importe quelle peine de prison.

- Mais encore une fois : pourquoi ?

- Parce que n'importe quelle peine de prison équivalait à une condamnation à mort. Trois des nazillons gonflés aux stéroïdes qui ont torturé à mort le gamin en prison sont liés d'une façon ou d'une autre à Sobchak.

- Tu veux dire que Sobchak serait impliqué dans l'affaire de Tampa ? Mais à quel titre ?

- C'est ce que nous devons chercher : le lien entre Sobchak et Goldberg.

- D'accord, je mets des enquêteurs dessus. Tu rentres quand ?

- Pourquoi, tu es pressé de te refiancer ?

- Non, j'ai logé le vrai Alvaro du dossier de la fusillade de la Pontchartrain Expressway. On va le serrer. Tu veux en être ? On t'attend ?

- J'atterris à Louis-Armstrong dans trois heures, mais je rejoins tout de suite Molly.

- Oups, je vais faire comme si je n'avais rien entendu. Alors on le serrera demain matin à l'aube. Cette racaille est plutôt du genre lève-tard, ça facilitera l'effet de surprise.

48

… en dérapant dans Belleville Street.

- Je l'ai dans la peau, c'est pas croyable comme je l'ai dans la peau, dit Suzane en essuyant ses verres derrière le comptoir. Depuis toute petite. Depuis l'école. J'y peux rien. J'essaye de m'en défaire, mais c'est comme une addiction. Je suis shootée à lui, même si je sais qu'il m'aime pas vraiment. Il aime être avec moi, ça c'est sûr, mais je sais que c'est pas vraiment de l'amour.

Louise a désobéi à Howard, elle est sortie dans la nuit pour aller prendre un verre à l'Old Point au bout de la rue. Il est tard. La salle est presque vide. Deux joueurs s'affrontent sans conviction au pinochle, le cou cassé pour regarder du sport à la télé au-dessus d'eux. Chacun cherche à assembler dans sa main la combinaison gagnante de la dame de pique, matronne solitaire, hostile et négative, aigrie par l'envie et la vengeance, et l'insignifiant valet de carreau, larbin porteur de nouvelles. Deux couples en fin de vadrouille, fatigués par les bières, s'apprêtent à payer. Louise commande un autre Julep.

- Mint ou Jules ? demande Suzane.

- Jules.

- C'est celui qu'il t'a fait goûter l'autre nuit sur la terrasse, n'est-ce pas ?

Louise sourit sans répondre. Suzane lui sert son Julep dans un gobelet et s'en prépare un autre pour elle. Puis elle recommence à essuyer ses verres.

- Tu étais tellement belle dans ta robe fuseau, à marcher comme ça, en pleine nuit, pieds nus, vers chez lui.

- Tu nous regardais ?

- Je me faisais du mal. Je me fais du mal à chaque fois que Doug ramène une femme chez lui.

- Ça lui arrive souvent ?

- C'est son métier qui veut ça, ça lui fait rencontrer tellement d'âmes paumées.

- Ne me dis pas qu'il fait l'amour par miséricorde ! se moque gentiment Louise.

- Crois-moi, c'est plus l'histoire des femmes qu'il met dans son lit que leur corps qui fait succomber Doug.

- N'empêche qu'il sait bien s'occuper de leur corps quand même.

- Ça, tu peux le dire, murmure Suzane.

- Mais rassure-toi, je ne suis pas accro à lui pour autant !

- Vrai ? sourit Suzane. Tu ne dis pas ça pour me consoler ?

- Promis juré. C'est un bon amant. Gentil. Prévenant. Mais il faudrait qu'il reste tout le temps au lit. Dès qu'il se lève, il redevient un cowboy et je n'aime pas ça. Et si je suis là…

- Je sais pourquoi tu es chez lui pour quelques jours. Il est passé me l'expliquer pour que je garde un œil sur toi.

- Tu vois : gentil et prévenant, mais flic toujours. Bon, je vais rentrer.

- J'ai presque fini. Je renvoie les pinochlars chez eux, je ferme et je te raccompagne.

- D'accord, dit Louise en fouillant bruyamment de sa paille le fond de son Julep.

Il a dû pleuvoir. Une pluie fine. Sans bruit. Elle réveille tous les parfums de la nuit et donne un goût même au ciel. Le bar éteint, la nuit tombe sur la rue. Elles marchent en se tenant le bras, comme des amies de longue date.

- Tu sais ce qui me rend folle chez lui ? demande Suzane.

- Je ne veux même pas savoir ! sourit Louise.

- Sa sueur.

- Sa sueur ?

- Tu n'as pas remarqué ? Il a la sueur aigre-douce. Un peu sucrée. Un arrière-goût de vanille poivrée quelquefois. Les autres hommes que je fréquente ont la sueur aigre. Vinaigrée. Sure. Ammoniaquée. Mais pas lui. Quand il est en nage, après l'amour, avec les hautes portes-fenêtres ouvertes sur une pluie qui imbibe la terre du jardin, dans le parfum des arbres mouillés, je colle ma joue sur sa poitrine en nage, et je lèche sa sueur comme ça, par petits coups de langue de côté, comme un chaton.

Elles éclatent de rire au moment où l'homme surgit. Il assomme Louise d'un coup de poing et menace Suzane de son arme. Quand elle se jette sur lui, il lui tire dessus par deux fois, en pleine poitrine. La première balle l'arrête net. La seconde secoue et désarticule son corps qui s'affaisse sur le mauvais ciment du trottoir. L'homme tire Louise inconsciente jusqu'à sa voiture et la jette dans le coffre. Quand il démarre, la lumière s'allume derrière quelques fenêtres. Un homme se penche. Juste le temps d'apercevoir une voiture disparaître en dérapant dans Belleville Street.

49

Et désormais sans Suzane.

Quelques membres de l'équipe technique inspectent encore la zone à la recherche d'indices, dans la violence blanche des projecteurs sur lesquels viennent se carboniser des éphémères translucides.

- Je ne sais pas quoi dire, Doug…

- Alors ferme-la et ne dis rien, répond Howard avec rage.

Chief Martineau a fait prévenir Beauregard dès sa descente de l'avion. Une voiture de patrouille l'attendait à l'aéroport pour l'emmener sur le lieu du crime. Les ambulanciers avaient disposé du corps de Suzane. Il ne restait d'elle qu'une silhouette en adhésif blanc sur le ciment. Une large flaque de sang. Et le message. « Chevy bleue… », tracé d'un doigt tremblant avec son sang. Un petit cœur maladroit et incomplet pour signature.

- Écoute, Doug, je comprends ta peine et je la partage, mais je ne vois pas pourquoi tu m'en veux.

- Sale petit con de bourge prétentieux, je t'en veux parce que j'ai logé ce type dès hier soir et que si le courant d'air qui me sert de partenaire ne s'était pas fait la belle à Miami, nous aurions serré Alvaro avant qu'il ne tue Suzane et enlève Louise.

Beauregard explose à son tour.

- Alors laisse le petit bourge prétentieux te dire une bonne chose, Howard. Un flic ne planque pas une victime potentielle chez lui en se pensant plus fort que tout le NOPD et le FBI réunis. Il applique les procédures de base pour s'assurer qu'il n'est pas suivi. Et il s'arrange pour avoir une patrouille en surveillance. Ça, c'est du boulot de flic, et ça ne donne pas le bordel dans lequel nous nous retrouvons cette nuit.

- Hey, vous la fermez vous deux, intervient Chief Martineau. Vous avez malheureusement raison tous les deux : Doug a fait une grosse connerie, et toi, Zach, tu n'étais pas là. Cette fois les Affaires internes vont vous déglinguer, et il nous reste à peine la nuit pour réagir. Alors toi, Doug, tu vas répondre à toutes mes questions sur ces deux filles, cette Chevy bleue et sur cette petite frappe d'Alvaro. Et toi Zach, tu vas au bureau et tu coordonnes les recherches.

- Je ne peux pas, Chief Martineau, Molly est à l'hôpital et je dois aller la voir.

- Zach, s'énerve Chief Martineau, si Molly est à l'hôpital, c'est qu'elle est entre de bonnes mains, alors tu iras la voir demain matin et tu restes pour coordonner les opérations.

- Hors de question. Vous savez mieux que quiconque qu'à chaque urgence, Molly peut ne jamais ressortir de l'hôpital.

- Ne m'oblige pas à le faire, Zach…

- Quoi, me virer ? Pas la peine, Chief Martineau, je démissionne.

Beauregard sort son insigne et son arme, défait le chargeur, vérifie la culasse, et tend le tout à Chief Martineau sous le regard furieux de Howard.

- Désolé, Doug, mais comme le dit Sobchak, chacun sa merde !

Quand il sort de la zone éclairée par les projecteurs de la scientifique, il disparaît dans un vide en contre-jour.

- Fumier ! hurle Howard.

À l'odeur des insectes qui se carbonise se mêle encore celle de la poudre brûlée. Du moins le croit-il. Le poids de la culpabilité lui tasse soudain les épaules. Il reste longtemps, immobile, sans voix, face à la nuit sans fond. Et désormais sans Suzane.

50

... de l'aide à quelqu'un.

Il prend deux tournevis et un ruban adhésif double face. Et des Fisherman's Friend pour le goût de l'adrénaline dans sa bouche. Deux barres chocolatées aussi. Et une bouteille d'eau. Deux bouteilles. Une pour lui et une pour Louise. Et des auto-collants. Plusieurs.

Le vieux noir derrière la caisse de la supérette le surveille d'un œil suspicieux. Chipmunk est monté sur ressorts. Il ne reste pas en place. Le caissier connaît bien ce genre de petites frappes. Le regard dilaté par la peur et l'excitation à la fois. Par la coke, souvent. Combien de fois s'est-il fait braquer déjà ? Dix-sept fois, c'est bien ça. Dix-sept fois en vingt-deux ans. Mais encore jamais dans ce nouveau job au Fuel Express Mart sur Hayne Boulevard, alors il garde ses deux mains sur le fusil à pompe derrière le comptoir.

- Quoi !? hurle Chipmunk.

Le vieux caissier connaît les consignes de la police. Ne pas provoquer l'agresseur, baisser les yeux. Ne pas le regarder dans les yeux. Mais il ne peut pas s'y faire. Ces merdeux-là, il faut leur faire savoir qu'ils ne sont que ça. Des petites merdes. Jamais il n'a baissé les yeux. Ça lui a valu trois mois d'hosto avec une balle dans un poumon. Maintenant il ne fume plus, mais depuis il en a descendu trois, de ces petites frappes. Bang. La seconde d'avant, c'étaient des tueurs à la dure, et celle d'après des mômes le ventre en charpie qui pleuraient de peur et de douleur après leur mère. N'avaient qu'à mieux les élever, leurs putains de mères. Mais c'est vrai que ce n'était plus de son âge. N'était la crise, qui le ruine chaque nuit un peu plus, il ne devrait plus passer ses nuits, à 78 ans, à faire des cartons sur des gosses déglingués qui se mettent la tête à l'envers avec tout ce qui se shoote, se fume ou se sniffe. Franchement, ce n'est plus de son âge.

- Autre chose avec ça, jeune homme ? demande le vieux caissier noir avec calme.

- D'après toi, connard ! aboie Chipmunk.

- Alors ça fera vingt-huit dollars et quatre-vingt-quinze cents avec l'essence, jeune homme.

Chipmunk compte vingt-neuf dollars et les pose sur le comptoir. Le caissier les recompte, les glisse dans le tiroir de sa caisse enregistreuse, et regarde Chipmunk.

- Et ma monnaie, bâtard ?

- Et mon pourboire, jeune homme ?

C'est comme ça, il ne peut pas s'en empêcher, même s'il sent bien que ce garçon est dangereux. En début de cavale après un sale coup, probablement. Mais à son âge, il se dit qu'il vaut mieux une mort brutale par balle qu'une lente agonie suite à une longue maladie, comme ils disent.

Chipmunk hésite à lui en mettre une en plein front ou à fracasser son vieux crâne de négro à coups de crosse. Mais une voiture de police qui passe sur Hayne tous gyrophares allumés le rappelle à la raison. Il quitte la supérette, rejoint la Chevy, et démarre en faisant hurler ses pneus.

Il a essayé de s'éloigner autant que possible d'Algiers. Il a traversé le fleuve et a filé vers le nord jusqu'à Little Woods, sur la rive du lac Pontchartrain, mais c'était une belle connerie. Que des rupins, là-haut. Des familles blindées. Pas une caisse dans la rue. Des baraques avec quatre garages. Même les parkings sont gardés. Alors il redescend vers le sud, entre Chef Menteur Highway et le canal, où s'alignent sur dix kilomètres des dizaines de casses avec des milliers de carcasses. Bien entendu, les épaves ont été dépouillées de leurs plaques minéralogiques et dorment dans des terrains vagues grillagés comme un camp de rétention d'immigrés mexicains. Mais les rois de la ferraille accordent plus d'importance à leurs carcasses qu'à leurs propres véhicules qui stationnent dehors, le long de rues cabossées et désertes comme Old Gentilly Road. Chipmunk repère une berline. Il arrête la Chevy, éteint les phares et se glisse dans la nuit jusqu'à la voiture pour en arracher les plaques à l'aide de ses deux tournevis. Quand il repart, des chiens fous de rage se jettent contre le grillage de la casse. Trois molosses, un bandana autour du cou, qui bavent leur furie. La porte d'un baraquement s'ouvre, et dans le rectangle de lumière jaune se découpe la silhouette d'un homme armé qui hurle aux clébards de fermer leur grande gueule en les calmant d'un coup de fusil en l'air. Eux ou les petits malins qui ont cru bon de s'approcher de la casse. Mais Chipmunk est déjà loin. Il maraude avec prudence dans différents quartiers sans trouver ce qu'il cherche, puis descend au sud de Saint Claude, sur les bords du fleuve, où se trouvent plusieurs *gigs*, lounges, bars et restaurants. Sur Poland Avenue, devant un petit hôtel kitch pour touristes en quête d'authenticité comfortable, il repère une Dodge Challenger immatriculée au Kentucky. Modèle 2005. Le rêve américain n'est plus ce qu'il était. Il sait voler ce genre de caisse malgré l'alarme. Il déverrouille la portière avant, arrache les fils sous le tableau, et démarre le moteur. Puis il retourne à la Chevy, sort Louise encore groggy du coffre, et la tire jusqu'à celui de la Dodge. Il la pousse dedans et l'assomme à nouveau avant de refermer le hayon. Puis il démarre lentement et s'éloigne en abandonnant la Chevy bleue. Un peu plus loin, tout en bas de Poland Avenue, il s'arrête dans un coin discret devant une usine désaffectée et fixe avec le double face les plaques volées sur celles du Kentucky. Puis il personnalise la voiture avec les autocollants achetés à la station-service. *Bébé à bord. I survived NOLA's carnival. Laissons le bon temps rouler.* Quand il est satisfait du résultat, il se dit qu'il peut retourner en ville. Les flics recherchent une Chevy bleue, et demain matin ils chercheront une Challenger immatriculée au Kentucky. Ça lui laisse le temps de réfléchir. À quoi exactement, il ne sait pas encore, mais il faut qu'il réfléchisse. Et qu'il demande de l'aide à quelqu'un.

51

C'est pour ça que j'ai besoin de toi…

- Juste une bière. Rien qu'une bière, s'il te plaît!

- Non, Chinta. Je sais que tu t'en siffles dès que j'ai le dos tourné, mais je suis ton père. Je ne te payerai pas de bière.

Chinta boude et souffle sa colère dans une bulle de chewing-gum si grosse qu'elle lui colle au nez.

- Chinta, je t'en prie, ce ne sont pas des manières! soupire Crab.

La serveuse apporte les *po boys* aux huîtres. Ils les ont demandés «*submarine*», dans une longue baguette. *All the way* pour tous les deux. Huîtres frites, oignons croustillants, ail, thym, basilic, paprika, origan, poivre de Cayenne, tamari, cornichons, tomates, mayonnaise, salade iceberg, moutarde créole, pickles, chou blanc, babeurre, Worcestershire. Et sauce piquante.

- Et une bière, tente Chinta.

- Pour moi seulement, rectifie Crab.

- P'pa, juste une fois, pour le plaisir de prendre une bière avec mon père!

Crab ne répond pas et enfourne son *submarine* géant dans sa bouche de géant. Chinta reboude et chipote son *po boy* du bout des doigts, piquant une des six huîtres frites pour la manger en soupirant.

C'est un sifflet des jumeaux qui les met sur leurs gardes. Trop tard. Alvaro s'est déjà glissé jusqu'à leur table. Il marche les genoux pliés tant il cherche à passer inaperçu.

- Crab, faut que j'te parle.

Crab ne peut pas répondre, la bouche pleine d'un bon quart de son *po boy*. Alvaro en profite.

- Écoute, Crab, Sobchak m'a mis sur un coup. Un très gros coup. Putain mec, tu marches avec moi et on se paye une piscine en or à Miami.

Crab déglutit en urgence et essuie la mayonnaise qui coule aux commissures de ses lèvres.

- Sobchak ne t'a pas jeté aux gators ?

- Plaisante pas avec ça, Crab. C'est vrai ce que je te dis. Il m'a proposé une affaire. Il a effacé mon ardoise et m'a proposé un deal. Tu as entendu parler d'un casse chez lui ?

Crab baisse aussitôt la tête et scrute la salle pour s'assurer que personne ne les entend.

- T'es con ou quoi ? Tu crois que ce sont des choses dont on parle, ça ? Je ne veux pas d'ennuis avec Sobchak, moi. Oublie-moi, Alvaro.

- Merde, Crab, dis-le-moi. Je suis sûr que tu le sais. Tu sais tout, toi, avec les yeux et les oreilles de tes gosses. De combien on l'a soulagée, cette grosse bouse d'éléphant ?

- Ferme-la ! ordonne Crab.

- Deux patates, lâche Chinta en plongeant le nez dans son *po boy* éventré.

- Chinta ! grogne Crab.

- Quoi, deux patates ? s'étonne Alvaro.

- Deux patates, deux rocks, deux millions, quoi !

- Deux millions ? Oh l'enflure de putain d'éléphant de mer de merde ! siffle Alvaro entre ses dents. Ce sac à merde court après deux millions et tu sais ce qu'il m'a proposé pour les trouver? Mille dollars, mec, mille dollars, et encore, c'est moi qui ai dû surenchérir pour en avoir deux mille. Putain, mec, ce sac à merde m'a proposé mille dollars, l'enfoiré! Combien ça fait ça, en pourcentage de deux millions? Je suis sûr que ça fait même pas cinq pour cent.

- Zéro virgule zéro, zéro, zéro, cinq, tente d'articuler Chinta la bouche pleine de salade.

- Je te l'avais dit, cinq pour cent, l'enfoiré.

- Non, zéro virgule zéro, zéro, zéro, cinq!

- Quoi? Ça fait quoi ça, Crab, ça fait combien? Me dis pas que ça fait un pour cent, putain !

- Ça fait cinq dix millièmes, Alvaro. C'est que dalle, *nada, nib, oualou*. Alors ne viens pas me proposer un truc à cinq dix millièmes à partager en deux.

Alvaro se trouve une chaise qu'il tire le plus près possible de la table et se penche à l'oreille de Crab qui attaque le dernier quart de son *submarine*. Le géant créole redoute le pire quand il voit Alvaro se donner le masque du conspirateur intelligent.

- Ouais, mais justement, mon plan, ce n'est pas de rapporter le truc à Sobchak. C'est de me faire la belle avec, mec! Deux millions, Crab, y'a pas que les couilles qu'on se fait en or avec ça.

Crab préfère recracher son *po boy* pour répondre plus vite.

- Putain Alvaro, tu dégages! Je veux plus rien entendre. Piquer ne serait-ce qu'un *picayune* à Sobchak, c'est prendre son ticket pour la ferme aux alligators, et entrée des artistes, mec, côté gators. Ne te lance pas là-dedans, Al, et oublie-nous, moi et toute ma famille.

- C'est trop tard, Crab, dit Alvaro en regardant de toutes parts avant de se rapprocher encore. C'est trop tard, mec, j'ai déjà lancé la machine.

- Putain, Alvaro, qu'est-ce que tu as encore fait comme connerie ?

- En fait, ce que Sobchak veut, c'est récupérer l'équivalent de ce qu'on lui a chouré chez un de ses voisins de Patterson.

- Et alors ?

- Et alors mec, crois-moi si tu veux, mais ça fait trois mois que je fricote avec la fille de ce type, Crab !

- Et alors ?

- Alors je me sers d'elle pour rançonner son père et je garde l'oseille pour moi. Après tout, il n'appartient pas à Sobchak, cet argent, pas vrai ?

- Alvaro, tu es con comme une spatule, ou quoi ? Laisse tomber cette idée de dingue. Je te paye un *submarine* et une bière ou deux, on passe une bonne soirée, on se trouve un *gig* pour s'écouter de la zic, et tu oublies ça.

- C'est trop tard, Crab, je te l'ai dit, j'ai déjà lancé l'affaire.

L'air satisfait de caïd qui a réussi que se donne Alvaro tétanise Crab.

- Ça veut dire quoi, j'ai lancé l'affaire ?

- J'ai kidnappé la fille.

- Tu as quoi ?

- J'ai kidnappé la fille.

- Mais tu la gardes où ?

- Pour l'instant, elle est dans le coffre de la caisse que j'ai tirée. C'est pour ça que j'ai besoin de toi…

52

... toi aussi, tu vas l'aimer.

- Je crois que j'ai démissionné, mon cœur.

- Tu crois ? s'amuse Molly.

La table est dressée et le dîner est prêt. Un fumet qu'il ne connaît pas. Quelque chose d'oriental, aux épices douces. Il s'étonne du vin carafé et des chandelles dans des bougeoirs.

- Nous fêtons quelque chose ?

- Un jour de plus, répond Molly en se pendant à son cou.

Elle ne pèse plus rien. Ils s'étaient promis qu'à la fin, ils fêteraient chaque jour comme le premier de leur amour.

- Le premier jour, c'était un dimanche de novembre et je t'ai offert un *po boy* pendant le Oak Street Po-Boy Festival.

- Non, ça c'était le premier jour où nous avons baisé, monsieur. Moi je vous parle du premier jour où je vous ai aimé. À la terrasse en guinguette du Streetcar Bistro, sur Carrollton, où vous dîniez aux chandelles avec une autre. Moi, j'étais la petite serveuse, celle que vous n'avez même pas dévorée des yeux ce soir-là. L'autre par contre, monsieur, vous n'en avez pas laissé une miette. Je reconnais qu'elle avait des seins comme des beignets à la fleur d'oranger, et un cul, monsieur, un cul comme un *king cake* à la cannelle. Quand vous êtes partis et que vous avez traversé la salle, j'en ai eu mal pour elle, tellement ce cul, monsieur, elle se l'est fait croquer du regard par tout le monde. Par gourmandise pour les hommes, et par méchanceté pour les femmes.

L'humour de Molly a toujours fait fondre Zach. Cette façon de sourire de tout et de rien. De lui dire à quel point elle l'a aimé et l'aime encore, comme ça, mine de rien, en se moquant.

- Alors, explique-moi, reprend-elle soudain sérieuse, pourquoi dis-tu que tu *crois* avoir démissionné ?

- Parce que j'ai hurlé ma démission au visage de Chief Martineau, que j'ai rendu mon arme et mon insigne, mais sans l'avoir encore confirmée par écrit.

- Mais dans ta tête, tu as démissionné, c'est ça ?

- Oui. Je ne suis plus flic.

- Donc tu étais flic et voyou, et maintenant tu n'es plus que voyou.

- C'est exactement ça.

- Chic ! jubile-t-elle en claquant des mains. Et alors, maintenant, tu vas avoir la police aux trousses ?

- C'est probable, admet Zach en haussant les sourcils.

- Mister Barrow, je vous adore ! Voilà une nouvelle qui va ravir ton ami.

- Howard ? Pourquoi en serait-il ravi ?

- Non, pas Howard, l'autre, le petit homme en costume beige, Gaïzag Mardirossian.

- Inconnu. Je ne connais pas de Gaïzag Mardirossian.

- Tu en es sûr ? Lui semble tout connaître de toi, pourtant.

- Où as-tu rencontré ce type ?

Molly se fige, les bras écartés, les paumes des mains vers le ciel pour montrer la jolie table et les casseroles sur les plaques chauffantes.

- Mais il a passé tout l'après-midi ici ! Crois-tu que j'aurais pu cuisiner un bamia d'agneau au riz pilaf toute seule ?

- Tu veux dire qu'un type que je ne connais ni d'Ève, ni d'Adam a passé une demi-journée avec toi, chez nous, à cuisiner mon repas d'amoureux ?

- C'est un petit vieux génial, attends de goûter ses dolmas de feuilles de vigne farcies en entrée, avec un peu de caviar d'aubergine et du houmous. Et surtout son riz au lait crémeux à la cannelle ! J'aurais rencontré ce type dix ans plus tôt, je montais un restaurant avec lui !

- Mais comment l'as-tu rencontré, justement ? demande Zach, sidéré par l'enthousiasme de Molly envers cet étranger.

- C'est lui qui a sonné à la porte. Il voulait te parler, tu n'étais pas là, il était sympathique, il m'a dit qu'il venait de Californie. Je ne sais pas pourquoi je lui ai proposé un café. Sa bonne bouille, peut-être. Il a accepté en demandant si je connaissais le café arménien, et il est passé à la cuisine pour m'en préparer un. Ça s'est fait comme ça, Zach. Ce type est comme ça. Tu le rencontres, et il fait partie de ta vie.

- Mais qu'est-ce qu'il voulait ? Comment en es-tu arrivée à ce qu'il cuisine notre repas d'amoureux ?

- Il m'a dit qu'il enquêtait sur toi pour le compte de Sobchak et qu'il pensait que tu avais volé ses deux millions de dollars.

- Quoi ! Il a dit ça ? Et tu l'as laissé entrer ?

- C'est lui qui me l'a expliqué. Le meilleur moyen de savoir ce que Sobchak sait de votre mari, c'est de m'offrir un café et de me faire parler. L'Arménien peut être bavard, qu'il a dit. Tu connais la suite.

- Non, je ne connais pas la suite, s'insurge Zach dont l'inquiétude amuse Molly. Parce qu'il y a une suite en plus !

- Mais si, je te l'ai dit. Il propose plutôt un café arménien et passe à la cuisine pour le préparer, et là il voit que je m'apprête à essayer de cuisiner un gombo pour ce soir et me propose plutôt son bamia d'agneau. Je lui demande ce que c'est, il me l'explique, et blablabla, voilà qu'il repart acheter tout ce qu'il faut pour en préparer un. Et tu sais quoi ? Il a même un mélange d'épices arméniennes qu'il garde toujours en réserve dans sa voiture. Pour faire des keuftés, à ce qu'il m'a dit. Bref, une heure après il revient et s'installe aux fourneaux, et voilà !

Zach ne sait pas quoi dire. Il cherche à trier les questions dans sa tête et finit par se résoudre à la plus évidente.

- Mais il est quoi ce type, Molly, flic, privé, homme de main de Sobchak ?

- Non, je crois qu'il a dit qu'il était collecteur de dettes, oui, c'est ça, collecteur de dettes, c'est ce qu'il a dit.

- Seigneur Dieu, Molly, mais tu sais ce que c'est qu'un collecteur de dettes ? C'est une sorte de mafieux qui vient récupérer sous la menace ou par la violence de l'argent que tu dois à quelqu'un. Et s'il travaille pour Sobchak, tu sais très bien ce qu'il vient chercher ! Tu lui en as parlé ?

- Oh non, j'ai voulu, mais lui-même m'a arrêté en disant qu'il parlerait de ça avec toi. Mardiros a horreur…

- Mardiros ?

- … oui, il préfère que ses amis l'appellent comme ça. Mardiros, donc, a horreur de mélanger le boulot et la cuisine. Alors nous avons parlé de tout et de rien. De nos cuisines, de nos vies, de nos amours. Des voyages qu'il fait pour son travail. Il a passé quelque temps en Alaska dernièrement, ça a l'air grandiose. Il a vécu plein d'aventures. Tu sais qu'il est arrivé à Patterson le jour même de l'ouragan avec un million et demi dans une sacoche ? Tu te rends compte que vous auriez pu vous croiser en pleine tempête avec chacun votre magot à la main ?

Zach ne sait plus de quoi s'étonner. De l'inconscience de Molly, de ce qu'elle raconte de cet homme, de ce qu'ils ont cuisiné ensemble, de leurs bavardages sur des millions qui se trimballent en plein ouragan. Puis des mots prononcés par Molly le percutent avec retard.

- Attends Molly, tu dis qu'il veut parler des deux millions de Sobchak avec moi, c'est bien ça? Donc il va revenir?

- J'espère bien, parce que je l'aime bien cet Arménien. Mais pour l'affaire qui vous préoccupe, il a dit qu'il t'attendrait ce soir à minuit au Sazerac.

- À minuit, ce soir?

- Oui, il a dit que ça te laisserait le temps d'aller à ton sport, comme d'habitude.

- Au Sazerac, le bar de l'hôtel Roosevelt?

- Oui, il a pris une chambre là-bas pour quelques jours, le temps de boucler son enquête.

Encore une fois, Zach ne sait pas quoi dire. Molly parle d'un collecteur de dettes qui court après lui comme d'un gentil grand-père gourmet, de son contrat comme d'une simple enquête qui les concerne, et de ses quelques jours au Waldorf Roosevelt comme d'une mission de routine. C'est-à-dire le dénoncer à Sobchak comme le voleur de ses deux millions.

Molly est allée à la cuisine et revient avec deux coupes de champagne.

- C'est du Cristal. Le meilleur, selon Mardiros, grâce à ses bulles particulièrement fines. 40 % chardonnay, 60 % pinot noir si je me souviens bien. Et c'est le seul champagne qui n'a pas de creux au cul de la bouteille, tu sais pourquoi?

Zach ne répond pas, perdu entre l'inquiétude et la dérision. Qu'est-ce que cette histoire de cul de bouteille veut dire encore?

- C'est le tsar Alexandre II qui a exigé un cul de bouteille plat et plein. C'était le seul champagne qu'il buvait, et il redoutait qu'on puisse cacher une bombe dans le cul de la bouteille.

- La piqûre, Molly.

- Quoi, la piqûre ?

- Le creux, sous une bouteille, s'appelle la piqûre, je crois, pas le cul !

Puis il se rend compte qu'il parle de cul de bouteille alors qu'un collecteur de dettes a passé l'après-midi avec Molly et lâche prise. Il s'abandonne d'abord au champagne, nez subtil d'agrumes pointus et d'abricot délicat, et bouche légèrement vanillée sur notes de cacao et de noisettes torréfiées. C'est ce que ce Mardiros a expliqué à Molly et qu'ils retrouvent, attentifs, dans leur bouche. Ensuite vient le repas délicieusement oriental. Le moelleux des dolmas, le fumet épicé du caviar d'aubergine, l'épaisseur citronnée du houmous de pois chiches. Puis l'agneau délicat, découpé en dés dans l'épaule, la douceur acidulée et imperceptiblement croquante des gombos, et l'arrière-goût de caramel des vermicelles roussis du pilaf de riz long. Et le vin. Du Saint-Amour. Un gamay léger de Saône-et-Loire, a dit Mardiros.

À la fin du repas, Zach a tout oublié sauf le petit visage épanoui de Molly, heureuse jusqu'aux yeux de ce festin inattendu.

- Ce riz au lait fondant à la cannelle, quelle tuerie !

Rarement depuis l'aggravation de sa maladie, Zach n'a vu Molly manger avec autant d'appétit et de plaisir. Même s'il sait que son corps affaibli et intolérant la fera se forcer à vomir dans les toilettes plus tard. Mais le bonheur présent de ce repas est une fête à laquelle ils trinquent en finissant le champagne. Puis la fatigue tombe soudain sur les épaules maigres et fragiles de Molly. Elle s'excuse d'un sourire et l'abandonne pour aller se coucher.

Miss Zolande s'occupera de la cuisine demain matin. Il la laisse se préparer. S'est-elle forcée à faire durer le plaisir pour qu'il soit presque l'heure d'aller au rendez-vous du Sazerac ?

Il n'ira pas au sport ce soir. Quand elle est couchée, il la rejoint dans la chambre et se penche pour l'embrasser.

- J'ai pourtant fait une belle sieste cet après-midi.

- Avant ou après la visite de l'Arménien ?

- Pendant. Je me suis endormie au son de son duduk. Seigneur Dieu, Zach, la douce nostalgie de cet instrument… soupire-t-elle en s'endormant.

Le sommeil est une petite mort, dit-on. Il se force à toujours être là quand elle s'endort au cas où le destin donnerait raison au dicton. Elle le sait elle aussi. De plus en plus souvent, elle s'endort comme on se meurt d'épuisement. Mais au moment de sombrer, elle lui glisse quelques mots à l'oreille dans un dernier sourire.

- Tu vas voir, toi aussi, tu vas l'aimer.

53

… mon rapport à Sobchak.

L'homme est petit dans son costume beige trop ample. Chemise blanche boutonnée jusqu'au cou. Ses cheveux noirs plaqués en arrière comme des ailes de corbeau repliées. Des rides marquent son visage un peu partout, mais surtout au coin des yeux. Deux profonds éventails dès qu'il sourit. Avec sur le front trois belles plissures horizontales. Malgré son âge, sa taille, son costume ordinaire, il ne dénote pas dans le décor cossu du bar de l'hôtel Roosevelt. Quelque chose dans son attitude. Une présence. Un regard. Une force tranquille qui l'impose.

- C'est un Glock dans le holster sous votre veste ?

- Oui, client, répond Mardiros en souriant. J'ai aussi un Colt Detective Special à la cheville. C'est pour ça, le pantalon un peu trop large. Toi aussi c'est un Glock, comme ton partenaire?

- Non, moi c'est mon arme personnelle. Un Smith & Wesson. Je suis resté traditionnel. Donc vous connaissez Howard ?

- Oui, dit l'Arménien sans aller plus loin.

Le Roosevelt est un hôtel Waldorf Astoria. Les deux premiers étages de sa façade blanche habillée de bossages en fausse pierre de taille. Surchargée de corniches, de frises et d'architraves.

De modillons. Décorée de moulures et de médaillons. Un peu prétentieux à l'américaine, dans cette obssession à ressembler aux grands établissements européens de la Belle Époque. Mais en plus monumental. En plus théâtral. En plus riche. En plus m'as-tu-vu. Et puis soudain, au-dessus, les huit colonnes élégantes de bow-windows à l'anglaise pour les chambres, surmontées des deux étages de suites.

- J'ai peine à croire que Katrina ait failli venir à bout de ce monument, murmure Beauregard.

- Les femmes sont capables de tout, mon garçon.

- Je parle de l'ouragan.

- Je sais, client, je plaisantais. L'Arménien est taquin, quelquefois. L'hôtel est resté fermé quatre ans après l'ouragan, je crois.

- Oui, on parle de deux cents millions pour le remettre en état.

Beauregard s'était promis d'aborder la rencontre le plus brutalement possible. Factuel et direct. Il n'aurait jamais dû accepter de prendre un verre. Mardirossian est un homme fort mais sans méchanceté apparente. Il a su l'entraîner dans un bavardage amical. Il a bien choisi le bar. Confortable, cossu, feutré, ambré. Art déco.

- Tu sais que c'est du Roosevelt que s'est inspiré Arthur Hailey pour son fameux roman *Hôtel*?

- Ce que je sais de cet hôtel, murmure Beauregard le regard perdu dans l'ambre de son whisky, c'est qu'au début des années trente, mon grand-père venait y perdre sa fortune dans The Cave, au sous-sol, le premier night-club des États-Unis. Combien de fois, petit, m'a-t-il décrit cette salle souterraine, avec sa cascade, son sol et ses plafonds ornés de faux stalactites et stalagmites, ses naïades d'argile naïves sur des roches en stuc escarpées. D'autres, lascives et langoureuses, allongées nues dans la vasque où glissait en bruissant l'eau de la cascade. Et ses lignes de *girls* qui trémoussaient leurs seins et leurs fesses sur des airs de dixieland effrénés ! Je crois bien que j'ai taché mes premiers draps de préado aux souvenirs de The Cave…

- Alors buvons à la nostalgie masturbatoire, mon garçon, propose Mardiros en levant son verre.

Ils trinquent et Beauregard secoue la tête.

- Je ne sais vraiment pas comment j'en suis arrivé à vous raconter tout ça.

- Parce que tu ne sais pas comment aborder le sujet qui fâche, tout simplement.

- Ça doit être ça, murmure Beauregard en pensant à l'inespéré moment de bonheur avec Molly qu'il a vécu grâce à cet ennemi inconnu.

Mardiros marque encore un long moment de silence, avant de parler en regardant son reflet dans le mur de miroirs derrière le bar.

- Donne-moi un chiffre entre un et cinq, client.

- … Cinq, pourquoi ?

- Perdu, c'est moi qui commence. Alors voilà : je l'ai fait, moi aussi.

- Vous avez fait quoi ?

- Ce que tu as fait.

- Et qu'avez-vous fait, alors ?

- Voler pour offrir des instants meilleurs à ma femme.

- Comment savez-vous… ?

- J'ai passé l'après-midi chez toi en compagnie de ta femme, client, ce n'était pas très difficile à comprendre. Elle est mourante, n'est-ce pas ?

- Oui, confesse Zacharie après une courte hésitation. Une mauvaise hépatite a dégénéré en mauvais cancer.

- Mélinée, mon épouse, ma source joyeuse, mon abricot des neiges, mon cerisier du Caucase, est morte l'an dernier après cinquante ans d'une douce passion sans écueils. Un long fleuve tranquille.

- Malgré votre métier ?

- Malgré mon métier. Un matin elle va chez le médecin pour une grosse fatigue et une vilaine migraine, et elle revient condamnée à court terme par une tumeur inopérable. Alors j'ai volé cinq cent mille dollars à un client pour la choyer jusqu'à la fin.

- Comment avez-vous fait ? demande Zacharie en même temps qu'il se maudit de se laisser prendre à une telle conversation.

- Je suis collecteur de dettes. Mes clients sont souvent des crapules malhonnêtes et sans scrupules qui manipulent de grosses sommes d'argent sale. J'ai collecté une dette d'un demi-million de dollars que je n'ai pas remise à mon donneur d'ordre.

- Et il n'a pas cherché à la récupérer ?

- Je l'ai tué avant, dit calmement Mardiros, son regard perdu dans le jeu d'ambre et de lumière de son whisky, avant de planter ses yeux dans ceux de Beauregard. Je l'ai fait disparaître. Officiellement, il s'est volatilisé avec l'argent. Mais officieusement, je l'ai bel et bien tué. Et tu ferais la même chose pour protéger la fin de vie de Molly, n'est-ce pas ?

- Oui, répond Zacharie sans hésiter. C'est pour cette raison que vous ne m'avez pas encore dénoncé à Sobchak ? Vous avez peur que je vous tue.

- Bien sûr que non, client, et tu comprendras ça bien assez vite. Après la mort de quelqu'un qu'on a aimé comme j'ai aimé Mélinée, ou comme tu auras aimé Molly, la mort ne fait plus vraiment peur, tu verras.

- Comment avez-vous compris pour moi ?

- Les voisins, client. Les voisins resteront toujours nos pires ennemis. Une simple enquête de voisinage avec tact et délicatesse. L'Arménien sait être enjôleur et flagorneur quand il le faut. J'ai appris pour la livraison du coffre-fort. Pour le lit médicalisé aussi. Pour le fauteuil roulant. Pour le van. Beaucoup de dépenses. Je suis passé discuter chez les vendeurs, avec ma carte de privé de Californie. La Californie, ça a toujours fait parler le quidam. Que des paiements en liquide.

- Ça n'est pas une preuve suffisante, je n'ai dépensé que quelques dizaines de milliers de dollars...

- Oui, mais je t'ai aussi un peu suivi ces derniers jours. J'ai d'abord pensé que tu faisais trop de sport le soir. Deux abonnements dans deux clubs différents, c'est un peu beaucoup, même pour un garçon affuté comme toi. Alors j'ai demandé à visiter les installations sous prétexte de vouloir m'y inscrire. Même si cela a fait sourire les bodybuildés aux stéroïdes de me voir traverser leurs champs de sueur, ça m'a permis de visiter les vestiaires. Belle idée, les armoires des vestiaires, surtout dans des clubs chicos avec des serrures électroniques à combinaison.

Beauregard soupire comme on abandonne un combat.

- Vous devez être redoutable dans votre métier.

- Oui. C'est pour ça qu'à soixante-dix ans, je suis encore vivant, client.

- Et je peux savoir quel détail vous a mis sur ma piste ?

Le rire de l'Arménien caquette et surprend la salle.

- Un gros détail, mon garçon, un détail de la taille de Sobchak.

- Sobchak sait que c'est moi son voleur ? s'alarme aussitôt Beauregard.

- Non, mais il m'a remis une liste avec des noms du NOPD et du FBI.

- Comment a-t-il eu cette liste ?

- D'après toi, mon garçon ? Des âmes bien intentionnées de ta hiérarchie qui ont besoin d'un nouveau SUV ou de refaire l'étanchéité de leur piscine. Sobchak est au courant avant toi de tout ce qui se passe au NOPD.

- Et sur la liste, pourquoi moi et pas les autres ?

- Question d'alibi. Le FBI a enquêté sur vous en commençant par Martineau. Ton chef a d'abord donné le sien, puis celui de la sculpturale Angela. Tu ne crois pas qu'ils fricotent, ou qu'ils ont fricoté un peu ensemble, ces deux-là ? Bref. Martineau a aussi vérifié l'alibi des autres. Il a répondu de Howard et de toi, sauf qu'en ce qui te concerne, il t'a couvert en disant qu'il t'avait autorisé à rester chez toi pour que tu t'occupes de Molly.

- Molly apparaît dans l'enquête du FBI ? Comment savez-vous ça ?

- Un sous-fifre du FBI qui cherche à se désendetter renseigne Sobchak.

- Et Sobchak, est-ce qu'il sait pour Molly ?

- C'est un mafieux, client, mais je suppose qu'il sait lire quand même. Il m'a demandé de commencer par toi. Lui, il a dit qu'il s'occupait de ceux de Patterson.

Beauregard réfléchit à la nasse qui se referme sur lui, avec cet homme à la franchise désarmante qui lui explique jusqu'à quel point il est piégé.

- Qu'allez-vous faire, Mardirossian ? Je vous ai dit que je tuerai ceux qui chercheront à m'empêcher de protéger Molly jusqu'à son dernier sourire. Et vous savez que je le ferai.

- Oh, je te crois, client. Je le sais. Je te l'ai dit, je suis passé par là, moi aussi. Alors je vais faire ce que je fais d'habitude : prendre dix pour cent.

- Comment ça ?

- Sobchak me promet dix pour cent de la somme que je récupérerai. Tu me donnes dix pour cent pour que je ne la retrouve pas. C'est aussi simple que ça.

- Deux cent mille dollars ?

- Oui, j'ai mes œuvres. L'Arménien est altruiste, parfois. Ça te laisse un million huit pour t'occuper de Molly. Ça devrait être suffisant, non ?

-Vous feriez vraiment ça ? Je peux vraiment croire en votre parole ?

- N'hésite pas, client, comme dit mon proverbe préféré, quand on te donne tu prends, quand on te prend tu cries. Prends ce que je te donne, c'est de bon cœur, dit Mardiros en tendant son verre pour trinquer.

- Le mien est vide, je vous en offre un autre ?

- Non, merci, ma nuit ne fait que commencer, je dois passer au White Flamingo faire mon rapport à Sobchak.

54

... mes testicules.

- J'ai peur de m'être fait rouler dans la farine, grogne Sobchak qui givre le rebord d'un verre à cocktail mouillé de citron en le tournant dans du sucre en poudre.

Mardiros, accoudé au bar, perché sur un haut tabouret, les pieds dans le vide, le regarde faire.

- Le sucre n'a pas pris, là, de ce côté.

- C'est fait pour, explique Sobchak. Le Brandy Crusta est le premier *sour*. Le premier cocktail à avoir intégré du jus de citron dans sa composition. En 1850. Le sucre en atténue l'amertume, mais les puristes posent leurs lèvres là où il n'y en a pas.

- C'est si amer que ça ?

- Une dose et demie de cognac, une demi-dose de *maraschino*, une demi-dose de Cointreau que je préfère au triple sec d'origine, trois quarts de dose de jus de citron juste pressé, et deux traits d'Angostura bitter. Plus un long zeste de citron roulé en rond que l'on colle à la paroi à l'intérieur du verre. Pour être amer, c'est amer !

- Et pour la farine ?

- Quelle farine ? s'étonne Sobchak.

- Celle dans laquelle on vous a roulé.

- Ah, celle-là…

Sobchak ne continue pas sa phrase. Il verse les ingrédients dans le shaker qu'il secoue d'un geste élégant malgré son corps qui répercute en onde de choc chaque mouvement du bras. Puis il filtre le contenu dans le verre givré.

- … J'ai peur que cela vous concerne, dit-il finalement d'un ton dont le calme ressemble à une menace.

- Moi ?

- Vous et vos amis de Patterson.

- Comment ça ?

- Je n'ai pas trouvé mes deux millions chez Lapointe. Nulle part. Et croyez-moi, nous avons cherché partout. Alors je me suis dit que l'adjoint m'avait peut-être abusé en détournant les soupçons sur le shérif. Après tout, ils étaient les seuls à savoir ce que je cherchais chez Freeman. Mais il n'avait pas mes deux millions non plus.

- Comment pouvez-vous en être sûr ?

- Je lui ai demandé, répond Sobchak. Avec insistance.

- Et vous l'avez cru ?

- Il y a des circonstances dans lesquelles la douleur l'emporte sur le mensonge.

- Et que dit-il de tout ça ?

- Il ne dit rien. Il est mort. Ce qui me ramène à vous.

Mardiros se maîtrise. Il tend le bras, prend le Brandy Crusta des mains de Sobchak, et en boit une longue gorgée pour masquer sa bouche et ses lèvres qui s'assèchent.

- Où en êtes-vous avec ce Beauregard ?

- Ce n'est pas lui. Ses absences sont justifiées par le fait qu'il passe tout son temps libre à veiller sa femme mourante.

- Justement, les soins de fin de vie coûtent cher.

- Mais il a la chance que vous y participiez déjà généreusement.

- Moi ?

- Le père de sa femme était l'ancien chef du NOPD, condamné pour corruption. Il est à parier qu'une bonne partie de la fortune qu'il a léguée à sa fille est due aux pots-de-vin que vous lui versiez. Grâce à vous, il n'avait pas besoin de vous voler pour prendre soin d'elle.

- Vous n'avez rien trouvé du tout, aucune piste, aucun soupçon ?

- Il a acheté un coffre-fort il n'y a pas longtemps, et a souscrit un abonnement dans un club sportif alors qu'il en avait déjà un ailleurs. Il a un vestiaire privé dans chacun des clubs. Je fais le nécessaire pour y avoir accès et vérifier, mais ça risque de prendre un peu de temps.

- Pourquoi le coffre ?

- Il aurait précisé aux livreurs que c'est pour ses armes, et ça se comprend.

- Comment ça ?

- Sa femme est mourante. Condamnée. Peut-être qu'il ne veut pas laisser traîner d'armes qui lui donneraient des idées de suicide.

- Et pour les autres ?

- Tous ont des alibis solides. Au cas où l'un d'eux ne serait qu'une taupe, j'explore la piste d'un complice extérieur, mais c'est plus compliqué. Reste le FBI.

- J'ai quelqu'un qui s'occupe du FBI. Occupez-vous plutôt de Freeman.

- Freeman ?

- Oui. Qu'est devenu son million et demi ?

- Je n'en sais rien, mais c'est surtout à lui.

- Il a gagné un million et demi et moi j'en ai perdu deux. C'est Alligatorland ici, Mardirossian, celui qui a la plus grande gueule bouffe l'autre. Je veux le million et demi de Freeman.

- J'ai bien peur de ne pas pouvoir vous aider sur ce coup-là, client.

Ils se jaugent du regard un long moment, puis Sobchak reprend le Brandy Crusta des mains de Mardiros et le siffle d'un trait.

- Il va falloir choisir votre camp, l'Arménien.

- C'est déjà fait, client. Je suis dans le vôtre pour vos deux millions, et dans celui de Freeman pour son million et demi.

- Attention, à faire le grand écart d'une berge à l'autre au-dessus du bayou, vous allez finir par vous faire bouffer les couilles par un alligator, Mardirossian.

- C'est une menace, client ?

- Un avertissement. Je vais demander à mes amis du FBI de vous donner un coup de main sur cette affaire-là. J'espère qu'ils n'apporteront pas la preuve que c'est vous l'enfarineur. Je le souhaite surtout pour vos testicules, Mardirossian. Vous pouvez encore les perdre. Et dans la douleur.

- J'ai soixante-dix ans, client, ma femme est morte et je n'ai plus de prostate. Ils n'intéressent vraiment plus grand monde, mes testicules.

55

Pas Chinta.

Chinta ne peut pas accéder à la maison de Beauregard. La rue est barrée par le FBI. Il y a des voitures noires et des hommes en costumes sombres partout, avec des fils en torsades dans les oreilles et des lunettes d'aveugles. Des commandos aussi, blindés comme des RoboCop. Ils sont en position autour de la maison, armes de guerre à la main, comme si Godzilla et King Kong shootés au Moonshine allaient sortir ensemble d'une minute à l'autre. Ils sont si concentrés sur la maison qu'ils ne voient pas Beauregard qui arrive en trombe avec ses gyrophares. Il perfore le périmètre de sécurité et percute une voiture du FBI qu'il envoie tournoyer sur les rails du *streetcar* pour arriver au plus près de chez lui. Avec un temps de retard, tous les hommes en noir plient les genoux en position de tir et le braquent. Derrière arrive une autre voiture, avec des gyrophares elle aussi. Celle de Chief Martineau. Il a été prévenu par radio du raid du FBI contre la maison de Beauregard. Quand il descend de sa voiture, les *Men in Black* ne savent plus sur qui pointer leur arme.

Quand Zach aperçoit Molly, enveloppée dans une couverture de survie dorée, assise sur un parapet aux côtés de Miss Zolande, la fureur le prend et il se précipite vers elle.

Les deux hommes qui tentent de s'interposer sont projetés en l'air.

- Qui est responsable de ça ? hurle Chief Martineau au beau milieu de la rue. Que le connard responsable de cette mascarade se montre !

Sur le perron de la maison apparaît alors John Miller, l'homme du FBI, fier et hautain comme un président au pupitre d'une conférence de presse.

- C'est moi le responsable de cette opération, Martineau. C'est une opération du FBI et la police locale n'a aucun droit d'y participer, ni même d'être là. Vous pas plus que vos subordonnés. Dégagez de mon périmètre.

Zach aide Molly à se relever avec l'aide de Miss Zolande. Elle ne semble pas impressionnée par tout ce capharnaüm de testostérone. Amusée, presque. Mais comme elle est faible, Zach la prend dans ses bras. Deux hommes en civil lui bloquent aussitôt le chemin.

- Madame reste ici, déclare Miller avec un calme jubilatoire qu'il veut insolent. Elle est mon témoin civil de la perquisition.

Molly repère alors un homme équipé d'un porte-voix et lui fait signe d'approcher. L'homme interroge Miller du regard, qui hausse les épaules et lui fait signe de la tête qu'il peut y aller. Molly prend le mégaphone, cherche l'interrupteur, et de sa petite voix faible mais pleine de malice s'adresse à Miller.

- Madame est en phase terminale de cancer, monsieur FBI de mes deux, et elle vous emmerde royalement. Espérons pour vous qu'elle n'aille pas mourir ailleurs que chez elle à cause de votre goujaterie policière.

Des maisons voisines montent quelques applaudissements et des sifflets. Comme les deux hommes barrent toujours la route à Beauregard, Chief Martineau les alpague chacun par une épaule et les écarte. Du haut de son perron, Miller, qui se la joue César aux jeux du cirque, fait un signe condescendant de la main pour qu'on les laisse partir.

- Doug n'est pas venu ? demande Beauregard.

- Il est au poste pour gérer l'affaire Louise Freeman. Un partout, qu'il a dit.

- De bonne guerre, admet Beauregard.

Comme ils vont repasser le cordon de sécurité, Miller apostrophe Beauregard de façon à ce que tout le monde entende.

- Pour votre gouverne, monsieur Beauregard, plusieurs opérations identiques se déroulent conjointement en ville, dont deux dans les clubs de sport que vous fréquentez. Bonne journée. Nous vous ferons savoir quand vous pourrez rentrer chez vous.

Dans un même mouvement, les deux hommes pointent leur majeur vers le ciel à l'intention de Miller. Molly aussi, avec un peu plus de retard à cause de la fatigue, fait un geste. Elle appuie son pouce à la jointure des deux dernières phalanges de son petit doigt.

- Ça veut dire quoi, ça ? s'étonne Zacharie.

- P'tite bite, murmure Molly en souriant.

- Je vous laisse, dit Chief Martineau, prends bien soin de toi, Molly. Je vais essayer de trouver Garbish pour comprendre ce qui se passe.

Il retourne dans la zone de sécurité comme un taureau dans une arène, et chacun comprend qu'il n'a pas intérêt à jouer les petits marquis pailletés en collants roses s'il ne veut pas ravaler ses banderilles.

- Putain de connards d'enculés de flics de merde !

Zach se retourne et voit Chinta, debout sur le capot d'une voiture du FBI, se cambrer comme pour pisser debout sur tous les *Men in Black*. Puis elle fait semblant de se secouer et se hisse sur la pointe des pieds pour envoyer la dernière goutte virtuelle jusque dans l'œil de Miller.

- Chinta, qu'est-ce que tu fais là ? s'étonne Beauregard.

- Je suis venue te prévenir d'un truc.

- Tu es sûre que c'est le moment, vu les circonstances ? soupire Zach en montrant du menton le chaos policier devant sa maison.

- C'est plutôt urgent, en fait : tu connais une fille qui s'appelle Freeman ? Louise Freeman ?

Beauregard va répondre quand son téléphone sonne.

- Mardiros, ce n'est pas le moment…

- Oui, je sais, le FBI est là. Juste pour te dire que tu peux profiter de ma chambre au Roosevelt. Ça sera plus confortable pour Molly. Si le FBI t'embarque pour t'interroger, deux choses : primo, s'ils te retiennent, ma chambre est une suite et il y a un lit pour Miss Zolande si nécessaire. Et secundo, ne dis rien au FBI. Ne réponds à aucune question. Laisse-leur dévoiler leurs arguments ou leurs preuves. S'ils en ont.

- Comment savez-vous que le FBI est là ?

- C'est moi qui les ai mis sur ta piste.

- Vous m'avez dénoncé au FBI ?

- Non, j'ai parlé de toi à Sobchak. C'est lui qui s'est occupé de prévenir le FBI.

- Vous êtes où, Mardiros, que je vienne vous buter ! hurle Zach.

- Ne t'occupe pas de moi, va au Roosevelt et occupe-toi bien de Molly. Et ne t'inquiéte pas pour elle, Zach, je pense qu'elle s'amuse de la situation beaucoup plus que toi, et qu'elle a bien raison.

Beauregard veut en savoir plus, mais l'Arménien raccroche. Quand il se retourne, Chief Martineau est déjà reparti. Pas Chinta.

56

Freeman, à Patterson.

Zacharie dépose Molly et Miss Zolande dans la suite de Mardiros au Roosevelt, et s'assure de leur confort et de leur sécurité. Puis il retourne au poste accompagné de Chinta. Dans le hall, il croise Kate Morgen et Django qui viennent pour l'identification des filles de la Corvette. Kate présente Django à Zach, qui leur propose de les accompagner.

- On va s'installer à mon bureau, dit Zacharie en prenant Django par les épaules. Chinta, tu m'attends, je reviens tout de suite.

- Vous n'allez nulle part sans y être invité par un inspecteur, monsieur Beauregard.

Zach se retourne. Howard est là à faire barrage, accompagné de deux uniformes visiblement gênés.

- C'est quoi cette connerie, Doug ?

- Monsieur Beauregard, moi je suis encore officier de police et vous, vous ne l'êtes plus. Je vous prierai donc de rester poli et d'obéir. Sinon je vous coffre pour outrage.

- Va te faire foutre, Howard.

- Que se passe-t-il ? s'inquiète Kate Morgen en serrant Django contre sa hanche.

Chinta essaye de sourire et de gonfler une bulle de chewing-gum à la fois, et s'en colle plein le nez. Django se dit que ses seins sont bien plus gros et bien plus solides.

- Il se passe que monsieur Beauregard a démissionné de la police, Kate, et qu'il n'est donc plus ici qu'en tant que témoin, comme Django, ni plus, ni moins.

- Vous avez démissionné ? s'inquiète Kate Morgen en se tournant vers Beauregard.

Beauregard lève les yeux au ciel et c'est Howard qui répond.

- Oui. Cet enfoiré de monsieur Beauregard a préféré démissionner plutôt que d'accepter de coordonner l'enquête sur l'enlèvement de Louise Freeman.

- Mais qui est Louise Freeman ?

- Arrête ton cirque, Doug, coupe Zach sans répondre à Kate Morgen. Montre-nous les photos et qu'on en finisse avec cette farce, alors.

- Django, monsieur Beauregard et toi allez regarder ces albums de Saint Augustin High School et me dire si vous y reconnaissez une ou plusieurs des trois filles de la Corvette.

Beauregard repousse l'album vers Django.

- Regarde tout seul, Django. Le détective Howard oublie que ces reconnaissances se font individuellement et de façon isolée pour que le choix de l'un n'influence pas celui de l'autre.

- Monsieur Beauregard a raison, Django, approuve Howard. Il a été un bon flic, dans le temps. C'est bien qu'il se souvienne de ce genre de chose.

- Hey, allez régler vos problèmes de testostérone dans la cour de récréation, coupe Kate Morgen, et ne mêlez pas Django à vos querelles d'ego.

Beauregard et Howard se regardent et sortent du bureau pour s'isoler dans une autre pièce.

- Chinta, tu ne bouges pas de là ! ordonne Beauregard.

- Pour louper une baston entre bacons ? Jamais de la vie !

Beauregard refeme la porte.

- Bon, puisque nous en sommes là, monsieur Beauregard, j'aurais besoin de votre emploi du temps pour la journée de l'ouragan.

- À quoi tu joues, Doug ?

- Au gendarme et au voleur, vous connaissez ?

- Tu es sûr qu'il n'y a pas plus urgent ? Chinta est la fille de Crab et…

- Dans la liste du personnel du NOPD qui avait accès aux informations classées dans le dossier Sobchak, vous êtes le seul à ne pas avoir fourni d'alibi.

- Tu ne devrais pas plutôt être à la recherche de Louise ?

Howard frappe du poing dans le mur, à deux doigts du visage de Beauregard.

- Vous n'avez pas plus le droit de prononcer ce nom que je n'ai celui de prononcer le nom de votre femme, monsieur Beauregard. Souvenez-vous-en, sinon le prochain est pour vous. Alors, répondez-moi pour votre alibi. Il a bien fallu une bonne raison au FBI pour faire une descente chez vous, non ?

- Peut-être un tuyau pourri refilé à nos supérieurs de la part de l'ordure pour qui tu fais des ménages, Doug. Tu m'espionnes bien pour le compte de Sobchak, non ?

- Alors, cet alibi, monsieur Beauregard ? insiste Howard en évitant de céder à la provocation.

- Je ne me souviens pas qu'on me l'ait demandé.

- Eh bien maintenant, je vous le demande.

- Et je n'ai pas davantage souvenir qu'on te l'ait demandé à toi non plus.

- Que voulez-vous, monsieur Beauregard, c'est le privilège de la police de poser les questions sans avoir à y répondre. Il fallait rester flic.

Chief Martineau, qui revient avec une provision de Dr Pepper, les aperçoit à travers la vitre et entre dans la pièce.

- Que se passe-t-il ?

- Le détective Howard me demande mon alibi pour le jour du casse chez Sobchak à Patterson.

- C'est quoi cette histoire, Doug ? s'étonne Chief Martineau.

- Monsieur Beauregard est sur la liste des suspects que vous avez vous-même établie, et le FBI n'est sûrement pas passé prendre un café chez lui ce matin par hasard.

- C'est quoi ce « monsieur Beauregard », Doug ?

- Ce sont les recommandations du comité de déontologie du NOPD pour l'adresse du personnel de police envers les civils.

Beauregard devine que Chief Martineau rumine une colère qui va finir par exploser et préfère la désamorcer.

- Ce n'est pas un problème, Chief Martineau, je peux répondre à ça, et après on pourra passer aux choses sérieuses. Toute cette journée-là, ainsi que la nuit qui a précédé et celle qui a suivi, je suis resté chez moi, auprès de ma femme.

- Le témoignage de votre femme n'est pas recevable pour confirmer ou pas votre alibi, monsieur Beauregard.

- Ma femme se fout de mon alibi, détective Howard. Je dirais même qu'elle s'en contrefout. Expliquez-lui, Chief Martineau, avant que je ne lui casse la gueule à nouveau. Quitte à trinquer pour outrage, autant en profiter, non ?

Howard devine aussitôt une embrouille et se tourne vers Chief Martineau.

- Quoi ? Qu'est-ce que ça veut dire, ça, Chief Martineau ? Qu'est-ce qu'il y a à m'expliquer ?

Chief Martineau lève les yeux au ciel, s'écrase le visage dans ses mains, les doigts en étoile, et avale un demi-litre de Dr Pepper. Puis il ferme longtemps les yeux pour se concentrer sur ce qu'il va dire.

- Tu ne préfères pas sortir plutôt que d'entendre ça, Zach ?

- Entendre quoi ? s'inquiète Howard.

- Non, répond Beauregard, je veux être là pour voir sa tête de pauvre petit con foireux quand il comprendra.

- Mais comprendre quoi, bordel de merde !

- Doug, la femme de Zach est mourante. Elle est condamnée. En fin de vie. C'est désormais une question de mois. Peut-être même de semaines. C'est pour ça que je n'ai jamais été très regardant sur ses absences. Parce que je savais toujours où le trouver. Chez lui. Au chevet de Molly.

- Qu'est-ce que c'est que cette histoire, bredouille Howard déstabilisé, qu'est-ce que...

- Molly a contracté l'hépatite C pendant l'ouragan Katrina. Elle était volontaire pour une ONG. Un junkie qu'elle tirait de l'eau à bord d'une barque a fait une crise de panique et l'a tailladée avec sa seringue. La maladie a mal évolué. Elle a dégénéré en cancer. Voilà pourquoi je suis auprès d'elle aussi souvent que possible.

- Putain de merde! murmure Howard que la honte submerge. Et est-ce qu'elle...

- Est-ce qu'elle le sait ? Oui, bien sûr qu'elle le sait. Si elle ne le savait pas, comment pourrais-je passer des journées entières à lui mentir ? On ne se ment sur rien. Elle le sait et depuis longtemps nous ne parlons plus de sa maladie. Nous ne parlons que de sa mort, qui ne nous obsède pas non plus, d'ailleurs, mais qui est devenue notre seul agenda. La rendre la plus heureuse possible jusqu'au dernier jour. Et si elle voulait mourir à Paris ou à Rio, je plaquerais tout dans la seconde pour aller à Paris ou à Rio.

- Et pourquoi tu ne m'en as jamais rien dit ? bredouille Howard.

- Et pourquoi tu ne t'en es jamais aperçu ? réplique Beauregard. Nous sommes partenaires depuis trois ans, Doug, et tu n'as pas compris que ma femme était mourante ? Pas cherché à savoir pourquoi j'avais d'autres priorités que mon boulot ? Tu ne t'y intéresses que depuis le casse chez Sobchak, Doug, c'est tout, et ça ne fait vraiment pas très longtemps.

Howard encaisse puis se reprend. Il n'a aucun autre moyen de ne pas perdre la face que de reprendre la main. C'est tout ce qu'il trouve à faire, même s'il sait déjà que c'est une connerie dans laquelle il va s'enfermer. C'est immonde et suicidaire, mais il le fait quand même. Quitte à passer pour un sale con, autant l'être jusqu'au bout.

- Toujours est-il que ce n'est pas constitutif d'un alibi et que rien ne prouve que tu étais chez toi ce jour-là. On pourrait même penser que ta confession te donne en fait un mobile…

- Howard ! hurle Chief Martineau en claquant sur une table son gobelet de Dr Pepper qui jaillit comme un geyser.

- … parce que tous ces soins de fin de vie doivent coûter une blinde et que je me demande bien où tu trouves…

La gifle de Chief Martineau envoie Howard valdinguer à travers la pièce. Avec une telle violence qu'il ébranle le mur contre lequel il se cogne et qu'une vitre se brise.

- Doug, tu es suspendu en attendant d'être viré. Ce que tu viens de dire est indigne d'un partenaire.

- Mais je n'ai jamais eu de partenaire ! hurle Howard. Beauregard n'a jamais été un putain de partenaire !

La seconde gifle de Chief Martineau le jette par terre au pied du mur.

- Je veux vous voir tous les deux dans mon bureau dans une heure, pour les procédures de démission et de suspension. Et vous avez intérêt à reprendre vos esprits, parce que la boîte à baffes reste ouverte. En attendant, Zach, tu épluches l'album de Saint Augustin dès que le gamin a fini. Vous m'identifiez ces trois foutues salopes et vous réglez cette affaire.

Chief Martineau va fulminer dans son bureau en se sifflant du Dr Pepper à la bouteille, et des inspecteurs s'approchent pour aider le détective à terre. Beauregard les arrête d'un geste et saisit Howard par le bras. Il le relève avec vigueur, l'entraîne vers les toilettes, et le pousse vers le lavabo.

- Lave-toi, tu saignes.

Howard se passe de l'eau sur le visage et la nuque, vérifie sa lèvre éclatée, et tente de reprendre ses esprits quand Beauregard l'empoigne et le plaque contre un mur.

- Maintenant écoute-moi bien, Doug, parce que je ne répéterai pas ce que je vais te dire. Ni à toi, ni à personne. Jamais. C'est moi qui ai volé les deux millions de dollars à Sobchak.

- Quoi ?

- Le casse de Patterson, c'est moi. Moi tout seul. Et tu as raison, c'est pour payer tout ce qu'il faut pour assurer la meilleure fin de vie possible à Molly. Et je vais même te dire autre chose : je l'ai avoué à Molly et elle est très fière de moi et de ce que j'ai fait pour elle.

- Pourquoi tu me dis ça, Zach, pourquoi tu me mets au parfum ? s'inquiète Howard.

- Parce que tu es un bon flic et que tu fais bien ton boulot. Alors tu vas sûrement finir par rassembler assez d'indices et de preuves pour me faire tomber. Mais je te préviens, Doug, si tu cherches à le faire avant la mort de Molly, ou si tu mets quelqu'un d'autre sur ma piste, alors je te descends sans hésiter une seule seconde. Tu m'as bien compris ?

Il lâche Howard, rajuste sa tenue, puis lui claque gentiment la joue par deux fois.

- Sois patient, petit flic d'Algiers, et tu l'auras ta médaille. Si tu ne te fais pas virer avant.

- C'est déjà fait, grimace Howard la lèvre enflée.

- Chief Martineau s'est énervé, il reviendra sur sa décision quand nous le verrons tout à l'heure.

- Pas moi. Je ne suis plus flic et c'est tant mieux. Je me fous de ce que je viens d'entendre et je n'ai plus à enquêter sur toi. Maintenant je vais pouvoir m'occuper de cette ordure de Chipmunk sans me préoccuper de la procédure et lui faire avouer où est Louise.

- Pas la peine, le zombie qui te sert de partenaire venait te le dire, Doug. La fille de Crab est là pour le confirmer.

- Elle sait où est Louise ?

- Alvaro a forcé son père à lui trouver une planque. Il lui a demandé de venir me prévenir pour s'affranchir et nous prouver qu'il n'était pour rien dans l'enlèvement de Louise.

- Seigneur Dieu, tu ne pouvais pas le dire plus tôt ? hurle Howard en cherchant Chinta des yeux à travers la vitre brisée.

- Un connard d'ex-flic m'a fait des embrouilles au motif que je n'étais plus qu'un ex-flic. Va parler avec Chinta, je m'occupe de Django et des filles de Saint Augustin. Si ce sont elles, je fais lâcher les chiens.

Howard fulmine contre lui-même d'être aussi buté et impulsif. Il va sortir de la pièce quand Beauregard l'arrête d'une main en travers de la poitrine.

- Et si j'étais toi, aussitôt après, j'irais le prévenir en personne.

- Qui ça ?

- Freeman, à Patterson.

57

Elle a deux heures devant elle.

- Je suis désolé, bébé, mais je ne peux pas passer à côté de ça !

Chipmunk tourne autour de Lou, bâillonnée et ligotée sur une chaise, au milieu de l'unique pièce du cabanon. Elle le regarde en essayant de maîtriser sa colère. Il est pathétique. Il ne passera à côté de rien, parce qu'il sera mort avant. Il n'a pas les épaules.

C'est Crab qui lui a fourni la planque. Entre Chakbay et Kraemer, à une heure de route de Big Easy. Bayou Baton Pilon, presque invisible, incrusté dans la moiteur de la forêt inondée. Un cabanon hissé sur des pilotis, à cinq mètres du sol. À peine une clairière. Juste un léger remblai au ras de l'eau brune qui glisse sans bruit. On accède à l'unique pièce par une trappe, dans le plancher, en haut d'un raide escalier de meunier. Une fenêtre carrée sans vitre, sur trois des côtés seulement. Devant, face au bayou, à droite, sur une grande roselière embourbée, et à gauche tout contre les arbres. Des moustiquaires écorchées de partout, et un volet aux lattes écaillées. Il se relève sur des charnières et se bloque en l'air avec un bout de bois. Il n'y a pas âme qui vive à des kilomètres à la ronde. Une mangrove infestée de mocassins *cottonmouth* et d'alligators. Ce cabanon, c'est une forteresse, même si la forêt inondée taraude Chipmunk de peurs qu'il ne peut maîtriser. Les récits de vieux pêcheurs comateux rencontrés au hasard des bars le hantent. Des histoires de rubans blancs noués autour d'un tronc, de bougies rouges et fondues, de photos piquées par le sel en ex-voto, et qui donnent à la mangrove le mystère terrifiant d'une cathédrale *voodoo.* Nul doute qu'un monstre sournois et cruel, dressé par Lucifer, habite ce cloaque et se nourrit des âmes chrétiennes qui s'y égarent. Mais lui restera loin de la mangrove, dans le fortin en bois du cabanon. Merci Crab. Protégé de surcroît par le vacarme des ouaouarons, qui cessent de coasser dès qu'un intrus approche. Imprenable. Sauf par ces putains de maringouins qui passent par les trous de la moustiquaire et lui pompent le sang.

- Je te jure, Lou, je ne pouvais pas faire autrement. Si j'avais laissé faire Sobchak, il t'aurait torturée pour faire céder ton père.

Lou lui fait signe de la tête qu'elle ne peut pas répondre avec le bâillon. Elle se demande pourquoi il réfléchit si longtemps avant de se résoudre à le lui enlever.

- Je disais que je ne pouvais...

- J'ai entendu, l'interrompt Louise, tu m'as bâillonnée la bouche, pas les oreilles !

- Ah oui, pardon, bredouille Alvaro. Merde, tu te rends compte Lou, deux millions !

- Mon père n'a jamais eu deux millions. Un type lui a légué un million et demi qu'on lui a volé le lendemain de l'ouragan.

- Ouais mais même, Lou, un million et demi, quand même !

- Il ne l'a plus. On lui a volé, je te dis !

- Sobchak n'y croit pas. Il a interrogé le chef et l'adjoint de Patterson et il pense que ton père a planqué l'argent quelque part.

- Sobchak n'a pas interrogé le chef et son adjoint, Al, il a donné le chef à bouffer à ses alligators et l'adjoint a disparu. Tu vois ce qui t'attend ?

- Je suis moins con qu'eux, Lou, fais-moi confiance. Je suis pas aussi con que tu le crois. Je vais me tirer d'ici avec deux millions, ou même un million et demi, et personne ne me retrouvera.

- Ça c'est sûr, à moins d'éventrer les deux millions et demi d'alligators de Louisiane, personne ne retrouvera tes restes, imbécile ! Et tu es vraiment obligé de me laisser ligotée à cette chaise, Al ? Je me fais bouffer par les maringouins !

- Je peux pas faire autrement, Lou. Je peux pas prendre de risque. C'est une affaire à deux millions, là !

- Un million et demi.

- Ouais, si tu veux, c'est pareil.

- Non, ce n'est pas pareil. Ça fait un demi-million de différence. Ça fait ma part.

- Comment ça, ta part ?

- Je t'aide à faire le coup et tu me donnes un demi-million.

- Non mais tu me prends pour un héron ou quoi ? Pourquoi tu monterais sur le coup avec moi ?

- Pourquoi un héron ?

- Je sais pas. J'ai dit ça comme ça. Mais pourquoi tu ferais ça ?

- Réfléchis, Al, si Sobchak a raison, pourquoi mon père dit qu'on lui a volé le magot, d'après toi ?

- Qu'est-ce que j'en sais, moi ?

- Pour ne pas partager, Al, c'est évident, non ? Et qui est la perdante dans ce cas ? C'est moi, Al. Mon père s'embourbe un million et demi et moi j'ai que dalle. Voilà pourquoi ton coup m'intéresse. Un million, Al, t'es millionnaire avec ça, et si tu te débrouilles bien, il va faire des petits toute ta vie !

Alvaro tourne dans la pièce en se frottant le visage dans ses paumes. Puis il serre les poings et se frappe le front pour se concentrer.

- Mais qu'est-ce que tu m'apportes pour un demi-million, Lou, hein ? Qu'est-ce que tu m'apporterais, dans ce cas-là ?

- Ce que tu veux, Al. Déjà, je reste avec toi tranquille. Tu n'as plus besoin de me surveiller. Ensuite, je peux envoyer des messages larmoyants à mon père. Je peux le supplier au téléphone, pleurer, l'implorer. Je connais tous ses points faibles. Et puis le jour de la remise de rançon, s'il le faut, tu me prends comme bouclier humain et moi je joue le jeu. Pas d'embrouille, et on disparaît avec le magot.

- Ne me prends pas pour plus con que je suis, Lou. Tu sais très bien où je t'ai récupérée, non ? Chez ce flic du NOPD. Tu m'as largué pour aller me dénoncer. Ils m'auraient alpagué chez toi au petit matin.

- Bien sûr que je t'ai menti, Al, je n'allais tout de même pas te dire *Hey, Al, je vais m'envoyer en l'air avec l'autre bacon, là* ! J'ai inventé le bobard de mon père pour rejoindre un amant, Al, pas pour te balancer à un flic.

- Quand même, c'est pas un peu de la trahison, ça, déjà ?

- Dis donc, Al, tu veux vraiment que je te fasse la liste de toutes les filles que tu t'es envoyées depuis que nous sommes ensemble ?

Alvaro baisse la tête et ne répond pas. Il tourne toujours dans la pièce.

- Tu parles d'une planque, continue Lou. Moustiquaires trouées, pas de ventilo, pas de serpentins antimoustiques. Tu as prévu de l'eau au moins ? Et une glacière pour la bouffe ? On va manger quoi, d'ailleurs ?

Alvaro se rend compte qu'il n'a rien prévu et tourne de plus en plus vite dans la pièce, hurlant des jurons.

Une heure de pirogue à moteur en remontant le bayou jusqu'à Choctaw où il a laissé la voiture. Et il n'a aucun souvenir d'y avoir vu une épicerie ou un drugstore. Une station-service, peut-être. Sinon il faut remonter au nord par Sanchez Road jusqu'aux maisons qui bordent Bayou l'Ours. C'est un peu plus classe de ce côté-là. Moins paumé, en tout cas. Il devrait pouvoir trouver un magasin général ou un truc comme ça.

- Il faut faire une liste, Lou, c'est ça qu'il faut faire : une liste.

- Est-ce que tu sais au moins s'il y a de quoi faire du feu ici ?

- Tu as raison, dit-il en écrivant en tête de liste sur un papier qu'il sort de sa poche : *de quoi faire du feu*. Quoi d'autre ?

- J'ai besoin de tampons hygiéniques et de serviettes périodiques.

- Oh non, Lou, pas ça, s'il te plaît.

- Al, tu as mal choisi ton moment, je vais avoir mes règles. Tu veux que ça pue et que ça attire les mouches ?

- Merde, Lou ! Merde, merde, merde !

- C'est comme ça, Al, fallait y penser avant. Pour un million, tu peux bien te payer la honte de passer des tampons à la caisse, non ?

- Ok, d'accord, et quoi d'autre ?

Louise lui dicte une liste longue comme si elle allait pendre la crémaillère et Al soupire à chaque fois qu'elle rajoute quelque chose. Quand Alvaro ouvre la trappe à contrecœur, Louise le rappelle.

- Détache-moi, Al.

- Pas question !

- Tu ne vois pas où nous sommes ? Que du bayou et des marécages tout autour. Que de la mangrove, de la forêt inondée infestée d'alligators et de *cottonmouth*. Et tu vas partir avec la seule pirogue. Alors où veux-tu que j'aille, Al ?

Alvaro hésite. Louise insiste.

- Qu'un mocassin ou un *bobcat* se glisse jusqu'ici ou passe par la fenêtre, Al, et je suis morte si je ne peux pas me défendre. Ou bien qu'une bande de ces culs-terreux consanguins de chasseurs débarque, Al, qu'est-ce que tu crois qu'il restera de moi ?

Il referme la trappe et tourne autour d'elle à nouveau, se froissant le visage à grands coups de paume.

- Tu vas te tirer, Lou, tu vas te tirer, tu vas te tirer, tu vas te tirer, je le sais !

- Mais comment veux-tu que je me tire, Al, regarde autour de nous ! Même les Marines n'y enverraient pas leurs commandos disciplinaires en manœuvre ! Réfléchis, Al, moi morte, tu n'as plus de monnaie d'échange contre l'argent de mon père. Il voudra me voir vivante avant de te payer !

Al en chiale presque de ne pas savoir quoi faire. Il frappe du pied et s'en mord les articulations des pouces. Puis soudain, il sort son arme et se décide.

- D'accord, Lou. D'accord, je te détache, mais si tu tentes la moindre chose, je t'en mets une dans chaque genou, tu m'as compris ?

Il défait les liens qui retiennent Louise, de loin, du bout des doigts, comme on retire un brandon d'un feu de bois. Le revolver dans l'autre main.

- Tu restes sur la chaise et tu recules jusqu'au mur, et tu ne te lèves que quand je t'y autorise d'en bas. Je sais où tu es, si je t'entends bouger, je tire à travers le plancher.

- Tu peux y aller tranquille, Al, tu sais bien que je n'ai aucun moyen de fuir.

Il recule à croupetons, le regard et le flingue braqués sur elle, jusqu'à la trappe qu'il ouvre à tâtons. Il commence à descendre l'escalier en bois quand elle le rappelle.

- Al, avec quoi tu vas payer tout ça ?

Il reste interdit quelques secondes, puis explose de rage en se cognant l'arrière de la tête contre la trappe.

- Merde, merde, merde et merde ! Putain c'est pas possible, je vais être obligé de braquer leur magasin de bouseux !

- Si tu fais ça, ils vont lancer les chiens après toi, Al. C'est le trou du cul de la Louisiane, ici. On ne joue pas au Bayoupoly, là, Al, aucune chance que tu passes par la case prison. Ils vont te traquer comme un gibier dans les marais, te truffer de gros plomb ou de balles à ailettes, et te laisser aux chiens avant de jeter ce qui restera aux alligators.

- Putain, mais qu'est-ce qu'on fait, Lou, qu'est-ce qu'on fait, alors ?

- Code 4027, dit-elle en faisant glisser sa carte de crédit jusqu'à lui.

Il s'en saisit comme d'un sésame et disparaît par la trappe qui se referme lourdement. Puis des coups sourds secouent la cabane et elle comprend qu'il défonce l'escalier à coups de pied et d'épaule.

- Et comment tu vas faire pour remonter, Al ? crie-t-elle.

Un long silence lui fait croire qu'il n'a pas entendu, puis il répond qu'il achètera une échelle.

- De cinq mètres ?

- Ça fait cinq mètres, t'es sûre ?

- Cinq mètres, Al !

Elle l'entend jurer. Un clapot quand il embarque sur la pirogue. Deux tentatives pour lancer le moteur. D'autres jurons. Puis le moteur démarre et monte en puissance. Et Al crie victoire.

Alors elle se lève et inspecte la cabane. Elle a deux heures devant elle.

58

... retrouver Louise.

Le vent bruisse dans les cyprès chauves et les tupelos. Il chahute les longues guirlandes de barbe espagnole. Elles pendent, argentées, le long des troncs hâves et fantomatiques que le couchant empourpre. L'eau du bayou est un marbre noir sur lequel est posée la barque immobile. Les chevaliers blancs et les brèmes se glissent dans les halliers de canne verte et sous les nénuphars. Quand il était gamin, le père de Freeman l'emmenait au matin regarder leurs fleurs s'ouvrir en tremblant. Maintenant c'est un vieil homme dans la même pirogue que lui, avec les mêmes larmes de rage aux yeux. Dans l'autre barque, la pointe collée au flanc de la première, Howard, roussi par la lumière oblique du soleil, reste droit sans savoir quoi dire d'autre.

- Hier soir ? Et c'est maintenant que tu nous le dis ?

- Je devais vérifier avant. Et puis ça m'a donné le temps de savoir où elle est.

- Alors ça recommence, murmure Freeman. Je n'y résisterai pas. Pas cette fois.

- Nous allons la libérer, Ernest. Et si elle n'est plus là où on m'a dit, je vous la ramènerai saine et sauve, c'est une promesse, même si...

- Ne dis surtout pas ça, enrage sourdement Freeman. Ne promets surtout pas de passer ta vie à la chercher, parce que tu ne sais pas ce que c'est. Ni pour toi, à ne penser qu'à ça chaque seconde du jour et de la nuit. Ni pour elle, qui doit regarder en ce moment, terrorisée, le même malheur l'ensevelir à nouveau. Son calvaire a duré quatorze ans la première fois, mon garçon, elle ne supportera pas que cela recommence, ne serait-ce que pour quelques jours.

- Alors cesse tes jérémiades et allons la chercher, dit le vieil Omer. Armons-nous, et allons la chercher nous-mêmes, comme tu l'as déjà fait. Allons sauver Lou de ce nouvel enfer.

Howard les a rejoints pour leur annoncer lui-même la mauvaise nouvelle. Ils étaient partis à la pêche dans des bras morts du bayou. Maintenant ils rentrent en silence, une barque derrière l'autre, Freeman à ruminer sa colère, Omer à préparer sa vengeance, et Howard soulagé de ne plus être flic. La violence ne sera plus un obstacle.

C'est en naviguant entre les pieds spongieux des cyprès, enflés comme des genoux gorgés d'eau, qu'Omer devine au loin les éclaboussements d'un festin d'alligators. Il prend les commandes de la barque et fait signe à Howard de les suivre avec précaution. Quelques minutes plus tard, ils découvrent l'horreur. Des alligators se dressent hors de l'eau brune dans des jaillissements d'écume jaune et sale, d'un violent coup de reins, gueule grande ouverte, et claquent dans le vide leurs terrifiantes mâchoires. Sur la berge, une potence qui doit servir à les nourrir. Un *swamp tour* peut-être, pour garantir leur présence aux touristes. Des braconniers pour le commerce de la peau et de la viande. Ou un photographe animalier pour cadrer des clichés de nature sauvage. Mais ce qui pend ce soir à la potence, pour exciter l'appétit des sauriens, c'est plus qu'un appât de viande. C'est l'adjoint du chef Lapointe, suspendu par les bras, les jambes sectionnées, déchiquetées à hauteur des genoux par l'appétit hystérique des alligators. Les trois hommes restent sidérés par la beauté de l'horreur, dans le flamboiement du couchant. La potence jaillissant des roselières aux épis brodés de pourpre, le pendu noir immobile en contre-jour, et le charivari féroce des alligators, dans la turbulence rageuse des écumes et des remous ambrés.

- Qu'est-ce que c'est que cette horreur ? murmure Howard.

- Une autre colère de Sobchak, répond Freeman.

- Pourquoi dites-vous ça ?

- Parce que les deux mille acres au-delà de cette rive lui appartiennent.

- Mais pourquoi aurait-il fait une chose pareille ? Pourquoi l'adjoint ? cherche à comprendre Howard.

- Parce qu'il n'a pas dû trouver ce qu'il cherchait chez Lapointe, même s'il a saccagé sa maison et toutes ses dépendances, jusqu'à désosser son bateau, son 4x4 et les berlines de sa femme et de ses enfants, explique Freeman. Alors je suppose qu'il s'est intéressé à l'adjoint. À part Lapointe, seul l'adjoint devait savoir qu'ils couraient après le million et demi de dollars que m'avait apporté Mardiros.

- Vous croyez que l'adjoint avait doublé tout le monde ?

- Je n'en sais rien et je m'en moque, dit Freeman en faisant signe à son père de manœuvrer la barque. Ils peuvent se jeter les uns les autres aux *cocrodils* s'ils le veulent, je me fous d'eux comme de ces dollars. La seule chose qui m'importe, c'est de retrouver Lou.

La potence n'est plus maintenant qu'un sinistre gibet d'où pend un cadavre amputé. Howard reste quelques instants, fasciné par la fureur imbécile des alligators qui s'entêtent à atteindre le corps mutilé. La frustration les jette dans une frénésie carnassière. Quand ils retombent les uns sur les autres, leurs mâchoires taillent au hasard dans les cuirasses et ils finissent par déchiqueter un des leurs dans un sursaut de rage qui s'affole. Howard fait demi-tour pour rejoindre l'autre pirogue quand le coup de feu claque et sectionne la corde. La curée des sauriens est immonde. Dans l'ombre du bayou, planté de troncs droits aux branches maigres et torves, Howard regarde de loin le vieil Omer, debout dans la pirogue, le fusil à la main.

Personne ne parle. Le bayou s'éclabousse de la démence vorace des alligators. Quelques minutes à peine. Si vite en fait que chacun imagine, sous l'eau moirée des derniers reflets mauves et noirs du crépuscule, les sauriens plongeant vers l'eau froide du fond limoneux sous les pirogues, les yeux jaunes grand ouverts, un quartier de chair humaine planté dans leurs mauvaises dents tordues. Vers le garde-manger qu'ils cachent sous les racines noires immergées.

Quand ils abordent à Patterson, Freeman et son père préparent aussitôt leurs bagages et leurs armes pour le lendemain. Howard préfère rentrer à La Nouvelle-Orléans.

- Tu vas rechercher ton petit frère ? demande Freeman.

- Non, je vais faire le point là-bas et je reviens demain matin. Nous allons retrouver Louise.

59

... de se crever un poumon.

Crab lui avait expliqué comment louer une pirogue à Choctaw, mais pas où trouver une épicerie. Sûr qu'il ne l'avait pas cru assez con pour séquestrer Lou sans penser aux provisions. Il trouve le *country store* là où il ne l'avait pas remarqué, juste à côté de la station-service Conoco. Une vieille baraque beige, perpendiculaire à la route avec, sous un auvent de tôle, un distributeur Coca-Cola, un moteur d'air conditionné à terre, une porte en moustiquaire à ressort, deux chaises de jardin en plastique piqué, et une poubelle. Dehors déjà, ça sent le phénol des sols lavés au Cresyl.

- Pour la... dame, j'ai qu'une... taille.

- Pardon ?

- Pour les... tampons, j'ai qu'une... taille.

- Je m'en fous, ça ira.

Le type obèse du *country store* semble piqué par une maladie africaine dont Alvaro a oublié le nom. Il dort sur pieds. Entre chaque phrase, un bruyant soupir soulève sa bedaine avant de creuser sa poitrine, comme un respirateur d'hôpital. Mais il garde l'œil mauvais du garçon et de l'amant violent qu'il a dû être dans sa jeunesse. Avec toute l'acrimonie de ne plus pouvoir l'être aujourd'hui.

- C'est… tout ?
- J'ai besoin d'une échelle aussi.
- Échelle ?… Y'a pas. Pas… d'échelle. Pas à… vendre. Nulle part…
- Je peux en louer une, s'il le faut. Vous en avez bien une chez vous, non ? Je paye ce que vous voulez pour la location.

Le type aspire l'air moite de l'épicerie qui sent le carton mouillé, les légumes blets et les bonbons acidulés.

- Y'a celle de… chez Bobby's Tires… à côté.
- Il la louerait ?
- Je peux… le faire, moi.
- Il dira rien ?
- Bobby c'est… moi aussi.

Alvaro sourit. Il est tombé sur le *king of Choctaw*. Station-service, *country store*, atelier de pneus. Il se demande si, finalement, il n'y aurait pas aussi un bar et un bordel. Peut-être dans l'arrière-boutique. Ou de l'autre côté de la rue. C'est en jetant un coup d'œil à travers la moustiquaire qu'il aperçoit la Cadillac rose qui passe, puis réapparaît en marche arrière pour revenir s'arrêter devant la boutique.

- Les toilettes ? panique-t-il aussitôt.
- À gauche des… frigos, derrière la… blanchaille et les… appâts.

Alvaro referme la porte des toilettes, qui sont un cloaque puant de chiasse, quand les trois malfrats poussent celle de l'entrée. Sans se soucier du Respirateur, ils se moquent et s'extasient aussitôt de cette boutique de merde dans ce bled de merde. Alvaro les entend faire le tour des rayons et devine leurs doigts qui crochètent des packs de bière à travers le carton. L'un d'eux tente d'ouvrir la porte des toilettes, reste surpris qu'elle soit fermée, et s'acharne sur la poignée en hurlant qu'il a envie de pisser. Puis la porte tremble d'un violent coup de pied et Alvaro devine que le type rejoint les autres à la caisse. L'un d'eux demande au Respirateur où louer des pirogues. Quand ils partent en insultant le Respirateur, sa boutique, la terre et le ciel, Alvaro attend quelques minutes avant de sortir.

- C'étaient qui ces gus ?

- Pas… mon problème, siffle le Respirateur.

- Vous avez raison, pas le mien non plus. Combien je vous dois ?

L'autre pousse du doigt un ticket sur le comptoir de la caisse. Alvaro sort la carte de crédit de Lou et la pousse du même geste vers le type. Il la prend, la porte à ses yeux, tout près, et l'incline en oblique pour mieux lire les lettres embossées dans le contre-jour du ciel qui se charge.

- C'est pas… vous, ça.

Le type a tant de mal à respirer qu'Alvaro se surprend d'en souffrir pour lui.

- C'est la carte de ma femme.

- Vous… vous appelez… Freeman ?

- Qu'est-ce que ça peut vous foutre ? C'est sa carte et j'ai son code, ça vous suffit, non ?

- Ça… me suffit, admet le Respirateur dans un souffle rauque. Et l'échelle… pour quoi… faire ?

- Un ami nous a prêté un cabanon peinard pour nous envoyer en l'air un jour ou deux, mais l'escalier est pourri. Je veux pas prendre de risque.

- C'est pas… votre femme alors.

- Pourquoi ça ?

- Depuis quand… on loue un cabanon… à un pote… pour s'envoyer… en l'air en plein bayou… avec sa femme ?

- Vous avez raison, préfère admettre Alvaro, c'est la secrétaire de la boîte d'assurance à côté d'où je travaille. Un cul ça comme et…

- M'en fous… Il est où ce… cabanon ?
- À une petite heure de pirogue sur Bayou Rond Pompon, ment Alvaro.
- C'est à plus… d'une heure d'ici… Bayou Rond Pompon.
- Peut-être bien, y'a pas de tableau de bord avec une horloge sur la pirogue que j'ai louée, s'impatiente Alvaro.
- Et c'est au nord de… la 307, aussi.
- Y'a pas de boussole non plus. D'autres questions ?

Le Respirateur ne répond pas et tend à Alvaro une poignée de ficelles pour accrocher l'échelle. Alvaro le remercie mais lui dit qu'il va la glisser à l'intérieur de sa Dodge avec le hayon ouvert. L'autre lui fait remarquer que ce n'est pas un SUV et que cinq mètres, ça ne tiendra jamais. Mieux vaut la fixer sur le toi. Il lui indique où trouver l'échelle et regarde Alvaro la rapporter, la ficeler sur le toit, puis venir chercher ses sacs.

- N'empêche que… ça fait vachement… loin pour une… partie de… jambes en l'air.
- Pourquoi vous dites ça ?
- Ben, quand même… le Kentucky ! éructe le Respirateur dans une quinte de toux qui lui racle les poumons.

Alvaro se rend compte que le double-face n'a pas tenu et que l'autre plaque est tombée. Il préfère éclater d'un rire qu'il veut le plus complice possible et quitte le *country store.* Le Respirateur sort sous l'auvent lui aussi, lourd et rond du bas comme un culbuto, et le regarde lancer le moteur de sa Dodge en trifouillant sous le tableau de bord. Quand il démarre et passe lentement devant lui pour regagner la 307, Alvaro baisse la vitre.

- Faut que je conduise mollo, à cause de l'échelle.

Le Respirateur reste de bois, souche enflée d'un cyprès coupé. Seuls ses yeux suivent la Dodge qui rentre avec prudence sur Choctaw Road déserte.

- À cause de… l'échelle, mon cul… oui!

Quand il retourne dans la boutique, son polo Ralph Lauren de contrefaçon frotte et s'effiloche de chaque côté contre le montant métallique de la moustiquaire. C'est sûr qu'il a réaménagé tout son commerce autour de sa corpulence. Il pivote de dos pour s'encastrer à nouveau derrière la caisse, repousse le fusil à pompe qu'il avait gardé à portée de main pour tous ces guignols de la ville qui se prennent pour des durs, et décroche son téléphone à fil dans un soupir long comme s'il venait de se crever un poumon.

60

… et lance le moteur à son tour.

Alvaro ne roule pas au pas à cause de l'échelle. Le *country store* du Respirateur n'est qu'à huit cents mètres de chez le type aux pirogues. C'est surtout qu'il ne veut pas rattraper la bande à la Cadillac et se faire descendre. Il gare sa Dodge cent mètres plus haut. Avec son échelle sur le toit, il peut passer pour un artisan du coin qui s'en fume une ou s'en envoie un dans sa caisse pour ne pas rentrer trop vite. L'homme qui loue les pirogues est borgne. Il porte un cache-œil rouge. Merde, déjà borgne, mais rouge en plus ! Ça avait mis Alvaro mal à l'aise quand il avait négocié la pirogue. Est-ce que ce bouseux fait exprès pour empêcher les clients de marchander ? Après, ça lui avait mis le cœur à l'envers d'imaginer pourquoi. Un hameçon mal lancé, sûrement. Avec l'asticot en plus. Dégueulasse ! Il regarde de loin les trois autres qui font les rigolos à marchander leur pirogue à fond plat à Borgne Rouge, et il panique quand un des trois désigne du doigt la sienne, qu'il a amarrée au petit ponton. Un autre s'écarte pour pisser sans honte sur la pelouse du loueur, puis Alvaro les voit descendre vers le ponton pour charger deux gros sacs de sport. Les armes avec lesquelles ils vont prendre d'assaut le cabanon de Lou. Au-dessus de la désolation désordonnée de ce bled perdu, se pommellent des orages indécis qui finissent par se regrouper et noircir l'horizon d'un ciel d'éponge. Le bayou, à cet endroit, n'est qu'une rivière sans courant qui s'enfonce sous des arbres épais que ses eaux saumâtres pourrissent de l'intérieur. Les types à la Cadillac en ont pour une bonne heure avant d'atteindre le cabanon. Ça lui laisse le temps d'agir.

Borgne Rouge loue ses pirogues pour la pêche, surtout. Dans le fond de celle d'Alvaro traînent trois balances à écrevisse. Des petits filets ronds à arceaux. Il les remonte sur la planche qui sert de siège, près des commandes du moteur, puis leste sa barque à fond plat avec les victuailles. Il cale l'échelle dans la longueur, de sorte qu'elle dépasse d'un mètre à l'avant comme à l'arrière. Puis il lance le moteur avec assez de puissance pour rattraper au plus vite les trois hommes devant.

Il disparaît sous les épaisses frondaisons et un vent soudain menaçant agite la forêt. Borgne Rouge reste là longtemps, sous le ciel qui culbute et amasse au ralenti des nuages de baudruche prêts à rompre, malgré le vent qui fouette maintenant sa chemise, à se demander ce que ces types vont faire si la tempête se déchaîne. Il va rentrer se mettre à l'abri de la pluie qui s'annonce, quand deux voitures s'arrêtent devant chez lui. L'air est si sombre à présent que leurs phares sont allumés. Une vieille Impala bleue dans laquelle Freeman et son père ne prennent même pas la peine de cacher l'artillerie qu'ils ont entassée sur la banquette arrière. Et la Camaro jaune de Howard. Il a appelé les Freeman pour leur dire de le rejoindre sur la route de Choctaw.

- Alors ? demande Freeman qui bondit de son véhicule.

- À une heure d'ici en pirogue, à ce qu'il paraît, répond Howard avant de s'adresser à Borgne Rouge. J'ai besoin d'une ou deux barques.

- Pour aller où ? Vous avez vu le temps ? C'est de la tempête qui vient, ça, pour sûr !

- Tempête ou pas, j'en ai besoin, réplique Howard en montrant son insigne qu'il n'a pas encore rendu.

- Vous êtes après les gars de la Cadillac ? s'inquiète Borgne Rouge en désignant la voiture d'un mouvement de tête.

- Combien sont-ils ?

- Trois.

- Personne d'autre ?

- Tôt ce matin, un couple. Elle, ivre morte à ce qu'il a dit, lui plutôt nerveux. Il est revenu il y a une petite heure pour faire des courses chez Bobby.

- Bobby ?

- Le *country store* à côté de la station. Il vient juste de repartir.

- Avant ou après les trois autres ?

- Cinq minutes derrière.

- Préparez les barques, ordonne-t-il à Borgne Rouge.

Puis il s'adresse aux Freeman.

- Attendez-moi, je reviens tout de suite. Ne partez pas sans moi.

Il saute dans la Camaro et fait demi-tour. Ses roues arrière creusent deux profondes ornières en arc de cercle dans la pelouse du loueur. Quand Howard revient et saute sur les freins cinq minutes plus tard, ses roues avant entaillent la pelouse de deux autres sillons longs et profonds, au désespoir furieux de Borgne Rouge. Chipmunk a acheté de quoi tenir une semaine et des tampons hygiéniques. Louise est en vie. De quoi rassurer les Freeman. Qui ne sont plus là !

- Ils sont partis dès qu'ils vous ont vu labourer ma foutue pelouse, grogne Borgne Rouge. Avec tout leur attirail, ma foutue barque est armée comme un porte-avions à cette heure !

Howard ne l'écoute pas. Il saute dans la pirogue et lance le moteur à son tour.

61

... pour qu'elle le reste.

La tempête a refermé le ciel comme une étuve sur le bayou. Les trois hommes devinent les cimes qui s'agitent au-dessus d'eux. Les rives se figent dans un silence menaçant. Puis soudain, jaillissant d'une percée entre les troncs, une risée froisse l'eau et bute de côté contre la pirogue qui roule dangereusement.

- Putain de bled! grogne celui qui manœuvre à l'arrière.

Il surveille d'un œil inquiet le bayou qui se perd dans l'ombre de tout, devant eux. Avec les orages qui s'annoncent, la température a chuté d'une quinzaine de degrés. Il fait un froid aigu et mouillé que le vent aiguise encore. Les trois hommes réalisent que si le déluge se déverse sur eux, ils n'ont rien pour se protéger.

- Putain de bled de merde!

Les deux autres fouillent des yeux les berges, autant par trouille des alligators que pour repérer le cabanon, même s'ils savent en être encore loin. Crab a dessiné un plan pour Sobchak. Le même que celui que Chinta a remis à Beauregard. Le vent froisse les feuilles et cogne les branches entre elles et leur vacarme s'ajoute à l'écho du moteur. Il faut un moment à l'homme à la manœuvre pour comprendre que son moteur n'est pas le seul. Il se retourne et aperçoit la pirogue derrière eux. Elle est décalée sur le bayou et s'apprête à les dépasser sur la gauche. Il devine mal l'homme à la barre. Caché par une longue échelle qu'il retient de son bras contre son épaule, il garde la tête baissée contre le vent. Il leur adresse un signe de la main et les dépasse sans tourner la tête. Ils ne disent rien et le surveillent, sa pirogue chargée de victuailles, têtu et buté, sans un regard pour eux, avec son échelle en équilibre. Chacun d'eux se moque en silence de ce type miséreux. Qu'est-ce qu'il veut réparer avec son échelle, dans ce bayou pourri ?

- Putain de bled de bouseux à la con ! bougonne le voyou aux commandes.

Il surveille la pirogue, pour bien rester dans le sillage jaune qu'elle creuse dans les eaux limoneuses du bayou. Et le doute s'immisce en lui. Que vient faire un péquenaud sur ce bayou, justement ? Avec des victuailles pour tenir au moins une semaine. Et une échelle. Crab a bien précisé que le cabanon était sur pilotis…

- Hey, toi devant !

Le vent de côté emporte son cri qui se perd dans le froissement des feuillages. Mais il alerte les deux autres. Ils se retournent d'abord vers lui, puis vers l'autre pirogue en sortant leur arme.

- C'est ce fumier d'Alvaro !

Les deux bondissent sur leurs pieds au moment où le pilote se décale de côté pour leur donner un meilleur angle de tir. Mais dans la manœuvre, leur pirogue coupe la vague creusée par le moteur d'Alvaro et les trois hommes manquent de tomber à l'eau. Le temps qu'ils retrouvent leur équilibre, Alvaro a remis sa pirogue dans l'axe de la leur et jette ses trois balances à écrevisse dans son sillage.

- Qu'est-ce que…

Les filets n'ont pas le temps de couler. Ils glissent sous le ventre plat de la pirogue et se prennent dans l'hélice qui se bloque aussitôt et fait caler le moteur. Le choc déséquilibre à nouveau les trois malfrats qui s'accroupissent pour se retenir au plat-bord pendant qu'Alvaro met les gaz et s'éloigne au plus vite à l'abri d'un méandre. Il a hésité. Les flinguer tous les trois au passage par surprise. C'était jouable mais trop risqué. Il n'a que son revolver et n'aurait même pas eu le temps de recharger. Et ces salopards sont sûrement équipés d'automatiques. Il aurait suffi qu'un seul en réchappe pour qu'il le mitraille d'une rafale. Au moins, maintenant, il va leur falloir accoster comme ils pourront, parce que c'est sûr qu'aucun des trois n'ira plonger dans ce bassin à bestioles pour dégager l'hélice. Ils vont devoir relever le moteur et le déposer dans la barque, ou sur la berge, et ce n'est pas sûr qu'ils aient ce qu'il faut pour couper les mailles en nylon des filets. Si ça se trouve, ils seront peut-être assez cons pour essayer de les brûler à la flamme d'un briquet et se faire exploser le réservoir à la gueule. Tout ragaillardi par l'intelligence et le succès de sa ruse, Alvaro fonce maintenant vers le cabanon. Derrière sa pirogue, le moteur creuse un profond sillon jaune qui se brode d'écume. S'il y parvient avant la pluie, il aura un avantage en plus. Parce que quoi qu'il arrive, il sait maintenant qu'il doit se préparer à se retrouver seul contre trois.

Plus haut sur le bayou, Freeman manœuvre avec prudence. À chaque méandre, il longe la berge à l'intérieur de la courbe pour tenter d'apercevoir ceux qui les précèdent. Omer n'est pas d'accord.

- Si le type tout seul est le fumier qui a enlevé Lou, ça veut dire qu'il l'a laissée prisonnière dans le cabanon et qu'il ne peut pas lui faire de mal. Quant aux trois autres, je ne sais pas d'où ils viennent, mais ça ne peut être que pour récupérer Lou ou au contraire servir de renforts au premier. Dans les deux cas, Louise est à l'abri pour l'instant, et tous ceux qui lui veulent du mal sont à portée de nos fusils. Moi je suis pour qu'on leur fonce dedans et qu'on flingue tout le monde.

- Qui te dit que ce type n'a pas un complice dans le cabanon ? Déclenche une fusillade maintenant et s'il l'entend, il disparaît avec Lou. On ne sait ni combien ils sont, ni comment ils sont équipés. Alors on fait comme j'ai dit. On les suit jusqu'à ce qu'on soit sûrs de savoir où est Lou et si elle est vivante.

- Elle EST vivante ! se rassure Omer.

- Alors prenons toutes les précautions pour qu'elle le reste.

62

... un bon flic.

Howard descend le bayou avec la même prudence que Freeman. Il longe l'intérieur des méandres et sa barque, parfois, traverse des buissons de branches basses. Deux fois déjà il s'est fait une frayeur. Un mocassin qui tombe d'une branche que secoue la barque en passant. Le serpent paniqué vrille à ses pieds et il croit le voir bondir aussitôt comme un ressort par-dessus le plat-bord et plonger dans le bayou. Sans en être très sûr. Tout est allé si vite que Howard redoute qu'il soit retombé quelque part dans la pirogue. Il attend de voir le sillon en « V » que dessine la tête du *cottonmouth* à la surface de l'eau pour se rassurer. Une autre fois, il débusque un vieil alligator tapi dans l'argile, à deux mètres à peine sur la berge boueuse, et qui glisse avec surprise et colère sous la barque en fouettant l'eau de sa queue rageuse. Encore une fois Howard attend, le fusil à la main, mais le saurien ne remonte pas à la surface du bayou. Ces monstres fourbes peuvent rester plus d'une heure sous l'eau, à suivre leur proie depuis le fond. Ou rester invisibles à la surface, à l'épier de ses seuls yeux émergés.

Howard approche un autre méandre quand claquent trois coups de feu en aval. Il plaque sa barque contre la berge et avance au ralenti. Pas une fusillade. Pas un engagement. Trois fois la même arme. Trois coups au même rythme. Plus un tir réflexe. Un tir de peur. Le ciel au-dessus est un océan à l'envers qui roule des nuages comme une lourde houle au plafond. Un faux crépuscule s'installe, sans couleur. Juste sans lumière. Howard pousse sa barque de l'autre côté de la courbe et devine celle des Freeman, cachée dans les branchages, à l'affût derrière le prochain méandre. Immobiles, Freeman et son père surveillent quelque chose. Howard redonne un peu de puissance à son moteur et s'approche en longeant la berge. Quand il devine sa présence, Omer se retourne vivement, un fusil à pompe à hauteur des hanches. Puis il reconnaît Howard et lui fait signe de les rejoindre en silence.

- Que se passe-t-il ? demande Howard à voix basse.

- Les trois de la Cadillac ont pris quelque chose dans leur hélice, répond Omer dans un murmure. Ils sont dans l'autre méandre, à essayer de réparer.

- Les coups de feu ?

- Un des lascars a dû paniquer face à quelque chose. Alligator, serpent, armadillo, *chaoui*, *bobcat*, va savoir. Ces types ont l'air si peu à l'aise dans le bayou qu'une simple tortue leur ferait peur. Ils seraient capables de vider leur chargeur sur une araignée.

- Et le type qui les suivait ?

- Pas vu. Il a dû passer devant.

- Est-ce que ces types ne sont pas supposés en avoir après lui ?

- Ernest dit qu'on n'en sait rien. Que ce sont peut-être des renforts.

- M'étonnerait ! lâche Howard.

- On la ferme et on attend, dit Freeman. Après, on les suit jusqu'au cabanon et on flingue tout le monde. Qu'ils soient avec ou contre le kidnappeur, ça ne change rien. Ils représentent tous un danger pour Lou.

- Alors pourquoi ne pas le faire maintenant ?

- Parce que si l'autre est devant et qu'il entend une fusillade, il peut filer au cabanon faire du mal à Lou ou l'embarquer Dieu sait où.

Howard regrette sa question idiote et se dit que Freeman devait être un bon flic.

63

Putain de salope !

Alvaro sursaute quand il entend les trois coups de feu. Une seule arme. Trois coups à intervalles réguliers. Pas une fusillade. Ou alors un vrai flingueur. Un tueur. Une triple exécution. Un nettoyeur qui fait ce que lui n'a pas osé faire. Il passe en barque près des autres rigolos et bam ! bam ! bam ! il les refroidit d'une chemisée en cuivre dans la tête chacun. Et maintenant, il vient pour lui. Cette fois, il panique. Putain, il avait presque réussi. Il avait embrouillé les trois autres avec les filets. Il arrivait presque au cabanon. Il chopait Lou, la jetait dans la pirogue, et ils allaient se planquer n'importe où avec des vivres pour une semaine, pendant que les autres imbéciles faisaient le siège du cabanon en pensant les avoir coincés. Ça lui donnait presque deux heures d'avance. Et voilà qu'au lieu de ça, il a un putain de nettoyeur aux trousses, maintenant !

Mais quand il arrive au cabanon, le nettoyeur n'a plus aucune importance. Parce que la trappe est grande ouverte et que ce n'est pas bon signe. Il pousse la pirogue droit sur la berge, à côté du ponton, saute l'amarrer, passe un bras entre les barreaux de l'échelle pour la prendre sur son épaule et court jusqu'au cabanon en hurlant le nom de Lou. Il cale l'échelle contre un bastaing qui servait d'appui à l'escalier et grimpe dans le cabanon. Vide. Il explose de colère. Putain, il est furieux. Il lui avait même rapporté ses putains de tampons et ses serviettes à la con. Et elle, elle le laisse tomber. Elle lui avait donné sa parole et voilà qu'elle l'a largué. Avec l'espoir d'un million et demi de dollars à la clé !

- Merde, merde, merde ! hurle-t-il en tapant du pied dans tout ce qu'il trouve.

Cette salope a sauté. Il se penche par-dessus la trappe. Elle a sauté cinq mètres, cinq putains de mètres, et maintenant elle est dans la nature. Merde, elle ne peut pas être loin. Sûr qu'elle n'a pas traversé le bayou à la nage. Et encore moins la forêt inondée. Qui oserait s'y aventurer à pied avec de l'eau pourrie pleine de miasmes jusqu'au cou ? Et la roselière non plus, tout ce bourbier marécageux. Un truc à se faire aspirer dans la glaise molle. Putain, mais où est-elle ?

Quand il entend le moteur, il tire l'échelle à l'intérieur, claque la trappe et se précipite à la fenêtre carrée qui donne sur le bayou. Les trois types de la Cadillac sont déjà là. Ils sautent de leur pirogue et Alvaro panique aussitôt. Ces enfoirés sont armés de pistolets-mitrailleurs. Des Uzis. Putain, des Uzis ! Six cents coups par minute. Lui n'a qu'un revolver. Un Raging Bull brésilien avec un barillet de 8. Et une boîte d'une trentaine de balles à peine. Autant faire le mort. Ne pas gaspiller ses munitions.

- On sait que tu es là, Alvaro. Donne-nous la fille et on te laisse tranquille, *brah* ! Nous oblige pas à lâcher la soudure.

- Déconne pas, *podna*, on est outillés comme des *gangsta*. Ne nous force pas à faire du petit bois de ta baraque.

- *Brah*, c'est notre première et dernière offre. Soit on vient chercher la fille et on te bute, soit tu nous la donnes et on se tire. On ne te lâchera pas d'autre *lagniappe*.

Alvaro prend sur lui pour ne pas répondre. Il ne faut pas leur dire que Lou lui a échappé, sinon ils montent à l'assaut illico pour venger Abel. Ils vont transformer les murs en moustiquaire à longues rafales de pistolet-mitrailleur. Ou pire encore, foutre le feu au cabanon avec lui dedans.

On peut dire que le cabanon fait face au bayou parce que le toit de tôle, à peine en pente, est plus haut de ce côté-là. Sur la gauche, il est contre les arbres, sous le feuillage d'un pacanier sauvage haut de trente mètres. L'arrière donne sur la forêt inondée. La seule ouverture est sur la droite, un bon hectare de roselière marécageuse. Le seul côté qui permette aux types de la Cadillac de se déployer. Alvaro réfléchit. La hauteur du cabanon rendra moins dangereux d'éventuels tirs à travers les murs. Ils ne peuvent tirer qu'en oblique, de bas en haut, pour l'intimider. À moins que ces *coonass* ne tirent à travers le plancher. Par prudence, il se glisse vers le mur de gauche, le plus sûr, quel que soit le scénario.

Dehors, la tempête enfle. Des sautes de vents sauvages ébouriffent les roseaux d'un va-et-vient échevelé. Des bourrasques couchent les halliers les plus touffus. Au-dessus d'eux, les houppiers bruissent et s'agitent dans tous les sens, crinières de chevaux fous qui paniquent et se dérobent de côté. Tout devient vacarme. Le bruissement des joncs, les branches qui s'entrechoquent, le chahut des saules qui ploient, les aulnes qui tremblent et se froissent, le claquement des ramées sur le tronc des palmiers. Et la grêle des pacanes en sarabande sur la tôle du cabanon.

Le bruit de la première rafale traverse le vent et la cabane à hauteur du linteau de la fenêtre. Les balles éclatent le bois vieilli qui s'écharde et vont percer la tôle du plafond.

- *Pic kee toi*, Alvaro, nous fais pas espérer plus longtemps, sinon on vient te moucher la chandelle.

- T'as le bec qui chie mou, *podna*, viens me chercher si t'as autre chose que du sang de sconce dans les veines.

Putain, il l'a fait. Il n'a pas pu retenir sa grande gueule. Mais quel con ! Alvaro s'en veut de ne pas avoir su résister à la provocation.

- Pourquoi Sobchak vous envoie ? Il m'avait promis que vous me lâcheriez les basques.

- Faut croire que tu l'as déçu en enlevant la jolie négresse, *podna*.

- Je l'ai enlevée pour faire cracher les dollars à son père.

- C'est pas vraiment ce que Crab a raconté à Sobchak, *brah*.

- Crab est moisi du crâne, il aura mal compris.

- Le problème pour toi, *podna*, c'est que Sobchak, lui, a tout compris, alors il veut juste la fille pour faire l'échange à ta place !

Et merde, maintenant il va devoir se montrer et assumer. Il rampe jusque sous la fenêtre et surveille l'extérieur à travers une longue écorchure à la jointure de deux planches. Les trois sont alignés face à la maison, à découvert, le Uzi à la main, sûrs de leur puissance de feu. Alvaro calcule son mouvement. Se redresser une seconde à la fenêtre, viser celui du milieu, et replonger aussitôt sur le plancher à l'autre bout de la pièce pour éviter les rafales en biais. Dans sa tête, il visualise l'autre espèce de *sicario* au milieu de ses deux complices, répète plusieurs fois la manœuvre, et compte jusqu'à trois.

Il a à peine pensé à « deux » que la détonation d'un fusil à pompe claque dans le vent. Un cri de douleur. Des hurlements de panique. Des chapelets de jurons. Des rafales. Il reconnaît plusieurs armes. Au moins un pistolet, un automatique, un fusil à pompe, et les Uzis qui répliquent. Il regarde à travers les planches et devine le type qu'il voulait descendre déjà à terre, hurlant de douleur, la moitié de la jambe arrachée, et qui mitraille au jugé en se traînant à l'abri d'un pilotis sous la cabane. Les deux autres disparaissent en courant dans les jonchères. Du côté du bayou, deux barques ont abordé. Trois hommes armés. Deux nègres et encore ce putain de flic qui a déclenché tout ça en se mêlant de ce qui ne le regardait pas sur le parking du Boy's End. Celui-là, il va se le faire. S'il n'en descend qu'un, ça sera celui-là. La fusillade s'éloigne. Les deux noirs sont entrés dans la roselière en silence et traquent comme du gibier les autres guignols qui se crient des ordres et des contre-ordres dans le vent. Seul le flic est resté au pied du cabanon qu'il braque de son arme. Alvaro réfléchit au meilleur angle pour lui en mettre une dans sa tronche de bacon.

- Allez Chipmunk, laisse tomber et rends la fille. On vient de te sauver la vie, *podna*, tu nous dois bien ça !

Prends plutôt le temps de penser à la tienne, *coonass*, parce qu'elle ne va plus durer très longtemps. Avance encore trois pas et je t'en mets une à la verticale qui te traversera le crâne jusqu'à te faire un autre trou du cul.

Alvaro arme son revolver quand une goutte lui tombe sur la tête. Il ne manquait plus que ça ! L'orage, et ce putain de toit qui fuit sur lequel grattent les branches du pacanier. Il s'essuie la tête d'une main, mais quand il la ramène sur la crosse de son arme, il comprend que ce n'est pas de l'eau de pluie qui la poisse. C'est du sang.

- Putain de salope !

64

… une autre partie qui s'engage.

C'est tout ce qu'elle a trouvé. Ouvrir la trappe et lui laisser croire qu'elle s'est enfuie. Trop peur de se blesser en sautant depuis le cabanon et de rester à sa merci, estropiée. Mais aucun moyen de fuir non plus. Alors elle a pensé au toit. Presque plat, à huit bons mètres du sol, elle serait invisible en restant plaquée contre la tôle. Sur ce genre de cabanon, le toit n'a pas de débord pour ne jamais laisser trop de prise aux vents des tempêtes et des ouragans. Sauf à l'arrière où s'évacue l'eau de pluie. Elle s'est assise à la fenêtre, dos au vide, s'est cramponnée au haut du cadre, a posé les pieds sur le rebord, et s'est redressée pour poser ses avant-bras sur le toit pour s'y hisser. Sans peur du vide. Sans peur de la chute. Parce que jamais, plus jamais, elle ne resterait prisonnière de personne. Après, elle verra bien. Il partira peut-être à sa recherche dans les bois ou les roseaux. Elle pourra prendre le risque de redescendre dans la cabane, par la fenêtre du côté du pacanier, comme elle en est sortie. Il aura bien été obligé de remettre l'escalier ou une échelle pour venir voir dans le cabanon. Dans la colère, il n'aura sûrement pas le réflexe de l'enlever à nouveau. Elle attendra qu'il soit dans les roseaux ou dans les bois pour courir jusqu'à la pirogue et se laisser dériver dans le courant avant de lancer le moteur et de s'enfuir. Mais il a fallu que ces trois petites frappes débarquent et mitraillent le cabanon. Et qu'une des balles traverse le toit pour lui déchirer l'épaule. Puis la fusillade a éclaté sans qu'elle cherche à comprendre qui est qui, trop occupée à mordre dans une branche du pacanier pour ne pas hurler de douleur. Sa joue contre la tôle brûlante, elle a les yeux contre son poignet et louche sur ces maudites amulettes qui ne la protègent de rien. Jude et Expédit, allez vous faire mettre !

Alvaro n'a plus le temps d'attendre. Il tire au hasard sur Howard qui doit battre en retraite jusqu'à la berge pour se mettre à l'abri du tronc noir d'un cyprès.

- Dis-moi qu'elle est vivante, Chipmunk, dis-moi qu'elle est vivante pour me retenir de te cribler de balles à travers les murs pourris de cette bicoque.

Mais Alvaro ne l'écoute plus. D'où il s'est réfugié, Howard ne peut pas le voir sortir par la fenêtre, se hisser sur le toit, et ramper jusqu'à Lou.

- Tu dis un seul mot, et je te bute comme j'ai buté ta copine devant l'Old Point l'autre soir. On est d'accord ?

Elle s'était pourtant juré de mourir plutôt que d'accepter que ça recommence, mais la peur immédiate est plus forte que la peur lente, alors elle accepte d'un mouvement de tête.

- Tu retournes à l'intérieur. Je te suis. Même si tu sautes, je te tue. Même si tu tombes, je te tue.

- Mon bras… gémit Louise.

- Je m'en fous. Débrouille-toi. Tu ne resteras en vie que si tu retournes à l'intérieur de ce foutu cabanon.

Surmontant sa douleur, Louise réussit à regagner la fenêtre. Alvaro la suit et sera vulnérable une seconde, en équilibre sur le rebord, les mains occupées à se retenir. Il suffira de le pousser pour qu'il bascule à l'extérieur. Elle a reconnu la voix de Howard. Sa colère. Sa rage. Elle sait qu'il comprendra et l'abattra avant même qu'il ne touche le sol. Mais quand elle pose le pied sur le plancher, la douleur la torpille et elle tourne de l'œil. La seconde suivante, Alvaro est là et la retient au moment où elle s'évanouit.

Dehors, la fusillade s'espace. Aux rafales d'Uzi qui aboient des deux côtés de la roselière répondent à chaque fois deux ou trois tirs de fusil à pompe et d'automatique. Puis Alvaro ne distingue plus que les rafales d'un seul Uzi d'un seul côté. De l'autre, un seul tir d'automatique. Coup de grâce. Un de ces salauds de moins. Deux ou trois autres rafales s'enfoncent plus loin à l'intérieur du marais, toujours du même côté. Puis plus rien. Et un second coup de grâce. Puis une autre rafale claque juste sous la cabane. L'homme à la jambe déchirée est revenu à lui et tire au hasard. À travers les planches, Alvaro voit Howard sortir de derrière le cyprès, son Glock 27 tendu à deux mains devant lui, et vider son chargeur sur le blessé.

- Il m'en reste autant pour toi si tu ne relâches pas la fille, crie-t-il en rechargeant son arme à découvert.

Mais Alvaro sait qu'il n'a plus besoin d'en profiter pour l'abattre, maintenant. C'est une autre partie qui s'engage.

65

Pourquoi les nègres ça serait des conneries ?

- J'en ai plus, bougonne Borgne Rouge.

- Plus un seul ?

- Plus un seul. J'ai loué les quatre dans la journée.

- Pas mal pour un jour de tempête, client. Pas vraiment des pêcheurs à la ligne, je suppose.

- On peut dire ça comme ça. Je peux savoir ce qui se passe avec mes foutues pirogues ?

- Je suis justement là pour essayer de comprendre, client, à condition que je mette la main sur une pirogue, bien sûr.

- J'en ai plus.

Borgne Rouge évite le regard de Mardiros. Il a l'intuition que regarder ce type dans les yeux, c'est se laisser prendre aussi sûr qu'avec un papier tue-mouches. Alors il détourne les yeux et regarde derrière l'Arménien. Mardiros se retourne et cherche ce qui peut intriguer Borgne Rouge à ce point.

- Oui, dit-il, c'est bien une Pacer Wagon. Modèle 1980 Limited Edition. V8.

- Je savais pas que ça existait encore, une foutue bagnole comme ça, murmure Borgne Rouge pensif. J'en ai eu une à l'époque. *Ugly is beautiful*, qu'ils disaient. *Beautiful* mon cul, ouais, ce tas de ferraille a toujours été foutrement *ugly*.

Foutu marketing. J'ai jamais réussi à la refourguer. Elle est derrière par là-bas, du côté du hangar à bateaux. Depuis plus de trente ans.

- Vous plaisantez j'espère, client. Cette caisse est collector de chez collector, de nos jours. Même rouillée comme un remorqueur africain, je connais des collectionneurs qui sont prêts à payer plusieurs centaines de dollars pour un châssis de Pacer. Je peux y jeter un coup d'œil ?

- Sans déconner ?

- Client, l'Arménien est toujours sérieux dans le commerce. Si vous ne me croyez pas, je peux même vous l'acheter moi-même, ici, cash, si elle vaut le coup.

Ça fait bizarre de voir friser de cupidité l'œil d'un borgne, mais depuis longtemps déjà, Mardiros ne s'étonne plus de rien. L'important pour lui, c'est d'accompagner Borgne Rouge du côté du hangar à bateaux. Ils dépassent la maison sur laquelle flotte un drapeau américain, avec une pancarte de soutien aux soldats et un appel à voter Trump plantés dans la pelouse. Derrière sa fenêtre, Madame Borgne les regarde passer d'un œil méchant.

- Elle n'aime pas les étrangers, explique Borgne Rouge.

- Trump n'est pas d'origine allemande ?

- Les Allemands, ce n'est pas des étrangers, affirme l'homme, catégorique.

- Et moi, comment elle sait que je suis d'origine arménienne, alors ?

- Elle sait pas. C'est juste qu'elle n'aime pas les étrangers.

Puis ils arrivent à la Pacer rouillée à cœur. Mardiros l'examine d'un œil intéressé, appuie sur la portière un doigt qui passe à travers la rouille, et se recule pour avoir une vision d'ensemble.

- Ça peut le faire, lâche-t-il songeur.

- Combien ?
- Cinq cents, propose l'Arménien.
- Six cents, tente Borgne Rouge.
- Quatre cent cinquante.
- Qu'est-ce que vous dites ?
- Vous ne connaissez pas les enchères arméniennes, client ? Le prix descend de la moitié de ce que vous surenchérissez.
- Merde, murmure Borgne Rouge, je savais pas…
- On recommence, si vous voulez ?
- On peut ?
- Pour vous faire plaisir. J'en offre cinq cents.
- D'accord, dit Borgne Rouge fier de son affaire.
- Et la barcasse, là-bas, c'est quoi ?

Borgne Rouge se retourne vers le hangar.

- C'est le mien, répond Borgne Rouge vexé. C'est un genre d'hydroglisseur que j'ai bricolé moi-même avec mon frangin. C'est du robuste et ça passe partout.
- On dirait pas. Vous êtes sûr que ça flotte ?
- Je chasse l'alligator avec.
- Vous avez une licence ?
- Vous êtes de la *Wildlife and Fisheries* ?
- Non client, je demandais juste comme ça. Vous avez déjà vu un fonctionnaire d'État acheter une épave cash pour cinq *Benjamin* ?

Borgne Rouge jette un coup d'œil vers la maison. Madame Borgne les surveille depuis une fenêtre de derrière maintenant. Elle doit bien rendre une tête et cinquante kilos à son cyclope de mari.

- Et pour le bateau, client, qu'est-ce qu'on fait ?
- Comment ça, qu'est-ce qu'on fait ?
- Eh bien j'en ai besoin d'un, vous en avez un, et j'ai de quoi payer.

- C'est mon foutu bateau, je le loue pas.
- Alors je l'achète.
- Pas à vendre.
- Même pour deux *grands* ?
- Un bateau comme ça vaut plus que deux mille.
- Cinq alors, dit Mardiros en sortant une liasse et en se tournant dos à la maison. Trois mille pour le bateau, et deux pour vous sans que ça passe par elle.

La résolution de Borgne Rouge vacille, mais le regard de Madame Borgne le harponne à distance.

- D'accord, concède Mardiros, on va conclure quelque chose qu'elle pourra gober. Je vous le loue mille dollars, client, ça devrait la faire bander, ça, non ? Vous allez la voir pour lui demander si elle est d'accord pour les mille dollars, et je vous parie ma prostate qu'elle acceptera, même si elle fera la moue comme si vous étiez un sale bouseux qui se fait toujours empapaouter par les touristes. Sauf que pendant que vous me préparez l'engin, je vous en glisse deux mille en douce rien que pour vous.

Borgne Rouge hésite un instant et l'Arménien enfonce le clou.

- N'abusez pas de ma patience, client, avec la Pacer, ça vous fait une journée à deux mille cinq cents dollars rien que pour vos fouilles et que vous n'avez pas à aller mendier dans le sous-tif en tirelire de madame Grippe-sous.

Borgne Rouge cède. Dix minutes plus tard, ils mettent l'hydroglisseur à l'eau et Mardiros se demande vraiment si un tel engin peut seulement flotter. Il va prendre un sac dans le coffre de sa Pacer et le charge à bord. Quand Borgne Rouge l'aide à monter, il lui glisse mille dollars dans la main. L'autre y jette un rapide coup d'œil.

- Hey, on avait dit deux mille.

- Le solde, c'est pour le GPS.

- Quoi ? Quel GPS ?

- Un cabanon isolé sur le bayou Baton Pilon, à une heure de pirogue environ, près d'une roselière, ça vous dit quelque chose, client ?

Borgne Rouge réfléchit d'un œil concentré.

- Je ne vois que ce foutu *Muta field*. Du temps de mon père, c'était deux mille acres de coton travaillés par un couple de nègres. Moi, j'ai connu ça toute mon enfance comme un champ de maïs. Jusqu'au jour où de foutus hélicos de la DEA, du FBI et de la police d'État ont largué une armée de *stormtroopers* au-dessus des plantations. Un cousin de Bobby Gandolfi, le patron de la station-service, cultivait mille acres de foutue marijuana au milieu du maïs. Il y a une dizaine d'années de ça, déjà. Pendant un moment, Gandolfi y a logé un certain Honoré Lafrance. Un foutu balèze de géant, un créole de Big Easy, qui avait besoin de s'aérer le casier judiciaire. Ensuite, c'est tombé à l'abandon. La terre s'est affaissée, le bayou a inondé la clairière. C'est devenu un foutu marécage. Il reste la cabane sur pilotis, mais je ne sais même pas dans quel état elle est. On n'y va même plus pour chasser, c'est dire !

- Et comment on y va, justement ? Il n'y a que le bayou pour rejoindre le cabanon ?

- Le bayou, oui, et aussi le canal. Il part d'ici, de Choctaw, et double le Baton Pilon mais en ligne droite. De mémoire, il passe dans la forêt inondée cinquante mètres à peine derrière le cabanon.

- Il est pratiquable ?

- Je suppose, oui. Ces foutus canaux le sont presque toujours. Les méandres n'embourbent pas le fond et n'effritent pas les berges. Il est plus étroit que le bayou, mais ça devrait le faire. Si vous voyez un tronc en travers, y'a des chances que ce ne soit qu'un de ces foutus alligators qui plongera avant que vous soyez sur lui. Enfin, si vous n'allez pas trop vite non plus. Par contre, il fera sombre, le canal est enfoui sous les arbres. Allumez les deux projecteurs. Les yeux des gators refléteront la lumière comme des catadioptres.

- Et ce grillage, devant ?

- Ça, c'est pour ces foutues araignées. Elles tissent des toiles de plusieurs mètres en travers du canal. Des veuves noires quelques fois. C'est juste pour pas les prendre dans les yeux ou en pleine bouche à grande vitesse.

- D'accord client, alors j'y vais.

Borgne Rouge ne bouge pas et tend la main. Mardiros sourit et lui paye les mille dollars de solde.

- Bonne foutue route alors, et bonne foutue chance avec les autres.

- Pourquoi vous dites ça, client ?

- Parce qu'à eux huit, enfin eux sept si on ne compte pas la fille ivre, ceux que vous suivez ont la puissance de feu d'une escadre de l'US Navy en Méditerranée. Et la détermination d'une foule de pillards nègres pendant les émeutes.

- Quelles émeutes ? s'étonne Mardiros.

- Rien, je ne sais pas, c'était juste pour dire.

- Il y a toujours une cause aux émeutes, client, et c'est souvent la connerie des gens comme vous. Alors arrêtez d'en dire.

Mardiros embarque à bord de l'espèce d'hydroglisseur pendant que Borgne Rouge essaye de comprendre ce qu'il vient de lui dire. Pourquoi les nègres ça serait des conneries ?

66

... comme la suite le confirmera.

Le silence qui suit la fusillade ne laisse que le froissement des arbres en panique, que des coups de vent effarouchent. La tempête retient sa pluie froide, mais au-dessus de la clairière, les nuages se sont mis en ordre de bataille et roulent sur le monde. Les rafales ont couché les roseaux malmenés. Depuis son refuge qui craque et grince à chaque bourrasque, à travers les planches qui vibrent sous l'assaut, Alvaro aperçoit Freeman et son père, l'arme à la main, qui sortent de la roselière comme on revient d'une partie de chasse. Ils portent en bandoulière les pistolets-mitrailleurs des deux types de la Cadillac.

- J'ai collé Lou contre le mur, crie Alvaro. Si vous tirez sur le cabanon, c'est vous qui la tuez.

- Laisse-la partir, répond Howard. On te donne toutes nos armes, une pirogue et une heure d'avance pour sauver ta peau.

Alvaro n'a même pas le temps d'étudier la proposition.

- On ne te donne rien du tout, intervient Freeman. Tu n'es qu'un sale petit con qui a osé enlever Lou après tout ce qu'elle a vécu à Pilgrim's Rest. Je vais te descendre.

- Si tu veux ta fille, crie Alvaro, mets ton million et demi de dollars dans une pirogue. Je rentre avec elle à Choctaw et je la laisse au borgne.

- T'as le cerveau en os de seiche, ou quoi ? Tu n'as pas encore percuté que ce pactole, je ne l'ai plus ? s'énerve Freeman.

- Si vous êtes là, c'est pas sans raison. Les chiens vont à l'os. Moi je veux l'os.

- Chipmunk, nous sommes tous des chiens qui courent après quelque chose, mais nous avons perdu l'os depuis belle lurette. Nous nous sommes fait doubler par un coyote, ou un chacal, ou une hyène, ou un je ne sais quoi. Rends-toi, *podna*, les chiens ne mangent pas les chiens. Nous ne te ferons rien. Même Freeman donnera sa parole.

- Ne compte pas là-dessus, petit con. Jeu de chiens tourne toujours en bataille. Celui-là plus que tout autre.

Maintenant Freeman et son père ont rejoint Howard. Alvaro doit reprendre la main.

- D'accord. Alors tout le monde recule jusqu'à la limite des roseaux, on va descendre.

- Lou, crie Freeman, tu m'entends, mon ange ? Tu vas bien ?

Le contrecoup de sa blessure la laisse engourdie, absente de sa propre histoire. Le regard incertain d'un noyé qui renonce. Le visage hâve. La tête pleine de fourmis brûlantes.

- Tu vas bien, mon ange ?

- Juste un peu sonnée, papa. J'étais sur le toit. Une rafale l'a traversé et m'a blessée au bras.

- C'est grave, Lou ? Tu tiens le coup ?

- J'ai les jambes en macramé et l'épaule raide et dure comme une bouche à incendie, mais ça va aller.

- On va descendre, prévient Chipmunk. Posez vos armes sur le sol et restez où vous êtes. Le premier qui bouge, je la descends.

Aucun des trois ne pose son arme.

- Et nous on te confettise aussitôt derrière, pauvre idiot, menace Freeman.

- Je sais. Mais je sais aussi que tu veux revoir ta fille. Et moi aussi je veux que ça se termine bien pour tout le monde. Tu me donnes le million et demi, je te rends ta fille, et tout le monde est content.

- Freeman, laisse-les descendre, plaide Howard.

Freeman accepte d'un geste de la tête, mais Howard comprend qu'il ne cède en rien. Lui non plus, même s'il crie à Alvaro qu'il peut sortir sans crainte maintenant.

La trappe s'ouvre et Chipmunk installe l'échelle avec difficulté depuis le cabanon.

- Tu veux que je t'aide ?

- Tu bouges, elle meurt.

Puis apparaissent les jambes de Louise qui descend trois barreaux, les bras tendus. Chipmunk glisse ses jambes entre les bras de Lou et descend, de dos à l'échelle, la tête de Lou contre son ventre avec le canon du revolver posé sur son crâne. À chaque échelon, Freeman espère que Lou va faire basculer Chipmunk, mais il se rend vite compte qu'elle est trop faible pour tenter le moindre geste.

- Posez vos armes, j'ai dit !

Comme personne ne bouge, Chipmunk tire une balle entre les pieds de Howard. Au même moment, un éclair éventre le ciel, frappe le bayou en amont, puis remonte en coups de cutter déchirer les nuages. L'orage est si près d'eux qu'il tonne aussitôt. D'abord un roulement sourd, puis une rafale de craquements assourdissants. Chipmunk tire une deuxième balle, et les trois hommes posent leurs armes à leurs pieds.

- Reculez encore de cinq pas, ordonne Chipmunk à qui l'adrénaline redonne confiance. Freeman, si tu n'as pas les dollars, je te laisse trois jours pour les retrouver. Tournez-vous vers le marécage, dos au cabanon et que personne ne bouge.

Il pose le pied au sol et s'éloigne à reculons vers les pirogues.

- Je sais à quoi vous pensez. J'ai un barillet de huit et j'ai déjà tiré deux fois. Il m'en reste six, alors je ne vais pas les gaspiller. Deux pour chacun. La prochaine fois que vous me forcez à tirer, je bute le grand-père.

Ils se tournent face au bayou et Chipmunk force Lou à reculer avec lui quand deux projecteurs transpercent en panique la forêt inondée de l'autre côté du cabanon. Les faisceaux se brisent et se reforment au hasard des troncs lugubres à travers lesquels ils fusent. L'eau, noire et lisse dans l'orage qui vient, éparpille les reflets blancs qui se brisent et disparaissent. Puis tout s'éteint et il ne reste que la sinistre mangrove et son armée fantôme de cyprès, plantés dans l'eau saumâtre jusqu'à leur genou envasé.

- C'était quoi ce bordel, panique Chipmunk, c'était quoi ? C'est le monstre *voodoo* de Lucifer ! C'est Lucifer, putain !

Personne ne sait quoi répondre, jusqu'à ce qu'une frêle silhouette fantomatique se dessine sous les frondaisons agitées par l'orage. Chipmunk a le vent dans les yeux. Il les plisse pour mieux voir. Quelqu'un marche sur l'eau. Un fantôme. Un spectre. Un homme. Petit. Dans un costume clair. Un sac de voyage à la main. Surveillant d'un œil curieux le fracas des branchages au-dessus de sa tête.

- Stop ! Arrête-toi. Tu t'arrêtes. Plus un pas. Putain, t'es qui, toi, d'où tu sors ?

Mardiros patauge hors de l'eau et rejoint le remblai sur lequel est construit le cabanon. Il regarde ses chaussures maculées de boue et son bas de pantalon trempé qu'il secoue en pinçant le tissu à hauteur des genoux.

- T'es qui, toi ? répète Chipmunk affolé.

- Tu es bien Chipmunk? demande Mardiros de loin sans répondre.

- Je suis pas Chipmunk. Chipmunk, c'est le surnom que l'autre demeuré de bacon m'a donné. Mon vrai nom, c'est Alvaro. Alors, t'es qui, toi ?

- Oui, c'est ça, Alvaro. C'est toi qui as kidnappé la fille d'Ernest Freeman ? C'est bien ça, client ?

- Et d'après toi, le vioque, sur qui crois-tu que je pointe mon arme en ce moment, hein ?

- Sur moi, admet Mardiros.

Merde, ce vieux débarque à peine et il l'embrouille déjà. Il casse son bras et rebraque aussitôt son arme sur la tempe de Lou, que le vent glacé ramène à plus de conscience.

- Qu'est-ce que tu fous là ? Va rejoindre les autres, ordonne Chipmunk.

- Non, je ne vais pas aller rejoindre les autres, client. Ça ne serait pas prudent pour toi. Ils vont devenir fous en voyant ce que je t'apporte.

- Quoi, qu'est-ce que tu débloques ? Qu'est-ce que tu m'apportes, le vieux ?

- Ce que tu as demandé, client.

- ... !?

- Tu as bien demandé un million et demi de dollars pour rendre Louise à son père, client, c'est bien ça, non ?

- Ben, oui...

- Alors les voilà, client, tout un gros sac de billets.

- Quoi, tu as le million et demi de dollars avec toi, là, dans ce sac ?

- Ben sinon, pourquoi je serais venu tremper mon pantalon dans ce cloaque putride, client ? Pour me faire prendre dans la mitraille entre vous ? Bien sûr que c'est l'argent ! J'ai pris le raccourci du canal pour te l'apporter avant qu'ils te soufflent la chandelle, et si tu ne fais pas de mal à Louise, tu repars avec. Voilà, c'est aussi simple que ça. Un million et demi, Chipmunk, à toi la belle vie. Tu fais ce que tu veux avec ça, non ? Tu vas pouvoir en profiter, client. Avec un million et demi de dollars, les filles vont tomber à genoux devant toi, mec. Même des bêcheuses comme Louise, elles tomberont à genoux devant toi !

- Je te crois pas, le vieux. Freeman a dit qu'on lui avait tout volé. C'était toi ?

- C'est vrai, client, c'est vrai, j'avoue. C'était pas très honnête de la part d'un collecteur de dettes, je reconnais, mais j'ai eu des remords en pensant à Louise, alors voilà, je suis revenu avec tes dollars, client.

- Je veux les voir. Je veux les voir, exige Alvaro que l'excitation gagne.

- Ça c'est sûr qu'un million et demi de dollars, tout le monde veut les voir, client. C'est normal, dit Mardiros en posant le sac à terre devant lui. Je te le répète, client, les plus belles filles du monde se mettront à genoux devant toi pour les voir, ça c'est sûr !

- Ferme-la et ouvre le sac. Je veux les voir !

- Même moi, regarde, je me mets à genoux devant ça, client, regarde, dit l'Arménien qui s'agenouille pour faire glisser la fermeture du sac.

Freeman, Omer et Howard se sont retournés, stupéfaits, les yeux braqués sur le sac qu'ouvre Mardiros. Chipmunk ne s'en inquiète pas. Lui aussi a le regard rivé sur le sac d'où s'échappe un billet que le vent fouette aussitôt.

- Seigneur Dieu, jure Chipmunk le sourire aux lèvres, putain j'ai réussi ! Putain, un million et demi de dollars ! Fais-en voir plus, mec, fais tout voir !

Alors Mardiros plonge les deux mains dans le sac. De la gauche, il ressort une pleine poignée de liasses qu'il jette haut dans le ciel et que le vent explose tout à coup et disperse par-dessus Chipmunk jusqu'au bayou.

- Putain, mais qu'est-ce que…

Par réflexe, il relâche sa prise sur Lou pour attraper les billets de cent qui volent dans la tempête. Louise a compris et se laisse tomber à genoux devant lui. Quand il comprend à son tour, il est trop tard. Dans la main droite de Mardiros, son Glock claque deux fois et Chipmunk, stupéfait, s'écroule. Quand il perd toute force et toute vie, le vent en profite pour le bousculer et le rouler dans la poussière sur plusieurs mètres. Les premières gouttes, lourdes comme des glaçons, tombent alors et piochent des cratères dans la terre. L'odeur froide et minérale de la pluie se catalyse dans l'air qui se fige un court instant, puis le ciel d'orage s'écroule sur eux, pluie drue en lanières de cuir que le vent leur fouette au visage.

Ils récupèrent les armes et courent se réfugier dans le cabanon. Mardiros en premier, son sac refermé à la main, pour ensuite aider Louise. Avant de monter les derniers, Howard et Freeman courent tirer les pirogues sur la berge, de peur qu'elles ne se chargent de pluie et coulent dans le bayou.

- C'est vraiment mon million et demi de dollars que tu as là, s'étonne Freeman éberlué, tu me les avais vraiment volés ?

- Bien sûr que non, client, s'amuse Mardiros, c'est juste un sac avec mes vêtements de rechange au-dessus desquels j'ai étalé ce qui me restait de ma commission.

- Et votre Glock, sourit Howard.

- Et mon Glock, évidemment.

- Mais combien tu en as gaspillé comme ça, dans le vent, sur ta commission ?

- Je ne sais pas, répond Mardiros. Quelques milliers de dollars, là, plus les dix mille que j'ai glissés dans la voiture de Chef Lapointe pour lui compliquer la vie avec Sobchak.

- Merci, Mardiros, murmure Louise qui se love dans les bras de l'Arménien et tache tout son costume du sang de sa blessure.

Il prend sa main dans les siennes et remarque le bracelet avec les amulettes.

- Je vois que tu étais bien protégée. Si j'avais su, j'aurais pris moins de risques, plaisante-t-il.

- Cette fille aura bientôt plus de cicatrices que de peines de cœur, dit Freeman en allongeant Louise sur le parquet pour examiner son épaule. Essayez de lui éviter les deux, détective Howard.

- Je t'entends, papa, murmure Lou avant de s'endormir.

Howard ne dit rien mais garde la main de Louise dans la sienne. Freeman et son père veillent sur leur petite Lou. Mardiros recompte les billets qu'il sort de son sac pour savoir combien il en a jeté au vent. L'Arménien aime à être comptable de ce qu'il détient. Même si tout est provisoire sur terre, comme la suite le confirmera.

67

… rien de rien !

- Tant pis pour Doug, insiste Beauregard, il est quelque part dans les bayous à la recherche de Louise Freeman. Il faut y aller, on ne peut plus attendre.

- Zach, c'est plus qu'un coup de pied dans la fourmilière, cette descente. Tu vas dynamiter Saint Augustin et la moitié de Metairie avec ça, tu en es bien conscient ? La Bataille des bâtards ou l'attaque des Dothrakis, c'est rien à côté de l'assaut que vont lancer sur nous leurs avocats. Rien que la première conférence de presse, ça va être une putain de *gumbo ya ya*, tu peux me croire.

- Chief Martineau, j'ai formellement identifié les filles sur les photos, et Django aussi. Ce sont elles. Les fibres concordent, les uniformes concordent, la voiture concorde et le mobile en lien avec l'affaire de Tampa fonctionne.

- Tu vas y laisser ta carrière, Zach.

- Je me moque de ma carrière, Chief Martineau, je vous l'ai déjà dit, après cette affaire je quitte le NOPD.

- Tu as bien compris à qui on s'attaque, Zach ?

- À la fille d'un juge, à celle du plus gros entrepreneur de la ville et à celle d'un salaud de mafieux.

- Non, Zach. Justice, business et mafia, tu t'attaques au système de cette ville. À sa structure même. À l'organisation officieuse qui permet à la moitié de la ville de garder l'autre moitié le nez dans ses chaussures. En la distrayant à coups de Bourbon Street et de carnaval, de brass band et de zydeco, pendant que le système les asservit de taxes injustes, de lois réactionnaires et d'urbanisation discriminante. Tu ne t'attaques pas à trois sales mômes pourries gâtées et à leurs notables millionnaires de parents, Zach, tu t'attaques à la moitié puissante de la ville qui va dépenser des millions de dollars à convaincre la moitié soumise que tu es un flic corrompu, aigri et incompétent.

- Peu m'importe, répond Beauregard. Alors, on le fait ou pas ?

Chief Martineau frictionne sa tête blonde d'un vigoureux massage du bout des doigts et se décide.

- D'accord Zach, quitte à tout faire sauter, alors ne lésinons pas sur la dynamite. Tu débarques à Saint Augustin par surprise mais pas dans la discrétion. Quatre voitures de patrouille avec gyrophares et sirènes en plus des voitures des inspecteurs. Une pour chacune des filles, et une autre pour le vigile. Et surtout rien qui puisse compromettre la procédure. Prévois ce qu'il faut pour récupérer la Corvette, mais assure-toi de savoir qui en est le ou la propriétaire, et ne la fouille pas sans son consentement. Tu bloques la rue cinquante mètres avant l'école et tu laisses tous les gosses sortir pour voir ce qu'il se passe. Tu chopes les trois gamines quand elles sont hors de la propriété privée de l'école, sur la voie publique. Tu leur lis leurs droits Miranda, surtout. Le formulaire complet. Et tu t'assures qu'elles ont bien compris.

- Compris, Chief Martineau.

- Très bien, alors je vais formaliser toutes les autorisations nécessaires, notamment pour la salle d'interrogatoire des mineurs. N'oublie pas que tu as l'obligation de contacter un parent ou un responsable légal dès que tu les fais entrer dans les locaux du NOPD. Mais pas avant. Alors prends ton temps s'il le faut. Pas le droit de les interroger sans un parent ou un avocat, surtout. Pas d'interrogatoire de plus de deux heures, avec des pauses pour boire. Si elles n'ont pas mangé dans les quatre heures qui précèdent l'interrogatoire, tu dois leur proposer un repas. Je sais que tu sais tout ça et le reste, Zach, mais quand tu auras démissionné, c'est moi qui porterai ce dossier sur mes épaules. Et j'ai encore besoin de quelques années avant de prendre ma retraite. Alors applique-toi, Zach, pense à moi.

- J'oublierai pas, promis.

- Le système nous survivra, Zach. Tu n'es rien de plus qu'un jeune maringouin qui s'en vient piquer la cuirasse blindée d'un vieux *cocrodil.* Ils vont se défendre, même si leurs mômes ont commis l'immonde. Tout macaque trouve son petit joli. Ils vont se faire passer pour les victimes. Ils vont ressortir l'affaire de Tampa pour se justifier. Ça va être riches contre pauvres, blancs contre noirs, hommes contre femmes. Ça va déchirer la ville, les familles, les amis, les bureaux, les cours d'école. Ils vont démonter ta vie jour par jour, la déballer, la déformer. Ils vont exposer Molly, tu dois t'y attendre aussi. Alors prépare-toi à leur faire mal. On n'engraisse pas les cochons à l'eau claire, Zach. Ne charge pas les filles. Charge les parents. Trouve comment et pourquoi ils sont devenus millionnaires. Grâce à qui. Qui les protège et qui eux protègent. Rentre-leur dedans, Zach. Je suis avec toi sur ce coup-là. J'espère aussi que nous allons pouvoir compter sur Howard. Dommage que Doug ne soit pas avec nous. Comment il a su où chercher cette fille ?

- C'est mon indic qui a procuré la planque à Alvaro.

- Parfait.

- Sauf que mon indic travaille aussi pour Sobchak.

- Pas la peine de te faire de mousse, Howard est de taille. Il est seul ?

- Non, les Freeman l'accompagnent, et j'ai cru comprendre que l'Arménien devait les rejoindre.

- Bon, je suppose que ça complique un peu les choses d'un point de vue légal, mais ça devrait lui donner une bonne puissance de feu. Comment va Molly ?

- Je l'ai installée dans la suite de Mardiros, au Roosevelt. La perquisition l'a fatiguée. Elle se repose.

- Zach, pourquoi le FBI n'a rien trouvé chez toi ?

- Parce qu'il n'y avait rien, Chief Martineau, rien de rien !

68

… et seulement quand il le faut.

Quand ils accostent à Choctaw, le comité d'accueil les attend. Borgne Rouge, sa femme à la Hulk Hogan, le Respirateur, et une demi-douzaine de ce que les environs comptent comme pires cousins demeurés et consanguins. Mardiros regarde cette bande de viandards le fusil à la main et hésite entre un remake de *Delivrance* et un épisode de *Walking Dead*. Ça donne à Sobchak des airs de Soprano du bayou version *Six Feet Under*.

- Bonjour messieurs, la pêche a été bonne ?

- Trois *chaouis* et un chipmunk, répond Freeman avec calme.

Derrière, Omer, Mardiros et Howard débarquent, leur arme à la main, et protègent Louise de leur corps.

- J'ai peur d'être un gibier un peu trop gros pour vous, cette fois, plaisante Sobchak, il vaudrait mieux déposer vos armes.

- Ça ne va pas être possible, répond Howard.

- Il va pourtant falloir le faire. Chef Bobby Gandolfi, ici présent, est le représentant officiel de la loi à Choctaw. Chef, c'est à vous.

- Déposez vos… armes comme… l'a dit monsieur Sobchak.

- Je ne vois pas bien ce que vous cherchez, Sobchak, dit Freeman.

- Un million et demi de dollars qu'on vous a paraît-il volé et que vous ne mettez pas beaucoup de ferveur à retrouver.

- Pourtant je m'y emploie, monsieur Sobchak, je m'y emploie, mais l'essentiel n'est pas là.

- Et où serait l'essentiel, selon vous, Freeman ?

- L'essentiel est que cet argent est le mien, pas le vôtre, et que j'en fais ce que je veux. Que je le perde, que je le cache, ou que je le retrouve, ça ne vous concerne en rien.

- Et moi je pense que ce million et demi, c'est ce qu'il reste de ce qu'on m'a volé, juste de l'autre côté du bayou où vous avez votre maison. Chef Lapointe...

- Paix à son âme ! invoque Mardiros les paumes vers le ciel.

Sobchak lui lance un regard noir.

- ... Chef Lapointe a vu cet argent dans un sac sur votre terrasse le lendemain du vol. Et vous étiez ce jour-là en compagnie des mêmes complices qu'aujourd'hui.

- Sauf monsieur Omer Freeman, client, que je n'avais pas encore l'honneur de connaître à cette époque, précise Mardiros dans un sourire.

- Si Chef Gandolfi parlait assez vite pour qu'on n'y passe pas la journée, il vous demanderait ce que vous faites dans le coin, armés comme un gang de latinos.

- Nous profitons des agréments du deuxième amendement, plaisante Mardiros.

- Nous savons en profiter aussi, menace Sobchak.

Dans un même mouvement, tous les *Walking Dead* font claquer la culasse de leur arme.

- Vous avez le choix, Freeman. Vous me donnez le sac avec la rançon que vous venez de récupérer sur le corps de cette petite frappe d'Alvaro, ou je prends votre fille en otage jusqu'à ce que je récupère mon argent.

- Sobchak, ça tourne à l'obsession, votre histoire de pognon. Si nous sommes allés chercher ma fille dans ce cabanon avec de la poudre à canon, c'est bien parce que je n'avais pas l'argent. Je ne l'ai plus, Sobchak, comment faut-il que je vous le dise ?

- Alors peut-être que le détective Howard peut vous le prêter. Il paraît que le FBI a perquisitionné chez son partenaire Beauregard, hier. Ils le soupçonnent d'avoir organisé le casse chez moi, et comme par hasard, Howard est chez vous le lendemain avec un sac de dollars.

Sobchak et Freeman restent longtemps les yeux dans les yeux, concentrant toute l'attention des *Walking Dead*. L'Arménien en profite pour composer un numéro sur son téléphone.

- Allô, Zach ? Bonjour, c'est Mardiros. Écoutez, Zach, je suis en pleine cambrousse chez des zombies consanguins avec monsieur Sobchak qui nous fait une version agricole des *Douze salopards*. Il prétend que vous lui avez volé deux millions de dollars. Le FBI a bien perquisitionné chez vous, n'est-ce pas ? Ah, très bien. Pouvez-vous le lui expliquer alors ? Oui, bien sûr, je vous le passe.

Mardiros rejoint Sobchak et lui tend son portable. Pris au dépourvu, l'autre le porte à son oreille.

- Sobchak, ça tombe bien, j'allais vous appeler, dit Beauregard. Vos copains du FBI, qui vous protègent allez donc savoir pourquoi, ont fouillé ma maison, mon garage, mes coffres, chez moi comme à la banque, mes voitures, ma cave, mon grenier, mon cellier, les casiers des clubs où je vais et tout ce qui pouvait, de près ou de loin, m'appartenir. Et vous savez quoi ? Ils n'ont pas trouvé le moindre dollar qui pourrait me rattacher de près ou de loin au cambriolage de votre grosse demeure prétentieuse de parvenu du crime que vous êtes. Alors, s'il vous plaît, Big Creep, foutez la paix à mes amis.

- Ou sinon quoi, monsieur *True Detective* ?

- Sinon rien, Big Creep. C'est déjà fait.

- Quoi ? Qu'est-ce qui est déjà fait ? s'inquiète aussitôt Sobchak, tant la voix de Beauregard semble assurée.

- J'ai ta fille, siffle Beauregard. Pas la grande. La petite. Celle qui blanchit ton argent sale en fréquentant une *high school* de pauvres petits connards d'enfants de parvenus déjà ripous avant d'être majeurs.

- Quoi ? Qu'est-ce que vous avez fait à ma fille ? hurle Sobchak qui pâlit de peur et de rage à la fois. Si vous touchez ne serait-ce…

- Calme-toi, Big Creep. Nous n'enlevons pas les filles des braves gens contre des rançons, nous. Nous, nous les arrêtons. Officiellement. Selon les procédures de cet État. C'est pour ça que j'allais t'appeler. Tu es bien le représentant légal de ta fille, non ?

- Vous avez arrêté ma fille ? Qu'est-ce que vous avez encore trouvé comme motif tordu pour m'atteindre, enfoiré de flic de merde ?

- Crime raciste et sexuel en bande organisée.

- …

- Crime raciste et sexuel en bande organisée, oui, tu as bien entendu, Sobchak. Bon sang ne saurait mentir, Big Creep. Ta gentille petite fille au comportement de pute délurée, en compagnie de deux de ses amies de Saint Augustin du même acabit, a enlevé, dans la Corvette jaune que tu lui as offerte pour ses seize ans à ce qu'elle nous a dit, un pauvre gamin noir de douze ans pour l'assassiner d'un tir dans l'anus, dans un bosquet derrière le terminal du ferry Chalmette-Algiers.

- Quoi… ? bredouille Sobchak… Qu'est-ce que vous dites ? Comment… ?

- Ne fais pas l'innocent, Sobchak. L'amie de la victime de Tampa, c'est la fille aînée du juge Goldberg, le voisin de ta maison dans le quartier Gabriel. Sa fille cadette est à Saint Augustin avec ta fille, Sobchak. Elles ont pris exemple sur toi pour venger la victime de Tampa.

- ...

- Mais si, Sobchak, souviens-toi, l'avocat indolent, étourdi, que tu as payé pour si mal représenter les parents de la victime. Comme tu as payé les assassins du pauvre noir innocent pour l'exécuter en prison. Tu fais ta justice, ta fille aussi, alors maintenant, vous tombez tous les deux.

Sobchak n'est plus qu'un tremblement. Une masse sans os. Livide. Une gélatine. Tout se décompose en lui, son visage, son corps, sa tenue. Il est soudain si différent de ce qu'il était trente secondes plus tôt que les *Walking Dead*, hagards, baissent leurs armes, privés de l'intelligence qui leur donnait un semblant de cohésion.

- Tu ne dis rien, Sobchak ? Elle ne t'avait rien dit ? Tu aurais dû t'en douter pourtant, les chats ne font pas des chiens. Mais tu sais la meilleure, Big Creep ? Le canon que ta fille a enfoncé dans le cul de ce pauvre gamin pour l'exploser de l'intérieur, c'est celui d'un Luger. Un des tiens, à ce qu'elle a avoué. Un de ta collection. Alors passe-moi le détective Howard, Sobchak, qu'il te lise tes droits, parce que te voilà impliqué matériellement par un indice concordant dans une affaire de crime raciste et sexuel.

Sobchak n'est plus rien. Une monumentale et flasque absence de consistance sur laquelle glisse un reste de tempête. Tout autour, ce n'est plus qu'un ciel de misère qui désespère les âmes solitaires, dans leurs longues baraques sans lumière, et qui épient la scène depuis l'ombre de leurs vies. Un ciel à vous planter la solitude au cœur. Les *Walking Dead* se dispersent, chacun vers un horizon différent. Seuls restent Borgne Rouge, sans comprendre, et le Respirateur, sans souffle. Le téléphone glisse des mains de Sobchak, hébété. L'Arménien le récupère, le porte à son oreille, puis le passe à Howard.

Le détective prend le téléphone et écoute les explications de Beauregard. Django et lui ont identifié les trois filles de la Corvette. Ronda Goldberg, la petite sœur de Deborah Goldberg, l'amie qui était avec la victime à Tampa. Juliet Lapassant, une amie de toujours de Ronda, et Wendy Sanders.

- Howard, Wendy est la fille naturelle de Sobchak. Officiellement, elle porte le nom de sa mère, Sanders, mais partout elle se fait appeler Sanders-Sobchak.

- Vous les avez coffrées ?

- Coffrées et interrogées. Tu ne peux pas croire ce que Chief Martineau et moi avons entendu. Des gamines cyniques et ricanantes, sans aucun regret, aucune compassion, fières d'avoir vengé l'amie de la sœur de Ronda. Elles ont tout raconté, tu ne peux pas imaginer, plus que ce qu'on pouvait encaisser. Elles ont torturé et violé ce pauvre môme et n'en éprouvent aucun remords. Je ne sais pas comment elles ont fait, mais Wendy a eu le temps de partager une vidéo sur les réseaux avant qu'on ne lui confisque son téléphone. Elle y raconte en riant pourquoi la police l'arrête et ce qu'elle a fait. 47 000 partages déjà, Doug, et des commentaires élogieux à te faire vomir. Arrête-moi cette ordure de Sobchak avant qu'il ne revienne en ville, Doug, si on me laisse le faire, je le tabasse à mort.

Le regard que Howard porte sur Sobchak est d'abord de dégoût, d'avoir engendré une fille aussi vile, haineuse et violente que lui. Puis très vite de colère. Il raccroche, sort des menottes de sa poche arrière, et arrête Sobchak pour complicité de crime raciste et sexuel en bande organisée. Quand il lui lit ses droits, Sobchak se reprend et le menace.

- Si vous vous en prenez à ma fille…

- Touchez-en deux mots à Freeman, réplique Howard, il va vous expliquer chaque sentiment, chaque angoisse, chaque terreur, chaque panique par lesquelles vous allez passer, jour et nuit, pendant le reste de votre vie, à vous inquiéter de ce qui va lui arriver en prison.

- Je la sortirai de là.

- Je ne vous le souhaite pas, Sobchak, parce que si elle s'en sort légalement, c'est moi qui la bute après ce qu'elle a fait à ce pauvre gamin.

- Je vous ferai condamner rien que pour cette menace, détective.

- Quelqu'un a entendu quelque chose ? demande Howard à la ronde.

Personne ne répond. Le ciel est si bas qu'un héron mouillé plane par-dessous les fils électriques.

- Vous êtes fini, Sobchak. Beauregard vous expliquera tout ça mieux que moi. Votre fille n'est pas votre seule blessure. Vous allez en recevoir d'autres qui vous seront plus fatales encore.

Il le fait monter à l'arrière de la Camaro, protégeant sa tête d'une main, puis se retourne vers les autres.

- Une chance que Zach et Chief Martineau aient lâché la cavalerie, plaisante-t-il en saluant les autres. On se voit à Big Easy ce soir.

- Demain peut-être, répond Freeman, nous allons plutôt rentrer en famille à Patterson.

Howard démarre, laissant Borgne Rouge et le Respirateur comme deux épouvantails mal foutus, les pieds dans la glaise et les épaules au vent.

- Et mon foutu hydro, alors ? demande le borgne.

Mardiros ne répond même pas. Il se dirige vers la Pacer pendant que Freeman, Lou et Omer regagnent l'Impala.

Ils vont s'installer dans la voiture quand l'Arménien, debout devant le coffre ouvert de sa Pacer, les rappelle.

- Hey, les Freeman, venez voir un peu par ici.

Ils s'approchent du coffre et Freeman s'étonne du réservoir.

- Ça roulait déjà au gaz liquide, cette antiquité ?

- Non, client, ça roule au bon vieux pétrole fossile que ces pompes mollassonnes aspirent sans cesse, autruches métronomes et mécaniques, aveugles au désastre qu'elles répandent, déclame un Mardiros lyrique à l'œil frisé de malice.

Le réservoir est une bonbonne couchée dont une extrémité arrondie est fixée par une couronne de rivets. Mais l'Arménien la déboîte comme le simple bouchon d'un bocal à guimauve. De l'intérieur du réservoir, il tire une sacoche en cuir.

- C'est à vous, ça, je crois…

Freeman le regarde, sidéré.

- Seigneur Dieu, ne me dis pas que c'est…

- Si, client, c'est.

- Merde, Mardiros, mais comment as-tu fait ?

- La nuit de l'ouragan, je l'ai sorti de ta cache pour aller le remettre dans la mienne.

- Mais pourquoi ?

- C'est à cause de Mélinée. Avant de mourir, elle m'a fait promettre deux ou trois petites choses pour me préparer à la rejoindre au paradis le moment venu, sans avoir à attendre trop longtemps au purgatoire. M'assurer du bonheur de ceux à qui je distribue de l'argent, par exemple.

- Et comment tu as su, pour Sobchak et Lapointe ?

- Je ne sais pas. Comme ça. Un pressentiment. Une intuition. Ou alors j'ai juste eu peur que l'ouragan ne disperse tout cet argent et vous prive de ce que vous alliez en faire. L'Arménien est précautionneux.

Freeman soupire et secoue la tête pour se convaincre qu'il ne peut pas en vouloir à Mardiros.

- Tu te rends compte de ce que ça a déclenché, Mardiros ? Ils auraient pu tuer Lou à cause de ça.

- Ils auraient fait de même si tu en avais disposé. Tu le leur aurais donné et ils auraient pu tuer Louise quand même.

Freeman soupire à nouveau, mais dans un sourire cette fois.

- Décidément, l'Arménien est tordu.

- Retors, précise Mardiros en pointant le doigt au ciel, l'Arménien est retors, je préfère, et seulement quand il le faut.

69

… les poubelles et les coins sombres.

- Dure journée, non ? soupire Chief Martineau en plissant son front, les yeux grand écarquillés.

- Intéressante, répond Zach.

Ils soulèvent leurs gobelets de bière.

Le Fou Chantant est une bonbonnière. Il tient de la taverne bavaroise, de l'auberge espagnole, et du bar Belle Époque. Il s'inscrit surtout dans la tradition des *speakeasy* qui font frissonner les touristes en goguette. Un *dive bar.* Un bar de voisins. Adresses secrètes. Lieux clandestins de connivence. Trop petits pour être de vrais bars. Il suffit qu'on y serve de l'absinthe pour que le gogo se croie revenu au temps canaille de la prohibition. Mais le Fou Chantant est un endroit heureux et préservé. Le patron est français. Un vrai. De France. De Chambéry. Derrière le bar, sur le miroir, écrit au rouge à lèvres, sa devise : *Le soleil a rendez-vous avec la lune.*

- Sobchak est en garde à vue, les filles aussi, la conférence de presse a été un *gumbo ya ya* aussi fou et furieux que prévu, Freeman a récupéré sa fille, Molly se repose dans sa suite, je pense qu'on peut y aller, non ? propose Chief Martineau.

- Oui, on peut, confirme Beauregard.

Ils vident leur bière, descendent de leur tabouret, et Chief Martineau claque un billet bien fort du plat de la main sur le comptoir.

- Pierre, on peut récupérer nos parapluies ?

- Mais bien sûr messieurs, répond en français le patron.

Il plonge derrière le bar et réapparaît avec deux battes de base-ball en fredonnant « *Boum ! Quand notre cœur fait boum !...* »

Chief Martineau et Zach s'en saisissent comme de gourdins, sortent du Fou Chantant et traversent la rue vers le restaurant Antoine. De l'autre côté, Miller dîne en tête à tête à l'abri des voilages légers qui tamisent les hautes fenêtres en boiserie. En retrait de la longue galerie en fer forgé soutenue par de fins poteaux métalliques peints d'un gracieux vert céladon. Quand il entend le vacarme, il vient s'informer à la vitre en tirant de côté le léger tissu. Chief Martineau et Beauregard massacrent sa belle Audi à grands coups appliqués de battes de base-ball. Il pourrait sortir. Il est du FBI. Il porte une arme. Mais il ne le fait pas. Tout comme personne ne s'interpose dans la rue. Le calme furieux avec lequel procèdent les deux hommes, la violence mécanique de leurs coups, la puissance méthodique de leur vengeance décourage la moindre velléité d'héroïsme. Chacun préfère se convaincre que les deux hommes doivent avoir une bien bonne raison pour agir de la sorte. Miller sait laquelle et, plus que tout autre, ne bouge pas, à attendre la fin du massacre derrière son petit carré de rideau. Pour être bien sûr qu'il comprenne cependant, avant de descendre tranquillement Saint Louis Street pour aller boire un verre ailleurs, Beauregard glisse dans la voiture défoncée par une grêle d'enclumes une photo de l'état dans lequel Miller a poussé ses équipes à laisser sa maison après la perquisition. Il ne sort de chez Antoine que quand ils sont déjà à un bloc de là et reste planté au milieu de la rue, la photo à la main.

Puis Zach décide de rentrer au Roosevelt. Mardiros a rejoint les Freeman à Patterson pour lui laisser la suite. Il veut se laver de tout ça sous une douche bouillante, et se glisser contre le corps de Molly, la prendre dans ses bras, et la regarder dormir tant qu'il le peut. Chief Martineau lui serre la main, puis soudain la retient et l'attire à lui pour l'étouffer dans ses bras et lui décrocher les poumons à grandes claques dans le dos. La première fois depuis qu'ils travaillent ensemble.

- Merci pour tout, Zach, ça m'a rappelé que je suis encore vivant.

- Merci à vous, Chief Martineau, murmure Zach qui se dégage, gêné par une telle effusion d'amitié.

- Zach, attends, il faut que je te parle d'un projet auquel j'aimerais bien que tu te joignes.

Ils parlent de longues minutes, puis se séparent sous les guirlandes d'ampoules et les fougères suspendues du quartier français, dans la foule qui déjà chante et s'égosille, se harangue, et vomit son rhum et ses *po boys* aux huîtres dans les poubelles et les coins sombres.

70

Alors ne pars pas à la guerre.

C'est un petit quelque chose de fin et de fragile qui se délite. Un fil de soie creux qui se perce. Une goutte tiède qui perle et hésite, puis glisse à l'intérieur jusque derrière son regard et le brouille. Sa vie fuit en elle. C'est étonnant et délicieux à la fois. Si peu douloureux. Elle se dit qu'elle est contente d'avoir été, puis ses pensées s'engourdissent.

- Mon cœur, murmure-t-elle à son oreille, je crois que je m'en vais.

Zach sort à reculons d'un sommeil froissé de mauvais rêves. Il se retourne d'un mouvement ronchon et fatigué. Elle colle son visage contre le sien, nez à nez, les yeux dans les yeux, sa paume trop fraîche bien à plat sur sa joue.

- Je m'en vais, Zach. N'aie pas peur. Prends soin de toi…

Et Molly meurt dans les jolis draps du Roosevelt que Zacharie mouille d'un pleur silencieux. Comme il glisse un bras sous l'oreiller de Molly, pour amener son visage dans la lumière du matin, sa main trouve un livre. Un de ceux en français qu'il lui a offerts. Drieu la Rochelle. *Le feu follet.* Le livre est ouvert à l'envers, sur le ventre comme dit Molly. Il le retourne et remarque, sur la dernière page qu'elle a lue, une phrase que Molly a soulignée : *J'ai aussi peur devant les femmes qu'au front pendant la guerre.* Dans la marge elle a écrit : *Alors ne pars pas à la guerre.*

71

… pas de connerie.

- Tu es où, Zach ? On remonte à La Nouvelle-Orléans avec Lou, et…

- Molly est morte, Doug.

- …

- Elle est partie…

- Merde Zach, je ne sais pas quoi dire… Tu es où, là ?

- Avec Molly. Au Roosevelt. Il faut que j'appelle la morgue. Pour les papiers, tu sais.

- J'appelle le doc. Laisse-le s'occuper de ça. Attends-moi, Zach, j'arrive. Ne bouge pas et ne fais pas de connerie.

72

… des enfants de salauds.

Les hommes sont heureux de se revoir. Les cuivres rutilent parmi les costumes noirs, dans le brouhaha des retrouvailles. Trombones, trompettes, saxos. Certains ne se sont pas vus depuis quelque temps. Tubas, cornes et clarinettes. D'autres jouaient ensemble la veille au soir pour un *gig* endiablé dans un bar bondé. Tambours, cymbales et grosse caisse se dérouillent les baguettes et les poignets pour prendre le rythme. Puis les portes de l'église du Saint-Nom-de-Marie s'ouvrent sur les deux cercueils et le maître de marche, le Grand Marshal, impose le silence d'un geste. Hommes et instruments s'ordonnent et se regroupent. En haut des quelques marches, les porteurs attendent la musique. Chief Martineau a insisté pour en être. Il est le premier des six porteurs du cercueil de Molly. À gauche. Côté du cœur. C'est Howard qui a proposé de réunir Suzane et Molly dans une même cérémonie et de prendre en charge tous les frais. Les pauvres parents séparés de Suzane n'ont pas osé refuser. Zach, lui, a trouvé belle l'idée que Molly parte accompagnée d'une amie de rencontre. Il a insisté pour que les cercueils soient posés sur le même corbillard en bois noir tarabiscoté tiré par deux chevaux blancs.

Quand le *brass band* entame le tempo chaloupé et suspendu de *Just a closer walk with thee*, les porteurs prennent un long moment le rythme sur place, d'un pied sur l'autre, puis descendent lentement les marches une à une. Ils glissent leurs souliers vernis de côté, compensant leur mouvement d'un basculement d'épaule, suspendent leur pas, attendent, au bord du déséquilibre, puis changent d'appuis et reviennent de l'autre côté au rythme alangui des trombones. Ils ont bien pris soin de décaler leur marche les uns par rapport aux autres, pour que les deux cercueils fleuris, au-dessus de leur tête, dansent eux aussi cette sorte de valse lente et nostalgique. Mais sans tristesse. Howard quitte le premier rang de Suzane avec l'autorisation silencieuse des parents. Il se glisse parmi les musiciens qui l'accueillent d'un sourire complice. Il porte sa trompette à ses lèvres. Ses joues se gonflent, et la musique l'emporte. Les chevaux claquent leurs lourds sabots sur le mauvais asphalte. Derrière l'orchestre et la famille, la seconde ligne des amis et des anonymes s'organise. Le temps s'est fait radieux pour l'occasion. Le soleil donne, mais une brise légère agite les dentelles et les voilettes des chapeaux des dames. Miss Zolande est élégante. Big Emma aussi. De l'extérieur, l'église du Saint-Nom-de-Marie, toute en briques rouges et sans statues, comme un pensionnat anglais, peut sembler austère. Mais chacun garde au cœur le service simple et lumineux à l'intérieur. Les murs pastel, rose et vert comme une église du Brésil, avec le rappel bleu étoilé de la Vierge derrière l'autel blanc. Les vitraux légers. L'espace. *In the sweet bye and bye.* Les chevaux s'ébrouent, piochent plusieurs fois de la tête, agitant leur crinière blonde, puis le cocher en chapeau haut-de-forme leur fait remonter Verret Street au pas vers le nord. Vers le fleuve. Howard a insisté pour que le cortège prenne ce détour et passe devant l'Old Point Bar et devant chez lui.

Pour Suzane. Et longe la levée qui retient le Mississippi. Pour Tyler. *Saint James Infirmary*. Le long rythme traînant du blues balance les musiciens d'une épaule sur l'autre. Le son des cuivres monte vers le ciel d'azur. Derrière, déjà, le tempo prend chacun à sa façon. Le rythme dénoue les hanches. Les pieds glissent et cadencent le cortège. *The old rugged cross*. Parmi la seconde ligne, Omer Freeman danse son hommage à l'ancienne, avec des pas comme des révérences, et des arrêts suspendus comme des poses de mimes. Freeman reste le buste encore droit et le visage figé par l'émotion, mais ses pieds, déjà, cherchent la mesure et les contretemps. Beauregard se retourne. Des anonymes se joignent au cortège qui les accueille, dans le respect de la tradition, mais il reçoit comme une joie les visages qu'il reconnaît. Crab au pas dansé étonnamment souple. Chinta, qui s'amuse d'un déhanchement à la gangsta reggae avec les jumeaux qui sautent en rythme autour d'elle. Kate Morgen avec Django qui lui adresse un petit signe de la main en roulant des épaules. Ils sont venus avec quelques autres enfants de la Free School qui se glissent jusqu'à Howard et le regardent avec admiration jouer de la trompette pour son amoureuse qui est morte. Quand les cuivres attaquent *Down by the riverside*, ils redescendent déjà Vallette Street vers le sud. Chacun comprend dans un sourire que l'hommage aux mortes est rendu. Le prochain air célébrera les bons moments de leur vie passée ici-bas et à venir là-haut. Déjà Lou ferme les yeux et lève les bras au ciel. Alors les caisses claires, d'un roulement sec, appellent à la joie et donnent le rythme syncopé de ce qui va venir. *What a friend we have in Jesus* marque le début de la fête. Les passants inconnus se joignent au cortège. Des enfants courent entre les musiciens. Un vendeur ambulant attendait au coin d'une rue. Il accompagne le cortège et propose des sodas, des beignets et des scones. On sort des mouchoirs blancs.

Ils s'agitent en cadence au-dessus du cortège. Des femmes ouvrent leurs ombrelles et les font tournoyer sur leurs épaules légères. Maintenant les musiciens s'interpellent et approuvent de la voix les harmonies audacieuses que proposent certains. Quand un trombone baisse son instrument pour imposer le silence et entonne a cappella *When I lay my burden down*, la foule, habitée d'une joyeuse ferveur, reprend chaque ligne en tapant des mains et claquant des talons. Les gens sont contents. Ils se le disent. Le crient au ciel. Se le répètent entre eux. Remercient Suzane et Molly. *Lead me, Savior* enchaîne sur *We shall walk through the streets of the city.* L'allégresse est dans les cœurs. Le cortège est presque rendu en bas de Vallette Street. Il approche de Mothe Funeral Home où Molly et Suzane retournent, Molly pour y être incinérée, et Suzane pour être enterrée dans le cimetière voisin. Depuis leur perron ou leur balcon, des riverains jettent au passage des pétales de roses qu'ils ont cueillies dans leur maigre jardin. Hommage de pauvres. Dans la petite foule qui applaudit et se signe au passage du cortège, Garbish, immobile et raide comme un agent secret du FBI. Howard l'aperçoit et tourne sa trompette vers Beauregard pour attirer son attention. D'un signe de tête, il lui désigne Garbish en l'interrogeant du regard. Il voit Chief Martineau se pencher à l'oreille de Zach. Beauregard approuve de la tête et fait signe à Garbish de rejoindre la seconde ligne. À leur grande surprise, il se faufile dans la foule avec bonheur et prend aussitôt un rythme aussi noir qu'un vieux sorcier de *voodoo*, pour venir rejoindre Beauregard.

- J'ai des infos en provenance de la rue. Il faut vous attendre à une provoc de la part de Sobchak. Lacosta vous précède d'un bloc au cas où.

Chief Martineau le remercie d'un mouvement de tête, puis, d'un regard, fait remonter jusqu'à lui quelques amis.

- Je m'en doutais un peu, murmure-t-il à l'oreille de Howard.

- Il est déjà dehors ?

- Un million de dollars de caution. Payée cash. Comme quoi il n'avait vraiment pas besoin de ceux de Freeman.

- Il est devant, prévient Lacosta dans l'oreillette de Garbish.

- Juste après Diana Street, explique Garbish aux hommes qui se sont rassemblés autour d'eux. Sur le côté gauche. Sobchak avec quelques hommes à lui et des fleurs. Des couronnes d'épines entrelacées de roses et des tulipes noires. Lacosta pense qu'ils ont distribué des pétards à des gosses pour effrayer les chevaux.

Howard remonte le corbillard pour prévenir le cocher.

- Te mets pas les tripes à l'envers, mon gars, Abel et Caïn ont porté en terre des mafieux et des malfrats qui ont mitraillé le ciel pendant toute la cérémonie. Ils aiment ça, marcher comme ça, tous derrière et eux devant, dans la musique et les pétarades.

- D'accord, mais on va quand même faire un détour en prenant à gauche sur Diana Street et on rejoindra Vallette au bloc suivant.

Howard ralentit le pas et laisse les hommes autour de Martineau revenir à sa hauteur. Il leur explique pour le détour.

- D'accord, dit Chief Martineau, mais ni toi, ni Zach n'allez à la baston, ni aucun homme en lien quelconque avec l'affaire. N'allons pas faire capoter le dossier Sobchak par une accusation de harcèlement.

- On ne va rien faire, alors ? s'indigne Howard.

Dans le ciel sans nuage éclate le rythme endiablé de *When the saints go marching in*.

- On ne peut rien faire, Doug.

- Moi je peux, dit une voix derrière eux.

Crab les domine de sa carrure de monstre de série B.

- C'est gentil, Crab, mais c'est Sobchak. Et il a des hommes avec lui.

- Moi aussi, répond Crab dans le tintamarre joyeux des cuivres.

Derrière lui, quatre petits malfrats maigrichons aux airs de passe-partout.

- Crab, ne me dis pas que…

- Ben si. Pas vous bien sûr, ni la famille. Juste les anonymes et les passants, à l'arrière du cortège.

- Crab, dit Zach d'un ton qui ne parvient pas à être en colère, arrivé à Mothe Funeral Home, tu rends tout à tout le monde.

- Si vous y tenez… bredouille Crab en baissant la tête.

- J'y tiens. Et pour Sobchak, tu te tiens à carreau, compris ?

Crab ne dit rien et se dandine d'un pied sur l'autre sur un rythme qui finit par coller avec celui de la musique de Louis Armstrong.

- Quoi ? s'inquiète Zach.

- C'est que j'ai déjà lâché les gosses…

Quand le cortège arrive au carrefour avec Diana Street, ils aperçoivent cinq hommes, tous habillés de blanc, et la grande couronne noire que tient Sobchak. Apeurée par ce sinistre hommage, la foule a déserté avec prudence ce coin de trottoir. Quand il devine que le cortège va tourner dans Diana, Sobchak fait un pas pour descendre du trottoir. Une volée de gosses jaillit alors du cortège et lapide de crottin de cheval les hommes en blanc. Il y a les jumeaux de Crab, qui jouent de leurs lance-pierres comme de lance-merdes. Django aussi, qui vise juste. Et les quelques gosses de la Free School que Kate Morgen ne retient pas. Puis Chinta passe en voltigeuse et balance dans les pattes de Sobchak, au rythme joyeux de la musique, les chapelets de pétards qu'elle a confisqués aux gamins soudoyés par Big Creep et qui rejoignent la révolte à pleines mains de crottin. Alors la foule s'en mêle aussi, outragée de cette offense aux morts, et jette au visage de Sobchak et de ses malfrats leurs gobelets de bière et de soda. Dans le cortège, Howard, Zach et Chief Martineau admirent, incrédules, cette charge des gamins, quand ils repèrent une silhouette beige, pas plus grande que celle des gosses, qui se glisse dans la foule jusque derrière Sobchak. De loin, ils observent Mardiros. Il ramasse la couronne noire que Sobchak a laissée tomber pour se protéger le visage, passe devant le géant, le casse en deux d'un coup de genoux dans les testicules, et force la couronne d'épines autour de son cou en lui déchirant les joues, le front, le menton et les oreilles. La musique emporte le cri de douleur de Sobchak qui cherche à disparaître, protégé par ses hommes, en descendant Vallette. Mais Garbish donne l'ordre dans les oreillettes de les arrêter. Sobchak dormira en prison ce soir, pour rupture de sa parole, et demain le FBI fera le nécessaire pour annuler la caution.

Une fois contourné le bloc, le cortège revient sur Vallette sur les accord ambrés et lumineux de *Feels so good* d'abord, puis de l'incontournable *Didn't he ramble* ensuite, réclamés à grands cris par le cortège et l'orchestre déchaînés.

- Il reste décidément un indécrottable idiot gangréné par son ego, dit la femme dans le dos de Zach.

Zach se retourne, la reconnaît, et la prend aussitôt par le bras pour se laisser dériver vers l'arrière du cortège.

- Qui est-ce ? demande Howard à Chief Martineau.
- La fille de Sobchak. La grande. Celle d'un premier mariage.
- Qu'est-ce qu'elle fait ?
- Elle est milliardaire. Dans les startings je crois…
- Les start-up.

- … oui, les trucs d'aujourd'hui. Les nouvelles technologies, tout ça. Rien que du propre, d'après Garbish. Rien à voir avec son père.

- Je voulais dire : qu'est-ce qu'elle fait là ?

- Je n'en sais rien. Elle est de la haute, peut-être qu'elle connaît Zach de là. Les cocktails, les garden-parties, les club-houses.

- Chief Martineau, vous savez bien que Zach ne fréquente aucun de ces endroits. Alors pourquoi ?

- Je n'en sais rien, répond Chief Martineau soudain pensif malgré le charivari autour de lui.

Puis soudain il semble comprendre quelque chose qui déclenche dans son regard une étincelle incrédule.

- Oh Seigneur Dieu ! souffle-t-il dans un sourire. Le petit enfoiré d'enfant de salaud !

À l'arrière du cortège, la jeune femme marche au bras de Zach, d'un pas élégant qui ne sait pas résister à la fièvre de la musique.

- Ce n'est pas très prudent de vous montrer comme ça, dit Beauregard.

- Je ne résiste pas aux obsèques traditionnelles en musique. Mon père forçait toute la famille à assister à celles de tous ceux qu'il faisait trucider ou trucidait lui-même. C'était presque devenu une tradition dominicale pour la gamine que j'étais. Et les *brass bands* étaient toujours extraordinaires. Les meilleurs : Fairview, Hurricane, Tuxedo, Dirty Dozen. Il insistait pour y mettre le prix.

- Je voulais dire que ce n'est pas très prudent pour moi.

- Pourquoi ? Ils n'auront jamais la preuve de ce que vous avez fait pour moi.

- Ils l'auront. Le FBI resserre ses filets. Je les soupçonne déjà d'avoir fait main basse sur l'argent.

- Vous n'avez plus les deux millions ?

- Non. D'après le FBI, ils n'étaient dans aucune des trois caches dans lesquelles je les avais répartis.

- Je vous fais un virement demain. On trouvera un arrangement légal. Votre femme peut vous avoir légué quelque chose. Mes avocats trouveront.

- Non, merci. Cet argent ne devait servir qu'à assurer la plus belle fin de vie possible à Molly. Maintenant qu'elle n'est plus, je n'en ai plus besoin.

- C'est vous qui décidez.

- Par contre…

- Oui ?

- Vous voyez cette jeune femme, là-bas, avec ce gamin noir ? Elle s'appelle Kate Morgen et se bat pour défendre la Free School qu'elle a créée pour les mômes de la rue. Peut-être que vous pourriez faire quelque chose. Une donation. Une fondation. Vos avocats devraient trouver, non ?

- Ils trouveront, je vous dois bien ça. Les documents que vous avez volés pour moi dans le coffre de mon père nous libèrent complètement, moi et mes entreprises, de son emprise et de ses chantages.

- Je ne veux rien savoir. Grâce à vous, j'ai eu le code du coffre, j'ai fait ce qu'il fallait faire, et aujourd'hui c'est terminé. Merci pour cette opportunité. Je regrette de ne pas vous avoir connue plus tôt. J'aurais pu chérir Molly et la soulager de ses douleurs plus longtemps.

Ils marchent maintenant, comme des amis, indifférents à la frénésie joyeuse qui les entoure.

- Tout n'est peut-être pas vraiment fini pour vous, Zach, vous permettez que je vous appelle Zach ?

- Bien sûr…

- De tous les documents que vous m'avez remis, je n'ai besoin que de ceux qui concernent mes liens avec mon père. Tous les autres, vous pouvez les utiliser. Il y a de quoi l'inculper dix fois et faire tomber des dizaines de flics et de notables.

- Je sais. Je les ai lus. Et j'ai tout photocopié.

- Détruisez les photocopies qui me concernent, et je vous rends les originaux du reste. Avec ça et quelques relations dans les médias que je peux vous fournir, vous tenez un *Sobchakgate* qui va bigrement secouer Big Easy.

- Je vais m'y appliquer, mais je peux vous poser une question ?

- Bien sûr, Zach.

- Pourquoi m'avez-vous contacté, moi, pour ce coup-là ?

- Parce que vous étiez le seul à avoir une raison forte et noble de vous vendre. L'argent, le pouvoir, les affaires, ne sont qu'un équilibre de compromissions, je suis bien placée pour le savoir. L'amour est au-dessus de tout ça. Je sais qu'il vous aurait poussé à tuer s'il l'avait fallu. N'ai-je pas raison ?

- Oui, sans aucun doute. Et comment étiez-vous au courant aussi précisément de l'opération du FBI concernant votre père et ses affaires colombiennes ?

- Si vous étiez entré chez Antoine l'autre soir, vous l'auriez su...

- Miller ?

- Avec la police et le fisc, c'est toujours la même chose : il faut jouer la montre, faire durer, et ils finissent toujours par commettre une erreur dont vous pouvez tirer avantage. J'ai jeté mes filets la première fois qu'un agent du FBI est venu, sans vraie raison, me montrer une photo. J'en ai remonté Miller. Petit poisson à l'époque. Arrogant, prétentieux, piètre amant, et suffisamment borné pour me considérer comme une source. Sauf qu'après plusieurs années, on se parle plus comme de vieux amants que comme une indic et son référent.

Moi je suis devenue milliardaire, et lui n'est monté que de deux échelons. La fierté, la forfanterie, l'aigreur, la jalousie et la petitesse ont fait le reste. Un jour, pour me rabaisser croit-il, il me rappelle de qui je suis la fille. Un autre, il est content de m'annoncer que mon père va bientôt tomber et qu'il risque de m'entraîner dans sa chute. Que lui seul peut m'en préserver. Qu'il est là. Qu'il est fort. Qu'il est le FBI. Et sur l'oreiller, flatté par un faux orgasme, il m'explique l'opération... Voilà. Je sais que ce n'est pas très flatteur pour moi, mais c'est comme ça. Je sais comment il a traité votre femme pendant les perquisitions. Il n'est pas dans les documents du coffre, mais j'ai fait ouvrir un compte à son nom avec cent mille dollars dessus alimentés en liquide. Il devrait avoir beaucoup de mal à s'en expliquer devant le FBI et l'administration fiscale. Si toutefois vous aviez quelque difficulté à le faire tomber, je lui ai offert une voiture dont il a fait cadeau à sa femme. Ce qu'il ne sait pas, c'est que l'achat de cette voiture le rattache à ce compte secret.

Elle tend sa main en lui souriant, et il la serre volontiers. Comme elle s'apprête à s'éloigner, il la retient par le bras.

- Je voulais vous dire quelque chose, au sujet de votre mère. Pour être très honnête, je ne l'ai appris que depuis peu...

- Que mon père ne l'a pas fait exécuter ? Qu'il n'a pas organisé l'accident dans lequel elle est morte ? Que le FBI a monté cette histoire pour se servir de moi et atteindre mon père ? Je le sais depuis longtemps, Zach. On ne gère pas une des premières entreprises des États-Unis, après avoir été la fille d'un mafieux, sans faire les enquêtes nécessaires. Mes entreprises sont valorisées en bourse pour onze milliards de dollars. C'est plus que le budget total du FBI, Zach. J'en sais plus sur ceux du FBI qu'ils n'en savent sur moi. Au revoir, Zach. À bientôt peut-être.

Elle presse le pas en se calant sur le rythme de la musique et le devance. Il la regarde arrondir sa marche des hanches et des épaules jusqu'à rejoindre Kate Morgen. Elles échangent quelques pas de danse et des sourires, puis elle tend sa carte à Kate et se fond dans la foule.

L'orchestre bisse *Didn't he ramble*, puis chaque instrument fuse un long final sur ordre du Grand Marshal. Howard est le dernier à faire crier sa trompette, les joues distendues, le visage pourpre et les tempes sillonnées de veines. Les autres musiciens approuvent et applaudissent, chacun se congratule et se prend dans les bras, fier de ce bel enterrement, des traditions respectées, et de l'esprit de La Nouvelle-Orléans. Même si maintenant la mort allait reprendre ses droits avec ses protocoles tarifés et obséquieux.

Chief Martineau et Garbish rejoignent Zacharie, le prennent chacun d'un côté par une épaule, et le fixent longtemps du regard en secouant la tête, presque hilares.

- Quoi ? demande Beauregard en riant déjà.

Chief Martineau lui pince les joues dans sa poigne de fer et lui secoue le visage en riant.

- Zach, de tous ceux que nous avons connus, Garbish et moi, tu es quand même le plus beau des enfants de salauds.

73

… tu cries !

En bas, sur le tout nouveau barbecue, grillent des chevrettes épicées au citron vert, de l'alligator sauce *revenez-y*, des écrevisses au piment, de la barbue au poivre citronné, du brochet-*cocrodil* farci au crabe et des huîtres couvertes d'un beurre d'ail et de fromage. Omer surveille la cuisson, harcelé de conseils par Mardiros qui invente des sauces et des condiments. Le riz est prêt. Les haricots rouges aussi.

Sur la terrasse, Freeman regarde le bayou, Louise est à ses côtés. Il a son bras sur ses épaules.

- Tu as encore mal ?

- Si tu poses la main dessus, oui, un peu.

Freeman, désolé, retire sa main, mais Louise la retient et la repose doucement sur son épaule blessée. Elle ne pourra jamais échapper à cet homme qui, par deux fois, est venu la libérer de la folie d'autres hommes. Alors autant l'aimer.

C'est comme un dimanche. Comme une famille. Avec des gens qu'elle aime tout autour. Grand-Père Omer, l'extravagant Mardiros, Zacharie le doux veuf nostalgique, et ce petit con d'ex-flic de Howard, beau et attachant, et dont personne ne doute qu'elle l'aime déjà. Même Chief Martineau et Garbish sont là. Comme des amis de la famille.

Le pacanier chahute la tôle de l'auvent. La brise porte jusqu'à eux la fraîcheur du bayou et le parfum des jasmins. Ce matin le jour s'est levé gris-rose. Une brume légère de mousseline se délitait au-dessus des eaux jaunes. Les chevaliers blancs et les brèmes gobaient les insectes qui frôlaient la surface. Toujours trop tard pour les apercevoir. On ne devinait des poissons que le remous rond claqué d'un coup de queue. Un ragondin, indifférent, traversait le bayou, ondulant les nénuphars d'une petite vague en « V ». Sur l'autre berge, un héron bleu s'est posé immobile, pour surprendre un serpent dans l'herbe. Tapi dans la boue, quelques mètres plus loin, un alligator se demande si le volatile vaut l'effort. Comme il tourne la tête, l'oiseau sur ses échasses pique du bec et s'envole en pinçant le mocassin qui pend. Un petit pape joufflu bariolé de cinq ou six couleurs veut se poser sur le rebord de l'auvent puis se ravise en paniquant des ailes. Il disparaît par-dessus la maison. Deux spatules rosées, attentives et appliquées, sortent d'une roselière en fouillant la vase de leur bec plat.

Le silence s'impose à tout le groupe, gagné par la beauté des lieux, malgré la fumée odorante du grill. Et les oiseaux en profitent : jeune paruline orangée, en fait jaune vif comme un poussin, vacher à tête brune, passerin indigo, piranga écarlate. Sous un ciel bleu de cyan. Sans nuage. Roselières immobiles.

- À table ! hurlent Omer et Mardiros en apportant les grillades.

Leur cri fait jaillir des roseaux un vol tendu de canards.

Tout est délicieux. Mardiros a mis à griller sur le côté des lamelles d'aubergines et de poivrons, de mangues et de bananes plantain. Chacun s'est assis comme il a pu. Freeman n'a sorti la table que pour y poser les plats. Les assiettes sur les genoux, ils mangent avec les doigts et s'en délectent.

- J'ai une application qui peut dire ce qu'on a mangé rien qu'avec une photo des doigts.

- C'est incroyable, s'étonne Freeman.

- Non, je plaisante. Ce n'est pas vrai. Peut-être que ça existe, mais je ne l'ai pas encore trouvée. Par contre, j'ai une appli photo avec une centaine de filtres incroyables.

- Tu fais de la photo ?

- Non, c'est pour mon travail. En fonction des filtres, je peux faire apparaître des détails. Des indices. Chaque fois que nous manipulons quelque chose, nous y laissons de la matière corporelle. Surtout des fluides. Sueur, sébum, graisse. Ils se déposent en fines pellicules invisibles, toutes de densité différente, sur les objets dont ils modifient la réaction à la lumière. La réfraction, entre autres.

- Et en quoi ça te sert à recouvrer des dettes ?

Mardiros sort son téléphone et charge son album photo pour faire apparaître une serrure à combinaison numérique.

- Ça, c'est un clavier à dix chiffres. Or la combinaison ne comporte que quatre chiffres. Quatre touches seulement sont donc pressées pour déclencher l'ouverture. Chaque fois qu'on utilise les quatre touches de la combinaison, elles se couvrent de sueur, s'il s'agit d'un casier de vestiaire d'une salle de sport, par exemple. Mais les touches des chiffres qui n'entrent pas dans la combinaison restent propres.

Il change de photo d'un glissement de doigt.

- En appliquant le filtre adéquat, les touches dont la saleté est invisible à l'œil nu apparaissent nettement plus sombres que les autres.

- Et à quoi cela t'avance ? se moque gentiment Freeman en léchant ses doigts de la sauce diable qui accompagne le brochet-*cocrodil*.

Louise répond à la place de Mardiros.

- Il existe des millions de combinaisons à dix chiffres. Des milliers à quatre chiffres, mais quelques dizaines seulement quand on connaît les quatre chiffres utilisés.

- Vingt-quatre, pour être exact, confirme Mardiros.

- Et alors, demande Howard, ça ne te donne toujours pas la bonne combinaison.

- Non, mais ça ne te prend que quelques minutes pour essayer les vingt-quatre combinaisons des chiffres connus, contre des semaines, voire des mois, pour toutes celles comprises entre 0000 et 9999.

- Il n'existe pas des dispositifs qui testent toutes les combinaisons possibles au rythme de la nanoseconde ?

- Si, dans les séries télé ou avec le budget du FBI peut-être. Moi je ne suis qu'un collecteur de dettes artisanal à l'ancienne. Mon appli ne m'a coûté que 0,99 *cent* et j'ouvre les coffres à clavier que je veux en quelques minutes.

- Mardiros a raison, murmure Zach sans quitter des yeux l'Arménien, la fille de Sobchak m'a dit qu'il nettoyait tous les jours le clavier de son coffre avec de l'alcool. J'aurais dû faire la même chose…

- J'espère que tu t'en souviendras la prochaine fois, répond l'Arménien en lui tendant un papier plié en quatre. Ton club sur Saint Charles. Le casier est à mon nom. Ne pique pas le survêtement Nike blanc à l'intérieur, j'ai l'intention de m'y remettre un jour ou l'autre.

- On peut savoir ce qui se passe ? demande Chief Martineau.

- Vous ne voulez pas savoir, Chief Martineau, et l'agent spécial Garbish non plus. Pas vous, pas des flics, répond Howard.

- Mais je voudrais bien comprendre quand même, insiste Chief Martineau.

- Zach vient juste de redevenir millionnaire, et ça ne nous regarde pas, explique Joe Garbish en reprenant des écrevisses.

Tous les regards se posent sur Mardiros, qui prend le plus retors des airs innocents.

- L'Arménien est précautionneux, je vous l'ai déjà dit, s'excuse-t-il en haussant des sourcils et des épaules.

- Et pour le coffre chez moi ? demande Beauregard.

- Pendant la petite sieste de Molly, avoue Mardiros d'une moue pénitente. Mais oublions tout ça, j'ai une nouvelle à vous annoncer.

Chacun suspend son geste et consulte les autres d'un air intrigué.

- Je me plais bien ici et je vais peut-être m'y installer. Je n'ai plus d'attache en Californie et j'aime bien la façon dont vous enterrez joyeusement vos morts. Dans mon métier, c'est important. Je pense à créer une agence.

- Une agence de quoi ? s'étonne Freeman.

- Collecteur de dettes et enquêtes privées. J'ai pensé à Investigator. Avec *gator*, comme dans alligator.

- On avait compris, s'amuse Omer.

- Un avocat s'occupe déjà de la paperasse. Est-ce que je lui demande d'ajouter le nom de quelques associés ?

Ils se regardent tous les uns les autres, surpris et amusés par l'idée.

- Sans moi, finit par dire Freeman. J'ai passé l'âge. Je vais m'installer à Cocodrie avec Omer. Je vais demander au charpentier d'agrandir la maison et je vais aller vivre là-bas. Partir pêcher en mer. Boire des bières sur la terrasse. Attendre le rayon vert au coucher de chaque soleil. Résister aux ouragans. Jeter mon téléphone dans le golfe. Et laisser Louise vivre enfin sa vie sans l'angoisser de mes propres angoisses. Chacun d'entre vous sera le bienvenu. Vous saurez où me trouver.

- *Genatz*, dit Mardiros en arménien, je bois à ça.

Les autres, décontenancés, tardent à lever leur verre, puis se reprennent et trinquent à leur tour.

- Zach ? interroge Mardiros.

Beauregard hésite, gêné, puis se tourne vers Chief Martineau.

- Je peux leur dire, Chief?

Chief Martineau écarte les bras comme pour signifier qu'il ne voit pas comment refuser.

- Chief Martineau va apporter son soutien au candidat démocrate des prochaines élections municipales. En cas de victoire, il sera investi superintendant du NOPD, et il m'a demandé de rejoindre son équipe.

- Il a besoin de deux millions pour ses frais de campagne ? se moque méchamment Howard sur qui tous se retournent.

- Doug, je vais faire comme si je n'avais pas entendu, réplique Chief Martineau, et j'espère qu'on va en rester là.

Mais c'est à Beauregard que Howard en veut.

- Politicard, c'est donc ça ton ambition, Zach ? En as-tu jamais approché un seul honnête et intègre, un seul, Zach ?

- Chief Martineau n'est pas comme ça et tu le sais aussi bien que moi !

- Il le deviendra, Zach, comme tous ceux qui l'auront précédé, et toi avec. On vous forcera à faire des choix. Ils appellent ça des arbitrages. Blancs contre noirs ? Metairie contre *Ninth Ward* ? Crime organisé contre police de proximité ? Tolérance zéro pour les petites frappes des rues ou pour les brutes de la police ? Syndicats de flics ou commissions municipales ?

- Ton cynisme te tuera, Doug, on dirait que tu prends plaisir à empuantir tout ce que tu touches.

- Oui, ça doit être ça, sans doute. Désolé de gâcher la petite fête. Louise a retrouvé sa liberté, Freeman a retrouvé Louise, Chief Martineau devient superintendant, Zach garde ses deux millions, c'est bien. C'est très bien. Mais si ça ne vous dérange pas, moi je vais rester flic pour continuer à chercher Tyler. Tyler, mon petit frère, vous vous souvenez ?

Il vide sa bière et quitte la terrasse. Sans regarder Louise qui pleure, la main droite crispée sur les trois amulettes à son poignet gauche, sans savoir si elle doit les maudire ou les prier.

Mardiros le rattrape sur la pelouse avant qu'il ne rejoigne sa Mustang rouge.

- Attends, client, donne-moi un chiffre entre zéro et cinq…

Howard s'arrête et se retourne, énervé mais étonné.

- Entre zéro et cinq, répète Mardiros.

- Deux, dit Howard.

- Perdu ! jubile Mardiros en lui tendant une enveloppe, c'est toi qui t'y colles. Contrat d'associé à 50 %. Je savais que les autres n'accepteraient pas. C'est toi que je voulais.

- Mardiros, tu ne comprends pas ? Je ne veux plus de tout ça !

- D'accord, d'accord, client, alors redonne-moi un chiffre entre zéro et cinq.

- Mardiros !

- Entre zéro et cinq, client !

- Deux, toujours ! bougonne Howard.

- Bingo ! Gagné, le félicite Mardiros. Les deux premières enquêtes d'Investigator sont pour toi !

- Mardiros, soupire Howard, mais pourquoi tu t'acharnes comme ça ?

- Parce que ta meilleure chance de retrouver la trace de Tyler, client, c'est moi.

Howard regarde ce petit homme sec et têtu, déjà vieux, mais avec cette incroyable force positive dans le regard, et finit par céder.

- D'accord, Mardiros, je te confie le dossier Tyler sur lequel nous travaillerons ensemble, moi comme flic, et toi comme privé. Mais je n'ai pas besoin d'une seconde enquête.

- Que tu crois, client. Et Louise, que tu t'efforces de perdre à chaque rencontre, qui va t'aider à la retrouver malgré toi ? Saisis la chance qu'elle vous donne, client. Reste avec elle, ou pars avec elle, mais ta vie est avec elle, client, ça se voit.

Howard hésite. Sa colère s'est dissipée comme un nuage après l'ondée. Le sourire de Mardiros est un soleil qui revient, comme s'il n'avait jamais plu. Howard baisse la tête, la secoue pour dire qu'il ne croit pas dans ce qu'il va oser, puis fait demi-tour pour retourner chercher Louise.

- À l'occasion, lance Mardiros, explique à Louise que saint Jude est un des fondateurs de l'église arménienne, et que saint Expédit était un légionnaire arménien qui s'est converti. Même si nous les avons tous les deux martyrisés.

- Je ne comprends pas… s'étonne Howard.

- Louise comprendra. Et soyez heureux, c'est un ordre que je te donne, et tu connais le proverbe, maintenant.

- Oui, sourit Howard. Quand on te donne, tu prends. Quand on te prend, tu cries !

Freeman

Rhum ambré............................ 1 dose
Rhum blanc............................ 1 dose
Jus de citron............................ 1 dose
Jus d'ananas............................2 doses
Sirop d'orgeat............................ 1 dose

Frapper au shaker puis verser
en filtrant dans un verre tulipe
à moitié rempli de glace.

Recette de Jennifer, du Mino à Paris, championne du monde de cocktail 2016.

COLLECTION HUGO THRILLER

FABRICE BARBEAU
Itinéraire d'une mort annoncée

DARCEY BELL
L'Ombre d'Emily (Disparue)

ROY BRAVERMAN
Hunter
Crow
Freeman

SANDRINE DESTOMBES
Les jumeaux de Piolenc
Le prieuré de Crest
Madame B

FRANCESCO DIMITRI
Le livre des choses cachées

LEE MATTHEW GOLDBERG
Mentor

ELLY GRIFFITHS
Le journal de Claire Cassidy

BEAR GRYLLS
Le tombeau d'acier
Les anges de feu

VINCENT HAUUY
Le tricycle rouge
Le brasier
Dans la toile
Survivre

JENNIFER HILLIER
Wonderland

MARTIN HOLMEN
Corps-à-corps
Compte à rebours

OLIVIA KIERNAN
Irrespirable
Les liens du sang

MICKAËL KOUDERO
La faim et la soif

CHRISTINA KOVAC
La journaliste

AMY LLOYD
Innocente

LAURENT LOISON
Cyanure

JOHN MARRS
Âmes sœurs
Les passagers

ROZ NAY
Notre petit secret

B.A. PARIS
Derrière les portes
Défaillances
Dix petites poupées
Le dilemme

JACQUES PONS
Organigramme

ADRIAN J WALKER
The End of the World Running Club

DENIS ZOTT
Maudite

COLLECTION HUGO POCHE SUSPENSE

ALEXIS AUBENQUE
La fille de la plage

SÉBASTIEN DIDIER
Je ne t'oublie pas

LEE MATTHEW GOLDBERG
Mentor

OLIVIA KIERNAN
Irrespirable

ROZ NAY
Notre petit secret

Imprimé en France par CPI
en janvier 2020

N° d'impression : 2049274